U0936883

欣欣向爱
HAPPY LOVE

橙白蜜事

上

储昭离 著

江苏凤凰文艺出版社
JIANGSU PHOENIX LITERATURE AND
ART PUBLISHING, LTD

目 录
CONTENTS

目录
CONTENTS

第一章 遇见

时值七月，阳光毒辣，堂而皇之地占据着室外每一个角落，落在皮肤上仿佛一撮跳动的火苗，很快就炙烤出薄汗。

周围没有一丝风，茂盛繁密的草木静立在路边，模样肃穆，连枝叶末梢都不曾动一动。

某高楼小区楼下，人头攒动，人们都不约而同地往上翘首以望，焦点皆集中在七楼的身影上。

温言身着橙色消防制服，戴着头盔，站在身量高大的男人群中，厚重的制服下早已大汗淋漓，豆粒大的汗珠自发梢滴落，白皙的脸颊被烤得通红，她专心地听着中队长的指示。

许是盯着高空某事物太久的缘故，她猛一低头，眩晕感随即而来，视野也转换成了深蓝色，很久才缓和过来。

“现在的年轻人啊，经不起挫折，一点小事儿就要死要活的，这种事儿这个月都第几回了？”

“现代社会，谁的压力都大，何必这么想不开呢？”

此时，一位大妈突然惊叫：“哎——她是不是要跳下来了？”

人们闻言，皆定睛看去，只见女孩身子左右摇晃，很快又缩了回去，虚惊一场。

温言同几名队员爬上高楼，待人们再看时，女孩所在的楼层之上已然出现了一个亮橙色的身影。那身影纤瘦、单薄，却不动如山，宛如扎根在深山中的一棵青松，坚定而果敢。

只见这女孩手法娴熟地穿上安全带并反扣，队友将其身上的副保险绳锁在柱子上，然后安装静力绳，扣上下降器，重新检查一遍所有装备安装情况后解开副保险绳。

还未等队友给她加油鼓劲，女孩已经跨出了栏杆，让身体和墙面保持平行，而腿部和墙面成 90 度接触，慢慢匀速下滑。

女孩的神情有些凝重，这种事，看的是时机和精确度，稍不留神，救不到人不要紧，还有可能把自己也搭进去。

女孩留意着楼下的动静，往下看了一眼那女生，此时那女生尚算平静，没有做出任何危险的动作。

楼下的人们皆屏息凝神，远远地只看到女孩纤细的身影，再具体些就看不清了。

女孩正准备缓慢下降到下一层，却听到楼下队友的疾呼："小心——"

女孩迅速低头，女生的身子已有一半落在空中，她头脑一热，立即进行高空速降，准确无误地到达女生所在的楼层，在千钧一发之际将其挟进阳台里，自己也安全落地。

楼上楼下众人见此，吊在心头半天的大石终于落下，全都松了一口气，楼下有人不禁感叹："刚才那人好像是个女孩儿吧，巾帼不让须眉啊……"

然而，楼上的情况却并不乐观。

现场的四人发现，女生落地之后就昏迷了……

在场的人无不表情凝重，旁边响起一个不确定的声音："温言，你是不是把人给踹死了？"

温言惊得说不出话："你……你别吓我啊。"

"刚才你究竟用了几成力啊？"

"我……"温言摸了摸耳垂，尴尬地笑笑："无情力。"

众人绝倒，无情力最是伤人，这女生情况堪忧啊……

女生没有亲人在身边，温言怀着无比愧疚的心，也跟上了救护车。

"病人昏迷多久了？"急救科的大夫问温言，温言有些紧张，结结巴巴地回答："大概……三十分钟。"

大夫的表情十分严肃，道："不排除有慢性出血的情况，照个 CT 吧。"然后他转身对护士道，"让神经外科的权大夫下来一下。"护士急急忙忙地走开了。

温言拿着单子去缴费，带人去照 CT，回来的时候，房间里的大夫已经换了个人。

那医生与方才的矮胖子医生很是不同，眼前这男人下身着深色长裤，勾勒出笔直的长腿，衬衫被皮带和裤子扎了起来，显得腿部更加修长。

他的身形挺拔高大，医生的白大褂穿在他身上，竟完美地合身，不像其他的医生，白袍还可以遮到小腿。他没有系白袍的纽扣，于是就可以看到里面的浅蓝色衬衫，领口笔挺，最上面两颗纽扣没系，露出一小段锁骨，白大褂衣领上扣着一颗银色徽章，上面刻有大脑形状的磨砂图案，下面写着一行英文，然后是他的名字——权竟宁。

温言的视线再往上挪，越过喉结，浅蓝色的医用口罩遮住了他的大半张脸，只露出一双稍显深邃的眼睛和长眉，他正专注地看着手上的报告。

男人似乎察觉到有人在看他，转身的瞬间，只见一着亮橙色制服的泥腿子军人站在他身后，对方站得笔直，脸庞小小的，下巴尖尖的，汗湿的刘海下是一双水汪汪的大眼睛，正眼巴巴地看着自己，眼神里写满了焦急和尴尬。

他怎么都没想到，来的消防员是个女孩。

男人的眼睛直接对上了她的视线，一通责备的话就这样哽在喉头，回到肚子里，消失无踪。

“呃……大夫，她怎么样了？”温言舔了舔干燥的嘴唇，开口问道。

“轻微脑震荡，颅内出血。”男人的语气凉凉的，听上去不像大问题，温言却被吓得腿一软：“那要不要手术，她会不会死啊？”

大夫没有回答，而是走到病床前，给女生打了一针。

温言定定地看着那针水从针头溢出，插入女生的手臂静脉，她想象着冰冷的针头进入自己的静脉的感觉，突感一阵头皮发麻。

“已经打针散瘀，你给她办入院手续吧。”大夫直起身子，边将手套摘下边说道。

“那大夫，这样就代表她不会死了是吧？”温言不依不饶，跑到男人面前追问。她只知道自己一定要问出个答案，否则今晚就不用睡了。

“你是她的家属？”

温言摇头，总不能说自己是将病人踹成脑震荡的人。

“医学上没有百分之百的事情，所以我只能告诉你，暂时不会。”

温言还是没有放过他，挡在他面前，“可在我们的工作里，救援追求的必须是百分百的成功。”女孩眼神明亮，眼中写满坚定。

“这位小姐，我没有时间和你讨论职业信仰。”说完，男人就要迈步离去，几乎与此同时，两人听到身后护士的一声疾呼，“权……权医生！”

两人同时转身，病床上的女生的身体呈僵直状态，白皙的手指就像干枯的树枝，开始有轻微的颤抖，同时双眼上翻。

权竟宁脸上表情霎时冷凝，长腿一迈，他从护士手中拿过方才的检查报告：

"按住她！"

温言站在一旁不知所措，大脑一阵空白，不是说轻微脑震荡吗，怎么会变成这样？

权竟宁很快扫过CT影像，像是看出了什么，将报告一甩，也过来将女生制住。此时，女生已经开始全身痉挛，头部、四肢都在剧烈颤抖。"你也过来帮忙，压住她的身体。"权竟宁对温言喊道，然后转而对护士道，"病人癫痫发作，去拿安定。"

护士点头，将女生的双手交给温言压住，权竟宁则迅速将女生的头部侧过来，视线往周围一扫。温言一直在盯着女生的脸，女生的口鼻中有大量白沫流出，她只是出于本能，将手侧着放在了她的口中，女生牙关一紧，结实地咬在她的手上，剧烈的刺痛感传来，让她倒抽了一口凉气。

"你干什么——"权竟宁眉头紧皱，眼神犀利地看着她。

"不是不能让她咬到舌头吗？"温言无辜地反问。

"无知！"权竟宁低声骂道。

温言心里顿时一滞，老子都牺牲成这样了，还要被你骂？

她想骂回去，却又想到人家是医生，担负着将人治好的使命，他要是治好了人，她的罪过也能少一些，说到底他是帮了自己，所以她只得忍着，终究没说什么。

女生持续痉挛的数分钟内，两人都维持着同样的动作——温言悠然地靠在病床边沿，单手压制住女生的双手，权竟宁则双手撑在女生的脚踝处，借用自己的身体重量去压制女生的腿部。

医院的急救室里，人声嘈杂，有家属不舍别离的呼号声，也有病人不堪病痛的呻吟声。

温言看他额角布了一层薄汗，轻笑道："要不要和你换个位置？"

权竟宁闻言转头，没再看她。

直到痉挛期过去，女生终于平静下来，两人才松了一口气。

权竟宁本来抱着保守治疗的打算，没有给她注射药剂，可她在短时间内再次发作，他不得不给她注射了药物。

女生被送往病房后，权竟宁坐在急救室走廊的座椅上，转着手腕。方才用力太过，突然放松下来，他才感觉手腕阵阵闷痛。

"大夫，那女生是因为撞到头而引发的癫痫吗？"温言跟了过去，问道。

权竟宁能分辨出，温言脸上的表情除了担心，更多的是愧疚。他无心探究个中渊源，只道：“不是。”说着，他摘下了口罩。

这人长得也忒好看了吧。温言虽则是在男人堆里混，上到领导级别，下到新兵蛋子，她见过的男人也算多了，可还没有见过哪个比眼前的人更好看的。

尤其是那双桃花眼，摄人心魄。

温言双眼微微睁大，盯着男人的脸，一眨不眨。她的眼睛本来就长得好，又圆又大，像一颗杏仁核，此时她的眼神清澈明亮，十分灵动：“那是……”

权竟宁没有在意她的注视，就像他早就习惯了别人这样的反应，他用淡淡的口吻解释道：“她是颅脑外伤引起的后遗症，但不是因为这次脑震荡，CT 里可以看到她脑内的病灶，只是我一开始忽略了。”

反倒是温言觉得自己紧盯着人家瞧，有点没有礼貌，掩饰性地低下头，清了清嗓子，低声问道：“那这个病能治吗？”

“需要更加详细的检查才能确定，也许要做手术。”

“如果要做手术，是您主刀吗？”

闻言，权竟宁一瞬间有些愣神，而后才道：“我不会主刀。”

“为什么？”

“我没有那个资格。”

“怎么会？您看上去就很厉害的样子。”温言伸直双腿，拍了拍大腿，话语不经意间脱口而出。

无意间，权竟宁看到温言手上的牙印，上面的血迹已然干涸，他的眉头再次拧紧：“把你的手给我看看。”

温言回过神来，看到自己的手，就想起方才她将手放到女生嘴里，又是唾液又是血的。虽然平时出警，比这些更脏的都遇到过，但终归是女孩，她一时觉得不太好意思，迟疑了许久也没有伸出手去。

“大夫，请问洗手间在哪儿？”温言讪讪地笑道。

权竟宁自然知道她在想什么，抿唇道：“现在知道脏了？”

温言摸摸自己的耳垂，这是她觉得尴尬时的小动作。

“你在这里等着。”说完，权竟宁回到急救科，拿了些包扎用的纱布、药水，回来给她包扎。

权竟宁拿起蘸满消毒水的棉签，点在她的伤口上，比起刚才，这种刺痛感更甚，温言鸡皮疙瘩都起来了。

女孩子的手瘦瘦小小的，手心指腹却长满了茧，压根不像是一双女孩子应有的手。想到这里，权竟宁心中突然有一丝异样的感觉生出。男人的手白皙修长，且十分灵活，他用纱布在她手上绕了几圈，打了个结，道：“建议你去做个检查，万一那人有个什么传染病……”说到这里，他就停下不说了。只是一味拧着眉头，看样子就像真的在担心她，可温言只觉得心头发凉。

“大夫您说笑的吧？”闻言，温言全身紧绷，脑海里只浮现艾滋、乙肝等字眼。

“想救人，其实还有更好的方法，你没必要将自己搭进去，这次就当是教训。”

“……”

半小时后，女生终于醒来。

温言在开始救援时就已通过其邻居大概了解了她的情况，得知她一天打好几份工，早出晚归，最近还和男朋友闹了分手，当时温言听得一阵唏嘘。

同样作为女生，温言十分理解她的艰辛，但自杀是温言所不能认同的。

权竟宁给女生做完基本检查，情况稳定，温言才松了口气，站在床尾，表情凝重地道：“一个女孩在城市里打拼，确实很辛苦，但死了也解决不了问题不是？我们一天能遇见好几个跳楼轻生的，被救回来后，不也照样过日子？”温言摊手，“工资总有一天能追回来，和男朋友分手了，再找一个就是了，如果实在舍弃不了，大不了再追一遍，精诚所至金石为开嘛，死了才真的是万事皆空。”

女生摇头：“你不明白。”

温言还真不明白了，抱着双臂道：“那你倒是说说，是什么事情让你非死不可？”

女孩沉默了很久才回答：“我不是真的要跳楼。”接下来，女生就将自己的打算说了出来。

“我当时是在直播，我爸爸要我在一个星期内凑够七十万给我弟弟买房娶媳妇，如果不给他，他肯定不让我好过。我需要钱，听说现在直播很赚钱，我就想到用直播自杀来吸引眼球。但是那些人太傻了，他们都以为我要真的自杀，一个个都苦口婆心地劝我，还不停给我送礼物呢。”女生的表情像是在哭，又像是在笑，她突然抬头指着温言，温言心口一滞，“你为什么要救我？我只差一点点就凑够钱了，现在前功尽弃，这种方法已经不管用了，我还能到哪里去凑钱……”

女生的情绪极度不稳定，眼神飘忽，攥着床单的手指发白，身子还有些微颤抖。权竟宁正写着东西，连个眼神都没有给她，道：“你如果不想再发病的话，我劝你赶紧冷静下来。”

“我……我刚才又发病了？”女生用几近绝望的眼神看着权竟宁，语气艰涩，像是十分难为情。

权竟宁点头。

"啊——"女生突然歇斯底里地尖叫起来，眼泪猛地从眼眶里流出，双手紧紧环抱住自己，整个身子都蜷缩成一团，"你们为什么要救我，为什么……与其这样没有尊严地活下去，不如让我就这样死了算了！"

话音刚落，她就看到旁边的床头柜上放着一把水果刀，伸手就要去拿。温言眼神一黯，单手撑在床尾的金属扶手上，身子一跃，左手抓上她的手腕一翻，再用手肘压住脖颈以下，就将女生抵在床头上，女生吃痛，水果刀"哐当"落到地上。

整个过程持续时间不到三秒，旁边的病友以及护士都看呆了。

权竟宁的眼里也泛起了波澜，他不禁扬起嘴角，抬手掩唇，清了清嗓子后道："你下手轻点，别我把人救活了，又被你勒死了。"

温言吐吐舌头，松了手："我这次下手算轻的。"却看到权竟宁嘴唇紧抿，看着她身后。

温言转头看去，看到那女生也已收起所有悲伤，只目不转睛地盯着自己："是你把我踹下来的，现在又是你打了我，我不是犯人，你凭什么这样对我？"

温言被噎，对于将对方踹成脑震荡这件事，她始终心中有愧，一时也说不出话来反驳，哪怕她的初衷是为了救人。

"我要投诉你！"女生抬头，斜睨着温言道，"还有，我不住院了，麻烦你将医药费连同精神损失费，总共五万块，两天之内打到我的账户上，否则别怪我到法院告你！"

七月的清晨，太阳还没有完全出来，空气尚算清凉。

居民们还在被窝里做梦的时候，消防中队的队员们已经起床，在操场上进行操练。他们队伍整齐划一，"一二一"的口号声嘹亮高亢，绕着四百米跑道，跑了一圈又一圈。

队伍中大多是虎背熊腰的男人，皆光着膀子，下身穿着迷彩裤，浑身散发着男性荷尔蒙气息。

而在队伍的前方，却有两名女孩，女孩上身穿着迷彩短袖，露出的手臂白皙纤瘦，在一群汉子里显得尤其清丽动人，且速度也不输其他男队员。

这两名女孩便是温言和明馨儿。

明馨儿是和温言同期进队的女生，为人也是大大咧咧的，仗义大方，人称"大笑姑婆"。因为整个队里只有两名女生，简直就是珍稀动物，每天晚上熄灯后的漫天胡扯，让两人成了无话不谈的好朋友。

就在前两天，他们送走了前中队长，那晚的送别会，温言喝得烂醉如泥，哭着扒着老中队长的裤子不放，差点就要喊爹了。

但这也怪不得她，自她进入中队以来，老队长对她照顾有加，既没有觉得她是女生，就不能完成男队员的任务；也没有因为她是女生，就放松了对她的要求，反而愈加严厉。而这种严厉中，又含着浓浓的期待，让温言的自尊心得到了极大的满足。

今天，他们就要迎来新的中队长，大家未免都有些失落。

“温言。”队员们在操场上列队，等着新任中队长的到来，明馨儿用手肘戳了戳温言，温言回过神来看她，“你至于这么丧嘛，我听说新来的中队长刚从美国接受特训回来，在他手下当兵，说不定你进特勤的梦想就成了呢？”

闻言，身后的男兵们哧地笑了：“她能高兴嘛，以前老队长当她是半个女儿似的，新官上任三把火，那新来的还指不定怎么整我们呢。”

说话间，温言余光看到一个身影走来，连忙喊了声“立正”。

众人立刻严阵以待，屏息看去，只见茵茵的绿草地上走来一人。那人有着古铜色的皮肤，浓眉星目，轮廓分明，头戴军帽，身穿整套米黄系迷彩服，袖子挽到手肘，单手叉腰，脚踩黑色军靴，乍看是一名帅哥，可当他立在你眼前时，那眉眼里的犀利足可震慑三军，众人不约而同地想到两个字——铁血。

一番立正稍息后，新队长开始自我介绍，他的介绍非常简短：“我叫宋谦涵，是你们的新任中队长，还有什么问题？”

“报告！”

“说！”

“队长您深井救援纪录是多少？”

“七十！”宋谦涵几乎不假思索就回答出来，下面一片哗然。

温言鼓起了腮帮，深井救援从来就是她的弱项，所有比她时间长的人都会被她列为竞争对手，这下子，宋谦涵无疑成了她的头号对手。

宋谦涵个子高，看队员的时候，往往是看最后排，以致他从一开始就忽略了前排的人。

将视线收回的时候，他便一眼看到了自己身前鼓着腮帮，一脸不忿的女孩。这女孩身量颇高，但体形偏瘦，在一群男兵中显得十分瘦弱，像风一吹，她就能倒。他以前在自己中队从未遇到过女队员，虽然在这之前，他了解过这中队的女队员，但真正见到之时，心里还是觉得不太舒服。

“温言！”

“到！”

“出列！”

温言向前迈步出列。她也没想到新队长会点自己的名，饶是见过再大的风浪，她还是忍不住心中惴惴。

“下面宣读对消防二中队指导员温言的处分通告。”

此话一出，下面的队员们都站不住了：“温言犯什么事儿了？”

作为当事人的温言也是一脸愕然，她最近没行差踏错吧：“队长我……”

宋谦涵打断她的话，继续道：“在上周的跳楼救援中，温言作为救援队员，虽将当事人安全解救，但因动作粗暴，致其脑震荡住院观察，其情节恶劣，给整个中队形象带来不可磨灭的负面影响，故决定撤下温言指导员职位，由一班班长吴俊林补上，一班队员路淮任班长。”

温言只觉得要气得肺爆炸了，胸口剧烈起伏着：“队长，我想看书面的处分报告！”

宋谦涵叉腰转身：“我说的话就是报告。”

“你这是……”专制、独裁，后面那几个字温言没有说出口，因为她看见了明馨儿对她的眼神示意：不要冲动。

“队长，可我当时确实将人员安全解救，您不能只看我的过，而不考虑我的功。”

“你觉得在场的人，随便换个人上去，任务完成得不比你出色？”宋谦涵侧脸看着她。

“当时情况紧急，换人上去，也不能保证不会出现同样的结果。”温言说得不卑不亢，“况且，当事人也没有对我提出投诉，那就说明她满意这样的结果。”

“今早人家就投诉到办公室来了，要是你能让她撤销投诉，我倒是能考虑你的功。”

“什么？”温言瞪大双眼，直到将对方的话在脑海里过了一遍之后，她才低声骂道，“该死，不是说只要给钱就不会投诉吗？”

至此，温言再无话反驳，只好接受处分。

解散之后，宋谦涵将她留下说话，开口就问她：“你答应了要给那人赔钱？”

温言实在不想跟这人说话，可无奈自己被降职，本该平起平坐的人如今成了上司，她只好耐着性子回答：“没错。”

“不许赔。”谁知宋谦涵却斩钉截铁地道。

“为什么？”

宋谦涵单手叉腰道："对方的目的是钱，你赔钱便是遂了她的意。我们是消防部队，不是慈善组织，要是每个人都像她那样，缺钱就去跳楼，我们救她还要被她反咬一口，这中队还混不混了？"

"那万一她要起诉我怎么办？"

宋谦涵勾唇一笑，"我保证，她还没那个胆。"

"你保证个屁！"温言腹诽道。

"那队长您倒是教教我，我要如何既不赔钱，又能让她撤销对我的投诉呢？"温言歪头问道，带着寻常小女生的促狭意味。

见状，宋谦涵更加不耐烦："自己想去！"说完他便头也不回地走了。

温言气不过，在他转身的瞬间向他扬了扬小拳头，然后踢着草回去了。

吃饭的时候，明馨儿附在她耳边告诉她："队长刚才说了，不让其他队员借钱给你。"

温言咬牙切齿地戳着碗里的饭："他这摆明了是要整我！"

许多队员都过来安慰她，碗里的菜堆成高高的塔。温言看向对面的队友，他们一些是有家室的，还有老婆孩子要养，一些虽然单身，但消防员的薪水微薄，还不够他们养活自己。这样想着，她就更说不出借钱的话了。

"我说吧，宋谦涵他那是给我们立下马威呢，温言职位最高，就遭殃了呗。"队员们都替她感到不值。

"这几天要发工资了吧，到时候你把钱给我，我刚好要到银行办事，顺便给你存起来。"

温言正在家里和父母吃饭，刚吃下一块鱼肉，闻言差点将鱼刺也吞下去。她的钱早就全部贡献给医院，赔偿医药费去了，如今的她一贫如洗。

老一辈的人，别的什么理财基金、股票都不相信，就喜欢将钱存到银行里，每次一点，定个死期，收益小，但风险也小，日子就是在这些零零碎碎的小钱中积攒起来的。

打从她进了军校，有了收入来源之后，她就帮自己开了个户，定期将钱存进去，几年来也存了一点。母亲这会儿不提，她都差点抛诸脑后了，这会儿想起来，才觉得后背嗖嗖发凉。

"不用不用，到时候我自己去。"温言连忙扒了口饭，含混地回答。

"你什么时候有空啊，等你有空的时候钱都花光了吧。"温言一抬头，果不其然，母亲的眼神正停留在父亲身上。这几年母亲把自己的钱管得严严实实的，就是怕她将钱给了她爸喝酒。

温言叹了一口气，道：“知道了，过几天给你。”

得到肯定回答，温母转而向温父道：“把你的也给我，过几天还得修一下厕所。”

温父身子一转，用背部对着温母：“没有。”

“怎么没有啦，这个月我连钱的影子都没见着。”温母想去搜温父的身，被温父躲开了。

温母没办法，转而对温言责备道：“你倒是说句话啊。”温言无奈，她能说什么啊？

“我吃饱了。”温言放下筷子就要离座，却被温母叫住：“你等会儿，我有话跟你说。”

她不得不又坐下来，面无表情地道：“什么？”

“上次跟你提过的转业的事情，你考虑得怎么样了？”

闻言，温言只觉心口一窒，抿了抿唇，口气生硬地道：“我不转。”

“这由不得你。”

“这是我的工作。”温言忍着喉头的哽咽。

她母亲是这个家的权威，从小到大，她和她爸就只能听她母亲的，可唯独在这件事上，她不想让步。

温母闻言，将身上的围裙摘了，不轻不重地放到饭桌上，盯着她：“我就没听说过哪一家的女孩做消防员能做到老的，我告诉你，没有！你不嫁人了，嫁了人不要丈夫孩子了？你觉得有哪个家庭能接受一个做消防员的媳妇儿？”母亲步步紧逼，温言握紧了桌下的拳头。

说到这里，温母察觉自己的语气有些激动，于是又缓和了下来：“我们都是为你好。”

“孩子喜欢你就让她做嘛，管那么多做什么？”这时，一直没吭声的温父也出声道。

“你闭嘴！”

“当初她要去军校的时候你怎么不说她了？现在你说这个还有什么用？”

“我当时哪里知道她会被分配到消防队，我要早知道就不让她念这个军校了！”

两人你一言我一语的，隐隐有越吵越凶的趋势，温言被吵得头有些痛：“那要怎么样，你才不逼我转业？”

正在吵架的两人停下来，温母想了想，看着她道：“除非你一年内给我升到领导层，这样我就随便你。”

“好。”温言答道。

两人瞪大了双眼看着她，良久，温母轻笑一声：“哼，不可能。”

“我会证明给你看的。”走到半路，温言又回过头来，“谁说女消防员就不能找到男朋友，我就找给你们看！”

跟父母打赌的当天下午，她就拿着家里剩下的汤去了医院。

就是因为跟父母打赌，她觉得自己还是需要挣扎一下，把风评给扭转回来。

跳楼女孩叫徐莉莉，虽然她说不住院了，但没能经过主治医师的同意，她还是得待在医院里直到康复。

而在她清醒的第二天就要求换了一间单人房，温言走进那间窗明几净、整洁宽敞的单人病房，觉得自己心头在滴血，这样的房间，一天得多少钱啊……

“徐小姐，我给你带了鱼汤。”温言将保温瓶放到床头柜上。徐莉莉把视线从镜子上抽出，瞥了她一眼，重新专注于自己的妆容：“怎么又是你？我不喜欢鱼汤，味道很腥知不知道？”

温言被嫌弃也没觉得有什么，就闲闲散散地靠在柜子旁，看着她上妆：“你这是要出去？”

“不是，我要直播。”徐莉莉懒得理她，“我的粉丝可是有好几万呢，所以你总算知道自己害我损失多少了吧？”

“额知道了，真是非常抱歉。”

然而徐莉莉还是没有理会她的道歉，跟往常的每一次一样，温言说完对不起三个字，没能换来任何回应。

她不是个善于交谈的人，尤其在没有任何共同话题的人面前，可以说多待一刻都是煎熬。

直到徐莉莉打开手机，跟观众问好，温言都是站在她侧后方，手下是保温瓶。

徐莉莉抬头，仿佛才记起原来房间里还有这么一个人，一下子就起了恶作剧的心，猛地将手机镜头调转：“哪，这就是那个把我踹成脑震荡的女消防员了……我已经好多了，谢谢关心……”

温言一抬头就看到徐莉莉用手机屏幕对准自己，她迅速用保温瓶挡住了自己的脸，在保温瓶后翻了个大大的白眼：“徐小姐，既然你在忙，那我就先回去了，再见。”

至此，她的耐心已经消磨殆尽。让一个没心没肺的人考虑自己的感受，简直是妄想。她能做的都做了，剩下的就让那徐莉莉自生自灭吧。

说罢，温言扬长而去。

温言走在医院的走廊上，那天的男大夫迎面向她走来，身边的护士正手舞足蹈地跟他说着什么，脸上的表情十分焦急，他全程只侧着头听护士的话语，步伐又快又大，白大褂在他裤侧飘扬，人很快就转入到某一间病房内。

温言好奇，就扒在病房门口看，只见他把房内的所有人都赶了出去，房里无论是家属还是闲杂人，一律在两秒钟内消失无踪，似乎早已习惯了他的风格。他开始给病人进行心肺复苏。

感觉他每次救人都会六亲不认，神挡杀神，佛挡杀佛。但其实，救人如救火，他们的工作和自己是一个性质，这样想着，她就很能理解他的心情了，顿时有种他乡遇故知的亲切感，对他的好感蹭的一下猛涨了不少。

他双手撑在病人胸前，做着有规律的按压，不知道多少个来回后，心电图上终于恢复了波动。

在场所有人包括温言都松了一口气。

温言走到旁边的护士站，将鱼汤递给了其中一个小护士："麻烦你将这汤转交给里面的权大夫，如果他不要，那就你们喝吧，放心绝对没毒的。"

小护士表情僵硬地干笑了下："小姐，你这不是此地无银三百两嘛。"

第二章 重遇

时间很快到了八月底，这个时间段，对已经在社会上工作的人来说，没什么特别的，可对学生们来说，却是从天堂掉到地狱的分界点。

老生们要开学，新生们则要军训。

往年都是武警支队负责派人到本地各高校担任军训教官，可今年据说人数不够，领导决定从消防支队里面选人补上。也不知他们的选人标准是什么，几乎是百里挑一的概率，温言却被选中了。

落选的明馨儿失落惆怅："为什么我就没有这样的狗屎运呢？"

温言嘴里含着肉，不知道这种差事有什么好羡慕的："你那么喜欢狗屎啊？"

两人的对话引起周围人的不满："喂你们俩够了，大家伙都在吃饭呢。"

被两人直接无视。

"去当教官多好啊，每天不用早起，不用集训，还有学校好吃好喝地伺候着，最重要的是，有一群小鬼供你使唤啊。"

话音刚落，她就看到中队长宋谦涵捧着食盘从旁边经过，看明馨儿的同时，视线往温言身上一扫，只看到她的发顶："你对训练有很大意见？"

明馨儿闻言，立刻摇头否定："没有，绝对没有的事儿！队长您老人家听错了。"

宋谦涵经过温言身旁，温言甚至没有看他一眼。

上次的事情虽然过去了，徐莉莉始终没敢来跟她正面闹，但投诉也始终没有撤销，领导始终没有恢复她的指导员职位，反而是宋谦涵处处给她脸色看，她跟宋谦涵算是彻底杠上了。

待宋谦涵走后，温言叹气道："我这次负责的是研一新生，算起来跟我们差不多大，我可没有那样的魄力管住他们啊。"

"那要不我跟你换？"

“要是可以换的话，当初就是采用志愿制而不是选拔制了。”这时，一直在旁边顾着吃东西的路淮插话道。

“吃、你、的、饭——”被明馨儿的目光所慑，路淮连忙喝完碗里的汤：“队长等等我！”然后逃也似的冲了出去。

“你说他们俩是不是有什么？”明馨儿低声问道。

“什么什么？”温言不解。

“就是那什么啊？”明馨儿挤眉弄眼的。

温言很久才恍然大悟，路淮因为长得比较清秀，有点像女孩子，所以经常受到明馨儿的调侃，又因为他和宋谦涵的关系一直很好，因而彻底激发了有着腐女之魂的明馨儿的想象。

她也想象了一下宋谦涵和路淮一起的画面，冷不丁打了个寒战。

温言被分到了本地最知名的A大，该大学尤其以松潭医学院最为出名，而松潭医院就是该医学院的附属医院，也就是权竟宁所在的医院。而她要负责的就是松潭医学院的三十名研一新生的军训。

他们到学校的第一天，校园里还很冷清，校道上只有三三两两的人偶尔经过。

最开始的一两天，行程比较紧，要提前开各种会议，将这次军训的任务传达下来，然后就是讲解军训期间的各种注意事项。比如如何跟学生相处，军训期间也不能忘记自己身为军人的职责和使命，即每天还要早起集训等。

因为是队伍里唯一一个女教官，其他男教官都对她特别照顾，说话聊天都带上她，尽量让她融入大家庭，搬东西的事情完全不会麻烦她。虽然觉得这些没必要，但她还是觉得受宠若惊。

谁都知道，在中队里都是把女人当男人使，把男人当畜生使的。

温言一个人分到了一个房间，一间普通的学生宿舍，格局不大，环境还算整洁，吃饭的话，由学校统一派发校卡，在饭堂解决。

所以到最后，明馨儿说的，有多少是实现了的呢？她好像对当教官有什么误解，改天一定让她亲自体会一番。

“解散！”随着营长的一声解散，教官们四下分散，去找各自的队伍。

第八排的学生们一见自己的教官是个女生，看上去还挺软萌，当即兴奋地欢呼击掌：“没想到是个女教官哎！”

“那是不是意味着我们的军训生活会比其他人好过那么一点儿？”

“未必。”

温言在中队里怎么说也当了一年的指导员，平时跟队员们也玩得不错，所以对于当教官，她也有自己独特的套路和方法。其中一条就是要时刻注意自己的表情仪态，看上去既要严肃端正，这样才能树立权威；同时要亲切和蔼，才能让人觉得好相处。

所以一开始她就逼迫自己摆出一副性冷淡的表情，可怜学生们还以为自己捡了个大便宜，结果发现人不可貌相。看看隔壁排的男排长，虽则长就一副拳打镇关西的鲁智深粗犷模样，但人家温言细语，笑容绝对是礼仪小姐级别的，就连妹子们都被他逗得娇笑连连……

反观他们家教官，长得好看是好看，但其要求和长相完全不成正比：人家站军姿十分钟，她要求站十五分钟；同手同脚一次就罚同手同脚二十次——当着所有人的面，分分钟落下心理阴影……

以上，是男学生们的内心写照。

而女生们呢，在站军姿的时候也不闲着，眼睛骨碌骨碌转个不停，恨不得贴在自家女教官的脸上：皮肤好白，当兵的不是要每天训练吗，怎么还可以这么白？皮肤好细腻，毛孔完全看不见；脸好小；身材怎么那么好，前凸后翘啊……然后垂眼看看自己，辣眼睛。

以上，总结起来就是羡慕嫉妒恨。

休息的时候，温言坐在树荫下，左腿屈膝撑在石头上，右腿随意垂着，手上拿着一根杂草把玩，窥伺着融入学生之间的时机。不然这半个月的时间都没人陪她说话，多难熬啊。

忽然听到有人在喊她，她抬头就看见隔壁排的吴敏浩向自己跑过来。

吴敏浩是市武警支队的队员，这几天就数他对自己最关照，所以温言跟他也比较亲近。

“跟你排里的学生相处得怎么样？”吴敏浩喘着气问。

“还好。”温言跳了下站起来，“就……那样呗，这种事情总需要点时间。”

“有什么事就到隔壁排找我，要是学生有什么不舒服的，救护车就在那边，饮水机旁边。”吴敏浩指了指不远处。

温言顺着他的手略看了看，点头：“好的，谢谢。”

一群半大不小的学生看见两个教官“交头接耳”，调侃的心思又起来了，很快就有人喊：“教官好帅……”

吴敏浩性格外向阳光，被这样调戏也没有不好意思，反而很大方地反问：“有没有你们A大男神帅啊？”

众人齐声回答："没有……"

吴敏浩配合地捂着胸口："你们伤到了我的心。"

温言在一旁看着，不禁抿唇而笑，笑意溢出嘴角，左脸颊的一个小梨窝凹了进去，在阳光下给她增添了几分可爱俏皮，跟刚才的冷面教官判若两人。

"温教官笑了。"众人起哄。

接着就有人问了："温教官是不是喜欢吴教官啊？"

温言笑斥："胡说八道，待会儿站军姿多加十分钟。"

底下顿时一片哀号。

温言为了躲避炙热的阳光，特地找了个树荫处，在这一点上，八排的学生比其他排的学生好过多了。

训练时间大概是每次一个小时，艰难地熬过一个小时，孩子们又迎来了第二次休息时间。这次他们就没有那么怵温言了，有好几个学生都主动过来跟她交谈。世界上孩子们对大人八卦的点都差不多，大致是关于恋爱经历、爱好兴趣等问题。

回答了他们一轮，温言才发现自己的水瓶里没水了，于是起来去接水。接完水后又看到旁边有个卖水点，紧靠着医院派过来的 120 救护车，温言一时好奇过去看了看。冰柜里尽是瓶子五颜六色的饮料，还有形状各异的冰激凌，温言默默看了看自己的军用水瓶，咽了咽口水。

"要买吗？"身后有人问，温言往旁边让了让，低声道："不买。"我就看看。

回答完了之后她才觉得这声音耳熟，这时余光已经看到权竟宁站在了自己旁边，正在跟老板说："一瓶矿泉水。"

温言惊讶于在这种场合也能遇到他，难道这就是缘分！

帐篷外暑气逼人，冰柜一打开，沁人的凉气弥散开来，温言只觉得有种惊喜在心底升腾，就像在酷暑天里吃到冰棍般沁爽怡人，让人忍不住咧嘴而笑。

老板从冰柜里拿了水递给他："两块。"同时在刷卡机上按了个数字。

权竟宁摸了摸自己的裤兜，像是想起来什么，问老板："现金可以吗？"

老板为难道："抱歉，学校规定要刷校园卡。"

"那……"

温言在旁边看完了全程，感慨自己存在感也实在太低了，适时开口道："我请你喝。""嘀"的一声，权竟宁转头，惊讶地发现温言就站在自己旁边，正微笑着看着自己。外面阳光刺眼，他拧着眉头看了她半晌，手背已经被瓶身上的冰水湿透，"谢谢。"下一秒，权竟宁将瓶盖拧开，递给了她，"你怎么会在这里？”

温言看着自己面前的矿泉水，也有些发愣，却鬼使神差地接过了：“谢啦，我被调到这里当教官了，负责第八排。”

“再买一瓶吧。”权竟宁指了指冰柜。

然后，温言又买了一瓶，这次权竟宁没有推辞，接过来就喝了。

这时候，后面的学生都拥着上来买水，将两人挤到一旁，温言没看到，学生里大多数是女生，且女生们的眼睛大多锁在权竟宁身上。

两人往一边让让，权竟宁指了指救护车外的帐篷，帐篷下有几张长桌，上面堆着治疗药物：“过来这边吧。”

“那权大夫你呢，你怎么也在这儿？”温言走过去，靠在长桌上问权竟宁。以他的级别，应该怎么样都不会被派到这里当随军医生吧。不过这中间的道道，她也不懂。

“跟你一样，也是服从调配。”权竟宁绕回自己的座位上，按着胸前的领带，边坐下边道。

温言往他的脸看去，这时，他坐着，她站着，她可以看到他仿佛浸在两泓水里的眼睛，漆黑，深沉，这还是她第一次这么近距离且清晰地看他的五官。他的五官都不是最标准的，每个都只能评八十分，凑起来却出乎意料地好看。皮肤也好，被阳光晒过之后透出健康的粉红色。

“权医生！”突然，一名穿着护士服的女人从救护车上下来，着急地道：“市区发生连环车祸，医院救护车不够用了，让我先将车子开回去！”

权竟宁立刻收拾东西，随时出发的样子：“车祸地点是哪里，我们直接到现场。”

“不不不，”护士连连摆手，“医院的意思是，你还在这边镇守，让我把车子开回去。”

权竟宁收拾东西的手一顿，良久后他点头道：“那你回去小心点，有什么事情给我打电话。”

“好。”护士点头，“那权医生你在这边就餐吗，这学校的餐厅都要刷卡就餐的。”

“没关系，我到外面吃好了。”权竟宁说着，帮着护士将救护车上的医疗用品搬下来，这些都是为了军训准备的。

温言看着救护车绝尘而去，敲了敲桌面：“权医生，这天气很热啊，你要走到外面吃饭恐怕都要晒晕了。”

权竟宁笑笑：“没关系，这么晒你们不一样让学生军训。”然后再次坐回桌边，将资料翻开。

闻言，温言长长地“嘶”了一声，这人是在讽刺他们没人性？他以为她想放着救火救人的工作不做，来这里教书育人啊，那么伟大的人不叫温言。还不是现在的学校初中军训，高中军训，大学军训，上研究生还要军训，妄想十几天的军训就能让学生变成刀枪不入的钢铁侠，结果该尿蛋的还是尿蛋，硬不起来。

“现在的孩子们都是温室里的花朵，就是要给他们点阳光才开得灿烂。”温言将手里的矿泉水扔过来，接过去，“尤其是他们医学生，每天和尸体病菌为伍，不晒点太阳消消毒，很容易生病的。”

权竟宁笑着点点头：“你说得似乎很有道理，所以我也是医学生出身，这样晒晒又何妨？”说着，男人低头去看东西。

温言摸了摸后颈，觉得没劲，打算撤退，却突然听见一声闷响，咕噜噜的声音。温言低头就看到权竟宁的耳根红了，脸上却还是一副云淡风轻的样子，她努力憋着笑。

“上次你替我包扎，都还没来得及谢谢你呢，那既然遇见了，我请你吃饭吧，免得你两头跑，这大热天的在路上跑也挺受罪的。”而后，她低头掩唇道，“反正校园卡里的钱都是学校给的，不吃白不吃啊。”

女孩子的突然靠近，并没有让他觉得不悦，反而觉得挺有意思。权竟宁的眼神徘徊在她不停翕动的嘴唇上，鼻尖是女孩子特有的味道，是沐浴露香味混着汗水的味道，并不让人觉得讨厌。

男人挑眉，靠在了椅背上，手指转起了笔：“救死扶伤是医生的职责。”

“可你也没有收我的钱不是，我不喜欢欠人家人情。”

温言等着他的回应，这时候，哨声响起，又要训练了。

她皱着眉头看他，也没等他回答，就把校园卡放到他桌上，大手一挥：“就这样说定了，我先去训练，你要是渴了就先用我的卡，想吃什么也随便买。”

女孩一边跑一边回过头看他，像是还在等他的回应，等她跑开了五米远时，权竟宁才终于将卡拿起来，放进了口袋里。

温言仍保持着回头的姿势，见状脸上绽开了一个灿烂的笑容。权竟宁看着她阳光下的背影，也不禁莞尔。

等解散的命令一下，温言就跟吴敏浩打了声招呼，直接向帐篷方向跑去。路上满是赶着去食堂吃饭的学生，人群中跑着的温言并不是很惹眼。

旁边的卖水点已经离开，救护点的帐篷还在，人却不见了。温言走到帐篷里，往车子四周看了看，也没找到人，正灰心沮丧的当口，眼前一黑，头顶像是被什么压住了。

权竟宁回来，看到自家帐篷塌了，中间还有个凸起，还以为出了什么事，正要过去察看，就听到有一把闷闷的女声传出来："权竟宁别走！"

下一秒他就看到温言从帐篷里钻出来，女孩形容狼狈，帽子歪了，本来笔挺的军装也有些凌乱，蹲在地上盯着权竟宁的方向，一边去扶起支架，一边解释道："帐篷不是我弄倒的，是它自己倒的。"听起来像狡辩，女孩说完就默默低下了头。

权竟宁摇头失笑，没有察觉对方喊了自己的全名。他走到温言身边蹲下，温言看着他，道："我还以为你走了。"

"帽子歪了。"男人随手将她的帽子拨正，而后转身去收拾地上的帐篷，"我没走，有学生晕倒了，我去看了下。"

温言摸了摸自己的帽檐，"哦"了一声，刻意忽略他刚才在自己面前放大的五官和专注的眼神。

两人无声无息地将帐篷收起来，搬到训练场的储藏室，才开始沿着校道慢慢走着。

校道旁的银杏树枝叶繁茂，郁郁葱葱，微风拂过，偶尔带来一丝凉意，也十分惬意。

此时的权竟宁将白大褂脱下拿在手里，领带也摘了，身上只穿着简单的白衬衫、黑裤子，这两样，不同的人穿起来，会有不同的味道。大学生穿起来会显得清爽温润，到了一定年纪的成年人穿起来则显得沉稳内敛。

温言却觉得这两者的气质同时在他身上得到了展现。

他气质温润，却又稳重内敛，看起来像个二十出头的大学生，身上却又散发着厚重的岁月积淀的气息，就像是一个人明明很年轻，却已经历了生老病死，只有这样，才担得上这种淡薄和坦然。

她转念又想，当医生的是不是都这样，因为他们看到的生老病死比平常人多得多。

温言与他并肩而行，又侧头默默比了下自己和他的身高，发现他是真的高。

"你这徽章有什么特别的意思吗？"温言指了指他白大褂衣领上的银色徽章。

权竟宁拎着徽章看了看，银色的材质在阳光下泛着光："这是松潭医院神经外科的标志，神经外科的医生人手一个。"

"是银的吗？"

权竟宁点头："真银。"然后看到女孩艳羡的眼神，面上没有多余的表情。

有很多人在两人身边跑过，权竟宁特地注意了下经过的女生。这个年纪的女生，大多留着飘逸的长发，即便是在军训，也不妨碍她们描画精致的妆容，她们纤细、敏感、柔弱、养尊处优，没有人规定她们一定要如此，可从古至今女孩给人的印象却大多如此。

"我实在想不明白，你一个小姑娘，为什么会跑去当消防员？"

权竟宁突然停住脚步，转过头来盯了她半晌。温言还在为自己目不转睛地盯着别人看感到汗颜，右手习惯性地想去摸耳垂，冷不丁听到他这句话，右手抬到中途拐了个弯，成了双手抱臂的动作，摇头啧啧叹息："权医生，我没想到你是这样的人，你也算是高知识分子了，思想里却还存有这样迂腐的观念，现在是什么年代了，女性可以撑起半边天。这是思想糟粕，我劝你赶紧丢掉。"边说还边做起恨铁不成钢的表情。

权竟宁抬手做了一个停止的动作："我只是字面上的意思，你大可不必过分解读。我只是好奇消防员的条件苛刻，当消防员的大多是男人，哪怕是女人，也是看上去比较壮实的，而你……"说到这里，权竟宁停了下来，从头至尾打量了她一下，嘴角带笑，"未免太过纤弱。"

凡是见识过她的力量的人，都不敢把这两个字往她身上挂，突然间被人这样形容，温言有点绷不住了，从耳根开始泛红，热度从背后蔓延而上："这个……你没必要质疑我的能力，你可以去问问被我训过的学生和新兵，没有一个不被我训得嗷嗷叫的，你以为要是我没有过得去的本领，能服众吗？而且其实男人能做的事情，只要女人想做，也可以做得比你们好。"

权竟宁摇头："你还是没明白我的意思。"

温言有些微愕然："嗯？"

"女孩子，还是适合被人捧在手心里。"话音刚落，他已经转身，再次向前走去。

徒留温言站在原地，脸上红了绿，绿了紫，紫了又红，表情堪称精彩。

垂在裤侧的拳头猛地握紧，女孩假装漫不经心地道："适合被捧在手心里的女孩只有拇指姑娘。"

不知不觉，两人走到食堂门前，里面各色长椅上坐着满满的人，喧哗声不断，温言不得不附在他耳边跟他说："我听说二楼有餐厅，可能人会少一点，东西也好吃很多。"

其实在这之前，她就已问过排里的学生，知道食堂上面有个高档些的餐厅，价格贵是贵了点，但胜在少人，且东西好吃，所以她本来就是打算带权竟宁到那儿的。

“要是想吃好吃的，我倒有个更好的推荐。”

权竟宁推荐的店在校园东门外，不是很远，两人决定步行前去。但因为权竟宁惹眼的外表，还有温言美女教官的话题加持，一路上引起路人议论纷纷。

温言早已习惯这样的情景，平日里出勤也没少被人围观，可今日面对的是一大帮学生，她就有点受不住了。可反观权竟宁，目不斜视，一心走着自己的路，哪里有自己这样的窘迫。

“别光说我啊。”温言用手扇风，侧眼看向权竟宁，“我觉得权医生你也跟我想象中的医生不太一样。”

权竟宁双手插在裤兜里，低头将地上一块石子踢到路边的泥地里：“你认知里的医生是什么样的？”

温言开始回忆自己在电视里看到的和生活中遇到的医生形象：“就……感觉很亲切和蔼……当然我不是说你不亲切和蔼，穿着白大褂或者绿色手术服，一把手术刀就能救人。”可她好几次见他，他都是板着脸，活像别人欠了他几百万似的。

“你这些都只是影视作品带给大众的印象，那你也应该看过变态杀手，里面很多人的职业，就是医生。”

温言：“权医生，你这样诋毁自己的医生形象对你有好处吗？”

“行医救人，靠的是医术和仁心，而不是形象。”

温言眨眨眼，很久才反应过来，他这是在和自己开玩笑？

两人到了一家中小型餐馆，装潢采用复古风格，地板都是用棕色木板铺就，主要就餐地点在二楼。

“粤菜馆菜式都比较清淡，适合夏天吃。”权竟宁将菜单递给她，“要是不喜欢，我们可以去其他地方。”

“不用啊，这里就挺好的。”温言环视一周，将菜单接过，摊开来让两人都能看到。

中国食堂的饭菜大多一个样，吃多了会让人觉得吃什么都没味道，所以学生们偶尔也会到校外觅食，吃些重口味的东西祭一下五脏庙。

那些在学校旁边的小吃一条街往往就是各种重口味食品的聚集地，这样以清淡饭菜为主的饭店在这里无疑是一个另类。

为此温言有些担心这个店到底能开多久。

最后两人点了几个比较清淡的粤式小菜，清蒸排骨、西红柿炒鸡蛋、鲜虾西蓝花小炒、蒜蓉白菜，还有个山药排骨汤，为了彰显自己的请客诚意，温言在原来的基础上又加了几道菜。

权竟宁意味深长地看了她一眼，而后似笑非笑地将菜单还给服务员。

“这里你经常来吗？”

“以前比较常来，现在偶尔。”权竟宁给她倒茶，他的手指修长白皙，是一双很标准的外科手，此时拿着棕色的砂壶也恰到好处，颇有古代小说里渲染的翩翩公子的韵味。

可惜了，这么一双手却不能做手术。

茶香充盈鼻尖，温言深吸一口气，而后问道：“这里的招牌菜是什么？”

“苦瓜炒牛肉。”

温言：“……”

突然，权竟宁看向她的身后，眼神里带着宠溺，竟然还笑了。温言以手捂脸，侧过头去翻了个白眼，心里骂道：不知道自己长了一张惹人犯罪的脸吗，还动不动乱放电，以后就应该立条法律，颜值高于 8.0 的男人，禁止当街放电，否则电晕一个娶一个！

这样的境况持续了好几分钟，温言果然还是功力不够，几乎想拍桌子抗议，这样一个大帅哥盯着你看，谁受得了啊——

权竟宁却将头一歪，叫了一声“小由”。

“小由？”温言诧异，转头看去，只见一名小胖墩迈着小短腿，噔噔噔地跑到权竟宁身前，一把抱住了他的大腿：“权叔叔！”

权竟宁挟住他两肋，一下就将他抱到大腿上。

这时候，在收银台边的女主人也笑着看过来，道：“这孩子就是喜欢你啊权医生，前阵子还老是问我权叔叔怎么不来看他呢。”

权竟宁笑笑以作回应。

“哪里来的小孩？”温言盯着孩子的脸，很久都没能移开眼睛，“好可爱啊。”眼神里带着显而易见的喜爱和欣喜，眼睛闪闪发光。

“这是店主人家的孩子。”权竟宁答道。

两人本来隔着桌子对坐，温言为了方便逗孩子，挪了挪屁股，移到了权竟宁身旁的位置上，手指颇具挑逗性地挑了挑孩子的下巴：“小子，今年几岁了？”

小由长得粉嫩粉嫩的，圆圆的脸蛋又白又滑，此时正瞪着一双水汪汪的大眼睛看着对面的温言，闻言立时反驳道：“我不叫小……砸，我叫小由。”

温言坐直身子，抱着双臂，“嘿”了一声：“小孩子还挺有骨气，那小由你今年几岁啦？”

“四岁。”孩子颤巍巍地伸出四根手指。

温言“哦”了一声，做恍然大悟状：“四岁啊，”然后将他的大拇指也掰上来，这才满意地道，“不过这不是四哦，这才是四。”

小由呆呆地看着自己的五根小手指，看了半晌，挠挠头，转头看向权竟宁。权竟宁抿唇而笑，给了他一个鼓励的眼神，小孩子终于鼓起勇气，再次伸出四根手指，理直气壮道：“我老师说了，这就是四！”

“你们老师骗你的。”

“老师才不会骗我，而且权叔叔也说这就是四。”孩子的脸憋得红了，温言觉得他更可爱了，忍不住上手捏了捏，笑得跟迷妹似的：“你说是四就是四吧。”

权竟宁推开温言的手，促狭一笑，对小由说：“小由，叫阿姨。”

闻言，温言的脸一下垮了：“你还不如让他叫奶奶呢，小由乖，叫姐姐。”

小由没有跟着她喊，而是转身对权竟宁道：“权叔叔，这个姐姐好漂亮。”说这句话的时候，孩子的眼睛也是一闪一闪的，尤其天真可爱，温言忍不住就想给他一通夸赞，谁知下一秒他就捂着嘴巴说了，“就是有点笨。”

温言：“……”

吃饭的时候，两人就坐在餐桌旁，二楼外面有个小院子，孩子也不黏人，就在那里自己玩。

温言喊他过去，他也没有太理会，估计是家里人教过这方面的礼貌。

温言率先吃完，将筷子放下就忍不住再去看一眼小孩：“我去看看小由，你慢慢吃。”

权竟宁也放下碗筷：“我也吃好了，我陪你去看吧。”

“至于看这么紧嘛，我又不会对他做什么。”温言撇撇嘴。

此时，不远处突然传来一声小孩的哭声，那声音凄厉委屈，让人听了心疼不已。

两人闻声，面面相觑了一会儿，同时拔腿跑去，在院子的角落发现哭得声嘶力竭的小由。

店主人夫妇也听到了孩子的哭声，菜也顾不得上了，赶过来抱着孩子就是一通哭：“怎么弄进去的你这孩子！”女主人斥道。

权竟宁察看了下他的手指，发现他是右手大拇指卡在了螺母里，指头已经因严重充血而变得肿胀泛紫，男人眉头紧皱，抬头看向温言。温言收了电话，方才她已经打了电话让队员带破拆工具过来，看到他的眼光，点点头道：“再忍一会儿，大概十分钟就到了。”

现在纠结孩子是怎么弄进去的已经于事无补，温言只是心疼他，手指肿成这样，说明事情发生已经不是一时半会儿，可是他却硬是忍住不说。她说完也蹲在孩子面前，拿纸巾给他擦干眼泪：“以后觉得不舒服了，就要说出来，这里不是还有你最喜欢的权叔叔吗，权叔叔是医生啊，他会救你的啊。”

孩子抽抽搭搭的，小肩膀一耸一耸：“小由是男子汉，不哭……”

温言叹了口气，伸出右手五根手指给他看：“看，这是五。”然后动了动大拇指，收回来，“要是你不早点跟我们说，这大拇指就会没有，到时候你就永远只能跟人说‘我五岁了’。”温言模仿小孩子的语气和神态，带了点滑稽。

“小由不要……”

“那你以后疼了还要不要跟爸爸妈妈说？”

“嗯嗯嗯。”孩子连连点头。

温言站起身，看着权竟宁露出胜利的笑容，权竟宁紧绷的神经因为她这一笑也放松了不少：“小孩子坚强独立是好事，可有些事情他们解决不了却还硬撑，只会毁了他们。”

随之，权竟宁打了个响指：“正解！”

孩子回到自己父母的怀里，十分钟过后，中队的指导员吴俊林和路淮带着工具到达。正在吃饭的食客看到这么大阵仗，饭也没吃，都扒到窗口边看起了热闹。

温言打开工具箱，选了一把最小的锯子，对权竟宁道：“你力气比较大，你来抱着孩子。”

权竟宁依言照做，将孩子抱在怀里，用手蒙住了他的眼睛，在他耳边不停重复道：“别怕……”

也不知道他跟孩子说了什么，孩子竟然“咯咯咯”地笑了，温言一个手抖，差点切在了自己的手指头上。

吴俊林则安慰孩子的父母：“你们别担心，温言是我们队里最出色的队员，这种破拆她很有经验的，我们得用石材切割机，她用一把锯子就能搞定。”

孩子父母听着，心里还是不怎么放心，就这么一个小姑娘，大腿还不够孩子爸的胳膊粗，哪来的力气切螺母啊。

院子里围栏上爬着某种攀缘植物，将整个院子装点得生机勃勃，其中摆着张桌子，配着两把长椅。在孩子父母质疑的目光下，温言将孩子的手放到桌上，用锯子开始切割。螺母银色的铁粉散落，在阳光下闪着晶莹的亮光，从权竟宁的角度看过去，女孩子的下巴尖尖的，眼睛凝视着螺母，神情专注。

此时正值中午，室外高温闷热，女孩的脸颊变得通红，额角冒了一层薄汗，正顺着柔和的鬓角滑到下巴上。

原来她叫温言。

脑海中有个画面缓缓浮现——他趴伏在一个女孩的背上，对方身量娇小，脊背柔软。当时他不过十几岁，但长得很快，身高将近一米八，对方的身量还不到他的胸膛，所以他修长的双腿还是能碰到地上，随着她的奔跑而不断地与地面刮擦，才买不到两天的新鞋，鞋头就那样刮破了。

模糊间，他看到对方的脸侧都是被汗水打湿的鬓发，女孩的脸颊通红，看上去柔软滑嫩，一侧头，他便看见了一个深深的小梨窝，在她嘴边。当时他还是少年心性，就忍不住抬手去戳："温言，你的力气怎么这么大……"

"啊！"女孩一惊，把头一拧，他的食指便准确无误地戳中了那个小窝，那一刻，他的心竟然感到了一阵雀跃，比看到父亲手术成功后还要满足。

然后他就彻底晕了过去，意识丧失前最后一秒，他只有一个念头：原来她叫温言。

"其实这个人不重，你别看他长得高，瘦得跟竹竿似的，全是骨头……"

回忆到这里，权竟宁重新专注于眼前的现实。

女孩嘴唇紧抿的动作把梨窝挤了出来。

他笑了，不知是为眼前人的专注认真，抑或是故人重逢。

"加点水。"

因为切割会给螺母带来高温，为了避免二次伤害，他们通常会边切割开，边加水降温。闻言，路淮将一杯冰水缓缓倒在切口上。

觉得差不多了，温言继续作业。

不知过了多久，"咯哧咯哧"的声音终于停了下来，此时螺母的切口处还剩下最后一毫米没有切割，为了不伤害孩子的手，温言徒手将其掰断了。"可以了。"温言松了一口气，笑得灿烂。

温言将螺母从孩子的手上取下来，权竟宁才将蒙着孩子眼睛的手放下，逗了逗孩子。在场众人皆松了一口气，不远处的食客们纷纷鼓起了掌："小姐姐好样儿的！"

"谢谢你，真的谢谢你！"孩子父母过来又是鞠躬又是握手，这种场面温言见得多了，但还是不知如何应对，只是挠着头，礼貌地笑着说："不客气，应该的应该的，这次还算好的了，上次我们遇到一个男人，也是这样，差点连命根子都没了。"

闻言，孩子的父母尴尬地笑了笑。

吴俊林和路淮收拾工具，路淮也在胸前给她比了个“你最棒棒”的手势。

权竟宁在一旁给孩子处理伤口，用简易的医疗箱给他做了放血消炎的急救措施，闻言正在动作的手顿了顿。治疗完毕，他站起来对孩子父母说：“手指应该没什么大碍了，但最好还是到医院处理一下。”

夫妇两人连忙答应：“谢谢权医生谢谢权医生，这次幸亏你们在这，否则我们都不知道怎么办。”

“以后有问题记得打 119，我们二十分钟内必到！”路淮自信地道。

温言走到孩子面前，将手里的螺母放到他手里：“给你，以后要是结婚了，你就可以将这个熔了，重新打一个戒指给你的媳妇儿，告诉她，这是你男人的勋章。怎么样，很帅吧，又省钱，又有意义。”

孩子不解地看向她，并不知道这漂亮小姐姐又在胡说八道什么。

倒是权竟宁将螺母从孩子手里挖出来，扔回给她：“这个还是你自己留着比较好。”她也不怕小孩子重蹈覆辙，真是……男人无奈地想道。

温言一手将螺母捞在手里，也不强求，而是正儿八经地对小孩道：“哪，这件事呢就告诉你，不是什么洞都可以钻的，以后长大，结识了女孩子，也得问过人家，人家同意了才能钻……啊！”

后脑勺被人敲了一记，温言捂着头怒视身后的吴俊林和路淮，那两人却无视她，微笑着对权竟宁道：“不好意思，中队里都是大老爷们儿，这丫头跟着我们未免学了些不好的习惯，不过她的本性绝对是纯良的，那以后请您多多包涵了。”说着还鞠了一躬。

温言觉得这人简直莫名其妙，索性将吴俊林拉了出去，抗议道：“你让他多多包涵个屁啊！”

“我还没说你呢，小孩子面前开什么黄腔？”

温言：“我这是教他人生道理……”

“你省省吧，在队里我不管你，好歹是在男人面前呢，你给我收敛一点儿！”吴俊林的声音低了下来，他挑眉指了指门内，“我看那医生不错，你可以考虑考虑，抓紧机会将他绑回来。”以前她因为是从军校出来，军衔和职位都比吴俊林高，但吴俊林是队里的老班长，是前辈，这是毋庸置疑的，由于他训人接地气，像个大妈，于是便有了“吴大妈”的别称。

“考虑个屁，我跟他就是萍水相逢，你就别咸吃萝卜淡操心了。”温言说完，转身就走，吴俊林还想再劝劝，可楼下的队员上来催了，他不得不离开。

温言回去的时候，孩子还在权竟宁怀里，两人有说有笑。她靠在门边，看着两人，他似乎笑得很少，但此时他的笑既温柔又温暖，那双桃花眼潋滟幽深。她不得不承认，这是个英俊的好男人，和他在一起的女人肯定很幸福。

想到这里，温言猛地回过神来，摇摇头，试图将脑海里的想法甩出去。

她自嘲地笑笑：人家再好，又关你什么事呢？你是肤白貌美，还是家财万贯，抑或是才情横溢，人家凭什么喜欢你啊。更何况，应该没人会愿意跟一个女消防在一起吧。

第三章 心思

晚上，温言躺在床上给明馨儿发信息。

她站了一整天，绷紧的腰背沾上床铺，很久才放松下来。

那边回复得挺快，以往这个时候，她应该已经沉浸在自己的休闲时光中，一边剪脚趾甲，一边看剧了。中队里手机自然是要上交的，只有到周末才会发放回来，但女队员的宿舍相比男队员的宿舍比较私密，哪怕她私藏了手机，也很难被人发现。

两人唠嗑了一会儿，明馨儿就说要看剧，温言也就没再打扰她。

爱美之心，人皆有之。温言是个不折不扣的外貌协会会员，喜欢闪闪发亮的东西，譬如宝石，哪怕只是抛了光的普通石块，她也喜欢长得好看的人，不管男人女人。

看到美人的时候，有一种喜悦会在心里漫延，让她兴奋雀跃，让她忍不住接近他们，忍不住想时常看到他们。

对于权竟宁，她想，自己应该也是出于这种感情。

组织只给了他们一天的适应时间，军训第二天早上就要进入集训状态：六点起床，训练一小时，整理内务半小时，早饭加休息半小时，八点准时开始军训。

平时也是这样的作息，温言并没有觉得不适应。到达训练场地的时候，她仍然精神抖擞，反倒是学生们，还没能正式进入军训状态，一个个哈欠连天，有气无力。

好不容易熬过了第一节训练，教官们为了提升士气，都开始教他们拉歌。一时间，运动场上响起此起彼伏的红歌声。温言也不甘示弱，她教一句，学生们唱一句，终于把气氛带动起来。只是温言始终是女生，声音细弱，很快就淹没在越来越响的歌声里。

这种众志成城的气氛让温言打心底里觉得高兴，胸腔里的心脏在怦怦跳动，拉歌结束之后坐在石块上仍自个儿哼唱着“团结就是力量”，有好几个女生见状，围将上来，温言给她们挪了些位置。

其中一位女生，身材娇小，但五官精致，皮肤白皙，似乎是这些女生的头儿，一上来就问：“温教官，你和权老师是男女朋友吗？”惊得温言差点从石块上掉下来。

“你们说的权老师，是权竟宁？”温言迟疑着问。

众人点头。

“我跟权老师没有关系啊。”

这时候另一个女生砸出实锤：“可我们昨天都看见你和权老师一起走了，还有人看见你们一起吃饭！”女生情绪激动，温言觉得要是自己回答一个“是”字，她就会冲上来把自己的脖子拧断。

周围的女生越来越多，眼神都像看着一只猎物。

温言咽了咽口水：“你们误会了，我们真不是那种关系。”以防她们不信，她又补充道，“我们在之前的救援中见过一面，刚好吃饭时碰见了，也就拼桌吃了个饭而已。”

看到她们松了一口气，温言也长吁了一口气，那为首的女生仍然笑容亲切：“那就好，我们还以为……不过就算是也没关系，温教官你知道吗，这里有百分之八十的研究生修过权老师的神经病学，如果你真是他的女朋友，我们都要叫你一声师母呢。”

温言设想了下上千人喊自己师母的情景，一个哆嗦，肃容道：“你们误会了，我真不是。”其实你们巴不得权竟宁一辈子不结婚不生孩子。

“那我们就放心了。”那女生拍了拍胸口。

后来温言去接水，救护车旁换了另外一个医生，看样子权竟宁今天没来。

而且接下来的两天时间，温言都没有再见到权竟宁。

而温言对于他，说不上想念，但有点不习惯就是了，毕竟人人都希望美好的东西长存于自己眼前。

但别的女学生就忍不住了，从权竟宁没来的第一天起，救护点前就排起了长队，那长度只比平时更长，没有更短，旁边的卖水点可谓尽收渔翁之利。

“程医生，权老师去哪儿了？他是不是不再回来了？”排队的一个女生问道。

被问的程医生是一名戴着无框眼镜的三十岁男人，递给她一瓶藿香正气水，一脸生无可恋：“你们再问我多少遍，我还是不知道啊，我跟他不熟，真的不熟……”

“才不是，我们查过了，你跟权老师分明是松潭医学院同一届的医学生，怎么可能不认识？”

“同学，你这逻辑说不通啊，我跟他同一届就代表我们一定要认识吗，那你能喊出所有在场和你同届的学生的名字吗？”

“那至少你们做过工作交接吧，你是代班的吧，代多少天？”一排女学生皆殷切地望着程医生。

程医生彻底爆发了：“同学们，我再重申一遍，我——程宇，才是 A 大的正牌校医，是正主，权竟宁才是代班的，是他抢走了我的饭碗！”

闻言，后面一排女学生一哄而散。

温言站在卖水点前看完了全过程，觉得既好笑，又失落。好笑的是程医生无可奈何的解释，失落的是，是什么呢，应该是权竟宁不会再回来的事实吧。

她正打算转身走人，却听到程医生再次开口：“臭小子，搅乱满池春水就一走了之，只会把烂摊子留给我收拾……你这次是彻底得罪老爷子了吧，不然他老人家怎么会把你下放到这里，还不能把门诊给落下，他老人家是铁了心地想整治你……那你什么时候能回来……嗯那就这样吧。”

也就是说，他可能还会回来。

得到这个消息，温言没来由地松了口气。

松潭医院的某门诊室里，权竟宁听完电话，将手机放进口袋里，转身看到跟自己出门诊的小护士还在，笑道：“不好意思，你刚才的话我没听清。”

小护士红着脸：“我说别的大夫都把难以确诊的病人移到你这儿，给你加大工作量，可你又不能多拿一份工资，这不公平。”

小护士说的是方才那位女病人，那人连续三天跑了神经内科、骨科两个科室，都没能确诊，最后骨科大夫就让她来神外权大夫这儿看看，结果被权竟宁诊断为全身型重症肌无力，然后又安排回神经内科去了。

权竟宁虽然不做手术了，但作为外科医生的敏感性和出色的判断力还在，尤其是对于病患的诊治，在松潭还无人能出其右，再难确诊的病症，只要经他一看，就能诊断得八九不离十。

所以但凡科室里有重要或棘手的手术，在确定治疗方案和手术方案时，都会让他一起会诊。

她跟着权竟宁出过好几次门诊，像这种情况已经不止一两次了，权竟宁没说什么，可她还是为他感到不值。

权竟宁只是笑笑：“没关系，能帮到病人就好了。”

她虽仍愤愤不平，但也没立场再说什么。

权竟宁经过护士站的时候就听到有人在啜泣，是一个新来没到两个月的小姑娘，旁边的护士长还有几位资历较长的护士都在安慰她。看到权竟宁过来，护士长无奈地摊手。

以往看到这种情况，他大多会视而不见，不是他冷漠，而是他觉得女孩子遇到这种情况，大概不会需要他们这种“臭男人”的安慰。

可这次，看到眼前哭得梨花带雨的小姑娘，他顿时想到了温言，那个似乎是钢铁铸就的姑娘，仿佛永远不会露出这种小女子情态，他却无来由地觉得心疼。

就在不经意间，他动了恻隐之心，上前将纸巾放到护士站的台子上。

护士长在小姑娘没看到之前就把纸巾塞到衣兜里，对着权竟宁双手合十，一脸愁苦地低声拜托道：“我拜托你们这些又年轻又帅气还技术了得的男大夫了，离我们的小护士远点儿吧……”然后向外挥手，一副避之不及的姿态。

权竟宁挠挠眉头，无辜又无可奈何，他总算体会到什么叫躺着也中枪了。

其实不用想，祸害小姑娘的肯定又是某人——Elliot 陆，陆尹。

大多数时候人家会将他的名字喊成 Ediot，看着当事人跳脚的模样，人们都乐此不疲。但在医院里，还只有权竟宁敢这样叫。

陆尹是权竟宁在美国的师弟，中美混血，人靓脑聪明，长得也帅气，但性格乖张，好胜心强，一天到晚想着如何打败权竟宁，取代其成为霍普斯金大学神经外科的第一名。可在他们之后出来的学生不知有多少，他却只盯着权竟宁，在他看来，只有权竟宁才配当他的对手。

权竟宁要回国，他也不惜离乡背井，追逐权竟宁来到了中国，成了松潭医学院的一名神经外科大夫，短短的数年间就做出骄人的成绩，而权竟宁则因为封刀已久，大多数时候人们做手术便只知 Doctor Lu，而不知 Doctor Quan。

权竟宁到陆尹的办公室的时候，没见到人，只见到他办公桌旁边的一面大大的白板，上面贴满了写满正字的白纸，有一张被吹到了地上，权竟宁刚从地上捡起，办公室门便被人推开。

“Lynn！ What are you doing？（林恩！你在干什么？）”进门的人惊呼，“把我的东西放下，你肯定是想偷走我的成果，幸好我回来得快，否则就要被你得逞了！”陆尹的发音虽阴阳怪气的，但好在字词句和语法都正确，且符合语境，不过权竟宁却觉得怎么听怎么别扭。

陆尹就要上来抢白纸，权竟宁迅速将其夹在了自己的文件夹内，垂放在腿侧：“我倒是觉得你像在集邮，一个女人画一笔，”男人看了白板一眼，点点头，

“也差不多够了。”

“what？（什么？）”陆尹摊手，“怎么可能？这是我做的成功手术的次数，到今天为止——哈我刚刚又顺利完成了一次手术，我的手术次数已经达到一千九百八十七次了，我肯定已经超过你了。”说完陆尹双手叉腰，做大笑状。

“你并不知道我所做的手术的确切次数，如何知道自己已经超过我了？”权竟宁将文件夹放到书桌上，自己靠在桌沿。

“……”陆尹挠头，“那你到底做了多少次手术？”

权竟宁：“没数。”

陆尹绝倒。

“我今天来不是来跟你数数的，我是来问你，你怎么又伤害人家小姑娘了？人家才来没几天，你有没有点人性？”

“中国不是有老话吗，‘合久必分，分久必合’，我们这是符合自然和社会规律的活动。”陆尹一屁股坐到自己的椅子上。

“那你有没有听过另一句老话，叫‘多行不义必自毙’？你这样伤害一个又一个女孩子的心，总有一天你会自食其果的。到了那天，全医院的护士都被你祸害了，你做手术还指望谁来给你递止血钳？”

陆尹的脸皱成一团，活像受了天大的委屈似的：“可我不喜欢她们了，我不想委屈自己和她们在一块儿。”

“你不喜欢她们，当初为什么又要和她们交往？”

“她们太热情了，我拒绝不了。”陆尹上前想要将他的文件夹抢过去，却被权竟宁抢先一步拿在手里，“Lynn，你什么时候这么婆婆妈妈的了，我们不讨论这些了，我们来讨论手术方案吧，你这么久不做手术，不怕手艺都生疏了吗？来，我下一周有一场手术，不如你来做吧。”

权竟宁指着陆尹，口气变得严肃起来：“那场手术还是你来做，你得答应我，不能再伤害你的工作伙伴。”

“come on！（拜托！）”陆尹摊手，“竟宁，你提出这个要求，我能接受，但你不能什么都不付出。”

权竟宁突然觉得好笑，陆尹不谈办公室恋爱，得益的人又不会是他，他需要付出什么代价？“那你说，我需要付出什么？”

“我们来约定吧，如果我不跟医院里的小姑娘谈恋爱，你就答应我上手术台做手术。”权竟宁沉吟半晌，然后很爽快地点了头：“可以，不过这个约定要加一个期限，一年。”人生有期限，什么事物缺了期限就会变得没有意义。

“不，”陆尹摇着食指，“半年。”

权竟宁做出为难的表情："这对我一点好处都没有的打赌，你好意思跟我讨价还价吗？"

"你这个在美国生活了十年都没有爱上汉堡包的人，我可没有信心跟你打一年的赌，我怕到时候我会忍不住，就输了。"

"输了就输了，你并没有损失什么。"

"我可是损失了未来半年可以追求的小美女啊。"

权竟宁哧地笑了："你真是没救了。"

"而且如果在这半年里，我遇到了我的灵魂伴侣怎么办？"

"你可以向她求婚，带她回去见你的家人，我们的约定也会继续，前提是你们得领证，证明她是你想要共度一生的人。"

"啊好难——"陆尹扶着自己两边的太阳穴。

权竟宁将白纸还给他。

这段时间他确实在放纵自己，但他并不打算永远放纵，跟陆尹的打赌，就当是给自己一个契机吧，男人心道。

下午有射击训练，还会让教官先行示范。

本来这几年的高校军训都已经取消了射击训练，但A大的校长认为，射击能锻炼人的耐心和决断力，为了给新生们上这么一课，他老人家就坚持在行程里加上了这么一项。

温言在部队里没少练射击，成绩也一直不错，但到了消防中队就荒废了。

虽然提前几天让他们知晓，温言也做好了自己的心理建设，但她万万没想到还会有这么一出——装枪。

桌子上整齐罗列着一堆手枪零件，温言感到一阵惊慌无措。

好几年没有摸枪，别说装枪了，她恐怕连零件的名字都忘了，更别说将它们放回原来的位置了。

她站在烈日下，汗水顺着下颌止不住地流。旁边的教官们已经开始，金属碰撞的声音传到耳中，温言迟疑着摸上手枪枪管。

"温教官？"身后的学生们看她迟迟不动手，开始小声催促，"开始了。"

"温教官你是不是不舒服啊？"

这时人群中传来一声冷笑："果然，消防兵还是得拿水枪，手枪不适合你。"

"苏培重，你说什么呢，什么消防不消防，手枪不手枪的？"出声的是那天问温言问题的女孩，叫白薇薇。

"难道你们不知道吗，她只是个消防兵，根本不会用枪。"那个叫苏培重的学生脸上写满讥诮与不屑。

“怎么，你看不起消防兵吗？”另一个男生问道。

“不是没有人知道，消防兵是最次的兵，不能拿枪的军人跟不能拿手术刀的外科医生有什么区别。”此话一出，在场三十人中半数变了脸色，其中以白薇薇最为明显。

“指桑骂槐，小人行径，有种你到权老师面前说去！”

“苏培重，你这话过分了啊。”

“培重，你今天怎么了？”一些人开始劝说对骂的几人。

“立正！”众人听令，乖乖闭嘴立正。温言本还在对着一堆零件愣怔，那边又听到权竟宁的名字，心里正烦乱，直到营长站到自己面前才反应过来，连忙喊了立正，让他们安静。

可也已经晚了。

“吵什么吵，不练就回去！”营长刚才就听到这边的吵闹声，本来还以为是这帮小鬼第一次摸到枪太兴奋，但越听越觉得不对劲，于是过来瞧了瞧。

众人噤声，温言也低下了头，营长看到她手上的零件，像是才想起来，道：“抱歉，你就不用装枪了，我让吴敏浩过来给他们做指导。”

“不用了。”温言叫住他，“我可以的，我在部队里学过。”营长有些愣怔，女孩眼里的坚定像火，有着不燃烧完一切绝不罢休的狠劲儿。良久，他点了点头：“那好吧，尽快，有什么要帮忙的就找我。”

温言给他敬了礼，又转身捣鼓零件去了。

营长走后，摸了摸下巴，这女孩还挺倔，不过有志气，这才是中国军人的气魄。

温言一边回忆着当年的步骤和感觉，一边慢慢尝试着，正一筹莫展之时，就听到身后有人给她加油鼓劲：“教官，加油哦！”她转身，几个女生正对她微笑，做出个加油的姿势。

她也点头微笑回应。

渐渐地，当年的感觉开始回涌，双手仿佛有了自己的意识，动作越来越快，越来越快，随着弹匣载入的“啪嗒”声，一支完整的手枪在温言手上展现。

她对着十米远的靶子连续打出四发子弹，都是十环，那才是她真正的实力，身后的学生简直不相信自己的眼睛：“温教官你也太厉害了！”

“温教官我要封你做我的偶像！”

温言深呼吸一口气，将周围的声音都摒除在外，视线里只剩下十米远处的红心，最后一发——温言扣动扳机，却突然听到身后一声欢呼："权老师！"

闻言，温言手腕一歪，子弹射出，穿过十米的距离，正正与靶子擦肩而过，只留下一抹空气中的粉尘。

"五发，四十环！"

这应该是她这么久以来的最差成绩了，温言愤然转身，看向罪魁祸首，然而身为罪魁祸首的权竟宁却一点也不自知，双手插在白大褂衣兜内，用极其无辜的眼神回望她。

耳边尽是嘘声："温教官，你好逊哦，人家最少也都有四十一环哎。"

"而且脱靶是什么鬼，新兵水平也不至于吧。"

"别这么说，一个消防兵有这样的水平已经算好了。"

温言再次看回权竟宁的方向，发现人已经不见了，她知道这不是人家的错，只觉得有气无处发。这下苏培重撞到枪口上了，温言指向他："你，第一个上！"

苏培重当即敛了笑意，走到最前方，拿起了重新装满子弹的手枪。温言给他讲解了操作要点，便负手站在一旁看他打，神情肃穆。

打第一枪的时候，苏培重明显低估了手枪发射时的后坐力，吓了一跳，但很快就镇定下来。

能考上医学院的学生脑子还是好使的，经过第一发的尝试，第二发到第五发就变得从容多了，五发打下来，打了三十六环，这在第一次打靶的学生当中已经算是比较好的成绩了。

温言面无表情地给出客观评价："不错。"但通常这种肯定评价后总会带个"但是"，"但是，这样的后坐力就把你吓成那样，二十米消防水带充满水的时候上百公斤，不知道你又能不能扛过来？消防员不是随随便便就能当的。所以，请收起你的不屑和优越感。"

闻言，苏培重的视线瞬间变得有些慌乱，但下一秒他又恢复镇定，走回自己的位置。

"下一个！"

射击训练结束后有两个小时的休息时间，温言将自己排的枪支、弹壳都清点完后，交给专门的看管人员，就打算回宿舍休息一会儿。就在她优哉游哉地往回走时，看到救护车外被围得水泄不通，一群小女生在那里叽叽喳喳，说自己哪里不舒服，投诉程医生不够温柔。

按理说，这时候还是程医生值班，所以程医生上了个厕所回来，就听见自己被如此投诉，心里那个酸啊、疼啊。

程医生扒开人群，挤到权竟宁身边，捏着自己脸颊上的肉道："权大夫你帮我看看，看我的笑肌是不是坏死了，我这一整天一整天地笑，竟然还被人说不够温柔！我对着我老婆都没这么不要脸过，难道你面瘫就是温柔了？”然后他又看向女生们，一边捋着袖子，一边道，“你们哪里不舒服，现在还是我值班，我给你们再捏捏，免得被你们说我不称职……”

权竟宁一脸嫌弃，抬手按住程医生逼近的脸，像扭蛋似的往外扭去：“能不能别靠这么近，我缺氧。”

程医生的脖子仍维持着奇异的角度：“你缺氧啊，我给你人工呼吸啊。”

“不用了，我怕会中毒。”

温言始终站在一旁，悠然地看着程医生跳脚的样子，还有权竟宁脱不开身的样子，刚才被看出糗的不平衡瞬间消失无踪。

“温教官，是有什么事情要通知同学们吗？”权竟宁鹤立鸡群，一眼就看到人群外的温言，扬声对她喊道。一众女生闻声，也纷纷转身看她。

温言愣了一瞬，又很快淡定下来：“营长让我通知你们，晚练时间提前一小时，请大家相互告知。现在还有四十五分钟给你们休息。”

“啊——什么时候的通知，怎么现在才说！”女生们一时惊慌失色，纷纷拥出了训练场。

温言看着最后一个女生的身影远去，这才松了一口气，回望权竟宁时，那人已经再次恢复以往云淡风轻的模样，右手已重新放回衣兜里。

程医生对眼前的情景表示还没完全接受，转头问权竟宁：“这人怎么一下子全走了，你是怎么做到的？”

“三长三短，SOS求救信号。”温言走近，用手指在帐篷的柱子上先后敲三遍、两遍，最后三遍，这就是方才她看到权竟宁敲的内容。

“什么SOS，我有弄吗，你弄的吗？”程医生用手肘戳了戳权竟宁，问道。

权竟宁耸耸肩：“我也只是抱着试试的心态，还是得益于温教官强大的观察力。”

温言咧嘴一笑，露出一口细碎的小白牙：“我这人一般不自夸，但对于别人的夸奖，我通常会谦虚地接受。”

“不是，你们这……这也太默契了吧，都赶上心有灵犀了！”程医生对两人竖起大拇指。

“那权大夫，你打算怎么谢我呢？”

“我以为消防战士救人于水火，都是分文不收、不计报酬的，原来是我误会了。”被权竟宁这么一说，温言立时噎了下，脸颊憋得通红，正想甩手走人，就听到他接着道，“不过这也无可厚非，给你看病当报答怎么样？”

“这就是医生的逻辑？幸好你没说给我几片药当回报。”温言道。

“把手给我看一下。”权竟宁坐下，指了指她的右手，俨然一副医生坐诊的姿态。

“那你们继续看病，我先走了。”程医生看着两人你来我往的，旁人想插话都插不进去的样子，决定遁走。

黄昏时分，天边的夕阳落到半山腰，天空从高空的浅蓝色过渡到天际的浅橘色，近处黛青色的群山掩映在渺渺的雾气中，远处是警车的警笛声、学生的吵闹声。

温言迟疑地将右手放到桌子上，权竟宁轻捏了下她的手腕，就有一阵刺痛传来：“你怎么知道我的手腕痛？”其实在刚才脱靶的时候，她就已经知道自己手腕扭到了，只是她没当回事，没想到他却留意到了。说观察力，恐怕她还没法跟眼前这人比。

“刚才你训那男学生的时候。”权竟宁拿了一瓶活络油，倒了些在手心里，右手拿起她的手腕，给她擦拭，然后用大拇指在手腕处打转按压。

“你不是神经外科医生吗，怎么连跌打损伤都能治了？”温言左手撑着腮帮，时不时抬眼去看权竟宁。

她这个姿势，权竟宁只能看到她的帽子和鼻子的线条，但也能很明显地看到女孩的眼睫毛自然上翘，长而浓密，权竟宁却别开视线，重新专注于眼前的手腕道：“成为正式医生之前，医学生都需要到医院实习，那时候会到各个科室轮流学习，我们都是在那时候偷的师。”

“所以你这是从哪个骨科医生那儿偷的师？”腕部被揉捏得发热，温言舒服地眯起了眼睛，殷红的双唇上翘。

权竟宁突然想到，自己也不是第一次握这女孩的手了，上一次还是在医院，她的手似乎特别容易受伤：“我奶奶是骨科医生，她还是本市唯一一个不用拍片子就能帮人正骨的大夫。”

温言一下睁开了眼，女孩的眼睛又大又亮，仿佛浸在水里的星子，“这么厉害！我身边还挺多人有旧伤的，一到阴雨天就‘哎呀呀’地喊疼，不知道能不能让你奶奶给他们看看。”温言像想到什么，嘴角耷拉下来，“不过那应该是国宝级别的医生了吧，也不知道会不会收治我们这些草根病患……”

权竟宁挑眉，男人轮廓分明，五官端正，长眉一挑，表情生动得打眼，“照你这么说，穷人就该患病？你这不是妄自菲薄，而是对医生有偏见。”

“那个……我就是说说，我相信大部分医生是好人，包括权大夫你！”温言言之凿凿，要不是被权竟宁按着右手，差点就要举手发誓了。

“不过，我奶奶已经去世了。”权竟宁平静地道。

“啊，对不起。”

权竟宁似乎不想继续这个话题，转而道：“你说他们大多是旧伤，如果是旧伤的话，我的意见是，得好好养着。人的身体就像一台机器，如果发生过故障，总是不如以前好用，而且有些伤是不可逆的，比如骨折愈合之后，总会留下一道缝，会比别的地方脆弱，所以骨科医生通常会告诫骨折患者，愈合之后也要少抬重物，以免发生二次骨折。”权竟宁拿纸巾将温言手上的活络油擦掉，递回她面前，“不过对于你们消防员来说，好好养着似乎很奢侈。”

温言转动了下手腕，发现果然好多了，笑着说了声“谢谢”。

“以后小心些，不要再让自己受伤了。”

温言只当这是医生的习惯结语，抬手贴在了自己的眉峰上，行了个不规范的军礼，笑得眉眼弯弯：“知道了！”

军训期间最累的莫过于拉练，几千人的队伍浩浩荡荡，场面煞是壮观，绕着整个校园走一圈，到达终点的时候，腿已经没了知觉，同学们都是一个扶着一个回的宿舍。

庆幸的是，拉练之后不再进行训练，温言也就回宿舍洗了澡，可就在她洗完头之后，楼里的警钟响起。多年的职业习惯让她没有丝毫迟疑地披了张浴巾就跑出了宿舍，伴着脚下与地板接触的水声，仅在十秒钟内，女孩就“啪嗒啪嗒”地下到了一楼，却发现一个人都没有。她心里还在想着这些孩子的火灾意识竟如此缺乏之时，门外有人进来了。

宋谦涵和宿舍阿姨排查完楼道里的消防隐患，回来看到的就是这样一番景象：

大厅里站着一个女孩，头发湿着，还在往下滴水，身上只裹了一张浴巾，肩膀和手臂，还有双腿就这样大咧咧地露在外头，那白皙的皮肤中透着红润，那双大眼睛像看到鬼似的。

“哦我的天哪！”宿舍阿姨捂着嘴巴喊道。

温言也没想到会在这里看到宋谦涵，男人身着军绿色迷彩服，帽檐下的双眼深如寒潭，微微眯着，散发出危险的气息。

她当场愣在了原地，和他对视三秒之后，才想起来可能是警铃误响，而自己正半光着身子，可又转念想到在中队里，这种情况又不是第一次，遮遮掩掩的未免显得她矫情，于是也没动作，敬了个十分标准的军礼之后淡定地转身，往楼上走去。

宋谦涵有种扶额的冲动，却只是叉着腰，用舌头顶了下腮帮，然后喊了声“站住”。温言不得已停下来，背着他翻了个大大的白眼：“队长请指……”

话音未落，头上就被某样东西罩住，她扯下来一看，竟是宋谦涵的军服。女孩看向几步外的宋谦涵，宋谦涵身上只穿了件黑色背心，身上肌肉偾张，手臂线条流畅，很有力量，却又不像健身房里的肌肉男那样过于壮硕。

男人偏着头，眉头紧拧着，语气生硬地道：“让你穿着你就穿着，好歹也是个女孩子，像什么样子。”

“队长，消防员守则规定，警铃响后要一分钟内到位，不论你是在洗澡洗头还是拉大便，虽然这不是出警，但我始终坚守我的原则，我不认为我有什么错。”

他走过去，手指在告示板上点了点：“眼睛瞎，没看见今天要调试警铃？”

温言往告示牌上一扫，上面写着今天会进行消防演练，五点钟会正式播报疏散警报，在这之前的都是警铃调试，学生们只需要待在宿舍里，稍后按逃生路线跑到指定地点即可。通知日期是三天前。

温言不假思索地道：“没看这个的习惯。”

宋谦涵舔了下下唇：“但也没人让你不穿衣服就出来，你以为你是男人啊，男人可以赤膊上阵，你能吗，你敢吗？”

温言撇撇嘴：“这倒不至于，披件衣服的时间我还是有的，所以我披浴巾出来了。”

宋谦涵正想骂她个狗血淋头，可视线一触及女孩的锁骨就立马收了回来，男人狠狠抿了抿唇，一时间无话可说：“我说一句你非得顶十句是吧？”

“那个……温教官，你先把衣服穿上，待会儿这里人来人往的，影响不太好……”宿舍阿姨看准时机，战战兢兢地插话道。

温言也没打算跟自己过不去，三两下就把男人的衣服披上了，拉链拉到下巴：“这样总可以了吧。”

这下，宋谦涵才总算用正眼看她，宽大的军服罩在女孩身上，就像小孩偷穿大人的衣服似的，军服下方是两条笔直白皙的长腿，小脚丫发着莹白的光。

男人的眼神暗了又暗，突然觉得莫名地烦躁。

宋谦涵清了清嗓子，抬手看着手表，道：“给你三分钟时间，穿好衣服下来。”

“要干吗？”

男人直视前方：“你还有两分钟五十七秒。”

“有病。”温言嘟哝了一句转身就走，可走到楼梯口又停住了，回来跟宿舍阿姨道，“我的房门可能反锁了，可以借我把备用钥匙吗？”

“可以可以。”宿舍阿姨立刻去抽屉那里掏。

宋谦涵依然不为所动：“你还有两分钟三十秒。”

温言：“……”

温言最后跟着宋谦涵去到演习集合的地点，中队里的队友来了好一些人，都忙着疏通消防通道，以及做着各项准备，一看见她都忍不住又酸又羡慕地调侃：“哎哟，大教官来了，这学校生活可舒服啊？”

“怎么有时间来巡视我们的工作了？”

“我说这女人就是奇怪，日晒雨淋的还能保养得这么白。”其中一黝黑皮肤的队员笑道，牙齿在阳光下显得尤其白，“有什么秘诀嘛，告诉我们呗。”

“舒服个屁，做你的事去啊……你一个大老爷们儿还美白，不如你用你的黑人牙膏试试？”温言边回嘴，边走到消防车旁边，刚靠在车门上，宋谦涵就来了，只见他蹙着眉头用对讲机说了几句话，就看着她道：“谁让你来旁观了？”说这话的时候，男人狭长的眼尾轻挑着，仿佛俯瞰众生的王。

温言立马站直了，口气极不耐烦：“那队长您倒是下指示啊。”

旁边的队员们知道温言向来看不惯新来的队长，但也没想到她竟会当着这么多人的面怼对方，平时在中队里偶尔说话带刺也就算了，这可是在外面。面子对于男人来说那就是半条命啊，被这么一个小姑娘怼，要是他们肯定就不会就这么算了。更何况，宋谦涵看上去就不像是好惹的，所以众人一时间都为她捏了把汗。

宋谦涵不慌不忙，将对讲机放到胸前的上衣兜里：“过几天的军训会演，你也要参加军体拳表演是吧？”

温言斜眼看了看旁边的明馨儿，心里骂了句叛徒，明馨儿心虚地转身用袖子擦拭车身，温言最后点头：“是啊。”

“那打一次给我看，”男人一字一顿地道，“完、整、的。”

温言惊诧地瞪大了双眼：“在这里？”

男人双手挂在腰带上：“那要不给你个舞台？”

众人闻言，视线“嗖”地全聚集到这边。明馨儿站在旁边，知道温言是彻底惹怒宋谦涵了，正打算上前劝架，温言却一口答应了下来。

温言双唇抿成一条直线：“不、用、了！”

说干就干，温言将袖子捋到手肘：“麻烦让让！”女孩嘴里说着敬语，可身体却不是一回事，踢了人家的脚不说，还把人家肩膀给撞了。

众人不是不知道那小丫头的劲儿，光听那声音都觉得胳膊发疼。

宋谦涵摸了下自己的肩膀：这小丫头哪来那么大劲儿！

到了正式开打的时候，温言连续打了几个动作，都没什么问题，那是因为她好几天晚上都请吴敏浩给她做指导，指导动作和节奏，苦练了几个晚上，好不容易才将所有动作记全了。

所以，将整套拳打完整对她来说不成问题，但她明显低估了宋谦涵的脸皮厚度。

她刚完成一套“侧踹勾拳”的动作，右手维持着右勾拳的姿势，旁边就突然劈来一个手刀，堪堪劈在她的手腕上，她躲避不及，右手顺势击打在胸前，被逼倒退两步。

“没吃饭？”偷袭的男人显然没觉得这有什么不可，反而抬了抬下巴，睨着她下命令，“继续。”

温言的脾气虽然不好，但忍耐力出奇地好，只要对方没有触及她的底线，大多时候她能忍下来，于是她决定先忍着，憋着气将剩下的拳打完。

宋谦涵却没打算放过她，连续几次在她出脚或出拳的时候截住她，或是直接过起招来。

温言也不是吃素的，有了第一次的教训，接下来她就警惕多了，有好几次都能接住他突然而来的招数，但还是不敌。为什么呢？那是因为对方总是冲着她的手腕来，她的力气虽大，但动作不够灵活是真的，这也是大多女孩的通病，宋谦涵就看准她这一点，出招又快又狠，最后直接将她踢倒在地上。

“哦哟——”旁边一众队员惨叫，被宋谦涵一记眼风扫过，顿时噤声。

温言很快从地上起来，半蹲在地上，捂着右手手腕，像头被惹怒的小狼狗，狠狠地看着宋谦涵。

妈的，她的手腕还疼着呢。

可她从来不会向敌人坦诚自己的弱点，不知过了多久，众人觉得快要窒息的时候，女孩站了起来，只见她脸色平静，拍了拍裤腿，走到他们家队长面前，仰头，“我输了。”嘴里说着认输的话，却骄傲得像只白天鹅。

“怎么，在这里待了几天，就忘记姓啥了？这样的力气都挡不住，到时候进火场是想队友抬你出来？”

“关你屁事，反正不跟你姓。”温言侧头，嘟哝道。

众人都不免叹了口气，这丫头的自尊心还是那么强，石头碰石头，只会两败俱伤啊。

宋谦涵始终垂眼看着她，眉头的皱褶没有松开过：“我劝你还是不要参加表演了。”弯腰往温言的方向压了压，“丢脸。”

温言这下总算确信，这人把她喊来这儿，就是为了羞辱她。

女孩迎头反驳："反正不是丢你的脸。"

宋谦涵点头："对，你不仅丢你自己的脸，还把二中队的脸都丢光了。"

众人一听，这不得了，都上升到集体荣誉了，要再不阻止，恐怕这两人回到中队就不是不待见的程度了，论资历排辈智商情商，温言落后一条街都不止，迟早会被宋谦涵玩儿死。

于是吴俊林就被推了出来当劝架第一人，本来队里有矛盾的时候，指导员都是充当和事佬的角色。

"队长，那边的树有点高，云梯车恐怕过不去，您觉着需要砍树吗？"

宋谦涵这才将视线从温言身上移开，和吴俊林讨论砍树的事情去了。

温言深吸一口气，声音很低，低得只有她和他能听见："队长你是不是特看不起我，就因为我是女人？"

"什么？"男人下意识地反问，意识到她说了什么之后，才凉凉地道，"中队里没有男人女人。"

"这样最好，不然我怕我会看不起你。"温言没打算再跟他纠缠，还没等他答应，已迅速行了个军礼，转身离开。

男人的余光就只看见女孩纤瘦以及稍显落寞的背影。

"队长，我申请去个洗手间！"明馨儿打报告，可明眼人都知道她的真实目的，宋谦涵批准了。

"联系校方，看能不能砍树，要是不行，云梯车演习就取消。"

"好的。"指导员答应着离开去打电话。

对讲机里响着"嗞嗞"的电流声，偶尔会有队员问他各种问题，汇报各种情况，他都回答得漫不经心。身上的军服上还留着方才女孩身上的水珠，偶尔一动作，那些浸湿的部分就黏在皮肤上，属于女孩特有的淡淡香味不断萦绕在鼻尖，是女孩用的沐浴露香味。

男人按了按眉头，将外套脱下，一个转身将其扔到了消防车上。

"你明知道他不好惹，不会顺着他点儿、躲着他点儿啊？"明馨儿追上温言的时候，她人坐在小广场的阶梯上悠然地喝着饮料了。

"我的理性告诉我不值得跟他计较，但我的良心不允许我这样做啊。"温言喝了口饮料，酸酸甜甜的，冰凉直达心扉，心里的郁闷总算消了一点。她向来不会跟自己过不去，要是气坏了身子那多不划算。

"老队长都离开那么久了，你就算是为他抱不平，这么久都够了，真没必要跟自己过不去。"

“老队长到了退休年龄，难道我还不让他退休不成，我才不是为了这个看他不顺眼，领导的位置向来是有能力者居之，我承认，他是有这个能力，我还不至于公私不分。”

“那你是为了什么，三番五次跟他抬杠，难道是吵着好玩？还是……”明馨儿突然长长地“哦”了一声，露出洞悉一切的表情，“我听说，女孩子一般遇到喜欢的人的时候，都会……噢！”然后被人重重打了一拳。

“你可以闭嘴了。”温言咬着后槽牙道，“我不待见他，是因为他先看我不顺眼。从他进来的第一天起，他就在各种找我碴，无论我是做得好还是做得不好，我永远入不了他的眼。我没必要用热脸去贴人家的冷屁股。”

“你是说，他看不起女人当消防员？”

“难道你不是女人？”温言挑眉看她。

“滚你的！”明馨儿笑斥。

“他从头到尾看不起的只有我，鬼知道我什么时候就得罪他了，说不定他就是个变态！”

两人回去的时候，警铃和广播响起，学生们从各个宿舍楼里不停地拥出来，皆猫着腰，用手帕或手捂住口鼻，向同一个方向跑去，那里依山傍水，估计是整个学校风水最好的一块地了，湖边绿草茵茵，零零落落地建了几栋宿舍楼，方才的消防车就停靠在那几栋宿舍楼前。

三分钟以内，学生们集合完毕，宋谦涵用对讲机给队员们问话：

“躲在卫生间里不出来的有没有？”

“有。”

“四楼以下往楼上跑的有没有？”

“有。”

“大喊大叫的有没有？”

“有。”

宋谦涵最后冷笑一声，“不知死活。”男人的声音清冷，甚至带了点凉薄的意味。

温言知道他十八岁当兵，之后就被分配到消防中队，干了一年以第一的成绩考入特勤中队，之后升职很快，甚至还有机会去了美国特训，回来就担任二中队队长。但她直觉二中队队长只是他的一个跳板，他只要做好了这一年，或许明年就能回特勤当队长也说不定。

人人都说他性子狂，他也确实有资本可以狂，要不是他一碗水端不平，她还真敬他是个英雄，不过也是个痞子英雄。

消防车前的宿舍楼里的人员早就被清空，某个窗口此时正往外冒着浓浓的橙色烟雾。又一辆消防车到达，队员们三两下接好水管，向着楼上喷水。

一切都是做得滚瓜烂熟的步骤了，但这还是温言入中队以来第一次没有参加学校的消防演习，她站在学生人群前，负手看着楼上的烟雾逐渐变得稀薄，然后彻底消失。

云梯车最终还是没能进来，原因不得而知，或许是校方不舍得那几棵树的几根树枝。

所以跳过云梯车的演习，最后进行消防器具的使用介绍，由宋谦涵来讲解。男人穿着一身板正的军服，双眼狭长幽深，说话简洁精要，浑身散发着一股痞气，但最主要的还是正气，让人看了一眼就移不开眼睛。

男人一上去，下面的学生就沸腾了："这消防小哥哥长得也太帅了吧！"

"好 man 啊——"

其间还有小女孩手挽着手过来问温言她认不认识宋谦涵，能不能把他的联系方式给她们，脸上还飞着几抹红晕。温言的回答礼貌确切，自然是——不能！

她再胡闹，也不能误人子弟不是！

演习直到日落时分才正式结束，指导员指挥众人收拾家伙，宋谦涵则被学校消防工作负责人拉去说话，负责人是个年近五十的中年大叔，眉间的川字纹尤其明显："宋队长，真是多谢多谢，这恰好到晚饭时间了，我在德庆楼预订了几桌酒菜，关于设施检查的事情我们是边吃边聊还是……"

"心领了，只是我们必须准时归队，检查完消防设施就差不多了。"

"这样啊，"负责人搓着手，"其实那温教官不是归属你们中队吗，我们过几天就要进行军训会演，所以大部分地方已经提前让温教官检查过了，她说没有大问题。"

宋谦涵闻言，垂头去看负责人的脸，盯了半秒后终于移开了视线："是吗，我似乎没收到报告，这样，我把她喊来问问……"但很快他又改了口气，"好，我知道了。"然后离开回到消防车旁。

负责人以及他旁边的助手都出了身冷汗，助手弱弱问道："主任，温教官明明没有……"

负责人把食指搁唇上，做了个噤声的动作，然后开始长久地沉默，双眼快速上下转动的样子，大脑明显在思考。

谁能想到这宋谦涵竟然搞突袭，之前帮自己的人又已经不干了，没办法，只好拿他的队员来当挡箭牌，没想到这挡箭牌竟然还挺好用，剩下的只要让那温言对好口供就行了。

负责人无框镜片后的双眼突然闪过一丝精光，那光，幽冷、城府、胸有成竹。

第四章 使命

之后军训便正式进入行列式训练。

温言的八排和吴敏浩的九排，还有二排里的一部分学生，组成了多达五十人的方队。

五十多人的队伍，人多，口杂，温言自然照看不过来，不过也好在是跟吴敏浩组队，若是跟别的排长组，恐怕没人适应得了她。

毕竟武警都是些男生，跟她相处，可能觉得不太方便。

就好像二排排长和吴敏浩说话，男人之间经常会说些荤段子，看到她在一边，就不太好开口了，每回都得急刹车，讪讪地转话题。

温言无奈，好歹她也是消防队里出来的，难不成他们以为消防员都是文艺青年？

吴敏浩外向阳光，很能带动气氛，而且很会鼓励人心，心灵鸡汤信手拈来。本来死气沉沉的方队，经过他的整顿和鼓励，俨然成了一支雄赳赳气昂昂的雄兵队伍。

为此，温言感到十分汗颜。

比如在这之后第二天晚上，他就带来了音响，还配有麦克风，说是要来一场军训音乐会。

当然，主角依旧是学生们。

先由各个方队进行拉歌 PK，输的一方则派人到露天舞台上演唱，可以是学生，也可以是教官。

那一天晚上，星光似乎比别的时候都要暗淡，因为在大学草地上，灯火灿烂。

学生们尽情地唱着经典红歌，一首接着一首，当年长征爬雪山、过草地时候的激情仿佛再次被点燃。

“快快快，不要像个老太太！”

温言方队起名为“天生一队”，在连续几场 PK 中，无往不胜。这一次，看来又要将对方拉赢了。

“这次拉歌的胜利队伍是天生一队……”台上的营长宣布道，却在温言队伍欢呼的同时，话锋一转，“天生一队的对手，小虎队！”

温言连带旁边坐着的学生们，全都目瞪口呆。

不带这样耍人的。

“营长黑幕！”学生们抗议。

营长在台上笑笑：“你们都赢那么多次了，难道就不想听自己的教官唱唱歌吗？”

学生们恍然大悟，对哎，他们怎么没想到呢？

“教官、教官、教官……”众人突然倒戈相向，“温教官、吴教官来一首！”

温言知道自己的唱功摆在哪个级别，要是让她自愿，她是绝对不会答应上台的，结果除了丢脸，还是丢脸。可对于只想看教官们出糗的学生们，管他呢。

很快，温言和吴敏浩被簇拥到了台上，两人大眼瞪小眼了一会儿，都“扑哧”笑出了声。

“我五音不全啊。”温言自报家门。

“对口型会吧。”吴敏浩安慰她，坏笑道。

温言不太确定，耸耸肩：“应该……会吧。”

最后，在众人的要求下，两人选了一首温馨又好唱的《小手拉大手》。

“给我你的手，像温柔野兽……”

说温言不会唱歌，其实是有些抬举了的。她何止五音不全，简直是每个字都不在拍子上。

可是她又不好意思真的只对口型，只得跟着吴敏浩小声哼唱。

“温教官不是只会唱军歌吧？”吴敏浩趁着歌曲上下段切换，调侃道。

温言举手作势要打他，吴敏浩则做了个夸张的躲避动作。

台下的观众看得高兴，一男一女两个教官在台上情歌对唱，平生难见的一大奇观。

“我们小手拉大手，一起交游……”唱到最后，全场学生都跟着唱起来，温言开始放松，笑得眉眼弯弯。

可她发现吴敏浩不知道从何时开始，握住了自己的手。贸贸然挣开只会徒添尴尬，她只好装作不知道，让他一直牵着，幸好他很快就放了手。

军训最后一天是军训会演，地点在学校体育馆。

体育馆是一座两层建筑，一层为各种球类场地，二层配备有一标准篮球场、舞台和观众席，场地宽阔，大多是木质结构，一共有东、南、西、北四道门，东、南门是正门方向，西、北门为侧门，一出去则是楼梯。

这是温言一进来就掌握到的情况。

体育馆的正门似乎在装修，温言到现场看了几眼，回到后台抓了个人，对他说："那边安全出口都堵了，把另外两扇门也打开吧，不然要是有什么急事发生，不容易逃出去。还有，那些装修工人怎么能在里面吸烟呢，很容易引发火灾的。"

此时，温言心里涌起一阵不好的预感，可又不知这不安从何而来。

不是说宋谦涵带人检查过了吗，怎么还是这样一团糟？

她本来是想要自己亲自检查下场地的消防器材，可会演前几天就有人打电话来告知她，说这里已经让宋谦涵检查过了，她当时没想那么多，就轻易相信了。

可现在想想，她还是自己再看一次比较好。

她跟对方说自己想要把器材再检查一遍，可那负责人似乎赶着去做什么事，连连点头之后又匆匆走了。

温言的眉头紧锁，心里骂了那人无数遍，总觉得不靠谱，恰逢军体拳最后一次排练，她不得不先暂时将这事放下。

可她万万没想到，就是她这一次疏忽，差点害了上千名学生的命。

军体拳表演在最前头，一套拳打下来不难，却因为过于紧张，打完之后几乎全身脱力。

幸好，天生一队没有辜负他们的希望，夺得军训会演第一名。

有种骄傲，叫作自家孩子考上清华北大，温言此时心里就是这种感觉。

会演之后，学生们就开始各种拍照，集体照，个人照，搞怪的，严肃的……

温言不可避免地也被拉到天生一队的方队中，跟吴敏浩以及另一位教官站到了正中间。

众人正准备喊茄子的时候，权竟宁恰好出现在东门出口，有学生提议把他也拉过来合照，提议一出，众多学生响应。

人们派出代表，代表不负众望，将权竟宁带回。

"权老师站中间吧。"白薇薇说完，对着温言眨了眨眼。

温言无奈，这些臭屁孩儿。

就这样，温言身边成了权竟宁。

在拍这种大合照的时候，自然是越挤越好，她和权竟宁的距离就从一个拳头缩到三根手指头，再到一根手指头。

女孩子的矜持让她始终和他保留了一个手指头的距离。

男人的清新气息从侧边传来，带了点淡淡的烟味，却并不难闻，反而让人觉得踏实。

帮忙拍照的学生连续拍了几张都不满意，让他们再靠近一点。

已经很近了。温言心里呐喊道。

“我身上有味道？”

“啊？”温言抬头，却猝不及防地被他一拉，两人之间的空隙瞬间被填满。

“咔嚓”一声，那边已经拍了好几张。

“温教官，虽然权老师很帅，但拍照的时候还是得看镜头啊。”拍照的学生调侃道。

众人一哄而笑。

这是第一次，温言被人调侃，而她没有反驳。

“再来一张，茄子——”

“茄子——”

合照中，大家脸上都带着意气风发的笑容，除了她和权竟宁。

他们两个，一个皮笑肉不笑，一个干脆不笑。

就像债务人和债权人站一起，整一对冤家。

合照结束后，过来找权竟宁拍照的人络绎不绝，她则成了挡箭牌。

因为明着找他拍照，动机太明显了。旁边这么好一个挡箭牌，大家不用白不用啊。

于是凡人过来就说：“温教官，可以和我们拍张照片吗？”她点头，然后对方就会说，“权老师介意一起拍吗？”

幸好，权竟宁也不是那么不近人情，大多时候还是答应的。

又一位女学生拍完照，问权竟宁：“权老师，方便给我你的微信号吗，我把照片发给你。”

“我没有微信号，你发给她就行了。”权竟宁毫不客气地指了指温言。

温言无奈地笑笑。

送走一拨又一拨人，温言终于发现，敢情这人把自己当文件中转站了。

终于，她忍不住说：“权老师，为什么你不直接把电话给她们呢？要是发给我，我又发给你，多麻烦。”

“我不介意。”

她介意啊——

“那你也得把电话号码给我啊。”温言像个痞子勒索保护费似的，手指虚握着手机，递到男人面前。

“没问题。”权竟宁没有丝毫迟疑，拿起电话，手机在屏幕上飞快地打下了一行数字，不一会儿，他自己口袋里的手机就响了，不仅旁边的女生，就连温言也看得目瞪口呆。她一直以为他不会随便把手机是给她的，心里也早就做好了被拒绝的心理准备，谁知这人竟不按套路出牌，她只好清了清嗓子，将手机放回到口袋里：“那到时候我给你发好了。”

有人开了头，众人都纷纷模仿，过来找两人合照，到最后，竟然排起了长队。

温言不停地配合拍照，不停地将手机拿出来给她们扫二维码，只听手机的微信提示音不停地响，不一会儿她的通讯录名单就已多了一百多号人，她很无语地看了看权竟宁，权竟宁坦然回望。

权老师，您的人气也太高了吧。

最后，她干脆举着手机，让屏幕停留在自己的二维码页面，脸上挂着肯德基老先生的“招牌式”笑容，就差往跟前竖个“一次一百，多扫多得”的牌子了。

看着小女生们脸上满足的笑容，温言也情不自禁地笑了，在烈日下曝晒、冒着暴雨奔跑、被教官斥骂，这些不过还是昨天的事，但如今，估计他们都已经想不起来了。所以说，人生里的挫折真是没什么大不了的，咬咬牙挺过去，再回想起来的时候，还不就是那样。

这天对于他们来说是收获的一天，也是值得纪念的一天，如果没有那场意外的话……

温言发现有浓烟从舞台后面冒出来的时候，二层的学生们几乎还在篮球场中央，有说有笑，一点没察觉到危机的到来。

“着火了！着火了！快跑——”突然有好几人从舞台后蹿出来，大喊道。

温言将手机放回兜里，穿过人群，飞快地爬到舞台上，将暗红色的幕布掀开，滚滚的热浪瞬间扑面而来。女孩低骂一声，将幕布盖回去，却也只能扑灭一小片的火。

她抓着刚才的其中一人：“里面还有没有人？”

那人愣愣地看着她，摇了摇头，突然又像想到什么似的，惊慌失措地瞪大双眼：“有，有有有，还有个学生在控制室睡着了，不知道下来了没有……”

温言顺着他的手指看了看，舞台上方有一间小房间，透过窗户根本不能确定里面有没有人。她试着喊了几声，但现场又吵又乱，她的声音都被掩盖在喧哗声中。

但这样的吵闹声都不能吵醒他，那他是睡得有多熟？

“你确定里面真的有人？”温言皱着眉头看向那人，那人又摇了摇头，温言彻底没了脾气。“对了，里面还有好几箱烟花和彩色喷漆，会不会爆炸啊？”

温言闻言，怒气几乎在瞬间灭顶，怒吼道：“没事儿弄那么多烟花干吗，开 party 吗？！”

“那是过几天迎新晚会要用的，谁能想到……”那人委屈地嘟哝道，此时，浓烟渐渐扩散开来，温言问了东西的具体位置，先让他离开。

温言决定先不管控制室的人，去疏散人群。

“唰”的一下，场内灯光全部熄灭，紧急照明灯自动打开，但场内光线依然十分昏暗，舞台下的学生们见状，拔腿就往门外跑，一时间，台下人群乱成一锅粥。

体育馆二层的东门和南门开着，但门外刚好在装修，盖上了好几层纤维膜，挡住了人们逃生的去路，是以人群都挤到了门边，你推我搡的，疏散速度十分缓慢。

营长第一时间担起指挥疏散的职责，将手下的兵分配到各个门口，保护学生安全逃离。

权竟宁逆着人流来到温言身边，只见女孩眉头紧皱，对他说：“我先控制火情，你和教官们疏散人群。”然后她看了看两边紧闭的安全门，想起方才自己对那负责人的警告，冷笑一声。

安全门，安全门，火灾的时候没打开，那就是鬼门关，只能进，不能出。

“你要进后台？”权竟宁看了看温言，她如今只穿着一身军装，军装看上去虽材料板硬，但绝对没有防火服的作用。

“那得要看看里面有没有人，负责人呢？关键时刻就不见人影了？”温言边说，边走到那安全门前，抬脚一踹，安全门应声而倒，然后对营长喊道，“营长，让学生们走这边，那边太堵了！”

幸好营长听到了她的话，比了个 OK 的手势，将堵在前面两道门边的学生移了一部分过来，状况顿时好了许多。温言又立即跑到另一边将西门踹开，四道门同时打开，疏散速度几乎是方才的三倍。

她试着用灭火器灭火，却发现什么都没能喷出来，水枪也是，水压低得惊人，射程都不到两米：“这学校的钱，我罚定了！”

没办法，她只好抱着一堆逃生面罩发给学生们，消防栓里也只有这个能用了。

疏散中少有不推搡致伤的，就在她踹门的时候，人群中就有人被推倒，后面的人群不知道前面的状况，依然争着往前，权竟宁见状，立马喊道："护住头，护住头——后面的人停下！"

男人清凉嘹亮的声音穿透浓烟火海，回荡在体育馆半空，虽然不情愿，但后面的人还是依言停了下来，这下人们才发现前面有人摔倒了。权竟宁扒开人群上前，将受伤的人挪到一边，让其他人继续离开。

摔倒的是个女生，身上的迷彩服上印着一个个脚印，手上、头部都受了伤，鲜血淋漓，权竟宁将手帕按在她的头部做简单止血。

"没事的，坚强点。"他不停地安慰女生。

女生的双眼被鲜血糊着，只能半睁着，"权……老师，我会……死吗？"

权竟宁眉头紧拧，将一个面罩盖在她的口鼻上，"我教过你？"

女生剧烈地咳嗽了好一会儿，之后艰难地点头。

"是我的学生就应该懂得判断，这样的外伤死不了人。"男人的语气低沉冰冷却坚定，仿佛成了围堵火海的一面绝密的冰墙，让人在这绝望的时刻仍感到安心。

"怎么样了？"温言也走过来，担忧地询问道。

"我先带她出去，没有装备，你进不了火场的，还是等消防员来了再说，知道吗？"

"等人全走了，我就……"温言话音未落，身后就传来一声歇斯底里的喊叫："救命啊，救命——有没有人——"

两人同时转头望去，只见控制室的窗户里出现了一个人——那个传说中在控制室里睡着了的学生。

二楼火势迅速蔓延，整个舞台已经被烧得面目全非，不消半刻，控制室就会被火海吞噬。疏散完人群的武警们皆掩着口鼻站在东门处，面面相觑。

温言拔腿就要往火里冲，却被权竟宁一把拉住，他低吼道："你进去就是送死！"

身后的火舌像红色的浪潮，不停地往四周发散着光和热，吞噬周围的每一粒尘埃，火光映在男人的脸上，火光在他眼里悦动，温言从他眼里看到了从未看到过的恼怒和焦躁。她展开了从刚才就在紧拧的眉头，很平静地回望他，"权医生，我们的职责从一开始就是分配好了的，你负责救人：我负责救火，这里只有我一个消防员，我不进去，就是看着他死。"

女孩的语气和表情都很平静，就像面对的不是火海，而只是习以为常的手工作业，权竟宁的手从她的手腕上脱落：“不能再等一会儿吗，你的队员快要到了。”

温言没有回答他，反而道：“这里不能久留，被烟呛死只是几秒钟的事儿，快点将她救出去吧。”

几名武警想上前帮忙，也被温言劝退了。

说完，女孩就转身往火海里冲去，权竟宁站在原地，只看到女孩的身影慢慢淹没在火光中，像是一片被火焰吞噬的纸片，轮廓渐渐模糊，直至不见。

男人的双唇几次张开，终究什么都没说，他甚至连一句“小心”都没来得及说出口。

消防车赶到的时候，正好赶上第一次爆炸，剧烈的冲击波甚至将对面教学楼的玻璃震碎。宋谦涵一下车，看到的不是人群赶着往外跑的场景，而是一群人站在馆外。有穿着迷彩服的，有穿着便服的，都翘首望着火场，其中一名身穿衬衫长裤的男人尤其惹人注目，他被周围几个穿着军装的武警架着，似乎是想要冲进去，却被阻止了，男人手上的塑料医用酒精瓶被捏得变了形，他绝望地看着体育馆的方向。

“都站在这儿做什么，都给我退到警戒线外！”宋谦涵吼道。

身后的警察立刻拉起警戒线，将学生们都迁移到安全地带。

“原来 119 就只有这样的速度。”那男人松开周围人的牵制，经过他身边，宋谦涵听到对方说。

“什么？”宋谦涵狭长的眼睛看向他，男人却没再说下去，而是道：“温言一直在等你们……”

头顶本是深蓝的天幕，却被红色的火光照亮了半边天际，平日零落的星子今晚更是难见，醉人的熏风吹得人一阵焦躁。

眼前是警车、消防车、救护车的灯光交映，蓝色的、红色的光交织在一起，警铃在耳边不停地响，实在是烦人得很。

宋谦涵从恍惚中回过神来，回头时，那人已经披上了白大褂，脸上表情清冷淡漠，仿佛刚才充满沮丧失望的话语不是出自他的口。

这时，指导员过来报告：“报告队长，馆内人员将近全部撤出，还剩一名被困。”

宋谦涵垂眼看着地面，刚才那样的爆炸，被困人员生存的概率几乎为零，他声音低迷：“先灭火，怎么也得将尸体带出来。”

“还有……”指导员有些犹豫，“刚才武警支队的人说，温言在里面。”

“什么！”宋谦涵猛地看向他，在他眼里看到肯定的答案之后，抿着双唇看向了体育馆。

此时的体育馆在夜色中就像一头暴怒的猛兽，仿佛会随时向他们扑来。

沉默了不知多久，宋谦涵终于咬牙道：“灭火！就是死了，也要给我将她挖出来！”

随着他的一声令下，几道水流射向空中，落在体育馆楼顶。

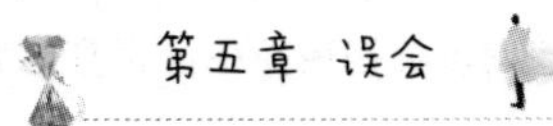

第五章 误会

“那温言小姐，能否请你说说当时你是如何将被困学生解救，又是如何躲过那么剧烈的爆炸的呢？”从那天的火灾中逃出生天的温言此时正在医院里接受新闻记者的采访，女孩穿着大号的病号服，盘腿坐在病床上，手上拿着一个硕大的橙子，时不时地咬一大口，橙子鲜嫩多汁，她一咬下去，汁液四溅，每当此时，女孩脸上就会露出异常满足的表情。

“就一个字呗，”温言耸耸肩，“躲。”

“就……这么简单？”新闻记者推了推鼻梁上的金丝眼镜，摊手表示不相信。

“你以为有多复杂？”那种情况下，不管是用拖的还是拽的，抑或是扔的，总之就是要尽快将人弄下来，找地方躲啊。

那天也是合该他们命大，刚好走到东门的时候火场才爆炸，他们躲在墙后，墙壁帮他们卸了不少爆炸的冲击力，否则这下还不知道到哪里去找他们的手手脚脚呢。

新闻记者是一位看上去年轻开朗的女孩，长得娇小可人，留着一头清爽的短发，脸上戴着一副圆框金丝眼镜，脖子上绕着个黑色相机，闻言清了清嗓子，道：“自然是你在千钧一发之际，利用周围所有能利用的物品，比如绳子，将绳子抛到窗外，然后抱着被困人员纵身一跃。与此同时，巨大的火焰在你们身后炸开，而你则抱着伤员飞快地沿着墙壁下落，最终安全落地。”

说完，小记者目光炯炯地盯着温言，像一头等着主人赞它一声“good boy”的哈士奇。

温言抽了抽嘴角，这人不应该当记者，应该去写小说。

温言沉默半晌后打了个响指：“对，就是这样。”

得到肯定，小记者松了口气，然后巴拉巴拉地跟她确认细节，还在手机上飞快地记录。

“那当时的火势怎么样，应该是异常凶猛，所到之处全都化为灰烬的程度吧？”

温言咬一口橙子点头：“嗯，你形容得十分贴切。”

“那当时那么大的烟，你又是如何避免吸入浓烟而窒息的呢？”小记者自己问完，然后托着下巴自己回答了，“我知道了，莫不是用……”小记者的眼神从温言的脸溜到下半身，温言伸手挡住她，翻了个白眼没好气地解释道：“想什么呢？当时水枪里有水，弄湿个衣服不是问题好吧。”虽然水压不够，但水枪好歹也是能出水的。

“哦。”小记者也不纠结这个问题，直接问下一个，“你说当时消防栓里的灭火器是坏的，水枪也是没有水压，那依照你的判断，那些用具是年久失修还是本来就有质量问题？”

因为这个问题比较重要，小记者的表情也就严肃了起来。

“我当时也没仔细看清，不过是学校的责任没跑了，你要是有兴趣，可以去调查啊，反正我们局里肯定是要调查的。”

温言漫不经心地回答道，但其实对于这个问题，她心里也是憋得慌，但凡火灾，一开始的时候是可以控制住的，事情会发展成这个结果，很大一部分原因是因为工具，要是当时水枪有水，她分分钟能将火熄灭，哪里还要落到住院的下场。

所以对于这学校的不负责任的态度，她比任何人都要恼火，看见小记者皱着眉头地往手机里打上“重点调查”这四个字的时候，她就有种找到知音的感觉。这小记者还是挺靠谱的，于是瞬间，她也就感觉亲近了起来。

“哎你叫什么名字？”

“我叫沈烨。”沈烨头也不抬地道。

“你会把这件事登到报纸上吗？”

“当然会了，不然我干吗来采访？”

温言闻言，咧嘴一笑，露出一口小白牙：“那拜托你把我写得英勇一点，形象伟岸高大一点，行不？”沈烨想了想，了然地笑了：“那是当然。”

最后，两人还交换了联系方式，沈烨承诺在报道出来的那天就打电话通知她。

沈烨走后不久，明馨儿和指导员、路淮就来了，还带了一大堆水果，就像她要在这里长住似的。

“你们怎么来了？”温言本来半躺在床上，见状从床上弹跳起来，“宋谦涵竟然会让你们三个请假？”

“这次你立了大功，宋队算是格外开恩一次了。”指导员吴俊林将水果放到桌上，“你这次大难不死，嘉奖令是跑不了了，队长下午就去了支队，估计是跟你有关的。”

明馨儿拿了一个苹果，“咔”一声吃了一口，盘起一条腿坐到床上：“下午你妈妈打电话来中队了，问你怎么周末都不回家，我就按照你跟我说的说了，跪下叩头吧。”

“我谢谢你——”温言一把将她手里的苹果夺过，明馨儿伸手就要去抢：“你不是不喜欢吃苹果吗？”

“知道我不喜欢你还买，故意的吧。”

“我就说你不喜欢的，可这人偏要买……”路淮躲在吴俊林身后弱弱地道，被明馨儿瞪了一眼之后就噤声了。

“我说路淮，你好歹也是我们一班的班长，怎么净受这女的欺负啊？”

“什么这女的那女的，我没名字给你叫吗，真是狗嘴里吐不出象牙。”明馨儿趁温言跟路淮说话之时，迅速将苹果抢过，跳到窗口旁边。

“问题是你的样子和名字完全不搭呀，每次喊你的名字总有种走错剧组的感觉……”

“好了，都别闹了。”吴俊林笑着阻止，“我们今天虽然只来了三个人，可队里的其他队友都很挂念你，只是因为随时可能要出警，不可能每个人都来，我们也得尽快回去。所以他们就弄了个小惊喜，给你的。”

说着，吴俊林从裤兜里掏出一部手机，打开了个长达五分钟的视频，视频里依次是各个队友的问候：“温言，我是真佩服你，你真的有种，比男人都有种……温言，别在医院躺太久了，我还等着跟你掰手腕呢……温言，我们等你回来！”

看到最后，温言只觉得心里仿佛点燃了一束火苗，暖暖的，那或许就叫作感动。

“你替我跟他们说声谢谢，但其实……”温言不好意思地挠挠头，“我真的没觉得有什么，要不我今天就和你们一起出院得了。”

说着，温言就要起来叠被子，这两天她在这里，也没人陪她说话，都快把她憋死了，没事的时候只能叠豆腐块儿解闷。

“哎哎哎你别冲动！”三人连忙上前阻止。

吴俊林道：“你没听医生说嘛，他说虽然墙壁卸掉了不少爆炸的冲击力，但你的内脏还是受到了不同程度的损伤，尤其是大脑，差点没把你给震傻。你就在这里好好歇着吧，中队里那么多兄弟，不缺你一个。”

“可我……”温言还想反驳，明馨儿又接过话道：“让你歇着你就歇着，好不容易才得来的公家待遇，有福也不会享，真是天生贱骨头。”

最后路淮祭出撒手锏：“而且宋队也说了，中队里不需要伤员，就算你回去了，他也不会让你进火场的，说不定还会赶你出来，直接不让你进中队的大门。”

“说得好。”明馨儿第一次向路淮投去赞赏的眼神，路淮不好意思地笑笑。

说到这里，温言也觉得自己待在这里挺好的，至少不用看见宋谦涵的黑脸，而且她有感觉，宋谦涵说得出做得到，她也没必要用热脸去贴别人的冷屁股。

“那好吧，我勉为其难地在这里多住几天。”

“你就偷笑吧。”明馨儿笑斥。

回去的时候，路淮负责开车，副驾驶的吴俊林突然问道：“路淮，队长什么时候跟你说的那话？”

“什么话？”

“就刚刚不让温言回中队的那话。”

“那个啊……我刚刚是乱编的，我知道温言不喜欢队长，但她也最听队长的话了。”

后座的明馨儿像发现新大陆似的，发出一声长长的“哦”。

“你假传圣旨，我回去就告诉队长。”

“你……你别啊，谦涵知道了会打死我的。”

“谦涵？喊得这么亲密，你不说我还真不觉得原来队长的名字这么有内涵，还挺好听的。”明馨儿挑眉，嘴角挂起一抹了然又邪恶的笑意。

“你不知道吗，路淮和队长是发小。”吴俊林解释道。

明馨儿愣了一瞬：“原来如此，所以他一进来就撤掉温言的职，就是为了给你升职！两个人狼狈为奸。”

“那你的意思是说，我也是？”吴俊林反问道。

“当然不是，指导员你是实至名归的，但这小子凭什么能升班长？感觉我比他好多了。”

吴俊林、路淮：“……”

温言送完三人回去后，突然发现自己在这里住了两天，却还没见权竟宁来看望自己。好吧，虽然他和自己的交情远没有到可以互表关心的程度，但这好歹是他的地盘，他作为东道主，表达一下问候也是可以的嘛。

当时她明明记得还是他给她做的急救呢，那时候他眼里的焦急那么明显，她没理由会看错。

走着走着，温言不知不觉走到了神经外科，她安慰自己可能对方只是不懂人情世故，那就由她主动，山不就我，我去就山便是了，最多到时候说自己是来问一下当时受伤的女学生的情况好了。

这样想着，温言走进护士站，挑了看上去最年长的护士，问权竟宁的办公室在哪里，那护士先是将她从头到尾打量了一下，最后还是迟疑着告诉了她方向。

她道谢离开，刚往外跨了两步，身后就有个小护士咋咋呼呼地跑到那年长护士身边："护士长，我……我刚才看到一个女的，进了权医生的办公室！"

"大惊小怪。"

"不不不你听我说，那女的我们都不认识，既不是医生护士，也不是病人，而且看上去他们还很亲密！你说会不会是女朋友？"

"是也不奇怪，权医生也快三十了。"护士长仍然很淡定。

可小护士就有点崩溃了："不要啊，我的男神呜呜呜呜……"

温言走到权竟宁的办公室门前，敲响了门，门内传来一声清冷的男声："进来。"

温言进去的时候，权竟宁仍低垂着头，专心致志地在写着什么，就像他在学校里一样，不管周围有多吵闹、多喧哗，他始终能保持自己心里的那一份宁静，就像深水寒潭，无论什么都没能在他心里激起涟漪。

突然她就不敢出声打扰他了，那声"权大夫"就这样哽在喉头。

权竟宁见很久都没人说话，疑惑地抬头，蓦然撞进一双专注的眸子中。那双眸子圆润，充满灵气，就像丛林中小鹿的眼睛，纯净清澈。

眼前的女孩留着一头短发，是女孩学生时代都会留的发型，脸和身上的病号服是一个颜色，显得苍白而脆弱。

她还是没恢复过来吗？他默默地想道。

"有什么事吗？"

看到男人突然变冷的眼神，温言只觉得全身乃至心底都凉了半截，双手突然变得无所适从，下意识地去摸耳垂，心里又不住在想：这人到底怎么了？前几天还好好的，今天就像两人第一次见面似的。

"权大夫，我想问问那天受伤的学生怎么样了。"

权竟宁沉默了半晌："她没事。"

其实他心里憋了一通话想说，可乍一见面，看到她这个样子，他又说不出来了。

他想告诉她自己看着她冲进火场的感觉，这让他觉得自己很无能。他还想骂她一顿，骂她不珍惜自己的生命。他理解这是她的职责所在，可明知自己很可能会牺牲，是否还要坚持呢？以命换命，真的值得吗？这些想法在脑海里过了几遍，权竟宁还是没有说一个字。

"那就好，那我……"

温言的声音突然被一阵振动打断，权竟宁放在桌上的手机屏幕亮了，他说了声抱歉便拿起手机接听，温言只听到他说了几个词："嗯对，落在这里了……你哪次没有丢三落四……自己回来拿，就这样。"

把电话挂断，男人脸上的笑意还没来得及消失，那是一个十分轻松的笑容，然而这个笑容并没有持续多久，余光在重新触及她的时候，笑意便收回了。

温言看得愣神，回过神来的时候才发现他的桌上还放着一部黑色相机，看上去很专业，也很熟悉。

直到看见沈烨去而复返，这才证实了她的直觉。

她突然想起，刚才沈烨在采访她的时候，有一半的时间是在跟她介绍自己的宝贝相机，那么珍贵的东西，想必她是在十分亲密的人面前才会摘下来吧，而权竟宁就是那人。

沈烨风风火火地闯进办公室，拿起相机检查，看到温言的时候吓了一跳："温言，你怎么在这里？"

温言挠了挠后脑："我……"

权竟宁开口打断了她的话："拿了东西就快走，哪那么多问题？"

"我不，"沈烨睨了他一眼，"我还没看它有没有在你手上受到伤害呢。"

权竟宁停下笔，很无语地看着沈烨："从你进来到现在，我连碰都没有碰它一下。"

"反正这东西花的是你的钱，坏了我也不心疼。"

"那你走吧，东西留下。"权竟宁没有再看她，自顾自地低头写东西。

沈烨有点架不住了，硬着头皮道："要相机没有，要命一条。"

权竟宁嗤笑一声："我要你的命做什么？"

"以身相许啊。"沈烨想也不想就将话说出了口，丝毫没留意在场的温言瞬间就变了脸色，权竟宁早就习惯了沈烨的语出惊人，也没觉得有什么。

办公室里突然安静了下来，只有空调运作的声音在响。"那权大夫，我先回去了。”温言打破沉默，退了出去，戳在门边狠狠拽了一把自己的头发才抬脚回房。房内的沈烨察觉到不对劲，吐了吐舌头：“我是不是说了什么不该说的话？”

权竟宁只是蹙紧了眉头，没有回答。

温言是个有眼力见儿的人，人家小两口打情骂俏，不需要她这个电灯泡照着，于是她很干脆地退了出来。

但直到走回房间，她才醒悟过来，权竟宁的态度转变可能是因为女朋友来了，要避嫌。

这个认知一度让她觉得很不爽、很委屈、很郁闷，明明自己什么都没想干。

宋谦涵到了支队，在支队长门口敲门，喊了声报告，办公室里的人正忙着给窗边的多肉喷水，闻声看了他一眼，让他进来。

宋谦涵将帽子脱下，并没有立刻坐下，而是说道：“赵队，您找我来是关于学校火灾的事？”

“你啊，”被喊作赵队的是一名面容方正、脸带笑容的男人，看上去也不过三四十岁左右，听到宋谦涵发问，笑着将喷壶放下，“我都还没说找你来干吗，你就先给自己找麻烦了，哦你就不允许我让你来拿你队员的嘉奖令？”说完他指了指宋谦涵旁边的椅子。

宋谦涵敞着腿坐下，双手撑在双膝上，腰杆挺得笔直：“支队要发嘉奖令，发个快递就好了，没必要让我跑一趟，我来这里，不是听您老训话就是接受任务。”说着，宋谦涵自嘲地勾唇而笑。

“你这小子，在你眼里，我就这么不近人情？”赵队不认同地敲桌子。

宋谦涵笑而不语。

“好了，不跟你说废话了，这次倒是被你猜对了。”赵队的语气突然变得严肃起来。

宋谦涵点头：“嗯，最近发生的比较大的案子也就只有A大火灾了。”

“火灾的第二天，我们的调查小组就开始了调查，加上当时消防员的口供，他们估计里面有百分之八十的消防器材不及格。百分之八十啊，你说说这是什么概念？”赵队扶着椅子站了起来，对着窗外叹了一口气，“那就相当于火灾的时候，将里面的学生往火里推啊。”

宋谦涵沉默了半晌，道：“温言也跟我反映过这个情况，按照这样来说，学校方面绝对逃脱不了责任，而且我也……”

宋谦涵还想说下去，却被赵队抬手打断："哎谦涵你先听我说，现在的事情没有那么简单，毕竟现在什么都烧完了，没有确凿的证据，而且今天下午学校那边就给我打电话了，他们说在军训会演之前，曾经拜托过你们的队员给体育馆的器材做检查，说器材没问题。那个队员恰好就是温言，那女孩我听说过她，体能纪律都挺优秀的，就是那技能啊，有点欠缺，但也是个好苗子，值得栽培……"

"那丫头，别的不擅长，惹麻烦的本事倒是不小。"宋谦涵无奈地说道。

赵队摸了摸下巴，回味了下他话里的意味，总觉得这语气对于眼前这小子来说，过于温柔了。

察觉自己话说远了，赵队立即把话头转回来："先不说这个，如果这个事情属实，那温言就是隐瞒事实，知情不报，要是还被查到涉及金钱交易，那可就是重大军纪问题，必须严惩！"

说到这里，宋谦涵的眉头已经拧得死紧："赵队……"

赵队负手转过头来看他，等他说下去。

"我读的书不多，但我的队员，我会选择相信她。况且在演习那天，是我听信了他们的片面之词，没有再次检查，是我疏忽了。"

闻言，赵队差点没气得背过气去，咬着牙骂道："宋谦涵！你咋越来越浑呢！这种事情也是能疏忽的吗？"

宋谦涵低头，认错态度良好。"所以，这次的责任由我来担。"

"你来担？你怎么担？如果查到事情是真的，你就要卷铺盖走人。你父母肯吗？如果被起诉坐牢，你也要担？这次的事情没有你想的那么简单，这学校的器材问题看上去也不是一天两天的了，他之所以能一直逍遥法外，很明显是我们这里面有人给他罩着，负责那一片的一直是二中队，你动动脚趾头都能想明白了。"

房间里的空气仿佛冷凝下来，气氛焦灼。

"赵队，温言好歹是名战士，还没有调查就先给她定罪，您就这么不相信党和国家的培养？"宋谦涵看向他，眼里的光坚定而从容。

赵队被他眼里的光所慑，愣了一瞬，良久之后语气软了下来："当然，不排除这是诬陷，一切还是得等调查小组的结果出来。"

赵队像突然发现了什么好玩的东西似的："哎你这小子什么时候变得这么护短了？"

宋谦涵抿唇而笑："都是跟您学的，以前我犯错您哪次没有帮我说话，虽然到最后您是骂我骂得最凶的。"

“现在来跟我算账，我告诉你，晚了！”赵队咬着下唇，一副恨铁不成钢的样子，“我那特勤中队还等着你接手，你不要中途给我整什么幺蛾子，听到没有！”

宋谦涵立刻站起来敬了个军礼：“明白！”

“好了，滚吧。”赵队挥挥手，一副再也不想看到他的样子。

宋谦涵想了想，还是道：“赵队，我申请对二队负责所有商铺单位进行一次大排查。”

赵队沉吟半晌，后点头：“准了。”

“还有……”

“还有什么，你就不能一次性说完？”赵队不耐烦地道。

“还有我建议调查学校相关的账目，这种事情无非有人想从中获益，以次充好，将账目查清楚也就一清二楚了……”

“现在你是支队长还是我是支队长，他们都查过多少遍这种东西了，还用得着你教？”

“对，您老动动膝盖就晓得了，可您不是风湿性关节炎嘛，我怕您膝盖想东西不清醒……”话音未落，宋谦涵就脚底抹油似的，溜出了办公室。

“嘿，你这臭小子！”

宋谦涵站在门外掏出烟来，最后还是将它放回兜里，直到听见里头的赵队嘟哝声渐低，才扯扯嘴角，重新戴上帽子离开。

而沈烨回到报社以后，很快就被编辑叫进了办公室。

“你今天是去校园做火灾消防员的采访了？”

沈烨点头：“对啊，我记得一开始就跟您报备过了的。”

编辑推了推鼻梁上的黑框眼镜：“嗯，这个采访报道先暂时延后，到了合适的时机我会通知你。”

“合适的时机？报道的最佳时机难道不是越快越好？谁还会有兴趣看三两天之前的新闻？”沈烨是个急性子，一听见自己辛辛苦苦做的采访可能会被毙，脾气立刻上来了。

编辑并不理会她，自顾自地转回到电脑屏幕前敲键盘：“我没必要向你解释那么多，出去吧。”

“你……”沈烨像突然想到什么似的，“是不是学校给了你封口费？”

“你爱怎么想就怎么想吧。”编辑依然不为所动。

“他们越不想这件事情爆出来，就越证明他们有鬼，你这是在助纣为虐。”

编辑一声不响，沈烨就更加相信自己的判断，然后就彻底火了，双手撑在办公桌上，居高临下地看着她，眼睛里仿佛有火："他们能封一个报社的口，我就不信他们能封所有报社的口，总有人会把他们的龌龊事爆出来，而我，会是第一个。"

说完，沈烨收回身子，不屑地看了编辑一眼，就在出门的时候，编辑又重新开口："就算你做得再多，没有我的签名，你的报道照样印不出来，更别说让所有人看到了。"

沈烨关门的手一顿："或许是在这个办公室待太久了，你早已忘记了当初为什么当一个记者，但我不会。"

说完，她毫不留情地关上了门。

大排查从次日开始，A 大校区的消防器材成了宋谦涵排查的首要目标，由他亲自带队，然而并没有任何发现。

宋谦涵敞着腿坐在花坛边抽烟，男人的侧脸刀削斧凿，在烟雾间若隐若现，视线则久久地维持着一个方向，烟积了一截灰也没有察觉，显然是在思虑着什么。

就在这时，路淮走了过来，附在他耳边道："队长，这批器材有问题。"宋谦涵猛地看向他："你发现什么了？"

路淮接着道："就是没有问题才觉得奇怪，这批器材太新了，一看就知道是这几天新换的，你看，"他拉宋谦涵到了一处消防栓前，抹了一把灭火器瓶口旁边，"连灰尘都没有，哪会有单位每天将消防栓里的器材擦得一尘不染的？"

宋谦涵自己也摸了一把，不仅没有灰尘，仔细一看，那日期也是最新的，果然关心则乱，他竟然连最基本的都没有留意。

就是怕他们没动作，这下动作这么大，还不是自己挖坑往里跳？

想通了之后，宋谦涵顶了顶下嘴唇，最后笑着说了声"谢了"，然后走开去打电话。

"两兄弟，谢什么。"路淮不好意思地挠挠头。

等宋谦涵笑着走开，明馨儿就凑了上来："哎哟，这笑得甜蜜蜜的，谦涵对你说什么了？"

"你……快点检查吧，不然等天黑也检查不完了。"

明馨儿其实也没想真的问他，走到下一个消防栓前，不情不愿地打开："上次来演习的时候不检查，这次才突然搞个大检查，队长是玩儿我们呢？"

另外有一个队员站在下下一个消防栓的位置，高声附和："就是啊，要我是那些企业单位，肯定恨死队长了。”

“你现在也可以恨。”冷冷地，从身后传来一把男低音，那队员颤巍巍地转过身去：“队长……”

“给你们两个小时的时间，超时一分钟明天加训一小时。”男人面无表情地看着手表，凉凉地道。

旁边一众队员纷纷落下宽面条泪。

每天早上醒来，温言都会三省吾身：权竟宁磕头认错了吗？为什么还不来磕头认错？哦，人家有女朋友了，要避嫌。

每次想到最后一句话时，她的脑袋一下子就清醒过来了，冷汗噌噌地往外冒，比之前在中队里想到最后一个问题时听到宋谦涵的哨声还要觉得心惊胆战。

好吧，她平日的三省吾身可简单多了：今天有酱爆猪肘子吗？深井救援破个人纪录了吗？宋谦涵卷铺盖滚蛋了吗？

想到这里，她是真的有点想念指导员的酱爆猪肘子了，每天吃医院的饭，她都要味觉失调了。她真的很怀疑医院的饭堂大厨究竟有没有放盐，还是最近油盐涨价了，舍不得放？所以说，她为什么还不能出院啊！医院是想提升绩效想疯了吧，把她一个消防战士锁在病房里有意思吗！

以上，是温言每天醒来都要过一遍的心理活动。

温言洗漱出来不久后，主治医师就来了，后面跟着一大堆人，还有权竟宁。男人高大的身影在人群中特别显眼，以致温言一眼就认出他来。

温言先是愣了一下，然后淡定地走到病床边坐好。

“小温啊，今天怎么样了？”温言的主治医师是一名笑容和蔼的老阿姨，是普外的一名主任，姓白，一来就“小温小温”地喊她，让她感觉特别亲切。今天也是一样，白主任本来就小的双眼笑得只剩一条缝了。

“我很好，立刻出院也没问题。”温言嘴角一咧，皮笑肉不笑地道。

“可不可以出院可不是你说了算，指标说可以才算可以。”

说着，白主任拿过身后学生递来的报告，眯着眼睛看了看：“指标还算正常，我的这关过了。不过脑袋的情况还是得让这方面的专家来看看比较好，”

白主任看向左侧的权竟宁，给温言做介绍：“这是我们医院神外科的权大夫，这方面的知名专家，我特地请他过来给你会诊的，待会儿小温你就好好配合权大夫做检查，权大夫说能出院才真的能出院。”

那快点吧，赶紧的。温言正襟危坐，做出一副俎上鱼肉任人宰割的样子。

权竟宁从白大褂兜里掏出小手电，绕过床尾走到温言跟前：“先给你做个简单检查。”男人的声音清冽得有如清晨阳光下的一滴晨露，清新怡人。

温言却突然有点不知所措，一想到权竟宁可能会触碰到自己，她就觉得浑身不自在，于是她在众人的注视下，颤巍巍地举起了右手：“报告！”

人们都一下“扑哧”出声。

“这里不是消防中队，想说什么直说就行了，不用打报告。”白主任笑着道。

温言红了红脸，“哦”了一声，然后抬眼看了看面前面无表情的男人，咽了口口水：“我能不能申请换医生？”

此话一出，周围的人一个都笑不出来了，都一脸难以置信地看向权竟宁。

而权竟宁的脸以不可见的速度瞬间变黑，表情冷得吓人。

“小温啊，这权医生可是我们医院的院草啊，多少女病人都等着看他的门诊呢。而且他是绝对的专家，你还有什么担心的呢？”白主任开口打圆场。

“这个……男女授受不亲。”温言低声说了个不是理由的理由，但其实这个理由就是她拒绝让权竟宁诊治的最大理由，免得到时候又要看他的脸色，那个说避嫌，这个说避嫌的。她的采访还没见报呢，谁知道他女朋友会不会公报私仇，不让她上报了。

权竟宁紧抿双唇，很久才道：“你放心，你在我面前就是一具标本，和尸体没区别。”男人的语气冰冷，仿佛千年不曾解冻的冰雪寒霜。

众人虽曾听说过此人性格清冷，但真正见过他如此冷漠的人还真没有，更多时候，他都是一副淡淡的样子，君子般清润如玉。也不知道这消防女战士到底是如何触到了他的底线，竟然让不怎么动怒的权医生生气了。

这时候他们才知道原来权竟宁也是个有脾气的人。

看到眼前人冰冷的眼神紧紧地锁在自己身上，温言也有点火了，不是你说要避嫌的嘛，我现在成全你啊，凶什么凶！

当然，这种话她只能在心里想想，她是断不会在这样的场合说出来的。

“所以，我们可以开始了吗？”

温言将头别过去，权竟宁就当她是默许了，抬起手来，打算给她撑开眼睑检查瞳孔，谁知这人非常不合作，往后倒了倒身子：“我自己来。”

权竟宁的手就这样停在半空，半晌后才收回。

“是这样吗？”温言也不管他同意不同意，自己就用两根手指撑开了右眼眼睑，模样狰狞，看得周围人都禁不住掩唇偷笑。

权竟宁叹了口气，只好打开手电就这样给她检查。

温言下意识地抗拒权竟宁的接近，落到行动上就是：翻白眼，翻白眼……

“你这样不合作，我的工作很难开展。”权竟宁总算被她气得彻底没了脾气，然后附在她耳边低声道，“是不是非要打针才能消停，嗯？”

最后一个“嗯”字尾音上扬，温言的脸“轰”的一下烧了起来。

男人身子微弓，五官在她眼里放大，她甚至能看到他根根分明的睫毛。她垂下眼去，男人的颈部有一个圆滑的凸起，随着他的动作上下滑动，配上若隐若现的锁骨，流畅的线条性感又禁欲。

温言彻底噤声了。

接下来，温言没有再找权竟宁的麻烦，而是乖乖地配合检查，顺从得让权竟宁和在场的人以为她是不是突然被夺舍了。

然而温言想的是，既然躲不开，那就快点结束，早死早超生。

“你到底在气什么？”权竟宁估计了下白主任和自己这边的距离，用旁人听不到的声音问温言，手上的动作不慌不乱，如行云流水。

温言下意识回答：“生气个屁。”

权竟宁被噎了下，但没打算给自己找不痛快，也就没再问下去。

检查很快结束，白主任笑着上前询问，“权大夫，怎么样了？”

“神志不清，多观察一个礼拜吧。”男人冷冷地道，然后在报告上写完龙飞凤舞的几个大字，扔给了身后的实习医生，转身对白主任道：“白主任，我有话想单独跟病人说。”

白主任了然，带着众人迅速退出了病房。

温言猛地站起来：“你骂谁神志不清？为什么让他们走，孤男寡女独处一室，你不怕别人误会我还怕呢。”

说着她就要出去把门打开，却被权竟宁一把拉住。女孩纤细的手腕被紧紧扣在男人宽厚的掌心里，温言一下子愣住，竟忘记要甩开。

“你到底在闹什么别扭？”男人眉头紧皱，凝视着她。

“我？我哪有……在闹别扭，我跟你又没有关系，病人哪有资格跟医生闹别扭？”温言别过头去。

窗外阳光正好，天空湛蓝如洗，清晨温暖的微风从窗户钻进来，鼓动着男人的白大褂。

“那天的事，我道歉。”

看温言疑惑地看着自己，权竟宁解释道：“那天你到我的办公室找我，我当时确实是在生气。因为我无法理解你在没有任何安全措施的情况下进入火场救人，在我看来那就是送死，而不是救人。或许我无法理解你们的理念，在我看来，你连自己的安全情况都无法保证，也就没有资格谈救人。虽然这次你安全回来了，伤势也愈合得差不多了，但谁能保证下次能安全？”

原来他竟然是因为这个而生气。

温言顿时就有点委屈：“你也是医生，你的职责也是救死扶伤，换作是你，你能眼睁睁看着自己的病人在你面前死去吗？”

权竟宁有半晌的沉默，有些不堪的回忆一瞬间像针一般刺上他的心，他的手不自觉地开始微微颤抖，动作很细微，却连带着他的心都在轻颤。

这一刻，他比以往的任何时候都清晰地认识到，她的工作跟自己的其实没什么差别。

他应该能理解的，但这一次，他却选择了退缩。

因为每次见到她，那段记忆就像梦魇一般向他袭来。

权竟宁勉强地扯了下嘴角：“我能理解，但不会认同你的选择。抱歉。”

话音落下，男人的手也随之松开，温言突然觉得自己的手和心都变得空落落的，看向窗外的眼睛有点发热，她努力地眨了眨眼：“没关系，本来这就不是你的义务，我能理解。”

“所以，在这之后，我们之间的关系便只能是医生和病人，你的事情我不会管，也管不了。”

“这是自然。”

权竟宁走了之后，温言静静地坐在床上，什么都没有想，就静静地坐着，身后的影子由长变短，再由短变长。

伤心吗，其实也不伤心，她就是觉得自己被全世界抛弃了。

温言在这时接到了一个电话。

对方没有拐弯抹角，而是开门见山地道：“温教官，又是我。”

“是你？”这人便是那天给她打电话的学校消防负责人。

“闲话我就不说了，温教官。这次打来，我是想要跟你谈个交易。”

温言：“有话快说，有屁快放！”那些消防器材很有可能就是这个人买了假货，才导致这场火灾加重，她又想起权竟宁救下的那个女生，对罪魁祸首恨得牙痒痒，恨不得将他生吞活剥，给医学生做标本。

所以，哪里还指望她有半点礼貌。

“你知道为什么那些劣质消防器材可以出现在堂堂 A 大校园里吗？你又知不知道，如果没有这次火灾，它们也许根本不会被人发现，直到我退休的那一天？”

温言咬牙切齿地说：“我不知道。我只知道，你根本配不上‘教师’这两个字，你妈知道你在干这么龌龊的事吗？”

对方没有理会她的愤怒，而是继续说：“当然是因为有人替我保驾护航。你想知道那人是谁吗？”

温言没有出声，隐隐能猜到，只是一直不想承认罢了。

“周国勇，你的前领导。若不是他的帮忙，这个位置我还真的坐不到现在。”那人冷笑一声。

“你到底想说什么？”

“你也不想他坐牢吧，如果不想他有事，你最好乖乖地什么都别说，别人问起，你就说当时已经检查过，是没问题的。否则，我有事，你，还有你的领导，也别想好过……”

对方还想说，温言愤恨地把电话挂断了，若不是竭力抑制住，估计手机已经被她捏碎。

她的眼里一片猩红，用力地一吸鼻子，晶莹的泪跌落，她抬手一抹，很快就冷静下来。

而这一幕，恰好落在门外的权竟宁眼里。

有一束柔光在男人眼中闪过，眼睫微微颤动，终究他还是离开了原地。

在那之后，温言的意识就陷入了虚空，直到手上的手机第N次响起，才将她从放空中状态中拉了出来：“喂。”

她再次开口声音已经有点沙哑。

“丫头啊。”是老队长，对面的声音比她还要沙哑不少，早已失去了年轻人声音的光泽。就像他中气十足地让他们喊口号那段时光已经过去很久很久了。

“队长？”

“你入院了也没去看过你，你阿姨她明天会做几个小菜，我给你带过去哈。”

“队长不用了，我没事儿，很快就能出院了。”

“这样……是这样的，关于A大火灾，我有些事儿想跟你说，你看你什么时候有时间？”

温言迟疑了一会儿：“明天，明天我去拜访您，我也很久没尝过阿姨的手艺了，您就让我趁机解解馋吧。”

电话挂断之后，温言长吁了一口气。她想到明馨儿前天告诉她的：“A大火灾可能会牵涉到当时在任的老队长，如果到时候真的让你来选择，你怎么办？”

她想，她应该还是会选正义的一方，无论这个选择对她来说多么艰难。

第六章 师恩

第二天，温言就趁护士不注意的时候从医院里溜了出来。彼时，她穿着军绿色外套，戴了个天蓝色医用口罩，与权竟宁高大的身影擦肩而过，而他也只是微微皱了皱眉头，转身看着她的身影远去。

至于他有没有认出她，结果不得而知。

A 城的城市规划很有心思，在道路两边种植行道树的时候，某些城市往往非常粗暴简单地种上一溜的榕树、杨树、不知名的常青树种等，以致四季的道路都是同一种风景。

但 A 城不是，道路的两边会种上不同的植物，左边种银杏，春夏繁密、郁郁葱葱，充满生机，秋冬则落叶缤纷、休养生息。

右边种上樱花、连翘、木兰，春天开花，樱花漫天，而且几种植物错落有致，粉色、白色、黄色三种颜色搭配在一起，煞是可爱。

如此这般，便一年四季都有好几种不同的风景可观。

如今是初秋时节，银杏叶片带着绿色和黄色的渐变颜色，温言下了公交车，穿过疏疏落落的银杏小林，找到了老队长的家。

老队长家所处的小区比较老旧，大厦的外墙爬满了干枯的青苔，看上去像锈迹斑斑的青铜器。

温言按响了门铃，来开门的是一位中年妇女，面容圆润，身材也有些发福，笑容满面。温言笑着将手中的果篮递上去："阿姨好，我来蹭饭了！"

被唤作阿姨的女人是温言老队长的妻子，姓陈，也是将近退休的年纪了。看到温言过来，她先是抱怨了温言几句乱买东西，然后就往老队长房里喊了一句，老队长就出来了。

老队长五十多的年纪，长着一张中正的国字脸，还是留着当兵时的寸头，鬓角和发际线处的头发有些花白，皮肤黝黑，一看就像当兵的。

但只几个月不见，温言觉得他腰背佝偻了许多，精气神也不如在队里的时候足了。

“来了，坐。”老队长指了指沙发旁边的木质茶几，茶几旁边还围着几张圆墩墩的小木凳，一套完整的茶具摆在茶几上方。

老队长常常自称老匹夫，人粗话糙，但始终怀有一颗文艺的心。在他自己说来，是因为自己读的书少，所以尤其崇拜可以读书、读书好的人，所以他特地在家里辟了间书房。

手工打造的大书柜，上面放着满满的中外古今名著，尤其是中国古代思想家们的代表作，就有好几层。此外，他还特别喜欢收藏书法字画，虽然大多是赝品。

很多时候，意境悠远的水墨画会和逼仄普通的家庭装修格格不入，甚至会给人一种附庸风雅的感觉，但他一点也不在乎。

温言跨坐在小凳子上，拿起一只小巧的茶杯把玩：“转性了，不喝酒改喝茶啊？”

老队长熟练地做着醒茶泡茶的动作：“你以为我还是你们的年纪啊，喝个三五瓶第二天照样起来训练。我有自知之明，知道自己身子没你们能折腾，还不如好好养着，等过几年抱孙子。”

老队长的儿子她也有所了解，早年读书不用功，却在高考的时候考上了本地最好的大学，这件事当年可谓轰动整个小区乃至整个中队的学渣逆袭范本，但江山易改本性难移，那人上了大学之后也没学好，荒废学业，整天游手好闲，连家也很少回。

温言在心里叹息，表面却没有显露出来。

这时候，陈阿姨从房内出来，说是要去买菜。温言看着人前脚走开，就立马从上衣兜里掏出一个透明小瓶子，里面晃荡着澄澈的透明液体，盖子一打开，酒香四溢。

老队长把手里的棕色小壶搁下，瞥了她一眼：“女孩子酒不离身的，是不是我走了就没人管了你？”

有人管，可她不服管就是了。

温言吐了吐舌头：“难得见你一面，就抿一小口。”

温言用那只小杯子给他倒满，递给他，老队长犹豫了一会儿，还是接了过来，仰头喝下。

“队长，这是我敬你的。”温言也给自己倒了一杯一口喝完，掺着浓浓酒味的酒液从食道滑入胃中，酒味又从原路返回，直冲后脑勺，有点刺激，也有点末日狂欢、今朝同醉的悲凉感。

一杯喝完，两人都很默契地没再喝第二杯，两人说了些家常后，老队长从房间里拿出来一本类似照相本之类的厚本子，温言翻开来看，全是一些乱糟糟的涂鸦，一看就是小孩子画的，里面有白纸黑字的毛笔临帖，笔画东倒西歪的，但也隐隐可以看出是对某大家书法作品的临摹。到了之后的，字体越来越成熟，越来越好看，甚至还研究出了独创的风格。

柔软泛黄的宣纸，一一用透明胶纸包好，积了厚厚的一沓。

“你别看那小子浑，老子让他练字的时候可一声都不敢吭，你估计没看过他那样子，小小的人，就这么大。”

老队长手里夹着烟，但只顾着翻页都忘记抽了，说着拿手比画了下小孩当时的身高，大概只到他的膝盖：“一边哇哇地哭啊，一边还得拿着毛笔写，用那小眼神儿瞄我，瞄一眼，写一笔，再瞄一眼，还以为老子没看见。”

这下温言才知道，这原来是他儿子从小到大练字的纸，从三岁到十六岁，每天一张，都存下来了，这一本肯定只是其中的一本。

老队长说着哈哈大笑，眼里的笑意柔情万丈，但温言的心越来越沉，直到谷底。

“我就羡慕你们这些会读书、能读书的学生，以前队里的兵，没几个是好好读书的，都是没书读了，没地方去了，才来当的兵。当兵好啊，以后出路不用愁啊，说出来也好听，但我就是不喜欢，像你那些队友似的，一个个儿的都大老粗，女孩儿是傻子才会看得上！”

温言默默地为队里的队友祈祷，心想怪不得他一开始就对自己颇多照顾，还真别说，她当时有段时间都怀疑自己摊上了个猥琐队长，还为此担惊受怕了许久。

“估计吴俊林听见您说的，第一个抗议。”

“你告诉他，抗议无效。”

温言又翻了翻后面的纸，纸张都泛黄得厉害，应该都经历挺长的年月了：“您儿子他最近学业顺利吗？”

“别提那臭小子了，”说起自己儿子，老队长立刻拎出教训人的姿态来，“整天不着家，听他同学说，他也不回宿舍，搬到外面住了，也不知道整天干些什么。我在想，当初我的决定是不是错了。”

最后一句，他像是在感慨，又像在悔恨。

“我也不知道能再看着他们母子俩多久了，这以后就拜托你了，你有时间就多过来看看你阿姨，她身体不好，心里也寂寞。我这么多年，也没能让她享福，是我亏欠了她。至于那浑小子，就看他自己的造化了，如果有可能，你就帮帮他，拉他一把，我……”

“说什么呢，说得好像交代身后事似的，我看你这身子骨壮得还可以打死一头牛吧。”温言挥挥手，强装笑意地打断他的话。

老队长抖擞了下精神：“人喝多了就爱犯糊涂，你也别喝了，留着肚子等开饭。”

“好嘞。”

然而那顿饭最终还是没有开吃，公安局那边很快就派来了人，说是要老队长协助调查。陈阿姨事先并不知情，看到老队长被带走之后，整个人就崩溃了。温言留下来安慰了她一个下午，看她情绪稳定，又喊了隔壁邻居来照看她之后才离开。

在接到那个人的电话的时候，她也曾经想过亲自打电话举报老队长，可最终她还是没有。并且，在亲眼见到他被公安抓走，她的心就像是伤口泼上了盐水那样难受。

后来，明馨儿打电话过来告诉她，老队长之所以会答应学校的要求，很可能是因为他接受了校方会给他儿子提供学位的条件。所以当年他儿子本来应该没考上大学，却因为这个得到了一个学位。

这让本来还心存希望的温言心里仅剩的一根线彻底崩断。

以前她一直在猜，老队长到底是为什么要答应学校的要求，就在刚才，她甚至还想大声质问他，到底知不知道自己的妥协会给无辜的学生带来什么，又是谁教给他们无数次的“水火无情防为先，违章招祸后悔迟”，结果却是他自己先全忘记了。

听到明馨儿的话，她才算彻底想通。别人读书再好，那都是别人家的孩子，哪里比得上自己的孩子能上一所好的学校，拥有灿烂的人生？

想到这里，温言嘴角挂上一丝冷笑。

她觉得，自己从二十一岁到如今由他所筑起的信念全数崩塌，自己所秉持的信念都是别人包装出来的假象。

从老队长家里离开之后，温言没有立刻回医院，而是去了 A 大附近。方才她从那人那里问到了他儿子的住址，她想，她还是得去看看的，看看由他父亲的后半生铺就的到底是一段什么样的康庄大道，不然她该如何甘心？

老队长的儿子周榆就住在A大附近一座中高档的小区里，虽然她不知道这房子是他租的还是买的，是用自己的钱还是用父母的钱，但她已经先入为主地给他贴上了败家子的标签。

当她按门铃的时候几乎是用砸的，大门被敲得“哐哐”响，门内的门铃发出规律而死板的铃声，但依然没人来开门。

“谁啊？”

“不知道。”

“去看看呗。”

“不用管他，我们做自己的。”

温言耳力好得很，里面的人声并没能逃过她的耳朵。

好啊，敢情是听到老子的声音也不来开门是吧，女孩原本灵动的眼睛里顿时闪现戾气，温言往外退了两步，长腿一伸，大门应声而倒。

里面上下交叠的男女闻声顿时从沙发上弹了起来，女人尖叫一声，捞过散落一旁的衣服遮住自己的上身，惊恐地看着迈步进来的温言。

当时的温言披着外套自带的帽子，眉眼冷冽，明明是长得艳若桃花的一张脸，此时却阴沉得像来索命的鬼差。

周榆上身赤裸，只来得及拿过一条短裤遮住腿根，大声吼道：“你谁啊？”

“你说呢？”温言头一歪，看了看旁边的女生，沉声下着命令，“还不快滚！”

“好啊，原来你瞒着我有相好的，”女孩却误会了其中的因由，骂骂咧咧地穿上衣服走了，临走之前还给了屋内的两人一个怨毒的眼神。

“你听我解释……”周榆做尔康伸手的动作，却被温言拦了下来，“你他到底是谁啊——”周榆有点崩溃地又整了整短裤。

“我给你三秒钟时间，给我把衣服穿好，三……”

等周榆手忙脚乱地穿好衣服，温言已经坐在了客厅的另一张沙发上：“知道你爸被捕了吗？你还在这里十八禁，你还是人吗？”

不得不说，温言现在心里头那团火烧得她直想大喊，如果打人不犯法，她真想就这样扇死他算了。

“如果不知道人字怎么写，我建议你回隔壁街的小学一年级重新念一遍，不过我听说你书法写得挺好的，我猜你应该还是记得的——当然，如果你那几千张宣纸不是被你用来擦屎了的话。不过也不排除你精虫上脑，脑浆糊了的可能，如果是这样，那我只能给你一拳送你归西，让你重新投胎好好做人，下辈子好好学学怎么样孝敬自己的老爹老娘了。”

温言面无表情、一字不顿地说完这些，气都没带喘，旁边的周榆傻眼了——他才恍然记起来，这位是自己老爹引以为傲的得意门生。

“你说我爸被捕了？不可能，他能犯什么事儿啊？”周榆一脸不相信的表情，噌地从沙发上跳起来。

“A大火灾听说过吧，体育馆里的消防器材有问题，现在查到你爸头上了，他们还查到，”温言深吸了一口气，“你的学位是假的。”

周榆的脸一下子变得煞白，憋了很久他才抱着头道：“我都跟他说了我不喜欢读书，可他偏偏要我读大学，当初我就说自己的成绩怎么可能考得上A大，果然……对，他是把我塞进去了，可我有那个能耐嘛，人家都是省状元市状元上来的，我用什么跟人家比……”

“现在说这些有用吗，如果你到现在还不明白你爸的良苦用心，我真的为他感到很不值。”

周榆突然抬头，用哀求的眼神看着温言：“你不是挺厉害的嘛，你帮帮他呀，他都一把年纪了，在里面肯定受不了的！”

“我……我也帮不了。”

“你不是帮不了，你是不想帮，他可是你师父，你就这样眼睁睁看着他老来还要受罪？”周榆的语气愈加强烈，听上去已经像质问。

“我为什么要帮他，做错了就是做错了，既然当初他选择了这条路，就应该能预想到有今天。尤其是他以权谋私，上千名学生差点因为他而死，你觉得我该怎么帮他？”

周榆冷笑一声，“别把自己说得有多高尚，你不过是不想脏了自己的手。像你这样的人，捧高踩低，我可算是帮他看清了。你也不想想，当年你一个女孩在中队里被男队员排斥，是谁始终保着你？你的父母也不见得会同意让你当消防，他们来找过我爸，是我爸将他们劝服了，还说只要他在中队一天，就不会让你牺牲。那天我也在家里，我可是一字一句听得清清楚楚，虽然到后来我不知道他是怎么实现承诺的，但你能不知道？每次遇到大火灾的时候，他受的伤永远是最重的，别人不知道，我和我妈都心知肚明，他是为了保护你。他把你当半个女儿，一直将你护在身后，而你呢，大难临头就站在道德的制高点装圣人。我真为他感到不值得。”

听到这里，温言已经震惊得一句话都说不出来，喉咙像被一块大石堵住，那股气上不来，堵在心里又闷又疼。

她一直知道老队长偏袒自己，但没想到他竟然是用命来保护着她，而她却给了他什么？自以为洒脱的告别？还是高高在上的清高姿态？

原来，她和周榆也是一路货色——不知感恩、自以为是的蠢货。

可是，她又该不该帮他呢？如果要帮，她又能怎么帮呢？

一股无力感从心里油然而生，直到现在，她才觉得自己是真的很没用。

老队长、学生、学校，她能怎么做选择？

或许她现在能做的就是帮他找个好律师，可她一没有钱二没有人脉，要到哪里去找呢？再次开口，温言的声音有点空洞："现在我能做的就是帮他找个好律师，或许能将大部分责任推给学校，但这样并不代表他做的事情是对的，而且如果是这样的话，你的学位很可能就会被取消。"温言想了想，更正道，"不是很可能，是一定。"

面对取消学位的结果，周榆表示接受："这学位本来就不是我的，可能是从别的学生手里抢来的，没了就没了，最好能还给本来应得的人。"

谈话到此结束，温言翻看着通讯录，看里面有没有可以帮忙的人，刚好翻到权竟宁，他是做医生的，而且那么优秀，身边肯定有很多优秀的人，说不定她能通过他找到一位好律师。

可她很快就否定了这个想法，先别说他会不会帮忙，自己在别人说了划清界限的话之后还凑上去找人家帮忙，就连她自己都觉得自己不要脸。

温言果断地往下滑，却听到屋外有人声："大哥，你能确定那人叫啥吗？"

"我记得，好像是姓周的，叫周榆。"

温言刚好走到门口，被她踹倒的木门此时还大咧咧地倒在地上，地上一地的碎屑，门内的周榆也听到了，两人面面相觑。

还没待周榆从疑惑中清醒过来，温言下一秒已经将人挟到了露台外，将门反锁，蹲到洗衣机的后边。

来的一共有三人，全是高大健壮的男人，短袖 T 恤紧贴在他们的胸肌上，手臂上文着花花绿绿的文身，而且口口声声说要找周榆，看样子来者不善。

他们很快就发现了这房子的异常，大门被踹烂，屋里却没有人，只有金色的窗帘随风飘荡。

"大哥，好像就是这儿！"一边的小弟确认了下地址，对为首的大哥道。

"人呢？竟敢搞老子的女人，看我不扒了他的皮！"

温言闻言，无力地翻了个白眼："你看你招惹的都是些什么人？胆子够大的。"

周榆已经被吓得两腿发软，要他逃课还够胆，给他一百个胆子他也不敢搞那什么老大的女人啊：“那女人骗了我，她说她没有男朋友。”

“人家说你就信？幼稚。”

“你别净说我，你倒是想办法啊，我老爸还说你很能打，出去单挑啊。”

“单挑，我？一挑三？”温言眉峰一扬，像是听到了什么好笑的事。

周榆点头。

“你还是男人吗？我凭什么要给你收拾烂摊子？”

“他们不走你也一样不能走，等下他们抓住我，我就说是你挑唆的，看他们会不会放过你！”

“你……真小人。”温言咬牙道。

温言才不会真的听他的话出去打架，而是拿出了手机：“我打电话报警，私闯民宅，关他们个十几二十天。”

周榆一把抓住她的手：“别啊，他们被放出来之后，他们还是会来找我麻烦的。”

温言没办法了，头一歪：“还记得你家大门吗？我出去一挑三，他们的下场也就那样了，那时候就不是给你爸找律师而是给我找了。”

此时，屋内的人听到有异样的声音，正慢慢靠近露台门。

“不管了，先走为上！”话音刚落，温言一转头，身侧已经没了周榆的身影。

她连忙起来趴在阳台上看，只见周榆身手敏捷，已经跳过几个空调机，爬到了底下两层的窗户上。

“你找死！”温言咬着牙骂道。

这边的动静自然被门内的数人发现：“有人在外面！”

周榆下去之后，温言就没感到那么困窘了，毕竟人家找的是他，不是她。只要他顺利落地逃跑，她自可大摇大摆地从正门出去。

可是她明显高估了周榆的能耐。

“救命——”不到半分钟，温言就听到周榆虚弱的叫唤。

果然，她就不能指望他。

“你咋了？”

“脚……脚卡在防盗网上了。”

住在低楼层的居民通常会给窗户装上防盗网，周榆攀着窗户下去之时，腿不小心往前一伸，大腿就卡在防盗网的缝隙中了。他现在只有两条胳膊攀着窗，下身几乎完全腾空，没有一点依靠。要是他力气一撤，不跌死也得摔成半个脑残。

“那户人家有人没？”

周榆绝望的呻吟再次传来：“没有！”

此时，门内的几个壮汉也听出来了："怎么只有个女的？"

"下面还有个男的！"

"是不是小道消息错了？"

那个状似大佬的壮汉不客气地质问温言："喂，你是下面那男人的马子？你有没有见到我的马子？"

温言一拳打在阳台栏杆上，往后一吼："马你妹！给老子滚开！"

那几个人还是第一次见到如此彪悍的女人，一下子被吼蒙了，还没反应过来，温言已经跨过栏杆爬了下去。

"呀呀呀，这人疯了，以为自己是蜘蛛侠呢！"

"我从这里爬过去救你！"她对周榆喊道，"给老子抓紧了！"这里是十楼，温言顺着水管滑下去，到达跟周榆相同水平线的楼房，然后跨过空调机，很快就去到周榆身边。她小心地坐在窗台上，试着从上面把他拉上来，可还没用力，那人就哇哇大叫："疼疼疼，都说卡住了，你故意的吧！"

温言深吸一口气，告诉自己救人要紧，工作时候发脾气什么的，不是她的风格。

她挠着下巴，周榆见状，觉得还是不能把自己的性命交到一个女人手上："你行不行啊，不行就给我打个 119。"

"闭嘴！"温言抬眼吼了他一句，"现在你最好安心听老子的话，否则后果自负。"

周榆乖乖闭嘴。

半分钟后，温言在周榆的旁边，也学着他的样子，两手攀着水泥台，整个身子吊在半空中。

"你想干吗？"

"学东西了，这叫紧急避险。"说着，温言伸腿到夹着他的腿的那根铝合金窗网格往旁边一钩，窗网的缝隙立刻大开，周榆轻易地把腿收了回来。

然后，温言自己爬回到水泥台上，伸手把他拉上来。

这些事对于一个男人，做起来或许都有些吃力，可这个女人不仅完成了，完了还脸不红气不喘的。周榆看着这一切，突然有点理解自己老爸对她的欣赏。像她这种人，就是为消防而生的。消防太需要这种人了。

他喘着气，还没从刚才的惊险中缓过来："不过，那个防盗网怎么算？"

温言像是看大猩猩似的看他："难道是我？"

周榆认命地点头："是我，我来负责。"

现下两人都坐在窗户台上，温言观察了周围的情况，决定自己先爬上去，然后再想办法救他。本来她完全能够直接把人背上去，但保不准那人会被吓趴，要是他一松手，后果不堪设想。所以她最终还是选择了比较稳妥的方案。

“你在这儿待着。”她说完，长腿一跨，右手攀住了空调机，然后直线往上爬。

宋谦涵刚从学校里了解完情况，找到了老队长儿子在这儿的住址，车开到小区楼下刚下车，就看到八楼的窗户旁边有个身影。他下意识地想打电话让中队派人过来，自己先上去看能不能将人救下，可待他仔细看去时，只觉得那身影熟悉无比，是自己在中队训练时看了无数遍的人，等他反应过来那人是谁时，只觉得心胆剧震。

他用尽全力向上喊：“温言，给我扒紧了——”

正在奋力攀爬的温言听到身后传来喊声，只觉得那声音熟悉，但她已经无暇去看那是谁了，继续自顾自地爬。

宋谦涵一口气跑上十楼，当时露台上的三人还在为温言加油鼓劲，那场面竟然诡异地和谐励志。温言正爬到最后一段，只要跨过去，这段艰难的旅程就要结束。可老天就是不让她好过，水管上的青苔致使她手滑，她的身体一下失去平衡，那三人一阵惊呼。

吓得温言差点把另一只手也滑了，她心想自己今天可能就要交待在这儿了。可就在这时，手腕猛地被一双宽厚的手掌抓住，那双手是常年训练缺乏保养的男人的手，手心和手指的茧子和她柔嫩的肌肤形成强烈的对比。对方的力量很大，如果不看她如今的状况，那会让她以为对方想勒断她的手。

再次抬头时，温言看到的是一双棕褐色的眸子，男人锋利的眉本来纠结在一起，然后又松了口气似的展开。

“队长？”

宋谦涵咬着后槽牙道：“你是真的不知道死字怎么写。”不是疑问句，而是确定的陈述句。

这人真是，她都这个样子了，还不忘记教训她。温言在心里翻了个大大的白眼，方才被他所救的感激之情顿时烟消云散。

宋谦涵一手用力，将她从露台外扯了回来。

脚踏实地的感觉可真好，温言此时只有一个感受。

温言看见刚才的三个小混混还在，其中一个小混混似乎就是他们口中的大哥，此时丝毫没有了刚才来寻仇的脾气和胆量，而是像一头被驯服的哈士奇，谄笑着对温言面前的人道：“涵哥，好久不见啊。”

闻言，温言的一边眉头高高挑起，原来这才是真正的大佬啊。

接下来，撇过小混混的各种攀亲带故求生路不提，温言想不到啊，向来以各种规章制度要求队员、下属的人，学生时代竟然还是当年的校园一霸，简单来说就是打架、逃课、聚众闹事的学生刺儿头。

在他们面前的小混混还是他当年座下的左膀右臂？

这还真是大水冲了龙王庙，自家人打自家人了——呃，谁跟他是自家人了？

“大哥，你不是说当年你就是一又瘦又矮的弱鸡，被人欺负后让大佬给你出头的嘛。”

“去去去，我啥时候这样跟你说了。”

温言：“……”

不得不说，宋谦涵的外表是很有迷惑性的，穿着军装的时候正气和男人荷尔蒙不要钱似的往外冒，但那是他表情严肃的时候。

温言曾经看过他和队友踢足球，换上一身球衣之后的他就好像将军脱下了盔甲，脱下了一身死板和板硬，狭长的眼睛一眯一挑间都是随性和野性，还有抽烟时候的痞气和不羁。

所以这也就是他能在领导和下属间都很吃得开的原因。

也正是因为这样，如今穿着军装的他往人前一站，那就是个根正苗红的人民子弟兵好形象，让人忍不住依赖。

“认亲的事儿待会儿再说，下面还有人呢。”温言往后一指，周榆还在下面翘首以待。

宋谦涵瞪了她一眼，转身下楼。

“你要干吗？”

“找人开门。”

温言跟在他身后：“那层没人，不然你以为我喜欢爬墙？”

宋谦涵停下脚步，沉默了一会儿，然后去找物业。沟通过后，他知道了周榆所在的上两层住户有人在，而且那一层的窗户恰好没有防盗网，他找来了绳子，跟温言进了那户人家。

“你下去还是我下去？”问完之后，宋谦涵打量了下温言，一个瘦得只剩骨架的女人，自己上来的时候，绳子会不会把她的腰给勒断？

而后，他发现自己这个问题简直白问：“算了，你在这里待着。”

温言看到他眼里的鄙视和不信任，只觉得胸腔有一股火在燃烧。

“队长，难道新兵训练的时候，您的首长没有告诉您，要无条件信任自己的战友吗？”

宋谦涵愣了愣，才恍然惊觉自己确实轻视了她。不过，他并不觉得自己的想法有错。先别说她是个女人，一个这么瘦弱的小女孩，怎么可能承受得了他一个大男人的重量？

温言也不跟他瞎扯，自己拿起绳子绑在腰上，把另一头给他："放心，只要绳子不断，我就不可能让你摔下去。"

那个户主是个男人，他看温言一个女孩，手无寸铁之力，于是主动上前帮忙："姑娘，需要我帮忙吗？"

温言看对方一脸善意，于是没有拒绝。

宋谦涵这才放心地给自己绑上绳子，随后攀着水管慢慢滑下去。

落到周榆那一层，他把绳子绑到周榆身上，然后让上面的人拉上去。温言和户主两人合力，很快把周榆拉了上来，然后又把宋谦涵拉上来。

一场危机总算过去。

三人同户主道过谢之后，回到周榆的家。

这一次，宋谦涵才看清倒在地上的大门。他幽幽的眼神缓缓落在大厅中间的三人身上，为首的小混混慌忙摆手："大哥，不是我，这个真不是我！"

周榆也很清楚这不是那些人干的，可是他一时害怕对方真的找自己麻烦，于是决定把事情都推到那些人身上。他瑟瑟缩缩地躲在宋谦涵身后告状："警官你来评评理，他们这些人私闯民宅，还差点让我摔下楼，这笔账该怎么算？"

"你个臭不要脸的，敢在我大哥面前诋毁我！"那小混混指着周榆的鼻子骂道，"是你搞我的马子在先，我没打死你你就该回家烧高香了。"

"我哪知道那女人是你马子，她脑门儿上写着呢还是胸前写着了？"

温言抱着双臂，口气凉凉地道："笨蛋，他又没有看见自己的女人在这里，你这么着急地承认，是怕别人不知道吗？"

周榆这才发现自己一时口快，本来没有证据的事情，倒被他自己亲口承认了。

大混混指着周榆的脸道："看，你自己都承认了。在这一带谁不知道曾凯迪是我马子？"

周榆却还是得硬着头皮吵："呵，当初我找上她的时候她可没有说自己有男人，这还不说明什么吗？"

"你……"

"够了！"宋谦涵伸手将两人推开一定距离，"差点出事还不够，要真的出人命才想收手吗？这件事就到此为止。"

"大哥……"大混混还是不死心。

周榆也没想硬吞下这口恶气："就这么算了？难道我就活该差点摔下楼？"

“不然呢？”宋谦涵皱起眉头道，“要不然你们俩单挑，谁赢了谁就占理。”

“他没有搞。”

“什么？”众人“唰”的一下全都看向突然开口的温言，那叫一个目光炯炯，除了宋谦涵眉头差点倒竖。

“如果他们这是第一次的话，那应该还没有搞成，差不多……”温言用拇指和食指比了比距离，“还剩个 0.1 垒。”

旁边的周榆下巴“哐当”一下掉到了地上：“你看那么仔细干吗！！！”他记得当时她一进来他们就已经分开了吧，那么短的时间内竟然……她眼睛是摄像头做的吗？

“我视力好啊。”温言抬了抬下巴，“所以你们根本没有搞成，那就不存在他搞你女朋友的事情了吧，顶多算未遂……”

温言还想下结论，下一秒就被人拎起了帽子，直接拖到了楼梯间。

随着两人的进入，楼道的感应灯“唰”地打开，门在两人身后“砰”一下关上，半封闭的空间里，果真是杀人灭口最佳地点的不二选择。

宋谦涵掐着腰，头顶的暖黄色灯光打在他头上，此时男人的长睫毛、高鼻梁在他脸上打下青黑色的阴影，五官要多立体有多立体：“你这时间不在医院躺着，来这里做什么？”

“队长，我现在还在休假期间，你的问题我选择保持沉默。”

宋谦涵也不着急，抱着双臂，右腿屈起往后撑在墙上，一双晶亮的丹凤眼就这样盯着她。

“保持沉默？那我干脆给你休个长假，休到天荒地老怎么样？”

温言被噎，转身摸了摸脖子。

“别以为你什么都不说，我就什么都不知道。明馨儿告诉你的吧。”

温言没说话，宋谦涵就当她是默认了。

“那你呢，也是为了这事儿来的？”

宋谦涵冷笑一声：“谁知道，或许是老天让我来救你一条命。”

不知道过了多久，头顶的灯熄了又亮，亮了又熄，在刚暗下来的空当，温言声音低低的，像夜晚海风的呢喃，道：“队长，你觉得要是我跟法官说，我当时确实检查了体育馆里的器材，没发现问题，结果会怎么样？”

她说完这句话，灯光再次有了感应，像舞台上的追光灯“唰”的一下亮起，温言一抬头看到的就是宋谦涵那有如夜晚丛林中野兽的双眼，闪着幽幽的冷光，死死地将她盯着，腮帮的咬肌显现出了棱角，使得他整个人看上去又冷又狠。

温言当下就有点㞞了，往后退了一步。在她还想再退一步的瞬间，宋谦涵往前大踏一步逼近她跟前，温言只觉得一番天旋地转，自己便已经头朝地地被扛在了肩上，然后以极快的速度被扛下楼。

“你有病——放我下来！”

宋谦涵腿长，长腿一跨就是三级楼梯，温言头顶朝下，只听见耳边有呼呼的风声，还有宋谦涵急促的脚步声和呼吸声。她的肚子顶着男人坚硬的肩膀，左右晃荡上下颠簸得让她感觉就要吐出来，而且每每眼看着就要磕在楼梯上，下一瞬间就又远离了，心脏随之一张一缩，周而复始，循环往复，要不是她还存有一丝半点作为人的理智，难保她已经下手将他的脖子捏断。

“浑蛋！”

“我去你大爷！”

而在屋内的四人则一直待在原地，听着楼梯间传出来的叫喊声渐渐远去，直到消失。

“我们……要不要帮忙？会不会搞出人命啊？”

“不会，大佬做事有分寸。”小混混头儿始终对宋谦涵有着谜一样的信任。

不知道过了多久，温言感觉他终于停了下来，自己被放下，又一下子被重重按到墙上。温言定了定神，发现他们还是在楼梯间，周围因为常年没有人气，显得有些森冷，就连身后的墙壁也是通体发凉。

“有病就吃药，神经病！”

四目相对，凶狠对凶狠。

“想给假口供？我先跟你说好，要是你敢给假口供，我现在就在这里弄死你得了！”

宋谦涵年轻时候没少跟人逞凶斗狠，哪怕是背上挨了两刀也还可以咬着牙还手，最后看的已经不是武力值，而是谁够狠。

但是如今看到面前的女孩，虽然面无血色却还倔强地瞪着自己，他就突然有点不忍心了。

“出息。”男人冷冷地扔下一句话就放开了她，自己退到两步开外，从衣兜里拿出烟盒，倒出一根烟叼在嘴角，打火机在暗处亮起又很快暗下。

“我不过是说说而已，我有分寸！”温言松了口气站直，揉了揉疼得要死的肩膀，感觉脑子还是嗡嗡作响。

“最好是。别以为消防局和检察那边的人都是吃素的，他们自然是掌握了证据才去拿的人，所以你还是省省吧。”

“可老队长他什么都没了，家没了，后半辈子毁了，儿子的学位也没了。”温言的声音愈加低迷。

“你说这话不觉得自己幼稚？那是他咎由自取。”

“你现在当然站着说话不腰疼，要是以后你面对同样的选择，你敢说自己不会做出同样的决定吗？”

“不会。”宋谦涵斩钉截铁道。

“说得倒好听。”温言不屑道。

宋谦涵也懒得跟她解释：“说了不会就是不会。”

说着，宋谦涵又抬手想去敲她的脑袋，抬到半路又放下了：“我看你这脑子确实不清醒，回去再躺两天再给我归队！”

“你以为我想见到你……”温言低声嘟哝道。

“嗯？”男人的语调十分危险。

“知道了……变态虐待狂……”

宋谦涵最后抽了一口就将烟掐灭：“走吧。”

“去哪儿？”

“先去看看那学生，再送你回去。”

温言向来对跟宋谦涵单独相处这件事敬谢不敏，但一想到他刚才发疯的样子，她才觉得双腿还有点发软，便也只得半推半就地答应了。

两人回到周榆家里，先把那三个小混混打发了，然后宋谦涵跟周榆进行了一场深入而友好的谈话。究其原因是局里虽然对老队长的做法十分不齿，但也惦念着几十年的战友情，也不想看着他落得如此下场，于是就派宋谦涵过来做一番了解，对他们家能帮多少帮多少，尽一下人情。

“学位没了之后，打算做什么？”

“其实这几年我跟朋友合作投资，出路挺好的，就算没了学位，我也还是能自己闯出一片天。”周榆满怀希望。

“小心别把自己给赔进去了就好。”温言戳在旁边凉凉地道。

“你……我呸！”周榆转而又对宋谦涵道，“宋队长，你职位高，人脉肯定也比这人好，不知道你有没有认识打这类官司的律师，给我引荐引荐？虽然这人说会给我找，但我还是不怎么信得过她。”

宋谦涵抬眼看了看温言，沉吟了半晌：“我找找，如果有就联系你。”

周榆对宋谦涵连声道谢，径直将两人送出了小区门口。

“嘁，白眼狼，刚才我答应给他找的时候怎么不见他对我摇尾巴？”温言愤愤地心想，不觉嘟哝出声。

旁边单手握着方向盘的宋谦涵闻言，嘴角在不经意间上扬。

这人真是，到底争强好胜到什么地步？

途中宋谦涵又带她去吃了个晚饭，等回到医院的时候已经是晚上十点半以后了。

住院部每层楼走廊尽头都会有一个阳台，温言下电梯经过那儿，突然福至心灵，转头往外看了看，只见外面是漆黑的天幕，黑暗中有一点亮光明明灭灭，白大褂在风中簌簌鼓动，男人的轮廓在缭绕的烟雾中逐渐清晰：“还有救，知道回来。”

男人淡淡的语气，低沉的声音随着夜风、混着九月的桂花香，钻进她的耳中、脑海中。

这个男人的声音，真是太好听了。温言想道。

可是，这是一个有女朋友的男人。温言在心里一次又一次地提醒自己。

温言这人，有很严重的道德洁癖，她绝对不会允许自己接近有女朋友的男人，她知道自己对权竟宁是什么心思。

不仅仅是欣赏，也不仅仅是好奇，她对他，有占有欲。这是她第一次对一个男人有这样的感情。她想时刻看见他，不论他是笑还是面无表情，都只能对着自己。

可是，他对着笑的，已经另有其人。

露台上没有灯，他在门外，温言在门内，两人只要一转身就能看见对方。可是两人都没有动作。

那一点红光数次划过黑暗，揣在衣兜里的手握了又握，温言最终还是转身离开。

在医院剩下的好几天里，温言都没有再见到权竟宁，在得到主治医师的出院同意书后，她就飞快地办好了出院手续，屁颠屁颠地准备回中队，也不在乎有没有人来接。

那天，中队的所有人瞒着她给她准备了一个盛大的欢迎会，就在准备给别人脸上扔蛋糕的时候，警铃响了，全体出警——除了她，把她弄得哭笑不得。

秋天的晴天特别多，又是一个秋高气爽的清晨，中队队员早练完之后，在草坪上进行了一次简单的表彰大会，内容是温言在A大校园火灾中的出众表现，不仅挽救了上千名学生的生命财产，更展现了A市消防支队靖安中队的杰出救援能力，为此特别给其颁发嘉奖令和军功章。

温言上前领了东西就默默退回了原位，沉默指数让在场的众人感到惊奇。

按理说，依照她的性子，她肯定会打蛇随棍上，让宋谦涵把指导员的位置还给她，然后争取得到特勤中队推荐信，她却什么都没有做。

就连明馨儿都忍不住使劲儿给她打眼色，温言非常坦然地回望，眼神里明白地写着：有什么问题吗？

明馨儿差点仰天长啸：这丫头竟然没有趁机以下犯上，难道这还不算是最大的问题吗？

有问题，这丫头肯定有问题。

解散之后，宋谦涵用下巴点了点温言，让她留下来。

最近这丫头实在是安静得可怕，关心队员的心理健康也是队长的任务之一，于是他将她留了下来，打算探一下口风。

“对于这个结果，你有什么要说的吗？”

温言抬头望着他：“队长，我想让队员们给老队长写求情书。”

宋谦涵皱起了眉头，手上的笔一顿，将文件夹背在了身后：“你脑子是不是那天炸坏了？你是把我那天说的话当耳旁风了？在队里不仅有军令、纪律，还有法律，他现在不仅违反了纪律，还犯了法，你要去求情，先不说法官听不听你的，我看你根本没有把纪律放在心里！”

相比于宋谦涵有点跳脚的情绪，温言很平静：“老队长干消防干了三十几年，我不认为这一次的过可以抹杀他三十年的功。”

“做好人容易，做一辈子的好人才是难，如果他真的是一个好消防，就不应该忘记自己的职责。正是因为他心里有所求，才会导致现在的晚节不保。”

“人生在世，谁没有欲望，我没有吗，你没有吗？”温言的音量逐渐加大，“谁都有……”

宋谦涵立时打断她：“可是他不应该置那些学生的命不顾！人有欲望，但人之所以为人，是他能够克制，不是你一句人之常情就能够抹杀他的错误。他想做，他可以做，可如果那件事本来就是错的呢？没有人有义务为他的欲望买单。因果循环，报应不爽，错了就是错了，他就要承担后果。”

温言的眼里噙着水光，她转头不去看身前的男人，怕对方看到自己的软弱，也怕他看到自己的恐惧。因为她不得不承认，他说的都是对的，她只是想找个借口来帮老队长，又或是，自私地想借此偿还自己对队长的亏欠。

周榆那天说的话，一句一句，就像蛇的毒液，经由毒牙注入她的身体，漫过她的身体的每一处、每一寸，让她无时无刻不感到愧疚。

可是到了他需要帮助的时候，她却一点都帮不上忙。

她无力、不知所措，就像进了一座迷宫，好像每个方向都走得通，又好像每条路都走不通。

两人不欢而散。

晚上，温言一个人躺在床上，单手枕着头，望着头顶的虚空，可眼里没有一点焦距。

忽然，手机接连振动，她好一会儿才发现，把手机从枕头下拿出，是那些学生的照片。

他们让她把照片转发给权竟宁。

权竟宁……三个字在她舌尖、喉咙里一遍一遍地滚过。

这些天，她刻意地不去想这个名字，可太刻意了，反倒让脑子记得更牢。

她在通讯录里，翻出军训会演那天存的电话，鬼使神差地打开，她只觉得脑子空空的，手指仿佛有了自己的意识，在键盘上跃动，屏幕上的光标不停闪烁。

打完之后，她才恍然惊醒，看着屏幕上那几个字。

——一个对我很好的人犯了错，伤害了别人，我该帮他吗？

手指悬在删除键上，下一秒就要按下去。

但她又突然想到，当时只有自己存了他的号码，他没有存自己的，就算发过去了，他也不知道自己是谁吧。

况且，如今她真的很需要听听其他人的意见——又或许，不是其他任何人都行，只是想听他的意见。

温言嘴角染上一抹苦笑。

信息发过去之后，她也没想着对方会回复，一是因为这样没头没尾的垃圾短信，正常人通常不会理会；二是现在太晚了，正常人早就睡觉了。

可她万万没想到，权竟宁竟然是个不正常的人。

不到三分钟，手机就有回复进来。

温言像看见鬼似的看着屏幕——“只要你不后悔。”

他的意思是，让她遵循自己的心意，不后悔自己的选择就行了吧。只要她想，只要她能。

温言由衷地笑了，如同拨开云雾，阳光照到她的心上，她的心好像变得不再迷茫。但她知道，其实她的心里一早就做了决定，她问他，不过是想得到他的支持。

下定了决心，温言第二天就把请愿书打印下来，偷偷地去找队员们签字。二中队没少人受过老队长的关照，几乎都是毫不犹豫地签下了自己的名字。

“也就你能为老队长做到这个程度了，温言。我们，唉……”温言拍拍对方的肩膀：“老队长会知道你们的心意的。”

有一次，温言在男队员宿舍找他们签名，宋谦涵冷不丁闯进来，吓得他们连忙把纸和笔收到被子底下，可幸好他只顾着和路淮说话，没有留意他们这边。

他们也没有看到，宋谦涵出门之后，嘴唇紧抿，可半分钟之后又摇着头走了。

不仅是队里，老队长从业三十多年，救过无数的人，有些人早就忘了，可有些人还记着。温言便搜集各方信息，去找以前被老队长救过的人们，那些人有的半推半就地签了，也有的签得很爽快。

温言理解那些人，可也有些心酸。不过，本来他们做这行的，也没指望有多少人会记着，这样一想，她的心境又变得开阔多了。

请愿书签完之后，温言将其交到了老队长的律师手上。

风吹过训练场的草坪，微黄的草此起彼伏，温言躺在上面，头顶的天碧蓝澄澈，温言看着看着，突然开怀地咧嘴而笑。

“别以为你这次递了请愿书就了不起。”宋谦涵从她身边经过，整理着自己的肩章，然后踢开她的小腿。

温言的腿像碰到什么脏东西似的，快速缩回，她翻了个白眼，一个鲤鱼打挺跳了起来。

又不是要训练，打个盹儿也碍着他了吗！

温言的身高刚好到他的肩膀，所以就刚好看到那刺眼的三颗星，看看自己，才两颗星，突然间就感受到了人与人的差别。

就是这一颗星，所以她要忍受他的轻视和压榨！

宋谦涵一低头就看到对方狠狠盯着自己的肩章，像是下一秒就要上前将其撕碎。他喊了声立正，然后站在她面前：“不服气？”

温言冷哼一声：“你不要太得意，总有一天，我会让你喊我一声首长！”

想要往上爬，她就必须得立军功，才能进特勤，然后才能立更多的军功。

宋谦涵轻笑：“那我，拭目以待。”

“在那天之前，你就给我好好看着，老队长练过的兵，心里也有一把秤，也知道对错是非，但我们的血是热的，‘情义’这两个字，比什么都重。”不像这个人，事不关己就能高高挂起。

她平生最看不起这种人。

“很不巧，我也是。”

你也是个头！温言的心里满是不屑。

“所以，”女孩嘴角轻扬，“希望你记住今天的话，也记得你那天说的，不然以后出了同样的事，我可不会替你写请愿书，毕竟我们还不熟不是吗？”

对方表面是在跟自己撇清关系，但宋谦涵仍能听出她话里的意味。

哪怕是面对跟老队长同样的抉择，也要记住自己的使命和职责，永远不要变。

所以，他也心领神会地道：“不用你提醒。”

接下来，日子恢复以前的平淡如水。

这一天轮到温言到厨房帮忙，中队厨房由一名老队员负责，其他队员得空了也会随时到厨房帮忙。

“侯爷，有什么需要我做的吗？”温言捋起袖子，捡起一块白白胖胖的萝卜嚼着吃，腮帮顿时被塞得鼓鼓的，像只偷吃的兔子。

被唤作侯爷的人是队里的老队员，在中队里待了将近三十年，几乎是与老队长同辈，但因为腿伤而不得不从一线退下来，转做后勤。

闻言，侯爷放下菜刀：“那这排骨你来砍，我这骨头还不够它硬。”说着，侯爷拖着腿走到小凳子前坐下，温言见他坐得吃力，抿了抿唇，从放蔬菜的桌上跳下来：“你们就好意思欺负我一个弱女子。”

说着，她将剩下的萝卜往嘴里一塞，一刀砍到猪肋骨上，骨头利落地断成两块。

侯爷见状，轻笑一声，又低头继续择菜。

等到把菜都端出去的时候，队员们刚好从外面回来，闻到饭菜香就站不住了，路淮第一个凑上去舀了一口汤往嘴里送，被明馨儿骂了两句也还是一脸满足的表情，但那表情很快就转变成了一种极度压抑、痛苦、扭曲的表情。

大家伙儿都团团围上来：“怎么了？”

路淮这才艰难地吐出几个字出：“这汤里……放了啥？”

温言挠挠头，也上前喝了一口：“没问题啊，味道挺好的，你尝尝。”

她递给明馨儿，明馨儿摇头，嫌弃地推开。

路淮的脸上开始以肉眼可见的速度长出红色的小疙瘩，人们这才明白，他这是过敏了。

这时候，侯爷急急忙忙地拖着腿过来：“哎哟，我的祖宗，你趁我不注意的时候放什么了？”

温言无辜地道：“我看还有些芹菜剩下，就往里面放了几根，想着应该不碍事吧。”

“你真是，”侯爷恨铁不成钢地戳了戳温言的脑袋，“路淮他芹菜过敏啊！”

出了这事儿，人们也顾不上吃饭了，风风火火地派车把路淮送到医院，幸好回来的时候，红色疙瘩已经消得差不多了。

为此，温言得了嘉奖令后没几天，又吃了一次惩罚——负重跑，五十圈。

平时这个惩罚对她来说根本不算什么，可明馨儿见她过了正常完成的时间都没回来，就下去找她。

宽阔的操场上，秋天的雾气在大灯下弥散开来，时而深，时而浅，女孩身影纤瘦，腿上绑了好几个沙袋，背上背了个大包袱，腰杆却挺得笔直。

她叹了一口气，跟着跑上去："我说你怕不是跟这里的风水八字相冲，怎么没几天就老出事呢？"

温言转过头，轻飘飘地看了她一眼："够义气就替我带几个，就这样瞎跑你还不如回去睡觉。"

"平时这些量都不够你塞牙缝的，今天是怎么了？"

"我就爱慢慢跑，你管得着吗。"

"对了，队长说明天路淮去不了医院上课了，你代他去。"

"不要。"温言不假思索地拒绝。

"为什么？有地偷懒也不要？"

"医院，"温言轻喘了一口气，"晦气。我刚刚从那里逃出来，没事儿干吗老往医院跑？"

"怎么，跟那医生闹掰了？"

"什么医生？"温言突然停了下来，眼睛一眨不眨地看着明馨儿，"谁告诉你的？"

明馨儿知道自己说漏嘴了，心道"我可不会那么没义气把人家爆出来"，但还是厚着脸皮问道："原来这是真的啊？怎么样，那医生是不是很帅，很有气质？"

温言咬了咬下唇，就知道这些小子比退休的大妈还要八卦。

"假的啊，不过就是个满脸油光、地中海的大叔，吴大妈说的话能信，老母猪都能上树了。再说了，你从小到大，见过几个称得上帅哥的医生？"

"不对啊，他明明还说人家可有爱心了，抱着小孩哄的时候就连他都能感受到浓浓的父爱。"明馨儿一脸沉醉的样子。

"所以，那就是吴大妈说的喽？"

明馨儿："……"

军令难违，第二天下午，温言还是跟明馨儿到了医院。

消防中队不仅要负责特定区域的救火工作，还要承担相应区域的防火培训工作。每个季度，消防中队都会派人到各个单位进行消防培训。

这一次，温言和明馨儿则被派到了松潭医院。

两人到达的时候比正式开始时间早了不少，趁着还有时间，两人就在医院里闲逛。

走到一处大厅的时候，就看到那里围着一堆人，隐隐有吵闹的声音：“要是我女儿有什么三长两短，我肯定要你和这医院的人陪葬！”

透过人群，温言一眼就看到正中间的权竟宁，男人侧对着她，但她似乎能看到他眼中的沉着和镇定。

男人不紧不慢地开口，声音沉着得能拧出水来，和那天的声音很像，但已经少了些许嘶哑。

“病人发烧是正常现象，而且温度也在可控范围之内，只要配合用药，很快就能退下来，这个你不必担心。”

明馨儿也看到了，冷笑了一声：“又是医闹，这年头，医生也不好当啊……哎不过那医生侧脸完美啊，你看！”

温言沉默着没说话，裤侧的拳头捏得紧紧的。

这时候，圈内的病患家属吵得越来越大声：“我上次明明说了，让陆医生来处理，你算哪根葱啊。别以为我不知道，你是在美国混不下去了，才回来中国的，因为啊，你在美国治死过人！”

此话一出，众人哗然。

“原来在美国治死过人啊……”

“这医院怎么连这样的人都请啊，这不是要害死人嘛……”

这时候，护士长听不下去了，反驳道：“你胡说八道什么呢？权医生的医术和医德在业界里谁不知道，你再在这里造谣我可就叫警察了！”

“你叫啊，尽管叫，看警察来了是站在治死人的医生那边还是我这边！”

说着，病人家属突然往权竟宁身前冲去，揪住了他的衣领。权竟宁让身后的人让开，伸手护住了周围的人。

温言几乎能听到自己骨头在咯咯作响。

就只会欺负老实人。

她正要扬起拳头往那个人的方向走，却被明馨儿一把握住，她低声怒吼：“你疯了！”

“咔嚓”一声，闪光灯在众人眼里闪过，人们皆转头看去，只见一个年轻女孩手上架着一部纯黑色单反相机，脸上挂着让人如沐春风的笑容。

温言和明馨儿也转头看去。

“大叔，别担心，我已经给你记录下来了，我想警察叔叔看到照片的时候会知道站在谁那边吧。”女孩走到他们的正前方，又“咔嚓”“咔嚓”照了好几张，“况且，我们这儿有那么多目击证人呢，谁先出的手，我们都很清楚。”

在场的其他人，明眼人都能看出这人有点无理取闹，顿时又从谴责权竟宁的一方站到了谴责病人家属的一边，全都老实地点了点头。

那人也知道不好触犯众怒，愤愤不平地放了手："那我女儿的病怎么算？"

"这个嘛，简单！"

沈烨挤出人群，将外面的陆尹拉了进来："你不是想找陆医生吗，这就是了，如果陆医生说你女儿的病没有大碍那你应该就没话说了吧？"

陆尹收到沈烨的眼神示意，将人拉到一边，给那人解释病人的病情，但其实和权竟宁说得差不多，那人却听得连连点头。

护士长将看热闹的人都驱散了之后，候诊大厅总算恢复了平时乱中有序的样子。

沈烨见状，心里也不好受，拍了拍权竟宁的肩膀。

也不知道那谣言怎么来的，可笑的是，竟也有人相信。

在美国治死过人?

那是会吊销执照的，就算他的爷爷是院长，也没有那么大的脸让医学会那帮人视而不见吧。

她是做新闻的，三人成虎这个道理，她再熟悉不过。

权竟宁读懂她的眼神，在心里自嘲一笑。

权竟宁转身的瞬间就看到一直站在一旁的温言，女孩身着浅绿色军装，帽子拿在手上，短发蓬松，在阳光的照射下呈金黄色，尤其显得可爱。只是她的右手被握在旁边另外一个女孩的手里，看样子她是想给自己出头的意思?

男人挑起眉峰，像是看见了一件有趣的事情。

温言察觉到落在自己身上的视线，连忙把手放下来，摸了摸旁边明馨儿的头："有个东西……啊好巧，我们只是经过，还有事要忙就先……"

"有你个头！"明馨儿一把甩开她的手，一脸花痴地看向跟前几步远的权竟宁，"谁说医生就没有帅哥了，你看，一来来一双！"她指的还有另外一边的陆尹。

"而且，你们认识啊？"

"不认识。"

"认识。"

两道声音同时响起。

温言失落地垂下头，心里在想的是：有事发生的时候，能够站在他身边，帮助他的，是沈烨，而永远不会是她。

权竟宁闻言，双唇抿得紧紧的，半晌后垂眼，转身去跟护士长说话。

"温言，你怎么来了？"沈烨兴致勃勃地上前问道，"上次我来找你，他们说你出院了，我还想跟你说说报道的事情呢。”

“报道？哦，报道。”温言恍然，不说她都差点忘记了，对方还差自己一个报道呢。

不过这个现在对她已经没有意义了吧。

“你的那篇我早就写好了，只是因为某些问题暂时没能发出来，我还想着同时把学校和消防中队队长勾结的事情发出来，你知道吗，这件事情还是我调查出来的呢……”

沈烨下面说了什么，温言已经听不太清楚了，她只觉得自己的脑袋“嗡”的一声，全世界都消了音，眼前天旋地转的，到最后便只剩权竟宁紧抿着双唇的脸。

不知道过了多久，她才找回了自己的声音：“那个，我可以请求你一件事吗？”

沈烨反问：“什么啊？哦我知道了，你肯定又想让我把你的事迹写得英勇壮烈一点对不对？哎呀我知道啦……”

“不是，”温言打断她的话，将她拉到一边，低声问道，“那篇关于学校和中队的报道能不能不报道？”

“为什么？”沈烨不假思索地问道。

温言想解释，可又觉得无从说起。别人是记者，报道事实是她的职责和权利，她又怎么好意思干涉他人的工作，难道仅仅是因为报道的主角和自己有关？她真是越来越不可理喻了。

到最后，她还是没说出为什么，只是扯了扯嘴角：“没事。我随便说说而已。”

沈烨立即拍拍胸口：“幸好幸好，我多怕你说真的，那件事真是花了我九牛二虎之力才调查出来的，那个校园负责人和中队长不坐几年牢还真是对不起我伟大的牺牲和付出啊。”

温言心里苦涩，沉默着没有说话。

另一边，明馨儿已经很自来熟地和权竟宁套起了近乎，虽然这个医生看起来要更冷一些，但冰山美男嘛，对她可是有致命诱惑的。

“医生，您是哪个科的啊？”

权竟宁正在跟护士长嘱咐病人的护理注意事项，闻言只是淡淡回答了一句：“神经外科。”

“神经外科啊，”明馨儿的眼睛闪闪发亮，“是看神经病的吗，那会不会很累啊，因为老是要对着精神有问题的病人啊，那你一定很有爱心，哎你喜不喜欢养狗啊……”

温言说完话过来，见状抚了抚额，将她拉了回来，以免她丢更大的脸。

“是神经外科，又不是精神科，我看你确实要去精神科看一看。”

转过来她又对权竟宁点了点头：“不好意思，打扰了。”还没等权竟宁回答已经架着人离开，很明显，她的那句话只是客气，她并不在乎他回答或是不回答。

权竟宁看着两人的背影渐行渐远，那人的光在他眼里逐渐暗淡。

“喂我还没问完……那简直帅爆天际了好吗，要是他没女朋友我肯定追他……”

“人家有女朋友了！”

“你有女朋友了吗？”沈烨过来问权竟宁。

权竟宁没有理会。

“你有女朋友了？我怎么不知道！”陆尹过来，又是同一个问题。

权竟宁还是没有回答。

“权医生难道没有女朋友吗？”

护士长旁边的小护士咬着笔头，目光炯炯地看着三人，颤巍巍地问道。

“我像是有女朋友的样子？”当事人终于反问道。

“这个女孩子好帅，我可以追她吗？”温言走后，陆尹仍然星星眼地看着她离去的方向，仿佛那是一片令人向往的仙境绝迹。

“你想都不要想。”

陆尹下一秒就被现实无情地打入地狱，权竟宁冷冷地瞥了他一眼，语气冷得可以杀人。

“为什么？”

“你别忘了，我们之间还有约定。”

“那还不简单，我把她带回家见家人就好。我决定了，她就是我的真命天女，我要跟她结婚！”说完，陆尹便扑棱棱地跑走了。

沈烨看了离去的陆尹一眼，道：“你就这样让他走了？万一他真的去追那小姐姐咋办？”

权竟宁利落地在文件上签上自己的名字，冷笑一声：“让他吃点苦头，他才知道谁是为他好。”

这句话，沈烨在大脑里自动转换成了：不让他吃点苦头，他都不知道谁才是他爸爸。

沈烨和权竟宁做了二十多年的发小，她比其他任何人都清楚眼前这男人的真面目。

从小学开始老师就告诉他们，不要被事物的表面所迷惑，有时候长得越好看越吸引人的东西，往往越有害，让你死了都不知道是怎么死的。

权竟宁这人，表面看上去温和有礼，但其实霸道又强势，而且极度擅长冷暴力。她还依稀记得小学时候，她不过是在他家抢了他的遥控器，不让他看科学节目，转而看自己喜欢的少儿频道，他就整整一个月没跟她说一句话，结果不出所料，那个月她的期末考试华丽丽地挂掉了。

从那次起，她就算是彻底认识到了这人的黑暗面，从此不敢轻易惹他，而且自从他当了外科医生之后，她就愈加觉得，电视剧里的变态医生杀手形象就是他的内心写照。

因此，只要权竟宁流露出这样的情绪，她就知道，这件事必定是他所在乎的。

那他现在在乎的是谁呢？

她感受了下来自权大冰山身上散发的冷意，了然地想：那当然是刚才英姿飒爽的温言小姐姐了。

“你刚才跟她说的报道是什么？”权竟宁突然问道，见她看着自己笑得花枝乱颤的，嫌弃地后退了一步。

沈烨止住笑意：“上次温言的报道被主编砍了，这次总算没有阻碍，所以我还是想把它登出来，还有 A 大消防负责人和中队前领导的交易，我也打算一起登了啊，上次我来这里采访你不也知道吗？”

权竟宁心下一沉，沉默了一会儿，转身离开：“跟我来一趟。”

两人来到权竟宁的办公室，权竟宁在身后关上了房门，问道：“她上次的报道为什么会被砍？”

呵呵呵，沈烨在心里大笑三声，这关心的劲儿也表现得太明显了吧，权大医生。

“有钱使得鬼推磨啊，学校那边做贼心虚，封锁了消息呗。可还是被我查出来了，现在总算没了阻力，所以这一次，我一定要把这肮脏的交易报道出来，每天一篇，跟踪报道，让全天下的人都知道这些人的丑恶嘴脸！有钱了不起，为了钱就什么事都做得出来吗？”沈烨叉着腰，说得大义凛然，可娇小的身材和幼稚的举止无不昭示着她长不大的灵魂。

“中队是哪个中队？”权竟宁皱起眉头，声音低沉，隐隐含着担忧。

沈烨伸出两根手指：“靖安二中队。”

果然，权竟宁扶着额头。上次跟温言吃饭，他就知道温言是二中队的队员，虽然没有很刻意地记着，但他的记忆力向来很好，听过一次、看过一次的事情很难会忘掉。

所以，这次被抓的中队长正是温言的领导。

那她呢，她有没有因此被调查，又或者，受到打击？

沈烨冷静下来，看到他不对劲，用小拇指戳他的胳膊："你怎么了？"

权竟宁似乎是经过激烈的挣扎，终于还是道："你的那篇报道，能不能……别登？"

"为什么？"沈烨瞪大双眼，今天这些人怎么都这么奇怪，一个两个的都这么不想她的报道上报纸吗？

"如果你的这篇报道会伤害到一个无辜的人，你会怎么样？"

"新闻肯定不能让每个人如意，如果报纸上都是些喜闻乐见的事情，这个世界只会变得越来越黑暗。"

权竟宁愣了半晌，可还是坚持："如果是我请求你不要登呢？"

沈烨不情愿地跺脚："那到底是为什么？你又不说原因！"

权竟宁的眼神瞬间黯淡，那让她也嫉妒的长睫毛耷拉下来："那个中队长是温言的前领导。"

"哈！？"沈烨发出一声惊呼，完了又自己醒觉过来，往自己脑袋上敲了一记。这么重要的联系，她竟然忘了去了解。

"所以，你是因为温言才来求我的吗？"沈烨小心地觑他的表情。

"算……是吧。"

虽然心里有点不悦，但沈烨还是忍不住捂嘴偷笑，随后忍不住笑出声来："没想到啊没想到，权大医生也有因为姑娘求我的时候。"

瞥到他凉凉的眼神，沈烨用左右两根食指封住嘴："放心，我口风很密的。"

"所以，你到底帮不帮？"

沈烨装模作样地叹了一口气："帮忙是没什么难的……现在只有我掌握了整件事的资料，也只有我们报社敢报道，其他零零散散的小道消息，我也可以随时封锁。只不过难的是这里，"她戳戳自己的左胸膛，"替她难受啊。"

听到她肯帮忙，权竟宁总算松了口气："谢了。"

沈烨又瞅了他一眼，好不容易有一个姑娘让这个千年大冰山动心，她这个发小不帮忙简直天理难容："你也知道，他们当兵的队友之间感情都特别好，也不知道温言当时知道真相的时候心情是怎么样的，不过还好，现在看来，她是熬过来了，但这肯定会对她的心灵造成很大的伤害啊。"

感慨了一番后，沈烨还故意地问了句：“你说对不对？”

闻言，权竟宁失神地点了点头，过了半晌之后，走到洗手盆前慢悠悠地洗手，“哗啦啦”的水流声盖住他原本的声音：“那她有没有需要帮忙的？”

沈烨耸肩：“看样子是没有的，她刚才都不敢跟我开口。而且，我以什么立场去帮别人呢？”

什么立场、什么资格。什么关系……这几个词在权竟宁的脑海里不停盘旋，又想到方才温言无助又难过的样子，他的心就好像被一只手捏了一把，又闷又痛。他也不知道这是怎么了，今天一天的心情几乎都被那个女孩所影响。

最后他猛地将水龙头关上，长吁了一口气，努力忽视那种奇异的感觉：“时间不早了，你还不回去？”

“哦。”沈烨好脾气地回了一句，出了门，权竟宁刚坐到椅子上，冷不丁地看到沈烨重新探进头来，表情天真地问：“哦对了，陆尹发信息给我要消防小姐姐的电话号码，你说我要给他吗？”

权竟宁低头一笑：“随你便。”

笑容是露出八颗牙齿的标准笑容，沈烨却从中读出了森森冷意，回答的时候声音都有点颤抖：“明白！”

温言过来这里完全是打酱油的，明馨儿在台上讲话的时候，她都在下面托着腮帮发呆。

以前好歹还能帮忙点一下 PPT，现在技术发达了，连 PPT 都不用她点了，也难怪她感到一阵空虚寂寞。

其间她去了一趟洗手间，却碰巧遇到了刚才撒泼闹事的病患家属。也许不是碰巧，而是那人为了避开神经外科的人，特地躲到这边来打电话。

这还是因为温言听到他的电话内容，觉得可疑，于是跟了上去，躲在门后，把他的电话内容一句不落地全听了。

“今晚，对，那个医生我早看他不顺眼了……小晴的事儿绝对不能让你嫂子知道，我女儿不敢不听我的话，现在唯一的绊脚石就只剩那个医生了。上次我没忍住在厕所想亲热亲热，没想到就是被他撞见了。你以为我没想过给红包？那人可清高得很……反正让几个兄弟都过来，要是唬住他了还好，要是他不识好歹，敢乱说话，看我不把他的门牙打掉……要是她怀孕了怎么办？那还用说，我女儿的情况你又不是不知道，老子可不想没儿子送终！”

温言越听越恼火，差点举起拳头把他身后的墙给砸了。

养“小三”还不够，还嫌弃自己生病的女儿。

这样的人竟然害怕没儿子送终？

他就该出门被车撞死，喝水被水噎死，睡觉被鬼压死，直接白发人送黑发人。

下唇被咬破，尝到丝丝的咸腥味，温言才从愤慨中冷静下来。回去的路上，温言想了无数让对方生不如死的方法，最终都因为太过惨无人道而被她自己否决。

于是，她在培训课的后半段，神情都是恹恹的。

“看你这深闺怨妇的小脸，刚才那位就是传说中的又帅又有气质还有爱心的医生了吧。”培训结束之后，明馨儿走到最后一排，双手撑在桌上，“啧啧”两声叹道。

温言白了她一眼：“说那么多话你不累吗，要不要我把你的嘴巴缝上让你休息一下？”

明馨儿却没有管她：“我一看你刚才那小眼神就猜到了，那种哀怨、想爱又不敢爱的……哎呀，那种相见恨晚的心情，我懂。”

为表自己的感同身受，明馨儿使劲儿拍了拍自己的胸膛，差点没把自己拍断气。

完了之后又感叹：“唉，不过那人长得可真是好，那外貌跟你也配，就是太可惜了，唉，可惜了……做他女朋友的人真是几世修来的福分。”

温言确实没心情听她在这里长吁短叹的，感觉失恋的不是自己而是她——不对，她失什么恋？

就是一瞬间，明馨儿看到她的表情变得阴恻恻的，宛若那北风过境，让人不寒而栗：“你知道有什么方法可以让人生不如死吗？或者把人弄死，但又不会引起别人怀疑？”

明馨儿以为对方是想教训自己，当即闭了嘴，一脸要哭不哭的样子，用纯正的港台腔说：“开个玩笑嘛，要不要这么认真啊。”然后一溜烟似的跑了。

“喂，你还没回答我！”

话说回来，国外对恋爱的看法开明许多，陆尹在国外浸淫多年，恋爱观念跟国内很多年轻人都不同，崇尚恋爱自由、恋爱至上的他从来不会被什么身世、性格、健康等韩剧里烂大街的梗所阻挠，而是一旦觉得喜欢就会去追求，分手也非常干净利落，一旦发现自己不喜欢就分，绝对不会让对方阻碍自己的自由。

而他的泡妞手法也在这么多年的强化练习中，比别人高出了不少。比如说今天，他一眼就看中了温言，但他不会贸贸然上前搭讪，而是先迂回地问沈烨有没有温言的电话号码，没有得到回应就从她身边的工作人员打听情况。

在她身边帮忙的人都是医院的，几乎没有人不认识他，他问了几句，就知道她是来这边做消防安全培训的。

培训期间，他就到了医院消防工作负责人秦主任的办公室，主动揽下了请温言两人吃饭的责任，这样，约人家出去的名头就得到了。

前期工作完成，他来到了做培训讲座的教室，刚好看见一前一后跑出教室的温言和明馨儿。

“两位小姐，请留步！”他实在太慌张了，竟然喊出了只有古装电视剧里才有的台词。

闻言，前面的两人胃里已经一阵恶寒，转过头来，却看到一名白衣飘飘的少年。

温言的表情十分淡定，明馨儿却早已骨酥腿软，差点就要栽到温言身上。

“嘿。”

陆尹上前，带着标准的八颗牙齿笑容：“是这样的，为了感谢两位警官的帮忙，我们医院想请两位用晚餐，不知道两位能不能赏光？”

“晚餐？”温言诧异，觉得有点受宠若惊，没听说过哪位队友来这里培训还包晚餐的啊。

明馨儿问：“医生你也一起去吗？”

陆尹笑着点头：“是的。”

“那就恭敬不如从命了。”在温言正犹豫的当口，明馨儿已经一口答应了下来，温言没办法，也只好答应。

今晚，她是没办法留在医院的，帮不了他，也得给他提个醒，让他小心那个家属才行。

这样想着，温言又赶到了神经外科，护士说他在值班室。她也没想那么多，往那里直奔而去。

可她没想到，值班室正是医生聚集的地方，她只好硬着头皮，在众目睽睽之下把权竟宁喊了出去。不出所料受到了众人的调笑。

可是说来也奇怪，他不是有女朋友吗，那些人见到有个女的找他，比看见外星人找他还要惊奇。

她转念一想，他又不是高调的人，隐瞒自己的恋爱情况也很正常。

权竟宁看她双颊绯红，脖子、额头上都有点点汗珠渗透，心下疑惑，等着她出声。

“你今晚要值班？”那些人是冲着他来的，只要他不在不就行了？

权竟宁摇头：“我今晚不用值班，但会留下来一段时间。”

“那你就不能早点走？”

“为什么？”权竟宁心中的疑惑更大，见她一直不出声，他也没有催促，他本来就是个很有耐心的人。只是连他自己都没有发现，对她的耐心已经远远超出了他原有的耐心范围。

换作别人，温言早就甩下一句“让你走就走，废什么话”就走人了。可面对权竟宁，她竟然没能冷下脸来，真是冤家。

这时，旁边经过一个护士，她被人搀扶着，有人过来问她们：“怎么了？”

“门诊那边又有人来闹事了，她被人推了一把，撞桌子上了，轻微脑震荡，医生说要观察一晚，我就把她扶过来了。”

众人闻言，一时都沉默不言。

现在的医患关系，虽然没有以前严重，但总有那么些人不讲道理，一点点小事就过来闹几天，弄得好好一个医院鸡犬不宁。

可是他们有苦无处诉，只得打落牙齿和血吞，一次又一次地忍让。

见状，温言更加坚定了让权竟宁离开的决心。可是她又不想把事实告诉他。

毕竟是自己病人的家属，为他们熬夜想方案，在手术台上一站就是几个小时，结果得到什么？除了怨恨，还可能会被毒打。她不想让他对自己的工作失去信心，不想让他失望难过，也更加不想让他受到伤害。所以，要怎么样才能既不让他知道事实，又能躲掉那些人呢？

权竟宁还有事情要做，他想听她把话说完，但事有轻重缓急，病人的事拖不得，于是他不得不开口告辞。

他一转身，陷入沉思的温言立刻回过神来，一把抓住他的胳膊：“等一下！”

两人俱是一愣，旁边的人也饶有趣味地看过来。

温言连忙把手放下，不经大脑的话就这样脱口而出：“你今晚陪我吃饭吧。”

权竟宁好看的眉头皱起，一脸疑惑。

温言的大脑一片空白，什么叫陪她吃饭，这么不要脸的话竟然出自她的口？

温言的脸火烧似的，她却还是得自圆其说：“我是说，你的朋友想要你陪他吃饭。”

“哪个朋友？”

温言想起请她们吃饭的陆医生不正好跟沈烨认识吗，今天沈烨还让他帮权竟宁解围，他们肯定认识。于是她把陆尹供了出来。

“他说这是医院给他的任务，当作对我们过来培训的感谢，我也说他们太客气了，培训也是我们的工作，说什么感谢不感谢的。但是盛情难却，也为了中队和医院的友谊，我们就答应了。可是陆医生好像不太好意思，所以就想让你去陪他撑撑场子，他没时间过来跟你说，我说我认识你，于是就自告奋勇来了。”她解释得够清楚了吧。

“我还有事……”

温言知道他这是要拒绝了。

这时，沈烨不知道从哪里蹿出来，站到权竟宁旁边，用小手指一直戳他的胳膊：“哎呀，事情是做不完的，有人请吃饭，你就去嘛。哎呀，去嘛去嘛……”

温言看着两人的互动，圆圆的杏眼一时放在男人的脸上，一时又放在旁边娇小的女孩身上。权竟宁的表情仍是一脸为难，可当沈烨凑近他的耳朵不知道说了一句什么，他就犹豫着答应了。

温言心头滑过一阵苦涩，落在脸上便成了苦笑。

果然，他对自己喜欢的人永远是无条件纵容，而对外人，无论如何都要问清楚原因。

而权竟宁，自然也不全是因为沈烨就答应去吃饭，而是沈烨的话让他动摇了。

她当时说的是：“不去你怎么安慰人家？”

他也不知道自己怎么了，在她问完之后就无意识地点了头，还很快地就把事情处理完毕，和沈烨提前到了预定的餐厅。

第八章 维护（下）

一小时后，医院派车将温言和明馨儿送到了饭店，但那司机未免高级得过了头，是刚才那位医生。

这医生怎么看都是一线医护人员，到底有什么理由要给她们做司机，还要陪酒呢？这陪吃陪酒，只差陪睡就真成三陪了。

温言一边为如今的医护人员尴尬的身份和境况感到惋惜，一边想着待会儿她一定要打电话给医院，给他一个五星好评，免得医院为难他。

温言很少出去吃饭，对本市的饭店排名一无所知，但单看店内的装修也知道，这里的物价不低。

三人推门进入包间，桌上摆满了饭菜，香气四溢，但除了桌上的丰盛饭菜之外，里面坐着的两个人才是吸引众人眼球的焦点所在——权竟宁和沈烨竟然就大咧咧地坐在餐桌正后方。

“你们怎么来得这么晚，这菜都要凉掉了啦。”

除了温言，另外两人都对权竟宁和沈烨的突然出现感到惊讶。

陆尹眼见自己精心策划的约会可能就要被这两人搞砸，顿时就有点抓狂：“你们两个怎么在这里？”

“我们过来帮你撑场子啊。”沈烨解释道，对温言眨眨眼。

温言面无表情，从进来到现在，她一直刻意不去看那个男人。

而明馨儿也察觉到温言的不妥，问她怎么了，温言一个“没事”就把她打发了。她懒得再用热脸去贴人家的冷屁股，不再理温言。

“两位战士，来，你们坐这里。”沈烨上前将温言拉到自己的座位，一把按下，然后自己坐到温言旁边，陆尹没办法，只好委屈地坐到权竟宁旁边，身边是明馨儿。

对于这样的座位安排，温言脑海里只有三个字：什么鬼？

这一对情侣可真够奇葩的，把她这么大一个电灯泡放中间，不嫌闪得慌吗？

一顿饭下来，只有明馨儿在问陆尹各种问题，温言只顾着埋头吃饭，菜也只是夹自己这边的，只想着快点吃完走人，这修罗场她是半刻都待不下去了。

“温警官，你好，我叫陆尹，是神经外科的医生，今年二十七岁，有车子有房子，我的家人都在美国，平时没事的时候我喜欢滑翔、跳伞、蹦极。”

“你的爱好……真刺激。”温言扯扯嘴角，评价道。

“很多人都这么说，因为我就喜欢刺激的事物。你不觉得我们平时都生活得太压抑了吗，偶尔寻求一点刺激可以给生活增添很多乐趣。”

温言对这个说法不以为然，她平时的生活就已经够刺激了，再来一点刺激她的心脏可受不了。

“温言你平时就吃这么少吗？”沈烨对权竟宁眨眼睛，“那边的菜隔太远了，权医生你给人家夹一下嘛。”

“不用了……”

陆尹见状，心道自己表现的机会来了，连忙竖起筷子去夹，谁知被权竟宁抢先一步，一勺麻婆豆腐已经端到温言面前。温言下意识地把碗收回来，拒绝的姿态很明显：“我……豆腐过敏，不用客气了。”

权竟宁抿了抿唇，将豆腐舀到陆尹碗里。

“我记得上次你还说那家店的豆腐脑很好吃，怎么突然就过敏了？”

男人低沉的声音不急不躁，在耳边响起，温言的心跳突然变得又快又乱。

闻言，其他四人都屏住了呼吸，空气冷得可以结出冰碴子。

“温言她体质很奇葩的，过敏都是一时一时的，权医生你不用管她。”明馨儿开口替温言解围，“我听说这家店的梅子酒是自己酿的，很好喝，大家要不要尝一尝？”

“你们明天不用上班吗？”沈烨问道。

“不用，我们明天休假，不出警。”

“好啊，那就来点。”

沈烨喊来服务员，点了一瓶梅子酒，酒送来之后，明馨儿给众人倒酒，包间里一时间充满了梅子香味和酒香。

明馨儿一坐下就看到自己的手机进来了一条短信，打开一看，是温言的消息，他说：“快点吃完快点走人。”

她慢悠悠地回了她一句：“别急，等这瓶酒喝完了再走也不迟。”

那边收到信息的温言泄气地将手机放回兜里，端起酒杯一饮而尽，喝了一口之后，发现这酒十分香醇，又忍不住喝了好几杯，可是这酒的度数不低，几杯下肚，温言已经感到脑袋阵阵发晕。

权竟宁看到她一杯接着一杯，只当她在借酒消愁，眉间的皱褶变得更加明显。

而温言醉了之后，早就忘记了要避嫌这件事，一双杏眼几乎黏在权竟宁的脸上，自然就看到那人眉间快能夹死苍蝇的“川”字。

陆尹趁机跟温言套近乎，温言的醉态不明显，但醉了之后看谁都觉得眼熟，就算沈烨在一边不停捣乱，都没能阻止温言跟陆尹的亲切谈话。陆尹还以为对方对自己有意思，于是越谈越起劲，最后干脆想让权竟宁跟他换位置。

自然遭到对方的无情拒绝。

陆尹睁着无辜的大眼看着他，皆被他无视。

突然间，一道声音在众人耳边炸起：“我让你来吃饭，你有……这么不高兴吗。不高兴就走啊，谁想看你这张臭脸！”

人们顿时目瞪口呆。

陆尹还以为温言是在为自己出气，捂着嘴一阵窃喜。

沈烨只知道权竟宁可能对温言有那个意思，却不知道温言是什么态度。今天她主动过来请他吃饭，沈烨还以为她也有意思，现在看来，自己还是太乐观了。

这位女战士不仅没有意思，对权医生分明怨恨深重啊。

明馨儿已经无暇去想两人的暧昧问题了，她的脑海里此时只有两个字：丢人。

太丢脸了。这人喝醉酒还能稍微有点人性没？

权竟宁伸手想要去夺她的酒杯：“你醉了。”温言听不出来，可在场三人，没有人听不出来男人话里咬牙切齿的味道。

温言右手一缩，轻易躲开，然后站起来，自己转了个圈。

完了以后，她俯身盯着他的脸，两人四目相对。

女孩的脸颊泛起绯红，白皙与红润相得益彰，眼里则盈着水汽，像蒙了一层雾。

权竟宁在里面看到了自己的影子，心脏仿佛停止了跳动。两人呼吸相闻，他的气息拂过她的脸，带动她额前的碎发轻轻飘荡。

其他三人皆屏住了呼吸。

“你能不能别老是皱眉头！”猝不及防地，温言右手食指一把按在权竟宁的眉间。

“啪”的一声，是明馨儿打在自己脸上的声音，她抹了一把脸，冲上去把温言在男人脸上肆虐的手抓了回来。

"你才要给我见好就收！"她把温言制住，把人有多远拉多远，总之不让她靠近权竟宁，一个劲儿地给权竟宁道歉，"真是对不住啊权医生，温言不是故意的，她喝醉酒就会……"她还没说完，权竟宁就立刻说："没关系。"

沈烨看到权竟宁的额上多了个红印，心道这温言下手也太狠了，这火爆的脾气，加上权竟宁淡漠的性子，这两个人根本没戏嘛。

明馨儿光顾着同权竟宁说话，一个不留意，温言就从她手里挣开。

沈烨想去扶她，也被她一把推开，"滚开！"

权竟宁手快眼疾，将差点撞到桌子上的沈烨捞回。

"没事吧。"

沈烨摇头，但明显被温言的大力和无情所震惊，久久说不出话来。

两人"缱绻"的目光让温言的眼刺痛无比。

这目光激起她心底所有的坏情绪，她冷冷哼了一声："装什么装，我根本没用多大力气。"

明馨儿低声在她耳边吼道："你又不是不知道自己多大力气！"

清醒的时候尚且可以自控，喝醉的温言似乎不再想克制自己的情绪，她的眼里掺杂着愤怒和嫉妒。她生气愤怒，是因为她无法阻止沈烨把老队长的事写上报纸，她怒沈烨，也怒自己；嫉妒是因着沈烨和权竟宁的关系，权竟宁对沈烨好，而不可能喜欢她了。

她心里难过，在清醒的时候却无法宣泄，酒劲则恰好让她的感性战胜理性，把心底的情绪都一股脑地发泄出来。

她逼近沈烨和权竟宁身前，眼神紧紧锁在沈烨身上，里面像是燃着一把火，然而，她的表情却是毫无波澜："你为什么一定要把周国勇逼上绝路，他已经受到惩罚了，你们为什么一定要赶尽杀绝？你要伸张正义，大可以去找别人，为什么要抓着他不放？"最后一句，温言吼了出来。

权竟宁放开沈烨，想要上前，可是上前做什么，他也不清楚，只是想着离她近一点，或许是想摸摸她的脸，又或许是想给她擦掉即将掉下的泪。

"温言，你不要无理取闹，沈烨她已经……"话说出口，他就已经后悔。

温言向后退了一步，喃喃道："你总是站在她那边的……"

其他人听不清她说了什么，权竟宁却听清了，心下更是懊恼不止，可说出来的话还是那么不近人情："我只是就事论事，你不要……"

是啊，那本来是沈烨的工作，任何人都没理由阻止，可是他又为什么会为了她让沈烨牺牲自己的原则呢？这样一想，似乎他也成了无理取闹的人了这让他感到一阵心惊。

温言迷蒙的双眼锁在眼前的冰冷面容上，她第一次感到自己是无论如何都无法靠近这个男人了。因为，他的身边、他的心，都被另一个女人所占。她突然笑了，是自嘲，也是笑自己的不自量力，她竟然不自量力地去遐想这个男人。

本来她一开始就认清了他们两个之间的差距的啊，怎么还会心甘情愿地陷落呢？

明馨儿也看不下去了，拽着她的衣袖："算了，人家也有难处。"

温言不再看权竟宁，转而看向沈烨："对，你们有你们的原则，可是，我能不能请你……放过他，就一次？"她的声音越来越小，到后来竟然带了哽咽。

如今，老队长已经为他的错误承担了后果，如果事情被上报，那么他的家人就会受千夫所指，处境将会更加困难。她答应过老队长，会护着阿姨和他儿子，可她现在什么都没能做到！

沈烨呆呆地站在原地，心里也前所未有地感到难过。她真的没想到自己的执着会伤害到温言。

没有回应，手无力地落下，温言把话说完之后，平时挺直的腰背陡然垮了下来。

沈烨捏着手指，想上去跟她解释，在接收到权竟宁的眼神之后，才没有上前。

包间内的数人仿佛身处数九寒冬，众人几乎都能听到自己的呼吸声和心跳声。

陆尹在一旁，难过得只想哭。她好像受到了很大的伤害，他却不知道怎么安慰她，只能看着她垂头丧气地出门。

明馨儿不好意思地望了权竟宁一眼，气急败坏地喊她："你要去哪？"

"尿急。"

明馨儿已经没办法再忍受她丢人了，上前将她拉走："不上厕所了，我们回去。"

温言手一甩："你有病，还不让人尿急了？"

"我带她去吧。"男人快速上前，把温言挟了出去。待明馨儿反应过来，两人已经出了门，影子都没留下。

怎么回事儿？这两人什么时候好到上厕所都能结伴了？

出门之后，温言跌跌撞撞地沿着走廊走，没有看身边的男人哪怕一眼，就像她身边根本没有这个人。

权竟宁也沉默着跟在她身后，每次见她快要跌倒，想要扶她，可那人又自己站直了，他只好默默把伸出的双手收回。

去的路上两人遇见了跟同事来聚餐的吴敏浩，上次住院的时候他也来看过她几次，温言虽脑子迷糊，但潜意识就觉得这人是个好人，所以当他说想约自己吃饭的时候，她就二话不说答应了。兄弟嘛，吃个饭就当交流感情。

“那我晚上发短信给你，然后明天到你们中队接你。”

“没问题！”

吴敏浩赶着回去，匆匆忙忙地走了。

温言的一条胳膊突然被某人抓着，另一条却仍不顾形象地大力挥手，脸上笑得像个傻大姐，丝毫没有把旁边黑脸的男人放在眼里。

温言拒绝他的搀扶，自己硬撑着墙壁走，可经不住头昏脑涨越来越厉害，一下子跪倒在地上。

权竟宁连忙过去扶住了她：“怎么了？”

女孩的身体简直软得像没骨头，软趴趴地贴到他身上，权竟宁感受到女孩身体传来的热度，她的眼神迷离，早就没了清醒时的澄澈，嘴边的小梨涡若隐若现，让她看起来娇软可爱。

这跟她平时的作风大相径庭。

从温言的角度看去，恰好能看到男人的喉结上下滑动了一下，再次抬头，她就对上了一双漆黑似墨的眸子，眸中有一点亮光，像是深夜的一颗星子。

“权竟宁？”她呢喃道。

权竟宁低低应了一声，下一秒后脑勺就撞到了一处硬物，再抬眼，眼前的景物都变了样，“壁咚”！

眼前的女孩唇红齿白，双手撑在自己两侧，一双水汪汪的眼睛盯着自己看，眼里全是恶作剧得逞后的笑意。

意识到她做了什么之后，权竟宁只觉得心底软得像一摊水，抬手揉了揉她发顶，叹道：“你是真的醉了。”

温言眼睛睁得大大的，情不自禁地拿脸去贴近他的掌心，男人的掌心宽厚温暖，让她舍不得放手。

半晌之后，她抬手，学电视剧里那样，用掌心去扫他的双眼，男人长长的睫毛在掌心扫来扫去，痒痒的：“真好玩儿，哈哈。”

权竟宁一把抓住她的手，叹了口气，看了看周围，幸好没有别的人，“我送你回去。”

“别啊，再玩一会儿嘛……”

“温言。”

“嗯？”温言的脸蛋红扑扑的，眼神游离着，很艰难地定到男人的脸上。

“你是不是很难过？”这句话，一整天都在他的脑海中盘旋，问出来之后，他才觉得一身轻松。

“嗯。”女孩点头，脸上的笑意渐渐消失，轻扬的嘴角垮了下来。

闻言，权竟宁的心像被针刺了一下，握住她肩膀的手不禁加重了力道。

“对不起。”他不该不理会她的心情就去指责她。

沈烨看他们那么久还没有回来，就出来找，看到他们蹲在走廊上，权竟宁靠在墙边，温言在他身前，看样子是在互诉衷情，心道自己还是别过去当电灯泡了。

权竟宁侧过脸，也看见沈烨，他先是觉得有点难为情，也不知道她刚才有没有看到或听到什么。

“你们没事吧？”沈烨想要迈步向前，右脚出去，左脚尚未落下。

温言像是受了什么刺激似的，猛然往前一扑，把权竟宁扑倒在地，还紧紧地搂住他的脖子，宣示主权道：“他是老子的！”她望着沈烨再次重复，“是老子的！”

沈烨和权竟宁皆是一愣，沈烨的坏心情被一扫而空，“扑哧”一声笑了出来。

权竟宁则是有一下没一下地拍着温言的背，被她这幼稚的举止弄得哭笑不得，心尖却第一次泛起丝丝的愉悦，让他越来越无法忽略。“好了，我是你的。”他在她耳边轻轻道，声音低得只有两人能听到，说完之后耳根都忍不住烧红。

之后，温言就那样趴在权竟宁的身上，不论他是坐着还是站着，她都像树袋熊似的缠在他身上，扒都扒不下来。

明馨儿只觉得要疯了：“温言你给老娘下来！”

“滚　　”

晚上，沈烨回到自己逼仄的小公寓。

其实照她的背景，她绝不应该待在这里。她本是家世显赫的大小姐，却只甘于做一名社会新闻记者，为此不惜同家里人闹翻，还从家里搬出来，一是不想面对那么多不理解的目光，二是为了工作方便。

权竟宁是她从小到大的朋友，虽然不知道对方是不是这样想的，反正她从来都是那样认为就对了。好吧，那不过是为了光明正大地向他借钱的借口。

她心里把权竟宁当哥哥一般，看到他遇上喜欢的女孩，她是真的为他感到高兴。她不想伤害温言，更不想让权竟宁因此不高兴。

于是她选择退让。

她把包里所有关于周国勇的资料和自己写的稿子放到碎纸机里，定定地看着自己努力将近半个月的心血化作无数字条，再也无法拼凑，心中还是有股委屈，找人倾诉的欲望从未像此刻这般强烈。

她回到沙发上，拿出手机点开一个游戏，那是一个小鳄鱼洗澡的通关游戏。其实她早就通关了，但她就是喜欢玩这个游戏，平时没事的时候就拿出来过过瘾，手机换了无数个，里面却永远只有这一个游戏。

临睡觉前，她又忍不住把手机拿出来，打开微信，置顶的是一个叫作鳄鱼宝宝的人，她点开聊天界面，把今天发生的事都写了上去。

“其实我觉得挺委屈的，如果是你，你会怎么选呢？”

把消息发过去，她又往上滑，上面一溜儿的绿色聊天框。

每天一条，可是永远没有回复。

她叹了一口气，把手机放到枕头底下，闭上眼睛。

第二天清晨五点，温言在生物钟的作用下准时醒来，迷迷糊糊地看了四周一眼后，伸脚踢了踢隔壁床的明馨儿：“起床了。”

明馨儿裹着被子蠕动了一下，嘟哝道：“吵个屁啊，今天休假……”

“哦。”温言这才想起来，今天她们轮休，于是打了个哈欠继续捂着头睡觉。

可那边明馨儿却猛地清醒过来，裹着被子连滚带爬地扑到她床上：“喂醒醒，醒醒！”

这天早上温言的脑袋特别不舒服，连带本来就不好的脾气，已经在爆发的边缘，她怒吼了一声：“有话快说，有屁快放！”

明馨儿被吼了一声，当场愣了下，极力想了下措辞，最后道：“你昨晚非、礼、了、权、医、生！”

这当真是平地一声惊雷，温言被吓得差点从床边掉下去。

“这大早上的，你脑袋被驴踢了，瞎说什么胡话？”

“你脑袋才被驴踢了，你忘记昨晚是谁送你回来的了？这你不记得，那你该记得自己喝醉了吧？”明馨儿将自己的被子堆到一边，把她昨晚的所作所为都说了出来。温言先是在心里否认，然后不停摇头否认，不可能，这怎么会是她做出来的事，绝对不可能！

“没想到你对那个沈烨还真是怨恨深重啊，你都不知道，你昨晚都差点把她骂哭了。话说你真的能放弃权医生吗，昨晚看你的样子，你喜欢他可喜欢得紧呢。”

“沈烨就是他的女朋友。”温言的声音不带任何感情，却让人感受得到她的绝望。

卧室里陷入了死一般的寂静。

明馨儿呵呵两声："不会那么巧吧？"

说完，她察觉到温言的沉默，推了推温言："没有那么巧啦。"

而后，她不得不选择相信："是真的？"

俗话说，不在沉默中爆发，就在沉默中变态，良久的沉默之后，温言终于爆发了："啊——"明馨儿捂住了自己的耳朵，却还是抵不住魔音乱耳。

"你怎么不拉住我，你让我以后怎么面对他啊？！"

温言崩溃地抱住头，埋在了被子里。

她不仅伤害了沈烨，还让他们知道了自己对权竟宁的想法。权竟宁之前那么注意避嫌，就是想要保护自己的女朋友，所以现在肯定讨厌死她了吧。

这样想着，温言感到心又闷又痛，多年以前经历的那种羞耻和懊恼一下子全涌了上来。

她望着眼前的黑暗，眼眶感到又酸又涩。

她的声音从被窝里传出来，瓮瓮的："其实，我本来就是个自私又虚伪的人吧。明明可以避开，却一再靠近，明明讨厌，却还是装作大方不计较。"

"你也别这么说自己。"明馨儿说，她想到昨天回来的时候，沈烨还一个劲儿地笑，这世上没有哪个女朋友能够大方地看着自己男朋友抱着别的女人还能笑出来的吧，"而且我看他们两个的关系真的不像情侣。"

"那，那后来呢？"

明馨儿描述了当时的画面，温言想象了下自己像只考拉一样，扒在权竟宁身上的画面，心情更加沮丧，对自己的厌恶又上升了一个度。

"当时隔得远我也看不太清，反正他抱着你走开后，在你耳边不知道说了什么，你自己就跳下来了。"

说着，明馨儿看了看桌上，那里静静躺着一颗透明纽扣，一看就知道是男士衬衫上的，上面还留着一根线头。温言也看见了，两人对视了零点零一秒后，温言猛地扑了过去，将那颗纽扣攥到了手心里。

明馨儿嗤笑一声："悠着点儿，又没人跟你抢。"

通过明馨儿的一番描述，温言也依稀记起了昨晚的事，记得她趴在权竟宁的怀里，男人温柔的眉眼，似乎带着点宠溺，又或许是她的错觉。她记得他附在自己耳边说的耳语，那种心痒的感觉还很真切。

温言甩甩头，将所有想入非非甩出大脑，再想下去，她恐怕就要化身电视剧里的恶毒女配了。

幸好，如果她没有断手断脚非进医院不可的话，他们在这之后应该不会再有什么交集了，温言沮丧又庆幸地想道。

温言将纽扣揣进裤兜里，起床叠被子，明馨儿诧异地问道：“难得一天休假，你不睡了？”

“你觉得我现在能睡着吗？”

“我才不管你，我还要睡。”

温言收拾好内务，到操场跑了不下十圈，然后又到车库，将所有消防车擦洗了一遍才让自己稍微冷静了下来。

“温言，都放假了还这么拼，完了，队长肯定更看我们不顺眼了。”路过的队友都如此调侃道。

突然，一名队员跑着过来，对温言道：“温言，门外有人找，好像说是武警那边的。”

“武警？”

温言还想说她又没犯错，哪会有武警来找自己的时候，脑子里就突然涌现了昨天的场景，她好像答应了吴敏浩去吃饭来着？

完了，她完全忘记了！

她将抹布扔到旁边的队员手里，匆匆忙忙地往宿舍赶。她回去的时候明馨儿还在睡觉，于是她没打招呼就走了。

去到门外，吴敏浩果然等在了那里，她跟他道了歉，幸好吴敏浩没有太在意，温言松了一口气：“那走吧。”

温言对吃的没什么要求，当吴敏浩问她想吃什么的时候，她看到了附近有家肯德基，干脆就说去吃肯德基。

恰好，她也喜欢吃肯德基。

小时候家里穷，虽然在城里，过的却是乡下孩子的生活。人家从小就会用电脑、手机、mp3，只有她，到了初中才有了自己的电脑，就连肯德基、麦当劳之类的快餐，人家早就吃腻了，她到高中才吃上了第一顿，还每次都是最便宜的套餐。

吃不到，她自然就觉得好吃了。

吴敏浩挠挠头，他第一次跟女孩子出门，出门前还特地请教了几个兄弟，不都说女孩子喜欢高大上的西餐厅嘛，害得他还特地穿上了正装，大热天的，热死人了。

“还是算了，你们男生应该不会喜欢吃那些。”温言想了想，还是道。

“不用，你喜欢吃我们就去吃，不用管他们。”

于是两人还是决定去吃快餐。

温言点了个最便宜的套餐。

吴敏浩让她多点一些，温言摇摇头：“我吃习惯了，就爱吃一个口味。”

两人选了个靠窗的座位，温言说等他的朋友来了再吃，吴敏浩让她边吃边等。

朋友之说，本来就是为了劝她出来的借口，再怎么等，都不会有人来的。

于是他装作到外面听电话，回来就说，那几人突然来不了了。

温言没什么表情变化，只“哦”了一声，然后两人开始吃东西。

温言很多时候都对着窗外，外面突然走过两个气势汹汹的男人，都戴着黑色口罩、黑色鸭舌帽，看不清长相。

多年的直觉告诉她，这两人有问题。

果然，很快就有玻璃破碎的声音传来，两人看去，门口的窗户被砸了个稀巴烂，玻璃碎片散落一地。

人们惊慌逃散，惊叫声、哭声不绝于耳。

刚才她看到的两个男人拿着锐利的小刀，架在收银员的脖子上，声音通过变声器发出，显得尖细刺耳，内容是让收银员把店长叫出来。

收银员哆嗦着，说今天店长不在。两人又拿着小刀威胁了他一会儿，见他不合作，给了他一拳，收银员被打晕在地上。

温言从一侧出来，一脚踢飞了威胁店员的男人，男人被打到墙上，神情痛苦地倒在了墙角下。

正当她准备问店员有没有事之时，脖子上被人架上了一把刀。

“别动。”

温言咽了口口水，稍微一动就能碰到冰冷的刀刃。

“我们只是来找个老朋友叙叙旧，你一个女孩子，凑什么热闹？”身后人的声音又狠又冷。

“你把刀放下吧，现在逃还来得及。”温言语气平静。

身后人瞪大了双眼：“你报警了？”说着，他狠狠勒住了温言的脖子，温言立即被他勒得脸红耳赤，余光中，他的刀在自己右上方举起。

这时，吴敏浩冲出来抓住了那人的手，温言挣脱男人的桎梏，两个男人开始扭打在一起。

男人的手上还拿着刀，她不敢贸贸然上去：“吴敏浩小心他的刀！”温言着急地喊道。

吴敏浩虽是武警，有搏斗基础，但对方身形不单薄，看上去也练过，一时间很难将其制住。

终于，吴敏浩瞅准时机，一掌击在男人的手腕上，刀子终于脱手，可男人还不死心，爬着去够那刀子，温言想要上前帮忙，脖子却被人从后面死死勒住。

这次对方用的不是手，而是布条，对方将她不停地往后拖拽。

玻璃在脚下刮擦着地板，发出锐利的声音，能将人的耳膜刺破。

那一瞬间，她觉得这个身体已经不是自己的了，大脑陷入虚空状态。

但她仍然看见，吴敏浩惊恐的神情，他想要往自己这边冲来。

周围的声音都成了风声，时而远，时而近。

她又看见，他身后的男人最终还是拿到了刀子，狠狠往吴敏浩身后刺去。

一时间，温言目眦欲裂……

这天，权竟宁在医院遇见了程宇。程宇身边是他的太太。

权竟宁上前打招呼，看见女人略显憔悴的面容，还有他们来的地点，心里已经猜到了七八分。

“什么时候的事儿？”趁着他妻子在里面做检查，权竟宁问。

三人是本科时候的同学，当时两人就已经是一对。他和程宇关系亲近，连同跟他的女朋友也算熟悉。程宇和他太太的专业成绩十分优秀，有很大机会可以出国继续研修。但女方家境不好，承担不了出国的费用，最终放弃了。

程宇为此，也放弃了出国的机会。

当时权竟宁很不解，问他会不会后悔。

程宇只道：“事业、金钱、荣誉，不会陪你到老，可我知道，她会。”

当年权竟宁年纪还小，读完本科的时候还未成年，本来对这些男女情爱就不感兴趣，只觉得酸。现在也一样，他从来不觉得爱情可以成为人生的全部，就像自己的祖父母、父母，祖母没能陪祖父到老，父母也是英年早逝。他不知道，若是全心全意地为另一个人而活，那人最终离开了，他又能如何自处。

两个人走不到最后，当初又何必泥足深陷？

“两年前，你那时在非洲。”程宇回道。

“现在怎么样了？”

“手术之后，做了半年化疗，现在只要定期来检查，确定没有复发倾向就好。”程宇悠悠地吐出一口烟。

“所以你当校医，也是这个原因？”

程宇笑了：“是啊，准时上下班，福利又好，除了工资不高，简直完美。”

权竟宁看着他，叹了一口气，当时知道他去了学校医务室，就觉得奇怪，如今一想，这理由简直不能再合理了。

“竟宁。”程宇喊他，“一辈子不长的，有什么想要的，就要牢牢抓住。

哪怕只是一点点喜欢，都要先抓住了再说，万一那人是你在这世上，唯一有过一点点喜欢的呢？”

最后，程宇拍拍他的肩，就说要进去看妻子。

程宇走后，权竟宁还留在原地，脸上带着疑惑，细细咀嚼着那两个字：“喜欢？”

送走两人，经过医院急诊科，权竟宁迎头就看见温言推着活动病床跑来，头发和衣服凌乱不堪，脖子上有明显的紫色瘀痕，表情焦急得像要哭出来。

他快步走过去，拉过一名护士询问情况：“怎么回事？”

“病人被刀从后背刺伤，伤口很深，可能伤及内脏，血压和脉搏都很弱。”

“马上通知普外的白主任，准备手术室。”权竟宁没有任何迟疑地道，没有等人回答，就已经绕过她，走到温言面前。

温言看见权竟宁，就好像溺水的人捡到了一块浮木，什么男女朋友的都已经被她忘得一干二净，她一把攥住了权竟宁的衣袖：“权……权竟宁，你救救他，他是为了救我，救救他……”

“没事的，没事的，别怕。”他一把将她纳入了自己怀里，轻拍着她的后背给她安慰。他不知道她到底遇到了什么事，但他从来没有见过她如此慌张的样子，哪怕是在那次火灾中，她都是勇敢而自信的。他甚至不敢想象，要是这次被刀刺伤的是她，自己会是什么心情。

“权医生……”刚才那位小护士去而复返，看到平时禁欲冷淡的权医生怀里抱着个女生，顿时被吓得说不出话。

权竟宁不慌不忙地帮温言整理她黏在脸颊上的刘海，柔声道：“你在这里等我，有我在，不会有事的。”

温言点点头，看着权竟宁跟着那小护士离去，才脱力似的坐到椅子上。

“有什么问题？”那小护士虽然刚来没多久，但也知道权竟宁权大医生是出了名的性子寡淡，突然间看到他对一个女生这样温柔呵护，不被吓蒙才怪。

于是她也忘记自己回来是想干什么了，经权竟宁一提，她才想起来，道：“白主任现在有手术，其他医生也有，陈主任今天休息，我们打过电话了，他正在赶过来，可是病人的情况很不好，不知道能不能撑到陈主任过来。”

权竟宁闻言，脚步顿了顿，然后开口道：“我来。”

“啊？”

“在陈主任没来之前，我先代替他的位置。你让陈主任尽快赶来。”

“哦，好。”

当手术室的人们看见权竟宁穿着绿色手术服，微抬着双手进来的时候，都不约而同地感到诧异：“陈主任什么时候变那么高了？”

“看那双眼睛，明明就是个年轻大帅哥嘛。”

“病人的情况怎么样？”直到权竟宁出声，众人才恍然大悟，原来是权医生，然后又感到无比震惊，天哪，权医生做手术，活久见啊！

手术室里的众人虽然被手术服和口罩包得严严实实，可丝毫不影响他们的眼神交流，一双双眼睛在黑暗中一闪一闪的，写满了惊喜和崇拜。

而对于权竟宁，他做出这个决定并不容易。当他迈着沉重的步伐走上手术台，看到吴敏浩伤口的一瞬间，就感觉自己回到了当年。

他拼命地按着童沛的伤口，可鲜血还是不停地往外流，耳边是震耳欲聋的爆炸声，一下接着一下，弹药碎片全都落在童沛的身上，还有其他同事的身上。

他眼看着众人一个个倒下，失去心跳、呼吸，最后迎接死亡。

而他，无能为力。

权竟宁一时陷入了自己的回忆中抽不了身，直到仪器突然想起警告声才终于将他拉回了现实。

“血压已经跌破 50 了！”护士姑娘着急地喊道。

权竟宁垂眼看着自己微微颤抖的双手，想起刚才温言的哀求神情，咬牙道：“去神外把陆医生叫过来，无论如何，都要把他叫过来！”

这场手术，他是做不到最后的，他知道陆尹今天没有手术，他能相信的只有陆尹了。

在陆尹到来之前，手术室里的人们都看到了只属于权竟宁的开刀技巧和速度，那是他们跟过的手术医生当中所难以见到的、绝无仅有的完美。

他能很快就找到出血的位置，然后止血，缝合。整个过程，冷静、沉默。

权竟宁的额头不停地冒着冷汗，但他的双眼中仍只有病人的病灶，手指在伤口处不停跃动，像一只浴血飞舞的蝴蝶。

陆尹匆匆赶来，看到权竟宁站在手术台上也吃了一惊，而权竟宁看到他到来才终于松了一口气，绷紧的神经猛然松开，看着他艰难地挤出一点笑意，“交给你了。”

——“竟宁，别……白费力气了，我是……活不下去了，你听我说，拜托你……”

权竟宁踉跄着走到手术门前，耳边全是童沛死前的遗言。那些话就像魔咒，在他脑海中盘旋。

有护士看到他双手捂着自己的头，额上、脖子上青筋暴起，太阳穴突突跳动，仿佛有什么要跳将出来，似乎很痛苦的样子，她觉得不对劲，上前关心道：“权医生你没事吧？”

声音将他的意识从远方拉回来一些，权竟宁这才稍稍清醒了一点，匆匆说了句没事就离开了手术室。

陆尹看着他的背影消失在门外，皱紧了眉头。

他一直知道自己的这个师兄是个闷葫芦，有什么事都喜欢闷在心里。

权竟宁身上似乎发生了一些事，这些事困扰着他，他不愿意告诉其他人，于是他们也难以帮他排解，渐渐地就成了他的心魔。而这很可能就是他封刀的原因。

他叹了一口气，摇摇头，继续手上的缝合。

权竟宁到了过道上，脱下口罩和帽子，这才发现自己背后全湿了，包括头发。

他抓了一把汗湿的头发，靠在墙上蹲下。

不知道过了多久，陆尹做完手术出来，看到的就是这样一番景象：明亮的走廊里，权竟宁直接坐到了地上，背靠着墙，两条长腿一条屈起，一条伸直，左手随意地搭在屈起的膝盖上，脑袋后仰，浑身散发着颓唐和慵懒的气息，他甚至觉得权竟宁手里应该还差了一根烟。明明在雪白的世界中，可他却觉得，权竟宁的世界是黑暗的。

陆尹边脱手术服边走过去，按了下他的肩膀：“手术成功。”

权竟宁微笑着点了下头：“谢谢。”可那笑意始终到不了他眼底。

陆尹从手术室出来，温言正在门口翘首以待，他招了招手跟她打招呼：“温小姐，我们又见面了，这是不是就叫作缘分啊？”

温言根本没有心情跟他唠嗑，只问道：“不是权竟宁负责做手术吗？怎么换成你了？权竟宁呢？”

“哦，他中途有点事情，就让我代替了。如果你有什么关于手术的事情想问，我很乐意给你解答。”

“没有了，只要手术成功就好。”温言失神地答道，“那我什么时候可以去看病人？”

“现在把他送回普通病房，你回去就能看到了。”

“好，谢谢。”

陆尹还想说什么，温言已经转身走开。

温言心下失落无比，却不是因为权竟宁答应了她而又食言，而是担心。担心他是手术中途出了什么事才被换下来，也不知道会不会对他有什么影响。

“刚才权医生的手艺你们看见了没，不愧是外科天才啊！可是好可惜，下一次也不知道要到什么时候才能再见到他做手术了，他做手术的样子简直帅惨了好吗！”

“只露出一双眼睛你也能看出个帅字来？”

“还有他的手啊，也就只有在动漫里能看到这么完美的手了。”

“就连护士长都说，这是权医生回国以来的第一次手术，这个日子值得纪念呢，虽然也不算真正完成，但已经很难得了。”

听着护士们激动雀跃的闲聊，温言沉重的心情稍有好转。原来他是能做手术的，而且还能做得很好。真好。她庆幸地想道。

吴敏浩情况稳定之后被送到普通病房，温言就在一边等着，直到他醒来。

他伤在后背，只能趴着睡，醒来时第一句话就是喊她的名字，温言说不感动是假的。她何德何能让一个人为她挡刀，又时刻担心自己的安危呢？

“我在这里。”

吴敏浩闻声，想要转过头来，但扯到伤口，倒抽了一口冷气，温言按住他让他别动：“你醒了，我去喊医生过来。”

说着她就要离开，却被人抓住手腕。

“温言，”吴敏浩像是鼓起了勇气，“我喜欢你，做我女朋友吧。”

温言转身，震惊得竟然忘记去挣脱对方的手，她干笑着，因为被勒得太厉害，嗓子也有些沙哑，吐字都困难：“你……开玩笑的吧？”

吴敏浩的手松开，这时候，他才有了大男生的腼腆：“我没……没开玩笑。从第一天见面起，我就喜欢你了，刚才那人朝你冲过去的时候，我是真怕他会伤到你，想都没想就帮你挡了……”

他还想说下去，却被温言打断：“你不会嫌弃我是消防员？”

吴敏浩像是听到了什么好笑的事：“这有什么好嫌弃的，我还怕你嫌弃我是个大老粗呢。”

虽然知道这话多半是假的，哪怕是真的，在以后的相处中，这句话起码打半折，但不期然听到这些话，她还是很感动，不是没有被人表过白，但在这种救命之恩前面，到底该如何拒绝，她也一时犯了难。

那边吴敏浩迟迟没有得到回复，内心失望又急切：“你不觉得我们挺适合的吗？我们都当过兵，以后会有很多共同话题，而且我肯定，你以后会发现我们也有很多共同爱好……就算你现在不怎么喜欢我，但感情是可以慢慢培养的……”

“你们不适合。”听到来人的声音，吴敏浩的笑容僵在了脸上。

温言也回过头，一眼就看见权竟宁站在门口。男人背着光，腰背挺直，头顶都快要碰到门框上方，脸上面无表情，却给人以沉重的压迫感。

他上前将她的手握住，仿佛以温言所有人的身份道：“她也受伤了，我带她去包扎。”然后也不等对方答应，他就已将人扯到了门外，力道之大，让温言有种他想将自己拆骨入腹的感觉。

两人手牵着手走在医院过道上，回头率可谓是百分之百，所有人都自动让路。

权医生也会生气，这可以说是很少见了。

权竟宁将温言带回了办公室，将人甩进去，关门上锁，动作一气呵成。

温言站在办公桌前，警惕地看着眼前的男人。虽然说她还真不怕他，可是生气的权竟宁还是很可怕的，虽然她不知道他为什么生气。

“这里是哪里？你带我来做什么？”

权竟宁看着她警惕的眼神，突然叹了一口气，指了指她旁边的椅子：“坐下，给你包扎。”

温言看了看茶几上，果真有一盘医疗用品，像是特地为她准备的。可她下意识地拒绝他这种好意：“不用了，我自己随便买个创可贴包一下就好。”

说着她就要往门口走去，却被人一把抓住手臂拉了回来。

男人的脸近在眼前，精致的五官，一抬手就能触碰到，随着情绪起伏的温热气息喷打在她的脸上：“还想说男女授受不亲的借口吗？”

温言不卑不亢，仰起头看着他的双眼：“那你还是想说我在你眼中就是一具尸体吗？”

旧事重提，权竟宁忍不住嘴角上扬，无奈地道：“如果真的这样，事情就简单多了。”

温言被他说得一头雾水，“不知道你在说什么，我要走了，吴敏浩那边没人照顾。”

说着她摸上门把，房门刚被打开，又被“砰”地关上。

声音震耳欲聋，温言哆嗦了一下，转过头去看身后的男人，只见他死死地盯着自己，仿佛要在自己身上盯出洞来，本来极其英气的剑眉此时紧拧在一起：“你要答应他？”

温言不知道自己哪句话让他产生了这样的误会，也不知怎么的，反话瞬间脱口而出：“不然呢，好不容易遇到一个不嫌弃我的男人，怎么也得先抓住再说。”

说完，她就偷瞄男人的表情，权竟宁愣了一瞬，接着道：“不许去。”语气中带着强硬，又有点哀求，还有点不确定。

温言也愣了：“凭什么？”

“我……”男人抿着双唇，这段日子和他相处多了，她也渐渐悟到了这男人的小情绪和小表情，比如现在他这样紧抿着唇就代表他生气了。

权竟宁没有回答，而是用动作表达了他的反对，他一步步地逼近她，温言一步步退后，直被他逼到了门后，被圈在他的胸膛和双手之间，温言对这样的状况表示不能接受。

她这是被“壁咚”了？

被权竟宁？

温言舔了舔干燥的嘴唇：“你干吗？”

“昨天你自己做了什么，不记得了？”

想起自己昨天对他做的那些混账事，温言的脸一下子红了，她却还是得硬着头皮道：“我不记得了。”

“那要不要我帮你记起来？”

温言歪过头，抬手将他格住：“我知道我自己做得不对，我跟你道歉，可不做也做了，难道你还要我对你负责吗？”

“嗯，我倒是很想听听你会怎么负责。”

温言怀疑自己耳朵出问题了，瞪大眼睛看向眼前的男人：“你开玩笑呢吧？”

“不开玩笑。”

“你不讨厌我了？”

权竟宁皱了皱眉：“我什么时候说过讨厌你？”

“那你女朋友呢，你就不怕她生气？”

“女朋友？”像是想起了什么，权竟宁问道：“上次还没来得及问你，为什么跟别人说我有女朋友？”

一瞬间，温言觉得头顶有千万朵烟花绽放，那种心情恐怕就叫作心花怒放了。

她眨了眨眼，小心翼翼地确定，“你是说，你没有女朋友，那沈烨是谁？”

“没有，沈烨只是我朋友，你到底从哪儿听来的消息？”

“那上次她还说什么以身相许之类的，我就以为……”

“沈烨就喜欢不分场合地胡说八道。”

将这些天她对自己的反常表现梳理了一下，原来她错把沈烨当作了自己的女朋友，那么她对沈烨的敌视是否又掺杂了一点点自己的原因？

权竟宁得出了一个结论，心情突然间变得愉快起来。嘴角不自觉地往上翘，却被他压制住了，在压制不住前扭头去看天花板。

他没有女朋友，他没有女朋友，他没有女朋友……此时的温言满心满脑都只有这一句话。

原来一切都是她自己误会了，还害她伤心沮丧了那么久。现在回想起来，那几天的自己就像个傻子似的，一心以为他已经名草有主，然后对他避之不及。但其实人家什么都没有。

她差点白白错失了机会。

内心的喜悦就像潮水，席卷全身。她真想不顾仪态地放声大笑，其实她本来就没有什么仪态可言，但在自己喜欢的男人面前，她还是想保留一点矜持。

所以她只是闻言点了点头，只有嘴角忍不住往上翘："哦。"

男人又面无表情地转回来"那现在终于真相大白了，你肯乖乖包扎了吗？"

"可以可以。"温言忙不迭点头，自己从权竟宁手臂下的空隙中钻出来，坐到了椅子上。

权竟宁无奈地摇摇头，将茶几移到一边，敞着腿坐到沙发上，长裤因为他的动作而往上缩，露出一点点脚踝，温言目不转睛地盯着男人的那点皮肤。

那里白皙而精致，像是用最好的美工刀雕刻出来一般，每一根线条的拐角都散发着男人独有的、带着力量的气息。

可以想象，再往上是一条什么样的长腿。

她不禁感叹，如今看他，真是无一处不精致，无一处不好看。

"过来一些。"权竟宁拿着蘸了消毒水的棉签，点点下巴道。

温言依言面向他，往前挪了挪。她又挪了挪。"再过来一点。"

两人之间依旧隔着十厘米的缝，权竟宁终于不耐烦了，一把将她拉到自己面前，两人顿时成了眼睛对眼睛，鼻子对鼻子的姿势。

两人的姿势很暧昧，她双腿并在前面，几乎整个身子都镶进了他的怀抱。

不敢呼吸。

"权……"

刚才没觉得，现在她才觉得喉咙一阵火辣辣地疼，嗓子还很难听。

"你别说话了。"权竟宁给她涂药水，动作很轻柔。虽然依旧刺痛，她这样垂眼看下去，就像是他埋首在自己的颈窝里似的。

"哦……"她喜滋滋地回应。

涂完药水后，他让她抬头，给她检查脖子。他的指尖一直在喉骨部位徘徊，还不时加上按压的动作，这个地方皮肤薄，他一动她就痒得不得了，一痒就想往后缩，结果被他瞪了一眼。

她只能忍着笑，整个身体的肌肉都绷紧了，乖乖任他动作。

再次直起身的时候，他紧紧抿着唇，情绪似乎跌到了谷底，周身围绕着一股低气压：“当时为什么不抵抗？”他转身去拿胶布。

“我当时快被勒晕了，手脚一点力气都没有。”虽然她力气大，但当时对方是趁她不备时出手，当她反应过来时，脖子已经被勒得紧紧的，胸腔中的氧气似乎一下子全被挤了出来，而且无法吸气。她的脑子极度缺氧，手脚在一瞬间麻痹无力，也就没办法回击了。

直到现在，她也还不敢回忆当时的情景，这还是她第一次在暴力面，感到无能为力。

他拿起一片创可贴，撕开包装：“这几天伤口不要沾水，脖子觉得痛就立刻告诉我，不能做剧烈运动，听见没？”

温言正打算点头，却被他伸手托住了下巴：“这个动作，这几天也不要做。”

她嘟嘴，做了个“哦”的嘴型。

“我们每天都要训练，你给我开张医生证明吧，不然队长不信怎么办？”她谄媚地笑。

“待会儿给你开。”

“真的？”

权竟宁并不回答她如此幼稚的问题，低头要给她贴胶布，却被她躲开了。

“怎么？”

“我体质有点问题，贴创可贴会过敏。”

权竟宁扔下创可贴，给她贴上了一块厚厚的纱布。

最后拿毛巾包着一个冰袋，左手按着她的后颈，将冰袋放到她脖子处，还不时转换方向，保证每个方向都冰敷到位。温言被冷得一激灵，顿时神清气爽。

温言低着头，像一个等丈夫的新嫁娘，并着腿，手放在膝盖上，前所未有地含蓄端庄。不时拿眼睛去瞄对面的人。

可对面的人坦然自若，将所有东西规整到铁盘里之后，就给她托着冰袋，弯腰看着她。

两人视线相对，对方目光灼灼，她从来没见过眼睛比他好看的人，一时间竟看呆了。

两人对视许久，气氛微妙。

最后还是温言败下阵来，将视线移到别处。

“温言。”

“嗯。”温言下意识地应了一声，她可以说她最喜欢的就是他喊自己名字的时候那低沉压抑的嗓音吗？连她这种少女心已死的人每次都忍不住小鹿乱撞。

“你的职业很好，人也很好，你年纪还小，所以，不要这么急着把自己绑到另一个男人身上。”

“我年纪不小了，按我妈的话说，她那些同事的女儿像我这么大的，都已经有两个孩子了。”

“……”权竟宁掩唇清了清嗓子，敛眉的同时，深邃的桃花眼里闪过一道光。他敢肯定，他从未有过如此尴尬的时刻，他想要阻止她答应那男人的表白，可发现自己根本没有立场。而且，他到底为什么要阻止？

他只记得当他站在门外，听到她被表白，而且她似乎也有意要答应，他的心里就是一阵慌乱，也不知怎的，就一下冲了进去，把人带走。

“照你的说法，你如今不过二十五六岁，如果与你同龄的女性已经有了两个孩子，就当她们是二十二岁生的孩子，两年抱仨，年龄太小，短时间内生育两次，势必会对母亲的身体造成很大的伤害。专家认为女性生育的最佳年龄在二十三到三十岁之间，最好是在二十七，你还有两年的时间。”说到最后，他也发现自己胡诌不下去了，耳根那里滚烫滚烫的。

温言呆呆地听着他的生育最佳年龄论，有种翻白眼的冲动。不过看他这样一本正经地胡说八道，真的挺可爱的。

温言眼里闪过一抹狡黠，一手揪住他的衣领，手下压着那枚闪着银光的徽章，她并没有理会，在权竟宁的惊愕眼神中，将他一把拉至自己眼前。

她扭过头，附在他的耳边，一下子，鼻尖都是眼前男人的味道，清清爽爽的薄荷味夹杂着隐隐的香烟味，温热的气息从他的衣领里透出来：“你有没有发觉，你一本正经的样子特别……可爱？”说完，她自己先哈哈笑了起来。

面对温言的撩拨，男人敛眉垂首，发现自己竟然有一丝慌乱、一丝惊喜，又有一丝不可思议。

像有一只手，撩动了久久未动的心弦。

而温言看到他的脸突然冷下，心情也由顶端跌到了谷底。

不过她早就做好准备了，虽然知道他没有女朋友，但并不代表他就对自己有什么，也不代表他能轻易被撩动。

但她还不信自己撩不动了！

再接再厉。

她伸手想点他的额角，没有了女朋友的阻隔，这下她几乎是可以为所欲为了。

这次，权竟宁反应很快，握住她的手腕，轻轻一旋，自己站了起来，问了一句不搭边的话：“你是不是忘记了一件事？”

温言有些呆愣：“什么事？”

权竟宁绕过她，弯腰去收拾茶几上的用具，余光见她托着下巴看自己，今天她穿了常服，之前好几次见到她，她不是穿着消防制服就是军装，这还是他第一次见到她穿常服。

终于像个正常女孩了。

“既然你记得自己昨晚对我做的事，那必定也记得自己对沈烨做的事。”

温言扬起的嘴角一下子垮了：“你还说自己跟沈烨没什么，从昨晚到现在，你一直在为她说话。”虽然她知道自己昨晚的指责是有点无理取闹，可是他始终没有站在自己的立场思考，这个认知让她觉得沮丧又失落。

“如果我说，沈烨从一开始就没打算登报，你会怎么样？”

“怎么可能！”温言瞪大双眼，她还记得沈烨那时跟她说话的得意样，对方怎么舍得放弃这个机会？

权竟宁没打算跟她解释其中的原因，只道：“总之，她最终还是没有登报。过程如何不重要，结果才是最重要的。所以，我觉得你有必要跟她道歉。”

“这中间是不是发生了我不知道的事情？”温言有时候呆呆的，可有时候又很精明。直觉告诉她，沈烨之所以会改变主意，也许和权竟宁有关。

“有吗？”权竟宁无辜地回望。

温言没有继续追问，因为她知道让他开口有多难。如今事情解决了，于她来说就是最好的结果。虽然权竟宁不肯说，但她相信，其中肯定是他帮自己跟沈烨斡旋了。

而对于沈烨，她心里也有愧疚，毕竟一开始就是自己强人所难，又在众目睽睽之下将人骂了个狗血淋头，这个歉是肯定要道的。

“我知错了，我会去跟她道歉的。”

权竟宁看她一脸愧疚，像做错了事的小狗，心一下子变得柔软，揉了揉她毛茸茸的短发，道：“好。”

“对了，昨天那个病患家属还有没有来找你麻烦？”

权竟宁摇头：“没有。”

温言松了一口气，心里想的却是：既然权竟宁没有女朋友，那总有一天会成为老子的人，老子的人差点被欺负了，老子怎么可能坐以待毙。就算那些人最终没有成功，那也只是未遂，不代表他们就不应该受到惩罚。而且，不真的给他们一个教训，难保他们不会卷土重来。

只过了三分钟，一个计划便在温言的脑海里形成。

权竟宁看她不言不语，嘴角突然出现一抹邪笑，梨窝浅浅，猜想她不知道又在想什么鬼主意。但他始终坚信她不会有坏心肠，所以哪怕看出来了，也没有点出，只是低头一笑。那笑里有他自己都察觉不出的宠溺和欢喜。

帮温言包扎完后，权竟宁赶着去开会，温言则留在办公室，除了要等沈烨，还因为她暂时不知道如何面对吴敏浩。

一开始以为跟权竟宁没戏，她也曾经想过跟吴敏浩交往试试看，可是现在知道自己还有希望，她是无论如何都不敢面对吴敏浩了。

权竟宁说，沈烨接到爆料，会到医院来采访吴敏浩。温言就在吴敏浩的房间外面等着，沈烨一出来，就被拉走。

沈烨知道见义勇为的人有两个，一个是吴敏浩，另一个就是温言。要是放在以前，她肯定不会放过采访另一个英雄的机会，可是现在，她脑海里只有一个问题：温言跟吴敏浩是什么关系？

要知道，她心里早就把温言和权竟宁看作一对了，于是对权竟宁又是怒其不争，又是同情不已。

她也压根忘记了自己与温言的不愉快，一看见温言就连珠炮似的发问："你跟那个男的什么关系？你们为什么会在一起？我知道他是武警，所以别想骗我是你的同事！"

"你这么紧张做什么？难不成你……喜欢我？"

"才不是！我喜欢男人！"

"哦。"

两人同时沉默，气氛突然变得有些尴尬。

"对不住！"

"对不起！"

两道声音同时响起，说的是同样的话。

"你对不起什么啊？"沈烨眨眨眼。

"昨天我……我一喝酒就脑子糊涂，说了什么不好听的，你别放心里！"

"俗话说，宰相肚里能撑船，你觉得我的肚子有那么大吗？"

温言额头三根黑线，还真是第一次见着这么舍得贬低自己的人："那你说，你要怎么样才能不计较？"

沈烨捂嘴偷笑，好不容易有拿捏人的机会，她自然不会放过："今晚权竟宁值班，你陪他一晚怎么样？"

“这是我们俩的事，为什么要我陪他值班？”虽然她也不是不愿意，可她并不太喜欢有人插手自己的事情。

沈烨心道：当然是给你们制造相处机会啊：“不是我提什么要求你都会答应嘛，那看来你根本就没有道歉的诚意嘛？”沈烨故意嘟着嘴巴，像闹别扭的小孩子。

温言的脸皱成一团，一副嫌弃的样子：“你说什么就是什么吧。”然后她又嘟哝了一句，“女人怎么那么烦人。”

过了一会儿，温言又问道：“那你又跟我说什么对不起？”

沈烨支支吾吾地道：“我当时真不知道你和周国勇的关系，还在你面前那样说，我不是故意的。”

“既然我都跟你道歉了，就代表我已经承认自己的错误，又怎么会怪你？”然后，温言来了个转折，“你跟我说说，到底是不是权竟宁背着我跟你说了什么，你才答应的？”

沈烨想都不想就点头：“没错！就是他威逼利诱！”

听到了自己想要的答案，温言的心情就像坐云霄飞车似的，一下子飞到了顶端，喜悦在心上久久不散。

做人，最重要的就是要礼尚往来。他对她好，她怎么也得为他做点什么才行。

然后，她又想到自己晚上的计划，其实她本来就是打算留在医院的，现在有了更光明正大的理由而已：“今晚，你也留下。”

“为什么？”我才不要当电灯泡呢。沈烨心想。

“帮我个忙。”说着，温言杏眼一眯，原本棕色的眸子此时发出幽深的光，让人不可捉摸，一抹坏笑在嘴角展开。

温言跟沈烨说了自己的计划，沈烨一开始还疑惑温言跟那人什么仇什么怨，温言解释了一通之后，她立刻变得义愤填膺，恨不得捋起袖子上去干一架。

温言却拉住她，让她冷静：“暴力解决不了问题，而且容易被人发现，那我们下半辈子就得在牢里过了。我们的目标不是以暴制暴，而是让他再也不敢有任何坏心。”

“那万一我们把他吓死了怎么办？”

温言摊手，向后靠在椅背上，跷起二郎腿：“那就是他的命了。”

沈烨一边摩拳擦掌，一边阴沉沉地道：“其实你也没有那么仁慈。”

临近夜晚，权竟宁开完会回来，将两人带到饭堂吃饭。饭桌上，温言和沈烨出奇地安静，权竟宁还以为两人没有谈妥，正想替温言给沈烨道歉，沈烨却放下筷子，起身：“我吃饱了，就先回去了。”

那声“等等”还在喉咙里，他就看见沈烨向温言眨了眨眼，唇边笑意明显，温言虽然表现得不明显，但权竟宁分明见到她也眨了眨眼。

这是地下分子的接头信号？

总之，他直觉这两人有什么事瞒着他。

等沈烨走后，权竟宁终于开口：“你跟沈烨说好了？”

“对啊，这有什么的，人家比你想的大气多了。”

“你跟她是不是要做什么见不得光的事？”

“你怎么知道？”这一幕要是被沈烨见到，肯定又要说她见色忘义了。

温言也后知后觉地摸着下巴，为什么自己一见到权竟宁就这么没有骨气？唉，果真是色令智昏啊。

“嗯，你想多了，女孩子之间总有些秘密，你们男人知道了也不该道破的。”说着，她想站起来，却被权竟宁一把拉下：“不是说好了我送你回去，走吧。”显然，这男人没有她想象中那么好骗。

温言只好使出撒手锏，猛地双手捧起男人的脸，以迅雷不及掩耳之势的速度凑上去，看见男人惊讶的目光，而后闭上了眼，她不厚道地笑了。

这男孩子真是可爱得让人想狠狠蹂躏一番，不过还是正事要紧，温言定了定心神，最后还是拍拍他的脸：“乖，再问可就要成八公了。我先走了，回见！”

“八——公？”

权竟宁眼角抽搐，再次睁开眼来，却只来得及看见女孩逃也似的背影。

心上一阵懊恼，他怎么就那么自觉地闭眼了呢？

沉默良久，他终究还是摸着嘴角笑了出来。

那一瞬间，宛若繁花绽放，让在场的年轻小护士们无不为之神魂颠倒，而年长一些的护士们只是摇头叹息。

郭群昨天叫来一群兄弟在医院的角落埋伏，打算趁权竟宁不注意，将人绑到小巷子打一顿出气，结果不但没有等到人，还喂了一晚上的蚊子。

他对权竟宁更是又恨又怕，想着今晚哪怕是一个人，也要将对方教训一顿，才能消得了他的心头之恨。

晚上十二点的住院部，走廊上的灯已然关闭，只有安全出口的指示牌发出幽幽的绿光，看起来十分森冷，很容易让人联想到某些恐怖片里烟雾缭绕、绿光幽幽的恐怖场景。

郭群在门口抽了一根烟，然后沿着走廊走向电梯，电梯门自动打开，惨白的灯光映照在他身上，照得他手上的一把扳手寒光闪闪。

他走进去，才发现电梯是往上的，可那人的办公室在楼下，不过也没差，那人逃不了。

电梯上行到最高层，二十层，然后外面进来一个女护士，郭群略略瞟了一眼，只见对方戴着口罩，可是露出来的那双眼睛眼角上扬，很能吸引男人的眼光。

他不禁多看了几眼，以致没能留意她手上推着的活动床。那床上似乎趟着个人，上面盖着一张很大的白布，与白色的灯光一映照，叫人颈背生寒。

“叮”的一声，郭群把眼光从护士身上移开，这时才留意到自己身边竟然躺着一具死尸！

白布白床，还盖着脸，可不是死尸嘛！

郭群被吓得双腿打战，差点把扳手砸到自己的脚背上。

电梯门开了又关，关了又开，可每次都不见人上来。

郭群被吓得眼珠子都不敢动一动，直愣愣地看着前方，医院里的电梯都是纵深、宽窄，方便运送病床，所以他如今跟那床，或者说跟那尸体距离不到十厘米。也不知是心理暗示还是什么，他感觉自己闻到了一股腐尸味，正打算往旁边挪，白布里面突然掉下来一只女人的手！

那手是灰色的，一看就是死人的手。

他立刻闭上眼，决定到下一层就出去。

可是他没有等到电梯开门的机会。

他屏住呼吸，觉得自己快要撑不下去了。

这时候，电梯灯光突然熄灭，不是电影里闪一闪后才熄灭，而是猝不及防地就全灭了。狭小的空间里突然变得伸手不见五指，然后一盏应急灯“唰”地打开。

“啊——”耳边同时响起一阵尖叫，来自一直安安静静的小护士。

那自然是来自她的，要不是来自活人，他觉得尖叫的会是自己。

“你、你怎么了？”

小护士歇斯底里地尖叫，又胡乱撕扯自己的头发：“我有幽闭恐惧症！啊——救命！救命——啊——”郭群觉得自己的耳膜快要被震破。

“你……你……你冷静……”话音未落，对方突然扑过来，揪住了他的衣领，眼睛睁得大大的，刚才他还觉得那眼睛迷人，现在却只觉得瘆人。

“我能看见鬼，你……她们就在你身边，多行不义，必自毙。”神神道道地说完，她就扑通晕倒在地上。

“呵呵呵，呵呵呵……鬼？”他一个大男人，胆量不小，但面前一个神经婆子，旁边又有一具死尸，他觉得自己的神经一瞬间崩溃了，笑声到最后带了点哭腔。

余光中好像有什么在动，他转头，然后看见了让他肝胆俱裂的一幕——那尸体，坐起来了！

这是诈尸啊！

那是一具女尸，短发凌乱，脸上毫无血色，满是青紫色的尸斑，脖子上有一道红色的勒痕，双目无神，他却觉得她就在看自己。

“啊——”一声震耳欲聋的吼叫之后，郭群疯了一般去扒电梯门，可那电梯门此时却像一道铜墙铁壁，他出不去，别人进不来。

背后一阵阵寒气涌起，那尸体慢慢靠近，郭群满身的鸡皮疙瘩都起来了，他转过身去跪下：“您有怪莫怪，我跟您无冤无仇，您放我走，我回去一定给您烧纸钱，房子车子，您要什么我都答应……”

他说着就要磕头，可他的动作带起她的白色裙摆，只一瞬，郭群仿佛看见了一双鞋子。他心里头狐疑不止，却不敢上前查看。

而那“女尸”仿佛察觉到他的怀疑，动作僵硬地抬手，好像只轻轻一拨，那铜墙铁壁似的电梯门便应然打开。

这一刻，郭群不信有鬼也不成了。

“救命啊，救命啊——”他跌跌撞撞地滚出门，突然撞到一个人前，那人穿着白大褂，他摸了摸，是有温度的。

“救命，救命，有鬼，鬼！”郭群双目圆睁，额冒冷汗，脸色惨白，看到权竟宁，就像是看到了救世主，双手紧紧抓住他的衣襟不放。

权竟宁往远处淡淡一瞥，而后落回他的脸上，淡淡地道：“哪里？”

郭群猛地回过头，想看看那女尸是不是真的消失了。可他只看见那尸体举着手，嘴里念念有词：“若敢动他，我让你死……”

郭群惊恐万分，然后双眼一白，终于晕了过去。

别人看不见，只有他自己能看见，那鬼果然是来找他的。

这是他晕倒前的最后想法。

不论是做好事，还是做坏事，这下都被发现了，温言和沈烨只得自认倒霉。

权竟宁没有当场发火，反而十分冷静地帮她们俩收拾好烂摊子，沈烨和温言将人抬回病房，装作什么事都没发生的样子，然后在权竟宁的要求下，留在了他的办公室休息。

两人一个睡地上，一个睡沙发，后来沈烨干脆也窝到温言的被子里：“我觉得我们死定了。”

“不会的啦，呵呵……再说了，他又能对我们做什么呢？”其实温言自己也不确定。她知道权竟宁属于隐忍不发型的，但对于他会生气到什么程度，基本没有什么概念。

“你不知道，他最擅长冷暴力了，一两个月对你不闻不问的，而你又不知道他有什么打算，你就得不断地猜，不断地想，这才是最折磨人的。”

“变，态。”

“所以，我们还是自求多福吧。”

第九章 平安

这一晚，两人在战战兢兢中睡去。第二天，权竟宁带她们去吃早餐，然后逐一送回家，一路上，礼貌周到，绅士谦让，真让人挑不出刺儿来——除了他那冰山脸。

坐在一座大冰山旁边，饶是再耐寒的温言，也快撑不住了。温言的性子，说得好听是直率，不好听就是脾气火暴，她宁愿他骂她，甚至两人打一架，也不愿意忍受没完没了的冷暴力。

而解决冷暴力的最好方法，就是将它转变为“热暴力”。

车子停在中队门前，温言突然开口：“你心里有话就说，我让你打一顿还不行吗？”

权竟宁淡淡地道：“我为什么要打你？”

“你还装？”温言一咬牙，举起双手做投降状，“我投降，我都招了行了吧。”

“哦，愿闻其详。”

“不过如果我们是主犯，你也算是半个帮凶，不然你怎么会装作没看见我呢？”看到对方的脸色，温言立刻改口，“其实是我前天听到那病患家属想要找你报复，所以那天我才突然拉你一起去吃饭。没想到他昨天还想来，然后我就想了个法子吓吓他，让他再也不敢害你。”

“他为什么会想害我？”

“你都不知道自己无意中听到了人家的秘密吧，人家给你红包，你不肯收，他们肯定不放心，就想着把你打老实了，就不敢多说话了。”

权竟宁听罢，冷笑一声：“杞人忧天。”

温言冷冷地看他：“你是在说我还是在说他？”

“自然不是你。”权竟宁解释道，“把他的秘密公之于众，于我有什么好处，我为什么要多管闲事？至于红包，我收了他们会说我欠缺医德，我不收，他们又会担心我不会尽职尽责，倒是弄得我里外不是人了。”

“你们真惨。”温言同情地看着他。

“所以，谢谢你。”权竟宁看着前方，然后又想到这样可能不礼貌，又转过头来看着她的脸，道，“虽然你们的做法我不敢苟同。”

温言清了清嗓子，摸着耳垂：“我还以为你会怕我给你添麻烦呢。”

权竟宁点头：“确实挺麻烦的。”

以往他也会被病患家属误会，也有不少人站在他这边帮忙说话，理解他、帮助他，他很多时候都看淡了，但这一次多了一个她，他感觉内心更充实了点，那种似乎叫作安全感的情感油然而生。

让他不由自主地想多看几眼这个总是充满阳光和活力的女孩，如果可以的话，可以再靠近一点。

到底是什么样的环境造就了这么温暖的女孩？

他似乎对她越来越感兴趣了。

后来，据说郭群第二天就提出转院离开了松谭。

温言回到中队，走着走着，身后传来汽车的声音。温言习惯性地往右侧避让，可谁知那车却没有就这样离去，而是停在了她的旁边。

车窗降下，从支队回来的宋谦涵探出头来，一眼就看见了她的脖子，眼神微微一黯。

温言没有察觉到男人身上散发的低气压，而是像往常的每一次一样，给他敬了个标准的军礼：“队长好。”

“你的脖子怎么回事？”宋谦涵也不拐弯抹角，直截了当地问道。

“说来话长。”温言脸上更配上一个难以言说的表情。

“那就长话短说。”宋谦涵的语气已经有点不妙。

“可我喉咙痛。”

“那你先回去吧。”

温言得令，立刻脚底抹油似的跑了。

回到宿舍，明馨儿刚好在打扫内务，一看见她的脖子，就抓着她问这问那：“你还是拿个东西遮一遮吧，不然晚上出去，人家还以为我们中队闹鬼，还是个吊死鬼。”

温言摸摸自己的脖子，想来确实很像吊死鬼。但她实在不想说话了，于是把今天看到的新闻打开，递给明馨儿看。

明馨儿看着新闻，里面是路人拍下的视频，有温言被歹徒勒紧脖子的样子，但由于镜头摇晃不定，不是熟人的话，也很难将她认出来。明馨儿下意识也摸上了自己的脖子，心疼道："很疼吧？"

温言给了她一个白眼："你说呢？"

"这个警察又是谁？"

温言愣了大半天："学校里认识的教官。"

"你们一起去吃肯德基？"

温言"嗯"了一声。

"你好啊，心里面想着权医生，转过身又跟警察哥哥约会。"她伸手扣住温言的肩膀，温言已经算高了，明馨儿还比她高半个头，"我怎么就没有那么好运气呢。"

温言翻了一下白眼，向她勾勾手，明馨儿凑上去："我有更劲爆的消息，想听吗？"

明馨儿挑起英气的眉，难掩兴奋："什么什么？"

温言忍着喉咙的痛楚，嘴角却抑制不住地往上扬："权竟宁，他，没有，女，朋，友。"

"哈——"明馨儿大喊，温言一把捂住她的嘴巴，明馨儿喉咙里只剩下呜呜呜的声音。待她不再喊了，温言将手撤下，明馨儿两眼发光："真的？"

温言重重地点头："比珍珠还真。"说完就自个儿掩着唇狂笑不止。

明馨儿拍了拍在床上翻滚的温言，让她冷静："那你打算怎么办？追他？"

温言坐起身，用爪子抓了抓凌乱的头发："我也不知道，我以前觉得像他这么优秀的人肯定不会喜欢一个当消防的女生，可今天我发现，好像不是这样的，他……应该对我也是有好感的。"

说到最后一句话的时候，女孩的声音变得很低很低，带着各种不确定，还有羞涩。

突然，门外有人敲门，明馨儿过去开门，路淮留着寸头的脑袋探了进来，看到是明馨儿开的门，神色有些戒备："……温言呢？"

明馨儿眼神示意了下床的方向："眼瞎，看不见人在老娘床上？"

路淮抬眼望去，就看到温言在床上跟他招手，脸上笑容僵硬，他将怀里揣着的东西递给明馨儿："这是队长让我给她的，说对散瘀很有用。"

"队长？"明馨儿诧异，想了想又觉得没什么，"知道了。"

路淮打算转身离去，可又不放心，又回头嘱咐道："你让她记得用啊，一定……记得啊。"

“知道了，婆妈。”

路淮走了之后，明馨儿回到床前将手上的瓶子放到床头柜上：“你也听到了，队长给的，记得用，来我们继续说我们的。”

温言拿起瓶子，打开闻了闻，浓浓的药酒味顷刻扑面而来，她连忙将其关上，放到了抽屉里。

“……人生最大的错觉就是他对自己有感觉。”明馨儿说完这句话，温言的脸立刻垮了，明馨儿连忙补充道，“干吗要猜他是不是对你有好感，你喜欢他不就行了，而且现在他也确定没有女朋友了，那就赶紧追啊。你不追我可就上了啊。”最后一句明显是威胁。

“你敢！”温言瞪着一双杏眼，随时要奓毛的样子。

“你不追还不让别人追了，真霸道。”

“谁说我不追了？”说完这句话，温言也没了底气，咬了咬下唇。

“就等你这句话！”明馨儿打了个响指，“这追男人啊，可是个脑力活和体力活，这体力你是有了，脑子还欠缺一点……”

听到身边人指关节响起的声音，明馨儿连忙换了个说法：“你别怕，这不还有我这个军师嘛，我跟你说，这追男人就得……”这样那样，明馨儿将她多年总结的恋爱十八式像倒豆子似的，一股脑儿地倒了出来，直说到午饭时间。

昨天没洗澡，又折腾了一晚上，身上黏腻腻的，温言就抽空洗了个冷水澡。现在虽是秋天，但气温还是如同夏天那般火热。

从浴室出来，手机显示收到一条短信，温言一开始并没有意识到有谁会给自己发短信，一打开却发现是权竟宁的，心里一阵狂喜。

“记得每天冰敷，如果变瘀青，也可以用熟鸡蛋热敷，开给你的药记得吃，伤口结痂之后不用再贴纱布，不要手痒去挠，否则留疤，后果自负。”

当医生的是不是总喜欢在这些小事上唠叨啊，温言这样想着，给他回了短信：“知道了。你回到家了？”

那边很快回复：“到很久了。”温言看了看时间，这短信都是好几个小时前发的：都是明馨儿，死都要拉着她听什么恋爱十八式，害她错过权竟宁的短信。这样想着，温言转过身瞪了一眼倒在床上呼呼大睡的明馨儿，那人似乎有所察觉，但只是挠了挠屁股就继续睡去。

虽然唠叨，但温言心里还是甜滋滋的。

医院和中队，在同一座城市，同一个区，但她和权竟宁的工作性质都注定两人不能常聚。

不能见面，又谈何培养感情？

为此，温言闷闷不乐了好几天，连新兵来的喜悦和兴奋都被冲淡了。

这一天的日常体能训练之后，宋谦涵让众队员进行一次技能比赛，每两名队员为一组，依次经过水带连接、独木桥、登高等关卡，到最后计算总时长，时间最长的要领取相应惩罚。

第一组便是温言和一班班长路淮，宋谦涵站在终点处，手上拿着记录板，吴俊林在旁边盯着秒表计时。

秋风扫过绿草茵茵的操场，耳边可以听到队员们隐隐的呐喊助威声和青草摩挲的沙沙声。

透过阳光形成的自然屏障，宋谦涵看着温言从起点出发，一开始还能和路淮齐头并进，经过独木桥的时候，从桥上落了下来，从地上起来后再次爬上了独木桥，但落下了路淮一大段距离，结果自然是路淮胜了。

温言拍了拍身上的草屑，悄悄看了一眼宋谦涵的表情，只见男人不停地舔着下嘴唇，然后面无表情地在表格上填上她的成绩。

温言隐约看到自己的成绩，顿时心里“咯噔”一声，心道要糟，她不过是上桥的时候走了一下神啊。

她这个成绩恐怕在新兵里面都得倒数，宋谦涵这下不抓着她的小辫子不放才怪。

温言被宋谦涵责骂的恐惧支配着，默默和路淮站到了一起。

所有队员测试完毕，她的成绩排到了倒数，解散之后，果不其然被宋谦涵留了下来。

其实她这阵子也被宋谦涵罚惯了，再多罚几次也麻木了，她只是不爽他每次都在大家伙儿面前踩低自己，她不要面子的哦。

这样的成绩想进火场，是想竖着进去横着出来吗？她都已经能想象到宋谦涵会对她说的话了。

“伤口好些了吗？”

“队长，我知道了，负重跑五十圈是吧，我现在就去领罚。”

“什么？”宋谦涵皱着眉头，等听清楚她要说的是什么之后，双手叉腰，“谁要罚你了？”

温言闻言，眨了眨眼睛，他刚才好像问她伤口的事情？

宋谦涵一想到自己在她眼里竟然这么不讲人情，不讲道理，就有点不耐烦：“我问，谁说要罚你了？”

温言一听这男人的语气不太好，小脸皱成了一团，她这是哪壶不开提哪壶啊？

于是，她立刻转过话头道：“队长，谢谢您上次的药油，我用了之后顿时就觉得好多了。是在哪里买的？我也想买一瓶给我老爸老妈，你知道他们老人家每天这里碰那里摔的。”

“好用就好。”宋谦涵微微垂首，瞥了一眼温言的脖子，确认伤口和瘀青都退得差不多之后才重新直起腰，视线移到了别处。

成功转移了对方的注意力，温言松了一大口气。

“用完之后，记得还我。”

“知道了。”

温言重重点头，然后鞠了一个躬：“谢谢队长的药，我下午就拿来还你。”

“也……不用这么快，你用完再说。”

可她压根儿就没用啊，有权竟宁的药和监督，她的伤别提好得多快了。

那药就是个定时炸弹，放在寝室里她是无论如何也不放心的，谁知道那药要是有个什么好歹，他又会怎么对付她？

这样想着，温言决定现在就回寝室将药酒还给他。

“馨儿，那天队长给我的药油你放到哪儿去了？”

温言打开寝室的门就喊道。

里面的人闻言，转过头来：“哪，在这儿呢……”

话音未落，明馨儿手上的瓶子就脱离她的掌控，“哐当”一声落到地面上，幸亏瓶子的质地够坚硬，落到地上也不至于碎裂，只是可惜了那些药酒，溅了一地，明馨儿拿起来的时候，瓶子里的液体已经所剩无几。

彼时，明馨儿左手仍撩着军衬的下摆，右手两指拈着细细的瓶口，温言经历了将近三十秒的思想建设才接受了眼前场景带给她的冲击，也好不容易忍住了上前掐住对方肩膀使劲摇的冲动。

“我不是故意的，我是刚才腰有点扭到了，想起来队长的药酒，就拿来擦一下，如果不是你突然闯进来，我是可以将它安全放到柜子上的，所以，你也有责任……”

明馨儿弱弱地辩驳了几句，刚才她确实是想要将瓶子放到柜子上，要不是顾着回应温言，她也不会扭头看温言，更不会错手把它扔地上啊。

这时候突然警铃大作，温言咬牙道：“先出警，回来再跟你算账！”

尖锐的警铃响彻整个中队半空，两人迅速跑到滑杆处，抱着杆子滑下，穿好警服，跑上消防车自己的位置坐好，整个过程不到四十五秒。

几辆大红色的消防车在宽阔的马路上呼啸而过，终点是本区内一幢烂尾楼。

这座楼因为建设中途开发商突然破产，投资中断而导致停工，后被改为仓库和停车场，内部存储有大量鞋子和装饰品等易燃物。

整栋楼高六层，岿然矗立在繁华的市中心路段，像一头披着水泥外壳的巨兽，平时几乎无人问津，但也不妨碍它成为众多流浪者的“家”。

而此时的它身披熊熊烈焰和滚滚浓烟，火舌到处，摧枯拉朽。

宋谦涵下车之后，先让一班队员进内搜救，二班在外围喷水降温。温言背上氧气筒和防毒面罩，经过宋谦涵面前的时候却被他一把拉住：“你不用进去，就在外围喷水。”男人声音低沉，语气里有着不可抗拒的命令意味，但事实上，在这种场合下，他说的话就是命令，军令不可违抗。

“为什么？”温言的脸被防毒面罩整个遮住，只露出一双大眼睛，眼神却很冷。

虽然知道这是指挥官的命令，但她还是很不解。

“你现在的状况不适合进去。”宋谦涵冷冷地道，然后就皱着眉头一直看向着火的大楼，拿过吴俊林带来的平面图就开始用对讲机给其他队员下达命令，表情冷凝，像在自己周围筑起了一堵铜墙铁壁。

温言知道这人一旦上了火场，眼里就只有救火，她不可能说服他改变命令。明馨儿拍了拍她的肩膀以示安慰，然后头也不回地进了火场。温言只好默默地拿起水枪，到建筑外围喷水扑救。

温言在楼下往上望去，只见红色的明火从各个楼层的窗口蹿出，一直蔓延到楼顶，大楼中部和顶部的明火非常猛烈，不断有烧毁的建筑和火球落下，现场的警戒线不断往外扩大。

周围的民居都不同程度地受到火球的影响，略有损毁，幸好周围居民在起火初始就已全部撤离。

一想到里面还有自己的队友和受困人员，而自己只能在这里扛水枪，温言就觉得自己的心也像被这明火炙烤般难受。打从她第一次跟老队长进火场起，她就没有这么窝囊过。

握着水枪的手松了又紧，紧了又松，最终，她让其他队友顶上自己的位置，走到宋谦涵跟前。

宋谦涵看到她有一瞬间的愣神，而后几乎灭顶的愤怒蹿上双眼，温言甚至可以看见他的红血丝在一瞬间爬上了他的双眼。

“队长，我申请进入火场搜救。”

宋谦涵气得将手上的平面图都揉成了一团：“你要违抗命令？”

“我有能力，您为什么不让我进去？”女孩双眼发红，死死地盯着眼前的人，有股不达目的誓不罢休的狠劲儿。

两人对视着，谁也不让谁。

“队长，其实温言已经进过火场很多遍了，以前又有老队长带她，经验比别的人都要丰富。虽然是女孩，但明馨儿不也进去了吗，她绝对没问题的。”吴俊林也在一边帮温言说话。

最终，由于三楼火势太大，队员请求增援，宋谦涵还是同意让她和另外几个队员一起进去。

“队长真是瞎操心，言姐是出了名地勇猛的嘛，竟然不让她进来，简直没道理。”在进火场时，甲队员道。

“言姐几天前不是还受伤了，请了几天假不训练嘛。”

“这有什么？这就更能证明我们言姐出得了厅堂，斗得了歹徒，进得了火场啊，不过入不入得了厨房就不知道了。”甲队员干笑道。

其实温言的姿色在中队里一直是一抹最亮丽的风景，只是因为其剽悍的作风，让众多男同胞望而却步。

“你们聊归聊，能不能关了耳麦再说……”突然，耳麦里传来吴俊林的声音，语气小心翼翼又无奈，然后又传来其他队员嬉笑的声音，都是赤裸裸的嘲笑。

一众队员立刻检查自己身上的耳麦，发现原来是甲队员刚才调试耳麦的时候没有关掉就进来了，几人上去将其一顿胖揍。

胡闹了一会儿之后，众人开始专心致志地搜救。

其实平时遇到火灾，他们还是很严肃认真对待的，只是这次消息说这栋是烂尾楼，鲜有人至，他们也就比平时放松了些。

水枪扑灭了大部分火，但此时楼层内的温度依旧很高，温言等人循着宋谦涵指挥的路线前进，然后终于和明馨儿碰头。

明馨儿旁边坐着一名被粗水管压住的男人，他身上衣衫褴褛，满是脏污，而且血迹斑斑，看样子伤得不轻。

温言给众人打了个手势，让他们一同用力，众人感觉自己几乎没有费多少力，水管就被轻易地抬了起来，落到旁边发出“哐”一下巨响。

“这水管也没多重嘛。”队员甲道。

“那是因为有温言在。”明馨儿反驳道。

温言挥了挥手：“好了，你，”温言指着一名队员，“把他送出去，其余队员继续搜救。这时间已经拖得够长了，速战速决！”

温言俨然成了这一小队人的老大，众人听到指令，都纷纷散开，各自进行其他位置的搜救。

“我觉得吧，最近队长对你好像护犊护过头了，竟然连火场都不让你进来，你说若刚才发现水管的人是你，一下子就搞定了，哪还用等增援啊？”明馨儿道。

队里的人都知道温言力气比普通女孩大，甚至可以跟一般男人不分高下，但那个上限到底在哪里，他们都不清楚。

一方面是温言有意隐瞒，不然让他们看到她能一只手抬起整根水泥水管，不把他们吓得怀疑人生才怪。

另一方面是其实平时他们的作业都是团队合作，轮不到她当出头鸟，就像今天这样，众人合作出力就能很好地掩盖她力气大的事实。

但明馨儿是知道的，说起她得知事实的原因，那仅仅是一个意外。

那是几年前雪灾的时候，中队响应号召，在一线抢险救灾，隔两天就得去扫除郊区村庄五保户居民楼顶的积雪。

那一天她和另一个队员蹲在屋顶上，另一个队员背对着她，她则可以看到在屋后忙着扫除积雪的温言，突然间，她旁边的电线杆因不堪积雪的重负，有倒塌的倾向。

温言似乎没留意到这边还有人，只是望了望周围之后就上前将倒塌的电线杆接住，转了个方向之后，平放到比较空旷的地方。

然后她就像没事人似的，拍了拍手继续扫雪，殊不知在楼顶看到这一切的明馨儿已经目瞪口呆。

妈耶，这电线杆怎么说也得好几百斤啊，她这么细的手臂到底是怎么把它抬起来的？

后来人们问到这电线杆的事情，温言也只是回答看到它倒了而已，其余的并没有多说。

在这之后明馨儿一直没有跟温言提到这件事，但这件事已经在她的心里生根发芽，成了国王的驴耳朵。

终于有一天，她忍不住了，在和温言吃饭的时候问了一句“你是大力水手？身上有带菠菜吗？”

温言被她逗得哭笑不得，然后就一五一十地把自己的事情全告诉了她：力气大是天生的，不知道原因是什么，目前科学也解释不了，暂时没有用它来害过人，我没有大力菠菜。

温言模样长得好，白皮肤大眼睛小嘴巴，一颦一笑间散发的不是妩媚的美，也不是清纯的美，而是一种给人如沐春风般的古典美，气质也是宜家宜室的那种。

在这之前，明馨儿就因为这个和温言关系亲近，但自从知道她还有不为人知的技能后，她对温言简直是崇拜得五体投地，成了她麾下的一名小迷妹，两人的关系就变得更好了。

“护犊？你的词汇量被狗吃了？”温言凉凉地道。

明馨儿：“……”熟悉了之后会发现这人的暴脾气和爷们儿有的一拼，总的来说，就是萝莉的外表，大叔的心。

“队长最近对你的态度好了很多啊，看见你受伤还会拿药油给你擦……”说到药油这件事，明馨儿差点想把自己的舌头咬下来。

走廊里黑黢黢的，这一层里面该烧的东西差不多都烧光了，只剩下零零星星的火苗在蹿动，还有黑色的灰烬铺陈在各处。

“队长分明是直男嘛，哪会有男人给女孩子送药，还提醒别人还的？一看就知道没经验。所以，你打算怎么把药油还给队长啊？”明馨儿转过头来，她头上橙黄色的照明灯一下子打到温言脸上，温言一把将她的脸拨开：“灌水怎么样？反正不会害死人。”

“笨！”明馨儿拍打温言的帽檐，“说你不会撩你还真不客气。药油是什么？药啊，医药医药，最容易和医生建立起关系的药啊，这时候你就应该拿着剩下的药油去请教权医生，撩他一把。”

温言顿觉醍醐灌顶，目光炯炯地看着她，眼里难掩佩服之情，然后双手作揖道：“受教了。这也是恋爱十八式里面的，改天我真要拜读一下你的大作。”

“那还用说，其实十八式也不一定只有十八式，只要你将里面的内容融会贯通，举一反三，十八式也能玩出一百零八式来啊。”

说话间，两人对这一区域完成了搜查，就要回头，却听到身后传来队员的喊声，两人连忙跑去察看。

只见刚才带受困者出去的队员扶着人去而复返，两人正站在没有扶手的楼梯上拉扯。

“不是让你带他出去吗？怎么又回来了？”明馨儿问道。

甲队员早已满头大汗，吃力地回答道：“他突然说有什么忘记带了，让我带他回来。”

“先生，这里很危险，你需要尽快处理伤口。”温言道。

“不行，你们别管我，让我自己找！”说着，男人就要挣脱甲队员的搀扶，自己走上楼梯，甲队员没有放手，两人推搡间，男人脚下一滑往后倒去，身子在一瞬间就落到了楼梯外的半空中。温言当时脑子里什么都没想，下意识地伸手抓住了那人的手，但那人起码有两百斤，在空中下落的惯性不可小觑，温言的身子被他一带，眼看就要被他拉下去……

“队长！”

随着明馨儿的一声队长，温言感觉自己落入了一个温热宽厚的怀抱，那人的胸膛紧紧地贴着她的后背，虽然隔着厚厚的防火服，但她还是能感受到男人的心跳，快速而有力。

温言直觉，那是被某种恐惧支配下的心跳速度。

他害怕了吗？

她还以为他这人天不怕地不怕呢。

手下的腰肢不盈一握，但那急促的喘息和心跳让他觉得自己进来的决定是这一生做过的最正确的决定。

明馨儿和周围几个队员都连忙过来抱住了宋谦涵的腰身。

温言回过神，却发现自己手上握着的那只手竟有六根手指，她戴着手套，不算自己的手指，哪里多了一根？

其实答案很明显，眼前的男人的右手有六根手指——跟那天她在肯德基遇到的男人一模一样，她还记得他当时用的就是这只手，在一瞬间就攫取了她的心跳。

“是你！”她盯着下方的男人喊道。

下方的男人已经被吓坏了，整个身子在不停地挣扎，左右晃荡：“救命啊，救命啊！”想喊又不敢喊得太大声，生怕一个不小心就掉下去。

“真是冤家路窄。”温言嘀咕了一声，手上力度同时加大，突然想起身后有人，作势喊道，“队长快点，我的手快断了！啊，我抓不住了……”

下面的人真的快要被吓疯了，哭着大喊：“别啊，千万别松手，求求你们了……”

这时候，男人低沉的嗓音在温言耳边响起：“疼了也给我忍着，那是一条命！把手给我！”

温言一歪头，就看到男人硬朗的五官。他的眉毛很浓，眉骨比一般人要高，眉毛旁边有点杂毛，但一点也不显得杂乱，反而显得十分英气，此时正皱得紧紧的，估计能夹死苍蝇了，而且他竟然连防毒面罩都没戴。

在身后中队员的帮助下，宋谦涵俯下身子，男人的气息紧密地围绕在温言身旁，尤其是他的脸擦过她耳边的时候，她似乎还能感受到他一闪而过的鼻息。

温言有点抗拒如此亲密的接触，缩了缩身子，却被宋谦涵抱得更紧了：“别动。”低低的嗓音如电流一般钻进温言的耳朵。

最后，宋谦涵从温言手中接过男人的手，将他救了上来。然而就在大家要送他到医院的途中，他又开始大吵大闹，怎么都不肯上救护车，还是温言有力气，按住他将他架上了车子。

宋谦涵眼看着载着温言的那辆救护车绝尘而去，返身跟辅导员确认大火已完全扑灭，这才面对着众队员，中气十足地喊了声“收队”。

在二中队到达现场后，之后又陆陆续续地来了好几个中队支援，最后连支队长赵坤也来察看火情，但这发生在宋谦涵进入火场之后。

收队之后，支队长就让宋谦涵去支队找他。两人一同进入办公室，宋谦涵刚把门关上，他就扬手指着他大骂：“身为指挥官，你竟然能把任务丢下，自己进火场，你真是出息了！你到美国两年学的就是这些？”

宋谦涵认罪态度良好：“我知道自己这样做不适合，我愿意接受惩罚。”

支队长还想接着骂，可一看他这良好的认错态度，顿时不知道还能说什么了。

心里憋着的那团火啊，让他恨不得拎着宋谦涵的衣领子，狠狠地吼上几嗓子。

这小兔崽子，看上去流里流气的，可认错的时候比谁都快，让他骂都骂不尽兴。

而宋谦涵呢，明显是属于迅速认错，死不悔改类型的，就像现在，他嘴上是承认自己错了，心里却不以为然。

其实在当时那种情况下，他也不知道自己为什么会想到进火场，那个念头只是一瞬间，便攫取了他全部的理智和思维，等他完全反应过来的时候，他已经站在了烈火当中，搜寻着某个身影。

所幸到最后，没有队员因为他这个冲动的决定而受伤或牺牲，而他也救回了她。

他承认，在上级还没到来支援之前，他作为指挥官擅离职守是犯了大忌，但哪怕是让他再一次选择，他还是会做同样的决定。

“你回去给我写个一万字的检讨，给我好好想清楚，什么才是你的本分，指挥官的职责是什么。幸好这次没有队员因为你的擅离职守牺牲，否则你有十条命都不够赔的。”

宋谦涵一听，当即蔫了，一万字检讨，还不如要了他的命！

宋谦涵出身军人家庭，父亲是军人，常常自称一介武夫，最不喜舞文弄墨，对他也是实行放养政策，只要学业不是差得太离谱，一般不怎么管他。

他母亲则是家庭主妇，疼儿子疼得紧，对他的最大愿望就是健康平安快乐，只要他喜欢，他爱怎么来怎么来，除了当年因为他被调到消防队大闹了半个月之外。

在这样的家庭下长大，宋谦涵身上，痞气有之，正气有之，总的来说，不长歪就已经不错了。学习还不错那真的算是祖上积德了，但最让他头疼的莫过于写文章，上学时期他就是典型的上语文课被赶出教室，然后被数学老师捡到隔壁班上数学课的那类学生。物、理、化他能随随便便就考满分，可让他写一篇八百字的作文，他能被憋死在考场上。

“赵队，一万字检讨，这惩罚是不是……太重了？”

支队长仰头问道：“不是你说愿意接受惩罚的嘛，这惩罚是什么，是我说了算，还是你说了算？”

宋谦涵泄气地垂下头，抿了抿唇：“自然是……您说了算。”

“我就知道你这小子吃软不吃硬，负重跑一百圈也对你没用，只有让你动笔了、动脑子了，才能让你长记性。”说着，支队长挠了挠头，“而且，免得被人说我老爱体罚你。”

那个“人”，说的自然是他母亲。

最后抗争无果，宋谦涵只能接受命运的安排。

就在宋谦涵应付支队长的当口，温言刚到达医院，眼看那人不怎么闹了，她打算到里面喝个水就走，结果刚接完水，就听到身边经过的护士们抱怨：“本来就已经因为火灾来了一大群伤患，就不能让人省点儿心嘛……”

“可不就是，这年头，救人都成了罪过了，叫保安了没有啊？”

“喊了，还没到。”

温言转身看到说话的小护士身上湿了一大片，本来绾得一丝不苟的发髻都歪了，再一看，两人是从急诊室方向过来的，她就有预感急诊室发生了什么，打算过去看看。

一走过转角她就看到刚才被送来的男人正挥舞着手中的凳子，尽管腿部、腹部已经血流如注，却还是在表情狰狞地驱赶身边的所有人，喊着：“都给我滚开，别碰我！”

身边围着一群医护人员在劝说，其中一名手上拿着针筒的男医生估计是负责对此人急救的，正站在人群中无所适从，还有好些病患在一旁围观，本来正在被救治的病人因此不得不转到隔壁的房间继续。

温言看不下去了，在众目睽睽之下径直走了过去，一把抓住那人手上的椅子，然后反剪对方双手将其按在了床上。

“刚才也不知道是谁怕死怕得哭爹喊娘的，都把你送医院了，你还有什么不满意的？还有，你碍着别人看病了。”

那男人极力挣扎，却发现自己压根动弹不得：“你是谁啊，多管闲事儿！”

温言嘴角斜扬：“对不起，我就是那个差点被你勒死，刚才又救了你的狗命的消、防、员。”最后几个字，温言故意说得很慢，咬字清晰。

男人蓦地冷笑一声，心道怎么可能，那天他挟持的女孩明明瘦得跟弱鸡似的，而此时按压他的人的力度分明是个男人！不，应该还是个练过的肌肉男！

“温言，你先把他放开，你这样压着他的伤口了。”接到电话过来急诊室帮忙的权竟宁见状，淡淡地开口道。

温言转头望去，一眼就看到人群中的权竟宁，他神色淡然，与她对视的一刹那，嘴角上扬。

她只觉得心里像有一团蜜要化开似的，甜滋滋的，忍不住就看着他傻笑了起来。

周围的一众小护士都表示理解，毕竟权医生的魅力很难有人抵挡得了。不过这位女战士，您笑得像头小狗见到肉包子似的，是否有点对不起您伟大光辉的人民战士形象呢？

既然权医生都这样说了，那她也只得放手，但放手之前，温言还是在那人身后幽幽地说了一句话：“记住了，我叫温言，下次见到我记得绕路走。”

到来之后，权竟宁也在同事口中得知了事情的来龙去脉，待温言放开那人后，他下一秒就把温言护在身后，对那人道：“这位先生，如果你不愿意在此接受救治，你大可离开。但我不得不提醒你一句，以你如今的失血速度，我可以预料，你走不出这个医院大门。再者，你呼吸短促、痰中有血，我可以确定，你的肋骨断了，如果不及时治疗，会继而引发气胸血胸肺感染等多种并发症，到时恐怕……”恐怕什么，权竟宁没有继续说下去，但单单从病人的外部表现就能看出这么多东西，现场的医务人员都不由自主地给他竖起了大拇指，另外还要加上个温言。

闻言，那人果然剧烈咳嗽起来，胸膛不停起伏，似是呼吸难以为继，最终还因为站立不稳，往后倒退一下坐到了床上。

权竟宁转而道：“当然，治与不治在于你的决定，如果决定要治，那么请相信我们的医生和护士。”

那人依然不为所动，仍固执地道：“我就算死了也不会相信你们，你们根本救不了我，也救不了她……”那个她是谁，无人知晓，众人只知道这人还没说完就喷出一口鲜血，倒在了床上。

温言在现场也看不出什么来，只见权竟宁快速跑过去，用剪刀剪开了那人的衣服，盯了几秒之后就抬头对身边一直拿着针筒的医生道：“是血胸，请实施心胸穿刺。”

神外权大医生在此，自己哪里敢在他面前班门弄斧，那医生心道，然后将一支新拆封的针筒递给权竟宁：“权医生，还是你来吧。”

权竟宁也不推托，接过来之后打开盖子，在病人的左胸上方按压了几下，找准位置之后刺了上去，直到到达合适的位置才停止深入，而后抽动活塞，刚抽动没多久，鲜红的血液便进入透明针筒内，很快就积了半筒。

在这期间，护士给病人接上了测量血压、脉搏等指标的仪器，穿刺实施完毕后，病人的血压和脉搏勉强恢复合格线以上。权竟宁建议立刻手术，配合着众人将其推到了手术室，将他了解到的情况都告诉手术医生才离开手术室。

出来的时候，权竟宁是低着头的，走着走着，一抬头就看到温言站在走廊的转角处，胸前抱着比她的头还大两圈的安全帽，正百无聊赖地用下巴去点帽子，汗湿的短发一缕一缕的，耷拉在耳边和额前。可女孩鼻子挺翘，嘴唇红润，光看外表，压根儿没人能看出她是个消防员。

权竟宁走过去，伸手托住了她将要点在安全帽上的下巴：“脏不脏？”

温言的下巴还放在男人宽大的掌中，圆圆的大眼睛骨碌一转，无辜地看向眼前的权竟宁，脸颊以可见的速度迅速涨红。

权竟宁看着她脸上的脏污和绯红，一时都不知道是该心疼，还是该笑。

“你不是神外医生吗，怎么我老是能在急诊科见到你？”温言擦完脸，将权竟宁的帕子放在膝盖以上反复折叠。

“神外是整个医院最闲的科室。”

温言一脸不信：“真的假的？难道电视上那种十几个小时的手术是逗我的？”

权竟宁转过身子，右手撑在椅背上，一点也没有骗人的心虚：“自然是骗你的，其实是因为院长看我不顺眼，看我不用做手术闲得很，就经常让我到急诊科帮忙。”

温言还是一脸不信，嘀咕道：“感觉你这个说法比刚才那个更没有说服力，”想了想，她又转头问道，“那你为什么不用做手术？”

“技不如人。”权竟宁道。

“不，”温言竖起食指左右摇了摇，“压根是你们院长太挑剔了，没眼光。”

权竟宁不置可否，只低头笑了笑：“那你呢，怎么会穿着防火服就来医院了？”

“你也看到啦，刚才那人死活不肯来医院，我只好把他架上了救护车，跟他一起来了。”

“你们队里其他人呢？我不认为你一个女孩会比男人的力气大。”

“这你就有所不知了，我的力气比他们……”大得可不是一星半点啊。这句话温言愣是说了半截就没有再说完整，她依稀记得明馨儿的恋爱十八式里有云：“男人大多喜欢柔弱的女人，无论你心里有多女汉子，在喜欢的男人面前，务必装成林黛玉！”

虽然她相信权竟宁绝不是如此肤浅的男人，不过在摸清他的喜好之前，装一下柔弱肯定万无一失。

此时的温言，对明馨儿的恋爱十八式有着谜一般的信任。

“对啊，我们中队的男人光长个子不长脑子，空有一身力气却没有一点男人气度，救火完了之后就都回去睡大觉了，派我一个弱女子来收拾烂摊子。”说着，她还不忘摆出一副痛心疾首，交错损友的表情。

“弱女子？”权竟宁憋着笑意，但实在是憋不住了，嘴角隐隐露出细纹。

不知道第一天见面是谁单手按住了癫痫发作的女生的双腿，也不知道是谁光用一把锯子就切开了螺母。当然，他不会那么没有风度去戳穿她。

“我说得……不对吗？”温言抬手将鬓发别到耳后，心虚得连话都差点没说完。

“那真遗憾。”权竟宁点点头，一脸替对方惋惜不已的表情。

说着说着，温言又想到第一次两人见面的情况，当时她刚救下了一个想要跳楼轻生的女孩，女孩却一点也不领情，反咬她一口。

“也不知道现在这些人都怎么了，一丁点事情就想不开，见到医生就像见到鬼似的，人家又不会害他，再说了，害他又没有好处。”

“可以说期待越高，失望越大，对于能拯救性命的医生，患者往往期待很高，当医护人员不能满足他们的所求，他们便会感到失望甚至绝望。”

“可是医生不是神，他们也会遇到无计可施的时候，就像我们去火场，也并不能救下所有的被困人员，我们能做的便是竭尽所能，只求无愧于心而已。”温言盯着权竟宁的双眸道。

权竟宁道：“也许在我们和身边的家人都健康时，我们很难能切身体会到患者和患者家属的心情，当我们处于和他们同样的境地的时候，可能就不会这么想了。”

“这个我也不知道，反正……我相信你啊。”

权竟宁看着女孩的双眼，以前只觉得那双眼睛好看，就像雨后的天空一样纯净，此时的他却从中看到了两个字——信任。

心便从此为这个人悸动。

过了一会儿，权竟宁又道："我看你的伤口好得差不多了。"

温言为了表示自己的伤好了，转了转脖子，"对啊：可我们队长还是不让我进火场，是我死皮赖脸他才让我进去的。"说完这句话，温言觉得自己简直是个耿直 girl，没事儿干吗这么诚实，伤好了，她不就没有理由跟他通电话通短信了吗！

"你们队长很关心你。"

温言摇摇手："才不是！我估计他每天都在想着怎么整我……"说到这个，温言又猛然想起一件事，连忙道，"我有件事想请你帮忙。"

"什么事？"权竟宁好脾气地问。

"就是我……我妈妈给了我一瓶药油，据说是她朋友托人从其他地方带回来的，很珍贵，可我……我的朋友不小心弄洒了，我不敢告诉我妈，怕她打我，就想着能不能请你帮个忙，看一下里面都是些什么成分，我自己给她弄一瓶。"

"可以是可以，拿到检测机构一查就可以了。只是你自己重新弄的话，恐怕没有原来的好用。"

"没事儿，弄不死人就行。"说完，温言觉得有点心虚，弱弱地补充道，"我是说那药外涂，她应该察觉不出来的……"

"那你下次带给我，或者我可以到你的中队去拿。这样吧，你稍微等我一下，我下班了送你回中队。"

"好啊。"女孩一口答应，眼里仿佛有光。

权竟宁又被叫到了急诊室帮忙，温言也不知道该说他是医院最闲还是最忙的人好了。

而她则打算去见一趟吴敏浩，好歹人家救了她一命，虽然最后那场面挺尴尬的，不过温言就是心大，男女感情从来不是她生活的重心。况且她对对方是真的没有半点那方面的想法，再见面也不会觉得有什么别扭，人家为了她住院那么久，自己不去看望看望实在说不过去。

更何况，那天的歹人没有待在公安局里，现在更进了医院，跟他成了病友，说不定他们两个哪天还会在这里遇见，她怎么也得提醒他小心。

吴敏浩就没有那么心大了，表白的是他，被拒绝的是他，丢脸的是他，让他做到若无其事地面对喜欢的人，似乎是有点强人所难。

乍一见到温言，吴敏浩有点惊喜，但很快又转为心酸。他尽量抑制住自己的感情，做到了礼貌周到，一时让温言吃水果，一时让温言吃糖果。

听到温言说那人被放出来了，他有点惊讶，又有点愤怒，知道温言在关心自己，他又有点甜蜜，虽然是拌着黄连水的蜜。

眼看温言对着自己半点害羞别扭的小女生情态都没有，他就知道自己没有希望了。

确实，要让温言露出此种小女生情态很难，但也不是不可能，在遇到权竟宁之前，人们甚至以为她的脸皮是砖砌的，不然怎么一个女孩都不知道羞涩两个字怎么写呢。

所以几乎可以这样说，能让她的少女心觉醒的只有权竟宁，可普天之下，只有一个权竟宁。

最后吴敏浩送走了温言，独留他孤单地在房间忧伤。

宋谦涵从支队回来中途到了医院，正好和温言两人碰上。

权竟宁让温言等他下班，他再送她回中队，于是两人刚要走到医院正门，就遇见到来的宋谦涵，“队长！”温言喊了一声，事实上心里在呐喊：这人与人之间还有没有点信任了，敢情以为她不回中队，亲自到这里来抓人了？因为实在太憋屈了，最后一句话温言不小心说漏了嘴，刚好被走到跟前的宋谦涵听见，男人毫不留情地反驳：“谁要来抓你了？”

“您老人家啊。”

“你以为我很闲？”

“您不闲……”难道还是甜的吗？

宋谦涵看她那个样子，动动脚趾都知道她在腹诽自己，他也不在意，从兜里掏出个黑乎乎的东西：“伤者怎么样了？”

温言往侧边横跨了一步，介绍道：“这位是权医生，您可以直接问他。这位是我们中队队长。”

两个男人握了握手，权竟宁便道：“如果你指的是温言送进来的伤者，那据我所知，那人伤势很重，尤其是胸肺和腿部，具体情况要手术完成了才清楚。”

宋谦涵只点了点头，其他的伤者他没有问，知道问了也是有心无力。

他把手上一直握着的东西往温言面前递了递：“路淮捡到的，那人当时可能就在找这个。”

温言一把握在手里，搓了几把也没能把表面的黑东西擦去，遂放弃：“这是什么？”

这时，权竟宁越过她耳边，将那事物拿在了手里，“应该是金属之类的，不过具体是什么，还是打磨过了才知道。我认识一个做珠宝的朋友，可以找他帮忙，然后可以替你们转交给伤者。”

“那谢谢了。”宋谦涵道。

温言鄙视地睨了宋谦涵一眼，这谢谢应该由她来说，他算个劳什子，平时怎么没见他这么有礼貌？

“事情办完了，归队。”宋谦涵淡淡地道。

“不是说好了不来抓人吗？”温言哀怨地道。

“我既然来了，不捎你回去，岂不是又让你说我不近人情？”

“我不用您捎，权医生说了会送我回去。”

宋谦涵转过身来看了两人一眼，声音有点沉了：“怎么好意思麻烦人家，走吧。”说着转身走了两步远，又回过身来等她。

温言用哀怨的眼神看着权竟宁，后者的表情却是淡淡的：“这次先跟你们队长回去，下次我再送你。”说着，男人握紧了裤侧的手，最后他只是将其放进了裤兜里。

“那再见……”温言在心里叹了一口气，这两人下一次见面也不知道会是什么时候。都是那死队长！温言边磨牙，边跟上了前面的男人。

温言觉得，宋谦涵读书时期语文肯定没有及格过！什么叫“捎”，至少您也得有辆车吧，没有车，好歹租用的专车也叫一辆吧，结果这人说的捎她回去，是让她和他一起挤公交！

挤公交就算了，明明那么多空位置，他偏偏让她站着，不许她坐。

她今天水里来火里去的，都快累死了，午饭都还没吃呢，眼看都快要到晚饭的时间了，她却还在辛苦地跟他挤公交！

屋漏偏逢连夜雨，一个人倒霉的时候还真是喝口水都能被呛到，温言身上的防火服几斤重，又不透气，该死的公交车冷气好像还坏了，温言攀着头顶的公交扶手，磨着牙将宋谦涵诅咒了千千万万遍。

但宋谦涵似乎看破了她的窘境：“热？”

热你妹！她简直想爆炸，炸死这人的。

当然她是万万不敢这样直说的，更何况这还大庭广众呢，她还得维持消防官兵在群众心中的美好形象。

于是她只轻飘飘地反问了一句：“您说呢？”

“消防兵没有喊热的权利。”宋谦涵道。

平时进火场，几千摄氏度的高温，到时候他们喊给谁听？

温言抿了抿唇：“不是您问我才答的吗？”

“脱了。”

宋谦涵话音一落，温言像看鬼似的看着他，就连身边的群众都好奇地看着两人。

两个消防兵一起坐公交车已经很少见了，还是一男一女，且男的帅女的看上去也不差，人们别提多好奇了，一上车几十双眼睛就锁在了两人身上，两人有什么动静又岂能逃得过群众们雪亮的眼睛？

“脱什么？”

“热了不脱衣服，留着过年？”宋谦涵像看傻子似的瞥了她一眼。

而且不得不说的是，宋谦涵身量极高，稍稍抬手就能摸到扶手上的栏杆，看温言的时候都是45度角向下瞥，眼神里带着浑然天成的鄙视。

温言觉得自己又不傻，热了当然知道脱衣服了，不过是等车子开稳了再行动而已。于是眼看车子前方一片坦途，温言终于忍不住了，迅速将最外面的防火服脱下，右手抓着扶手，将衣服放在左手臂弯里，可没放多久，衣服就一下子被身边的人夺去了。

“你干吗？”

宋谦涵没有看她，而是越过黑压压的人头看着车子前方：“感恩吧。”

嘁，温言在心里道了一句。

她突然就想到火场中的那一幕，当时如果没有他，她估计就被那人带下去了，所以可以说，他又救了自己一命。还有他的药油，虽然她不是很需要，也把它弄洒了，当时她并没有感到很愧疚，更多的是怨恨他当时的多管闲事，要是没有他的多此一举，她就不会让明馨儿弄洒药油，就不用为怎么赔他的东西而烦恼了。

现在想来，他对自己似乎也没有那么针对。

她想，她还欠他一个谢谢，可是现在说未免太过突兀，而且她一直认为过了时机的道谢和道歉已经失去了它本身的意义，于是话到嘴边，又被她吞下去了。

但是很快，宋谦涵再次用实际行动颠覆了她对他的改观。

“听说你军校毕业？”

“是啊。”

“论文应该写得不错吧。”

“还……过得去。”

“支队长给我布置了一项任务，可能需要你帮忙，做得好了有重赏。”

“什么任务？赏些什么？”

“反正不会为难你，也不会亏待你，你做还是不做？”

温言沉吟了半晌，料想他应该不会让她去杀人劫掠什么的，加上她刚刚对他改观，脑子里被感谢和愧疚这样的词汇占据着，一时忘记了他一开始是怎么坑她的，于是一点头：“帮就帮！”

“很好。”

直到回到中队，温言都还沉浸在完成任务了之后就升衔加薪的幻想中，谁知宋谦涵的一句话就把她打入了人间地狱。

什么狗屁任务，原来是写检讨书，还是因为他自己的擅离职守被罚写的检讨书！

她一个活了二十几年都不知道“检讨书”三个字长啥样的人，竟然要帮这样一个小人写一份上万字的检讨书！

不过路是自己选的，哪怕是跪着也得把它走完，她只能咬着牙着手准备帮他写检讨书的各类素材，终于在一个星期之内将检讨书赶完。

那检讨书也是精彩，“我错了”三个字被她正着写，反着写，变着法儿写，更引经据典，古今中外、名人轶事，无所不包，被她写出了一万零一个字来，虽然那多出来的字符是个感叹号。

总之，她每天一得空就被宋谦涵拉到学习室，门一锁就是几个小时，要不是其他人对两人平时的针锋相对心照不宣，还以为两人在里面偷情呢。

所以当温言完工解放的那天，明馨儿就说了这样一句话：“我听说过女妖精把男人给榨干的，没听说过有男妖精把女人给榨干的。”这话一听没什么，细细琢磨才能品出里面的道道来，当时温言已经累得不行，也没有细想，瘫在床上就睡过去了。

要搁在她清醒的时候，明馨儿早被大卸八块了。

这个周末开始就是国庆假期，然而温言中队并没有七天小长假，而是进入了假期二十四小时战备状态，也就是说，当人们在国内外游山玩水之时，他们非但没有假期，反而还承担着比平时更重要的工作任务和压力。

但庆幸的是，中队实行轮休制，他们可以轮流享有一天的小假期。

趁着这天小假期，温言就赶着赴权竟宁的约去了。

原来被温言救的人在他们离开不久后就从手术室出来，醒来之后找到了权竟宁，告诉他他家中还有一九旬老太，他想早日出院回家照顾老人，却遭到权竟宁的反对。权竟宁答应他自己会定时去看望老人，希望他能安心在医院养病。

就这样，权竟宁在当天就给她发了短信，问她有没有时间一起去，但她在上班期间不敢大咧咧地看手机，未能及时看到短信，等到能看手机那天已经过了好几天。这么好的机会她怎么会错过，于是连忙回信。

权竟宁这几天也没时间去看望，只能让那人拜托邻居先照顾，一直等到国庆的那个周末，两人才真正空出时间出发到A城郊区。

温言出门的时候还不忘带上宋谦涵的药油，这个星期宋谦涵不止一次问她那个药油的事情，她都快要被问崩溃了，不止一次想就这样灌点水还给他算了，可想了想跟权竟宁的共同话题，还是忍了下来。

“你闻闻，”温言拧开药油的瓶盖，献宝似的递到权竟宁面前，就像她手上拿着的不是药油，而是一九八几年的拉菲，“怎么样？”

权竟宁捧着温言的手，凑过去闻了闻，抬眼看她，这时候两人的脸离得极近，权竟宁勾唇一笑，靠回到椅背上：“都是些活血散瘀的中药，像冬青油、薄荷、樟脑、金银花、广藿香之类的，但是有一种我不是很清楚。”

听着权竟宁淡淡说着，温言却早已目瞪口呆。他不过只闻了一下，就知道里面加了什么，根本不需要送去什么检测机构嘛。

权竟宁看她呆呆的样子，顿觉好笑，抬手迟疑地轻轻弹了下她的额间，“傻了？”

“你就闻了一下，就一下。”她竖起一根食指起强调作用。

“嗯，”权竟宁点头，“小时候被爷爷训练的，要是闻不出一种药材的味道，就一天不许喝牛奶，两种就两天，我小时候特别喜欢喝牛奶，就只得拼命练习了。”

“你爷爷也不怕你个子长不高……”不过看他的身高，这样的惩罚对他来说根本形同虚设。

就这样，两人决定把药酒的事情放着，先到郊区看望老太太。

两人一到达，就看到大门内一位老太太坐在家门口前的小矮凳上，呆呆地往外望着。

权竟宁给老太太买了很多东西，大多是柴米油盐之类的，过去打了招呼。老太太身体挺健壮，眼神也比同年龄的老人家要好，可就是有点耳背。权竟宁平时对人说话都是温和有礼的，骂人的时候只一个眼神就能让对方瑟瑟发抖，根本用不上大声说话，是以这个技能有所欠缺，就只能温言上了。

“老、太、太——我、们、是、你、儿、子、的、朋、友，是、他、拜、托、我、们、来、看、您、的——”

这下老人家终于听清了，咧着嘴巴笑开，露出裸露的牙床：“平平啊，我知道我知道，他怎么还不回家啊，是不是在外面认识女孩子了啊……”老太太碎碎念着，带他们进了屋。

至于那人明明被释放了却不回家，偏要到烂尾楼流浪的原因，温言和权竟宁都不得而知，两人对视了一眼，便跟着老太太进屋。

一进门温言就惊呆了，屋子里目之所及，是成堆的垃圾，分别用麻袋绳子装好，捆绑好，堆放在房子的角落。房子不大，大概只有三十平方米，有一个客厅和左边辟了两个房间，其中一间用布帘隔着，另外一间则是用一扇木门隔着，垃圾则都堆放在房子的右边，并没有堵塞两个房间的入口，也幸好垃圾是这样放的，不然难免温言当场职业病发作，将它们全部扔到门外清理安全通道。

怪不得两人一进门就闻到一股怪异的味道，老人在这种地方生活，不生病才怪，可神奇的是这老人家身体竟然很好。温言心道。

见状，权竟宁却并不意外，是因为他事先已从陈平那里得知老太太有这个习惯，只要他们一不在家，她就喜欢到街上捡垃圾。他们小时候，老人家就是靠这个谋生并养活他们的。

温言听了权竟宁的解释，心里一阵唏嘘，可觉得就算再需要，也不能整天和这些垃圾住在一起，于是当即决定要把这些垃圾给清干净。可她刚摸上纸皮箱子的边沿，老太太就扑了上来，护犊似的抱住了纸皮：“你们要做什么？这些纸皮你们不能动，这可是我闺女儿的嫁妆，平平、安安还要娶媳妇儿呢，不能动不能动……”

温言当即给权竟宁打眼色：那现在怎么办？

权竟宁笑了笑，扶起了老人家，和气道：“阿婆，你这个纸皮怎么卖？我们都买了。”

温言瞪着双眼看他，把这些垃圾都买了！？然后用他的奥迪载回去？

权竟宁似是猜到她的想法，侧过身子在她耳边道：“老人家其实和女孩子一样，都需要哄。”

温言感受着他呼在自己耳边的热气，心道：老人家耳背，权医生您不用这样说悄悄话。

虽然是这样想，但她心里还是禁不住心花怒放。

不过她很快就想到一个点：“哄？感觉权医生你似乎哄过不少女孩子嘛？”

权竟宁一边跟老人家议价，一边听着温言说话，闻言眼皮突地一跳，那边老太太还在很认真地算着市场价以及还打算给他一个优惠，哪里意识到自己身后两个年轻人之间的刀光剑影。

温言的脸已经鼓成了包子脸，她告诉自己要冷静，起码他没有现任不是？

“其实也不多，就哄过两个，”权竟宁诚恳地回答，“我母亲和奶奶。”

"你……"很明显，权竟宁在逗她，温言瞪了他一眼，就没再说话。

过了好几分钟，终于跟老太太讲好了价，最终以纸皮一斤一块五成交，铝罐十块钱一斤，老太太看在他们是陈平的熟人的分上，还打了九五折。

之后，两人就合作将垃圾都搬到了院子外，打了电话喊人来回收。

其间，温言本来打算一手一袋可以方便快捷一些，可一想到权竟宁在跟前，她就放弃了这个想法，憋屈地和权竟宁一人抬一头，一次抬一袋，足足抬了十五分钟才清理完毕。

清完垃圾之后，两人合作将房子内部清扫了一遍，温言发现，强迫症还是有强迫症的好处的，至少他们打扫房子真的很干净。清扫归清扫，房子内的东西他们一概没动，哪里来的还是放到哪里去。那是怕老人家习惯了把东西放在某个地方，要是他们自以为是地将其摆到了柜子里或是其他地方，到时候她找不到，在房子里一通乱找，那打扫也白费了。

其实这些小心思都是权竟宁想出来的，作为一个活了二十六年的女生，温言今天才觉得自己愧为女人。

同时她又觉得还是医生好，又细心，又体贴，还很会打扫房间，简直是二十一世纪男版贤内助啊。

这样想着，温言情不自禁地叹道："谁娶了你真是三生有幸了。"

权竟宁也不谦虚，挑眉道："我也这么觉得。"

"那不如我娶了你吧？"温言两眼发光，直愣愣地盯着权竟宁。

权竟宁却摇了摇头，"不行。"

为什么——温言很想这样问，最终却还是低着头出了大门："我去拿水喝。"

权竟宁看着对方落寞的背影，嘴角微微扬起。

权竟宁的车停得有点远，温言从车子后备厢拿了水回来时突然发现刚才还冷冷清清的院子突然多了好多人。

权竟宁的车子不算最好，但也是中等偏上，就那样大咧咧地放在路边，不惹人注目才怪。住在隔壁的邻居大妈到附近串门子一问就知道陈奶奶家来了客人，过来一看，哎呀不得了，是个又高又帅的大医生，于是连忙召集周围的村民过来看，颇有《桃花源记》中"村中闻有此人，咸来问讯"的盛况。

权竟宁被众人围在圈子里，只能无奈地望着站在圈外的温言。很快不知怎的，这场见面会的画风陡然一变，成了权竟宁的专家问诊会。不知道是谁先带的头，想让权竟宁看看他久治不愈的病灶，权竟宁看了之后给了意见，连那人没说的病症都全说了出来，那人心满意足地回去了，后来人们纷纷效仿，最后权竟宁干脆在院子里放上桌子和椅子，给村民们一一看诊。

再后来这又成了一场相亲会，有些村民竟然还带了自己的闺女来给权竟宁看，更直白地问他有没有女朋友，自己的女儿怎么样。温言本来蹲在院子门口逗土狗，闻言倏地站了起来，也不顾周围人的眼光，挤进了人群中心，站在了权竟宁身边，脸上俨然一副“这是老子的人，谁敢跟我抢”的表情，十分骇人。

被带过来的女孩见状，抬起了原本娇羞的脸庞，弯儿也不拐地问道：“这是权医生的女朋友？”

看权竟宁的样子是想否认，温言连忙赶在他摇头之前搂过他的腰，男人的腰身劲瘦，摸起来手感很好，温言忍不住捏了一把，男人身子一僵，温言差点捂嘴偷笑：“没错！难道你没看出来我们这是夫妻相？”

权竟宁闻言，眉峰高高挑起。

女孩打量了眼前的温言，目光在两人的脸上摇摆，怀疑地摇头，“不像。”

“像不像呢，不需要你来评说，你只需要知道，他是我的人就行了。”温言转头看向权竟宁，“对吧？”

权竟宁却迟迟不给回应，温言拼命对着他眨眼，心道：老子还不是为了帮你脱困，好歹配合一下！

良久，权竟宁就像败给了她，缓缓点了点头：“不错。”

女孩咬着下唇，眼里泪光蒙眬，看向温言的小眼神悲戚又哀怨。可是不得不说，她还是第一次见到这么好看的女孩，唇红齿白不消说，还身量高，骨架小，身材匀称，可要有的一点不少。

她一直自诩是村里一枝花，此时却是真真正正被比了下去。可她不甘心，娶妻求淑女，况且她的样貌也不差，虽然在郊区村里，可家境不差，工作也体面，她不觉得自己会配不上面前的男人。于是她又道：“不知道这位小姐是做哪一行的呢？”

温言很有作为挡箭牌的自觉，想也不想就答道：“国家公务员。”消防员怎么了，她可不是自卑，消防员也是国家职工的一种吧——统称国家公务员，温言安慰自己道。而且她只是为了帮权竟宁圆场，但是他对着自己似笑非笑的表情是想干什么？

公务员和医生多配啊，至此，女孩彻底死心，离开了院子。

这一段小插曲过去，隔壁的邻居大妈请老太太和两人过去吃饭，饭桌上，大妈告诉了两人关于老太太和她的几位养子养女的事情。

原来陈平和陈安是一对孪生兄弟，两人因为天生缺陷而被亲生父母抛弃，温言想到陈平的六指，一下子觉得那人还是挺可怜的。

而老太太膝下无子，丈夫又早早去世，只剩她一人孤苦伶仃，政府每月的补贴远不够她支撑自己的生活，于是她常年到街上捡纸皮和铝罐去卖。有一天晚上在街边看到两个还在襁褓中的小孩，她就将其抱回家了。但其实，她还有一个养女，也是从街边抱回来的，那女孩有先天性心脏病。两个哥哥对她很好，为了给她治病，早早就出来工作，好不容易省吃俭用，还抵押了房子的房产证，才凑够了钱给她做手术，结果手术失败，人没了，房子也即将被银行收走。

听完这一切，温言觉得心酸又唏嘘，这一家人不应该落得如此下场，他们本没有做错什么。

可这个世界就是这样，它没有恻隐之心，更不会看每个人的境况不同而按需分配，痛打落水狗，或是锦上添花都是它的拿手好戏。

其实我们每个人都是大海中溺水的人，有时候越挣扎就会沉得越快，茫茫大海，要找到一根救命的浮木又谈何容易？

午饭过后，屋外开始下起潇潇秋雨，雾茫茫的一片罩住了整个天空。

老太太又像两人来之前那样，呆坐在屋门前的小板凳上，凉凉的秋风偶尔会裹挟着雨水飘进屋檐下，但老人家似乎丝毫不觉，仍只呆呆地望着大门，像在等什么人。

温言不禁想，她应该在等儿子和女儿吧。

她也和权竟宁搬了两张小矮凳，坐在老人家身后。权竟宁的腿长，坐在又矮又小的板凳上，两条长腿只得敞着屈在身前，画面有点滑稽。

温言看了看这小房子，不禁感叹，老太太很快就不能守着这座房子和房子里的家人了。

于是她一时忍不住将自己的想法说了出来，权竟宁却有不同的想法，他道：“其实也不必这么悲观。”

“怎么能不悲观？最重要的妹妹死了，房子都快没了，一个家就这样散了，还有比这些更糟糕的事吗？”温言突然想起眼前这位天之骄子，然后用轻蔑的眼光打量了下权竟宁，道，“权大医生当然不悲观了，您可是天才外科医生，长得又好，身边追求者无数，机遇无数，有什么好悲观的。”

如果他们都是溺水的人，那他肯定是拥有邮轮的人。

权竟宁觉得自己很无辜，摇头笑道：“我不是让手术失败的医生，也不是要收走房子的银行，我没有站在任何人的对立面，所以你不需要用旧时代农民仇视地主的眼光看着我。”

温言很明显在气头上，虽然她也不知道自己为什么生气，但她现在挺不想见到权竟宁的，于是转身托腮看着屋外。

权竟宁叹了一口气：“其实这个世界上有黑暗就有光明，你看到的阴影越多，就代表阴影背后的光明越多。有些事情你看着没有希望，可不一定就没有出路，有的只是你没有去找，或者时机未到而已。”

两人沉默良久，温言长叹一声。

“权医生，”权竟宁本在专心地看着檐下的雨帘，闻言侧头看她，只听得她问，“你刚才没有否认我的话，是不是代表你承认了什么？”

温言问这话，明显是经过了激烈的挣扎，一双杏眼瞟来瞟去，就是不敢看他的眼。

经过这段日子以来的相处，他直觉，她似乎喜欢他，但他始终不确定，不知道她是否认真，还是只是玩玩。哪怕她是真的喜欢，也不知道她的喜欢究竟到了哪个程度。

他不敢轻易付出感情，既害怕自己的感情只是一时，并不如想象中的那么喜欢对方，也害怕付出的感情得不到回应。

所以，他没打算承认，而是装糊涂：“没有，不过，还是谢谢你方才帮我解围。”

没有得到想要的答案，温言突然变得很失落，一脸愁容，仿佛就要与这寥落的秋色融为一体：“哦。”

权竟宁故意不去看她哀怨的脸色，转而看院子里被雨打得花瓣零落的菊花，嘴角有一丝若有若无的笑意。

在这当口，老太太突然站了起来，往雨中跑去，两人见状，立马过去拖住了她，老人家却不停地挣扎，嘴里一直哭喊着：“大黄啊，大黄啊。”

据邻居大妈所说，大黄是老太太养了很多年的大黄狗，前些日子无缘无故死了。

老人家还在挣扎，他们怕弄伤老人家，也不敢用大力气去阻止，这雨看着小，实际上绵密得很。三人站在雨中，不一会儿头发衣服都被淋湿了一大半，老人家仍在往大门外跑，走到一处地方却突然站着不动了，缓缓地蹲下身去。她面前有一个小土堆，两人甫一靠近，老人家就“嘘”了一声，毫无逻辑地碎碎念道：“大黄被平平打死了，我偷偷将它埋在这里了。平平和安安是不是不喜欢大黄了，他们好久好久没有回来了……”权竟宁到车上拿了伞，遮住了三人：“我觉得陈平身上肯定发生了很多事，比我们知道的要多，比如他们去肯德基闹事之前到底发生了什么，他们为什么要到肯德基闹事，以及他为什么要打死大黄？”

温言点了点头，低头看着老人家在雨中黑黢黢的背影，心头变得越来越重。

中秋节过后，A 市便进入了深秋时节，天气逐渐转凉，尤其是早晨，阳光还没有遍洒大地的时候，秋风裹着落叶打转，渐渐就有了萧条的秋意。

与枯黄杂乱的草地形成鲜明对照的是中队队员们的绿色系迷彩服，宋谦涵站在众人面前，宛如一棵修长挺拔的青松。

“一个月后，松潭医院会派一组医护人员下来给我们进行急救技能培训，所以，都给我打起精神来！具体事项待会儿吴指导员会跟你们细说。”

宋谦涵说完刚转身，身后的一众队员就发起一阵欢呼，有的甚至兴奋地原地跳了起来。宋谦涵皱着眉转身，众人又迅速恢复原状，直到他走远，众人才又开始不顾形象地上下雀跃，有吹口哨的，有手舞足蹈的。

“好了好了，都差不多得了。”吴俊林笑着劝止。

“馨儿姐，不过是一个急救培训，怎么大家都那么兴奋啊？”站在馨儿旁边的新兵十分不解，问道。

“这你就不知道了吧，医院别的都不多，小护士可是一抓一大把，前几年派下来做培训的十个里面有八个是小姑娘，这些男人不兴奋才怪。”明馨儿笑着回答。

“原来如此。”小新兵恍然大悟。

他觉得这些前辈都忒不识货，队里的温言姐和馨儿姐就很好啊。

吴俊林交代好下下周的急救培训事情之后，就带队员们到了训练场地，宋谦涵已经在那里等着了。

队里新进了一批消防工具，队员们的任务就是要迅速熟悉这批工具的功能以及使用方法，以便在火场中最大限度地发挥该工具的长处。

这次最突出的当属从外国进口的超高压水枪，据说这把超高压水枪能够帮助消防员在墙外进行灭火，原理是利用高压在墙上打出小孔，水柱穿透墙体将火扑灭。与此同时，水柱雾化扑灭火势的瞬间还能迅速降温，把八百多摄度的室内高温降到一百，杜绝火势再次产生的可能，增加了消防人员进内搜救的安全性。

水枪的压强可达10兆帕，能在短时间内把混凝土、金属等击穿，力量惊人，与此相对应的，也需要驾驭他的消防员拥有足够的力量。

在刚接触水枪的一刹那，好些男队员都被该水枪的强大力量给惊到了，所以轮到温言和明馨儿的时候，有些不明情况的新兵都忍不住担心，尤其是刚才那位小新兵，还一脸担忧地对温言道：“温言姐，这水枪可吓人了，待会儿我在后面给你扶着，你别怕啊。”

明馨儿闻言，抚了抚额，已经记不清这是被温言骗到的第几个新兵了，周围的老兵好些都在掩着嘴巴偷笑，温言却只是笑着点了点头：“好啊，那就谢谢了。”说着拍了拍对方的肩膀。

就这样，两人一前一后托住了水枪，白色的水柱从枪口射出，击打在跟前的木板上，瞬间就打出了一个小孔，然后彻底击穿背后的砖墙，温言看着自己打出来的小孔，顿感胸口热血澎湃，好奇地趴在上面一顿猛看，透过小孔只看到女孩圆圆的眼睛亮晶晶的，闪着光。

宋谦涵看了一眼她身后的小兵，淡淡地道："你归队。"

小兵挠挠头，支支吾吾地道："可是温言姐她是女生……"

"到了火场，队里没有多余的人手帮她扛枪，还是你打算永远就给她扛？"

小兵差点就要脱口而出他愿意了，可看了看队长的黑脸，他却只能默默回到队伍里。

后来宋谦涵让温言自己又试了一遍，结果毫无压力，她甚至能比其他男队员用得更好、更准。

训练过后，大家都扛着工具回库房，有人来告诉温言说有电话找，温言正打算把东西给明馨儿，刚才那小兵又来毛遂自荐，温言也不客气，把东西一股脑儿地塞给小兵，说了声谢谢，走开两步又回头问道："不好意思，你叫什么名字？"

"我叫侯海飞。"

"你姓侯啊，是侯爷的侯吗？"

小兵点头。

"那你跟侯爷什么关系？"

明馨儿拿着一堆东西，极不耐烦地道："大哥，同姓的人就一定有关系吗？"

这时候，侯海飞却答道："他是我爸。"

明馨儿顿时噤声，温言恍然大悟，原来还是子承父业啊，那就是关系户咯。

"那辛苦你了，我先去听电话。"说着温言就跑开了。

电话是吴敏浩打来的，上次从老太太家回来之后，她就想调查陈平的事情，想来想去，她只能想到吴敏浩可以帮她这个忙，毕竟人家是武警，警察想要调查一个人，总比他们这些蝼蚁小民方便多了。况且她也不是要查别人祖宗十八代，只是想知道他那天到肯德基闹事的动机，以及为什么又被放出来了而已。

"陈平和陈安是一对孪生兄弟，他们还有一个妹妹，可惜一个月前做手术失败，去世了，医院方面都认为医生手术过程完全符合规定，她是死于术后并发症，手术主刀医师当时已经引咎辞职，到了肯德基做店长，他们去寻仇找的正是那名医生。陈安因为袭警罪，现在还被关在公安局，而陈平则因为被诊断出精神有问题，被放了出来，据说他是因为不敢告诉老母亲妹妹已经去世的事实，所以才住在烂尾楼里，迟迟没有回家。”

完了之后，吴敏浩又提醒温言：“温言，他现在的精神状态很不正常，当时医生诊断他是患了抑郁症，不仅会伤害自己，还会伤害别人，你最好离他远一点。而且现在他可能对医护人员有着极大的敌意，光是在医院这几天，他已经闹过好多回了，今天他又闹着出院，那些人没办法，已经同意他离开了。”

对面的温言迟迟没有回答，吴敏浩不安地喊了一声：“温言？”

而此时的温言，脑海里只浮现了三个字：“权竟宁！”

话音未落，她已经挂了电话往门外狂奔而去。

据她所知，权竟宁此时就在陈平家中，如果陈平回家了，两人势必会遇见，一个是随时可能伤害别人的疯子，一个是他恨之入骨的典型医生，她根本不敢想象可能会发生的事。

说不定，他家的大黄就是被他打死的，温言不可抑制地想到小狗被陈平活生生打死的场面，重重地闭上了眼睛……

这个疯子，疯子！

陈平家位于郊区，位置较偏僻，上次她跟权竟宁来的时候又没记路线，因此这次在路上她花了不少时间，好不容易度过了最艰难的两个小时，赶到的时候却发现已经迟了。

她心心念念的男人正捂着手臂靠在厨房门口，鲜红的血顺着手臂往下流，落到地上凝成血泊。

而造成这一切的罪魁祸首陈平则瘫坐在厨房里，背靠着灶台，手上拿着一个类似于金属的东西，眼神呆滞，旁边躺着一把钝了的砍柴刀，上面沾了血迹。只一眼，温言就想到当时这人是如何用这把刀伤害权竟宁的，心尖感到一阵钝痛。

权竟宁一抬眼就看到温言迈着大步跑来，他站直了身子：“你怎么会来？”

温言却错过权竟宁，捋起袖子往厨房走去，贝齿咬得咯咯作响：“这个浑蛋，他敢伤害你，我不打死他我就不姓温！”

权竟宁用仅有的手将她拉到自己跟前，他像是很疲惫，额头贴在了她的肩膀上：“我没事，你别冲动。”

“……”温言当场愣住。可当男人的伤口再次映入眼帘，她顿时就觉得更生气了，“这都什么时候了，你还帮他说话！”

权竟宁突然作势按住自己的手臂，露出痛苦的表情，对方久久没有出声，就在他睁开一只眼去瞄她的时候，他发现女孩的眼睛变得红红的，眼眶顿时成了蓄水池，晶莹的泪水在里面打转：“你可是医生啊，你的手怎么可以受伤，以后还怎么做手术怎么救人？”

他曾经以为像她这么坚强的女孩，是绝对不会在人前哭的，本来他是打算让她把注意力放到自己身上，不要一时冲动对陈平做出什么事，因为她是消防员，她的手同样也是用来救人的，他不允许她因为自己而放弃自己的原则。

他一直觉得痛苦伤心的时候，笑一下就不痛不苦了，却没想到这招在她身上不管用，没逗笑不要紧，反倒哭了起来。

这下好了，她这一哭，他伤口不疼，心上疼。

权竟宁用手臂将她揽在怀里，手上沾了血，他就只能用食指关节给她抹了下眼底，声音温柔得能拧出水来：“不哭了不哭了，反正我现在也不做手术了……”

他的话还未说完就被温言吼了回去：“权竟宁——”这人真是……

权竟宁无奈地叹了一口气，装出虚弱的样子：“我说真的，真的很疼。你流眼泪，我又不能那么不绅士地不哄你，但你的眼泪那么多，恐怕我一只手擦不过来。”

“不用你擦。”说着，温言自己抬手抹了一把脸。她也不知道自己怎么了，一看到他受伤还假装不在意地哄她，她就替他感到委屈心疼，眼泪就自己掉下来了。

“走，我带你去医院。”

“我已经打了电话让陆尹过来，倒是你比他先到了。”

这话说完没多久，陆尹就拿着一大包东西走进门来，还嚷嚷道：“这里的山路十八弯，这里的……”看到温言，他就唱不下去了，“温小姐，你怎么在这里……”

后来嗅到了两人之间的奸情，他给权竟宁打针处理伤口的时候下手都有点重，比如，给伤口消毒的时候足足用了半瓶消毒药水，打破伤风针的时候故意找不准血管。

这里离松潭医院有点远，当时权竟宁把人叫过来的时候只是想着自己手受伤了，不方便开车，可没想到这人竟然连破伤风针都带来了，可见此人很细心。不过他对这种公报私仇的举动还是非常不满，但他没有当众戳穿，而是皱了皱眉。

此时的温言全心全意都扎在了权竟宁身上，他稍微皱了皱眉她都觉得那刀子是落在了自己身上，于是不用权竟宁开口，她就急着道：“陆医生，你轻点儿……你弄疼他了……”

权竟宁只是无奈地摇头笑笑，这还是他第一次被女孩罩，感觉还不赖。

可陆尹就不乐意了，他刚做完手术，累得要死，开了一个小时的车来这里看这两个人撒狗粮就算了，还要被自己喜欢的人鄙视？

于是他抬头，用极其无辜的眼神看着温言，脸上写着“你伤到我了”五个大字。

温言一看他泫然欲泣的样子，心里也挺过意不去的。她再怎么样，也不应该当面质疑别人的医术啊，这不是往别人的自尊心上下刀子嘛。

“你放心，陆尹他别的不行，可在治病救人上，还是挺让人放心的。”

“只是放心吗？我告诉你哦，到现在为止，我做成功的手术已经达到了两千零七十九台，总有一天我会超越你的。”

权竟宁笑而不语，温言露出一个夸张的惊讶表情，皮笑肉不笑道：“你真厉害！”

陆尹自我陶醉了一番之后，又问：“你们到底是什么关系啊，为什么会一起到这里来？”

“这个你就不用管了。”权竟宁笑道，只是那笑容里带着阴森森的警告之意。

但温言明显是来砸场子的：“其实也没什么关系。”说着偷瞄了权竟宁一眼。

权竟宁顿时收住了笑意，陆尹哈哈大笑：“那也就是说我可以追你罗！”

某人的脸已隐隐发黑，但就是不说话，毕竟他现在真没有立场。突然，他对陆尹说了一句英文。

陆尹问了一声“why”然后继续泫然欲泣地看着温言。

温言连忙摆摆手，就算权竟宁说了什么伤害他的话，也跟自己无关好吗。况且，她作为话题的中心，感觉自己每个单词都听到了，可就是不知道两人在说什么。

不过她还是第一次看到权竟宁跟别人斗嘴的样子，感觉这才像一个人。这样想着，她微微勾起了嘴角，心底的阴郁渐渐消散。

陆尹只是给他简单处理了伤口，进一步的检查还得回到医院再进行。

温言将权竟宁扶上车，陆尹回头看了一眼厨房里的陈平，看样子他状况也挺惨烈，腿上、胸前都渗出了鲜血：“这个人怎么办？”

“管他做什么？他活该！”温言愤愤地道。

权竟宁道：“把他送回医院吧。”

“不行！”温言斩钉截铁地反对，权竟宁和陆尹不约而同地问道：“为什么？”

“吴敏浩说他精神有问题，万一他在车上又突然发狂怎么办？”温言说出了自己的担忧。

“你怎么又找上吴敏浩了？”

“这个……你听我解释，他不是武警嘛，我就找他了解下情况呗，我保证，不会再有下次了！”温言举起右手发誓，跟吴敏浩撇清关系，一时间忘了她跟眼前的男人也压根没有关系。

最后，温言思来想去，还是将陈平塞到了后座上，为什么没有将他放到副驾驶呢？那是因为她想到万一陈平突然发神经，把陆尹吓到了，那车里的人都得玩完。

于是她只好委屈自己和他坐到同一处了，反正她力气大，他发神经的时候她还可以一拳解决掉对方。

“我不应该让你一个人去的，这本来是我救回来的人，到最后却要让你负责。对不起。”温言坐在权竟宁的病床边，低声道歉。

权竟宁回到医院，伤口被处理完毕后，就被勒令住院——他知道是谁下的命令，但他只能接受现实。此时他穿着病号服，可眼睛亮得出奇，医生的气质凌驾在又丑又挫的病号服之上，就连他的主治医师都望尘莫及。

“你忘了，他那天被送进医院，是我救的他，救人救到底送佛送到西，我也有责任的，而且，哪怕当时你在场，我又怎么可能让你上去挨刀，你也太小看我了。”

温言有种被人护在怀里的安全感，心里甜滋滋的，可嘴上还不忘损人：“那可不一定，看你这么弱质彬彬的……”哼，迟早把你推倒。

权竟宁直起腰来：“你现在是在质疑我作为男人的能力？”

“呃……”温言别开视线不看他，这话怎么听着怪怪的，男人的能力？“这我就不知道了，不过改天我们可以试试。”权竟宁看她笑得诡异，警惕地往后挪了挪。

“不过当时到底发生了什么，他到底是怎么伤到你的？”权竟宁回忆了一下当时的情景：陈老太太家里种了一棵枣树，前几天让人帮她将枣都打下来之后，就铺开在院子里晒。早上他看天气不太好，像是随时要下雨的样子，就将枣收到了厨房里。可没想到陈平在那时回了家，看到他二话不说就一刀砍了上来，那把刀他见过，是一直放在厨房门前的砍柴刀，幸好又钝又生锈，加上他警惕性高，快速往旁边躲开，刀刃堪堪擦过他的手臂，伤口也不深，不过那一下是真疼。

他捂着手臂吼道：“陈平你清醒一点！”

他当时并不知道陈平在病发，只见陈平一手拄着拐杖，一手挥舞着柴刀，最后干脆连拐杖都扔下了，一言不发，只管往眼前挥刀。

厨房里地方狭窄，他一下被逼到了死角，当时他已经隐隐觉得陈平精神不正常，而他精神不正常最大的原因只可能是他妹妹的死，于是权竟宁赌了一次，将身上的发卡扔到了他面前。

那是宋谦涵托他转交的东西，他后来拿去让朋友打磨，才发现是一枚发卡，可夹子已经脱落了，如今只剩下一个徒有形状的发面。

陈平一下就认出来了，疯了一般扑上去拿在手里，然后在原地大声哭泣。

"这人有病吧！又不是你害得他妹妹不治身亡的，而且人家都说了那是意外，谁也不想的，他竟然把你当成了假想敌。"温言骂了几句之后才醒悟过来，"不对，吴敏浩说了他确实有病，还是重度抑郁。"

"我跟他商量好了，如果不想他母亲无子送终的话，就配合医生治病，他弟弟已经进监狱了，要是他也进去了，这个家就散了。"

"所以你就阻止我报警？"

"那你现在听了，还想着把他送进公安局，让陈婆婆孤独终老吗？"

温言重重哼了一声："他最好给我老老实实，不然……"她脸上适时摆出凶狠的表情。

权竟宁嘴角微微勾起，又压下来，一本正经地道："他们家的房子我也已经想好了，我先借钱让他把房产证赎回来，老人家不能无瓦遮头"

"你也忒好人了，这样一个萍水相逢甚至还砍了你一刀的陌生人你都能给他借钱，万一他不还怎么办？"

"在这之前他们两兄弟都能凑到钱给他们的妹妹做手术，说明他们还是有能力的，而且又不是不用他还，我还要收利息呢，就当是长期投资了，当然，投资有成功也有失败，得之我幸，失之我命。"

"那看起来，权医生还是个有钱人哦。"温言抱着手臂调侃。

"嗯，"权竟宁不客气地点了点头，"不过大都是父母、奶奶留给我的，我一直都让专业顾问帮我打理。"

看着温言两眼发光的样子，权竟宁笑了笑："我有钱，你怎么好像很高兴？"

因为你迟早是老子的人——她真的很想这样说啊，不过矜持，矜持……

温言傲娇地点了点头，倏地抓紧他的手："因为我们是朋友，苟富贵，勿相忘啊。"

到后来，温言在新闻报纸上看到陈平家要被征收，补偿费足足有六位数的时候，她才真的佩服权竟宁的高瞻远瞩。

这个事件到此为止，事实上，世事哪能都圆满呢，不过是如权竟宁所说的，得之我幸，失之我命。对于陈平、陈安、陈婆婆来说，这可能是最好的结局了。温言叹道。

又到了一天一次的查房时间，巧合的是，权竟宁这次的主治医师又是白主任。

其实也算不上巧合，只是普外能治的范围太广了，大到肿瘤，小到一个小刀口，都归普外管。

白主任一进来就开始调侃权竟宁："权医生，该休息的时候就得休息啊，我估计你应该是史上第一个写医生病历的病人了。"

大抵医生骨子里都有块贱骨头，平时忙习惯了，突然间闲下来就会觉得浑身不舒服，权竟宁如今便是这样，一个人待在病房里无聊，就让护士给他带了没写完的病历来写。要不是被主治医师拦着，他早就穿着病号服巡房去了。

"来吧，我们来看看伤口愈合得怎么样了。"白主任说着就要上前，那天回来之后，陆尹就给他缝了好几针，如今伤口已经结痂了，很快就能拆线。

这时候，一个满头白发的老翁负手进来，看到权竟宁也没好眼色，不仅如此，估计要是他有胡子的话，那胡子早就被气得翘天上去了。

那老人虽然满头白发，看上去年纪不小，但脸色红润，精神矍铄，生气的表情也十分生动。他指了指白医生手上的报告："你你，你让他自己看，看看他自己做的好事。"

白主任干笑了下，上前将报告递给了权竟宁，权竟宁满脸疑惑地翻看了下，实在看不出什么来，于是又一脸疑惑地看向白主任。白主任皱着脸摆了摆手，指向老人，权竟宁又看向老人，憋着笑："我实在看不出有什么问题……"

"没有问题？难道你的伤口不是最大的问题？"

老人家一言惊醒梦中人，权竟宁十分无奈，正想给自己辩解，老人家就突然非常严肃地郑重喊道："权竟宁！"

"是。"权竟宁直了直身子。

"我跟你说过多少遍，不能让自己受伤，尤其是你的手，你都给我当耳旁风去了？你把国家、家庭对你十几年的栽培都当屁放了吗？"

"不敢。"

"还说不敢！"老人家一咋呼，现场人包括白主任和她身后的小护士顿时精神了，可大家都是一脸便秘状，他们多想溜之大吉啊。

老人家腰背有些佝偻，在床边踱来踱去："还有，你到底招惹了什么了不得的人，竟然还被人家用刀砍？"

"是一个病人情绪太激动，我不留意就……"

"那你怎么能用手挡呢？"

“您的意思是让我用头去挡？”

“那也好过你用手。头骨的硬度你又不是不知道，被砸了还有咱们医院的神经外科。”

权竟宁陷入了沉默，他在想自己小时候到底有没有练过铁头功。

旁边的白主任以及小护士都有点怯，摊上这么个爷爷，权医生也是够倒霉了。

网上流传着这样一个传说：某学医女用刀捅劈腿男友，连捅三十刀，刀刀避开要害，最后医院诊断男友也只是轻伤。而对于权竟宁来说，哪怕他不能连中三十刀，刀刀避开要害，但刀下来的时候，避开要害对他来说不是难事，所以他压根不知道自己的爷爷有什么好担心的。

况且如今结果已经摆在这里了，伤口都快能拆线了，他爷爷才来翻旧账，他觉得自己都有点鄙视他爷爷了。

所以他不再辩驳，只低头乖乖听教。

后来白主任和其他人都被叫出去了，权院长说着说着，突然话锋一转，说道：“你都快三十了，换了别人孩子都能跑了，沈烨那孩子跟你我就没指望过，上次跟你见过面的女医生你也没放在心上，我听陆尹说你在跟一个女消防员交往？”

权竟宁的心颤了一下，但他脸上仍是不动声色，道：“没有。”

权院长知道自己这个孙子，表面上看起来什么都不在乎，但心里面在乎的，就比谁都在乎得紧。他也从来没听说过自己孙子跟哪个女孩子走得近，这次连陆尹都这样说了，他就知道自己这孙子是真的动心了。

他不是旧时代的封建家长，也懒得掺和年轻人的感情，只是他觉得自己还是有必要提醒一下：“两个人过日子，这工作还是得稳定一些好，消防员……”

院长沉吟了半晌，而权竟宁又怎么会听不出来对方的迟疑，打断他道：“爷爷，我有分寸。”

“臭小子，我是怕你吃苦啊。”

“您说过，不吃苦，一世苦，就算要吃苦，我也认了。”

权院长知道自己劝不了，叮嘱了几句就转头离开了。

温言那时已经来到了病房门口，恰好听到两人的对话，她退却了，没有进去就回了中队。

就算她再自信，再怎么不放在心上，也不得不承认，让对方家人接受一个当消防员的女朋友应该挺难的吧。

她觉得有点沮丧，可又不想让自己的心情影响到权竟宁，所以与其说是离开，不如说是逃离。

第十章 星语

权竟宁到第三天才意识到这件事。

从事情发生后，也已经一个星期了。最初那几天，温言还会打几个电话过来，到这几天，就几乎连短信都没了。

他知道温言的工作性质，不奢望她能每天过来看自己，但一个星期一个电话都没有，这不正常。

这时候他才发现，其实自己恐怕比他想的要更在乎温言。不然为什么人家只是几天不来，他就这么……挂念呢？

那她又是不是终于知道自己的心意，发现自己其实也不是很喜欢他，所以放弃了？

而如果是这样，他好像不仅没有松一口气，心情反而更加沉重了。

虽然他不想承认，但他总有种自己被抛弃的感觉。这让他心里很不舒服。

他看了看柜子上的手机，眉头紧蹙，手渐渐握成拳头，似乎在隐忍着什么。

就在他在病房里苦思冥想的时候，陆尹来了，那人兴致勃勃地说明天可能有流星雨："我打算约温言来和我一起看，你这个病人就乖乖地在这里待着吧。"

权竟宁一下从手上的文件中抬起头来，沉思了半晌后，微笑："中国有句老话，不知道你有没有听过？"

陆尹是中美混血，但从小就很喜欢中国的文化，因为觉得是自己祖先的文化，所以跟权竟宁混的时候，也学得特别起劲，而且对于自己祖先的文化特别笃定。

陆尹自信满满地道："你说出来我听听，说不定我就刚好学过。"

"听好了，那就是朋友妻不可欺。"

陆尹眨了眨眼睛，权竟宁解释道："就是说，朋友的妻子是不可以喜欢。不可以追求的。明白？"

陆尹有点知道他想要说什么了，立刻反驳道："温言她又不是你的妻子，你们结婚了吗？我为什么不能追求？"

权竟宁表情冷了下来，但很大一部分是吓陆尹的，权竟宁知道陆尹时刻想超越自己，同时也很看重自己，权竟宁决定了的事情，陆尹一般不敢反驳。

"凭什么？我不要，我有平等追求的权利，我们来比一比吧，看她想跟谁约会，我现在就给她打电话！"陆尹说着就要按电话。

权竟宁皱了皱眉，天知道这小子今天吃错什么药了。

"你别白费劲了，她平时手机都是关机的。"果然，陆尹给温言打了电话，对方关机。

权竟宁暗自松了口气，发现自己竟然庆幸地得到了一个理由，可以给她打电话，可对方接电话的人说她不在。

"她出警了吗？"

"呃……不是。"

"那她出了什么事吗？"

"呃也没有，她暂时不方便接电话，你待会儿再打吧。"

对方说完就连忙挂了电话，权竟宁盯着黑下来的屏幕，抿了抿唇。

陆尹始终没有从权竟宁嘴里得到温言中队的电话，可不到十分钟，陆尹就在114问到了电话号码，成功打了过去，在权竟宁面前，那表情别提有多嘚瑟了。

可最终还是没能得到肯定的回答，温言顺口问了几句权竟宁的情况，但陆尹也是个实诚的人，告诉她权竟宁就在自己旁边，要不要跟他说一句什么的，温言当场沉默，良久之后说了一句很忙就挂了电话。

陆尹只觉得自己被拒绝了，很没有面子，丝毫没有察觉到自己身旁的低气压。

权竟宁也不知道自己在气什么，总觉得这样的温言很奇怪，又很熟悉。直到白主任再来查房，随口说了句温言前几天来过，可他这几天压根没有见过她，这时他才知道这样的感觉是什么，是疏离——温言在躲他。

温言觉得最近找她的电话有点多，先是权竟宁的，然后是陆尹的，接着是老妈的，最后是沈烨的。

陆尹找她是约她看流星雨，她拒绝了。老妈找她是告诉她下个周末回去帮忙搬家，他们家一个远房亲戚要移民，她妈是个嘴皮子溜的，让对方把房子低价转让给了他们家。虽然是二手房，但家私一应俱全，小区也是高档小区，她妈就像捡到宝似的，每天恨不得跟她说十次。

她刚接起沈烨的电话，对面的女孩就歇斯底里地喊："温言你快点过来，权竟宁他要被截肢啦——”

“什么？”温言手一抖，声音也有点发抖，“怎么会……不是说只是轻伤吗？”

“我也不知道，总之你快点过来吧。”

说完沈烨就挂了电话，温言握着手机愣了半天才缓过神来。

一路上她想了很多，如果他真的被截肢了，她愿意照顾他一辈子，他可以不用去工作，当然如果他想，她也不会阻止。

她会跟他结婚，生孩子，如此这般，那她便需要一份稳定的工作，或许她真的会转业。

温言猛然惊醒，发现自己竟然可以为了权竟宁放弃自己一直的坚持。

这样想想，虽然有遗憾，但她还是甘之如饴的。

可是当她已经规划好两人的生活，却发现传说中即将被截肢的人正安然无恙地躺在病床上时，她是什么心情呢？

最开始是疑惑，然后是愤怒，可到最后她还是松了口气。

温言咬了咬牙，在权竟宁的注视下猛然转身向外走去。

权竟宁没想到她会什么都不问就走，他心下一沉，急忙下床拉住了她，温言因为惯性一把被揽入了男人的怀抱中。

“你跟沈烨合起来骗我。”温言抬头望进男人的眼中，道。

“不这样的话，你会来看我吗？最近这么忙？”

“我……”温言当然不会说自己是因为还没有想好怎么面对他。

“刚好你今天放假，我带你去个地方。”

“去哪里？”温言撇撇嘴，垂头，看见权竟宁赤脚站在地上，接近冬天的地板，冰凉冰凉的，她一下又心疼了，可还是嘴硬，“我才不去。”

权竟宁也不着急，只道：“我这里有一瓶新的药油，保证跟你那瓶一模一样，你不想要了吗？”

看见她憋得通红的脸，权竟宁不厚道地笑了。

猎户座流星雨作为世界七大流星雨之一，一般发生在10月到11月左右，这一次据天文气象台预测，流星雨可能会在今晚出现，届时在远离城市灯光干扰的地方就可以清晰地观察到。

但其实猎户座流星雨还不能被精确预测，所以能不能看到，这完全只能靠运气，如果运气好的话，流星雨会在凌晨达到最高峰。

为此，两人可能要在一起过夜。

权竟宁手伤还没有痊愈，温言负责开车，车子兜兜转转，开上了A城云山半山腰。

云山是A城最高的山，海拔约五百米，晨昏之际，山顶云雾缥缈，故称云山。山上还有杏林、云光寺等著名景点，而两人的目的地则是背靠杏林的一座房子，在这里还能隐隐听到寺庙里传来的钟声，钟声悠远绵长，让人们凌乱的心情随之沉静下来。

温言初到的时候还以为需要自己搭帐篷什么的，毕竟要过夜嘛，一想到要和某人待在一个狭小的空间里一晚上，她就有点激动。

权竟宁手还没有好，她就想着由她来搞定，幸好在部队时，没少搭过帐篷。

可她发现，在权竟宁面前，她似乎总是没有表现的机会，每次当她觉得自己要为他付出什么的时候，她都会发现人家早就全搞定了，根本不需要她出力。

比如现在，温言就发现自己眼前有一幢两层楼高的房子，样式偏复古，白色的墙壁，靛蓝色的瓦片。这样的房子一共有两幢，掩映在黄绿交替的银杏枝叶间，周围是浅浅的水池，水质清澈，却没有鱼，中间用一座平桥隔开。

这就是传说中的半山别墅？

温言有点傻眼："这是你家？"

权竟宁毫不扭捏地点了点头："这是我家的老房子，平时为了方便，我和爷爷住市区，周末了都会在这里住两天。今天我爷爷出差了，不会回来，可是我家的老用人会在，所以，"男人停顿了一会儿，笑道，"你不用担心。"

担心？她担心什么？要担心的是他吧。温言暗想道。

可能是因为老人家喜欢中式装修。尤其是客厅有一个很大的博古架，上面摆满了各种花瓶摆件，看上去价值不菲，估计不是古董就是当代大家手笔。

温言一进门，脚步就下意识地远离该博古架，权竟宁见状，笑道："不用怕，都是些赝品而已。"

"赝品？"温言傻眼。

"我爷爷其实很务实，平时不会舍得花钱买古董，可是又喜欢，便买些高仿品来过过瘾。"

权竟宁带她进了自己的房间。

温言进去一看，黑白色主色调，单身男人的房间，想找个吐槽的点都没有。

房间是二进式的，再往里走是书房，温言只是站到门外看了一眼，只看到黑压压的一片书，里面有一个直达屋顶的书柜，吓得她连忙退了出来。

"你带我来你的房间做什么？"温言边问边后退，却猛地撞到了身后人的胸膛，眼尾稍稍一扫，就看到了令人脸红心跳的画面。

男人平时扣得一丝不苟的衬衫纽扣此时解开了最上面三颗，露出小麦色的胸膛，那胸膛线条微微起伏，以她在中队阅男无数的经验，对方的身材肯定不比队里的队员差，而且手感很不错，鉴定完毕。

“现在离天黑还早，我们可以先吃饭，在这之前我要洗个澡，你呢？”

男人见女孩盯着自己的胸膛，还吞了口口水，他其实不是故意的，只是因为在自己家，习惯性地变得随性。

他想起沈烨今天对他的耳提面命——“如果想她回心转意，就得用你的魅力去征服她。比如，牺牲色相什么的……”

“看够了吗？”男人的嘴唇紧抿着。

“啊？”温言猛地抬头，蓦然撞进一双漆黑的眸子中，桃花眼眼梢自然轻扬，深邃的眸中全是她的影子。这给人一种他眼里只有自己的错觉。

这个男人的眼睛太勾人了！

可是，他的表情并不像在勾引人的样子，反倒是被自己非礼了。

现在不就是嘛，一个女孩没事盯着一大男人的胸看那么久，不是色女是什么？

不过，管他呢，他这个样子让她更想欺负他了。下一秒她两根手指托着下巴，眼睛眯起：“我是在看你这个身材，体脂比不错，平时都在坚持运动吧。”

“嗯，我进去了。”男人的声音突然变得无比低沉沙哑，走向浴室的脚步一顿，眼睫垂下，像是经过一番思考，然后手指微挑，单手解开了一颗扣子。

温言骇得瞪大了双眼，但她很快就稳住了心神：“你你你，你是想让我再帮你看看体脂比是吧，没问题，反正队里的人谁没有被我看过，我的意见可是很宝贵的。”温言的眼睛时刻没有离开男人的手，像是不看到最后不罢休。

话是这样说，可眼前的人是她放在心上的人，对方在自己面前宽衣解带，她一个女的都快要流鼻血了好吗。

权竟宁觉得自己真有点低估了眼前人的脸皮厚度，看过男人赤身裸体是值得炫耀的事情吗！

他往下的手指停下：“你一个女孩子，怎么可以随便看男人脱衣服？”

温言没想到男人解到一半竟然停了下来，不过她还是看到了他的三块腹肌，下面三块，那就说明他至少有六块腹肌，他还是个整日忙到晚的医生哎，不容易啊。

“他们训练的时候经常不穿衣服，我又不能蒙着眼睛训练。”

“这是作风问题，要改，改天你给你们上司提个建议，知道没有？”

“哦。”温言从善如流地点头，然后指了指他的上身，“你不继续脱了吗……嗯，那个、我、我是说，你的伤口还没好全，不能碰水，我帮你包保鲜膜吧。”

就这样，温言成功让权竟宁上身脱光光，而且还在包保鲜膜的时候狠狠吃了一把豆腐，发现他的肌肉是真的结实，腹肌不止六块，是八块，每一块都很分明，整个上身的线条十分流畅，属于穿衣显瘦，不穿有肉的类型。

两人相对而坐，对方的腹肌随着呼吸起伏，她突然觉得自己脑子热热的，鼻子好像随时有东西流出来，于是只好草草地将保鲜膜周围贴了一层胶纸，就让他进去洗澡，然后心满意足地溜出了房间。

没有事做，她就下到了一楼客厅，发现刚才迎接他们的老工人叶伯正在厨房里忙活。她主动上前帮忙，叶伯平易近人，在她的死磨硬泡下，终于答应了让她打下手。

其间，她了解到叶伯和他的妻子都是权竟宁家的老工人，在这个家打了一辈子工，不仅如此，叶伯和他妻子的父母也曾是这个家的工人。

在温言看来，这种世代为某个家庭服务的情况只有在电视里看过，而且这个家族必定是大家族、老家族。

果不其然，叶伯就解释了，这个家族有着悠久的历史，简单来说就是书香门第，世代子孙里面，有经商的，有从政的，有从医的，权家家风严谨，底蕴丰厚，是A城闻名的家族。

而权爷爷这一脉是最正宗的权家一脉，但权爷爷只有一个儿子，和儿媳妇早早地去了，孙子也只得权竟宁一人。

叶伯和老伴从小就在这个家长大，照顾权爷爷和他儿孙的生活起居，到如今已有六七十年。

“要是少爷能早点成家，生个小少爷，那我们真是死也瞑目了。”叶伯说这话的时候眼睛盯着温言，温言觉得自己的脸又有点发热了。

既然叶伯这么熟悉这个家，那对于权竟宁的事情必定也是熟悉的，温言这样想，然后问道：“权大夫和他爸爸、爷爷一样都是外科医生，可他这么优秀，却不做手术，到底是为什么啊？”

“少爷他没有跟你说？”

“没有啊。”温言心道有戏，竖起了耳朵。

“其实具体情况我也不清楚，那是两年前的事了，当时少爷跟一班同事组了一个援非组织，在非洲遇到了暴乱，跟他一起去的同事全都遇害了，只有他一人逃了出来。这件事对他影响很大，从美国回来之后，他就跟老爷说不会再做手术，老爷跟他吵了一架，气得差点进医院，可后来他坚持，老爷也就没再反对。”

温言听得一阵心疼：“那他是怎么逃出来的？”

叶伯摇摇头：“少爷谁都不说。”

从那些组织中逃出来，他肯定吃了不少的苦，哪怕他再云淡风轻，亲眼看着同事死去，他受到的心理创伤肯定很大，不再做手术，可能是在逃避那段回忆吧，温言猜想。

权竟宁下楼之后，发现气氛有点奇怪，温言眼里那种可惜又怜爱的眼神是怎么回事？还有他碗里的菜都已经堆成山了。

他低头看了看自己，衣服穿得好好的，该不是刚才把她吓傻了吧？

好吧，他现在想起来也觉得自己有点冲动了，沈烨给的建议，他竟然还会傻傻地相信，真是脑子糊涂了。温言虽然平时大大咧咧的，可毕竟也是个女孩子，总归是害羞的。

“鱼挺新鲜的，多吃点。”权竟宁看她吃鱼就只吃鱼肚子，吃得挺香的，但吃完鱼肚子之后就再也不碰了，一下子就猜到这人肯定是因为懒，不想吐骨头，于是将其中一块夹到自己碟子里，把骨头挑干净了，再夹给她。

温言从小到大还没有人待她这么细心过，当时愣了半晌，然后咧开嘴一笑，露出一排贝齿，然后乖乖地将鱼都吃光。

看向他的眼神——好吧，看起来她想吃的像是权竟宁多一点。

旁边一直看着这一切的叶伯欣慰地点了点头。

吃完饭之后，温言抢着要洗碗，只要她在家，家里的碗就肯定是她负责的，况且在别人家里，让老人家洗碗她也不好意思啊。

而叶伯本来是不肯的，在权竟宁的示意下，他最终还是退了出来，让两人一起洗碗。

之后两人就上了二楼的露台，此时天色已晚，山中夜色四合，远处的火烧云将天际染成了橙红色，像极了暖色系的染缸，远处有隐隐的鸦声，夹杂着一阵绵长的钟声。

露台往屋子外突出很多，头上几乎没有屋顶覆盖，也许到了晚上，一抬头就能看到星星，温言想道。

从露台上望下去，可以看到四周被绿树所围绕，下方屋子后的水潭倒映着点点灯光，暖黄色的，飘落的银杏树叶落在水面上，和暖黄色的灯光融合在一起，给人一种宁静致远之感。

露台上搭了一顶帐篷，里面有毯子，还有各种零食，旁边就放着一架天文望远镜。温言兴奋地凑了上去：“看流星雨还要用到天文望远镜吗？”她想摸，可又顾及这个东西可能很贵，怕弄坏，手伸出来又收了回去。

“不看流星雨，也可以看其他的，来我教你怎么看。”

权竟宁将她拉到自己跟前，圈在自己怀里，胸膛轻轻贴着女孩的背部，温热的体温透过薄薄的衣衫传递，很容易就让人红了脸。

权竟宁让温言俯身，右眼贴上目镜，然后抓着她的手在调焦手轮上调焦，很快就传来女孩惊喜激动的声音：“竟然看到了！”

男人的嗓音在耳边，低低的，带着笑意：“看到什么了？”

“月亮，贼大一盘子，不过雾蒙蒙的，好像被云遮住了……”女孩不停地碎碎念，然后一转身，两人的脸一瞬间挨得极近，鼻尖对鼻尖，连呼吸都缠绕在了一起，温言吞了吞口水，“你……你要不要看看？”

男人的视线太过专注，她垂眼，结果就看到对方微微上扬的唇，他的唇色很浅，唇形很薄，看上去很软，让人很想咬一口……

温言懊恼地皱了皱眉，这人今天用的都是美人计，可恶的是她还照单全收了，矜持，矜持……

温言深呼吸一口气，稳住狂乱的心跳：“流星雨到底什么时候到啊？”

“不清楚，猎户座流星雨很难精确预测，能不能看到全靠运气。”

“你喜欢天文？”

权竟宁摇头，调节主镜，对准了另一个星体，示意温言再看。

“不喜欢你又带我来看？”

“我以为你们女孩都喜欢这些亮亮的东西，比如钻石。”

温言看到的是木星，可很快行星主体就离开了主镜视野，她再次直起身，挑眉，“可你却带我来看星星，是因为看星星看月亮不用钱对吧。”

权竟宁挠挠眉头，无奈地笑道：“看来在你眼里我已经成了一个爱钱如命的守财奴了。”

“那难道在你眼里我就是一个爱钱如命的拜金女？”

“我好像每次都搬起石头砸自己的脚。”

“知道就好。”温言拍拍权竟宁的肩膀，露出一个“跟我斗嘴，小样儿”的笑容。

秋风阵阵，今晚的月亮不算太亮，但天气还算晴朗，两人在露台上一时斗嘴，一时暧昧，温言就在别扭又甜蜜的心情中将太阳系的所有行星都看了个遍，另外加上太阳系外的几个大星云，但由于望远镜规格所限，再远一点的星体就看不清了。

秋风起，夜里温度有些下降，两人坐回到帐篷里，盖同一张毯子。

“现在人类能观测到的星星离我们多远？”

温言对天文知识知之甚少，跟天文这一领域离得最近的时候还是高中时期学习万有引力的一个星期，但权竟宁说对了，女孩子就是喜欢这种亮亮的东西，所以今晚她被他挑起了好奇心，于是多问了些。

“具体的不知道，但据我所知，哈勃天文望远镜可以观测到 130 亿光年外的星系。”

130 亿光年，就是用光的速度也要走 130 亿年才能到达。

“不过宇宙确实很神奇。我们观测到的是星系所发出的光线，假设我们真的能通过哈勃望远镜观测到 130 亿光年外的星系，根据大爆炸理论计算，我们看到的画面实际上存在于过去的 130 亿年，宇宙大爆炸发生的 8 亿年之后，或许这就是人们经常说的穿越？”

温言紧紧地盯着权竟宁：“也就是说，在这个广阔的宇宙里，即便我们能看到对方，但如果我们隔得足够远，那我们就相当于处在两个不同的时光中？”

彼此在时光中遥不可及。

权竟宁点头，“嗯。”

山中空气清新，没有市区那么多尘埃，是以夜晚抬头就能看到闪烁的群星，此时的两人并肩坐在帐篷里。温言将脸放在膝盖上，看着身边的男人，风吹起了女孩鬓间的短发，覆在脸颊上，权竟宁将目光锁在她的脸上，久久没有移开，然后抬手将其掠在了她耳后，动作缱绻温柔，像是对待一件珍宝。

温言眨了眨眼，同时一颗星子划过夜空，坠落到天际。

“开始了。”

闻言，温言直起身子，目光在天幕上睃巡，只见一颗接着一颗的流星在深蓝色的天幕上划过，虽然零落稀疏，但对于第一次看到流星雨的温言来说，心情之激动可想而知。

“不许愿吗？”权竟宁突然问道。

“啊，”温言一转过来，脸上笑意明媚，而后嫌弃地撇了撇嘴，“这么娘们儿兮兮的事我才不做。你要许愿吗，放心啦，我不会笑你的。”

权竟宁无奈地摇头笑笑，然后重新专心地看向天空。

说是这样说，温言还是暗暗许下了一个愿望：让身边的这个男人属于我。

“你许愿了吗？”温言自己许完了，又贼兮兮地凑过去问权竟宁。

权竟宁点头：“许了。”

“什么什么？”

“说出来就不灵了。”

“这种事情都是骗小孩的，你说出来我保证不跟别人说。”温言说着还竖起了四指做发誓状。

良久之后，男人还是摇摇头：“不能说。”

“有什么不能说的。”

男人只是笑笑。

我希望你能一辈子平平安安。就像陈婆婆一样，对儿女就是希望他们平安快乐，这是他对她最大的祝福。

“你不说我可要做坏事了！”

“悉听尊便。”权竟宁好像真的不在乎，心里却隐隐在颤抖，那是期待还是什么，他自己也搞不清。

温言背后是一颗接一颗的星子，风吹乱了她的额发，他正想再一次帮她拨发。

倏地，男人瞳孔放大，唇上落下一片温热，蜻蜓点水般一触即止。

凑上去得手，又缩回来，这一整套动作做完之后，温言大脑就死机了，双眼圆睁盯着权竟宁，胸口的心脏怦怦直跳，像打鼓似的击打着胸腔。除了停滞的呼吸外，她似乎还听到了自己的心跳声，急促而重浊，像刚跑完八百米一般。

“我……”女孩眼神开始飘忽，手上也是动作不断，抠手指，扯帐篷，一刻都停不下来。

她要疯了！

权竟宁就静静地看着她挣扎，但其实他心里也不平静，心在悸动，只是因为他习惯了控制自己的情绪，才能做到时刻情绪不外露，但那一触即离的温热似乎还留在他的唇上，触感很美好，重重地刺激着他的神经。

“是你先犯规的。”

“啊？”温言没听清他话里是什么意思，下一秒就已被人扣住了后脑勺，身子倾向前方，额上被印上一片柔软。待她想起来那是什么时，她却觉得没有那么紧张了，心底的涟漪被慢慢抚平，身子顺从地放松了下来，抬手握上了男人的手。

去他的矜持！

权竟宁闭着眼，珍而重之地在女孩的额上印上一吻。

在城市另一边的沈烨，没能亲眼见证自己撮合的CP的紧密接触，这被她评为自己人生的一大憾事。

沈烨虽说已净身出户多年，但老沈家独女的身份，是她无论如何也抹杀不了的，每月一回的家宴，能去的还是得去。

她只求待会儿不要出现什么富家子弟、海归博士就好了。

作为二十五有多的准剩女，她认为家人的相亲安排无可厚非，所以她大多时候会“乐意”接受他们的安排，大不了中途自己想办法逃掉，这样做，既不会伤到家人的心，又不会让对方难堪，两全其美。

但相亲最尴尬的是什么——遇到熟人。

无论是老同学、新朋友，还是仇敌相见，分外眼红。其中，仇敌相见，最是不堪，因为嫁不出去而给人徒添笑柄，这股气如何顺得过来？

而如今，沈烨遇到的便是这种情况。

沈家、宋家齐聚一堂，沈烨和宋谦涵相对而坐。

“这位是你阿姨的儿子，叫宋谦涵，说起来你们差不多大呢，”沈烨的继母严淑月给两人介绍道，“不对，好像是谦涵还大些，大好几个月呢。”

宋谦涵的母亲是个娇小的美人，虽年近五十，却仍显年轻活泼：“是啊，现在的孩子比我们都要忙，这俩人还是第一次见面呢。”

听两个母亲说完，沈烨恨不得抚掌大笑，于是她佯装惊喜道：“那我岂不是多了一个，表哥？”虽然是自降身份，但怎么都比跟这货相亲强。

这两人的渊源由来已久，最远可以追溯到两个月以前。

沈烨在报社里负责跑社会新闻。社会新闻包罗万象，大到银行抢劫，小到过年发红包，都在她的关注范围内。

沈烨做事拼命，哪里有危险，哪里就有她的身影，所以又被称为“新闻界的拼命三娘”。

两人的第一次见面就在火场外。

那天某工厂失火，火势猛烈，沈烨接到电话赶到现场。当时警戒线拉得很远，她想近距离拍摄现场情况，挤开人群想要拉开警戒线进去的时候就被一个男人喝住：“这里很危险，请你回去。”男人长得粗眉大眼，个子起码一米九，脸色不悦。

说的是“请”，但语气里丝毫没有恭敬谦卑的意思，看样子根本是想把她撵出去。

她察言观色，决定先退一步，然后趁他不注意，绕到另一边，终于成功近距离地拍摄到了火场内部照片。

正当她拿着相机沾沾自喜的时候，那男人看到了她，沈烨只见他将手里的喇叭塞到身后的人手上，径直向她走来。她的胆子明显和个头成反比例，看到他过来，不仅没有找地方躲藏，反而抬头直视他的眼睛，嘴角充满挑衅意味地一勾，眼里明白写着：我就拍了，你能拿我怎么样？

宋谦涵双手叉腰，认命似的点头，然后趁她不注意，劈手夺过她的相机，“咔啦”一声，记忆卡已被他卸下握在手里。整个过程不到两秒，沈烨最后接回自己的相机时还处于混沌状态。

“喂——你凭什么拿我的东西？”沈烨吼道。

宋谦涵没有回答她的问题，而是像拎一只小鸡仔似的，将她一把甩给身后的警察：“看好她，别让她再进来送死。”沈烨挣扎未果，只好在那里等到大火被扑灭，看到他整个灭火过程都只是站在楼下指挥，而让其他队员在火场里九死一生，顿时对他的鄙视又多了一层。

冤家总是路窄。

后来的两个月里，她在的地方十有八九会有他在。比如，小孩子掉进沙井里了，她去采访记录，他在；小孩子的手钻进铁环里拿不出来了，她去采访记录，他又在；市区内发现未爆破的地雷，她去记录报道，他还在。

更气人的是，他每次都把她拦在警戒线外，或者压根不让她靠近当事人，弄得她每次都无功而返。

两人谁都看不起谁，新仇旧恨加起来，都可以写一本《书剑恩仇录》了。

不过只有仇，没有恩。

能报仇的机会，沈烨自然不会放过。

“相见恨晚啊，来，我来敬表哥一杯！”她走到宋谦涵身边，给他倒了满满的一杯白酒，这一杯喝下去，不醉也难。

“抱歉，我明天要上班，领导说不能喝酒。”宋谦涵只顾着吃自己的菜，压根没把她放在眼里。

宋谦涵的母亲也帮他说话：“是啊，谦涵的领导很严格的，平时上班我都不让他喝酒的，那小烨，这一杯我来帮他干了怎么样？”说着拿起那杯白酒就要干。

沈烨平时虽然无法无天惯了，但还懂得“尊老爱幼”四个字怎么写，看她弱不禁风的身子骨，不禁想道：这一杯白酒下肚，阿姨您身子还受得住吗？

于是她连忙伸手去夺：“阿姨不……”还没等她说完，宋谦涵已经将母亲的酒杯拿了过去，自己抿了一口。

沈烨看到的，还真是一小口，淹死一只蚂蚁还不够的量。

“你干了，我随意。”宋谦涵还不忘道。

喂，你是不是说反了——

头是自己开的，沈烨只得硬着头皮上，干了杯里的，就回到了座位上。

沈烨越想越郁闷，越郁闷就越想喝酒，一不小心就喝多了，等众人回过头来时，人已经醉得一塌糊涂了，可嘴里还不忘喊着表哥。

众人只觉得她突然认了个表哥，有点兴奋，虽然不是亲的，但女孩子都有恋兄情结嘛，也都觉得可以理解。

回去的时候，宋母毛遂自荐，说要送沈烨回家，严淑月却觉得太麻烦人了，而且沈烨喝醉了，还不知道会怎么闹。

“没关系，女孩子喝醉不都是睡一觉了事，要再不行，不还有谦涵嘛，而且我们顺路，你看你们家老沈也有点醉了，你快送他回家吧。”宋母坚持。

严淑月还是觉得不好意思，看了一眼宋母身后的两人，宋谦涵将沈烨扛在肩头上，沈烨不省人事，大概也不会闹出什么事情来。于是就勉强答应了。

回到沈烨家门口，沈烨处于半清醒状态，翻遍了整个包包都没找到钥匙：“啊我想起来了，我把钥匙落在家里了。”

宋谦涵正不耐烦地靠在墙上，闻言差点气出一口老血：“你怎么不把自己落在家里呢？”

“有你这么和女孩子说话的吗？”宋母责备道。

宋谦涵一脸无奈。

“你不是消防员吗？阳台门开着的，你不可以从我邻居家爬过去吗？”沈烨眯着眼道。

最后，在宋母的撺掇下，宋谦涵只好无奈地敲响邻居的门，问人家可不可以借阳台一用。沈烨平时和邻居们处得不错，邻居很爽快地答应了。

两户人家挨得很近，中间只隔了一道很窄的缝隙，宋谦涵很轻松就踩到了阳台上，这里楼层很高，楼下是川流不息的道路。

男人长腿一跨，便到了沈烨家的阳台上，正打算开门，却透着玻璃门，看到屋内灯光大亮。

他分明看见，沈烨背着宋母，手上赫然是传说中被落在屋内的钥匙，女人正看着自己露出奸计得逞的笑容。

手下的阳台门也打不开，分明是被锁上了。

他被耍了。

宋谦涵低骂一声。

后来自然是沈烨扮无辜，过来将他放了进来：“对不起表哥，真的对不起，我不是故意的，我只是酒喝多了，什么都记不清了……”

宋谦涵迫于母亲在场，没有当面跟她扯破脸皮，只低低道了一句：“幼稚！”

自从上次的亲密接触之后，权竟宁和温言的关系可以说是突飞猛进，偶尔通个电话，摸个小手吃个豆腐什么的，温言已然做得毫不费力。

“你的伤好全了吗，还疼不？”回去之后，温言一有时间就给权竟宁打电话，进行亲切的问候。

“早就不疼了。”其实伤口真的不严重，可搁她的眼里，就好像他断了臂一样严重，想到这里，权竟宁的眼光变得温柔无比。

“上次我给你的药油，还回去了没有？”权竟宁的奶奶是骨科医生，对民间的各种跌打偏方颇有研究，是以家里也收藏了一些跌打酒，想要找到那瓶药油的基本成分不成问题，但最让人头疼的就是那股连他也觉得奇怪的味道。

巧合的是，权竟宁在陈平家中发现了那个味道。

那天他被陈平袭击，不小心打碎了厨房里的一些东西，就是在那时候他闻到了那股味道，原来那是老鼠酒。

老鼠酒，顾名思义就是用老鼠泡的酒，不过这个要讲究一些，要用刚出生还没来得及睁开眼的小老鼠，活生生地放到酒里泡。

他记得小时候他奶奶也拿回来过一瓶这样的东西，只是他当时还小，见到那些泡得发白发皱的小东西就觉得恶心，见了一次之后就不想再见了，于是他奶奶只好藏在柜子深处，却没想到最后还是他让这瓶酒重见天日。

他没有跟温言说那最后一种成分是什么，怕吓到她。

“自然早就还了，你可真厉害，竟然还能找到成分一模一样的药酒，他压根儿就没怀疑。”

温言前几天终于将这烫手山芋还给了宋谦涵，记得他当时说这个药油很重要，于是她第一次很鸡婆地多问了一句：“这是女朋友送的吧？”

宋谦涵当时不知道怎的，表情突然变得很僵硬，最后生硬地说了句“我没有女朋友”就迈着大步走了。

她当时就只剩下一个想法：得，又得罪人家了。

后来因为有事，温言不得不先挂断电话：“我要忙去了，下次再聊，再见。”

“嗯，明天见。”

直到挂了电话，温言才后知后觉地发现：什么叫“明天见？”

第十一章 执念

第二天，当温言看到权竟宁带着一队人马走进学习室时，才真正明白什么叫“明天见”——权竟宁是松潭医疗培训小组的组长。

二中队的所有队员都坐在下面，权竟宁气定神闲地走到台上，按照惯例要对大家介绍医疗小组和接下来的计划，在看到温言目不转睛地看着自己时，他给了她一个淡定的微笑。

“哟，修栈道都修到自己家门口来了。”明馨儿阴阳怪调地道，面上装作聚精会神听权竟宁说话的模样，下面却是小动作不断，想捏温言的大腿，可惜人家大腿骨头比肉还多，简直下不去手，“你们俩究竟到哪一步了？”

“你还说，要不是你的那个什么恋爱十八式，我早就把他弄到手了，还矜持。俗话说，男追女隔座山，女追男隔层纱，谁说女孩子就不能主动了，你不主动，万一人家落到别人手里了怎么办？”温言咬着后槽牙低声道。

“那就是说他现在是你的人了？”明馨儿睨她。

“还没有，不过现在谁敢动他，我跟谁急。”

“嘁。”

温言不再跟她废话，转而专心致志地看向台上，权竟宁的声音依旧淡淡的，但落在她耳中便如春雨一般，沁人心脾。

“……无论是在火场还是在灾区，最先接触到受困者的是消防官兵，在急救人员还未到达之前，首先进行判断急救，能有效提高受困人员的存活率……”

在权竟宁说话期间，温言的视线往他旁边扫去，发现在一堆小护士中间，一个女生正小幅度地向自己挥手，脸上还笑得跟小蝌蚪找到妈妈似的。她认得对方，是军训时候的女生白薇薇，旁边还有张超和那讨人厌的苏培重，后来她才知道原来这三个都是权竟宁负责的研究生，让她不得不感叹这世界可真小啊。

介绍结束，中队和医疗组各自解散，一走出学习室，白薇薇就抱着温言喊

“师母”，把她吓得够呛，虽然怪好听的。

可那时候周围都是人，要是眼神能杀死人，估计她已经被万箭穿心了。

于是她立刻“严厉”地训斥了她一番：“以后不要乱叫了，在这里你可以喊我温警官或者直接喊我温言，师母什么的……”她瞄了一眼权竟宁，后者正笑吟吟地看着她，“出了这个门，你们怎么喊都不会有人管。”

“哦，知道了。”白薇薇和张超垂头，一副挨完训的样子。

可白薇薇还是不死心，抬头问道：“那温警官你和我们老师到底……”

她还没说完，就听到不远处有人喊道：“温言，”

几人同时看去，看到宋谦涵从人群中走出，单手叉着腰往这边走来，直到走到温言跟前，抬了抬下巴，沉声道：“去训练。”

“哎呀，表哥这领导范儿可真是强！”突然一把女声传来，人们齐齐转头望去，只见一个女孩托着黑色照相机，正在向这边走来。

别人不认得，可温言和权竟宁确实认得女孩的。

来人正是沈烨。

“你怎么会来？”权竟宁问道。

沈烨说：“我向领导申请来这里做培训的跟踪采访。”

“表哥？”温言的注意点却是在她对宋谦涵的称呼上。

“哦，我也是刚刚才知道的，宋队可是我的表哥哦。”

温言的嘴角抽了抽。

宋谦涵虽不动声色，心里却是恨不得将那人拎着扔出大门：“麻烦你注意点场合，在这里喊我宋队。”

“哦，”沈烨敷衍道，“宋队好！”

温言一看手表，自己设定的训练时间到了，不得不匆匆和众人告别，飞快地往训练场跑去。

权竟宁看着女孩的背影，直至完全被阳光淹没，这才收回视线。宋谦涵眯了眯眼，也收回视线，看向权竟宁：“权医生，这次多多指教。”说着他伸出手来，和权竟宁握手。

“不敢当。”

白薇薇身材娇小，两个男人的手就在她的眼前握着，她顺着宋谦涵裸露的手臂看上去，看到男人的脸，然后又顺着权竟宁的袖扣看上去，又看到另一张男人的脸，然后她就觉得自己有点醉了。

两个男人身量相当，一个穿军装，一个着白袍，如果说宋谦涵是一块烫手的钢铁，那么权竟宁则是一块触手生温的玉石，不同的风格，不同的气质，却同样迷人。

不仅是她，周围的小护士也叽叽喳喳地凑上前来：“天哪好帅，而且身材好好——”

“幸好这次我报名来了，哦我要晕了……”

“你当时不是冲权医生来的嘛，怎么一下子又改口了，你这花心大萝卜，这帅哥是我的！”

“那权医生就是我的了！”

在现场，只有沈烨不把这两个男人当回事儿，打了个哈欠，自顾自去拍照。

与此形成鲜明对比的是，周围的消防队员们情绪却很是低落：“唉有了这两大男神，还有我们这班小虾米什么事儿嘛。”

“就是，还以为可以趁这个机会联个谊，和妹子成就一段姻缘什么的，现在看来，唉……”

“哥，别这么垂头丧气嘛，男神有男神的好，我们也有我们的优点啊……”

“比如？”

“呃……能吃？能扛？”

“我说你们少担心了，哪，那个男医生，”明馨儿撑着其中一个男队员的肩头，指了指权竟宁，“是个有主的人，剩下的就只有队长了，你们只要求神拜佛让队长手下留情就好了，更何况高处不胜寒，男神独一个，妹子千千万，又不是每个妹子都能把到男神，剩下的不还是要你们来接收？”

话罢，只见众人目光炯炯地望着明馨儿，像已婚多年未孕的妇女看送子观音似的。

“馨儿姐，你说得好有道理啊，那要不你去把队长也接收了吧，这样我们就更有把握了。”

“胡说八道什么，我有病？”明馨儿摆摆手，走了，留给他们一个潇洒的背影。

“唉，其实馨儿姐也挺好的，就是有时候不那么温柔。”

这时候，一直没有说话的路淮却开口了，不赞同道：“她哪里好了？每天就知道唬人。”

在训练场上的温言自然不知道这边的刀光剑影，过段时间就是全国消防兵比武大赛，她没有忘记和老妈的打赌，如今的她只能多立功少闯祸，这个比武大赛就是她最好的机会，于是她从几天前就开始加强对深井救援的训练，每天定时去吊一吊，多个一两分钟也是好的。

权竟宁来的时候，温言已经开始第二轮倒吊了，那时她正闭着眼睛，将眼睛都埋在帽檐下，去遮挡不热烈却刺眼的太阳。

训练塔的旁边是攀岩墙，温言鼻尖都是难闻的塑料味道，突然间多了一股清新怡人的薄荷味，于是福至心灵地一下睁开眼睛，然后就看到权竟宁正站在自己跟前，头部恰好遮住了整个太阳。

温言整了整帽子，咧嘴一笑："你来了，都参观完了吗？"

权竟宁道："刚看完你的宿舍，你这是在增高？"

这也不能怪权竟宁，那是因为以前在医院，他就救治过几个因为倒吊而导致脑充血休克的年轻病人，醒来之后他问原因，十有八九都是因为想增高。

温言满头黑线："姐姐我标准的模特身材，还用增高？我是在练深井救援，很快就要比赛了，就算要输也不能输得太难看吧。"

温言的腿部绑着绳子，另一头则系在自己手上，这些别人做起来或许有点吃力，但对于她来说不过是小菜一碟，她稍微把另一头绳子往下拽，身子就往上升起一段距离，下巴恰好位于权竟宁的下巴下方，能将权竟宁的整张脸收进眼中："你真好看，正着看、倒着看、横着看、竖着看都好看。"

权竟宁看了看温言因重力导致有些微变形的脸，笑道："相比之下，你现在却是……"

还没等他说完，温言就打断他："我告诉你，你这样的回答可是要注孤生的。"

"注孤生？"

"注定孤独一生。你平时不是挺会撩的嘛，今天状态不好？"

权竟宁摇摇头："我没有撩，我说的句句都是实话。"

温言咬了咬下唇，不耐烦似的往外挥手："你……好吧你走吧，免得我这个样子吓坏你。"

"你确定？我走了，可就没人替你挡太阳了。"

说着，权竟宁往侧边迈开一步，他的身子一离开，阳光就像锥子似的射到她的眼睛里，温言眼睛一眯。

"我又没有让你给我挡，再说了，你这小白脸儿，晒黑了姐姐可心疼了。"温言压根没有想到，自己抛开了恋爱十八式的束缚之后，竟然这么会撩，可谓是火力全开啊。

权竟宁额角冒出几滴汗珠，温言伸手想去摸他的脸，却被他握住手腕。

但事实证明，她的脸皮还是不够厚，脸上没多久就染上一层薄薄的绯红。

"你真是……"权竟宁耳根微微发红，在温言再次开口之前，他回到原位，手覆在了女孩的眼上。

温言不干了，瓮声瓮气地道："你干吗遮我的眼睛？"

权竟宁幽幽地道："帮你挡太阳。"

温言也没怎么挣扎，沉默了一会儿后，突然问："说实话权医生，你以前有过几任女朋友？"

"如果那算是一个的话，大概有过一任。"

"那当时是她追的你，还是你追的她？"

"她追的我。"

"我猜也是。"

"那你们后来是怎么分手的？"

"她喜欢玩，而我那时候每天要做手术，一个月也见不了几面，大概她也觉得我很无趣，就提分手了，前前后后只谈了一个多月。"

"那你现在还喜欢她吗？"

"当时觉得她挺能坚持的，就抱着试试的心态跟她交往，后来发现我们并不适合。说实话，其实我不太喜欢金发碧眼的外国女孩儿。"

那就是不喜欢了。

"而且人家已经是两个孩子的妈妈了。"

原来如此，那她就彻底放心了。

太阳渐渐往头顶上移，两人漫天胡侃，时间不知不觉过去，温言这次总共吊了二十多分钟，比上次进步了五分钟，所以说，爱情果然是伟大的。

温言心里感叹了一句，心满意足地准备收工。

她张开右臂，露出一个明媚的笑容："要不你抱我下来？地上脏。"

这么正当的理由，权竟宁竟没法反驳，于是张开双臂："你下来，我接着。"

温言缓缓松开绳子，身子下落到一定高度之后，右手圈住了男人的脖颈，权竟宁则紧紧圈住了女孩的腰肢，绳子松开，她的双腿被权竟宁一把接住，配合完美！

权竟宁将温言放到地上，温言的双腿仍被绳子绑着，也不知道她是故意的还是无心的，蹦跶了两下之后就被绊住了，然后准确无比地抱住了男人劲瘦的腰身。

"我有点晕……腿好麻，你别动，千万别动……"腿部因为供血不足而麻痹，一动就是一阵令人抓心挠肝的酥麻。

可手下还不忘使劲儿吃豆腐。

权竟宁无奈，也回抱住了她，右手轻轻在她太阳穴打转，动作温柔。

阳光披洒在两人身上，温言就像一只慵懒的猫，眯着眼睛在男人怀里撒娇。

而男人没有丝毫的不耐烦，下巴紧贴着女孩的发顶，脸上挂着宠溺的笑。

而这一幕，全部落在沈烨的镜头里。

“哎呀，”温言挣脱权竟宁的怀抱，突然想起来这人的伤才好没多久，她竟然还让他抱她，“对不起我好像忘记你的伤了，你疼不疼？我这脑子就是不记事儿！”

权竟宁阻止她即将落在脑袋上的拳头，想说没关系，可下一秒就有人喊他：“权医生！”

两人迅速分开，看向来人。

那人身穿白大褂，烫着波浪卷，五官看上去很淡漠，气质很冷，尤其是那双眼睛，在看向温言的时候仿佛恨不得从里面释放几块冰锥将她插死。

“童医生，有事吗？”权竟宁问道。

童霖看了一眼温言，温言也毫不怯场，下巴微抬地迎上对方的视线。

“没有，要吃午饭了，大家都在食堂等你。”

权竟宁淡淡地道：“我知道了，你让他们先吃，我随后就到。”

童霖应了声好随即就要转身，可想了想，很快又转过身来：“权医生虽然说你的私人生活我不该插手，但你是这次医疗小组的组长，代表着松潭医院，你的个人形象很重要。”

权竟宁微不可觉地皱了皱眉，然后双手放到白大褂的衣兜里，语气冷到极点：“我知道了。”

本来权竟宁压根没把童霖放在眼里，可她脖子上的东西却一下子攫取了他的目光。那是一块白色贝壳，在阳光下泛着淡淡的银光，上面打了个孔，穿在一根黑色绳子上。

记忆中，他似乎也见过类似的东西，那时他和童沛还在非洲，有一天，童沛不知在哪里捡了块贝壳，觉得很漂亮，于是兴致勃勃地去打磨，还亲自打了个小孔，全程都是笑眯眯的。

他问童沛是不是做给嫂子的，童沛点点头，又摇头：“明萱可不喜欢这纯天然的东西，不过还真有人喜欢。”

他不是个爱八卦的人，也就没再问下去。

如今看来，这个贝壳竟然和当年的有七八分像。

童霖走后，温言有点不安地问权竟宁：“她是不是看见了？”

看见两人抱在一起的场景。

权竟宁似乎陷入了沉思，心不在焉地回答："看见了也没关系。"

"这人住海边的吧，管忒宽，还敢瞪我！"温言有点愤愤道。

"她啊，"权竟宁拍了拍温言头顶，"本来这医疗小组的组长是她，后来被我抢了，可能有点不服气，不用管她。"

本来温言确实没有把这件事放在心上，这是权竟宁的私事，本应由他自己来解决，如若不是迫不得已，她还是少插一脚比较好。

而且她平时抱着的是人不犯我我不犯人的原则，只要别人没有触及她的底线，她都能忍，只是她很快就发现，童霖对她的冷漠并不是殃及池鱼，而是对方针对的分明就是自己！

翌日，消防中队队员以及医疗培训组组员齐集在政教大楼的学习室里，今天学习的是最简单的人工呼吸和心脏复苏术。

每个学员面前都摆着一个苍白的假人，这次负责主讲的是童霖，其余的组员都在下面逡巡，随时给队员们提供帮助。

"心脏复苏术和人工呼吸虽然简单，但做得好了，就能在危急之时拯救一条性命。我首先要讲的是人工呼吸，下面我会请一位护士姑娘上来给大家做示范。"

一名护士上台对假人做了一次示范之后，童霖就让大家各自练习。

她也负着手走到台下去，直到走到温言身边，突然开口说："为了让大家能最直观地感受给人做人工呼吸的感觉，下面我想请一位队员给大家做练习的对象，就这位女警官好了。"说着她便按上了温言的肩膀。

本来这些医疗培训有不少人上过了，每年都是炒冷饭，尤其是这两个项目，所以很多队员对课程本身不怎么提得起劲，大多在提各种各样奇葩的问题，让身边的护士小姐姐把注意力放到自己身上，什么"万一我不小心流口水了怎么办""别人醒来说自己非礼怎么办"之类的问题就不说了。

童霖这一番话，顿时将众人雷了个外焦里嫩，更别说当事人温言，表情简直像踩到狗的排泄物似的。

"童医生，这样恐怕不太适合吧，我们这些大男人不在乎，温言怎么说都是女孩子啊。"有队员为温言说话。

童霖却不当回事，答道："遇到紧急情况的时候，对方都要死了，你们还会顾忌男女问题吗？我现在就是要锻炼你们放下男女之防。"

"这样说的话，是男是女都没关系了不是吗，那我申请换个男队员上去，海飞。"宋谦涵说着，看向侯海飞，后者像是早已准备献身似的，愣头愣脑地点头：“是，队长！”

童霖却抬了抬手阻止，“在这里，男队员占了百分之九十以上，如若是要男队员上去，那这练习的意义就会大打折扣，宋队长你这可不是在支持我们的工作。”

宋谦涵一时找不到话反驳。

说完，童霖又看向温言：“为了医学，为了消防事业，我想温警官应该会理解的。而且我保证，温警官的帮助也会体现在她最后的培训评价上。”

她这不是威胁吗？

“那我去总可以了吧。”突然，明馨儿仗义喊道，却被温言一手拦了下来。

童霖根本就是搞针对，如果她不上去，温言有预感，自己的后期评价肯定没眼看。

她想了想自己近来的表现、宋谦涵的为难，还有跟母亲的打赌，最终咬了咬牙，点了点头：“去就去呗，有什么大不了。”

话是这样说，她心里可是别扭得要死，具体表现在看向权竟宁的时候眼里掺杂着委屈、愤恨等感情，他却连一个眼神都没有给她。

此时，白薇薇也看不过去了，虽然对方是自己的前辈，可她也不能这样欺负人吧，尤其那人还是她的准师母。

女生的直觉一向很准，尤其是看同为女性的人，一眼就能看出对方是人是鬼。

在她眼里，温言就是她见过的最适合她老师的人，人长得漂亮不消说，性格还仗义洒脱，不像这童霖，看上去骄傲得像只孔雀，实际上心胸狭窄，还下套恶心人家，简直丢尽了她们女性同胞的脸。

“童老师，我们在医学院一直是用假人练习过来的，没觉得有什么不妥啊。而且据我所知，在松潭医院也没有让真人来当练习对象的先例吧。”

“是吗？”童霖佯装惊讶，“可是在美国，这样的练习方式十分常见。没关系，到时候你若是有机会到美国深造，会见识到的。”说着，那双丹凤眼微微眯了眯，脸上带着笑意，看向白薇薇的眼神却很冷。

这不就是在说她没去过美国，没见过世面吗？

白薇薇还想说什么来反驳，结果被身边的苏培重拦了下来。

“你拦我做什么，这人太可恶了！”

苏培重下巴抬了抬，示意她看权竟宁。

权竟宁就坐在最后的位置上，一直没有说话。

对啊，她怎么没想到还有权老师呢，不过他怎么不闻不问的，这可是他媳妇儿啊。

难道真的是他们误会了？

这会儿，明馨儿决定力挽狂澜，道：“那要不就仅限于女同胞上吧，我负责体验一回，然后把我的感受转达给我们的男同胞，怎么样？”

却被温言嫌弃：“拜托，我是直的。”

“你别说得我好像弯的好不好，我还不是为了你……”

童霖压根不管两人说了什么，面无表情地宣布：“好了，既然当事人都没有意见，那开始吧。”

“请稍等。”权竟宁终于发声了，站起身来，从容地走到童霖身边，手上拿着一沓纸，“童医生，恕我直言，你这个教学方式没有在你写的教学方案中体现，相反，你的方案中白纸黑字只写着‘请一位队员上台配合医疗组成员完成示范’，而你方才所说的练习方法，没有经过院长同意，恐怕无法实现。”

果然专家一出手，就知有没有啊！在场众人像看着救星般看向权竟宁。

童霖表情瞬间冷凝下来，而后她扯出个尴尬的笑容：“教学方案都是因时制宜的，根据具体情况做变通有何不可？”

权竟宁带着礼貌的笑意也消失不见，再次出口的话语冷而硬：“如果我执意反对呢？”

时间在两人的针锋相对中流逝，墙上的挂钟发出“嘀嗒嘀嗒”的声音，在场众人甚至都不敢大声喘气。

过了不知多久，童霖终于妥协道：“你是上司，我是下属，如果你要反对，那我也只能遵从。”

说着，童霖转身往台上走去，边说边道：“那就请张超同学配合我们的温警官做一次示范吧。”

无耻！

恶心！

贱人！

以上，是下面所有队员以及一部分培训组员的真实心声。

“张超他技术超烂的，以前人工呼吸考试他就没及格过。”白薇薇没有看张超脸上超级无辜的表情，自顾自喊地道，“说到这里技术最好的人，那非权老师莫属了，我提议由权老师给我们做这个示范，你们说好不好啊！”

“好！”

下面的人顿时同声连气地点头。

只有宋谦涵的脸还是那么黑如锅底。

就这样，经过一番恶斗之后，权竟宁终于在众目睽睽之下，给温言做了一次人工呼吸，效果也是相当好。

最后，人们似乎只听到照相机不停地“咔嚓咔嚓”的声音。

“她敢搞我！？”

消防二中队的女洗手间里，温言被气得七窍生烟，随时要奓毛的样子。

“不过你也因祸得福啦，被权大医生当众人工呼吸，这是几世修来的福分啊。”明馨儿很不走心地安慰道。

“你以为我是依萍、书桓啊，被大家伙儿围观拥吻都能脸不红心不跳的。”

虽然她也乐意被权竟宁人工呼吸，但在众人面前，她怎么可能做到若无其事？

“培训第二天，医疗小组组长权竟宁与消防队队员温言相互配合，真人示范人工呼吸。”沈烨在一旁一个字一个字地写备忘录。

温言差点一脚踢飞她的手机:“你要是敢写半个字,我就敢拆了你家房子！”

沈烨耸耸肩：“你放心，我家的房子，你拆不完。”

“你是在炫富吗？”

沈烨连连摆手：“不敢不敢。”

温言咬牙道：“刚才你一个字都没有帮我说话，你还真是我的好朋友啊。”

“我不说话，我精神上支持你。而且，我知道权竟宁肯定会出马的。”

温言皮笑肉不笑地扯扯嘴角：“那我岂不是还要谢谢你？”

沈烨又作揖：“哪里哪里。”

温言言归正传：“而且，客观来讲，那童霖的本意是让我当小白鼠，让那么多人练习人工呼吸，她根本是其心可诛！”

“但你也可以拒绝啊，你为什么就不能强硬点，逆来顺受那根本不是你的风格。”

“她当时都那样说了，什么为医学、为消防事业献身，我呸，不做点什么岂不是显得我忒小心眼儿？”

“你跟她往日无仇近日无怨的，她整你是闲得慌？”

“我怎么知道？”

“这很明显嘛。”沈烨突然出声。

两人齐齐看向她。

“她喜欢权竟宁。”

明馨儿恍然大悟，对温言道：“她可真有种，权医生谁不喜欢，可好像只有她一个敢跟你叫嚣。”

温言手握成拳头，冷笑道："她敢！我让她来一个死一个，来两个，死一双！"

"权医生当时……有没有伸舌头？"明馨儿又贼兮兮地问。

温言一把推开她的头："伸你妹！"

同时，她回忆了一下当时的感受，只记得他的双唇很软，凉凉的，像果冻一般，当它们和自己的严丝合缝地贴在一起时，她似乎听到了全世界所有花开的声音。

眼前像是蒙了一层雾，他的脸和双眼就在自己眼前，她却看不明晰，只记得他那双黑如曜石般的眼一直紧紧地望着她，像是要把她卷进旋涡里。

胸腔里的心脏鼓鼓跳动，速度快得她要窒息。

温言觉得有热度一层层漫上脸来，不能再想了！

明馨儿大笑："哈哈，春心动啊你！"

反正她现在是没有脸再进去了，温言想索性去训练场练倒吊，谁知一出门就撞到了一具胸膛上，抬头看见是权竟宁，她都不知道自己的双手该往哪儿放了。

"你怎么去那么久？"

"我…我…我…我没事啊。"

"还说没事，说话都结巴了，喝水。"说着，他递给她一杯温水。

温言听不清他话里的语气到底是嘲笑还是关心，闻言瞪了他一眼。

权竟宁却不以为意："人工呼吸跟接吻不一样，你要清楚。"

温言这时候还不忘无耻一把："也对，接吻权医生上次已经指教过了。"

沈烨在里面听到这一句，悲愤地发现自己竟然错失了那么重要的东西，抱着明馨儿在那里淌泪。

温言丢下两个字就逃也似的跑了，留权竟宁愣在原地，看着她的背影远去。

这女孩到底是如何在脸皮厚跟脸皮薄之间无缝切换的。权竟宁无奈地想。

在医疗队到来的第三个晚上，中队举行了一个小型晚会，当晚，中队全体人员和医疗组的成员围坐在体育馆内，观看由众队员给他们准备的节目。

节目是一早就准备好的，不过一群大老爷们儿准备的节目，不是军体拳就是近身搏斗，全都阳刚气十足，于是等到新兵蛋子们的节目上场时，可谓让人眼前一亮。

他们表演的是最近很火的日本舞蹈，欢快且节奏感十足的歌曲配上轻快妩媚的舞步，一下子就点燃了在场所有人的热情。

可坐在地上呆呆望着场中间的温言却没什么兴致，原因是今日她又被童霖耍了一道。

第一次她没预料到，栽了也算了，第二次还被人算计，也实在是丢脸丢到姥姥家了。

事情经过是这样的，今天在童霖的课上，她又点到温言的名字，让温言上去给众人做示范。

示范示范，示你二舅舅四姑爹的范！

这样想着，温言还是颇好脾气地走了上去，结果童霖说的内容是在爆炸现场如何解救被炸得四分五裂的受困者。

温言一联想这样的情景，头皮就开始发麻，可还是硬着头皮地跟着童霖的指示去做：在受困者的请求下，将受困者的手指一根根找回来，放到他怀里，然后去包扎他鲜血淋漓、骨肉可见的手，腿也已经从膝盖以下断裂，她得一手扶着受困者，一手还得扶着他摇摇欲坠的腿，一步一步往出口走去。

示范完成，温言就飞奔到洗手间吐去了。

好几个小时过去了，那个场面直到现在也还在她的脑海里挥之不去，那种恶心感更在胃里翻涌，表现在脸上就是她的脸色比平时还要白两个度。

“你的脸色不太好，不舒服？”医疗组不住在中队，温言送权竟宁离开，权竟宁终于问道。方才中队和医疗组坐在不同的位置，他和她恰好位于对角线两端，他看着她的队友们兴奋欢呼，只有她在人群中静静望着场中，神情恹恹的，连带着他的心情都变得沉重。

温言还是没提起劲，有气无力地道：“没有。”

权竟宁拉住她的手腕，“你在为今天童霖的事情生气。”不带一丝疑问，这是肯定句。

温言抬眼看向他，只见对方的双眸在黑夜中深沉得像两泓水，直把人给吸进去。她并没有正面回应，转而说：“你都可以当心理医生了。”其实她还真不是尿，只是被人针对得多了，难免会对自己产生怀疑。

只是，为什么呢？

温言没谈过恋爱，对其中男女之间的弯弯绕绕从不去深究，是以产生了疑惑。

“我很抱歉。”权竟宁垂首。

“你抱歉什么呀，她让我上去做示范很正常，我就当她是看得起我，上学时候不都这样吗，老师总喜欢让自己喜欢的学生在课堂上回答问题。”温言笑着说，可说这话的时候有点咬牙切齿的味道。

而且，帮人捡残肢这种事情她又不是没做过，几年前在郊区，有个孩子贪玩，将捡来的炸药包放到一户人家的灶膛里，那户人家煮饭的时候点燃了炸药，整个房子都被炸毁了。他们是参与灭火的其中一个中队，当时到处都能看到被炸飞的手手脚脚，据说几个月后有邻居修缮房子，爬到屋顶上看，还能看到挂在电线杆上的肠子，房顶上的内脏都晒干了。

那个场面，她恐怕一辈子都忘不了。

权竟宁看她敢怒不敢言的样子，有点心疼，又觉得有点好笑，最后他保证道："不会再有下次了。"他顺了顺温言被风吹起来的鬓发，大掌覆在她的发丝上。温言定定地看着他，突然有种冲动，想抱他。

"好了，我要走了，明天见。"

闻言，她只好将蠢蠢欲动的双手放下，紧贴裤侧。

"那路上小心，明天见。"

医疗组的人都有专车，但权竟宁自己开了车过来，童霖正打算让他载自己一程，却被宋谦涵挡了路。

小道旁边有一排樟树，隐隐约约的光影透过树叶间隙落到男人的脸上，让人看不清他的表情。

"童医生，方便说几句？"

"宋队长有何贵干？"在课上，他曾帮温言说过话，她自然不会以为对方是善意。

两人走到比较安静的地方，旁边是政教大楼，点点灯光从窗户里透出来。

"童医生似乎对我的队员很不满？"

"不知宋队指的是哪位队员？"

"童医生何必拐弯抹角，是谁，你自己心知肚明，群众的眼也雪亮得很。凡事做得太过，未免惹人嫌恶。"

"多谢宋队提醒，不过我并不觉得自己有什么不对。对他们严格要求，既是对我自己的工作负责，也是对未来的伤者负责。"

沈烨不知道从哪里窜出来，"你也别把自己说得太伟大了吧。不过是为了男人，谁不知道你心里在想什么，这就叫司马昭之心路人皆知，你都不害臊的吗？"说完，她瞥了一眼宋谦涵，"放心，表哥，这次我站在你这边。"

宋谦涵面无表情地看了她一眼。

"这次是权医生喊我来的，他说，要是你再让温言不痛快，他就要让医院把你调回去哦。"

童霖看着两人，双手插在上衣兜里，指甲陷入掌心，她面上却仍装作不在乎，耸耸肩：“那我们走着瞧。”然后离开。

走到黑暗中，童霖摸了摸颈上的贝壳，嘴里念念有词：“哥，你也是希望我跟他在一起的对吧。”

等她走后，沈烨不怀好意地打量着宋谦涵，“你这么帮温言说话，说，你是不是暗恋人家？”

宋谦涵转过头去，背对着她：“估计你除了刚才，平时的脑子都不太正常。”

“要不是，你怎么不敢看我？你有本事当着我的面说呀。”

宋谦涵深吸一口气，猛地转过身来，沈烨与他靠得挺近，鼻子差点撞上男人的胸膛。

男人咬牙，一字一顿地道：“关、你、屁、事。”说完头也不回地离开。

沈烨摸摸自己的鼻子，然后又摸着下巴，看着他离去的背影，不知道在想什么。第二天早上，某小区发生楼房垮塌事件，消防二中队和医疗组全体出动。

该楼房为九十年代建成的居民楼，一共有九层。从地上望上去可以看见，整栋楼几乎有四分之一的部分倒塌，无数沙石堆积，成了一片小小的废墟。再深入的部分此时情况也不理想，本应在房间里的房门此时裸露在外，摇摇欲坠。

宋谦涵安排人手疏散垮塌房屋以及周围的居民，并进行妥善安置，剩下的人进行搜救。

现场地势狭窄，加之大量垮塌建筑垃圾的堆积，给抢险救援工作带来很大难度。利用生命探测仪和挖掘机，队员们陆续在废墟中找到四名被埋人员，可惜已经全部遇难。

说不失望是假的，在场的队员们连续作业了十个小时，身体负荷已达极限，加上连续传来的坏消息，可谓身心俱疲。

医疗人员在外面随时待命，只有万分之一的希望，他们都会竭尽全力施救。可惜，那些被埋人员出来时已经没有生命体征。救护车仿佛成了灵车，载着一具又一具遇难遗体到医院。

黄昏的时候，天空飘起小雨，秋雨遽凉，绵绵密密的雨水洒到沙石上，像是给它们铺了一层胶，变得更加黏腻。

温言指挥司机将又一车沙石运出去，宋谦涵就拿着一瓶矿泉水过来，递给她，“回去休息吧，等下会有人来接替。”

温言将水接过，牛饮一番后才回应：“我还可以继续。”后面还有一堆东西没清，还有一名失踪者没救出来，虽然知道这样的情况下，失踪者很难存活，可只要有万分之一的希望，他们都该坚持不是吗？

看到宋谦涵微皱的眉头，温言举起了身后一块说大不大，说小不小的石块，里面还有钢筋，这个重量换作别的男人来拿都吃力，她却几乎毫不费力地举了起来，这对于一个寻常女孩来说简直不可能。是以，宋谦涵疑惑了。

“看，我力气很大，很好用，一个能顶两个，少了我进度又该变慢了。”说完，她继续到身后的沙石堆上看生命探测仪去了。

手臂突然被一股大力拉着，温言身子一转，抬眼正好看到咬牙的宋谦涵，雨水在他的帽子上汇聚成流，然后落下。男人的语气既无奈又含着隐隐的心痛：“你能不能有一次不要逞强！你就那么喜欢违抗命令？”

“你要罚我吗，随便好了，”相比之下，女孩的语气却很淡，“不过能不能先等我完成工作？”

“你！”宋谦涵猛地松手，转身，“随便你。”他以为她坚持不了多久，可他永远低估了她，又两个小时过去了，那个纤瘦的身影仍然屹立在废墟上，就像她原本就该在那里。

他想，怎么会有这么倔强的女孩。

而他，拿她没办法。

夜里温度急剧下降，身上雨水和汗水夹杂，风一吹，冰凉刺骨。

温言到后来几乎已经是机械地扒着泥土，身体像是不知道累似的，麻木地做着重复的动作。等她停下来的时候，才恍觉身体已经累到了极点。

她转身看了眼周围，几千伏的大灯在四周各有一盏，灯光呈惨白色，像是他们抬出来的遇难者的脸，苍白、没有生机，连国内最先进的生命探测仪都不曾探测到气息。

周围的居民都疏散了，剩下的楼房便只是一具具空壳，黑洞洞的窗户正对着这边，像无数个黑洞，又像有着高水压的深海，黑暗，带着绝望，压得人喘不过气来。

就像那个孩子的眼睛。

他求她，一定要救出他的父亲，他的妈妈说，孩子患有白血病，父亲要是死了，这个家会垮，孩子也活不长。

其实这种情况她不是没有遇到过，她从很早就认识到，既然选择了要当拯救灾难的人，就得先有一颗面对灾难的心。只有心灵变得足够强大，才能足够理智地帮助到受难者。

可这一次，她有点害怕，害怕会辜负那双眼里的希望和信任。

手上冷得没有知觉，手指微微一动，就感觉满手的沙石，她脱掉手套，指尖被水浸得发白，还长了好几个小水泡。

权竞宁就是在这个时候出现在她眼前的。

他逆着光，走过泥泞的路，白大褂在大灯的照耀下变得更加耀眼，雨水落到他的头发上，饱满的额头上，目光始终锁在她身上，有疼惜，也有责备。

他走到她身前，将她满是泥土的双手握在自己的手里，用手帕细细地将泥垢都擦干净，动作很轻柔，而且避开了她的所有水泡。

他低头，往她的双手吹气，温热的气息拂过手心的皮肤，温言突然觉得眼睛有点湿润。

说到难过，眼前的男人应该不下于她吧。毕竟刚才是他亲自宣布了四个遇难者的死亡，这对于一个医生来说，也很煎熬吧。

权竞宁抬手将她脸颊旁的湿发拨到耳边，又擦干她脸上的雨水，道："先吃饭。"

"我，我还得……"

权竞宁打断她道："少了你一个，还有你的队友，你得学会相信他们，你一个人扛不了全部，也扛不久。"

最后温言答应了下来，权竞宁把她带到垮塌建筑的对面，那里建了个雨棚，温言一边吃饭，他就一边给她的手指做包扎。

温言显然是饿惨了，一拿到饭就开始风卷残云，整整吃了两盒鸡肉饭。

可是很奇怪，这时间早就过饭点了，她的饭放了那么久，竟然还是热的。

权竞宁没有看她，只一心看着她的手："嗯，我拿去热过再拿回来的。"

"哦……谢谢。"温言犹豫了下，最后还是问出了口，"那个孩子，他还好吗？"

"人已经送到医院去了，身体状况稳定。"

突然，温言"嘶"了一声，是权竞宁按了下她的水泡，"痛痛痛……"

"是吗，我还以为你不会痛。"男人冷冷地道。

温言一下子愣了，刚才不是还好好的吗？

她干笑了下："其实也不怎么痛，不过你没必要包扎得这么好看，反正等一下还是会弄湿……"权竞宁猛地抬头，眼神幽幽的，像是要生气，温言一下闭上了嘴。

温言就默默地看着权竞宁给她把所有手指包上棉花纱布，最后再加一层保鲜膜。

"你要工作，我管不了你，但我从认识你第一天就告诉过你，想救人，就得先学会保护自己。牺牲固然为人称颂，但绝不会是最好的方法。"说完，他也把最后一步做完，站起身来，将雨衣递给她。

温言顿时有点惭愧，不敢去接。

“想要我帮你穿？”权竟宁一说，温言立刻抖擞了，三下五除二地将雨衣披上。

权竟宁看到她都穿好了，正要同她一起走到雨中，去看看那生命探测仪，却突然听到不远处传来久违的电流声，正是来自生命探测仪的声音。

这是它今天第一次有反应，周围的消防队员都感到一阵狂喜，全都拥了上来。

经过一番搜索，人们锁定了目标位置，开始进行仔细挖掘。

权竟宁则打电话给救护车那边的同事，让他们尽快带来急救药物。

半小时过去了，被埋人员终于获救，权竟宁将其从死亡边缘救了回来，最后护着送去医院。

消防队员们心里的大石终于彻底落下。

在车上的权竟宁透过救护车后门的玻璃，看到高兴得手舞足蹈的消防战士们，他们脸上的笑感性、张狂、振奋人心。其中最吸引他的，莫过于人群中笑着的温言，她被几个男消防兵举着，一下往上抛，然后又及时接着住。

她的笑就像狭小的屋子里，透过尘埃的一缕阳光，慢慢地照进他的心底。

温言看着绝尘而去的救护车，突然知道了自己为什么会喜欢上权竟宁。

那是因为他代表着希望，是绝望中的一缕光。垮塌事件过去几天后，温言想去看望那天唯一的幸存者，人是她亲手救出来的，宋谦涵也不好意思不批准，然后很爽快地在假条上签上了他的名字。

但其实她更想去看权竟宁。

医疗培训结束了，她跟权竟宁又恢复到以前大半个月才见一面的状态。

那天拜托她的孩子叫小言，十岁都不到，患有白血病，本来一直在医院治病，那天刚好和父母到祖父母家看望，没想到就遇到了灾难。小言的父亲已经脱离了危险，但身体状况还是不稳定，温言去的时候，小言恰好在父亲床前守着。小言戴着帽子，穿着病号服，一时不知道该是他在照顾父亲，还是得别人照顾他。

温言虽看上去大大咧咧，但有时候心思又很细腻，她很少会过问别人的事情，在她看来那是别人的隐私，而且这次很明显，那还是别人的伤痛，她不忍心当众触及。

看着小言母亲忙里忙外，一时要给丈夫处理排泄物，一时还得盯着小言吊水的时间，温言也没好意思让她多照顾一个客人，于是没有在小言父亲的病房里逗留太久，出来的时候刚好看见权竟宁。据他所说，他平时有时间也会过来看看。

温言想起来，好像每次都是这样，明明是她救回来的人，却每次都要他来接手照顾。就好像有一根隐形的线将两人牵在了一起。

想着想着就不禁笑了出来。权竟宁一侧脸就看到她正盯着自己笑，也忍俊不禁："笑什么？"

温言摇摇头，抿着唇，笑意到达眼里，心里感到一阵温暖。

权竟宁送她出医院，路上说到小言父母的骨髓和他不吻合，没有骨髓，小言就只能在医院接受化疗，为了医治小言，他们从一个小康之家沦落到到处跟人借钱的处境。

本来经过长久的考虑和挣扎，小言父母决定再生一个孩子，用孩子的脐带血来治疗，但如今小言父亲又是那样的情况，他们不得不放弃。

"那你看我可以吗？"温言目光灼灼望地着权竟宁。

她这句话说得无头无尾，可权竟宁就是一下猜到她想表达的意思，回答道："这需要做详细的检查，至少要验血。"

"那来吧。"温言迫不及待地拉着权竟宁就走。

可温言又不知道在哪里采血，最后还是得权竟宁带路。

在抽血站，温言刚被抽完一管血，左手用棉花按着伤口，权竟宁就坐在她身边，她凑过去问道："权大夫，你对每个病人都这么了解、这么尽心尽责的吗？"

权竟宁似笑非笑地回望着她，温言有点赧然，每次他这样看着她，就仿佛洞悉了一切。她在他面前就是个透明人，他将她看了个透彻。

"你觉得呢？"

"我只是觉得凑巧，"温言梗着脖子，"我每次救的人凑巧都被送到你们医院，凑巧都是你在照顾罢了。"

"如果我说不是凑巧呢？"

"你就不能说明白点儿吗？"

权竟宁深吸一口气，笑笑不说话。不是凑巧，正是因为他们都是她所救，他才特别卖力地照顾，让他们能平安出院，他不能让她的努力付诸东流。

"我发现你有个毛病。"

"什么毛病？"

"你似乎很会说话，会讨人高兴，可我每次想让你说些我想听的话，你却都三缄其口，真是不讨人喜欢。"

"有些话说得太明白，反而会丧失趣味。"

"烫！"

直到旁边传来一声女人的娇嗔，温言才从恍惚中回过神来，这才发现两人的姿势暧昧亲密，权竟宁的右手搭在了自己身后的椅背上，她几乎整个嵌入了眼前男人的怀抱，权竟宁则一言不发地紧紧盯着自己。

“我要温的，温的，没听见吗？”旁边的女生想喝水，她男朋友极其狗腿地去倒了原来的水，兑了杯温水过来喂其喝下。

温言看得一阵恶寒，翻了个白眼，自己没手吗？

但她又忍不住有点羡慕，心里有股酸酸的情绪涌上来，撇了撇嘴，不敢去看自己身边的男人。

“我渴了。”温言厚着脸皮要求道，看见某人就要起身，她更加肆无忌惮，“我要冰的！”

“女孩子不要喝那么多冰的，对身体不好。”权竟宁丢给她这样一句话。

权竟宁走开了一会儿，端着一杯水回来，温言要去接，却被他挡下。他把杯子放到她嘴边，温言万分羞涩，不好意思地抿了一口，温温的，比她过去二十多年喝过的所有水都要甜。

旁边看到这一切的女孩都红了脸。

可当事人好像没事似的，对她说：“我去扔垃圾，回来之后我送你回去。”

温言点头，身边的女生一脸艳羡地对她说：“你男朋友好帅！”

“还好还好。”温言有点心虚。

遗憾的是，温言的骨髓并不适合小言。

回去之后，温言就鼓动队里的队友，让他们去做配型。军人的血都是热的，面对这样的委托，他们一点也没有推托，陆续在轮休的时候去做了配型，但一个又一个失败结果出来，众人都不免有些沮丧。

在这之后的一个周六，权竟宁在家休息，突然间接到一个陌生电话，对面人的声音却是他熟悉得不得了的：“权大夫有空吗？”

“有。”权竟宁的嘴边有笑纹显现。

“那我们约会吧！”

“好。”他一口答应。

对面的人反而疑惑了：“你就不问我为什么要约会，去哪里约会？不怕我把你拐走？”

“不怕。”

自从上次流星雨，他发现自己可以尝试着接受温言的主动。他对她也并不是全无感觉，既然到最后还是需要找一个人过下半辈子，他为什么不选一个自己也有感觉的呢？

在路上的时候，权竟宁也曾疑惑过，但他千算万算也没有想到，温言会带一个小电灯泡，而那电灯泡还是本应在医院休养的小言。当他走进医院附近的咖啡厅时，他就看到两人在窗边相对而坐，每人一杯酸奶。

权竟宁看了看小言，几乎是咬着牙对温言道："温言，你最好先跟我解释清楚。"

温言一下子就尿了，缩了缩肩膀，恨不得把头给缩到身体里。

小言说："权医生你不要怪温言姐姐，是我求她带我出来的。"

原来过几天就是小言母亲的生日，往年一到这个日子，他父亲就会提前准备好礼物，可今年他生病了，父亲也受了重伤，于是他决定替父亲给母亲买礼物，可他不能一个人出去，于是就打电话让温言带他出门。

温言自然也不会随便就带一个生病的小孩出门，只是因为他之前说的话触动了她。

他说他的世界好像就只有家和学校这两方天地，平时除了学习还是学习，他妈妈帮他把除了学习以外的所有事情都包了，他不会做饭，不会洗衣服，就连自己系鞋带都困难。自从生病之后，这样的情况变得更加糟糕，他母亲每天寸步不离地守着他，他觉得这样的日子无趣极了，他想要到外面去看看。

在这之前他们骗过了小言妈妈，说会在儿童乐园玩，好不容易争取到了两个小时的时间，小言妈妈没事应该不会找他。

听罢，权竟宁看向温言，叹了一口气："你也得跟我商量一下，你这样擅自做决定，万一途中发生什么事，你要怎么跟小言妈妈交代？"

"我……我这不是把你叫出来了吗？"温言双手扒到桌子边沿，像只被主人骂了的小狗，低声道。

权竟宁有点无奈："那走吧。"说着把手伸出来，温言下意识地想去握，见他挑眉，只能悻悻地把手收回。小言左看看右看看，暗暗偷笑，然后天真地握住了权竟宁的大手。

三人出门去，温言双手插兜，慢悠悠地跟在后面，到过马路的时候，绿灯亮起："跟紧了。"话音未落，手就被旁边的男人牵起，她猛地抬头看他，却见他皱着眉头，一本正经地在过马路，反倒是小言侧过头来，向她眨了眨眼。

他到底几个意思啊？

不过温言是不会去管这些的，她只管两人的手是牵了还是没牵，能吃豆腐还是不能吃豆腐。

他们只有两个小时的时间，所以必须速战速决。但是面对一个偌大的百货商店，温言突然感到十分迷茫。这么多东西，要怎么选、选什么，这真是复杂的问题。

她唯恐小言一个小孩子不懂这些，一进门就将他拉到了珠宝专柜，里面的黄金、铂金、钻石等饰品琳琅满目，映着大厅的灯光，刺着他们的双眼。

小言眨着无辜的眼睛问：“温言姐，你要买戒指吗？”

“不是你要买吗？”温言环视周围一眼，“这里品类繁多，你随便挑一件，我保证你妈妈爱不释手！”

小言叹了一口气，小小的人叹气叹得百转千回：“俗，俗，俗俗俗，温言姐，你的品位太俗了。”

一边的权竟宁忍俊不禁，右手握拳掩唇。

“我……”臭小子，不喜欢就说不喜欢，竟敢贬低她的品位？！

“其实我已经订好礼物了，这次来直接带走就可以。”

“你不早说？”

小言歪头：“你没问啊。”

温言一口气喘不上来，要不是怕出人命，她真想一拳打在这小子天真无邪的脸上。

就在三人即将出门的时候，前来招呼的专柜售货员叫住了他们。

“先生是陪太太、儿子来选首饰的吗？”专柜小姐盯着权竟宁，笑容可掬，温言余光一瞥，周围有不下十个穿着一模一样制服的女人目不转睛地盯着这边。

权竟宁想解释，专柜小姐很快又接着说：“先生、太太看上去很年轻，儿子却这么大了，真有福气。”

虽然这声先生、太太喊得温言浑身舒爽，但她觉得自己不能这么不厚道，乱认别人家的儿子。于是她开口解释：“不好意思，这是我弟。”

专柜小姐并没有一丝认错人的尴尬：“哦真是抱歉，我还以为……那先生想必是来陪太太逛街的，正好今天我们品牌搞活动，凡是情侣或夫妻光临本专柜，一律买一送一。”

闻言，温言双眼瞪得比这里的钻石还要亮，越过小言抱住了权竟宁的臂弯，速度快得让人瞠目结舌：“竟宁啊，挺优惠的，不如我们买一个？”

权竟宁挑眉，温言生怕他揭穿，背过身去跟他谈条件：“最多买回来给你一个，价钱一人一半……我六你四……我七你三……”温言最后咬了咬唇，道，“我八你二！”

“成交！”

温言有点咋舌，怎么以前不知道他这么爱财？

两人重新转过身来时已经是春风满面，专柜小姐的笑容也变得更加灿烂了。

温言：“麻烦你带我们去看看吧。”

专柜小姐：“那请问两位是否带结婚证了呢？”

温言：“没有。”谁逛街随身带结婚证啊！

专柜小姐：“那有没有可以证明两人夫妻关系的照片或者事物呢？”

温言沉思了半晌，突然灵光一闪，踮高了脚，搂住了权竟宁的肩膀：“夫妻相算不算？”

众人：“……”

专柜小姐尴尬地笑了笑：“太太您可真会开玩笑。”

这时候，小言像个小大人似的，环抱双臂：“这个简单，亲一下不就证明了嘛。”

好主意！温言差点要伸出大拇指，可在看到权竟宁面无表情的脸时，默默将手指收了回来，同时心沉了下来。

“我们不需要了，走吧。”权竟宁说着，转身就要走。

温言和小言连忙跟上，大气都不敢喘，生怕又惹到他。

走到半路，权竟宁停了下来，让他们先去找店，他要去洗手间。两人应下，小言带温言先走，温言转身看去，却看到权竟宁去的分明不是洗手间的方向。

小言订的是一本绝版书，拿了书之后，三人就开始返回医院，一路无话。

温言觉得这次的约会并不怎么样，她竟然连续两次惹怒了某人，正想着如何补救之时，三人踏进医院大门。

“妈妈？”

温言抬头，一眼就看见小言的母亲站在大堂，而后疾步向他们走来，她突然觉得，这假期还可以再糟糕一点。

“啪”的一声，大堂里突然变得安静了，所有视线都集中在这一处，在场谁也没能想到小言母亲竟然会打人。

蒋婷大声控诉：“你是什么人，有什么资格带小言出去，他还生着病，万一出了什么事，你要怎么赔我一个儿子？”

温言只觉脸上一阵火辣辣的，一个蓝色身影很快挡在自己跟前，权竟宁的肩膀很宽，足以为任何女人遮风挡雨，不过她不确定，她是不是他想要保护的那个人。

温言从不是肯忍气吞声的人，要是有人得罪她，她必定以眼还眼以牙还牙。

还记得小学的时候，有个男同学喜欢偷袭她，她在路上走着，他都会突然从身后蹿出来，然后跳起推她的头。

小时候她最讨厌别人摸她的头，更何况是推，她一个踉跄，站稳之后，恶狠狠地看向已然跑到前方得意扬扬的人。当时她就觉得这人的嘴脸特恶心，她如何咽得下这口气，于是她快步走到厕所里，舀了满满的一勺水，追在他身后用力一泼。

那人以为他跑得快，水必定泼不到，可他低估了温言的力气。

那些水不仅能泼到他身上，他还被水流巨大的冲击力连带扑倒在了地上，温言上前将水瓢扣到他头顶，居高临下地看着他，狠狠地哼了一声。

至此以后，那个人看到她都只敢绕路走。

虽然温言后来得知那小男生是因为喜欢她才故意欺负她，小男生的想法她总是很难理解，但她丝毫没有为当时的行为感到愧疚，只觉得他活该。

现在也是一样，她无法理解对方为什么要打她，她觉得愤怒、被侮辱，像是有一头困兽在心房，随时要冲破牢笼而出。温言想要跟她理论，反驳她，痛骂她……

她的脚步被眼前的男人挡住，权竟宁的声音醇厚，不带一丝杂质，却似乎比平时任何时候都要深沉："蒋女士，且不说她犯了什么错，你有什么资格打人？"

蒋婷指着温言："她未经过我的允许，私自带我儿子出医院，我哪里知道她安的什么心？"

"我能安什么心？"温言从权竟宁身后站出来，"我只是带他出去透透气。"

"妈妈……"小言扯着蒋婷的袖子，泫然欲泣，温言看了都觉心疼。

"闭嘴！"蒋婷却大喝一声，"我……我是为了他的前途，他的健康！你这个外人有什么资格指责我。别以为你救了孩子他爸就可以为所欲为，我要投诉你！"

"投诉就投诉，又不是第一次。"温言翻了个白眼，在权竟宁的劝阻下才没再反驳。

"你别以为你救了孩子他爸，我就得对你点头哈腰的，你充其量不过还是一个陌生人，我家的事还不需要你来管！"

"首先，我们救你，本来就没打算让你们记一辈子。不过有一句话我想提醒你，小言他虽然病了，但他也是个孩子，他想要接受新事物，想要看外面的世界。而你呢，在他生病之前就只让他看书看书，他给你买的礼物还是书，病了之后你又把他锁在医院里，你问问他多久没去外面了？连他病房里的窗户都是二十四小时关着的！"

蒋婷突然没了声音。

“温言，你先到我的办公室等我，我处理完再来。”权竟宁对温言说，然后随手喊来一个小护士，小护士暂时有空，他就让她把温言领去他的办公室，并把钥匙给了她。

蒋婷本来不肯放温言离开，权竟宁劝说了几句，她才不再坚持。

温言跟着小护士去到权竟宁的办公室，坐在椅子上百无聊赖，总觉得心里有股气发不出来，堵得慌。

她隐隐觉得这事情没那么简单，她和小言的计划虽不是天衣无缝，但也不应该这么快被发现，不过想想蒋婷那紧张孩子的模样，每隔十分钟去儿童乐园看一次似乎也不出奇。

但奇怪的是，当时他们进门的时候，蒋婷怒气冲冲地看着她，什么也不问就打了她一巴掌，好像事先已经知道是她带小言出去的。可明明今天她并没有在蒋婷面前露脸。

除非……有人通风报信！

她越想越不对，觉得自己不能在这里坐以待毙，又看了下墙上的挂钟，权竟宁还没回来，她忍不住就出去寻找。

回到刚才大厅的电梯间，大厅里喧哗不已，电梯间却出奇地安静少人，确是谈情说爱的好去处。

温言透过门上的玻璃，看到里面有两人拥抱在一起。女的搂住男人的腰，下巴放在对方的肩膀上，男的双手垂放在身体两侧，看样子是女的主动，可是讽刺的是，那男的似乎也没有拒绝。

温言心里暗自冷笑。

最终，那男的终于推开女的，两人不知道说了什么，男人从楼梯间出来，没有看见躲在旁边拐角处的温言。

从拐角处出来，站在童霖面前，温言不卑不亢地问道：“是你告诉她我带了小言出去？”

“是。”童霖抬头，修长的脖颈伸长，像骄傲的天鹅。

“你三番五次捉弄我，这次还陷害我，是我跟你有仇，还是你有病？”

“这不叫陷害，你私自带病人出去，这是事实，我不过将事实告诉了孩子的父母。”

“你家住海边啊，管得也忒宽了。你干脆直说好了，到底为什么要一而再再而三地针对我？”

“因为……”童霖转过身看她，“我要跟你宣战。”

阳光直射入走廊，两人在大片光影中对峙。

温言几乎要怀疑自己听错。宣战？宣哪门子战？

“你冲动鲁莽，头脑简单，我这次就是想要你知道，你配不上权竟宁。而我，无论是身世还是职业，抑或是外貌，都得到过权竟宁爷爷的肯定，我才是最适合他、最应该站在他身边的人。”

“你说适合就适合，少在这里自说自话，你问过权竟宁没有，他什么时候说过喜欢你？”

“那你呢，他说过喜欢你了吗？而且，刚才你不也看见了？他并未拒绝我的拥抱。”

温言紧紧地抿着唇，诚然权竟宁从未说过他喜欢她，可是她曾经相信过，他是喜欢她的，可如今，她再不敢笃定。

他不会在别人面前承认她，就像今天在百货商店那样。他也曾拒绝自己的亲近，可是面对童霖，他表现得那么顺从。这强烈的对比，他心里的想法，不是已经显而易见了吗？

突然间有种悲哀涌上心头，让温言觉得失落的不是她被贬低，发现自己和权竟宁的距离竟是如此之远，而是她发现，权竟宁不属于她，喜欢他的不止她一个，他喜欢的也不一定是她。

对于眼前这人，说到这个程度就可以了。

童霖一点也不担心温言会对自己造成威胁，因为她相信，根本无须她做多少，温言和权竟宁之间，终会一点一点地被瓦解。

温言还是回到了权竟宁的办公室，他回来的时候还带了个冰袋，他让温言坐到沙发上，他给她冰敷。就好像平时那样，她就像个长不大的小孩，总是受伤，而他总是帮自己疗伤。

权竟宁看见她白皙的皮肤上红红的指印，就觉得心上隐隐作痛，为什么他当时动作不快点呢？

两人一时都陷入了沉默，明明近在咫尺，心却仿佛不在同一个维度。

还是权竟宁首先发现了温言的异常，她的双眸紧紧地盯着自己，平时清澈灵动的双眼此时黯淡了下来，眼眶周围有些发红。

“怎么了？”权竟宁喉头一哽，“你放心，她答应了我不再追究，你不会被投诉了。不过你这次做得确实有些不严谨……”

温言轻飘飘地打断他的话：“你也觉得我这次做错了？”

“不是，只是也许有更好的解决办法。”

温言自嘲一笑：“你每次都说会有更好的解决办法，可我笨啊，我只能想到一个办法，就只能那样做了。”

“下次做决定前可以先跟我商量。”权竟宁左手揉了揉她的发顶。他总觉得她有些不对劲，又皱着眉头道，“你这几天暂时先别来医院，和小言母亲避免见面比较好。我在这里，小言有什么事我都会告诉你，嗯？”

他的声音真好听，只要一低声说话就好像在哄人，上翘的尾音就像蝎子的尾钩，带着毒，一蜇人便醉。

“嗯。”温言乖巧地应了句，随后再也没说话。

女孩纤长的眼睫毛低垂着，丝毫没了平时的生机，权竟宁顿时感到有些懊恼，或许他不应该一味责怪她，她性格开朗乐观，固然做事有些固执，但总是为了别人着想。

“我……”

“差不多可以了，我想先回家。”温言在他说话之前说道。

握着冰袋的手被她推开，权竟宁有些发愣，点点头：“那我送你回家。”

说着，他站起身来，下一秒衣袖被人抓住，他一下子顿住，身后贴上来一具温热的身体。他低头一看，女孩的手臂横在自己的腰腹之上，像一条白色冰冷的爬蛇。

他没挣开，也挣不开。

她把脸贴到他的背后，声音闷闷的：“权竟宁，你喜欢她？”

权竟宁一下没能反应过来：“谁？”

温言狠狠地咬着下嘴唇，没有追问。她松开手，冷敷得差不多之后，她趁权竟宁出去的时候一个人离开，最后还是舍不得他着急，给他发了短信。

第十二章 前路

其实温言也知道自己这样逼问他有点意气用事，他说不喜欢她又能怎么样，说喜欢又会怎么样呢？刚才他的反应纵然让她很恼火，但在爱情里，爱得多的一方注定要付出得多，她也知道哪怕自己现在生气不甘，到了明天她依然会觍着脸凑上去。

想想她都觉得自己没出息。

温言叹了一口气，决定自己要在没出息之前好好发泄一番。

现实却是，酒喝不了，明天还得回中队，架打不了，怕打死人，温言突然发现自己这小心翼翼的人生，过得挺没意思的。

就在这时，明馨儿一个电话打来："温言快，松居大道567号！"也没说清楚让她干什么，不过她现在闲得慌，需要做些别的事情来分散注意力，温言二话不说就去了。

结果发现是一家炸鸡店在搞大胃王比赛活动，明馨儿让自己来帮忙，赢了的话奖品是为期一年的半价优惠券。

吃东西对温言来说根本不是问题，在场的所有人似乎都没有想到这个纤瘦苗条的女孩竟然能跟身形彪悍的两百斤胖子齐头并进，而且隐隐还有赶超的架势。

比赛现场的焦点慢慢从胖子身上移到温言身上，人人都在为这个女孩的惊人食量而咋舌。而且女孩长得秀丽动人，吃相也不像其他人似的风卷残云，而是小口小口的，非常斯文安静，看着她吃东西竟然成了一种享受。

最后结果如预料一般，胖子捂着鼓鼓的肚子倒在了桌子前，温言获得此次炸鸡大胃王的冠军。

回去的路上，明馨儿拿着那张优惠券亲了又亲，与此形成鲜明对比的是，温言却半点也兴奋不起来。

明馨儿终于分出精神来关心她："你怎么了？吃撑了？"照理说不应该啊。

温言叹了一口气，叹到路边的常青树都要落叶了："我觉得我要放弃了。"

"什么——"明馨儿下意识地惊呼，"那我去追他……"

"你敢！"温言脚步一顿，咬牙。

明馨儿又觍着脸回来："哎哟开个玩笑嘛，再说了，我去追也不见得权大医生看得上啊。"她言归正传，"你又怎么了？"

温言就把今天发生的事都告诉了明馨儿，明馨儿听罢，托着下巴，表情沉重，"你这是遇到了大危机。"

温言真想给她一个大大的白眼，可无奈自己恋爱经验有限，不得不请教这位半桶水的恋爱"军师"。

"那童霖我当初一看就知道不是什么好鸟，不过倒是没想到她还挺够胆，竟然当面跟你宣战。"明馨儿接着给她分析道，"现在的情况就是，你，一年三百六十天都在中队，跟数十个男人为伍，每天九死一生；而人家朝九晚五，工作稳定，收入可观，还跟权医生在同一间医院，可谓近水楼台先得月。这是你的劣势之一，也算是你的最大劣势了。"

温言不服气，反驳道："那兔子还不吃窝边草呢。"

明馨儿没理她，接着道："学历、身世、背景什么的，我们都不比，这又不是拍韩剧，而且我相信权医生也没那么肤浅。据我看，你如今的唯一优势就是，你比她先认识权医生，而且我敢打包票，权医生心里有你，不一定有她。你们现在的矛盾就是你想要确定关系，他则不敢给你回应，男人都这样，他们想要自由和空间，我们得学会成全他们，而且我相信权医生也不是那种见异思迁、吃着碗里瞧着锅里的人，你也要相信他。"

温言听得似懂非懂："我怎么觉得你是在给他说好话？"

明馨儿转而问："你跟权医生表白了没有？"

温言摇头。

明馨儿恨铁不成钢地伸手想戳她的太阳穴，却被她一眼瞪了回来，摆摆手，开始给她支招："既然那童霖可以近水楼台，那我们就让她看得见摸不着，你干脆先下手为强，跟权医生表白呗，目的是搅乱他的一池春水，让他时刻想着你、念着你，这样他自然就没时间想别人啦。然后更绝的是，让你的身影、你的气息时刻围绕在他身边，让他对你习惯，继而产生依赖，最好是再也离不开你。"

温言更加云里雾里了："你能不能说得具体一点，这……太抽象了。"

明馨儿神神道道的："仙人指路就是这样，说一半，不说一半，剩下的你要自己参透，自己好好想想吧。"

“去你的。”温言最终给了她一个凶狠的微笑。

可是明馨儿说的话也不是全都没用，温言也觉得自己有必要向权竟宁表明自己的心意，而且最好是现在，立刻，马上！

说干就干，她也不管现在是在大马路上还是哪里，拿起手机就拨了权竟宁的电话：“权竟宁我……我有很重要的事要跟你说……”

让她万万没想到的，回答她的却是一把清冷好听的女声，她却觉得刺耳，她宁愿接到留言信箱也不要这人听权竟宁的电话。童霖凭什么？

童霖说：“他刚刚出去了，有什么事情需要我转告吗？”

“你怎么会接他的电话？”

“我想我不用跟你解释吧。不过告诉你也没关系，同事之间互相交流的机会多的是，像这样的情况也不是一两次了。”

“不用转告，我待会儿再打。”

“我会帮你转告的，说你找过他，但他会不会给你打电话就是他的事了。”

“不用了，再、见。”温言咬牙飞速地挂了电话。

“你没事吧。”明馨儿见不对劲，关切问道，心想这丫头是遇到劲敌了。

温言抿唇笑了笑，摇头，手却不自觉在发抖。

虽然说会再给他打电话，可回家的一路上，温言已经不知道到底什么时候才是好时机。他们的谈话结束了吗，童霖有没有跟他说自己给他打了电话，他到底有没有想着给她打电话？

渐渐地，她开始不敢打，也许他会给自己打，她这样渴望着。

上个月温言家新搬了家，小区相比较于以前的，干净许多，也高档许多，楼下还有供人游玩的小公园，有情侣在公园里遛狗，小狗拉了屎在路上，高大的男生背着宠物笼子，还有包包，蹲在地上在后面处理，让女生拉着狗先走。

这样的默契，让温言不禁心生羡慕。

她恹恹地回到了家，手机也不曾响过。

明馨儿这个军师当得倒是很尽职尽责，权竟宁迟迟没有打来电话，她倒是打了几次过来。

“他打来了没有？”

“没有。”

“那你打过去啊，”电话里的人啧了一声，“现在你们最忌讳的就是不沟通，这样不就正好如了童霖的意？没看过电视剧都是这么演的吗，男女主角被小三挑拨离间，最后都不是因为感情的消耗而分开，而是缺乏信任和沟通才分开的。你现在要做的就是立刻打过去，先认个错总没错。”

认错？她并不觉得自己犯了什么错。

问题是他现在根本不在乎她，不仅不想跟她确认关系，连电话都懒得打……温言瘫倒在沙发上，噘着嘴埋怨着。

可她脑海里又不停浮现着遇到权竟宁之后，他对自己的好、他的体贴、他的温言软语……

她又怎么舍得把他让给童霖？

于是一个鲤鱼打挺，温言从沙发上弹起，同时手上拿起了手机，手指正蠢蠢欲动，身后她妈妈却唤了她一声："温言，你把这猪脚姜给隔壁送过去。"

温言正是一鼓作气之时，冷不丁被这么一喊，那股气顿时就泄掉了。

"你先去送不行吗，我这正忙着呢。"温言自然是千万个不乐意，可她不知道的是，自从他们搬来这里，她妈妈发现隔壁住的是一位医生之后，不到两天时间就把人家的身世背景查了个底朝天，知道他还是单身，可把她给乐坏了，每天换着法子给人家送吃的，送喝的，就差直接把她给送过去。

还整天在她耳边说那人有多好，有多识大体，每当这时她也只会说："妈，我才是你女儿。"

那人再好，她就不信能比权竟宁好。

"你忙什么呀，单身狗有什么好忙的，快去，去去去……"也不管她愿不愿意，她妈妈径直把碗塞到了她手里，把她推出了门。

温言摸了摸差点被门撞到的鼻尖，嘟哝这人到底是不是自己亲妈。

很快温言就发现，她不仅是自己亲妈，还是月老派来拯救自己的。

按响门铃，温言靠在门框上等候，猪脚姜的香味飘到鼻尖，酸酸的，甜甜的，还带着点辣，她发现这味道竟和此时自己的心境如此吻合。

片刻后，门终于被打开，门外与门内的人相视一眼，同时呆在了原地。

"怎么是你？"

"你怎么在这里？"

两人同时惊呼。

缘，就是这么妙不可言。

原来温言一家的新邻居就是权竟宁。其实他们搬到这里来没多久，加上温言久不在家，很少有机会和新邻居接触，是以他们到现在才发现这个巧合。

温言首先解释："我和我爸妈刚搬来，他们都跟你打过招呼了，只是我一直没机会和你遇见。"

权竟宁点头："真巧。"

温言递给他猪脚姜："这是猪脚姜，我妈让我给你的。"

权竟宁将东西接过：“谢谢。你刚才……为什么一声不吭就走了？”

“我临时有事，等不到你回来就先走了。”

两人相对无言，其实他们的相见或许应该更加惊喜一些，只是如今倒是尴尬多过喜悦。

这是权竟宁的房子，虽然她已经去过他们家的祖宅，但见到权竟宁的家，她还是觉得兴奋。

“你不请我进去坐坐？”

权竟宁让到一旁：“当然，请进。”他将温言请了进去，在身后关上了门。

房子的户型和他们家的差不多，只是面积要大一些，他们爷孙俩人住，不免显得有些空旷。装修偏简约风格，灰白色调，客厅和内室中间隔着一道玻璃门，门内可以看到还养着几丛绿色植物，此时仍是郁郁葱葱的模样。

“这里只有你和你爷爷住？”

权竟宁给温言倒了杯水：“也不是，还有赵婶，”权竟宁想了想，补充道，“也就是叶伯的妻子，她担心我们在外面住不好，便跟着来负责照顾我们的生活。”

“我听叶伯说，你们每个周末都会回老宅住一晚。”

“嗯。”权竟宁把东西拿到厨房，用另一个容器装好，开始冲洗原来的碗。

“那今天你们要去吗？”温言跟到厨房，眼巴巴地问道。

“晚一点，等爷爷回来一起回去。”

这样的回答不免让她有点失落，她只有到周六才能回家，好不容易以为他们能靠近一点，他却又要不在：“哦。”

良久，直到水声停止，温言再次鼓起勇气道：“刚才我给你打过电话，你没有接。”

男人放碗的手顿了顿，眼睫低垂，“抱歉，我刚才一直在忙没留意，是有什么事吗？”

对方的反应已经告诉温言，他知道自己给他打过电话，可他没有打算找她。

那她又还有什么话可说呢？

最后她几乎是逃也似的离开了权竟宁的家。

权竟宁手上还拿着那个大瓷碗，水滴滴到地上，打湿了地上的羊毛地毯。

这一晚，温言辗转反侧，一半自然是因为权竟宁的态度，另一半则是因为她肚子疼。

也不知道是不是那些炸鸡有问题，自她躺上床之后就觉得腹部间隔性绞痛，疼起来的时候就像那拌混凝土的机器在她肚子里运作似的，弄得她坐着也不是，躺着也不是。

她跑了好几趟洗手间也无济于事，往往是疼到极致的时候，往马桶上一坐，那痛楚马上就偃旗息鼓，然后回到床上，又疼，又去厕所，如此循环往复。

到最后她实在忍不住了，这样下去她今晚就废了，于是她去敲响了父母房间的门。她实在没力气折腾了，不然她绝对不会深更半夜地打扰两位老人家。

伴随着一阵又一阵的“咕咕”声，温母姗姗来迟，睡眼惺忪地问她：“屋里进贼了？”

温言现在连翻白眼的力气都没了，委屈兮兮地说：“我肚子疼。”

“怎么就肚子疼了，走走走去医院……”温母忍着困意，絮絮叨叨地把温言父亲也叫醒，随便换了件衣服就搀着温言出门。

温言突然觉得有点难过，又有点感动，就算她妈妈老是催她结婚，逼她转业，可每当她不舒服，她妈妈总是最紧张的那一个。

或许这就是父母心。

另一边，权竟宁半夜起来喝水，他的失眠状态还是没有改善，正准备回房的时候，就听到一门之隔的楼道有窸窸窣窣的声音，仔细一听发现是人声。

这一层就只有两户人家，这么晚照理不会有人到别的楼层走动，所以那很大可能是温言家的动静。

而且听着听着，他好像听到了温言的声音。

鬼使神差地，他走过去打开门。

照面的刹那，不仅是温言，温家父母都仿佛抓到了救命稻草，温言说话都不利索了：“你你不是去了……”

权竟宁看见温家父母左右夹攻，把温言架在中间，温言脸色发白，一副羸弱不堪的样子，心头一紧，大步走到三人跟前：“怎么了？”说话的同时，男人非常自然地抬手抚上温言的额头，在他看来这样的表现并没有什么不妥，可在温家父母看来，这可不得了。

他们仿佛看到有十里桃花在他们的女儿头上盛开，又仿佛看到一堆的孩子抱着他们的腿，在叫外公外婆……

“好女婿啊不，权医生，她肚子疼，我们准备把她送到医院去。”温母说道，表情和说话内容极其违和，嘴角差点就要翘到天上去。

“现在这个时间打车也难，你哪里疼？”权竟宁对温言道。

趁他们说话的当口，温家父母不动声色地把温言移送到权竟宁手上。

温言有气无力地在自己腹部上虚画了个圈：“整个肚子都疼。”

“今天吃了什么？”

“炸鸡。”

“吃了多少？”

温言弱弱地举起一只手：“五……五大盘。”

在场另外三人皆目瞪口呆，温母恨恨地想拍她的后背：“你这孩子，上辈子没吃过炸鸡吗？”权竟宁及时护住了温言，将她带到自己怀里，温母的巴掌堪堪擦过她的衣服。

温母也只是做做样子，没有真下力气。

看到权竟宁对温言的维护，温母别提有多高兴了，对着温父挤眉弄眼的，透着识破奸情的得意劲儿。

“想吐吗，或者去过厕所没有。”

“去了厕所，没拉出来，要是能吐就好了？”至少有个地方能排出来。

权竟宁松了一口气，对温父温母道：“温言她只是吃多了油腻食品，消化不良，我家里有药，先吃了看看，再不行我再把她送去医院。”

“那就好那就好，真是被她给吓死，幸好有权医生您在，那就拜托权医生您照顾温言了。”温母又对温言道，“那你先到权医生家里吃药，我跟你爸就先睡了啊。”话音未落，温母以迅雷不及掩耳之势将温父拉到了门内，关门熄灯。

温言简直不敢相信，这是亲爹亲妈吗？

她还想去拍门，可无奈绞痛又开始了，权竟宁见状，连忙把她引到家里的洗手间。

温言在马桶上边打瞌睡边出恭，也不知道过了多久，硬是没有拉出半点东西来。

出厕所的时候，温言已然处于半虚脱状态，扶着墙才勉强走了出来。权竟宁在门外等着，一把将她抱起往房里走去，温言都没来得及惊呼，人已经陷在柔软的大床里。

权竟宁若无其事地把药和水递到她跟前：“先吃药。”

温言像打架落败的小狗，低垂着眼，良久后才慢慢地拈起药片，用水送服。

权竟宁坐在床沿：“看样子你爸妈今晚是不会给你开门了，你就先在我这里住一晚，明早再回去吧。”

温言泄气地想，自己真是太窝囊了。

这算什么呀？她应该狠狠把被子甩到他脸上，昂起头骄傲地离开这个房间，而不是像现在这样，被拒绝却还死皮赖脸地不舍得离开这人的身边。

权竟宁似乎读懂了她的犹豫，道：“家里只有我一人，我去睡客房，爷爷临时要出差，赵婶回老宅了，所以你不用担心。”

此时的温言被疼痛和困意侵袭，只点点头就闭上了眼睛：“晚安。”

权竟宁关了灯，却一直没走，坐在床边的椅子上默默地看着她，看着她因痛楚而蜷缩成小小的一团，眉间紧皱着。

窗外夜色深重，温言恍惚间，感觉额上覆上一片柔软的温热，像是要把她眉间的皱褶吻开，那种悸动的感觉和那一晚权竟宁吻她的感觉一模一样。

虽然神识模糊，她却笃定地认为不可能。

毛茸茸的阳光爬到温言的脸上，女孩因为酣睡脸上嫣红可人。温言迷迷糊糊地醒来，一睁眼就看到面前眼帘紧闭明显还在沉睡的男人的脸庞。

他们正睡在同一张床上！

这男人是真的英俊。长而直的剑眉，睫毛有着自然挺翘的弧度，哪怕现在闭着眼，也十分惹人怜爱。鼻梁高挺，鼻尖下的唇呈现健康的粉红色泽，厚度适中，形状也极好看，无论怎么看都不会厌烦的那种。此时的他穿的是睡衣，上面两颗扣子没有扣，衣领凌乱地搭在好看的锁骨上。

温言嘴角上扬，有一种感情在她心头逐渐清明。

只见那双桃花眼徐徐睁开，温言把他眼中的疑惑和尴尬都看在眼里，十分恶趣味地微笑："早啊。"就像昨晚她是占了他便宜的轻浮浪子。

权竟宁把身子稍微往后退了一些距离："早……"双唇刚张开一点距离，就被狠狠地堵上。

男人看着眼前猛然放大的脸庞，微微瞪大了眼睛，两人的手从虚握到十指紧扣，陷在了柔软的被子之中。

权竟宁呈完全被压制状态，他从没想过眼前的女孩看似弱不禁风，力气却大得连他一个大男人都无法抗衡。

她明显毫无接吻的经验，只是一味地攫住他的双唇，紧紧地压着，然后胡乱地吸吮，有好几次还磕到了他的牙齿。

她整个人都伏在了他身上，睡衣本就宽松，她这一俯身，胸前风光在他面前显露无遗，他再清冷，再心无旁骛，也是个男人。

正所谓一日之计在于晨，早晨，也是男人本能觉醒的时候。

温言亲够摸够了，可总觉得不得要领，自然也就没那么尽兴，可恨的是她都豁出去了，眼前男人还一点反应都没有。

她停了下来，双颊绯红，也不知是气的，还是羞的，大声宣布道："权竟宁，我喜欢你。"

她没有察觉权竟宁的眼神变化："你就不能给点反应？"气死她了！

"已经给了。"温言没听清他说了什么，一阵天旋地转之后，她发现自己被压住了，整个身子都被困在了男人的胸膛和双臂间。

她想说什么，话音却很快消失在相接的唇间。

权竟宁的吻不同于她的，他的吻循序渐进，让人如沐春风，不像她的，像狗抢食似的，只一味乱啃。

四唇相接，摩挲到发热之后，他用自己的唇含住了她的，然后吸吮，从嘴角到唇珠、上唇到下唇，每个角落都不放过。很快，温言觉得自己身子有点发热。

不仅身子发热，大腿上也在发热。温言是理科生，生物什么的别提学得多好了，她知道男人在早上会经历某些痛苦，刚才又被她那样撩拨，她不可能不知道那是什么。

反应过来那是什么之后，温言一把推开了权竟宁。

这时候，她终于有了正常女生有的表现，温言咬住了下唇，迟疑地道："你……"

两人的脸都是一片绯红，各自坐在床边，背对着背。

不行，这样太尴尬了，温言决定打破沉默。

"所以你这是什么意思？"说不喜欢，可每次自己主动吻他，他都回吻了，说不喜欢都没人相信吧。还是男人都有这种德行，不管喜不喜欢，只要有人投怀送抱就能接受？

"我……"权竟宁自己也是纠结得要死，急需一段时间来思考，"我现在也不知道，能不能给我一点时间？"

温言站起："好，你要时间，我给你，只是我希望你能给我我想要的答案。"

最近温言似乎无所不在，从医院到家，她的身影似乎渗透到了他的生活的每个角落。

权竟宁疑惑，以前倒没发现，温言的人脉竟如此之广，广到他抬一抬脚，就有人上前来问他腿酸否；他伸一伸手，就有人上前来问他想喝茶否。

其实他很想知道，温言的人格魅力已经达到了哪个程度，竟然能让如此多的人为她鞍前马后。

权竟宁抬手看表，又到了午饭时间，以往这个时候，陈平应该端着热腾腾的饭进来，一边给他摆菜，一边跟他说今天是什么什么菜，温小姐说这些天要转凉了，天气干燥，她还特地吩咐给他加一个饭后糖水，滋补肝血……后面还会加一大串温小节的嘱咐，让他想忽略都难。

值得一说的是，最近陈平的伤已经痊愈，在他和温言的帮助下，陈平决定重新做人，不仅听从他的建议去看心理医生，还到餐厅找了一份服务员兼送外卖的工作，工作也是权竟宁帮忙找的，地点是A大附近的广东菜馆，店主说最近刚好缺一个送外卖的，权竟宁就将陈平介绍了过去。

幸好陈平做事也踏实肯干，得到店主的肯定。

他一人肩负着照顾养母和狱中弟弟的责任，生活虽还是艰苦，但还算充实平静。

为此，他十分感恩救了他的温言和权竟宁，温言找上他，让他每天给权竟宁送饭的时候，他几乎二话不说就答应了下来。

菜馆的店主夫妇就不必说了，每次的饭菜都料足味香，还按照温言的吩咐，在菜里摆上爱心等暧昧的图案，外加一张暖心小字条。

妥妥的爱心餐。

权竟宁一开始还有点受宠若惊，觉得未免太劳师动众，可不得不说，他还是觉得暖心喜悦，甚至每天还有点期待午饭时间的到来。

可今天不知怎的，陈平迟迟未到，也不知是不是在路上出了事。

他正打算给陈平打个电话，门外就传来敲门声。

“请进。”

只见白薇薇探进头来：“权老师，今天陈平说他的车子在路上坏了，不如您跟我们一起到食堂吃饭吧。”

换作以前，白薇薇他们肯定不敢这么唐突，可准师母的话，他们怎敢不听？于是在接到陈平的电话以后，他们只好硬着头皮来了。

这就是温言的planB，让权竟宁身边时刻带着人，绝不让童霖有机会近他的身！

为了让这个邀请显得顺理成章一点，白薇薇又补充道：“关于刚才手术的细节，我们还有几个问题想问您。”

很明显，他身边的人已经跟温言都串通一气，权竟宁无奈地想。

他也不习惯扭捏作态，很爽利地答应了。

“为什么一定要跟老板吃饭？”排队打饭的时候，苏培重问道，他总觉得跟权竟宁吃饭很不自在。

白薇薇一看到他那个别扭劲儿就猜到了他的想法，反问道：“那你今天怎么不跟老板作对了？”

苏培重想反驳，可又不知从何说起。

以往做完或者观摩完一个手术，他肯定得呛权竟宁一番，也不知道那温言是怎么知道这种事的，竟然找到他，说了一大堆莫名其妙的话，还在他面前生生折了一支钢笔，他就只好先顺着她，免得她又来撒泼。

“我说师母真厉害，连培重都被收服了。”张超捂着嘴偷笑。

苏培重听了，决定默默不说话。

也不知道是第几次邀请他吃饭，权竟宁终于问了一句：“你们就没有自己想同桌吃饭的伙伴？”

三人顿时面面相觑，第一时间反应过来的是张超：“有是有，不过哪里比得上跟权老师您一起吃饭啊，我们每次都受益匪浅呢！”

苏培重和白薇薇同时在心里给他竖了一根大拇指。

看着权竟宁仿佛看穿一切的笑容，他们也默默在心里落下了宽面条泪。

确实，他们跟权竟宁吃饭怎么可能不累。

尤其是他们还得想出各种问题，那些问题还得不白痴，否则他们就等着被老板骂吧。

所以他们每次跟他吃饭，都得绞尽脑汁，可谓殚精竭虑。

但也不是没有收获的，每当他们看到一个又一个想要上前搭讪的女医生或护士知难而退，都觉得特有成就感。

尤其是童霖来找权竟宁，却因为没有位置而不得不坐另一张桌子的时候，那种痛快，简直爽到天际。

这是在医院里，在家里就更简单了。温家父母经常会给他送好吃的，各种滋补的汤水几乎一天一盅，还有点心夜宵，每天变着法儿地给他送，他爷爷和赵婶都快被隔壁家给彻底收买了。

但是到了晚上，权竟宁躺在床上的时候，总忍不住想，一天到晚，他的身边都被她安排得满满当当的，她的身影却吝啬于在他眼前出现哪怕一周一次。

温言也没有闲着，每次出警之后，要是没什么紧急的事，她总会借看望伤者的机会到医院看一眼，以慰相思。

但其实能看到权竟宁的次数很少，她也只求能距离他更近一点罢了。

这一次也是，任务完成之后她就跑去跟吴俊林说想去医院，可是次数多了，未免惹人怀疑，让人难做。

吴俊林一开始支支吾吾的，不给答复，温言就有些急了：“我就去一会儿，很快就回。”

“只不过是帮忙找一只猫，你去医院看哪门子伤者？”

温言猛地转身，宋谦涵正黑着脸往这边走来。

两人当即立正稍息，负手在后。

宋谦涵让吴俊林先走，对温言道：“别以为我不知道你去医院做什么，”男人错开视线，不去看她，看上去很是不悦，“全国比武大赛快开始了，你给我认真对待。”

“明白！”

“最近练习怎么样了？”

这人非要现在问她这些吗？温言也有些不悦，眉头拧成了一团：“还好。”

“深井救援你不用练了，趁还有时间，去练练其他的。”

“为什么？”温言抬头看他。

“这个得看天赋，你没有那个天赋，练了也是浪费时间，还不如练几个有把握点的。”

可是其他能靠体能获胜的，她根本不用练啊。

“练过绳索救援没？”

温言摇头：“学过一阵子，但一直没用，忘了。”

“我教你，下午四点来操场找我。”

话音刚落，男人就转身跃上了消防车，只剩她像被雷劈过似的愣怔在原地。

临近冬至日，A 城的夜晚来得越来越早，才堪堪四点，那太阳就已经鸣金收兵，挂在那地平线上要死不活了。

温言不情不愿地来到操场上，宋谦涵早就等在那儿，旁边是双杠，地上放着一堆红红绿绿的绳子。

“这次比武大赛新增了一项绳索救援，考官会当场发布考题，考察你们的技术，占分会很重，所以基本的绳结你都要熟悉。”

“队长，我想问一下，为什么一定要是我啊？”温言问道。

宋谦涵漫不经心地瞥了一眼，然后去解绳子：“因为只有你不会。”

怎么可能！

“那我不参加不就好了。”

宋谦涵只哼了一声，丢给她一句“不知进取”。

温言找不到话反驳，只好跟他并肩而站，战战兢兢地学。

宋谦涵在美国的时候获得了“美国 CMC 绳索救援技术”资格证书（由美国 CMC Rescue 山岳救援设备公司设计的一套救援技术，技术证书分为Ⅰ、Ⅱ、Ⅲ三个等级），是以在绳索救援技术上，他完全有资格充当温言的老师。

“先教你个双渔人结，单渔人结还会不会？”

温言点头，也幸好她点头了，不然宋谦涵肯定得打到她点头。

“双渔人结就是在单渔人结的基础上，在打结前多缠绕一次，”宋谦涵边说边演示了一遍，“看懂没有？”

温言似懂非懂地点头，可到了真正打的时候，她都不知道该从哪里下手。

“不是说会吗？”

温言语塞了半天，“张三丰都说了，要想学好武功就是要先学会遗忘，武功在于神而不在于招式，很显然，这样的真理放在这儿也是适用的。”

“狡辩。”宋谦涵抿住上扬的嘴角，站在她身后，抓起她的手，温言缩了缩头:“干什么呀,君子动口不动手,一时半会儿不会我再学就好了,别动手啊！”

宋谦涵制住她挣扎乱挥的手，下最后通牒：“我再给你示范最后一次，还记不住就给我滚。”

温言立刻不动了，乖乖地任由他抓住自己的手在绳子间穿梭，可对方毕竟是男人，她的手就那样大大咧咧地被握在人家手中，她难免有些动作僵硬。

这样的技术在宋谦涵看来是闭着眼睛都能打的，或许是深秋的夕阳太美，也或许是眼前人的一颦一笑太生动，他开始有点心不在焉，只有手在机械地动着。

粉色的阳光洒在两人身上，宋谦涵一侧头，还能清晰地看见她脸上毛茸茸的小汗毛，纤长浓密的睫毛在阳光下投下阴影，给她增添了不少平时没有的柔美。

“这样，然后这样……对吗？”

宋谦涵轻咳了咳，掩饰自己的心不在焉。

最后一步完成，一个歪歪扭扭的双渔人将在她手上诞生，温言难掩激动之情，叉腰仰天大笑：“哈哈哈其实也没那么难嘛。”

宋谦涵退到一旁，抱着双臂：“嗯，接着练习一百遍，直到闭着眼睛也能打为止。”

现在的温言已经学会逆来顺受，打碎牙齿和血吞，于是她咬牙应了声是，接着打。

深秋的天气有点凉了，温言的体质偏暖，哪怕是大冬天，手脚也还能暖暖的，但暴露在空气中太久也难免有些发冷。

温言每打一次，就停下来哈一哈手，她非常不理解为什么这东西不能在户内学。

也不知道过了多久，宋谦涵去了趟宿舍又跑回来，竟然给她带了一双军用手套。见她手都僵掉了，他还亲自给她套上，只是那手套很明显是男式的尺寸，她戴就显得有点大，一点都没把人家的形状撑起来。指尖的位置都是软软的，耷拉着。

“看什么，这样你总没有借口偷懒了。”

他一说，温言才发现自己在愣愣地盯着别人看，她尴尬地把视线收回来：“队长，你这样让人怎么跟你说谢谢啊。”

宋谦涵按了按她的帽檐，没有说话。

其实经过这段时间以来的相处，温言也没有那么讨厌宋谦涵了，至少这人在不发神经的时候，也还是个正常人。

而且她发现在他冷酷的外表下，有着一颗关心下属的炽热之心，觉得这人还是值得结交的。

但她不知道的是，宋谦涵对下属的关心有百分之八十用在了她身上。

几日之后，医院传来消息，小言找到和他骨髓吻合的人了，这人就是中队里的侯海飞。

当时正是侯海飞带来的消息，温言听到后二话不说，撇下宋谦涵就拉着他跑去医院。

宋谦涵看她那开心劲儿，活像找到捐赠者的是她似的，心情也跟着雀跃起来。只是他雀跃得有点含蓄，只挥挥手让她先去医院，回来再完成两百遍练习的任务。

小言妈妈看到温言时还愣了愣，直到侯海飞说出实情："其实你更应该感谢的是温言姐，其实是她鼓动我们来配型的。"

蒋婷闻言，笑容凝结，渐渐成了干巴巴的笑，也不知是因为尴尬还是不屑。

温言倒不觉得有什么，那人是误解还是打从心底里看不起她，她都不在乎，她在乎的只有小言能不能康复。

侯海飞是军人，身体素质非常优秀，骨髓移植对他来说根本不是问题，在与小言父母、医院三方的协议下，手术安排在两个星期之后。

"下周六的酒会，我还缺个男伴，权医生有没有兴趣解我燃眉之急？"童霖和权竟宁一同走来，权竟宁正打算回答，就听见有人喊他："权竟宁！"

两人同时看去，温言正站在权竟宁的办公室门口，严阵以待，一副母鸡护鸡仔的姿态。

见状，童霖不屑地一笑："那我先走了。"

权竟宁点头，看着她和温言擦肩而过。

温言听见了两人的对话，所以才会急急地喊权竟宁，她也确实很想问他，会不会答应童霖的请求。但转念一想，她好像又没有资格过问，那毕竟是人家的私事。

心中有股欲念，烧得她全身每个关节都"咯咯"作响，温言握紧了裤侧的拳头："权竟宁……"

在那个早上之后，两人几乎没有正式见过面，他没有意思来找她，她也更不好意思主动找对方，只能通过他身边的人来表达关心。

“你以后不用叫陈平送饭过来了，”权竟宁先于温言道，“医院有饭堂，送来送去的，未免太麻烦。”

他的语气那么冷，温言几乎以为自己听错：“我听薇薇他们说医院的饭菜不好吃，就想着帮你换换口味。”

“再不好也有人天天吃，不过是为了果腹罢了，我没那么讲究。”

“那我不送就好了。”

“还有，我吃饭时喜欢清净一点，你跟张超他们说一下。”

他知道事情都是她做的，但他不仅不感动，反而要拒绝。

温言的心一寸一寸地冰凉，手脚突然间不知道往哪儿放，只得转移话题，道：“对了，小言终于找到捐赠人了，是我们队的侯海飞，真是没想到。”

权竟宁的表情也没大的变化，他礼貌性地笑笑：“嗯，那就好，这也算是他们的缘分。”

“我下周六就要参加比武大赛了，到时候可以允许外场观众进入，你有时间的话就来看看吧，没时间的话，也没关系，反正这比赛年年有，也不在乎这一次。”

“嗯，我知道了。”

温言觉得，好像自那天起，有什么东西悄悄改变了。权竟宁对她越来越疏远，她好像再也靠近不了。

比武大赛连续举行三天，温言所在的二中队在激烈的竞争中挤进了最后一天的决赛。

今年的决赛相比于以前做了些改革，共分五个项目，分别是出水控火、负重登高救人、消防铁人、救助综合以及绳索救援综合。

在温言参与的项目中，负重救人取得了第一名，消防铁人取得了第五名，至于救助综合，多亏了童霖的挑剔和为难，温言在这方面下了不少功夫，加上女孩子本身就比男人细心，在这个项目中，温言也是取得了第一名的好成绩。

“来了吗？”

最后一项是绳索救援，是压轴，也是重头戏，温言正在做准备，见明馨儿跑回来，急忙问道。

明馨儿摇了摇头，见温言失望的样子，她也觉得不忍心，不知道那权医生怎么的，说不理人就不理人，看他平时温温润润的样子，没想到狠心的时候却比谁都绝情。

“温言，你也别太在意，万一他只是在忙呢？”

温言笑笑，很快重新抖擞精神，迎接即将到来的比赛。

“一位驴友失足滚落至落差为十余米的谷底，摔成重伤，且现场地势凸起，或有植被阻碍，需要救援人员将其安全救出。”这是考官宣布的第一道题。

题目宣布完毕，宋谦涵仅沉吟半晌，很快就指挥所有队员分成两组，一组位于悬崖上方，利用山体岩石或坚实树木建立一个固定点，依次架设安全绳，并将救援绳索送至崖底；另一组队员则从山谷上降落，检查伤势并实行应急医疗措施，将“伤员”转移至救援担架，并且至少还需要一名救援人员在担架沿坡上升的途中保证伤员的人身安全。

温言负责的便是这一位置，她得先降落到谷底，然后沿着山坡爬上来，一次性考查了她绳索上升和下降的技术。幸好最近宋谦涵看她看得紧，她在两种绳结之间切换自如，顺利通过了考验，将吊有“伤员”的担架运送到了安全区域。

二中队前后用时五分钟，是所有参赛队伍里最快的一队。

随后，第二道题也很快宣布：“现有十一名小学生结伴爬山，被困在一座坡度约为 70 度、高近 50 米的悬崖上，需要救援人员将所有人安全救出。”

这些场景在消防员的职业生涯中随时都有可能遇到，但绳索救援技术不仅仅指的是打几个绳结，最重要的是能够根据不同的情况，灵活运用各种技术，解决问题。

“事发地点在山边，云梯车很难开进去。”一名队员道。

另一位队员反驳道：“废话，就算有现在也不能用，题目都要求是用绳索救援。”

“这个要根据现场情况来看，我建议先派一名队员上去勘察悬崖上的情况，寻找安全的固定点。”宋谦涵点头，派了一名队员上去“勘察”，随后又听取其他人的意见，让人上去安抚孩子们的情绪。

此时，沉默良久的温言说道：“被困人员数量众多，要是一个一个来，会很费时间。考虑到孩子们身形比较小，我建议，两名救援人员带上安全绳索爬上斜坡至学生被困的位置，将绳索固定在悬崖的大树上后往下放，随后其他救援人员利用绳索爬上斜坡，每隔数米站一人，利用接力的方式将孩子们逐一吊放至地面。”温言说完，用征询的目光看着宋谦涵，“队长你觉得这样如何？”

宋谦涵原本皱着眉头，闻言给了她一个赞赏的眼神：“就这样。”

队员们各就各位，不到五分钟就把孩子们全部救出。

比赛结束，在宋谦涵的带领下，靖安中队勇夺比武大赛头名，温言则成了当之无愧的大功臣。

在众队员的要求下，宋谦涵允许大家举行一个小小的庆功会，地点是红叶大厦的 KTV。

红叶大厦算是 A 城有名的建筑之一，里面有各种高级餐厅、酒店、百货商店，是繁华热闹的商业中心。

第一个看见权竟宁的是侯海飞，年轻人说话做事都还不够稳重，一见到人从电梯上下来，就已迫不及待地大喊："那不是权医生和童医生嘛？"

沈烨在中队待了好几天，同队员们也混得熟了，于是毫不客气地打了侯海飞一记："叫那么大声做什么，生怕别人看不见！"

侯海飞觉得委屈："我一时太激动了嘛。"

彼时，权竟宁和童霖并肩而行，下了电动扶梯之后，走到一行人面前。

宋谦涵礼貌性地跟他们寒暄了几句，知道他们是刚参加完医院的员工酒会，正准备离开，他还邀请两人参加庆功会，却不出所料被拒绝。

宋谦涵也不强求，再看权竟宁时，却发现对方的视线一直胶着在自己身边的人身上，她却在刚遇见时看了他一眼后，再没有抬起过头来。

KTV 的包房里，晦暗、喧闹，温言就只待在黑暗的角落里，像是处在另一方天地。

沈烨跟权竟宁说完话，回来坐到温言身边，安慰她："没事，不是你想的那样，他们不过是参加一个酒会而已……"

明馨儿附和道："对嘛对嘛，而且他们站在一起根本不代表什么啊。"

宋谦涵手握着啤酒瓶，看着本该活蹦乱跳的人此时却安安静静的，像一个发条走到终点的木偶，心情也变得晦暗起来。

今天，她让他看见了一个不一样的温言。他以前一直以为，她柔弱，靠着与前队长的关系和同情才能勉强待在这队里，直到现在，不然一个女孩儿怎么可能待在消防队里这么久？

在一天天的相处中，他的想法还是没什么变化，甚至愈加觉得，她就是个麻烦，没能力却每次都要硬扛，每次都落得个受伤住院的下场，简直是有勇无谋的典型笨蛋代表。

可今天，她让他见识到她的另一面，原来在不知不觉中，她已经渐渐成长为一个处变不惊，聪明机敏的优秀消防员。

她固然倔强，固执，自以为是，却也坚强，乐观，善良聪敏。

确实，她是个女孩儿，但她也只是个女孩儿啊。

他怎么到现在才认识到这一层呢？

想到以前自己对她的刁难和责骂，他突然就不可抑止地开始心疼。

这心疼是突然而起，还是由来已久，没人知道。

沈烨和明馨儿还在耳边叽叽喳喳，温言却一个字都听不进去。

怎么会没有什么呢？她们没有见过，她却亲眼见证过他们的拥抱。

这下子，让她不得不相信：他可能真的要选择跟童霖在一起了。

她自欺欺人了一整天，没想到却是以亲眼所见的方式知道了真相。

可她宁愿不知道。

权竟宁，他真的选择了童霖？

拳头在黑暗中倏地握紧。

“温言，你没事儿吧，你脸都白了……”

很快，A 城迎来了今年第一次寒潮，全市乃至全国气温急剧下降，伴随而来的还有断断续续的小雨。天空也不复以前的清明，总有几块乌云笼罩着城市上空，地面湿答答的，到处是滴水声，像是滴到了人的心上，烦躁、不安的情绪萦绕在心头，总让人觉得不痛快。

在这样的日子里，温言却得到了两个好消息：一个是小言的手术成功，只要克服术后免疫的难关，他就能恢复健康；第二个则是老队长的官司终于结束，法院判了他两年有期徒刑。

她也知道坐牢不可避免，可只判了两年，这在她的意料之外。她认为那都是律师的功劳，但归根究底，律师是宋谦涵介绍的，她是不是也得感谢他一下？

但这件事很快就被她抛在了脑后。

晚上，明馨儿因为怕冷，偏要缩到她的被窝里跟她一起睡，温言听着窗外的滴答声，还有身边明馨儿的呼噜声，心中的迷雾慢慢散开，她不再觉得茫然无措，然后做了一个重大的决定。

“进来。”

宋谦涵从正在看的文件中抬起头，温言走进门来：“队长。”

男人习惯性地皱了皱眉，腰背伸展靠在椅背上，歪着头看她，很慵懒随意的姿态：“有事？”

温言在外头已然做好了心理建设，他本来就看自己不顺眼，自己要走，他铁定热烈欢迎，只是他责任心又强，队员要走，他可能也会觉得不爽，假意挽留下她也是可能的，她自然不会当真。哪怕是真的，她也是下定了决心的，就连婉拒的说法都已经想好。

只是毕竟在这里待了那么多年，从大学刚毕业就在这里，这里的一草一木、朝夕相处的队友，她自然也会不舍。但生命诚可贵，友情价更高，若为爱情故，两者皆可抛，为了得到某些东西，就必定要舍弃另一些东西，这是大自然的法则。

温言把一切都想得透透的，可到了真正要说的时候，才发现难以开口："队长我……"长痛不如短痛，她干脆一咬牙，"我想转业。"

"啪嗒"一声，宋谦涵手上的笔掉落在地。

他死死地盯着她，仿佛要在她脸上盯出洞来。温言还是第一次在他眼中看到这样的眼神——无措。慌乱、难以置信。

他从来都是镇定而胸有成竹的，无论什么时候都是二中队的定海神针，以前是老队长，可不知道从什么时候开始，她已经把他放在了那个位置上。

两人同时弯腰，手背触碰到一起，温言硬着头皮将笔捡起，宋谦涵却握住了她的手腕不让她起身，两人对视着，温言皱着眉头，看见他舔了舔下嘴唇。

"你再说一遍。"他声音嘶哑，仿佛累极了。

温言深吸了一口气，重复道："我想要申请转业，请队长批准。"

我不同意！宋谦涵猛然被自己的第一个想法吓到。

他怎么了？以前不是希望她早点离开吗，可为什么到了她真正想离开的时候，他却觉得心好痛，像有几百双手在撕扯他的心脏。

他以为她永远不会离开，看她以前那么厚脸皮就知道了，无论他怎么罚，怎么骂，都没听她说过一句想要离开的话。

怎么突然之间就要走了呢？

心里是前所未有地慌张，他松开了温言的手腕，去摸书桌上的烟。书桌上有些乱，他摸了好久才找到，站起，点火，走到窗前："理由。"

青烟袅袅，温言看着他的背影，窗外是萧索的冬日景象，可她有种错觉，他的背影与那风景融为了一体。

说到理由，有很多，可她下意识地不想说最重要的那个，所以她说："父母年事已高，希望我的工作能稳定下来。"

"狗屁！"宋谦涵把烟头按在窗框上掐灭，转身道，"我看你是为了找男人吧！"

温言的脸被他说得一阵红一阵白："谁说不是呢，我好歹也是个女人，到年龄了结婚生孩子，你管得着吗？"

"你还记得你是个女人，那是谁三番五次地往火场里冲，拦都拦不住？又是谁不听命令打落马蜂窝？那时候你怎么不记起你是个女人！"

"因为那是我的工作，你也说过，中队里没有男女之分。"

"那你现在还说什么屁话！"宋谦涵估计是真的被气到了，想到一句说一句，压根没有余地考虑对方的感受。

“你以前不是巴不得我早点离开吗，如今我终于要走，碍不着你的眼了，你应该回家烧高香。”

“我什么时候恨不得你离开了？”此话一出，两人都愣了一会儿。

温言显然也是气得不轻，不愿再跟他胡搅蛮缠：“宋队长，我已经决定了，哪怕是降衔还是被开除我都不在乎。”

说完她便毫不留情地转身，手抚上门把的时候迟疑了一下，最后还是利落地出了门。

她要转业的消息不知道怎么就传了开来，明馨儿和路淮很快就知道了，两人怒气冲冲地来找她。

“我听队长说你要转业？”

“所以你是来劝我的吗？”

“废话！”明馨儿拨弄自己杂草似的短发，“不是，你冷静点儿，你转业权医生知道吗？”

“我转业关他什么事？”

“你别以为我不知道你是为了谁，你们现在还没在一起呢，你就为他牺牲成那样，那万一他还是不接受你怎么办？”

温言叠着衣服，漫不经心地道：“凉拌。”

路淮也加入劝说行列：“过几天就是技能和体能测试，这是进特勤的最好机会，再加上你这段日子立的功，你真的要放弃这次机会？”

温言以前一直想进特勤，让大家知道女人当消防也可以很出色，所以路淮可是说到点子上了。明馨儿给了他一记赞赏的眼神。

果然，温言的动作停滞，她像是陷入了思考，再看门外，几个寸头躲在门后，还以为别人看不见。

温言犹豫了。

她答应他们自己会再想想，但如果到最后还是做同样的决定，他们也不能再劝她。

温言想了想，决定还是等事情定下来之后再告诉父母，他们肯定乐见其成，但万一事情没搞好，或者她又反悔了呢？

回到家里，耳边是母亲的日常催婚大法，温言漫不经心地听着，只有听到权竟宁的名字的时候才稍稍伸长了耳朵。

“话说权医生都好些日子没回来了，医院里有那么忙吗？其实做医生也不怎么好，工作忙，身边诱惑又多，这样结了婚，陪在自己身边的时间就少了，沟通时间少，容易引发家庭矛盾。我听说你爸的远房表叔的儿子前阵子离了婚，原因无非是跟医院里的小护士搞到一起了……但跟医生结婚还是有很多好处的，现在看病多贵啊，那就相当于养了个家庭医生啊，发烧感冒也不用跑医院了。你都不知道，现在医院排队有多难……”

据她所知，权竟宁不像别的外科大夫，他不用做手术，也就不需要日夜颠倒，上班时间还算规律，应该没什么理由夜不归宿吧？

“会不会是你们的时间刚好错开？”

温母尝了尝煲得差不多的汤：“是他们家赵婶亲口说的，还有假？他们家老爷子虽然不是天天回来，一星期总也回五六天，他孙子倒是面都见不着几次，奇了怪了。”

温言机械地削着手上的土豆，院长会回来，那就说明他们没有回老宅，可他有什么理由不回家呢？是跟老爷子吵架了？还是……另结新欢？

温言发现自己越想越不靠谱，连忙甩甩头。她直觉权竟宁不是那么孟浪的人，可她确实想不出其他理由了，只能安慰自己他确实是因为工作太忙吧。

“哎哟，”温母猛地抢过她手上的土豆，“你是在练雕刻呢！”

温言看见被自己削得面目全非的土豆，默哀三秒钟之后，调皮地吐了吐舌头。

最后还是被温母赶出了厨房：“去去去，别给我添乱！”

成佳怡是她妈妈的侄女，也就是她的表妹，比她小五岁，但人小鬼大，最让她烦的就是对方好胜心极强。虽然她自己也好胜，但她不会像成佳怡那样，比输了不认输，从来不服气；且这人说话喜欢夹枪带棒，把讽刺反语运用得炉火纯青，简直可以跟鲁迅先生相媲美，弄得她每次跟成佳怡说话都很不爽。不过她也不是吃素的，成佳怡不好好说话，也别怪她不客气，两人见面那叫一个针锋相对。

还真别说，温言的说话风格还真是拜这人所赐，小时候就是成天跟这人吵架，怼人功底日渐深厚。只是温言说话喜欢直来直去，也不夹枪带棒，除了偶尔喜欢怼人，大部分时候还是比较温和无刺激的。

第二天是成佳怡的婚礼，结婚算是终身大事，在他们家非常受重视，无论是谁结婚，家里的所有亲戚必须到场。换作平时，温言是打死不愿意来参加婚礼的，可这次恰好放假撞上，她不想来也得来。在这之前，她妈却一点消息都没有透露，她直觉，她妈妈肯定是故意的。

在宴客厅台子旁边签了名交了红包，新郎和新娘都在台子上，新郎是个戴眼镜的微胖男人，看上去三十多岁，灿烂的笑容挂在脸上，一笑双下巴都露出来了，挺像寿星公的。新娘则坐着，抬头看着新郎与别人谈笑。

温言不得不说，这一幕看上去很幸福。

离开席还有很长时间，温言想找个位置坐着，却被温母拉了过去。一看见他们过去，成佳怡就扶着肚子站起来："姑妈、姑丈、表姐，你们总算来了！我说今天这日子选得果真是好，连表姐这大忙人都有时间来参加我们的婚礼了。"

这句话在温言脑海里自动转换为：想逃红包，门儿都没有。温言扯了扯嘴角，看着两姑侄寒暄，可那人聊就聊呗，肚皮却一直往她眼前送，最后她装不下去了，翻了个白眼："别怼了，都看见了。"

那么大个球，生怕别人不知道她先上车后补票似的。

"几个月了？"

温言总算知道母亲千方百计把她骗来的原因——比她小五岁的表妹都要结婚，还是带了馅儿的，人生即将圆满，而她呢，连个对象都不曾谈过，也忒失败。

成佳怡一脸娇羞状："四个月了，都是我老公，他们家是大家族，很重视开枝散叶，所以一直劝我们先怀孕后结婚，不然我也不会挺着个大肚子办婚礼，累死我了……"

对对对，你们家有皇位要继承。

温言暗地里翻了一个白眼

"表姐你是不知道，他们大家族规矩可多了，说什么结了婚之后一定要住在老宅里，三百多平方米的别墅啊，幸亏不需要我打扫……"

——希望你们婆媳和谐相处，共创美好人间。

温言暗地里翻了第二个白眼。

"哎，对了表姐，你还没找到对象呢吧？择日不如撞日，就今天我给你介绍几个吧。"成佳怡抓着她的手，指给她看，"哪那个那个，四十多岁的中年大叔，是我老公的表叔，虽然年纪有点大，但人家可是某风投公司的CEO，年收入八位数，刚离婚，没有孩子。还有那个，年下男，我老公的小侄子，家里的小皇帝，今年才二十岁，高中辍学，家里给钱开了家小公司，虽然年年亏个几百万，但家里有钱给他撑着啊，年轻人嘛，还有进步空间。或者我给你介绍我老公的同事，个个都是精英才俊，不过好的都被人找了，有个剩下的也是刚离婚，带了个小男孩……"

得，给她介绍的不是残花败柳二手货就是败家子。

温言暗地里翻了第三个白眼。

她倒是听得不痛不痒的，有人却听着火大，此人便是温母。凭什么我女儿就得配老男人、小白脸啊，好歹也是老娘一碗一碗白饭喂出来的！

就在温母打算发作之时，新郎凑了过来，笑着说："我看表姐这条件，恐怕只有我家表哥配得上了，改天真的可以介绍两位认识认识……"

话未说完就被成佳怡一个手肘戳得弯了腰："瞎说什么，表哥那条件怎么可能随随便便就找到适合的，而且我听说最近有个女医生盯他盯得挺紧的，条件也不错，你就别瞎掺和了！"

"我看如果是医生的话那还是算了，身边诱惑太多，不是女医生就是女护士，人家温柔大方，还有学识，体贴善解人意，我哪里比得上人家。再说了，我也没有时间整天看着啊。"温言抱着手臂，下巴微抬，"尤其是你，据调查，女人怀孕期间可是男人出轨的高峰期，别以为怀孕了就能在家里做少奶奶舒舒服服的，男人是一刻都不能放心的，特别是大家族的男人，有钱任性，行差踏错了也只会说一句我只是犯了天下男人都会犯的错来敷衍你，让你有苦无处说，刚结婚就守活寡，那可就悲剧了。"温言摇摇头，装出一副无奈惋惜的表情。

说完她拍拍成佳怡的肩："因为男人出轨而哭着闹着要跳楼的女人我见得多了，在这里只是给你一个忠告。"

临走时，她还不忘提醒成佳怡："对了，我还听说有些大家族让女方先怀孕再结婚是为了省彩礼钱，不过其实也没有关系，反正掏的都是你们夫妇俩的钱，就当替孩子省奶粉钱了。"

直到看见那夫妇二人脸都白了，照也顾不上拍了，温言才转身，脸上带着促狭的笑。

走了不到十步路，她就听到身后两人惊喜地喊："表哥！"

温言倒是想看看他们吹得天花乱坠的表哥是何方人物，待要转身，对方就开了口："恭喜。"那温润低沉的声音，让她一下钉在了原地。

权竟宁只跟两位新人道了声喜，就走到温言身边，握住了她的手腕，话却是对别人说的："我可以跟伯父、伯母一起坐吗？"

闻言，温父做深沉状，温母则忙不迭地点头。

"表哥，那边贵宾座有为你准备的位置……"

权竟宁看着温言，嘴角含笑，拒绝道："不用，帮我在她旁边安个座位吧。"

温言看他笑得不怀好意，缩了缩肩膀，一脸便秘状，刚才的话，这人肯定听见了！

"你跟他们家，是什么关系？"在席上，温言低声问道。

权竟宁正用茶水洗杯子，顺道把她的也洗了："我母亲是新郎的姑妈，你不是听见了吗，他喊我表哥。"

温言难以置信，明明那人看上去比他要老不少啊！

"也不知道该说他长得着急好，还是说你养颜有方好。"

"上一次，抱歉，我没能去看你比赛。"权竟宁突然淡淡地说道，闪躲的眼神暴露了他此时的纠结。

温言不意他说到这个，直起身子，愣了愣。

"医院临时改了说法，要求我们一定要参加酒会，等结束的时候你们已经结束了。"

"我们得了第一。"

权竟宁笑笑："我知道，沈烨那天也去了，第一时间就告诉了我，我还欠你一句恭喜。"

"谢谢。"

她就知道，只要权竟宁亲口说一声不是那样的，她就相信，然后抛却一切迟疑和不安继续死心塌地。

有时候她也觉得自己窝囊，没有一点军人拿得起、放得下的气概，可谁让他是权竟宁呢？

他说还不够喜欢，她就等到他喜欢；他喜欢一个人，她就站在他看不见的背后，静静地看他；只要她能陪着他，哪怕是隔得再远，隔个一亿光年也无所谓——只要他的光能来到她眼中。

跟他们同席的还有温母娘家的一些亲戚，看见权竟宁，都忍不住八卦，权竟宁都一一作答，表现得进退有度，大方得体。

虽然两人对外介绍是朋友，可众人都坚信两人关系不简单，一时都羡慕不已。

温母脸上添了不少光，相比之下，温言成了被围攻的对象，一群人都在问两人的相恋史、什么时候结婚、到哪里度蜜月……

温言差点想掀桌子，她倒是想啊，八字都没有一撇呢，结个屁婚！

到了开席的时候，两人的表现就更加坚定了大家的想法。

权竟宁想夹其中一碟青菜，被温言拦住："这里面有虾米，你还是别吃吧。"上次叶伯说的话，她都记着，权竟宁对虾过敏，一吃就全身水肿发痒。

"你怎么知道我不吃虾？"

温言抿嘴笑："你猜？"

权竟宁："……"

温言舀了一勺豆腐，正往嘴里送，被权竟宁拦住："你不是说你不能吃豆腐？"

"谁说的，你的豆腐我还吃不少吗？"

"喀喀喀喀……"一时间，咳嗽声此起彼伏，咳嗽得最厉害的当属温父。

"上次是我骗你的啦，你这都信，真可爱！"说完，温言自顾自地哈哈大笑。

权竟宁："……"

婚宴敬酒是A城的风俗习惯，婚宴举行到一半的时候，新郎跟新娘会到各个酒桌上敬酒，顺道收红包。

轮到温言他们那桌时，一群人"轰"地围上来，里面除了新郎和新娘，还有伴郎团、伴娘团，全都是一身正装，浓妆艳抹。成佳怡也换了一件大红色的晚礼服，十分喜庆，只是腰部凸出一圈，显得非常突兀。

虽然她嘴上不饶人，但一想到她已经成长为一个母亲，温言就觉得心口暖暖的。

"表姐你也真是的，平时在部队里只能穿军装就算了，放假了也不穿得时尚一点，我们刚才忘了拍照呢吧，等下我让人给你拿件我的礼服，包你穿上之后丑小鸭也能变天鹅。”

“你说我……”穿得土？她不过就是没穿晚礼服，穿了大衣毛衣，都是今年的最新款，颜色又没有搭配得很奇怪！

温言正想质问她，权竟宁抢先打断道：“最近天冷，是我让她多穿几件的，免得着凉。”一句话就堵得成佳怡脸都青了。

成佳怡还想让她喝白酒，美其名曰给面子，可她酒量不行，晚上还得归队，本来还想用茶代替的，可成佳怡眼睛犀利得很，一眼就看出来，非让她换成白酒。

“还是我来吧。”权竟宁一把夺过温言手上的酒杯，一饮而尽，人们纷纷鼓掌叫好。

成佳怡没有作弄成功，灰溜溜地走了。

那队人马一离开，世界都清净了，可不经意间的一瞥，温言却看见了坐在不远处的……虽然对方穿了西装，但那标准的寸头、犀利的眼神，不是宋谦涵又是谁？

看样子，他似乎发现她很久了。

她心道今天是个什么鬼日子，怎么什么人都往这儿凑。她也不敢再看，匆匆转过身来。

婚宴结束之后，温父、温母就借口有事匆匆跑掉了，只剩下他们两人结伴回家。

权竟宁预料到自己今天铁定会喝酒，干脆没有开车过来。

黄昏时分，暖黄色的路灯灯光将两人的身影拉长，身边汽车匆忙开过。

“我有件事想跟你说。”本来一直沉默的两人终于鼓起了勇气，同时说道。

“你先说吧。”温言想了想，觉得自己还没有足够的勇气跟他说那件事，毕竟为了对方而放弃自己现有的工作，说得好听是痴情，说得不好听是花痴。

她怕吓到他。

算了，她还是别说了。

“我听沈烨说，你向宋队长提了转业申请。”

衣兜里的手不由自主地握紧，温言点了点头，强颜欢笑道：“他们这些人可真是互通有无啊，没错，我是提了，可还没正式申请。”

权竟宁闻言，双唇张了又合，竟说不出一个字来。

倒是温言提醒他：“你不想知道原因吗？”不待他回答，她便自问自答道：“我喜欢上了一个人，可是我们的职业天差地别，而他身边有很多很好的人，我想靠近他、了解他，便只有这一个方法。”

“那个人不值得，如果他喜欢你，必然因为你是你，而不会因为你的职业而退缩。”还有一句话，他没有说出口：如果他真的喜欢你，必定不舍得让你放弃自己的职业，因为他害怕对方会后悔，日后会怨他。

而他不值得。

那天从商场回来，童霖告诉他，她是童沛的亲妹妹，她一眼就看穿他对童沛的愧疚感，问他："我哥的死与你有关？"

他不期然地被问到这个，一向淡薄的双唇都在颤抖，眼眸闪烁。他试图冷静下来，可发现所做的努力在脑海中涌现的记忆面前那么不堪一击，他用左手握住了颤抖的右手。

良久，他才闭眼，深吸一口气道："或许吧。"

童霖的观察能力很强，她一下子就发现了权竟宁的异常。他说或许，那有百分之八十的可能是确定的。

她突然抱住他，在他耳边低低地说："别怕，我不会怪你。"

呵，不怪他。

她又哪里知道，她的出现只会往他的愧疚之心上再添一层枷锁。

如今的权竟宁，不是真正的权竟宁，他背负着六条人命，这一辈子都不可能把这些污点从他的生命里抹杀。

而温言，她那么好，像一缕阳光，照亮了他内心最阴暗的深处，可他又怎么舍得把这缕阳光永远禁锢在黑暗中？

她应该永远快乐乐观，不应该因为他而患得患失，失去了最开始的快乐无忧。

"所以这就是你的答案。"

温言绝望地闭上眼，与此同时，挂在树上的小彩灯亮起。再过几天就是圣诞节了，市区到处都是圣诞装饰，本该是热闹的日子，温言却觉得心上无比荒凉。

"权竟宁，你真的喜欢童霖对不对？"

他直觉想摇头，可又想到这或许是让她放弃的最好方法，于是迟疑地点头。

这点迟疑，在温言看来，却成了郑重和小心翼翼。

"我怎么就想不到呢。你一开始就嫌弃我的，而她跟你是同一个医院、同一个职业，找伴侣当然是找个门当户对的，我却永远做不到。"

"权医生，你可以先离开吗？"

权竟宁想上前，手伸出来想抚摸她苦涩的笑脸，"你别……"

闭上的眼又倏然睁开，她扬手指着前方："走啊！我的笑话你还看不够吗？"

她做不到死缠烂打，就算做了也不一定能挽回，她还能说什么呢？

她还需要点自尊不是？

她想不明白为什么他明明喜欢的是别人，却仍能对她那样好，那样维护她。

如果这些话是他早就计划要说的，那她会觉得这人很可怕。

权竟宁终于还是转身，而就在他转身的刹那，温言蹲下身子，捂着脸大哭起来。

宋谦涵从酒店出来之后就觉得不安，怀着这样的心情，他到停车场取车然后准备直接开回中队。

今天的新郎是他家的远房亲戚，他爸妈没空，就派了他过来送礼。本来他也打算送完礼就走，看见温言怼人怼得不亦乐乎，他就鬼使神差地留了下来。

可他很快就发现，自己这一决定简直脑残。

因为权竟宁随后就来了，两人亲密地交谈，给对方夹菜，权竟宁给她挡酒，一幕幕都刺痛了他的眼。

她要转业，想必是为了那个人吧。

他第一次为自己的预见感到沮丧。

车子行到第一个街角路口，一个神似温言的背影闪过，他飞速踩了脚刹，下车关门，在温言踏出去的刹那箍住了她的身子。

“你瞎啊，没看见是红灯！”他愤怒地大喊，心脏在狂乱地怦怦直跳，全都是为了眼前这个冒失又倔强的女孩。

待到冷静下来，他才发现怀中的身躯在发抖，一颗滚烫的水落到他的手背上。

车流在眼前呼啸而过，可他好像已经找不回自己的声音。

也不知道过了多久，对面的绿灯亮起，她挣开了他的双手，低声道：“队长，我今晚请假，明早九点归队。”

宋谦涵恨铁不成钢，一把将她的身子扭过来：“靖安中队的人就这么窝囊吗，没有他你就活不下去了是吧？你的自尊呢，你的信仰呢？”

“队长，”温言抬头看他，眼里湿漉漉的，大滴大滴的泪从眼眶中跌下，“你喜欢过人吗？”

宋谦涵张了张嘴，没有回答。

“为什么我觉得我喘不过气来，我的心好痛，我是不是体能又退步了……”温言边哭边蹲下，像个耍赖的小孩。

宋谦涵低头看着手背上那一滴水，一片雪花落在它的旁边，然后是第二片、第三片。他抬起头，纷纷扬扬的雪花飘落。

“退步了就再练，每天加练负重跑十圈，我亲自监督。我保证，你不会有时间想别的！”他把女孩纳入怀里，叹了口气。

他怕她会着凉，将她赶上了车。她应该是累极了，哭完就无力地躺在座椅上，闭上了眼，静静的，再也没有说话。他看见她眼底尚未干涸的泪滴，就在那一刻，他无比确定，他心疼这个女孩。

三天后，中队的操场上，一众队员望着场中的一男一女，皆是他们无比熟悉的身影，在唉声叹气。身后的侯海飞飞奔上座位席，怀揣着一大堆鸭脖子，众人见状，皆眼睛一亮，表情肃然地在其手里接过食物，一咬，大家伙儿都像拍美食广告似的："这种香辣才够味！"

"自从两人放假回来后，就一直是这样的状态，比武大赛都过去了，可我怎么觉着，他们练得比赛前还狠呢？"吴俊林叹道。

这几天里，除了日常训练以外，宋谦涵每天都给温言单独加练，温言一没闯祸，二没出错，在此之前，他们也没遇见过这样的事，是以认定事情有古怪。

唯一有可能的，就是温言要转业的事情。

"何止啊，这几天队长的脾气臭得很，都没笑过……"路淮见大家都瞪着自己，眼里明白写着"难道他平时有笑"的反问句，顿时消了音。

只有明馨儿吮着鸭脖子，望着天边若有所思。

另一边，温言全神贯注在各种旋转跳跃中，压根分不出心神来吐槽宋谦涵。

但伴随着意味结束的哨声，她的不满就犹如滔滔江水，连绵不绝地喷涌而出。

这天杀的宋谦涵！

这时候她真怀疑那天自己看到的他究竟是不是宋谦涵，他怎么可能会用那么温柔的眼光来看自己？

A 城进入冬天是出了名地快，一场寒流就告别了秋天，直奔寒冬。

在这哈气成雾的冬日，加练就算了，还不让她戴手套，衣服也还都是平日的量，她一场训练下来，脸颊鼻头红了一片，手指头胀得发疼，仿佛整个人刚从冰水里捞出来似的，全身都没有知觉，就连后脑都是麻麻的。最要命的是喉咙里的痛，每次呼吸都好像往里捅刀子似的。

最后温言躺在干枯的草地上，耳边是宋谦涵的夺命清音："下午继续。"

她没有理他，半眯着眼，天是浅浅的蓝，其中还夹带着几抹纯白，只是那白太薄，太浅，几乎看不清，鼻尖是枯草略带苦涩的味道。

直到呼吸平复下来，有人在自己身边盘腿坐下："被加练的感觉如何？"

温言闭上眼，嘴角上扬："还不错。"

累得半死不活，就分不出心来想那些有的没的，最后该忘却的都会忘掉的。

只是她体能比普通人要好，时间可能要长一些。

“那看起来，队长对你挺用心。”

“他可能只是看不惯我那死人脸罢了。”

下午的时候，小言的父母来找，小言父亲的伤已经好得差不多，听说了小言母亲对温言做的事，腿好了之后第一时间来找她道歉，还带来了许多礼品。温言也没力气和心情跟他们虚与委蛇，只淡淡地道：“付先生，只要小言没事儿就好，这些东西我们有规定，不能乱收，你们还是带回去吧。”

付先生有点为难，把东西收回来，又把小言妈妈推出去：“你倒是跟人道歉啊，这么多年的书都白读了，会不会做人？”

良久，小言妈妈才扭扭捏捏地说了句“对不起”，不过这晚来的道歉丝毫激不起温言内心的波澜。

“好了，我接受你的道歉，劳烦你们帮我转告小言，有空我就去看他。”

“哎好好好。”

元旦节那几天的假期，队里很多家属都来了，住在家属楼，为的就是能跟自己的爱人或父亲跨年。

吴俊林的妻子是一名普通白领，因为丈夫的工作关系，她不得不辞掉本来的工作专职带孩子。

像往年一样，她领导大家伙儿在食堂包饺子、做点心。相比于其他家属喜欢同自己爱人过二人世界，他们一家子更喜欢同大家一起开玩笑，做东西吃，大家都尊称她一声嫂子。

温言因为手残而没能加入包饺子大军，另外承包了逗小孩儿的任务。温言长得好，性格也随和，很受孩子们的欢迎，人家在一边包饺子包得热火朝天，她却和孩子玩得欢蹦乱跳的。

偏偏她和小孩一样，一笑那双眼睛弯得像月牙一般，看着养眼，让人心生欢喜，以至于忽略了她借哄小孩之名行“偷懒”之事实。

因为是跨年夜，城里各个地方多多少少地举行一些活动来庆祝，人们聚集的地方往往热闹，可热闹往往伴随着各种意外事件的发生，每当这时，中队队员都不禁提心吊胆。

这一晚有好几拨队员就因此出了好几次警：“嫂子记得给我留几个……”不幸被派出警的队员们都如是说道，芹菜馅儿的、韭菜馅儿的、玉米猪肉馅儿的，各人口味不一，不一而足。

“好嘞，早点回来吃热乎的！”每当这时，年轻的嫂子总会笑着回答。

“温言姐，你看这个像不像你？”侯海飞拿着一团面粉凑到温言跟前，献宝似的问道。

明馨儿笑道：“像，像极了！她不就是个猪头嘛。”

温言一记眼刀过去：“海飞，以后记住这人，你替谁站岗都好，千万别给这白眼狼代班。”

“这……”侯海飞不好意思地挠挠头，“我都听温言姐的。”

明馨儿不服气，把手上的面粉全都糊到侯海飞脸上：“你敢！”

所幸的是，那都是些小意外，众人齐齐整整地回来，吃了饺子，心满意足，总算有惊无险地挨到十二点。

众人回到宿舍休息，温言却独自爬到了训练塔上。

凌晨十二点，空气中的尘埃散去，站在高处自然能看见不少星星。

平时都隐匿的星子此时像一颗颗宝石似的，零零星星地铺陈在广阔的天幕上。远处的烟火一个接着一个，绚丽多彩，那声音就像哑了的鞭炮，闷闷的，蓦地让人觉得可爱。

宋谦涵来时，便看到她双手做枕，躺在地上。

这么冷的天，她却只穿了一件外套。

温言看星星看得好好的，冷不丁眼前一黑，扒开一看，这衣服怎么看着那么熟悉呢？

“熄灯之后私自离开寝室，记过。”声音一响起，她想不知道是谁都难。

温言也不客气，把衣服往身上一披：“队长，一年一度的跨年夜，您就不能睁一只眼闭一只眼啊？”

宋谦涵在她旁边坐下，一双长腿伸了出去，在半空中晃荡。许是这夜空太迷人，让人暂时忘记了眼前这人平时的冷硬，在他面前，温言收起了平时的拘谨和疏离，说话的时候变得有点随性。

“没有纲纪，又何来效率。”

“可我听说，你以前打架逃课，还是学校里的霸王？”

“是谁说的？”

“还能有谁，只有路淮了吧。”话一说完，温言就觉得这样不太好，听了人家的八卦还当面出卖人家，实在不厚道，“呃……也不是只有他，还有上次的那个小混混……”越说越糟，温言觉得默默不说话比较好。

“打架是因为路淮被人欺负，我帮他出头；逃课是因为语文学太差，被老师喊出教室，后来去上数学课了；学校霸王……简称‘学霸’。”说到最后宋谦涵似乎也有些不好意思，转过头没有看她。

“那这误会可大了。”温言吐吐舌头，自言自语道。

过了不知多久，温言突然低低道了声“谢谢”：“那天晚上，谢谢你。”

宋谦涵正要说话，却被她打断：“不过这可不代表我认同你对我无休止的加练！”

“你不是要转业了吗，你向来跟我不对盘，只剩最后这么些天，我不加紧时间压榨你又怎么对得起自己？”

“那队长，你认为我转业的概率有多大？”

“你服役期未满，理应不给你批，但你立过不少功，如果上面愿意给你将功抵过，说不定能成。但是……”宋谦涵侧过脸来，看着她，他的眼平时利得像鹰隼的眸，此时却闪着温柔的光，温言一时不适应，摸了摸耳垂，“你确定自己不会后悔？”

温言干笑了笑：“队长你不懂。这不是后不后悔的问题，而是值不值得。只要我认为值得，就不会后悔。今天兄弟们的老婆孩子都过来陪他们，你不觉得很羡慕？没有觉得自己孤家寡人，过年过节的却没有一个知心人在身边，很可怜？”

“你很羡慕？”

温言没想到他会反问，打着哈哈：“一点儿吧。”

“从入伍那天起，我的这条命就再也不属于我自己，所以再羡慕又如何，再可怜又如何？”

宋谦涵虽然平时看上去痞痞的，但骨子里一直存着大义，这也是她以前虽不爽他，但始终相信他的原因。

但这样一番话从他嘴里说出来，她总觉得不自在，摸着耳垂：“我可没有队长您这么至情至性，我就是个女人，有时候也会想自私一回。”

宋谦涵站起身，声音有些茫然缥缈，仿佛从千万光年外的星球处传来：“你说过，让我不要变，可最后，是你先变了。”

宋谦涵头也不回地离开之后，温言又恢复刚才的姿势，抬眼，夜深了，天上的星子愈发多了。

转业的本意是为了能多点时间跟权竟宁在一起，可如今，那人把她的一颗心摔了个稀碎，她却不肯回头，这到底是为什么？

深夜，客厅里的电话突兀地响了起来，温母迷迷糊糊地跑去接听，电话显示的是温言的号码。虽然这年头已经没人再费心去记电话号码了，但她做了半辈子的会计，对数字敏感，更何况是女儿的手机，她一直牢牢地记着，哪怕是忘记了，很快又会对着手机联系人复习一遍，是以她一看就知道是温言的电话。

电话里始终没人出声，只有断断续续的喘气声，远处还有十分嘈杂的声音，心上突然涌起一阵不安，她想喊温言的名字，却什么声音都发不出，她只能拼命地嘶吼大哭……

温父推醒了陷入梦魇的温母，温母醒来时眼角有泪，之后就闹着要打电话给温言。

“别打了，这个时候他们都休息了。”

“不行，我这心口堵着不舒服，我得打过去才安心。”

“做梦而已，又不是真的……”在温父的极力劝阻下，温母才终于打消了打电话的念头。

第十四章 牺牲

深夜，A 城某物流公司仓库，线路因老化而短路，产生的火花瞬间点燃周遭货物，火势迅速蔓延，直到一声巨响，让无数个家庭分崩离析。

在爆炸二十分钟内，温言所在的靖安中队到达，先期派来的队伍伤亡惨重，作为支援队进入爆炸核心区的他们，看到的是将近末日般的景象。

黑，全是焦黑，办公楼和仓库全都被烧得一片焦黑，黑色的烟雾往四方散逸，从空中俯瞰，这就是一个黑色的大坑。

在冲天的火势下，地上的消防栓被炸坏，正汩汩往外流水，积水蜿蜒，形成一个又一个水洼。

物流公司门口有一条建国路，本来颇为宽阔，此时却被炸碎的集装箱铁皮堵住。

为免扎坏车胎，救援车辆不得不停在公司南侧两三百米开外，先清出路来再进去。

附近是一处停车场，大片新车被波及。

巨大的爆炸声不绝于耳，每一声都伴随着十几米高的蘑菇云。

要想开展搜救，就必须压住火势。

消防车队开到物流公司南侧的天越一道和建国路，院内仓库堆放着一排排铁桶，队员们支起高压水炮，向它们打去。

头一罐水打进去，铁桶“轰”的一下炸开。

指挥军官们一下找到了门道，之后就决定采用这样的引爆方法。

水炮的最大射程为五六十米，为了防范风险，负责操作泵挡的消防员上车操作一次，就赶紧往外跑。

一罐水只能打 35 秒，打一次水，炸一次，如此反复几十次。

“像放鞭炮似的！”某队员又一次往回跑，既紧张又兴奋地喊。

外围火势压住之后，考验才真正到来。

办公楼正熊熊燃烧，不停地往外吐着火焰。

据公司员工所说，里面仓库办公楼分别都有人被困，支队长亲自指挥兄弟们进入火场搜救。

在进入这座楼之前，支队长赵胜问宋谦涵：“怕不怕？”

宋谦涵的脸掩盖在氧气面罩下，回答：“我都站这儿了，怕顶个屁用。”

说完，两人义无反顾地进入危楼，身后跟着几个普通队员。

而温言正好混在这群队员中。

这次事故比想象中要严重，不仅大队，就连支队长都亲自上前线支援，在这之前已经有好些资历浅的战士牺牲。

支队长下了命令：资历一年以下新兵通通出来外围灭火。

话是这样说，听令的人却没几个。

反正都戴了面罩，谁能认出谁？

温言就这样钻了个空子，混到了老兵里面去。

可在部队里混了几年的消防兵，哪个不是高大健硕。

温言在一堆男人中间，显得瘦弱纤细，哪怕是宽大的防火服也没能遮掩。

温言还在搬铁桶，支队长眼睛利得很，一下指着她：“你，给我把面罩脱了！”

火场里几百摄氏度的高温，温言大汗淋漓，就差吐舌头了，闻言惊出一身的冷汗，心道支队长这只老狐狸。

面罩脱下，宋谦涵面罩下的眼眯了眯，支队长喝道：“嘿，你这女娃，就是不听劝，这都是男人的事儿，出去出去！”

温言看向宋谦涵，抿了抿下唇：“队长，你信我吗？”

只是一瞬间，宋谦涵脑海里就浮现出两个字：我信。

他转身对赵胜说：“赵队，相信我，她绝不会是负累。”

温言扬起嘴角。

现场没多少时间给赵胜思考，他只摆摆手：“行了，给我当心点。”

宋谦涵松了口气，点点头，沉声道：“我带她。”

他话音刚落，身后传来爆炸声，震耳欲聋。

宋谦涵将温言护在身前。

“快跑，这房子撑不住了！”支队长大喊。

楼房摇摇欲坠，房顶的沙石扑簌簌掉落，众人赶忙往外跑。

宋谦涵始终将她护在怀里，背上都不知被多少块砖石砸中。

温言看着他，心里有股难言的情绪生出。

“宋队小心！”身后有人喊道。

两人往后看去，一块巨大的砖石从顶上掉落，即将要砸到宋谦涵的背。

说时迟那时快，温言一手拂开宋谦涵的身体，自己站在砖石正下方，运气，在双手能够到它的瞬间，拼尽力气将其甩开。

她一回身，宋谦涵还站在原地没走。

她有点恼火：“快走啊！”

数秒之后，众人顺利脱险。

楼房的坍塌仍没有结束，须臾，一切平静下来。

支队长一边整理通信器材，一边对宋谦涵道：“这得多少吨 TNT 的威力啊。”

宋谦涵道：“没有 20 也有 10 吧。”

片刻后，耳机里传来信号：吴俊林所在的小队被困在仓库，请求支援。

方才的队伍分成两个小队，宋谦涵带着其中一小队过去。

仓库门口被一个巨大的集装箱堵住，估计是被炸飞过来的。

仓库墙壁也是钢铁所造，火光中，暗红色的集装箱落到仓库上，砸出一个大洞，箱子尖锐的棱角插入仓库内部。

温言没有想太多，观察周围环境，让宋谦涵提醒吴俊林远离集装箱。

其他队员退到她身后五米开外。

温言单手抓住集装箱的一角，匀速往外拉。

集装箱里面还装着东西，估计要用起重机才能移动。

可它却被温言轻易拉动，战士们面罩下的嘴巴都张成了“O”形。

宋谦涵也被震惊到了，不自觉往前迈了一步，双眼紧紧锁在她身上。

温言不知道自己的极限在哪里，但已有些吃力，脸上汗如雨下，白皙的小脸涨得绯红，皱成一团。

箱子下部与地面摩擦发出尖锐的声音，偶尔有火花迸溅。

片刻后，箱子完全离开仓库，落到地上，地面颤动。

仓库内部终于显现，温言的脸顿时挂上了笑容，可这笑只维持了一秒钟。

吴俊林扶着伤者，站在仓库的豁口处对她笑，那是如释重负的笑。

可就在那会儿，远处传来巨大的爆炸声。

一辆被炸得面目全非的车从天而降，先是挡住她望向吴俊林的视线，而后砸在仓库门上，冲天的火光燃起，照亮温言僵硬的笑脸。

“指导员——”人们声嘶力竭地喊。

温言的耳朵“嗡嗡”地响，外界的声音断断续续。

她只记得是宋谦涵拉着她跑，一直跑一直跑，直到身后的集装箱“轰”的一声炸开，他们扑倒在地。

后来经过调查才知道，那里面是瞒而不报的锂电池。

A 城的冬天很冷，中午还下了雪，可这里却不见一丝积雪，想是都被高温融化了。

温言的脸贴着湿冷的地面，大口地喘着气，心头掠过绝望。

在她入队之前，吴俊林就已经在队里干了好些年，资历比她高，经验比她多，只是因为她是军校出身，所以他一直被她压了一头，在老队长还在的时候她当指导员，他当班长。

他是除了老队长以外，队里对她第二好的人。

他脾气温和，爱当和事佬，人人都喊他“吴大妈”。

她从未当众这样喊过他，可也不否认，他在队里始终充当着妈妈的角色。

新兵们想家了，他给他们煮面，煮饺子；兄弟们被队长骂了，他跟队长给他们说好话；兄弟们遇上经济困难，他从不吝啬地给他们借钱……

今天早上他还说，过几天想请队长多调几天年假，过年陪孩子去上海迪士尼。

然而在这样的爆炸下，想留个全尸都难。

她从地上爬起，宋谦涵抱住她。

她咬牙：“你放开！”

她嗓子嘶哑，说话都破了音，他紧紧扣住她的肩膀：“我不能再让更多的人牺牲！”

这次事故，165 人遇难，一大半是消防官兵。

铁架下、草丛边、屋子里，战士们一次次冒着爆炸的危险，坚持把弟兄们的遗体搬出来，一个角落都不放过。

“兄弟，我们带你回家。”

他们不厌其烦地重复着这句话。

从深夜十点到凌晨四点，建国路上的救护车和殡葬车随时候命，一拨离开，一拨又来。

温言从火场中出来时，天色已然大亮。

身后有战士抬着担架出来，她瞥了一眼，恍惚又记起几分钟前，自己亲手将队友们的残骸一块块捡起，用一层又一层白布包裹，生怕它们漏出来。

消防官兵们都奋战了好几个小时，筋疲力尽，走路有些飘，不小心踉跄了一下。

担架跌落在地，黑色的碎块还是从白布的边缘间滚了出来，刺痛了她的双眼。

温言想，她还是包得不够严实。

她弯腰将其捡起，打算重新包一次。

这次她绝不会那么马虎了。

旁边的男记者抓紧机会上前拍照，对着残骸“咔嚓”“咔嚓”拍了好几张，拍完还扬扬得意：“等了一晚上，总算没白等。”

他一抬头，撞进一双血红色的眼，眼睛的主人盯着他：“给我删了。”

记者没理会，自顾自地转身：“傻子才会删。”

手上被一股大力拽回，温言狠狠地揪着记者的领子，咬牙切齿：“你没听见老子让你删掉吗？”

记者被吓得直哆嗦，手一松，相机滚到地上。

温言瞥了一眼，弯腰一把捞起，按了几下也没反应，便使劲拍它。

“喂——你还有没有理了，还给我！”

温言越拍越恼火，扬手将相机扔到了地上。

黑色的相机顿时四分五裂，碎片往四处散开。

旁边的队员将残骸收拾完毕，却不敢贸贸然上前劝架，毕竟对方是前辈。

“你——信不信我去告你？”

那记者属于小聪明型的，心道只要记忆卡在就行，只是心疼那相机。

他骂了半天，那消防员都好像没听见似的，就打算闭嘴，最后喃喃地说了句：“消防就是消防，都是流氓！”

温言摔了相机后也不解气，只觉得耳朵疼。脑壳疼。

小记者骂她她也只能看到嘴型，没怎么听清，声音断断续续的，倒是听清了最后一句。

于是火上心头，她扬手就要给他一拳：“你有种再说一遍！”

“温言！”她的拳头始终没有落到小记者头上，权竟宁握住她的手，迫使她转身，将她纳进自己怀里。

温言一开始还要挣扎，可闻到对方熟悉的味道，就好像鱼儿回到了大海，飘飘浮浮的心一下子安稳了下来。

权竟宁柔柔地摸着她的后颈，直到她急促的气息平复：“没事了，没事了……”

宋谦涵和沈烨堪堪赶到，了解情况后，沈烨上前跟小记者讲理：“新闻人要有新闻人的道德，请你尊重死者……”

片刻后，温言彻底冷静了下来，挣扎着要离开他的怀抱，权竟宁摸摸她的脸，又摸摸她的肩膀：“有没有哪里受伤？”

“你说话大点声，我听不见。”温言皱着眉头，拿手去拍脑袋。

“你的耳朵……”权竟宁猛地抓住她的手，眼睛盯着她的耳朵，那里有点点血迹渗出，他难以置信道：“听不见了？”

宋谦涵正在救护车上包扎，闻言顿时失了声。

权竟宁立刻将温言送到医院，做了全面的检查，除了耳部的检查之外，他还安排了 CT 和 MRI。

结果如他预料一般，噪声性耳外伤。

耳鼻喉科的张主任告诉权竟宁：“剧烈的冲击波导致鼓膜破裂，内耳受损，她现在的听力恐怕只有正常人的 20%。不过不用担心，这种性质的耳聋通常都是可逆的，只要治疗得当，就能恢复。”说罢，张主任笑了笑，“瞧，我这跟病人啰唆惯了，还跟你解释这么多，这些你肯定都晓得，接下来怎么治疗你也肯定有想法了吧。”

权竟宁道：“张主任是专家，晚辈哪敢在您面前班门弄斧。”

张主任摇摇头，笑道：“你啊，就是太谦虚，要是我儿子有你一半出息，我半夜睡醒都能笑出声来。”他又瞧着玻璃窗内的温言，“这么紧张，女朋友？”

权竟宁也转头看过去。

温言静静地躺在病床上，视线落到窗外，乖巧得让人心疼。

他的眼神一下就温柔了下来，摇摇头：“不是。”

“是不是，你以为我看不出？”张主任觉得自己看穿了一切，“行了，我今晚就把治疗方案弄出来，你让她这两天住院，观察一下。”说完背着手离开。

温言昏睡了整一天，在这期间，温父、温母来过，抱怨了一通，又心疼了一番之后被权竟宁劝回了家。

不久之后温父、温母又带了些换洗的衣服过来，得到了权竟宁的保证之后，才终于安心回家。

这已经是大爆炸的第三天。

爆炸尚未完全平息，遇难人数还在上升，只是上升幅度越来越小。

权竟宁进到房间里，温言正盯着电视看，上面滚动播放着爆炸的最新消息。

每当看到自己认识的战友的照片，她的心都忍不住抽着疼。

这样的牺牲，她见过不止一次，可每次都难以释怀。

谁又能想到，早上还和自己嬉笑怒骂的队友，眨眼间就没了呢？

余光看到权竟宁进来，她低下头，吸了吸鼻子。

权竟宁把保温瓶和药盒放到床头柜上，抽出饭桌，然后坐到她身边，让她能看清他的脸："先喝粥，再吃药。"

其实温言听不太清他的话，只是从他的动作猜出他的意思，然后乖乖埋头喝粥。

权竟宁装作漫不经心地关掉电视，抬手撩起她的刘海，附到她耳边："头发有些长了，出院之后我带你去理个发。"

温言皱了皱眉，没有理会，只是微抖的手出卖了她的情绪。

她知道自己听力不好，需要别人大声说话才能听见。

权竟宁不习惯，每次都要凑到她耳边再说话。

她也不习惯。

她好几次想推开他，可对方都是一副正人君子的模样，明明做着调情的动作，眼神却正经得很，于是她退缩了。

或许是她想多了。

她从小不喜欢来医院，更别说在这儿住下。

她在房间，无聊的时候就看电视，要么就睡觉。

权竟宁一天会来好几次，看她一眼又匆匆离开。

其实她想说自己没事，出院都没问题，可她现在是个聋子，医院内又不许喧哗，她不知道该如何表达自己的想法，便干脆不说。

她喝完粥，吃了药，权竟宁把东西都收拾好带走，再来的时候竟带回来一枚发夹。

很普通的一字发夹，黑色的，铁丝在面上绕了一朵四瓣小花。

"我给你夹。"说着，权竟宁抓起她的刘海，握成一束，用夹子固定在左后方。

完了之后，他又顺了顺她的散发，左左右右，弄得服服帖帖的，最后捧着她的脸端详，笑了笑："好了。"

"谢谢。"温言艰涩地道，下意识地抬手去摸刘海，摸了个空，又默默放下手来。

一会儿后，温言开口道："权……"

她艰难地分辨自己此时的音量，好不容易吐出一个字。

权竟宁望着她，晶亮的眼里写着鼓励。

她深吸一口气，缓缓地道："我想去……追悼会。"

烈士的追悼会定在明天，她想去送他们最后一程。

权竟宁握着她的手，点头：“好，我带你去。”

温言抿唇点了点头。

下午，她去看望受伤的战友。

其中路淮也受了重伤，当时被队友用担架抬着出来，奄奄一息，全身上下没有一块好肉，却是第一个获救的失联者，这让大家大受鼓舞。

路淮醒来没多久，醒来之后的第一句话就是：“都出来了没？”队友们都出来了没？

隔壁床的战友好些都醒了，见他这样，一时没忍心说实话，待他稳定之后才如实告知。

温言进门时，路淮正悲伤地啜泣，她连忙走过去拍他的背，周围队友都摇头叹息：“海飞他……也没了。”

耳边那讨厌的嗡嗡声又来了，温言踉跄了下，好久才接受这个事实。

——温言姐，我爸说让我跟你多学习，我整天跟着你，你不会烦我吧？

——温言姐，这天可热了，我帮你放哨吧。

——我成绩不好，空有一身蛮力，老爸他老了，我想圆他的消防梦！

……

他稚嫩的笑脸浮现在她的脑海里，他才十九岁，不过是个小孩。

病房里的气氛太压抑，温言透不过气，转身跑到楼梯间，抱着膝盖，放声大哭。

权竟宁在病房里找不到温言，去了普外病房也没看到。

她的队友只说她来过，他又去问了护士，都说没看见。

她就好像完全消失了一样。

前天的心情像电流，猝不及防地打在他的心头，让他尝到了麻痹窒息的感觉。

昨天新闻实时直播，他只看了一眼，便觉得天都要塌下来了。

新闻播完没多久，急救室里就送来一拨又一拨的伤者，有物流公司职员，也有受伤的消防员。

他在鲜血淋漓的病房中寻找着，既想看到她，又不想看到她。

一个女孩被送进来，侧脸很像她。

他只看了一眼，全身力气就瞬间被抽走，眼前世界都变成了黑白的。

那时他已半跪在地，还是护士扶着他，他才勉强能站起来。

直到确认那人不是她，他的眼前才变回彩色的。

路过安全门前，他隐约听到有哭声，打开门。

温言的哭声已然偃旗息鼓，他和她隔着半层楼的距离，她在上，他在下。

权竟宁大步跨上楼，两三步就已走到她跟前，挟住她的腋下，一把将她拉起来抱住："你吓死我了。"

男人的头埋在她的颈窝里，极尽缠绵地摩挲着。

他从没有像现在这般害怕过。

温言的双手垂在身体两侧。

良久，她终于抬手环住他的腰身，头，埋在他胸膛间，也不管自己的眼泪鼻涕会弄脏他的白大褂，反正昨天她一身的泥巴他都不嫌弃，这时候嫌弃也来不及了。

时间一分一秒地过去，两人终于分开。

权竟宁拿出手帕，擦干她的眼泪，又放在她鼻尖，温言配合着擤了擤鼻涕。

他把手帕放一边，看着她道："有一句话，我想跟你说。"

根据他的口型以及传入她耳朵的微弱声音，她分辨出了这句话的意思："什么？"

"西方有句话说，'重要的人越来越少，留下来的人越来越重要。'"他说得很慢，"活着的人才更要坚强，难过一阵是对他们的悼念，但生活仍要继续，最重要的还是珍惜现在，珍惜眼前人。"虽然他也没能做到，他自嘲地想。

温言看着眼前的人，权竟宁眼底浮着一层青绿色，下巴上的胡楂也没有剃干净，衬衫皱成一团，完全不像他平时一丝不苟的模样。

那一刻，她心里泛起痛楚。

她又有一丝茫然，因为她似乎看不清他的心。

良久，她点头："我知道了。"

她会坚强，会代替他们勇敢地生活下去。

代替他们，守护好二中队，守护好他们守护的一切。

权竟宁又点点她的眼底，拭去泪痕，温言冷不丁打了个嗝，把两人都吓了一跳。

可能是哭得太厉害了，打嗝丝毫没有停止的趋势，直到回去她都还在继续。

权竟宁憋着笑扶她回病房，走之前还不忘把手帕带走。

温言嫌弃地看了看它："这还……能用吗？"

"洗干净就能。"

"你……自己用啊？"

"不然呢？"

“……”温言脸上浮上可疑的红晕。

“回去我给你冰敷一下眼睛，不然我怕你明天睁不开眼。”

“哦。”

两人亲密无间，路上的人们听着他们的耳语，尤其是女孩说一句话打一个嗝，都忍不住掩唇而笑，又忍不住羡慕。

A 城的空气向来不好，今日的天则格外阴沉。

权竟宁将温言送回中队换衣服，温言换了套军装，两人共同前往 A 城烈士陵园。

那里早已人山人海，十里长街，万人相送。

两人约好集合的地方后分开。

温言找到宋谦涵和队友，他们多多少少受了些轻伤。

宋谦涵手臂烧伤，正用绷带吊着胳膊。

辨认遗体是个大工程，还要承受精神上的煎熬，只是两天，宋谦涵便憔悴了不少。

两人相视点头，默契地没有开口。

仪式开始，家属们捧着烈士们的骨灰，在专人的引领下，放入陵园安葬。

侯爷佝偻着背，跛着脚，手上的骨灰却捧得很稳，温言看了一眼，心酸地转过身去。

其中有好些家属情绪崩溃，哭着喊着，死死地抠着骨灰盒不放，领导忍着眼泪劝了好久才放了手。

全部烈士下葬完毕，所有战士，立正敬礼。

这是活着的人给他们最崇高的谢意与尊敬。

这次事故，是消防史上的一块伤疤，让这个城市的人伤筋动骨，这样的痛，不知要过多久才能消弭。

仪式结束之后，人们久久才散去。

她和权竟宁约在一棵双生树下会和。

人群散去，温言远远就看见他等在那里。

他穿着藏蓝色长款风衣，里面一件 V 领毛线衫，衬衫打底，深色长裤，长身玉立，气质温润，吸引了无数目光。

她始终没有走过去，能这样远远地，静静地看着他，就知足了吧。

这次年假，史无前例地长。

因为温言要养伤。

从追悼会回来，她没有回医院，直接回到家里。

权竟宁说，她在家还是在医院休养都可以。

于是她便在家过起了吃了睡、睡了吃的养膘生活。

但她还是会早起。

新小区楼下的小公园适合晨跑，每天早上六点，她都会早早地从床上爬起去跑步。

军衬、长裤，很简单的装备，穿在她身上却充满精气神，让人们都忍不住驻足望一眼。

晨练的大爷见到她，总会向她招招手，喊一声“小温”。

她有时候看见了便点头笑笑，以示礼貌，有时候没看见就跑过去了。

冬日的早上很冷，路边的行道树都只剩枝丫，肃杀而冷清。

她绕着公园，又绕过小区旁边的湖泊，最后回到小区楼下。

楼下站着一个人，他身形高大，着一件黑色冲锋衣，手上拿着毛巾和水。

她减慢速度，犹豫着跑到他身边。

权竟宁笑着，拿过长凳上的羽绒服裹上她，然后用毛巾给她擦汗。

“喝水吗？”他望着她问。

温言眨眨眼，迟疑地接过他的水，咕噜噜喝了半瓶。

她还想要喝，权竟宁却按住她：“别喝太多，回去吃早餐。”

温言把最后一口水吞下，跟他一起并肩上楼。

回到家的楼层，她转身开门，权竟宁却仍然看着她，并没有要回自己家的意思。

温言回过头看一眼，又看一眼，决定提醒他：“这是我家，你家在那边。”她指指他身后。

权竟宁笑，“我知道。”

这人不会想来蹭早餐吧？

她也不是心疼自己的早餐，她是怕被老爸老妈看见。

一大早的，她带个男人回家，尴尬死了。

两人无声地对峙着，门突然从里面打开。

“哎哟，”门内的温母拍拍胸口，“吓我一跳，站门外做什么，进来啊。”

温言只好硬着头皮开门，权竟宁主动上前问好：“阿姨早。”

温母又惊又喜：“权医生这么早，我还是第一次早上见到你呢，吃早饭了没？”说着她看看温言，“温言也正好要吃，你俩一起？”

权竟宁毫不客气，点头："那我就不客气了。"

温言左看看，右看看，也不知道这俩人说了什么，最后被权竟宁领着进门。

她先去浴室洗澡，权竟宁则和温母坐在沙发上闲聊。

直到她进房前，那两人还在谈笑风生。

她越看越疑惑，因为他们脸上的表情，并不像普通的寒暄，倒像是在密谋什么。

温言洗完澡，套上普通的长袖，将头发吹干。

低下头，一枚发夹静静地躺在洗手台上，她看了一眼，对着镜子把刘海夹了上去。

温言出来，一身清爽，权竟宁听到声音，抬头望着她笑。

她也不知道有什么好笑的，抿抿唇，摸着耳垂走到餐桌旁。

温父坐在餐桌一头，戴着老花眼镜，表情肃穆，翻到报纸的正面，然后又翻到背面，最后又翻到正面。

这个过程延续了不到一分钟。

桌上摆着早餐，馒头酱菜，温母从厨房出来，端出最后热腾腾的白粥。

然后她解了围裙，拉着温父往大门走去，"你俩慢慢吃，我和孩子她爸就先去上班了。"

温父不明所以，嚷嚷着："哎，怎么了，我还没吃早餐呢……"

"你不是说今天要开晨会，这都快迟到了还吃！"

温言都来不及说话，大门就被"砰"的一声关上。

她转身，侧眼幽幽地看着权竟宁："你……跟我妈说了什么？"

权竟宁给她舀白粥："先吃东西，吃了再说。"

"边吃边说。"温言拿起一个馒头往嘴里塞。

"也行，"权竟宁把热粥递给她，双手交叉放在桌上，"我向你妈妈提议，带你到我家老宅养病，她同意了。"

良久，温言消化完这句话的意思后，将馒头囫囵吞下，差点被噎死，权竟宁连忙给她递水："急什么，慢慢吃。"

还不是被你吓的，温言腹诽道。

"为什么？"

权竟宁说："要过年了，他们想去旅游，没人照顾你。"

这算哪门子理由？温言眯了下眼睛。

"我也可以一起去。"

"阿姨说，要去也可以，前提是你和你对象一起去。"权竟宁抿着唇，笑意渗透在他眼里，看样子是在憋笑，“他们不接受单身狗。”

这倒是像她妈妈的手段，催婚无所不用其极。

她的心有点痛，也不知道是被气的，还是被馒头噎的。

她使劲拍拍自己的胸口，不屑道：“不去就不去，我自个儿在家还不行吗？”还非得用这借口硌硬人。

“你一个人在家，我不放心。”

“你当我三岁小孩儿呢，还得时刻有人看着？”

权竟宁的声音温柔如水，又低又沉：“去吧，山里的空气含氧量高，对你的耳朵康复有好处。而且，叶伯时不时在念叨你，你去了，他肯定很开心。”

打蛇打七寸，权竟宁深谙此理。

别的说不动她，把人情搬出来说事，温言肯定投降。

尤其是对她好的人，她根本拒绝不了。

温言泄气：“那我就看在叶伯的面子上，勉为其难去一下。”

权竟宁笑着给她夹馒头：“叶伯会开心的。”

温言回给他一个假笑。

看着身边女孩的笑容，权竟宁想起了昨晚。

他走进书房，他爷爷手拿放大镜，正在查阅文献。

“爷爷。”他礼貌地喊道。

权爷爷放下书籍，托了托眼镜：“什么事？”

“我想拜托爷爷一件事。”

“先说来我听听。”

权竟宁抿唇：“我想申请年假，从明天开始，为期一个月。”

权爷爷沉吟了半会儿：“这事儿不归我管，你跟人事部说。”他稍微停顿了下，问道，“怎么突然要申请这么长的年假？”

权竟宁的眼里有流光浮动，足以温柔整个世界，“没什么，就是想陪一个人。”

权爷爷这两天也听说了温言的事，虽然他不是很赞成权竟宁的选择，但终究没多问。

“想做就去吧，你这几年攒的假期也不止一个月了。”

“谢谢爷爷。”权竟宁继续道，“还有，假期结束后，我想调去急救科。”

“什么！”权爷爷一下站起，厚厚的书砸在书桌上，发出沉闷的声响。

他颤抖着手指权竟宁：“你……你是要气死我！”

权竟宁过去扶他，端给他一杯茶：“您先别生气，听我解释。”

“不用解释，你解释了我也不会听。我平时就是太纵容你，你不愿意上手术台，甚至不愿意解释当年的事情，我都由得你，但神经外科，你不能离开！”

权竟宁抚着他的背，给他顺气：“爷爷，现在的我上不了手术台，但急诊室有什么病症都会找到我，我一天里有半天的时间待在急救室，我待在神外不过充当着住院医师最基础的职能，那我何必尸位素餐？急救室需要我，我也能发挥我的能力，这样有何不可？”

“别以为我不知道你在想什么，你不过是为了那女消防！”

权竟宁肯定地说：“是，我是为了她。但我也想救更多的人，这是这个阶段，我唯一能做的事。希望爷爷成全。”

那一晚，权爷爷始终没有给他回应。

他的年假申请倒是下来了。

温母是个行动派，在权竟宁提议后的第三天就订了机票，地点是温暖的海南。

温言躺在沙发上，咬着橘子，看到温母提着行李出来，一跃而起。

“你们还真丢下我去旅游啊？”

温母擦擦额上的汗：“我从你一出生开始伺候你，伺候了二十六年，现在终于逮着个机会休息一下，我不去我是不是傻？”

温言有点心虚，也不管音量大小了，隔空大喊：“那年货你们不办了，不去走亲戚了？”

温母叉着腰说：“亲戚来来去去就那么几个，回来再去也可以，再说了，不是还有你吗？”

温言无力地躺下，望着天花板，一副生无可恋的样子：“我要回队里……”

温母突然拍拍脑袋，小步跑过去，从兜里掏出个盒子，塞到她手里。“婚前我不赞成，婚后随便你们。这个拿着，以防要用。”

温言没听清她说什么，看到盒子的瞬间，双目圆瞪。

盒子上的两条曲线，若即若离，仿佛两具缠绵的柔软躯体，配上珠光镜面效果，勾勒出一幅令人脸红心跳的画面。

这人……真是为老不尊！

她可算知道了，让她去山上，根本不是让她去养病，而是去钓男人！

温言别过头：“我不要！”

温母锲而不舍，“拿着！女孩子要学会爱惜自己。”

温言反问道：“那你还把我往外推？”

“这就叫不入虎穴焉得虎子。”

温言彻底无语。

就这样，在温父、温母的推波助澜下，温言在他们出发的前一天，坐上了权竟宁的车，地点是他家老宅。

权竟宁充当司机，温言没说话，安静地望着窗外。

半个小时后，车子驶进云山。

云山上的植物一半是落叶植物，冬天来临，全都只剩光秃秃的枝丫。

有时候一条道过去，一片枯黄色。

所以她真的很想问权竟宁一句：这里哪来的含氧量？

而且冬天的山里不是更冷吗？

她更加确定权竟宁想整她的想法。

车子一直开到山顶，在路边停下。

温言开窗，探头出去，然后又缩了回来。

“这不是你家吧？”

权竟宁解开安全带：“反正都来了，当然要带你去到处走走。”

温言也跟着他下车。

第十五章 回暖

地上有薄薄的积雪，由于这里位于山顶，少有人踩踏，依然保持着刚落地时洁白的模样。

山上有密林，夹着山道延展开去，常见的树有松树和柏树。

鼻尖隐约可闻柏枝的芳香。

今天天气还算晴朗，阳光洒到山的阳坡上，吹来的风温暖怡人。

权竟宁向温言打了个手势，让她过去。温言绕过车头，走到他身边，却在他伸手牵自己的时候侧了侧身子。

权竟宁的表情僵硬了几秒，但他很快调整过来，指着前方："我们去那边。"

权竟宁先走，温言紧跟上去，双手插在羽绒服的衣兜里，视线四处乱瞥。

踏过嶙峋的石子路，两人来到一间寺庙前。

寺庙的外墙厚朴古老，砖石斑驳，显然经过不少岁月的洗礼，门上牌匾写着"停云寺"三个大字。

两人进入大门，恢宏的庙宇展现于前。

斗拱飞檐，红墙黑瓦，虽残败，但看久了钢筋水泥的都市建筑，这种也别有一番风味。

"你带我来这儿做什么，我又不信佛。"温言拉着权竟宁的手道。

权竟宁垂首，反手握住她的手，得逞地笑："好巧，我也不信。"

温言想挣开，余光看到有人过来，遂放弃，免得被更多的人注意。

一个穿着僧袍的和尚过来，权竟宁双手合十，礼貌地鞠了一躬。

温言便看着两人一句交流都没有，小和尚就带着权竟宁进殿，她也被迫跟上。

这佛堂看着虽小，却也有两进，三人进到内堂的偏房，一个老和尚正在打坐，看到他们，微微颔首一笑。

权竟宁将温言带到老和尚面前："这位是覃方丈，他是一位有名的中医。"

"你是个西医，竟然带我来看中医？中医有什么用，按摩还是拔火罐？"温言掩唇吐槽道。

她不知道的是，她自以为降低了音量，她的话却一句不落地落入对面的覃方丈耳中。

覃方丈也不介意，依然笑着看向两人，手上不疾不徐地拨着佛珠。

权竟宁嘴角噙笑："两样都不是，覃方丈最著名的是他那手针灸技术。"

温言头也不回地往外走，权竟宁抱歉地看了看方丈，追了出去。

针灸？开什么国际玩笑，她不被扎成刺猬才怪。

权竟宁挡在她面前，温言冷冷地看他："让开。"

"你是小孩子吗？"权竟宁有点生气，又有点想笑。

生气的是，他那么辛苦才请到覃方丈出山给她治病，她却不领情。

想笑的就是她这样闹别扭，就像个小孩子。

"你才小孩，你们全家都小孩。"温言毫不客气地骂了回去。

"不是小孩就乖乖回去治病，还是你怕打针？"权竟宁侧头看她，搬出哄小孩的招数，"要不打完针我给你买糖吃？"

"怕？呵呵，开什么国际玩笑，哈哈，谁怕了？"温言笑得极不自然。

"也对，你进火场连眼都不眨一下，怎么可能会怕针灸。"

温言挑眉："你这是要翻旧账？"

权竟宁："不敢。"

"那还不让我走？"

权竟宁伸手一揽，将她圈进怀里："你要什么条件才肯治病，我都答应你。"

温言的手护在他胸前，闻言眼睛骨碌一转："可以啊，你亲我一口，我就进去。"

还没等他答应，温言就耸耸肩："不好意思，是我忘记了，权医生心有所属，是我强人所难了。不过你放心，我一直喜欢乱说话，要是我以后还这样，你大可不必理会，因为我已经不会再缠着你不放了。"自从那一晚，她就彻底意识到自己跟这个男人的距离，她放弃了，不会再追寻遥不可及的东西。

她还有很多事情要做，追在他身后，她也挺累的。

"是吗？"温言与他擦肩而过，似乎听到他自嘲一笑。

她真的放弃了。权竟宁想道。

可是他发现自己对她，似乎放不开了。

"你不想再当消防员了？"他自顾自地说道，温言却脚步一顿。

他继续说："我让你来针灸，不是为我。你的耳部神经受损了，针灸可以与药物起一个相辅相成的作用，让你加速恢复。覃大师是有名的中医，我相信他能把你治好。"

温言自然不会真的跟自己过不去，可是一想到那些冷冰冰的针头，她就觉得头皮发麻。

"以后再说吧。"

下午三点，温言终于到达权竟宁家。

叶伯和赵婶正在厨房里忙活，两人到老人跟前打完招呼，权竟宁将她领到了客房。

权竟宁说："叶伯和赵婶要赶着回他们儿子家，我们每年习惯在除夕前一晚吃团圆饭，我爷爷也赶着去参加国外的研讨会，一个星期内不会回来。"

温言听了，想起刚才放在客厅的行李，那是叶伯和赵婶的。

她心里有点难过。

除夕本来是一家团圆的日子，他的家人却都在这天各奔东西。

她想说，没关系，有我陪你。

可她发现，自己根本没有这个资格。

所以，她闷着声，没有说话。

权竟宁见状，垂下的眼睫颤动，裤侧的手紧握成拳。

叶伯和赵婶知道温言要来，铆足了劲做饭，比平时足足多做了五道菜。

菜端上来，鸡鸭鱼肉，摆满了整张桌子。

"这么多！"温言笑得眯起了眼，"没关系，我饭量大，不怕浪费。"

"那就太好了，女孩子吃多点才有福气。"赵婶笑着道。

叶伯道："我看天气预报说，这几天都下雪，山路路滑，你们就别爬上爬下了。吃的我都给你们买好了，在冰箱里，够你们吃的了。"

权竟宁："谢谢叶伯。"

"谢什么，难得你带女孩子回来过年嘛。"叶伯意有所指，眼梢掠过他旁边的温言。

赵婶接话道："就是，你都没带女孩子回过市区家里，更别说这老宅了，我们当然要重视罗。"

温言顾着埋头吃饭，没怎么听清他们的谈话，只是在他们看向自己时咧嘴一笑。

"这酸甜小排好好吃……"温言对两位老人家道，眼睛弯弯的，像月牙一般，梨窝深深，甜美又讨人喜欢。

“我明天教你。”权竟宁说着，将碗里剔好的鱼肉递给她，“慢点吃。”

温言“哦”了一声，闷闷地扒饭。

叶伯、赵婶两人见状，对视会心一笑。

晚饭过后，收拾完毕，叶伯、赵婶的儿子将两人接走了。

偌大的屋子就只剩温言和权竟宁两人。

“月黑风高夜，霸王硬上弓……”温言从客厅的窗户望出去，圆圆的大眼睛滴溜溜地转，口中喃喃道。

“你说什么？”权竟宁从后方走来。

温言猛地一转身：“我要睡觉了，晚安。”

再不走，她都怕自己兽性大发。

“这么早？”他话还没说完，对方已经“噔噔噔噔”上了二楼。

果然，她的负重登高不是盖的。

温言回到房间，洗脸洗澡，然后就爬到床上准备入睡。

不到十分钟，房间内就已回荡着她磨牙的声音。

认床？男色？欲火焚身？

不存在的。

在睡觉面前，这些都是浮云。

温言这一觉，睡得天光大白，拉开房内厚重的窗帘，窗外阳光正好。

山里的空气果然不一样。

她贪婪地吸了好几口气，伸了个懒腰，下楼做早餐。她在这里白吃白住，还是得做点什么才心安。

路过权竟宁的房间，门紧闭着，估计人还没起床，温言有意放慢了脚步。

正如叶伯所言，双门冰箱里放着满满的食材，西红柿、茄子、黄瓜、牛排、各种鱼刺身，还有好些不是当季的食材和水果。

不过她别的都不需要，就拿了几个鸡蛋、培根，然后淘米煮粥。

温母极其喜欢喝粥，每逢休息，她都会熬上一大煲浓稠的鸡粥，从早喝到晚。

因此，她煮粥的手艺相当不错，温言在她的指导下，也勉强能应付。

本来煮粥的米最好提前一天浸泡，她昨天忘记了，看见有搅拌机，就把米打成米糊再煮。

把米放到沸水里就基本不用理会，温言转而起锅，接着煎蛋和培根。

没过多久，厨房里便已飘起浓浓的粥香。

权竟宁这一晚也睡得特别香，大概在七点才醒来，洗漱完毕下楼，刚踏下楼梯便看到厨房里忙碌的人影。

男人挑眉，真没想到她能起这么早。

他下楼的声音不算小，可她没有转身。

她听不见。

权竟宁意识到这一点，心情又有些低落。

“这是什么，好香。”

也不知道是她的耳朵问题，还是他的问题，温言总觉得他这天的声音不一样。

他的声音大多时候是醇厚低沉的，现在却是低而哑的，就像沙子划过砂轮，那尾音勾得人心痒痒的。

“黄豆粥，我妈独创的。”

“怎么起这么早，昨晚睡得怎么样？”

“很好啊，非常好。”温言强调道。

早饭过后，权竟宁觉得不能让她这么闲着，于是提议两人进行大扫除，他用报纸折了两顶帽子，温言一顶，自己一顶。

“你确定要这么早开始？”

男人“嗯”了一声，微笑着说：“我们家挺大的。”然后他塞给她抹布和水桶，“要快点，下午还要做年夜饭。”

他自己则拿起吸尘器。

温言无语地看着男人微弯的背影，压着后槽牙：这是赤裸裸的炫富！

“我又不是你家什么人，凭什么让我帮你大扫除？而且准确来说，我还是客人。”

权竟宁转身，望着她：“我以为军人都是吃苦耐劳的，原来是我……”

“说干咱就干啊……”温言打断他的话，一嗓子吼出来，同时弯下腰，勤勤恳恳地去擦桌子，虽然那桌子光亮得可以照镜子，看样子比她还要干净。

做了不到半小时，她发现自己还是太天真。

这个家有叶伯和赵婶，平时对权竟宁宝贝得跟什么似的，又怎么可能会把房子留给他来清扫呢？

而且她发现自己擦到哪儿，权竟宁就跟到哪儿，明明分开擦效率更高吧？

温言站在某一个房间前，指着自己对面的房间，下令：“我擦这个，你去那里，不许再跟着我！”

“这屋子需要打扫的总量一定，我们只要不重复擦，无论是分开擦，还是一起擦，所需要的时间都是一样的。”

温言想想，又好像有点道理，于是很快就被说服了。

后来她发现，其实两个人一起擦也挺好，一边擦一边聊天，也不会闷。

终于擦到权竟宁的房间，先前她进去过，可没有进过书房。

所以在进房前，她特地问了问："这里面没什么见不得光的东西吧？"

"你认为会有什么见不得光的东西？或者说，在你眼里，什么是见不得光的东西？"

废话，单身男人，房里怎么都有一两张碟吧。

虽然他看上去那么正人君子，她也不愿以小人之心度君子之腹，也怕他的男神人设一崩不复返，但那是人之常情，她能理解。

可看他坦荡的眼神，温言也说不出什么来，索性推开门进屋。

进到书房，温言尽量远离那巨大的书柜。

她总有种它要倒下来的错觉。

形式主义地抹了几下灰尘，书桌上的一张照片吸引了她的注意。

那明显是张全家福，里面有四个人，一名长者，应该是权竟宁的祖父，松潭医院的院长。

虽然她从没和对方正式见面，但她也能猜到。

老者坐着，腰板挺直，身后站着三个人，权竟宁，另外有一位美丽的女人和一位英俊的男人，他们相互依偎着。

她一直觉得权竟宁的五官搭配起来非常和谐而完美，但看了这张照片才知道，他的眉眼完全遗传了他的父亲，桃花眼，长直眉，而嘴巴和鼻子则遗传了他母亲，高高的，挺直的鼻梁，很秀气。

照片中的权竟宁，脸还很稚嫩，微笑的眼睛溢满了笑意，很有感染力，嘴唇一侧扬起，有点坏，有点痞，是她从未见过的样子。

温言问道："这是你爸爸妈妈？"

权竟宁敛眉，点头："嗯。"

"我好像没听过你谈你父母。"

"他们在几年前去世了，车祸。"

在他回答前，温言就已经能猜到答案肯定不美好，但真的听到他说时，她的心还是忍不住抽痛。

"对不起。"

"没事，都过去了。"权竟宁扯着嘴角道。

温言再次看向照片里的夫妇，有什么东西在她脑海里掠过，可她怎么也抓不住，只觉得有一丝熟悉感。

“是什么时候的事？”

“五年前。”

有一道白光在脑中闪过，劈开所有浓雾。

久远的场景在脑海中重构，车祸、夫妇、医院、儿子……

“权竟宁，我们之前是不是见过？”

权竟宁疑惑地望着她，“你指的是什么时候？”

温言嘴角轻扬：“五年前。”

五年前，温言刚刚进入消防中队，作为女生，她多多少少受到了其他男队员的排挤。

但她初生牛犊不怕虎，对于消防事业仍保持着巨大的热情。

她与权氏夫妇的相遇，是偶然，也是必然。

某一天，市区内发生连环车祸，二中队前去救援。

权氏夫妇所在的车子已经发生倾覆，两人被锁在车厢内，权父当场死亡。

权母知道身边的爱人已经救不回来，救援队员们都担心她会伤心欲绝，拒绝他们的帮助。

但他们没想到的是，权母不仅没有放弃，而且极其配合他们的救援。

那时的温言作为队里难得的女队员，被嘱托了安慰并鼓励伤者的任务。

权母无力地倚靠在座椅上，座椅和挡风玻璃靠得非常近，与其说是靠在座椅上，倒不如说她是被卡在两者中间，她的腿更以一种不可思议的角度扭曲着。

当时温言就在想，就算把人救回，这种身体的损毁会给她的后半生带来多大的痛苦，除了她，没人知道。

鲜血糊了她的半张脸颊，她却依然美丽。

靛青色的旗袍裹着她妖娆的身姿，是温言从未见过的美，她几乎把女人的柔美和坚韧展现到了极致。

正是如此，温言才会有这般深刻的记忆。

这个场景一直留存在她的脑海中，到现在仍是历历在目。

照片上的权母，穿的正是她那天身上的旗袍。

队员们花费了半个小时破拆，终于将权母救出，那时的权母是矛盾的，她既渴望活下去，可又直觉自己命不久矣。

她神志不清，却始终握着温言的手，不停地跟温言说话。

她说：“我有一个很优秀很优秀的儿子，他是一个医生，又温柔又体贴，又善解人意，他长得老帅老帅了，从小到大都不知道收到过多少情书，伤了多少女孩儿的心。有一次我偷偷看了他的一封情书，他足足三天没有理我……”

她说话的内容毫无逻辑，但是句句不离她儿子。

温言知道，她是真的很为她儿子骄傲。

她被推着进手术室，路上一直握着温言的手，“消防员小姐，我那儿子到现在还没有谈过一次恋爱，我这辈子恐怕是没福气见到我那儿媳妇了，你长得这么好看，我委屈点，给你当婆婆好不好？”

温言也不知道话题怎么就绕到这里来了，扯着嘴角笑，笑容带着苦涩，点头：“好，你出来了我就给你当儿媳妇儿。”

后来，手术果然成功了。

她躺在床上，全身被纱布包得严严实实，只有眼睛一直在骨碌碌地转。

温言那天之后恰逢轮休，连着两天都去看她。温言就坐在她身边，给她讲部队里的故事，讲到好笑的，她就会笑得全身颤抖。

她是如此乐观，她的家人，连同温言，都以为她会度过危险期。

后来却是，不到二十四小时内，手术后遗症并发，她还是没熬过来。

弥留之际，她塞给温言一枚镯子：“这是权家的传家宝，只传给儿媳妇儿……别怕，给我儿子当媳妇儿，你绝对不会吃亏的，因为啊……我儿子是医生里面最帅的，又是帅哥里面最会治病的……他……是我和他爸爸的骄傲……”

很快，她的家人来给她收殓，她一个外人，只得退得远远的，手里握着那枚玉镯子。

然后，她远远地看见一个男人冲进病房，蹲在那美丽的女人身边哭泣。

她走过去，轻拍他的肩膀，递给他手镯：“这是你妈妈留给你的，节哀。”

温言轻描淡写地叙述着那两天发生的事情，有意跳过了儿媳妇那一段，侧重说权母后来离开得很安详。

权竟宁有些难以置信，紧紧地把温言的手握在掌心里：“谢谢你，在我母亲最后的日子里，陪在她身边。我是个不合格的儿子。”

那天电话打来时，他恰好在做手术，没人可以接手，他不得不做下去。

手术结束后，他买了最近的机票，还得从上海转机，几经辗转才终于回到A城，可终究没能见到他母亲的最后一面。

他感谢她，让他母亲走前不是孤独一人。

温言的手被他握得有些疼，但她没有说，拍了拍他的背：“她说你是她和你爸爸最好的儿子，是她亲口说的。”

在这一刻，他的心一片清明。如果说是爆炸发生的那天，他清楚地知道自己对她的心意，那么如今的他则是更加确定。他对眼前的这个女孩，不仅是心疼，不仅是怜悯，抑或只是欣赏，他喜欢她。

这段小插曲过后，两人都没了大扫除的心情。

“你们家贴春联吗？”温言突然想起来，“这会儿也不知道要到哪里买，不如你下山买好了。”

“不用买。”

回到书房，温言见他拿出一大张红纸，还有毛笔、墨水，她才知道为什么“不用买”。

“你别告诉我，你是要自己写。”温言狐疑地看他。

“我以为我已经表现得够明显了。”权竟宁用剪刀将大红纸裁成两长条，边剪边看着她说，“小时候都是我爷爷写的春联，到后来他越来越忙，就再也没写过了，家里也很少贴春联，叶伯偶尔会嫌家里过年没气氛，就让我写了，他来贴。”

他将两张纸并排铺在桌上，毛笔蘸取墨汁，左手背在身后。

他身高手长，一下笔，气势马上就出来了，那是一种挥斥方遒、指点江山的气概。

温言托着下巴，手肘搁在书桌上，抬眼看他：“我发现，你挺耐用的。”

“何以见得？”他笑。

“你看，你会治病，会书法，英文又好，长得又好看，不论是卖肉还是做知识分子，都很有市场。”

“卖肉？”

温言干笑：“只是打个比方。”

说话间，权竟宁已经写完上联，温言拾起，一字一顿，读出声来：“悠悠乾坤岁月共老，真好听，不像我们家的，从来都是春夏秋冬行好运，东南西北遇贵人，二十年了，都没变过，忒俗。”

“春联讲究寓意，寓意好就行。”权竟宁继续写下联，落笔生花，行云流水。

“才不是，那是因为他们从来没有行过好运、遇过贵人，所以才要每年都写。”温言看着红纸上龙飞凤舞的毛笔字，看着看着，眼里透出几分悲伤。

她叹了口气：“你的字写得这么好，小时候肯定没少吃苦。”像她老队长的儿子，被老子逼着练字，就没少挨鞭子。

“那倒没有。”权竟宁停下笔，“我爷爷他是个严格要求自我的人，他把培养子孙看作是他第二重要的任务，希望我们能成为优秀的人，所以他会不自觉地把我们往他的方向培养，成为第二个、第三个他。我的父亲很优秀，但很遗憾，我不是。”

温言撇嘴："怪不得，他都不让你喝牛奶。"

"你怎么只记得这点了，"权竟宁失笑，"除了这个，其他该吃的该喝的，他从来不会苛待我。"

下联写就："昭昭日月流光白头。"

横批是："岁岁年年。"

温言指着横批，问道："这岁岁年年是什么意思，横批不都写的是欢度佳节、迎春接福什么的？"

权竟宁解释道："想要与之偕老的人在身边，自然会想到岁岁年年。"

温言拿着纸的手不禁一抖，她连忙低下头来，垂眼不再看他。

她发现，自己听不见也有一个好处，不想听的时候可以低下头，就什么都听不见了。

有时候对方想表达的意思和自己根据口型猜测的语意会有偏差，或许是她看错了吧，也有可能是她猜错了。

"我去拿胶水。"

可是，这样有深意的春联贴到大门上，实在考验她的脸皮厚度，最后她在权竟宁的建议下，贴到了他的书房门前。

下午三点，他们开始做年夜饭。

温言站在冰箱前，双手合十，闭着眼睛。

她在回忆，当年权妈妈普及的权竟宁的喜好。

这么多年过去了，希望他的口味变化不要太大。

但是，梦想很丰满，现实很骨感。

她虽然都能想起来，但做又是另外一回事了。

尤其是，他喜欢的和她会做的，根本不是同一个菜系。

"你确定要一个人做完所有菜？"权竟宁对此持怀疑态度。

"废话，免得你说我白吃你的白喝你的！"但其实，她也不过是想亲自给他做顿饭，就当是对这段单相思画个句号。虽然他不能给她自己想要的回应，她却是第一次那么认真地喜欢一个人。

然而，温言搜了会儿网页，咬了会儿手指，最后还是不想弄砸这顿饭，于是没骨气地道："不如……你在旁边指导指导？"

在权竟宁的指导下，温言独立地切菜、炒菜、下调料，完成了六道菜，有清蒸鲈鱼、白切鸡、沙茶牛肉、豉汁蒸排骨，还有酿豆腐、玉米羹，都是比较家常且清淡的菜。

她记得权妈妈说过，他尤其喜欢吃鸡胸肉，她觉得奇怪，鸡胸肉又厚又糙，还没味道，怎么会有人喜欢吃？

虽然不理解，但她还是多做了一道自己比较拿手的菜——凉拌鸡丝，完完全全用鸡胸肉做的，有点辣，但还可以接受。

最后的糖醋小排已在收尾阶段，温言用锅铲舀了一点芡汁，用小指蘸取些许，送到嘴里尝味道。

这是她第一次做，她也不知道够不够味，于是转身问权竟宁："你来尝尝？"说着，她非常自然地将蘸着芡汁的小指递到他唇边。

权竟宁的眼神一黯，眸子变得浓黑似墨，里面像是有风暴在肆虐。

他嘴角噙笑，顺水推舟，含住她的小拇指。

这会儿，温言才惊觉自己行为的不妥当。

可是他的举动更让她吃惊好不好！

他的唇舌濡湿温热，包裹着她的指尖，这种感觉很奇特，就像有一根羽毛撩拨着她的心，让她心头为之紧了又紧。

她的音调有些不稳："你……你别趁机占便宜。"

他放开她的手："这样不叫占便宜。"

"这样才是。"

下一秒，他倾身，吻轻轻地落在她的唇上……

这个吻之后的很长一段时间内，两人之间的气氛都很微妙。

直到晚饭开始，两人相对而坐，温言硬着头皮宣布："年夜饭正式开始，开动吧。"

权竟宁微微一笑："我不客气了。"

温言看着他动筷子，果不其然，他第一个下筷的是那盘凉拌鸡丝。

鸡丝被撕得非常均匀，权竟宁送入口后，有几根细细的鸡丝沾在他嘴角，温言看着，下意识地吞了一口口水。

可以说，这盘鸡丝做得非常成功，因为她看着他一口接一口，很快就吃了半碟，她心头生出一股满足感。

他的家教应当是非常好的，吃饭时习惯食不言，温言偶尔会没话找话。

她指了指那盘鸡丝："这个……会不会辣？"

他摇摇头："不会，味道刚刚好。"

"那其他呢？"温言瞪着水汪汪的大眼睛看他。

"都不错。"

温言松了一口气，被人肯定的感觉真不错。

“想不到，你的厨艺这么好。”

“那当然，部队里谁不会炒几个小菜，不然可是会被人笑话的。”温言傲娇地回答。

从这个回答开始，两人的话题开始转入部队生活，温言的话渐渐多起来，说得眉飞色舞，权竟宁则是静静地听着，看向她的眼神越来越温柔。

吃完晚饭，温言坐在饭桌旁，在啃一个大橘子，权竟宁洗碗完毕，切了好些水果，端到客厅，招她过去。

两人并排坐在沙发上，权竟宁叉了一块苹果给她：“你们除夕夜还有别的活动没有？”

温言一口苹果，一口橘子：“以前要守岁，现在基本都不守了。”

“很好，那我们今晚就来守岁。”

温言一听，猛地摇头拒绝：“不要吧，要熬夜的，我是病人，我要休息。”

“等你睡了，我抱你回房间。”

温言坚持：“不要。”

权竟宁叹了口气，这时，电话铃响，他走开接电话。

温言打开电视，长腿伸直放在沙发上，看几眼电视，瞄几眼权竟宁。

也不知道对方说了什么，只见他说着说着，就去楼上拿手提电脑，打开，对着屏幕一顿猛看，然后又翻资料，半个小时过去，他终于放下电话，靠在椅子上叹了很长的一口气。

他再次回来，对她说的是：“如你所愿，我们今晚不能守岁了。”

温言一下子收回双腿，从半躺的姿势坐起：“为什么？”

“我的老师收了一位病患，过几天就要做手术，他想让我对手术方案提些意见，我得好好斟酌一下。”

温言狠狠地咬了口苹果：“这什么老师，过年都不让人休息！”

权竟宁：“他是美国人，不过中国年。”他刮了刮她的眉间，“而且，这不正好如了你的意吗？”

温言不自觉地感到失落：“那你现在就要去医院，这么黑的天？晚上下山多危险……”

权竟宁摇头：“不用去医院，我在这里就能做。”

“那就好。”

权竟宁起身：“你继续玩，困了就回房间睡觉，我得到书房去。”

在他起身的瞬间，温言倏地扯住他的衣摆：“我陪你啊，就当是守岁了。”

权竟宁抬手将她的手握在手里，手心贴着手背：“好。”

她说是陪，还真是陪。

两人待在同一个空间，却几乎没有。

权竟宁坐在书桌后方，埋头看资料，房间里不时响起他翻书页的响声。

温言则坐在沙发上打手游，偶尔瞟他一眼，暖黄色的灯光罩住他的半边脸颊，蓦地生出几分温馨。

她看着看着，竟也看呆了，忽然有咳嗽声响起，她才回过神来。

权竟宁的目光扫过来，嘴角不怀好意地扬起："好看吗？"

温言心里说好看，表面上却装作听不见，把耳朵伸出去："你说什么？大点声儿，我听不见。"

权竟宁走过去："你要是困了就先去睡吧，我还有很久才搞定。"

"在你眼里，我就这么没义气？"

"不是，主要是你在这里，我没办法专心。"

温言愣了一下："哦，那你克服一下。"

权竟宁："……"

温言很会自娱自乐，她到楼下弄来些瓜子坚果，还有各种过年常见的小零食，窝在沙发上开始煲剧。

明馨儿说最近有部剧很火，各大网站都在争相推荐，好像不看就该天打雷劈似的，反正闲着无聊，她干脆找来补一下，看着看着，就一发不可收拾了。

不是说这剧情有多好，而是满屏的槽点，让她越看越好笑，越笑越精神。

也幸亏她现在听不见，开静音也不怕，只是忍笑忍得比较辛苦。

突然间，眼前一片黑暗，只有屏幕上的人还在嘻嘻哈哈，她下意识转头去寻找权竟宁的身影，发现他不知何时已经来到自己身边，轻搂着自己，喃喃说着什么。

"停电了？"

温言把手机放到他跟前，白光从下往上照在他脸上，让她想起电视里的鬼片，可是哪来这么好看的鬼呢，想到这，她"扑哧"一下笑出声来。

"嗯，这样就能看见了。"

权竟宁无奈，道："我去楼下看看，你在这里等我。"

"去吧，手机给你，免得看不见路。"

"不用，你自己拿着。"说着，他也拿出自己的手机，然后走出书房。

权竟宁走后，温言的世界归于寂静，那面书柜就像是巨大的黑洞，让她有种随时会被吸进去的错觉。

她不敢再看，将视线放在手机屏幕上。

但大脑总是如此，一旦认定了某种设定，就会让这个设想在脑海里反复上演，让你无法忽视。

就像现在，她总觉得在某一个黑暗的角落，会突然出来一个白衣女人。

她身着白衣，披散着头发，将整张脸遮得严严实实。

哪怕温言拼命看着屏幕，这个画面仍然一次又一次地浮现在她的脑海中。

她似乎感觉到四周黑暗带给她的压抑，黑暗就像四面沉重的围墙，直压得她喘不过气来。

她低低叫着："权竞宁……"掌心因为攥得太紧而失去血色。

她再也坐不住，从座位上站起，直奔出去。

路上撞到回来的权竞宁，那一刻，扼住她咽喉的无形之手骤然松开。

她又能喘上气了。

"怎么了？"权竞宁关切地问。

"没……没事。"

手机自带的手电筒打在她脸上，映出了她惨白的嘴唇和脸色。

权竞宁连忙把她带回房间："没事了，不是电闸的问题，可能是供电出了问题。"

"今晚能来电吗？"

"应该是不能了。"

温言没有再说话，权竞宁握着她的手，发现她的手冰得吓人，以前她的手都是暖暖的。

"手怎么这么冰？"

良久，温言才开口："权竞宁，我今晚……能不能住在你的房间？我打个地铺就行……"

这下子，权竞宁几乎笃定了："你怕黑？"

温言嘴硬："才没有。"

权竞宁将她带到床边的沙发上，沙发就在窗边，今晚没有月亮，可星星却很多，很亮，天幕不再是漆黑的。

"这里有没有好一点？"

温言点点头。

权竞宁笑了下："每个人都有弱点，我很庆幸，我在你这里并不是毫无价值。"

"你少在这里幸灾乐祸，想笑我就尽管笑，等我找到你的弱点的时候，我可不会手软。"

“温言，”权竟宁叹了一声，“有没有人说你……不解风情？”

温言被狠狠噎了一下。

两人身材好，并排卧在沙发上完全没有问题。

一床天鹅绒被子盖着两个人，权竟宁一手搭在她的腰上。

困意袭来，温言的意识陷入混沌，絮絮叨叨地说着话：“权医生，你知道吗？”

她的声音不是普通女生甜甜糯糯的嗓音，而是比较浑厚饱满的，接近女低音，每次喊他权医生的时候，他都觉得出奇地悦耳。

“嗯。”权竟宁的嘴唇靠近她的耳郭，以便她能听见他说话。

“其实我们平时一点儿都不想过节日，因为本国群众爱凑热闹，一凑热闹就容易出意外……我们也想好好过个节啊，可总得担惊受怕的……后来干脆不期待了……像这种情况，也有可能是哪个地方发生意外了……”

权竟宁以为她睡着了，却猝不及防听到她喃喃道：“但我发现，跟你过节也挺好的……”

闻言，权竟宁情不自禁地在她唇上嘬了一下，看到她失焦的双眼慢慢聚焦。

温言清醒了点，摸着自己的嘴唇：“你今天……”很奇怪，平时他好像对自己避之唯恐不及，今天却是亲了她两回，两回……这已经不是西方的社交礼仪范畴之内了吧。

“你也可以亲回来。”

温言翻了个白眼：“以前怎么没发现你这么油嘴滑舌？”

权竟宁捏了下她的脸：“这种事，自然得深入了解过才晓得。”

温言总觉得他的笑不怀好意，脑海里过了一下那句话，油、嘴、滑、舌……

她发现自己再也不能直视这成语了。

过了好一会儿，权竟宁问：“你为什么会想做消防员？”

温言歪着脑袋想了想：“可能是想救人吧，其实我挺孬种的，你让我拿枪去杀人，我肯定下不了手，还不如拿水枪去救人。”她顿了顿，又道，“说到底啊，这就是一种情怀。”

“什么情怀？”

温言字字铿锵：“英雄情怀。谁不想当大侠当英雄，这又不是你们男人才有的，我看武侠剧的时候也会热血沸腾的好吧。”

“那你呢？你为什么要当医生？”末了她自问自答道，“我知道了，肯定是你爷爷逼的。”

“其实我不知道自己想当什么，我爷爷奶奶、父亲母亲，都是医生，似乎我不做医生就是离经叛道，而且他们从我小时候就开始有意把我往这个方向培养，我也没觉得有什么不合适。”

“你就没有什么情怀？”

“那是后来才有的。苦难见多了，就会萌生出想帮助他们的欲望，但我知道我不是救世主，只能尽我的全部力量，换一句电视剧里医生常说的话就是，我尽力。其实在父母去世之后，我去过一趟非洲。”

“可惜的是，那段经历的结果不太好，甚至令人悲伤。”

温言握紧拳头：“怎么了？”

“当地的武装分子可以随意射杀平民，更有许多无辜的人，包括孩子、妇女，死于他们同政府交战的流弹中，他们甚至不惜使用化学武器，造成大范围的死伤，最终污染那片土地，让平民失去他们赖以生存的土地和水源，还有健康。但当他们来求助的时候，我们只能给予救治，不论对方是武装分子还是政府兵。因为我们宣过誓：‘我不允许宗教、国籍、派别或社会地位来干扰我的职责和我与病人间的关系。’，哪怕他们最后将我的朋友、伙伴杀死……”

她抬手，捂住他的眼，指尖都在颤抖：“别说了。”

她从不知道他的经历是如此惨痛，令人震惊，她不知道该如何安慰他，只是紧紧地抱着他，用她最温暖的怀抱，给予他最大的安慰。

“都过去了……”

清晨，窗外洒入第一道阳光，权竟宁睁开眼，看着怀里的人。

昨晚停电，直到凌晨才恢复供电，暖气没法用，山里的夜晚很冷，她在被窝里便使劲地往他身上靠，像树袋熊一样，把他抱得紧紧的。

他在被窝下轻轻抬起她的手，放到枕头上，然后又小心翼翼地抬走她的脚，最后掀开被子的一条缝，钻了出去。

出门前，他还是回头望了一眼，看着她熟睡的模样，安静可爱，像个孩子。

他心头一动，脚步随之一顿，回到床边，弯腰在她的额上印上一吻，低低地道：“早安。”

到了早上，暖气有点热，温言在睡梦中掀开被子，睡衣随着她的动作往上走，露出腰上雪白的肌肤。

男人的眸子暗了半晌，他调整呼吸，伸手将她的衣摆拨下来，指尖不经意触碰到她温热的皮肤，触感滑腻，指尖微动，只流连了几秒钟，最后还是依依不舍地撤手。

温言一点也不知道他经历了怎样一番挣扎，她只知道，这一觉睡得很是舒畅。

睁开眼，她的第一反应是去寻找权竟宁，发现对方不在。

心情怎么说呢，有点失落，但更多的是如释重负。

温言坐起，抱着被子发呆，然后拿起旁边的枕头放在鼻尖闻。

他身上的气味永远都那么好闻，他似乎抽烟，但抽得少，身上很少有烟味，大多时候是凉凉的酒精味、薄荷味，就连枕头、被子也一样。

温言用力猛吸几口，心情莫名其妙变得雀跃，埋在枕头里一顿傻笑。

末了她往窗外望去，大年初一的天空阴沉沉的，雪花纷纷扬扬飘落，下得有些密。

温言下地走到阳台上，将头伸出去，张开嘴，去接那些雪花。

冰雪落到嘴里，冰冰凉凉的，感觉很奇特。

她想起昨晚他最后说的话："我以前以为医生做的都是对的，救人就是对的，可是后来我疑惑了，救人是否真的都是对的？哪怕你救了那个人，会有更多的人因他而死。我那时甚至会厌恶医生这个称呼，也曾经想过要放弃，可是遇见你，我看到你们为救人奋不顾身，牺牲自己，我似乎才找回了当年的初衷。是你，让我找回当医生的骄傲、救人的意义……"

她从来不知他心里的纠结，昨天听到他说那段话时，她的心真的很痛。

她只看到成为医生的权竟宁，她喜欢他，不仅是因为他的外表、性格，更因为他身上医生的身份，她以为他悲天悯人，她在他身上看到希望和光明，却不知道他的灵魂里也曾有过黑暗和迷茫。

可谁都不是圣人，他也不是。

谁都不能用圣人的标准来要求谁，他也不过是芸芸众生中的一员，和她一样。

正是这些纠结，才有了今天的权竟宁。

她爱他，他的灵魂，他的过去、今天，还有未来……

昨晚，她在心里这样跟他说。

幸好，他最终熬过来了。

这个阳台正对房子前的两个水池，池子表面结了一层薄薄的冰，看上去光可鉴人。

不远处的两扇门突然间动了，往两边缓缓打开，温言眯眼，看见一辆黑色奔驰驶入大门，向前滑动几米，停在门边。

车上首先下来的是一条雪白的长腿，然后一位身穿长款大衣、戴着墨镜、烫着大波浪的女郎出现在她的视线里。

她里面穿的还是一身暗红色短款旗袍，勾勒出她玲珑的曲线，两条大长腿大大咧咧地暴露在空气中，这将近零下的气温，温言在心里默默给这位女壮士写了个“服”字。

温言低头看看自己，小熊睡衣，还是毛绒质地的，宽松得看不见任何身材。

再看那女郎，摇曳生姿，走过两个水池间的小道，一步三摇地往屋内走来。

那人穿过风雪，乍一看，还真有一点冰雪美人的感觉。

童霖会找到老宅这里，是权竟宁没能预料到的。

“竟宁！”童霖从小在美国长大，作风很洋派，一进来，大衣都还没脱，鞋子也没换，踩着一地的雪水，奔到权竟宁面前，抱住了他：“happy new year！”

二楼的温言从房里出来，正好就看见这一幕。

如水的双眸一暗，这才子佳人卿卿我我的桥段，还真是刺眼。

权竟宁不动声色地推开她：“你怎么来了？”

童霖的笑意凝结，可仍然装作欣喜的样子：“我昨天陪完我家人了，今天特地来陪你过节。”

“这里天寒地冻的，我下午送你回去。”

温言眉峰一挑，没想到这人还挺会怜香惜玉。

“外面都下雪了，现在下山很危险。”

权竟宁沉吟半晌：“那等雪化了，我就送你回去。”

童霖的表情彻底冷下：“你就这么不喜欢我在这里陪你？”她往后退了一步，凤眼低垂，可凤眼向来强势，加之她五官清冷，这便注定她无法装出一副楚楚可怜的模样。

这个男人不喜欢自己，她是知道的，可她有自信把他的心永远绑在自己身上。

因为，他对自己有亏欠。准确来说，应该是对她的哥哥有亏欠。

她回来之后不久就与他相过一次亲，别人都以为她是被迫的，但只有她清楚，人是她自己选的，只是表面上装作在母亲的劝说下被迫相亲。

她和哥哥童沛是亲兄妹，父母离婚后，她跟着母亲移民到美国，她哥哥童沛则跟着父亲留在国内。即使距离很远，她和兄长的感情仍是很好，甚至她也在哥哥的影响下，决定成为一名医生。

权竟宁和童沛认识后，童沛跟她聊天时就会提到他，于是，她认识了权竟宁，在自己心里构筑了一个英俊有才、冷漠却温柔的男人形象。

他不喜欢拍照，但他的哥哥拍照时总是有意无意地拍到他，尤其在他们一起到非洲援助期间，童沛经常和野生动物合影，总是会把权竟宁当作背景。

她会笑他：“你怎么舍得把人家当背景？”

童沛就会装可怜：“我还不是为了我亲爱的妹妹可以睹照思人啊。”

她在童沛描绘的世界里，不可自拔地爱上了权竟宁。

后来在童沛的葬礼上，她第一次见到权竟宁。他的眼里比他在照片里，阴郁更深，更暗，就像阳光都无法照射的无底洞，那里寸草不生。

当年她还没有读完医学硕士，还不能回国，她只好又等了两年。两年后，她放弃了在美国攻读博士的机会，回到国内读博，终于在松谭遇到了他。

可是那时，他身边竟然有了个女消防员！

可她并不把对方放在眼里。

消防员，朝不保夕，连自己的命都没把握保住，又何谈爱情？

权竟宁是她的，哪怕是用绑的，她也得一辈子把他绑在身边！

过些日子，范娜莎就会来中国，当年到底发生了什么，她就会一清二楚。

她摸了摸颈上的贝壳吊坠，果不其然看到权竟宁瞬间变白的脸色。

低头的同时，童霖眼中有什么一闪而过，权竟宁没能看到，可是在温言的角度，两人的一举一动，她都一览无余，无疑是看到了。

“怎么会？”温言见权竟宁久不回答，决定帮他一个忙。

闻言，两人同时看去，温言从楼梯上下来，看见权竟宁飞来的眼刀子，看样子是痛恨自己的多管闲事呢。温言摸着下巴想，童霖是他放在心尖尖上的人，人家兴致勃勃地找上门来，却发现屋里藏了个女人，肯定以为自己和权竟宁有什么不可告人的关系。而自己主动出现，无疑像小三向原配挑衅，童霖伤心难过是肯定的，而自己是罪魁祸首，权竟宁讨厌自己也是情有可原的。

果然她又是好心办坏事了。

“权医生可是盼星星盼月亮地等你来呢。”温言硬着头皮走到两人跟前，幸好，除了权竟宁的男人身高优势外，她还不至于比童霖矮，而且她本来就不擅长演孤苦无依的小三人设。

这两人站在一起，还真是金童玉女，天造地设的一对啊。

怪她以前只想离他更近一些，却从来没有站在一个客观的角度来审视自己和他的契合度。

如今换了个位置，她终于看清自己跟他的差距，他终于找到了适合自己的那块拼图，而她，自然就被挤出去了。

童霖看看眼前的温言，又去看旁边的权竟宁，微笑道：“温战士也是来拜年的吗？”

温言点头："是啊，我比你早了一天，天气不好，权医生仁心仁术，就好心收留了我一晚。"

"是啊，竟宁心肠好，是全医院的人都知道的，哪怕是一只流浪猫，他也不会舍得让它淋雨。"

温言咧嘴一笑，露出森森白牙："权医生可是专门治脑袋的，我没事可不想权医生关照。"

童霖掩唇一笑："没想到你也有被嫌弃的一天。"

两人眉来眼去，看样子已经暗度陈仓不短时间了吧。

温言的这话，确实是冤枉了权竟宁。

权竟宁面无表情地看着温言，温言总觉得背后凉飕飕的，拢了拢衣襟。

"冷了？"男人朝温言跟前迈了一步，温言下意识倒退一步，这一步，终于让权竟宁的脸黑得像锅底。

"童医生刚从外面进来，要冷也是她比较冷一点吧。"温言看向童霖，扯扯嘴角，"我们要不要先吃个早餐？客随主便，你们想吃什么，我做。"

"既然是客人，又怎么好意思劳烦你动手，还是我来吧。"

"那我们一起？"

两个女人自顾自地商量，权竟宁一声未吭。

他不是没听懂，温言的每一句话都在撇清与自己的关系，那一刻，一股无力感油然而生。

吃完早餐，温言就一直待在自己的房间里，到了午饭时间，她干脆也没有下去，吃完童霖和权竟宁做的午饭后，又打算回房。

走到半路就听到童霖跟权竟宁的话，雪已经停了，经过一个上午也化得七七八八，童霖便让权竟宁陪她到山上看看。经过她的一番软磨硬泡，权竟宁终于答应。

她好像无意间看到权竟宁投来的眼神，可在那之后，他就说了声好。

听到答案，温言已经没有任何感想。

临走前，权竟宁到她房里嘱咐她等自己回来，让她饿了就自己先做饭，以及注意各种安全。

她漫不经心地回答，心里却想着凭什么。

"你真的不想去？"权竟宁手握着门把，看着门内的她。

"我今天不想出门。"

权竟宁默了半晌，然后点头："好。"

等权竟宁走后，温言开始迅速收拾东西，全部东西加起来才几件衣服，没多久就收拾好了。

她拿着行李下楼，关门，锁门，把钥匙放回地毯下，头也不回地离开。

虽说云山是被开发过的，可能到半山建别墅的都是非富即贵之人，出门都是名车代步，哪里会需要坐计程车？

所以，温言走了很远，路上的车影几乎为无。

她停下来想想，决定自力更生，拿出手机导航，大不了自己走下去。

山上信号断断续续，她好几次都走了岔道，走到山下，已经三个小时过去。

手机没电自动关机，她在国道上徘徊，又走了很远一段路，好不容易拦下一辆到市区的车，才终于结束这漫长的漂泊。

她看着手机，漆黑的屏幕，三个小时前到现在，还没有人打过来。

驾驶座的好心司机看了眼后视镜，隐约看到对方泛红的眼，再看她一个女孩子，拿着行李，在鸟不拉屎的地方拦车，一对相爱男女惨遭棒打鸳鸯的狗血爱情故事在他脑中成型。

他最见不得有情人不能终成眷属了，于是忍不住道："小姑娘，跟男朋友走散了？"

女孩摇头，没说话。他还打算劝她一劝，天涯何处无芳草，何必单恋一枝花呢，谁知她却道："他本来就不是我的。"

这句话，连他一个大男人听了都心酸，想说点什么也说不出口了，只能在心里默默叹气。

问世间情为何物，直教人生死相许啊……

温言回到家，一开门就看到本来应该在海南的父母在客厅里，两老见到她都吓了一跳，连忙过来询问。

温言满身疲惫，一边敷衍地回答，一边往房间里走。

"我先睡个觉，晚饭不用叫我了。"然后她倒在床上，只留温父、温母面面相觑。

"吵架了？"温母无声地问温父。

温父摊手耸肩，无声地回答："你问我我问谁？"

直到晚上八点左右，两人终于见到权竟宁，可见他着急茫然的表情，就知道有事发生。

"阿姨，温言回来了吗？"

温母下意识往身后看去。

温言叮嘱过温母，要是权竟宁来了就说她不在，可这下意识的动作已经出卖了她。

权竟宁看到玄关的鞋柜前放着一双雪地靴，是她的。

他已经知道答案："阿姨，温言一声不吭自己回来，我不知道发生了什么，请你让我跟她见一面。"

温母端起八卦的表情，问道："吵架了？"

权竟宁抿着唇摇头："没有。"

温母叹了一口气，侧身让他进去。

要不是那该死的雪，飞机不能起飞，她早就在海南享受日光浴了，这下倒好，不仅旅游没去成，女儿的恋情也出现了危机。难道今年运程不好？温母想着明天赶快找个大师来问问。

权竟宁走到房门前，敲敲门，想起她可能对声音还是不敏感，正想着要不要直接推门，迟疑间，门从里面打开。

温言望了一眼温母，对方也正往这边看过来，她按捺着脾气，抬头看向权竟宁："进来吧。"

说着转身，权竟宁进来，反手关门。

视线追随着她的背影，他问道："怎么一个人回来？也不跟我说一声，我打了你好多通电话，都没人接。"

温言静默许久，抬起下巴与他对视："我要回队里。"

"你的病还没好……"

温言打断他："能听见就行。"

权竟宁也不跟她纠结这件事，她没康复，她的领导肯定不会让她上前线。

"有那么急吗，你可以等我回来，我送你下山。"他只要一想到山上交通不便，也不知道她走了多久的山路，心里就是一紧。

"你跟童医生你侬我侬的，我怎么好意思麻烦你，你不怕误会，我还怕呢。"

说到童霖，权竟宁彻底慌了："温言，我不管你信还是不信，我跟童霖一点关系都没有，你不要乱想！"

"可那天你是亲口承认你喜欢童医生的，你一时这样，一时那样，我该怎么相信你？"

"我那只是……"

"不过已经没关系了，我这人呢，长这么大没谈过恋爱，第一次遇见像你这么优秀的人，难免脑子发昏。缠着你那么久，实在抱歉。这段时间，谢谢你的包容和照顾。现在我算是想清楚了，我和你就不是同一类人，你跟童医生天造地设，我祝你们白头到老，举案齐眉。"

一句话，把权竟宁的心浇得冰凉冰凉的，可很快，他心里又迅速燃起一束火，痛得他只想大吼。

温言就冷冷地看着他的眼神迅速变得灰败，心里却没有预料中的痛快，反倒是她的心，仿佛是在他的眼神灰暗的瞬间而枯败。

“这段日子，我知道你是因为同情才照顾我，可是以后都不需要了。就当我们从来没有认识过，你还是当你的医生，我还是当我的消防员……”

话音未落，温言的话就被权竟宁打断：“你现在的情况还能不能继续当消防员，都是未知之数。”

“你什么意思？”

“你的听力没有恢复，没有医生证明，你觉得你的领导会接受一个有听力障碍的队员吗？”

温言双唇抿紧，没有说话。

权竟宁去握她的手腕：“跟我回去，我们让覃大师帮你针灸，你很快就会恢复的。”

温言却甩开他的手：“我会去治，可是不需要你带我去！”

“还有谁带你去！”权竟宁的情绪在那次事件之后，第一次处于崩溃边缘，也是他第一次对着温言怒吼。

眼前的这个女孩，总是能轻易影响他的情绪。无论高兴还是悲伤，她总是能牵动他心里那根无形的线。

就在这时，门外传来敲门声，温言过去开门，竟然是宋谦涵！他跟年假前没什么两样，只是两颊瘦削了些，脸部线条变得更加立体深刻，身上穿着军衬，右手衣袖折到手肘，露出仍包着白纱布的手臂。他应该是听到两人说的话，信誓旦旦地说：“我带她去，直到她康复为止。”

有人帮忙，温言乐见其成，并没有反对，而权竟宁也没有再提出什么要求，他本是想她好的，如果再为难，便是无理取闹了。

宋谦涵和权竟宁跟两位老人家闲聊了几句，当作拜年，就一同下楼。

电梯缓慢下行，两个男人不约而同地把双手插到兜里，只是宋谦涵插的是衣兜，权竟宁插的是裤兜。这倒是很符合两个男人的性格，一个不羁，一个内敛。

电梯里安静得连根针掉地上也能听见，其他人感受到两人之间剑拔弩张的气氛，一到目的地就纷纷逃了出去。

出到外面，冷风刮来，像刀子似的。宋谦涵瞥了他一眼，歪歪头，示意他跟过去。

两人面对面地站在车库里。

宋谦涵掏出一包烟，递给权竟宁，遭到拒绝，他也不在意，在风口下把烟点燃，吸了一口："你不会以为，自己甩了她，说几句好话就能哄回吧？怎么，以为靖安中队的人好欺负？"

权竟宁摇头："你想多了，我从来没有想过欺负她。"

"那我是眼瞎了还是怎么，我只看到那傻丫头眼巴巴地申请转业，转过身就被你拒绝，十二月的天在路上哭得像个傻子似的，难不成这都是我想多了？"

在别人话里听到她为自己做的事，权竟宁堵住的心更加不知道如何宣泄。是，以前是他太狂妄、太自大，总觉得没有了她，自己还能活得好好的，没想到这么快就现世报了。

"过去是我做得不对，我会亲自弥补温言，不需要宋队长关心。"

宋谦涵冷哼一声："看你能怎么样，我告诉你，只要我一天是温言的队长，你就别想让她轻易原谅你。更何况，你身边不还有一个红颜知己童医生吗？"

"我跟她不是你们想的那样！"

"我也是男人，男人看男人看得最准，我有预感，总有一天，你还是会因为她而伤害温言。我们可以走着瞧。"烟头落地，坚硬的军鞋踱了几踱，宋谦涵扬长而去。

权竟宁最终还是妥协，把山上的地址和联系方式给了宋谦涵，第二天，宋谦涵一大早就把温言送上山。权竟宁似乎很早就等在了那里，两人只是点点头，然后跟他擦肩而过。覃大师看到宋谦涵，似乎有些惊奇，但没有多说，把温言领进了房。

不一会儿，温言就被扎了一头针，看上去像只刺猬。

但不得不说，针灸似乎真的是有效果的，针灸完一次之后，她就觉得仿佛被人打通了任督二脉，浑身舒畅。平时像是被堵住的耳朵仿佛被钻通了一般。

针灸结束后，温言心情不错，拉着宋谦涵到处逛，而权竟宁没有跟上来，或许是他也察觉到如果自己再跟上去，就显得太过故意了。

两人绕到庙后的花林。

据说这里春日杏花烂漫，白茫茫的一片，有如雾凇沆砀，美不胜收。

可惜现在是冬天，没法亲眼所见。

花林的另一侧有一棵巨大的银杏树，只是它已经落光了树叶，光秃秃的，很难分辨出是什么树种，只能从地上的几片残叶勉强猜到。

树上挂满了红色的宝牒，放眼望去，一片红色，由于挂上去的年代不同，颜色有浅有深。

风一吹过，就像泛起涟漪的红色湖水。

温言看见这个有点兴奋："我还以为只有在电视里才能看到呢。"

"据说这棵树的树龄还挺长。"

"有多长？"

宋谦涵想了下："大概可以追溯到我们的太太太……爷爷的年代。"

"果然很老，你看都把你吓得结巴了。"温言哈哈大笑。

宋谦涵无奈，笑笑没说话，从兜里掏出烟正打算点燃，却冷不丁被温言一把夺走，扔在地上实打实地踩了两脚，宋谦涵眼睛一眯，眼神有点危险："我看你这阵子欠练！"

"有种你现在就让我归队。"温言往后一指，"眼瞎，没看见此处禁烟？"记得以前在A大训练，他就说她眼瞎，现在她总算可以把这两个字还给他了。

大仇得报，身上真是无一处不舒畅。

"冬天天干物燥，你也不看看这是哪里，山里你也敢抽烟，敢情你想自己放火再自己灭是吧。"

"好，我说不过你。回去！"

"要回你自己回。"温言似乎真不在乎他走不走，跑到写宝牒的桌子前，望着树下的他，"队长，我们也来许愿吧。"

宋谦涵慢慢走过去："许愿顶个屁用，老子现在烟瘾犯了，想抽烟，他能把那几个字变走？"

温言搭上他的肩膀，一副好兄弟要谈心的架势："年轻人，梦想还是要有的，万一实现了呢？"说着，她递给他一只手，手心摊开，里面是一颗糖，"要烟没有，要糖一颗。"

宋谦涵摇摇头，走到一个小和尚面前给钱，走之前也没忘把糖顺走。

温言笑嘻嘻地道："我要五个。"

"我的存在价值就只是付钱是吧。"

供香客写宝牒的桌子非常人性化，桌子足够宽敞，中间还隔着一张木板，你在那头，我在这头，谁也看不见谁写了什么，充分保障了人们的隐私权。

温言在这头"唰唰唰"就写好了五张，看看对面，宋谦涵还在气定神闲地低头写着，她踮脚去看，什么都没看到。

然后她抱着一堆宝牒去抛，第一个没抛到，力气太大，抛过头了。

她又跑到另一边去捡，再抛，这次落到了宋谦涵的脚边。

宋谦涵捡起来，瞥了一眼，上面的黑色大字，歪歪扭扭，写着：希望吴俊林能上天堂。

温言急忙跑过来，从他手上夺回宝牒。"别偷看啊！"

宋谦涵指着她怀里的宝牒，说："像你这样抛，要到猴年马月才能全部弄完。"说着，搂过她的腰，带她转过身子，"我帮你。"

在宋谦涵的帮助下，温言一抛一个准，不一会儿，五个宝牒就全挂到了树上。

温言兴奋地看他："我知道要用多大力气了，你的我帮你吧。"

宋谦涵邪笑着摇头，退后一步，在她过来抢的瞬间往外一抛，宝牒在空中划过一条抛物线，稳稳落到树杈上。

温言"嘁"了一声，好心当作驴肝肺。

权竟宁在车上等了一段时间，都没有看到那两人出来，怕温言出事，于是急急忙忙去找人，走到庙后，恰好就看到温言在宋谦涵怀里的情景。

苦涩的笑容在他脸上展开。

他终于知道当温言看到自己跟童霖站在一起的感觉，原来是那么痛、那么酸。

他也终于明白，温言喜欢他，不是她的本分，而是他的福分。没有人会永远在原地等待，他凭一腔孤勇，大步向前，把她甩在身后，当他想要回头的时候，对方早已离去。

没有抓紧的手，可是会走的。

宋谦涵的年假有七天，是支队长看他受伤，特地给他多调了几天假。但宋谦涵从来就不是乖乖仔，别人让他往东，他就必定往西，别人让他往前，他就必定往后。

七天的假期，除了每天早上带温言上山，他几乎每天待在队里。

而温言的听力也在药物和针灸的配合下，恢复到正常水平的百分之七十。

欣欣向爱
HAPPY LOVE

储昭离 著

橙白蜜事

下

江苏凤凰文艺出版社
JIANGSU PHOENIX LITERATURE AND ART PUBLISHING, LTD

目录
CONTENTS

目录
CONTENTS

第十六章 心结

于是，在得到张主任医生证明的第二天，温言穿着军装回队里。

经过权竟宁家门前，她还是忍不住驻足，但没有停留太久。

她站到办公室门前，敲门，门内的人沉声喊："进来。"

"队长，我来销假。"温言说明自己的来意。

宋谦涵蹙着眉头："你的听力都恢复了？"

"恢复得不错，日常生活没什么大问题。"

"把病养好了再回来，这么赶做什么？"

"队长您不也是吗？"

宋谦涵拔高声调："我跟你能一样吗？"中队长都不在，队里成什么样子？

温言"扑哧"一声笑了出来。

宋谦涵瞧她没心没肺的笑容，气不打一处来，可对着她又发作不了，憋闷得很。

温言又道："我这又不是断手断脚的病，到哪里养都是养。"

"敢情你把这里当医院了？"

温言直起腰，郑重地道："队长，您就让我销假吧，我保证不给您添麻烦。"

宋谦涵抿唇，沉吟半晌，道："回来也行，不许你出警。"

那她就真成回来养伤的了？她怎么好意思。

温言不情不愿地道："是。"先答应下来，到时她趁他不注意溜上车就是。

宋谦涵迟疑着问道："针灸还需要继续吗？"

"大概不需要了。"

宋谦涵挥挥手："没事就出去吧。"末了想起一件事来，他又叫住她，"上次……"

温言出门的脚步顿住，返身看他，看他半天没动静，皱了皱眉头，又不敢催促他。

最后，宋谦涵还是没有问出口。

他本来想问，她的力气是怎么回事，单手拉动装满锂电池的集装箱，想想都匪夷所思。

可她就真的那样做了，还在他的眼皮子底下，他不相信也得相信。

世界之大无奇不有，他也不执着于她的能力从何而来，只是在担心。

她有这个异能，对于出任务来说是好事，但一旦滥用，会发生什么，无人知晓。

而且，她的要强好胜跟她这个能力不无关系，他最怕她把危险任务都担下来，以为自己是女超人。

从她以往的表现来看，这个并不是没有可能。

"队长，我还有话想说。"

宋谦涵抬头看她，"什么？"

"我想到特勤中队！"

温言提转业的那段时间正好是宋谦涵写推荐信的时候，当时她坚持要转业，他也不可能把她推荐上去。

"之前那么好的机会，是你自己放弃的，你现在跟我说也没用！"

"那我能不能参加升级考试？"

宋谦涵低头看文件："这个得靠你自己。"

升级试在每年的秋天，去年她刚好错过了，这一年，她怎么都要拼一拼！

温言回到寝室，还没开门，余光就看到明馨儿向这边飞奔而来。

她站定，迎接明馨儿的熊抱。

"你可回来了，想死老娘了！"她刚刚结束训练，身上带着汗味，头发都是汗湿的，结成一捋一捋。

温言笑着："你在说什么？"

明馨儿的笑容一下僵硬："还没好呢？"说完她又觉得生气，知道温言听不见却还是忍不住嘟哝，"没好赶着回来干吗，二中队没你，还活不下去了吗？不过好歹知道回来，让老娘独守空房那么久……”

“那今晚就让你侍寝吧。”温言冷不丁道。

明馨儿作势打她：“胆儿挺肥啊，能听见还给老娘装！”

温言手快眼疾，挡住她的手，挑眉笑道：“我告诉你，你这手下来，我能给你折了。”

明馨儿悻悻然地收回手：“真的能听见了？”她伸出两根手指在温言面前晃了晃，“这是几？”

温言挥开她的手，没好气地道：“我又不是眼瞎。”

明馨儿咬着下唇，斥道：“那你刚才还骗我！”

“我这不是测试你对我的深厚感情嘛？”

明馨儿扯出一个“善意”的笑容：“滚，好吗。”

下午，两人进行了一次促膝长谈。

温言问：“他们都回来了吗？”

“轻伤的回来几个，重伤的还在医院躺着。”明馨儿叹了口气，“这次消防队可算是损失惨重啊。”

“侯爷他们……怎么样了？”

“中年丧子，换作谁都受不了。侯爷是过了年才回来的，现在一天到晚都待在厨房里，跟他说话也没以前健谈了。过年前给吴嫂子送抚恤金，一家人哭得跟泪人似的，现在想起来都心疼。”

明馨儿揽过她的肩膀，语重心长地道：“所以说真的姐妹，有什么事儿，先保了命再说。不像我，一人吃饱全家不饿，你们不一样，都是有家的，不为自己，也得为他们想。”

温言的心沉了下来，她瞪明馨儿：“再胡说我把你的嘴缝上。”

明馨儿闭上嘴，做了个拉链的动作。

过了一会儿，她又解开拉链，道：“不说这么沉重的话题了，我们谈些八卦的。”她撞撞温言的肩膀，狡黠地笑问，“过年跟权医生进展到哪一步了？”

年假那会儿，明馨儿偶尔会给她发短信，知道她跟权竟宁待在一起后，发得更勤了，几乎一天十几条，吵得她烦，最后她干脆没理她。

温言不想谈权竟宁，对着她眯眯眼，扯着嘴角笑，然后转脸没理。

后来无论明馨儿怎么问，温言都不说话，明馨儿就确定，这俩人肯定有问题。

明馨儿还以为她怎么都不会再开口，谁知她突然说道："我跟他已经不可能了。"

"为什么呀？"

"人家跟童医生是一对，我以前不知道，傻乎乎地往人跟前凑，终于惹人讨厌了。"

明馨儿一脸的难以置信："怎么可能！"

"我亲眼见过他们俩抱在一起，而且童霖在权竟宁面前撒娇，他从来不会拒绝。"

"虽然你这样说，但我挺难相信的。你别忘了，上次你就是乱猜一通，不肯去求证，后来摆了个大乌龙。"

温言："是他自己亲口说的，他喜欢童霖。那天我没有喝酒，他喝了，这算不算酒后吐真言？"知道她不信，温言也不想再说，只摆摆手，"信不信由你。"

明馨儿拉住她，严肃地道："我见的人多，看人也比你准，不管怎样，我还是不相信权医生会是那样的人。我建议你还是跟他好好谈谈，因为我不想你后悔。"

温言没有回答。

"这次真不走了？"。

温言摇头："我都回来了，你还问我走不走，不废话吗？"

明馨儿不屑地用鼻孔出气，心里却很高兴："你就知道顶我！"

晚上，队友们齐聚在饭堂，吃个晚饭，便当作给温言洗尘。

饭堂里，战士们都闭口不谈事件的起因结果，但温言通过新闻也了解了一些。

该物流公司违法经营、违规储存危险货物，又疏于安全管理，这次的大爆炸是长期累积隐患的一次爆发。

物流公司相关负责人以及负责该片区的相关部门已被究责，处理结果过些日子就会出来。

侯爷还在厨房里，在人们吃到一半的时候才出来，他给温言端来一盘酱爆猪肘子，临走时拍着她的肩："回来就好，回来就好……"

温言："侯爷……"对不起，她说过要带着海飞，可最终连人都没保住。

侯爷没有回头。

几天过去，她被支队委任靖安中队的指导员。

她有经验，工作很快就上手了。

她也渐渐恢复日常训练，可指导员的训练本来就比普通队员少，她闲来无事就去跑两圈，晚上就不停地看书，准备升级考试。

静下来时，她偶尔会想起权竟宁。她知道忘记一个人会是一个漫长且痛苦的过程，她不会强求。

好好地过自己的生活，她相信，没有什么是时间抹不去的。

范娜莎是与权竟宁同期到非洲支援的英国助产士，事情发生时，她躲过了事故，活了下来，回到了英国。在那之后，权竟宁几乎没有主动同他们联系，因为他怕自己一看到那些人，就又想起那天残忍的情景。

范娜莎这天给自己打电话，他还愣了许久，似乎在回想范娜莎到底是谁。范娜莎说她来了中国，想跟他见一面，权竟宁当时是答应了的，但到了那天，才发现医院的事情忙不过来，只好让沈烨先去。

沈烨也曾经跟着权竟宁在非洲待了几个月，事情发生的时候，她回国没多久，后来也是在幸存的范娜莎那里得知事情的经过的。

范娜莎是一个很友善的妇人，听她说，这次她是应一个新朋友的约来的中国，还是那人接的机。沈烨好奇她的这位新朋友是谁，可奇怪的是，平时对她知无不言的范娜莎这次却三缄其口。

而且看她的表现，她不愿意说绝对不是因为害羞，况且，范娜莎已经是一个十八岁女孩的母亲，跟自己的丈夫感情很好，所以，根本不存在她隐瞒一个男朋友，害怕她挖墙脚的可能。

第二天，沈烨好奇，又去了一次酒店，进去的时候碰巧看到童霖，对方没有看到她，正在跟熟人说话。沈烨没把她放在眼里，直接上楼找范娜莎。

沈烨去到二楼餐厅，服务员正在收拾范娜莎对面的咖啡杯，这就说明，她刚才见过一个人。沈烨装作漫不经心地问她是不是见了朋友，范娜莎的表情有些郁郁，点了点头。

刚一坐下，她沈烨的大腿就被什么硌住了，她摸起来一看，那是一枚徽章，上面一个眼睛的图案，下面名字写着——童霖！

童霖为什么要来见范娜莎？

童霖，童沛，童霖，童沛……

脑海里仿佛有什么东西炸开，他们两人肯定有什么关系。

“范娜莎，你老实告诉我，刚刚童霖是不是来找过你？”

范娜莎见瞒不住了，就老实回答：“是的，她说她是童沛的妹妹，几个月前已经找上我了，我那时在埃及，没有时间确定她说得是真还是假，这次从埃及直接来中国，就是为了见她。”

“她为什么要见你？”

“她说想了解当年发生的事，我便如实跟她说了。”

妹妹想了解自己哥哥发生的事，情有可原，可是她为什么要范娜莎向他们隐瞒自己的身份？

沈烨总觉得童霖另有所图，于是匆匆告别了范娜莎，往楼下冲去。她看见童霖的车正好在门口经过，连忙跳上自己的车，一个急转弯，开到大路上。一个行李员差点被撞到，指着她车屁股骂骂咧咧。沈烨对此一概不知，她只想着追上童霖，问她到底想干什么。这次是她撞了个正着，要是等到下次，恐怕就更难问出什么来了。她想打电话让童霖停车，可该死的才发现自己没有对方的电话。其实也正常，自己平时跟童霖没有半点交集，而且她向来看童霖不顺眼，会主动存童霖的电话才有鬼。

车子开到八十码，好不容易追了上去，沈烨把副驾驶的车窗打开：“童霖停车！”

童霖似乎听见了，还往她这边瞟了一眼，可只是笑笑，把原来开着的车窗关掉，车速加快。

沈烨现在开的车还是几年前买的二手车，哪里比得上对方的高级货，很快就被超过了。看着对方的车屁股轻轻松松就超自己几百米，沈烨一锤砸在方向盘上，发出尖锐的喇叭声，还不足以消掉她内心的憋屈，于是她又连骂了几声。像是故意一般，童霖有好几次把速度降下，看沈烨追上来又立刻加速，两辆车在马路上追逐，沈烨气得肺都疼了：“童霖，你最好别让老娘抓到你，否则我要把你绑在我家飞机上游街！”

红灯转绿灯，童霖冷笑一声，往前开去，沈烨只顾着看她的车，却不知道自己已经身处危险之中。

一辆跑车在她的侧面以至少一百码的速度往这边驶来，沈烨看着童霖的车刚刚使出十字路口，就听到自己身后响起巨大的响声。

一瞬间，天翻地覆。

车子被撞到后连翻几个滚，接连撞上旁边的好几辆车，那些司机又被迫转弯，连续撞上其他的车……乒乒乓乓，喇叭声此起彼伏，热闹得让人心惊，良久才消停。

滚烫的血从额上流下来，糊了一脸，双脚被夹在前面，动弹不得，疼痛如潮水般铺天盖地地涌来，然而此时此刻，不是疼痛也不是死亡让她感到绝望，而是委屈。

手极其艰难地抬起，拿起跌落在头上的手机，拨通一个三年都打不通的电话。

也不知道这次有没有打通，沈烨已经开始边哭边骂："浑蛋，接我一次电话会死啊！恭喜你，你以后再也不会接到我给你的垃圾短信，也再也不会听到我的声音了，我要死了，你是不是很开心？不是骗你的，我出车祸了……"她的声音越来越弱，"我上次跟你说我喜欢上别人是假的，我没有忘记过你。死了也好，死了就不怕你看见我躲我了，我做鬼也不会放过你的！林深，林深……""沈烨？你在哪儿？"对面的人似乎才接到电话，只听到她的最后几句，一开始是有点无语，以为又是这丫头的恶作剧，可是他越听越不对劲，要是恶作剧，她肯定不会连痛都不吭一声。他了解她，真正疼的时候她是不会让人知道的，所以他一下就慌了："你在哪儿！你出事不会打 110 吗？打给我做什么你这个白痴！"

沈烨……

沈烨……

沈烨！

耳边不知道是谁的呼唤，一声比一声悠长，一声比一声急促。身上仿佛有千斤重，除了脑袋，其他地方都好像不受控制，沈烨被魇住了，挣扎着醒来。

双眼猛地睁开！

周围的人都松了一口气，其中包括温言、权竟宁，还有宋谦涵。

她还在车内，他们是来救援的。

温言道："你怎么回事儿，开车不会小心点啊？"

权竟宁忙着给沈烨检查，宋谦涵把人拉开：“现在是骂人的时候吗？赶紧救人！”

权竟宁按压沈烨的腹部，确定没有内出血，想给她擦擦脸上的血，可发现那血早已凝固了，他的手顿时愣在了那儿：“你好好配合温言，她会救你的。”

“我好像，听到林深的声音了。”

“那就赶快好起来去找他。”

沈烨咧嘴一笑，触动伤处，龇牙咧嘴地笑：“权医生，你安慰人的技术真的不怎么样，还不如让温言来骂我几句。”

权竟宁看她意识清醒，就让宋谦涵过来。刚刚宋谦涵已经让温言把油箱处理了，对权竟宁道：“你扶住她！”然后跟别的队员要来液压钳，他试图把卡住她的方向盘剪掉。

“表哥，你好帅……”

宋谦涵看见她这副气息奄奄的模样，也不知该气还是该幸灾乐祸好：“你要不想我被我妈念死，就给我挺住。”

“表哥，我跟人说，我好像喜欢上你了。”

宋谦涵的手狠狠一抖，液压钳“啪”的一声，剪掉了一根条，把另一根给砸掉了一半去。男人深吸一口气，继续剪：“你这是乱伦。”

“我们没有血缘关系。”

“你别想了，我心里有人了。”

沈烨并不觉得有什么，本来她就是说着玩的，可她似乎感觉到权竟宁一瞬间僵硬的手。

把方向盘卸下来后，温言代替权竟宁钻进了车里，一手扶着沈烨，一手解开安全带，顺利把人抱了出来。

被送到救护车上时，沈烨还不忘调侃一句：“夫妻档并肩作战还真是不一样呀！”

温言轻笑，拍了拍手，手套上的灰尘纷飞：“很遗憾，你的嫂子另有其人。”说完转身而去，立刻参与另一场救援。

“注意注意，现场有油罐车怀疑泄漏，尽快将伤员救出，所有能产生火花的工具都不能用，贺总、猴子、叮当猫跟我去排查。”贺总、猴子、叮当猫都是队里人给战友起的昵称。

救援工具大多是金属制品，跟车体摩擦必然会产生火花，这下大家都犯了难。

事故现场位于十字路口，现在四条路都已经拥堵得不成样子，救援必须尽快完成，可不使用工具，进度又会变慢。

突然间，温言看到权竟宁推着一位伤者往救护车走去，脑子里灵光一闪，大声吼道："权医生，你们有多少白布？"

权竟宁答道："你需要多少？"

"有多少要多少。"

于是权竟宁从各台救护车上拿来好些白布，温言让他把布撕成一块一块，去分给队员们。

"拿布垫一垫，别让金属相互接触。"队员们接过白布，都向她竖起大拇指。就连在另一边作业的宋谦涵，都忍不住看向这边，给了她一个赞赏的眼神。跟在温言身后的权竟宁也忍不住道："你心思很细腻。"温言笑笑，面对赞美丝毫不谦虚："过奖过奖。"有了布块垫着，救援中间产生的火花果然大大减少，进度开始加快。

而另一边，宋谦涵问了司机，得知车里的是甲醇，便立刻让参与堵漏的队员们换上防护装备，然后指挥队员用泡沫枪对地面泄漏液体进行覆盖，另外用水枪对罐体泄漏位置进行稀释。

此时，因车祸造成的道路拥堵已经过去了一个小时，有司机等得不耐烦，开始上来跟交警理论。

温言听到吵闹声，从车里伸出头来，便看见不远处有几个人围着交警大吵大闹。最要命的是，其中一个嘴里叼着烟，手上拿着打火机正欲点燃，交警被那些人搞得头晕，没留意到那人。

周围的队员也在埋头作业，根本没精力和时间看他们。

一旦把火点燃，周围充斥的空气与甲醇的混合气体会在瞬间爆炸，引燃周围所有车辆，这里的所有人都将不能幸免！

温言的眼睛一下子红了，脑袋是热的，四肢却是冰冷冰冷的。她飞快地从车里出来，脱下手套，向着那人的方向砸去！

爆头！

打火机"啪嗒"落在地上，那人往后一坐，脑袋被砸得头冒金星，还没来得及弄清楚发生了什么，领子就被人揪住。

温言居高临下，狠狠地盯着他：“抽什么烟呢，知不知道差点有几十人因为你而丧命！多等一下会断胳膊还是断腿，你的时间重要，我们的命就不重要了是吗——”

说完，她一把甩开对方的领子，把自己的手套捡起来，拍拍上面的灰尘，重新戴上。就像什么事都没发生，回到自己的位置继续工作。经过权竟宁身边时，她用只有两人能听见的音量说了句：“放心，我不会再像上次那样冲动了。”

经过这一个小插曲，交警部门立刻严加管控，甚至拿着大喇叭不停地单曲循环：“油罐泄漏，禁止明火。多谢配合！油罐泄漏，禁止明火。多谢配合！”

把伤者全都救出，把甲醇都送到另一辆油车里，已经是四五个小时过去，把现场清理干净，四方道路重新通车。

宋谦涵把原来开车的队员叫到另外一辆车上，上车，温言则坐在他旁边的副驾驶位上。

这几天倒春寒，深夜的街道又湿又冷，偶尔还有几粒小雪飘进来。警笛已经关闭，红蓝色的警灯交替闪烁，车辆穿过一条条空旷的街道，耳边只有车子行驶的声音，窗外偶尔有纸片或塑料袋在风里飘荡，昏黄的路灯透进来，打在战士们或年轻或沧桑的脸庞上。

光影流转间，温言能感受到他们从心到身的疲惫。车上的队员或是闭着眼睛小憩，或是低声聊天，或是安静地点一支烟提神。宋谦涵余光一掠，声线低沉：“今天指导员都说了什么？”叫作猴子的队员抓着透明袋包得好好的烟盒和打火机，讪笑道：“队长开恩哪，今晚实在是憋慌了。”

温言道：“现在没关系，想抽就抽吧。”

“谢谢指导员！”

宋谦涵又问温言：“今天下手打了没有？”

温言转过身去看着窗外：“我倒是想打，不是来不及嘛。况且那人脸皮厚得跟城墙似的，我一拳下去擦出火花来了怎么办？”

“也对，怕你打得手疼。”

两人的话瞬间逗笑了车里一大帮人，本来沉闷的气氛变得活跃起来：“今天指导员那一下，打得可真准！我目测那时候距离差不多有十米呢。”

“不过一个手套杀伤力也忒大了！”

“大家该担心的应该是自己，谁知道哪天指导员突然来那么一下……”然后说话的人做了个抹颈的动作……

回到中队，宋谦涵下车，让人把车子都收拾干净，恢复出车前的状态，自己靠在柱子边，也拿出烟来，看到温言过来，掏烟的动作顿了顿，可还是当着温言的面点着了。

“最后一根。”

“信你？我还不如信春哥。”

宋谦涵觉得自己受到了侮辱，倒吸了一口气，把打火机塞到她手里。温言木然地看着他，然后笑了。

女孩的嘴角斜斜扬起，笑意便带了点邪气，一双杏眼扑闪扑闪的：“没了一个打火机，却还有千千万万个打火机，我怎么知道你会不会偷偷去跟别人借呢？”

宋谦涵眉梢一挑：“你可以监督我，随时随地。”

“那我不得累死？”

宋谦涵抖了抖烟灰：“我管你，总之，这打火机你给我收好了。”说着，他吸完最后一口，冲上楼洗澡去了。

“叮”的一声，温言拨开打火机的盖子，蓝色的火焰静静燃烧，丝丝暖意在空气中弥散开来。

温言一直以为，沈烨人傻，必有大福。

这次的特大车祸事故则很好地印证了这句话。

在车子被撞得报废的情况下，沈烨却只被诊断为轻伤，轻微脑震荡、脚踝扭伤，以及其他的各种软组织挫伤。

也好，温言吊着的心总算放下。

过了几天，温言决定去看看沈烨，在去病房的路上，发现今天的护士们特别兴奋，一路上都有人在叽叽喳喳的，但谈论的似乎是同一件事，关于同一个人。

“你们听说了吗，林医生回来了，还是同院长一起从美国回来的！”

“林医生是谁啊？”

“你新来的当然不知道了，林医生当年可是同权医生并称‘松潭双杰’呢，人长得帅，医术又好。可惜啊，当年副院长走后，他们就一个美国、一个非洲，各奔东西了。”

“副院长又是谁？”

护士甲叹了口气：“不说了不说了。”

然后，温言有幸见到了传说中的林医生。

她远远看去，只见对方穿着白大褂，戴着无框眼镜，长得斯斯文文，很有书卷气。

这人跟权竟宁简直不是一个档次好吧。温言心道。

她觉得这医院里的护士情报网确实厉害，哪个旮旯发生了什么，不到半小时必定传遍整个医院。

“我看陆医生也回来了！”

“哇，我好久没见他了，怪想念的，他在哪儿，我已经迫不及待地要见他了！”

“一回来就被权医生叫走了，你们没看见，权医生那表情凶的，吓死宝宝了。”

“他们怎么了？”

“我哪知道啊？”

温言走到沈烨的病房，还没进去，隔着一扇玻璃，就见到对面走廊上吵得头顶冒烟的两人。

她从未见过如此决绝的权竟宁，他的表情，愤怒、悲伤、沉痛，很难用最确切的词语来形容。

平日里的他脾气温和，就像一根湿透的灯芯，任你怎么点都点不着。

而今天的他，怒气外露，让她感到惊诧。

权竟宁：“他为什么回来，你为什么不告诉我？”

陆尹无辜摊手：“我又不是他肚子里的蛔虫，我怎么知道？”

“老爷子为什么会让他回来？你为什么不拦住老爷子？”

“院长决定了的事，我拦不住啊。”陆尹按住他的肩头，“Lynn，事情已经发生了，你再揪住不放，你永远都不会快乐。”

其实陆尹没有告诉权竟宁的是，权老爷子之所以会在美国逗留那么久，是因为他住院了，导火索很大程度是见到了林深。

林深去医院看望过，在那之后，老爷子就点头让他回来了。

权竟宁拂开他的手：“你能容忍他当年的错，可我不能。因为他的错，两条人命没了，他根本不配做一个医生！”

权竟宁没想到温言会突然出现，见面的一刹，他身上的火焰仿佛瞬间被大雨淋熄，归于平静。

权竟宁迈着大步走过来：“你来了。”他身后的陆尹摊手耸肩，嘴巴一扁，可以看出，他也很无奈。

温言点头，指了指门内：“我先进去了，你们慢慢吵。”

仿佛真的是想给他们一个好环境可以慢慢吵架，温言进去之后关上了房门，将外面的声音全部隔绝。

沈烨住的房间是一个单间，有钱人才能住的单间。

里面的人正坐在床边，对着窗外，身上穿着病号服，很单薄、很小的一个人，腰背却挺得直直的。

温言喊了她一声，她转过来：“你是不是跟权竟宁闹掰了？”

这些天，温言已经不是第一次被问这个问题了，很大方地点头：“是啊，怎么了？”

“为什么？”

“哪有那么多为什么？拜托，我已经不想回答这个问题了，你们有时间问我，为什么不直接问正主？是他的问题，不是我的问题。”

“是不是因为童霖？”

“他们俩两情相悦，我怎么好意思棒打鸳鸯，那可是会被雷劈的。”

“两情相悦才有鬼！”沈烨气得从床上蹦起来，“权竟宁喜欢的是你你感觉不出来吗，童霖她算个屁啊。我告诉你，这很可能是童霖的诡计……”

温言很无奈：“我是来看你的，不是来做情感咨询的，我们可以结束这个话题了吗？”

沈烨握住她的手，像是怕她甩开，用双手圈住她的手腕：“温言你听我说。权竟宁是喜欢你的，我用我的人格保证！你知道，他一直都是那个清清冷冷的样子，我从来没见过他为哪个女孩子那么着急过。第一次，我坚持要把周国勇的事情登报，是他阻止的我。第二次，你受伤，是他让我去找覃大师出山帮你治疗。覃大师虽然是有名的中医，但他已经归隐很久了，是权竟宁每天到庙里扫地干活儿，才感动了他。他是个医生，手对他来说有多重要，他却能忍受冬天山上那么冷的水，去洗碗洗衣服。他都长冻疮了，手背都是黑的。第三次，他为你推掉了学校下学期的课程，甚至调到了急救科，其他你本来知道的我就不跟你说了，他心里是什么想法，你真的不知道吗？”

听到这些，温言已经被震惊得张口无言。她从来不知道权竟宁在背后默默为她付出了那么多，如果说不感动，那肯定是假的，可是他当时为什么要拒绝她？

“喜欢是一回事，选择又是另一回事儿，他的最终选择始终是童医生。”温言转过头去，没有看沈烨，她怕别人看到她湿掉的眼眶。

电视上正在播放今天发生的车祸新闻报道，女主播一板一眼的话语在耳边回响。

“如果说权竟宁这辈子最愧疚的人，那只有一个，是跟他一起援非的同事，具体的事情我不方便跟你说，以后权竟宁会告诉你一切。那个人叫童沛，他死在非洲武装分子头目的手下，而权竟宁则一直以为是自己的冲动和鲁莽害死了他。童霖是童沛的妹妹。”温言猛地转过身来看她，“说到这里，你也猜到了吧。权竟宁很有可能是因为愧疚才亲近她，他也已经照顾童沛的遗孀几年了，再来一个妹妹，他自己全包下也不奇怪。”

“你别看他平时那副高冷样，其实他是个闷骚，什么事儿都放在心里。他一直以为童沛的死是他造成的，童霖对他有意，他不可能狠下心来伤害她。但是如果放任他跟童霖在一起，他不仅不会幸福，还会永远被困在自责的牢笼里出不来。”沈烨咬了咬牙，“如果让我知道童霖真的是利用这一点来困住他，我怎么都要跟她磕到底！”

温言吸了吸鼻子，笑道：“你这么了解权竟宁，你们却没能在一起，真是奇怪。”

沈烨连连摆手：“不不不，他这个人闷得要死，怎么配得上我这极富冒险精神而自由的灵魂。再说了，我可是有主的。”

“谁啊？”温言“嘁”了一声，“这么没眼力。”

沈烨推了她一把：“去去去。”然后说回正事，“所以，能把权竟宁拉回来的人，就只有你了。只有你，才能让他克服所有的恐惧，勇敢地向前看，而不是被过去所困。”

“你还是第一次这么认真严肃地跟我说话，我有点不习惯。”温言哈哈笑了两声。

“我说真的。我看那个童霖就不是好人，我那天要不是去追她，我会发生车祸吗。而且我发生车祸那时，她就在我车子前没多远，不可能不知道，可是她还是若无其事地走了，我猜她连报警电话都懒得帮我打一个呢。”

温言收起玩笑的态度：“你说真的？”

沈烨重重地点头。

别的都还好说，可是她作为医生竟然能见死不救，这就让人很心寒了。

“那我问你，权竟宁封刀是不是也因为童沛？”

沈烨点头。

温言深吸一口气，这下子，什么都通了。

童沛是权竟宁的心结，一天无法解开这个结，权竟宁就无法再上手术台，也就无法成为一个真正的外科医生。

如今，童霖很可能会成为解开权竟宁心结的又一道枷锁。不说爱，她说什么都不能让权竟宁再那样下去。

“好，我知道了。”

“所以，你不会放弃权竟宁的是不是？”

“我再想想。”作为朋友，她也不会眼睁睁地看着他堕落下去，不过，如今也就是作为朋友而已，再深一点，她已经不敢再触及了。

“对了，你为什么不直接跟权竟宁说？”

“没用的，直接跟他说，只会激起他的逆反心理，他会以为我们对童霖有偏见，对童沛不敬。我们之前也不是没有劝过他，可是什么用都没有，他现在对我们的话都免疫了。如今你是对他影响最大的人，就只能靠你了。”说着，沈烨摸上她的肩膀，给她加油鼓劲。

你们靠我，那我靠谁呢？温言心道。

俗话说，解铃还须系铃人啊，如今那系铃人已经不在了，那她去找谁解铃啊？

翌日，明馨儿起床就说腰疼，让她帮忙去医务室拿药膏。

一辆货车挡在医务室门口，温言绕开进去，一个高大身影出现在她眼前。

对方穿着白大褂，后颈隐隐露出蓝色衬衫的衣领，挺直板硬，头发很短，接近军人的板寸，又比他们的长而有型。

哪里来的男医生？

她在心里偷笑，明馨儿这次走宝了，要是她亲自来，肯定又得花痴。

只是不要是背影杀手才好。

对方正在搬东西，手里捧着一个箱子，她想着要不要喊他一下，谁知对方像有感应似的，转过身来。

照面的刹那，温言定在原地，插在军大衣兜里的手倏地握紧。

权竟宁也没想到会在这里遇见她，她到医务室来，他只想到一个原因。

“哪里不舒服？”他放下箱子，两三步便迈到她跟前，紧张着地看她。

温言摇头：“我没有不舒服。”

“那你来这儿做什么？”

“这句话应该我问你吧。”

权竟宁看看外面，工人还在卸货，他让她先等等，然后就去搬货。

温言压根静不下来，索性去帮忙一起卸货。

看她瘦瘦小小的，军大衣都撑不起来，可是能一下搬两箱货，工人们都惊呆了，于是都不甘示弱，加快手脚，几十箱的药品很快搬完。

结束后，权竟宁拧了一条热毛巾给她擦汗，温言抿了抿唇，接过。

她环顾四周：“说吧，你怎么会在这儿？陈阿姨呢？”陈阿姨是医务室的医生，如今却不见人影。

权竟宁不答反问：“药都吃完了吗？”

温言拧眉：“快了。”

“过几天我陪你到医院复诊，明天开始针灸的第二个疗程。”

她心里烦躁，胡乱地点点头：“哦。”

“你……”权竟宁迟疑地问，“你答应让我送你去针灸了？”

“我跟队长不能同时离队，我没有车，既然权医生这么热心肠，我盛情难却啊。”

权竟宁的心情一下子雀跃起来：“张主任说，你恢复得不错，但还是要继续吃药。”

“知道了。”温言懒洋洋地回答。

“你今天脾气怎么这么好？”

温言把已经凉了的毛巾揉在手里，阴恻恻地问：“我哪天脾气不好了？”

口袋里的手机在振动，她如今升职了，手机可以不用上交，另外就是她听力还未完全恢复，让她带着手机更方便。

温言按了接听：“说话。”她以为是队里人打来的，说话未免随性了点。

下一秒，权竟宁却看到她脸色遽变，她哆嗦着嘴唇，一点没了刚才问话的气势。

“权医生，你帮……帮我听听，我……听不清。”

其实，她是能听清的，但电话的内容太让她吃惊，以致产生了耳鸣。

权竟宁连忙接过电话，回答了几句之后，挂了电话，拉着她出门。

她一开始还推拒：“她说什么了？”

权竟宁径直把她带到停车场，推她进副驾驶，临走前吻了下她的额头，安慰道：“没事，有我在呢。”

车子启动，方向盘一打到底，驶出停车场，他用温言的手机拨了个号码，是宋谦涵的：“宋队长，温言家里有事，我带她到医院一趟，请你批准。”

说话间，车子恰好驶到大门，哨兵惯例地拦住他，他直接将手机递给对方，“宋队直接跟你说。”

哨兵接到指示，打开大门。

直到车子进入平稳的大道，他才扣住了温言的手，对方的手冷冰冰的，像是冻到他心里去。

他自己的手也冷，他跟她说有他会没事，但其实他也不知道未来会如何。

刚才的电话是医院打来的，说她父亲喝了假酒，甲醇中毒，送去时已陷入昏迷，如今还在抢救室。

甲醇中毒，说严重不严重，有人很快就被救醒，也有人因此而死。

所以，他是真的不知道具体情况。

两人到达医院，权竟宁让温言等在外面，自己进了温父所在的抢救室。

据急救医生所说，已经对其实施了催吐、洗胃等急救手段，但患者仍陷入昏迷状态，血压、心跳也没有恢复正常。而且患者还有高血压和心血管疾病的病史，不排除中毒引起其他并发症的可能，情况有点复杂。

既然洗胃都没办法，就可能是他身体吸收了部分甲醇，分解出其他有毒物质。

如今只能给他打点滴解毒，如果再不行，就只能做透析，但前提是一切还来得及。

如果这里的人有个三长两短，她会怎么样，他不知道。

很久没有这种大脑一片空白的感觉了，权竟宁望了望布帘外的人，按住自己颤抖的手。

监测仪器的警告声不绝于耳，代表患者的生命指征尚未恢复正常。

温言目不转睛地盯着布帘，眼眶有点热、有点痒，她使劲揉了揉，然后向前弯腰，把脸埋在了掌心里。

这些天，她的耳朵从未像现在这般灵敏过，单调的仪器声在耳边响起，没有丝毫起伏，刺耳而带着绝望。

她霍地从座椅上起来，冲进抢救室："爸——"

权竟宁正在给温父做心脏起搏，尝试了好几次都没能成功，现场的医生、护士脸色都非常难看，权竟宁尤甚。

温母赶到时，看到这一幕，当场晕倒。

温言连忙过去扶住温母，权竟宁匆匆对温言说："照顾好伯母，这里有我。"然后开始对温父做心肺复苏，一二一，一二一……动作规律而快速。

有医生过来带走温母，温言看着权竟宁，男人额上布满了汗珠，眼睛是血红色的。

她咬着下唇，不敢看自己父亲苍白的身体和脸："权竟宁……"语气里是害怕恐惧、委屈和心疼。

权竟宁的心因为这句话而揪紧。

温言让医生带走温母，上前一步，声音里带着哭腔："我来帮你……"

她知道做一次完整的心肺复苏有多耗费精力，看样子，他是不做成功不罢休的，她怕他撑不住。

"别捣乱，你控制不好力度，反而坏事。"权竟宁喘着气，豆粒大的汗珠滴下，落到他青筋暴起的手背上。

不知过了多久，久到在场的人都绝望，权竟宁的动作仍在继续。

就连温言都不再抱有希望，绕过床尾走到他身边，抱住他的腰，让他离开治疗床："别再继续了，求求你……"

权竟宁嘶吼出声，右手垫在温父的左胸上，左手使劲往下打，一下不行，两下，两下不行，三下……

他也说不清楚是最后的挣扎还是痛恨自己的无能。

奇迹就在这时发生了，本来已经成为一条直线的心电图恢复了颤动，"嘀嘀"，规律的响声回荡在人们的耳中。

"活过来了，活过来了！"身边的护士医生兴奋地喊，就像久旱逢甘霖的灾民。

这会儿，权竟宁才脱力地靠在温言身上，在她耳边重重地吁了一口气：“总算对你有个交代了……”

“谢谢你，权竟宁……”一直抑制的泪掉出眼眶，温言在他怀里哭得像个孩子。

温父的情况暂时稳定，温母也从晕厥中恢复过来，温言吊着的心才总算放下来一点。

最原始的方法往往能在最危急的时刻发生最大的效用，权竟宁做了大概十分钟的心肺复苏，换作别人，可能早放弃了，可他坚持了下来。

但后遗症是明显的，在之后的一个小时，他的手臂几乎呈僵直的状态。

温言从病房内出来，门边的座椅上，权竟宁敞腿坐着，双手垂放在跟前。

她蹙着眉头，走过去蹲在他面前，伸手取下他颈上的听诊器，挂在自己的脖子上。

整个过程，权竟宁都目不转睛地盯着她，一脸茫然，心里只有一个想法，军大衣配听诊器，挺配的。

“你跟我来。”温言起身对他说，“带我去你的办公室。”

回到他的办公室，温言不知去哪里弄来了烧水壶和小盆，水烧开之后，倒到盆里和冷水兑成合适的温度，让他把手放进去。

他有只手受伤了，贴着创可贴，可能就是沈烨所说的冻疮。她便只用热毛巾热敷，另外拧干两条热毛巾，敷在他的手臂上。

房间里一片静谧，只有偶尔响起的水声。

热敷得差不多了，温言又给他按摩，从手指到手臂，每个关节和指节都不放过。

“好点了没？”温言问道。

权竟宁反手握住她的手，笑道：“很灵活。”

温言瞪他一眼，喃喃道：“笨蛋……”

认识权竟宁的人都说，权竟宁智商高、情商高，可真正跟他相处了才知道，他也会死脑筋，偶尔做一些傻事，似乎面对她的时候，傻事做得尤其多。

中间温言加了一次水。

“水凉了，如果你好了我就不再烧了。”说着，温言端起水盆往洗手间走。

权竟宁“嗯”了一声，整个人放松下来，靠在沙发上。

温言从洗手间出来，权竟宁已经闭目养神，她从办公椅上拿来外套，上前给他披上。

正打算仔细端详他的脸，却撞进一双墨黑的眸子里，温言吓了一跳，连忙退后两步，匆匆离开。

她回到病房，恰好遇上温父温母吵架。

“一天到晚喝喝喝，就知道喝，你看，终于出事了吧！”

“你一天到晚就知道吵，我就想知道，骂我是能给你长肉还是怎的！”

“跟了你半辈子，我总算知道什么叫遇人不淑。只怪我当初瞎了眼，跟了你这么个王八羔子！”

“你这个泼妇，当年也只有我肯要你，要没有我，你现在还在家里当老姑婆呢！”

“好啊，我这二十多年就得来你这么句话，以后日子不用过了，离婚！”

“离就离，你……”

门外还站着几个隔壁床的病人，都在摇头叹气，窃窃私语。

温言心里难受，在吵架到达白热化前，推门进去。

“你们能不能别吵了！”温言过去将温母拉开，“爸他刚刚抢救完，你自己也刚醒来，又不是十几二十岁的年轻人，医生说你们不能受刺激，是不是都想再晕一次？而且人家都被你们吵到外面去了，不嫌丢人？”

两人闻言，同时噤声。

一个躺床上，一个坐椅子上，各自歪着脸，界限分明，井水不犯河水。

刚洗完胃，温父说还有些恶心想吐，温言从隔壁床病人那里借来一个柠檬，给他放在鼻尖嗅着。

想起还没跟宋谦涵汇报，她便发了条信息过去。

那边很快回复：“现在怎么样了？”

“已醒，医生说没大问题。”

“这几天我帮你值班，搞定了再回来。”

“谢谢队长。”

等到两人都平复得差不多了，温言毫不客气地问温父：“你从哪里喝的假酒？”

温父支支吾吾的：“跟老朋友吃饭，他说自己有一瓶珍藏的好酒，一时好奇就多喝了点……”

温言没好气，翻了个大大的白眼，咬牙跟他们说："我请好假了，今晚在这，妈我同你回去，给爸拿些衣服。"

温母反对："你自己都还病着，还陪什么床。你回去，带点换洗的东西过来，我今晚在这。"

抗争无果，温言屈服回家拿东西。

一出门，权竟宁就在外边等着，她说要回家。

"我送你。"

毕竟人家刚刚救了自己老爸一命，她不好闹得太僵，于是再次屈服。

权竟宁将她送到小区楼下，在车里等她，她上去收拾东西。

对于收拾什么，她毫无头绪，只好收拾了几件衣服，还有牙膏、牙刷等日用品。

锁门后，她突然想起来，自己没给老爸带内裤，但门已锁，她怕权竟宁等太久，决定到楼下随便买个新的。

但对于从未买过男士内裤的她来说，尺寸是个大问题。

她不知道，内裤还有尺寸。

于是，温言站在一溜男士内裤面前，犯了难。

权竟宁的手插在裤袋里，慢悠悠地跟过来，看到她的窘样，一下子忍俊不禁。

"你爸爸多高？"

"一米六多吧。"

"多重？"

"不知道。"体重在她眼里，没概念。

下一个问题，权竟宁没再问出口，很快就选定了个尺码："就这个吧，在医院里，宽松点也没关系。"

温言连忙将盒子接过，拔腿冲去收银台。

付钱的时候，收银小姐一直往她身后的权竟宁瞧，又瞧了瞧温言，而后叹了一口气。

温言撇了撇嘴，招蜂引蝶。

权竟宁又将她送回病房："我在车上等你。"

温言想了想，点头，看着他的身影消失在走廊尽头，才进门去。

她放下东西："来不及做饭，我刚刚给你们点了外卖，将就着点，我明天再带饭过来。”生怕他们俩半夜又吵起来，她转身一字一顿地叮嘱，“不要再吵了。”

两位老人家都不出声，温母在她临走前道：“你就别过来了，来回跑一趟要花不少车费。”

“知道了。”她随便应了声，开门出去。

她若不来看，两人吵到天塌了也没人知道。

把所有事情弄完，已经是晚上八点，她抚摸着自己瘪了的肚子，心想权竟宁好像也还没吃饭。

请他吃顿饭，好像不过分吧，于是两人出发去吃饭。

温言指路，带他去了中队聚会常去的大排档，点的全是肉类，鸡肉、猪肉、牛肉，轮番上阵。

权竟宁见她忙着给自己擦椅子，擦桌子，便拦住她，在她心里，自己到底是有多纨绔？

温言低头看自己，军大衣、军裤，搁哪儿都土得掉渣，只能来这些接地气的大排档。

“你不是有洁癖嘛，这个时间段，高档的餐厅我进不去，只得委屈一下你了。你放心，这里的菜绝对卫生，而且味道一点也不输西餐厅。”

她觉得自己有必要解释下，免得落下个吝啬的名声。

权竟宁拿过她手里的纸巾，坐在椅子上，告诉她：“爱干净不等于洁癖。”

菜很快上齐，谈不上色香味俱全，但光是那股味道就已经够吸引人了。

温言就爱在大排档吃饭，露天席地，人声喧闹。

一个人的时候，周围都是陌生人，没人会关注你的情绪，你可以尽情地笑，尽情地哭。

而且，这里的食物才够味道。

热油起锅，大火爆炒，还没吃就让人被吊足胃口。

不像西餐，从选材到烹饪，到装饰，手法道道精致，可再好的材料，在那么繁杂的制作过程中，早已失去它原来的味道。

权竟宁开始不停地给她夹菜：“菜都是你点的，点多少就吃多少，不能浪费。”

今晚过得够憋屈的，温言决定化悲愤为力量。

这会儿，她才记得问他：“你怎么出现在我们医务室？”

权竟宁给她夹了块牛肉：“你还记得程宇吗？”

温言点头，不就A大的校医嘛。

“他姨母是你们的军医，她身体不好，想让他去帮忙，我代替他来了。”

“那你为什么来？你不用去松潭上班吗？”

“我请了假。”

将桌上的菜解决完之后，温言又点了两个，吃得汁水都没剩，这才算完。

权竟宁趁温言上公共厕所的空隙去付账，刚才隔壁桌的男生恰好排在他身后，看到他，给他举了个大拇指：“大兄弟，好样儿的。老婆本够吗？”

权竟宁嘴角一扬：“预算翻倍，恐怕得多加两天班。”

温父喜欢喝酒，也不知道从什么时候起，就染上了这个坏习惯。

啤酒、白酒、烧酒，他每天三顿地喝。

有一段日子他几乎每天喝完好几瓶啤酒才肯回家吃晚饭，因为怕被温母发现，于是在她看不见的地方便铆足劲儿地喝。

可温母精明得很，一闻他身上的味道，看到他通红的脸就知道他喝了不少，于是一顿数落。

那时温言已经在军校，没有亲身经历两老之间的矛盾，可她也感觉得到。

她也会劝说父亲，可温父左耳朵进右耳朵出。

后来，赌气也好，失望也罢，她也就不再劝说。

这些年，他貌似有点收敛，但喝的量还是不少，这次终于撞了南墙。

至于温言，温母不想她去医院，她就偷偷去。

“妈还在吗？”

“早就去上班了。”

每回如此，她先给她爸发信息，确保她妈不在，才从队里出来。

温父被抢救过来之后，中毒症状已经缓解，可以自理。

温母则是因为火气还没消，懒得在医院对着温父，一大早便去上班。

幸好她还要上班，中午大多时候不回来，让温言有空可钻。

路上，温言经过一家水果摊，挑了几个大的雪梨，在路上边走边吃。

放雪梨的时候，她看见柜子里藏着几瓶酒，绿色扁平的小瓶子，藏在角落里，温言一下子火冒三丈，感觉头顶都要冒烟。

都说走过鬼门关的人怕死，他怎么就不怕呢？

他以为这么点小伎俩能瞒得过她妈，还能瞒得过她视力五点零的眼睛？

“这是什么？”温父刚好从厕所里出来，温言捧着几个小瓶子问他，清清冷冷的语气，喜怒不辨。

温父立刻走过来，夺过酒瓶：“小心被你妈看见！”说着，他又把它们往柜子里藏。

温言看着他弯曲的脊背，深吸一口气，终究没说什么难听的话：“你能不能顾着点自己的身子，都多大岁数了，你以为它是十全大补汤吗？”

“小孩子，你懂什么？”温父藏完东西，往床上坐。

“我不懂，可我会告状。”温言摆出威胁的姿态，“你再喝，我就告诉我妈，告诉医生，让你多打两支针，多住几天院，多吃几天病号餐！”

温父对她的威胁无动于衷，走到电视机下方调频道。

隔壁病床的大叔向她送来同情的眼光，温言扯出一抹苦笑回应。

温言不敢对父亲说狠话，只默默把酒都搜刮出来，全扔在走廊的垃圾桶里，整个过程不发一语。

这无疑惹来了父亲的极度不满，她从头到尾没有反驳一句，最后憋着一肚子气从病房出来，恨不得把墙给掀翻。

不对，她应该先去把酒厂给掀了。

当然，她不会有那个胆子和心情去掀酒厂，她从住院部出来，拐去便利店买了一瓶啤酒。

寒风凛凛，温言坐在医院小公园的长凳上，搓搓手，拉开啤酒盖。

刺啦一声，白色的泡沫喷薄而出。

温言连忙将其拿开一点，对啤酒这种事物更加不屑，不仅让人上瘾，连打开都这么麻烦。

虽然她自己会喝酒，但都是在聚会上喝，图个高兴，平时没事儿，她压根不会看它们一眼。

她正准备往嘴里灌酒，罐子就在她眼前被抢走了。

“喂——”

她顺着啤酒移开的路径移动视线，然后看到一张喜怒不辨的脸。

他怎么又在这？

权竟宁看见她皱眉的动作，脸上依然波澜不惊，径自在她旁边坐下，将啤酒瓶放到远离她的一侧。

他问："怎么大白天的喝酒？"

温言将视线放在前方的落叶上："我是想抛弃自己的偏见，带着公平公正的态度去尝试啤酒这个东西，看它到底有什么吸引人的。"

权竟宁："尝出来了吗？"

温言："我这不还没尝吗？"

权竟宁："不用尝了，我告诉你，是苦的，还涩。"

温言点头，"我也觉得，白酒更好喝，比它辣，比它爽。"说着，她还吞了一口口水。

过了不知多久，温言的声音幽幽地传来："我爸他，从我小时候开始就喜欢喝酒。一开始是白酒，后来是啤酒，他最初还会顾及我们，不会喝太多，可是后来，差不多每天两瓶、三瓶，每晚都喝得烂醉如泥回来。我妈常常因为这个跟他吵，吵完了，心情不好，又想喝，喝了吵，吵了喝，恶性循环。有段时间，我开始抗拒我爸，很不想回家，我宁愿在学校发呆也不要听他们吵架。"

温言知道她父亲一直疼她，只是嘴上不会说话，她也不想讨厌自己的父亲，可就是忍不住。

权竟宁左手碰了碰啤酒瓶身，沾了一手的冰水："或许在他们心里，酒就是甜的，因为心里苦。"

温言似乎知道症结在哪里，可她无从下手。

父母以前的事情，她知道得很少，大部分是从爷爷那里听来的。

两人通过相亲认识，温父一眼就相中了温母，可温母没那个意思，后来却不知怎的，两人恋爱了，一年后结婚，又一年后生下了她。

两人的生活一直平平淡淡，有争吵，但很少有恩爱，或许这段婚姻里，爱情占的比重真的很少。

在这样的环境里长大，温言对于爱的感知能力很弱，对于感情，也一直是淡淡的。

权竟宁是她第一个勇敢去追求的人。

"有位心理学家说过，父母的心理磁场会影响子女的想法，你对父亲的看法可能来源于你母亲，解铃还须系铃人，试着跟他们好好谈一谈吧。"

温言转头看他："嗯。"她的眼睛又大又亮，尽管五官的其他部位都精致，但在这双眼睛前，都变得黯然失色。

权竟宁情不自禁地想抚摸她的脸，温言似乎猜到他的意图，又扭过头去，吸吸鼻子："好冷哦。"

温言想劝温父戒酒，她也没想过要一步到位，而是想让他慢慢来。

可她还没来得及实施计划，温父就因为再次昏迷，进了手术室。

温言和温母坐在外面的椅子上等，权竟宁匆匆赶来，跟她打了声招呼就进了手术室。

她听人说过，他是外科全才。

刚才那一记眼神，他是叫她安心。

人在脆弱的时候，心理防线随之变弱，强势如温母也不例外。

在等她父亲急救的时间里，温母就像倒豆子似的，将平时绝不会说出口的话，通通说了一遍。

"我和你爸是相亲认识的，你爸当时是你们家最没有出息的一个，整天浑浑噩噩，还有一大堆坏毛病，当时我是真没有想过嫁他。可我都已经二十六了，整天被家里催着赶着，没办法，只好答应了，结婚之后就有了你。他呢，工作普通，也不懂赚钱，可惜你家从你祖父那代起就没落了，要是有个优厚的家底，他就算没出息，我们也能安安稳稳地过半辈子。"

"他总说我嫌弃他，其实就是说我当时对他没感情，是迫不得已才答应结婚的。我当初是真嫌弃他，可是这么多年了，就算有感情，也早就淡了，有没有，不还是一样过？他就胜在性子纯良，也顾家，还疼你，我们再怎么吵，他也没对我动过手，更没有拈花惹草。就是这样，我才愿意跟他到现在。我骂他还不是想他好，要是他先丢下我们娘俩走了，我……我做鬼都不放过他的！"

她从来没有听过自己母亲说心底话，一时间松了口气。

虽然曾经的他们没有多深的爱情基础，但一起生活了这么多年，总归是有感情的。

爱之深，责之切，她母亲完全是因为在乎父亲，虽然用错了方法。

"等他醒过来，你们就好好和解。两个人加起来都一百多岁了，还不如两个小孩子，我真担心有一天你们两个都吵晕了，倒在家里没人知道，我又不能每天在家看着你们。"

最后两人约法三章，她想办法让她父亲戒酒，温母则要忍住自己的脾气，不乱发火，还要负责监督他戒酒。

急救医生先出来，说她父亲是突发性心梗，但不严重。

现在情况已经稳定，但老人家普遍血压偏高，还得注意调节情绪。

她父亲一出来，温母就像个小媳妇似的，跟在他床尾，温言忍不住站在一旁微笑。

权竟宁一出来就看到她这样的笑，皱着的眉头总算舒展开来。

旁边的手术医师见状，拍拍权竟宁的肩，哈哈一笑："怪不得这么紧张，原来是岳父啊。"

这番话引起一片哗然，又见主角没有反驳，护士姑娘们芳心碎了一地。

温言没反驳是因为她压根没听见，权竟宁没反驳是因为根本没想反驳。

温父的戒酒提上了日程，而且是志在必得。

在他还扭扭捏捏的时候，为了哄他，温言将那天温母说的话放给温父听。

那天她有意将温母的话偷录了下来。

她特地选了温母去公司处理急事的一天，打开手机的录音播放功能，让他自己听。

以防尴尬，温言溜到医生值班室听医嘱，可又好奇得要死，不知道老爸会是什么反应。

一结束，温言就往病房跑，却发现床上没人，洗手间也没有，床底也没有。

隔壁床的大叔告诉她："你爸爸跟一个男医生出去了。"

"男医生？"不对啊，刚才她不就在跟主治医师说话嘛。

"一个很帅的男医生，老帅老帅了。"

这位病人是新来的，没见过权竟宁，只能用最通俗的词来形容。

温言却一下猜到了。

像是为了印证她的猜想，下一秒，权竟宁就和温父并肩走进房门。

温言站在床尾和墙壁的过道间，挡在两人面前，打量着这一老一少，一脸狐疑。

"哎，说曹操曹操到，我说很帅吧。"隔壁的大叔还在坚持自己的说辞。

温言眯着眼睛笑："谢谢大叔。"

说完，她又恢复问话的严肃表情，转头看他们："去哪儿回来呢？"

温父眼神四处乱飘，搓着下巴，就是不看她："就去阳台吹吹风。"

温言突然像小狗似的，在他身上一顿猛嗅。

温父急得转圈圈："哎哎哎，干吗呢这是？"

“抽烟了？”

温父没有说话，看向权竟宁，权竟宁面无表情：“是我抽的。”

“你跟病人一起还抽烟，不知道二手烟更危害健康吗？还有没有职业道德了？”

权竟宁抿唇：“其实是隔壁老大爷抽的，风都吹到我们身上了。”

温父：“……”这孩子怕不也是个妻管严。

嗯？他怎么会说也？

温言刚回到中队就收到来自沈烨的短信，让她去邮箱接个文件。她打开手机邮箱，最新的一封信标题只有一行数字，然后下面是一份附件，温言下载，打开，那是一份录音文件。

起初是沈烨一连串的问题，另一个声音是童霖的，但她似乎不怎么想说话，往往沈烨说一大堆，她就冷笑一声，嘲讽一番。温言耐着性子去听，连快进都没有按。

但沈烨好歹是采访高手，擅长引导采访者什么时候说什么话，而童霖似乎也放松了警惕，说：“没错，我就是想要权竟宁知道是他欠了我们，我要让他用一辈子补偿我们。当然，这只是我众多方式的一种，迟早我会让他爱上我的。”

“你知不知道你这样会毁了他的！”

“解铃还须系铃人，如今只有我能帮他解开这个结，等他爱上我了，我自然会跟他说原谅他了，这不是两全其美吗？”

“你这个恶毒的女人！烂心肠，真该让心肺外科的人来帮你拍个片子看你的心肝是不是黑的，有病得趁早治！尤其是妄想症！”

听到这里，温言的拳头已经捏得“咯咯”作响，要不是竭力抑制自己的力量，恐怕手机已经被她捏爆。

好不容易冷静下来，她看到手机文件里不知道什么时候多了个录音文件。她记得今天早上手机里只有她母亲的录音，加上沈烨发给她的，也才两条，可现在总共有三条，看命名还是今天新录的。

或许是不小心录下的，温言怀着随便听听、听完就删的打算点开。

“这次住院，暴露了您身体的很多问题，心血管、脑血管、甲醇中毒对您的肝功能以及肾功能都有不同程度的损伤，无论是从医生的立场还是您女儿追求者的立场，我都希望您能戒酒。”

“你挺够胆量，竟然敢在我面前承认在追我女儿。”

“没什么不敢承认的。”

“怎么样，我女儿很难追吧？”

“很有难度，但值得。”

“我们言归正传。您女儿非常希望您能戒酒，我想，您是不想让她失望的。而且我认为，作为一个父亲，到了中老年，则更应该照顾自己的身体，争取不给家人负担，这不仅是对自己和伴侣，更是对子女负责。您肯定也希望亲眼看着她结婚生子。”

也不知道是父亲不小心录下的还是故意的，听了这个，温言想要帮权竟宁的心更加坚定了。

她一直认为，自己会爱上权竟宁，是因为他对生命的热爱与尊重，而他的自尊与骄傲，也正是来源于此。

他是天才外科医生，无法上手术台肯定是他心里的一根刺，而童霖的做法不亚于折掉他的翅膀，让他再也飞不起来。

她绝对不会允许这种情况发生！

第十七章 解铃（上）

接下来的几天，温言每天躲在办公室里埋头写东西，虽然宋谦涵的办工桌就在她对面，但他从头到尾没能看她的电脑一眼。

每天看她皱着眉头狂打字，打不出来就拽头发，别说猴子他们，就连他也好奇得心痒难耐。可他是个含蓄的人，好奇从来不会表现在脸上，最多路过的时候瞄一眼，虽然每次都被她发觉，然后瞬间跳回电脑桌面。

“做贼啊？”他不屑地道。

“队长，你稍微尊重一下别人的隐私行不行？”

宋谦涵冷哼一声：“稀罕。”

又过了几天，宋谦涵终于看到了她奋笔疾书的结果。

“你最近就是在忙这玩意儿？”

温言点头：“我想向支队长提议，让医院和中队合作。以前一直是医院的人来我们这里培训，虽然我们也会定期派人过去做讲座，但光动嘴皮子，收效甚小，不如让他们直接过来，我们给他们做实操培训，加上测试考试，让他们在这里真正学到消防知识和技能。”

宋谦涵靠在椅背上，长腿在身前微屈，懒散的目光投向她：“你说的实操到哪个程度？”

“至少进一次火场。”

男人深吸一口气，用手指搓了搓下巴：“你以为进火场是闹着玩的？”

“队长，我认为在火场中，救和治同样重要，如何让伤者在火场中活着出来，是我们时刻需要思考的。而大部分时候，我们只能掌握救的时间，而无法掌握治的时间。但如果我们能让医生也随着我们进火场，或者只是跟着我们同时出车，那么伤者就能及时得到救助，生还的机会会大大增加。”

“你以为救护车是摆着看的？”宋谦涵似乎仰头看她看累了，指了指对面的椅子，“你坐下再跟我说。”

温言拉过椅子来坐下：“我知道救护车一般会和我们同时到达现场，但我指的是在火场里面。我们不止一次被困在火场里面，你也曾见过有多少伤者就因为那段时间延误了救治而救不过来。”

“那你说说，为什么不可以是我们去学习急救，而要医生来学习，而且还要冒那么大的险？”

温言耸肩：“来而不往非礼也，他们给我们做培训，我们也要给他们做培训，这才公平，而且要用我们自己的方法。你放心，我会全权负责他们的安全问题。”

“队长，我现在只是提一个实验性的提议，但我认为，未来的大方向必定是消防单位的职业化。未来任何人都有可能成为消防员，他们也必定会先经过严格的训练和学习。还有，我们这里谁一开始就懂得救火灭火呢，还不是没日没夜地训练来的。所以，让医生过来培训，是可能的，也必须可行。据我所知，国外已经有过医生转行当消防员的例子。”

宋谦涵扶着额头：“你让我跟支队长商量商量。”

温言暗自笑笑，正打算回到自己的座位，宋谦涵又突然问道：“你说说，你为什么会突然有这个想法？还是说你只是想要完成你自己的目的？”

温言愣了愣，心跳加速：“没错，我是有自己的私心，但这个想法是我很久之前就有了的。”

“你太感性。”这或许就是他之前看不起女人待在队里的原因。

“我是人，感性很正常。”

在那之后，中队参与一场救火，他们遇到一个心脏病发的伤者，没能及时把人送出去，送到医院时，他已经昏迷，幸好后来救了回来。而据医生所说，那种病在病发时可以控制，如果当时身边有懂得医治的人，病人就不会差点救不回来了。

宋谦涵后来果然把温言的提议递了上去，温言不知道宋谦涵有没有帮自己说话，反正支队长很快就同意了，然后跟医院方开始了紧锣密鼓的商洽，最终得到了医院的支持，并把第一次培训时间定到了下个月。

这个月，温言就开始准备训练计划，同时还有复习理论知识应对升级考试，每天忙得脚不沾地，更别提回家了。

当她看到训练名单里的权竟宁时，心里既沉重，又期待。

她的计划原本是为他而做，但她没有跟医院指名道姓说要他过来，她想不知医院会给她派些什么人，如果没有他，那她会亲自跟医院要人，不管用到什么方法。

但他们果然把权竟宁派过来了，她的目标有了一个成功的开始。

但她也清楚，医院不会派举足轻重的人过来，像权竟宁这样不做手术的外科大夫，很容易成为他们的选择。

她在为权竟宁不为医院所重视而感到难过。

如果说权竟宁是天才，那林深可以算是半个天才，他比权竟宁大了两三岁，但也是一路跳级上学，不到二十岁就修完了医学本科。权竟宁在松谭实习的时候，他的祖母是林深的硕士生导师。

因为祖母的事，权竟宁跟林深认识，因为同样爱好医学，这两人经常切磋，久而久之就成了朋友。对权竟宁来说，陆尹是弟弟，林深则是对手，也是朋友。

权竟宁继承了祖父和父亲的长处，选择了神经外科，而林深则是对骨科有浓厚的兴趣。

三年前，林深因为在手术台上失手，使病人致残，权竟宁的祖母为了保住自己的徒弟，自己担下了责任，后来病人找上门来，将权竟宁祖母杀死。

病人被判死刑，权竟宁则因为林深死不认错，害死了自己祖母，而对林深恨之入骨。

在那之后，林深去了美国，权竟宁也去了非洲支援。

三年后，他们在松谭重遇。

这天，权竟宁在手术室里遇上林深，但权竟宁不是去做手术的，林深是。

林深刚刚洗完手，消完毒，把双手举在胸前，走到权竟宁面前，透明的镜片下，狭长的凤眼闪着光："我听说，你好像不做手术了。"

权竟宁没有回答，简单地把自己的事情交代完，转身就走，脚步却在下一秒停顿。

他听见身后的人说："一个外科医生不做手术，在这里也没有什么存在的必要，不如去消防队开拓另一门技能，兴许还能讨两碗饭吃。"

权竟宁转身，嘴角斜扬，这个笑同他平时的笑完全不一样，就好像一个平时温驯的兔子，突然成了一只刺猬，全身上下竖满了刺：“医生的全部不是只有手术，我还不需要某些出过医疗事故却遮遮掩掩不肯悔改的外科医生来指责。”“外科医生”四个字，权竟宁几乎是咬着牙在说。

“你不想知道自己是被谁派到消防队去的吗？”

权竟宁：“不需要。”

“我一回来，老爷子就把科室副主任的位子交给我，我跟你们科的肖主任熟，是我让他派你去的。”

“多谢挂心了，林医生还是先去把自己的开刀技术多练练吧，免得不知道还有哪个病人会因为你而手残。”

陆尹过来看到的就是这两人唇枪舌剑、针锋相对的一幕，他先抹了一把额头渗出的冷汗，再过去把两人拉开。

他用英文劝说：“你们两个可消停点吧，每天这样吵，有意思吗？”

谁知，这两个加起来快四米的大男人不约而同地对着陆尹重重哼了一声，然后同时转头离去，一个向门外，一个去手术室方向。

徒留陆尹在中间一脸蒙逼。

他做了两个 OK 的手势：“nice，你们可以再幼稚一点。”

沈烨已经康复出院，但这阵子她总是往医院跑。

医院的门诊楼和住院部之间有一条长廊连接，权竟宁站在七楼的长廊上往下看去，能看到沈烨趴在住院部走廊的栏杆上，百无聊赖地等着什么人。

这已经不是他第一次看见她了。

她受伤住院的那些天，也是每天拄着拐杖去，或是坐着轮椅去，一等就是几个小时。

她在病房里永远不能等到林深去看她，她便自己去盯梢，去科室问人，问他的手术时间、排班时间。现在她就等在手术室门外。

林深从手术室内出来，跟家属说明情况，然后就会风风火火地离开。沈烨受伤时是无论如何也赶不上他的，她恢复之后反倒没跟得那么紧，总是跟他隔着一段距离，亦步亦趋。

可是她今天似乎不想放过他：“林深你给我站住！”

前面的男人充耳不闻。

“你要是再不停下来，我就告诉全医院的人说你始乱终弃，抛妻弃子！”

闻言，林深停下脚步，沈烨差点撞到他的背。她还记得这男人的背硬得像块石头，这样撞上去搞不好能把鼻子撞骨折。

手术室门外是刚从里面出来的护士和医生，他们手上推着做完手术病人，病人床边是家属。听到沈烨的咆哮，他们全都定在了原地，一时不知道该上前还是该回去。

可是病人还得送回病房去呢。

前面的男人声音冰冷："沈记者，别以为你是文字工作者就可以胡乱造谣，我可以告你诽谤。"

沈烨抬起下巴，活像小学的小霸王，"你怎么知道我说的就不是真的？"

她仗着自己和他的过去，对他发号施令，他却一点办法都没有。

林深把她带到安静的角落，很快就放开拽住她的手腕："你到底想说什么？"

沈烨还在回味他刚才手心的温度，右手不由自主地抚摸自己的左手："是不是你让权竟宁去中队的？"温言跟她解释过这是温言开解计划的一部分，但她就是不喜欢林深的小人行径。

林深笑了："是又如何，我不过是让他去锻炼锻炼，怎么个个都来问我，好像我犯了什么不可饶恕的罪？"

"他没有对你做过什么，从头到尾都是你对不起他，现在你觉得他还不够落魄，还要趁机踩他一脚？"

"对，他没有对不起我，是我小人，他是君子，所以我活该出事的时候得不到女朋友的一句安慰！"林深透过镜片盯着沈烨，镜片把阳光折射成绿色的，遮住了他的目光。

沈烨却能听出他话里的怨恨，她本来有很多理由、很多证据来指责他，但此时此刻，她却说不出一句话来："可是……可是是你不对在先。"

"我是错了，可现在我成功了。而他，"林深扬手一指，方向是权竟宁楼上的办公室，"如今不过是个烂泥糊不上墙的。医生？神经外科还是神经内科，还是神经科？对不起，我也不知道该如何帮他定位了。"

"有时候，对和错真的那么重要吗？我是错过一次，但在那之后，我没有再犯过同样的错，不然你以为我是怎么爬到现在这个位置的？如果当年我乖乖的去医疗会认错，不仅我的前途没了，医院也会失去一个我这样的医生。"

“可是因为你，权奶奶没了。难道你真的一点都不会感到愧疚吗？”

“有啊，不过我那都是在心里。做人还是要向前看，而且我认为，师父要是知道我成功了，会感到欣慰的。”

沈烨有时候也会觉得，人心真是个很神奇的东西，就像权竟宁和林深，他们有几乎相近的经历，想法却是截然不同的。

那到底哪个是对，哪个是错呢？

她也说不清楚。

不过她倒是突发奇想，为什么不把这两个人放在一起，兴许会得到中和的效果呢？

“既然你觉得培训那么好，那你怎么不去？”

“我忙，不像某些人那样不用做手术，也不想像某些人那样，整天只围着男人转。”

沈烨觉得自己被讽刺了不要紧，可他连权竟宁都一再讽刺，真是佛都有火了。她圆溜溜的眼里燃起了熊熊烈火：“没关系，我会想办法让你得偿所愿的。”

林深看到她脸上不怀好意的笑容，表情重新变得冷冰冰的：“你想做什么？”

“你说呢？”这医院，他们家是大股东，想干什么不能？“你忘了，我可是沈大小姐啊。”以前还没在一起的时候，他就爱叫她这个名字，以表达对她的不屑。

四月份的天，还没有完全热起来，而 A 城的夏天喜欢扬沙，最严重的时候往外面一看，天昏地暗的，像世界末日。

权竟宁和林深一行人就是在这样的天气下来到中队报到的。

来的医生和护士不多，一共才十几个人，其中除了权竟宁和林深，其他男医生都是差不多谢顶的，女护士则都是比较年轻的。他们一下车就看到中队几十个穿着军装的战士列队站在他们面前，真正诠释了什么叫站如松。有的小护士甚至还尖叫起来，温言看了一眼权竟宁，他今天穿的是运动装，上身是白色 polo 衫，下面是黑色运动裤，整个人显得修长挺拔。

她回想了一下以前他的形象，好像就没有不修长挺拔的时候。

她在看他的同时，权竟宁也在看她，不同于她暗地里偷看，权竟宁是光明正大地看。阳光晃眼，连同飞舞的沙粒，他眯起眼睛，倒像是他在端详打量着她一般。

看到她的脸渐渐变红，权竟宁对着她微笑，当作是打招呼。

温言大概看了一下，确定童霖没有过来，心里别说有多舒服了。

其实童霖是想跟来的，只是被温言用女士名额已满，让她等明年为由，把她的申请驳回了。

按例要有一段欢迎词，但宋谦涵不擅长慷慨激昂的地致辞，于是把这个任务交给了路淮。路淮洋洋洒洒地说了十几分钟，还是宋谦涵说停他才不情不愿地停下，然后众人先去换衣服。

衣服是早就准备好了的，加上专业的防火服、常服，一应俱全，而且全都是新的。

而这就得归功于松潭医院的大股东——沈氏集团了。

换完衣服，人们稀稀拉拉地出来排队，宋谦涵让队员们帮他们整理队形。

“以后，我一说集合，一分钟内就得给我整好队，要是再像今天这样，我不保证会不惩罚各位。各位都是医生护士，是精英中的精英，但是到了这里，你们就是我手下的兵，我平时怎么训我的兵，就怎么训你们。下面这些话，我只说一遍，未来的一个月，希望你们能好好配合。”

在宋谦涵说话的时候，温言并没有浪费太多的时间，一个劲儿地往权竟宁身上瞧。

她一次又一次地感慨，怎么只是换件制服，这人的气质就完全变了呢？太帅了，太好看了……

权竟宁此时穿的是崭新的军装，笔挺的衣服被他完美地撑起，像山上一棵笔挺的青松。男人的脸部轮廓如刀削斧凿，平时穿上白大褂，他的气质偏温润、清冷，此时换上军装，则是完全把男人的硬朗和英气展现了出来。

普通人穿衣服是人靠衣装，现在完全是衣靠人装嘛。

接下来宋谦涵就说了一堆要求，包括仪容仪表、内务卫生、待人处世的礼貌等，说完，他就吹了声哨子：“今天的任务是，长跑一万米，先跑完的先吃饭。”

中队的训练场是四百米一圈，一万米就是二十五圈。

听到这个数，下面的医生护士都蒙了：“什么？一万米，这得跑到什么时候啊？”

温言也觉得一来就来个这么猛的，怕那些长期坐办公室的人吃不消，于是试图让他减一点。谁知宋谦涵油盐不进：“你当时提议的时候怎么没想到现在呢？”

温言顿时没吱声，明馨儿望天长叹，“你这不是坑爹，你这是坑夫啊，万一权医生因此猝死，你就守寡吧。”

温言呸了一声：“你这乌鸦嘴，我总有一天把你这嘴缝上！”

“哟，你总算承认权医生是你的夫了？”

温言的脸又红了红，她一脚踹在明馨儿的屁股上，这脚看似很重，可其实没下多大力气。明馨儿“哎哟”一声，往跑道上跑去。等队员们都走完，才轮到医生护士队，权竟宁和林深在前头。临走时看到温言双手合十，嘴里念念有词，好像在说对不起，权竟宁回了她一个口型：“没关系。”权竟宁和林深像是在较劲似的，两人猛地往前冲去，很快就超过了前面的几个队员。

温言在原地看得心惊胆战，不停地抹脸：“跑那么快干吗，又不是比赛！这才第几圈，等下还要不要跑了？”

沈烨过来时就看到不远处的两人在拼命往前跑，你追我赶，我追你赶，都有股不服输的劲儿：“这两人在做什么？”

旁边靠在足球球门边框上的宋谦涵皱眉问：“你怎么又来了？”

“什么叫又啊？哪里有新闻，哪里就有我的踪影！”

“这里没有你要的新闻，你可趁早滚吧。”

“要滚也是你滚，我可是跟你们支队长通过气了，这次中队和医院的合作，还是由我来独家报道。”

说着，那边的林深和权竟宁已经跑到他们跟前，温言一咬牙，跟上去，宋谦涵瞬间站直了：“喂你搞什么？”温言置若罔闻，直追到那两个男人身后，一把扒住他们的肩膀：“你们俩给我见好就收，这样跑法是不是想我替你们俩收尸？”

“我们只是听宋队的命令，这也有错？”权竟宁从头红到脖子，身上像刚在水里泡过一样。

宋谦涵往这边大喊：“温言，你让他们跑，我倒想看看他们能坚持到什么时候。”

“疯子。”温言松手，看着两人的身影再次远去，然后又追了上去。

“既然你们想跑，那我也陪你们跑好了。我可不想人们说中队的兵在跑步上输给医院的医生。”

林深气息急促，却还是抽出时间来冷笑一声。权竟宁却蹙起眉头：“你给我回去。”

“现在我是指导员，你敢命令我？”

权竟宁别过头去，速度在慢慢减下，温言却继续说：“你想跑就继续跑，我知道你想赢他，要是你实在不行了，我在你后面撑着。”权竟宁猛地看向她，只看到她眼里坚定的目光。他咧开嘴角，把减下的速度加了上去。

不过，他已经不是为了赢林深而跑，他是为了她。

宋谦涵眯着眼看着那一双身影，重新靠在铁框上，笑了。

沈烨似乎发现了新大陆，瞪大双眼：“不是吧，你喜欢温言？”

宋谦涵的脸一下子黑了，在漫天黄沙中显得尤其恐怖。沈烨瑟缩了下身子：“不是就不是，我随口乱说的。”

这一幕落到某人眼中，再联想到她说过的喜欢上别人的话，镜片下的双眼似乎冒起了火光，他最后加速一个冲刺，成了医生队里第一个完成任务的。

沈烨在思考宋谦涵喜欢温言的事情，没留意到林深已经跑完了，等他从自己身边走过两回才发现。她递给他一张纸巾：“你的眼镜脏了，擦擦吧。”她觉着自己没有温言的魄力去陪男人跑一万米，不过小小的关心还是可以给的。她知道自己的热脸可能会贴到别人的冷屁股，所以故意装作不在意的样子。

林深压根没有理睬她，径自找了个位置坐下休息。

“刚跑完步别那么快坐下，你自己是医生连这个常识都不知道吗？”

林深抬眼冷冷看她：“与你何干？”

沈烨心道我就知道：“呵呵，我管你。”

另一边，温言跟权竟宁同时冲刺，温言尤有余力，可权竟宁几乎是到了极限，温言也不顾别人的眼光，手穿过他的腋下，一把将人抱在怀里。周围爆起惊讶的一连串吼声和尖叫声：“指导员训练时间泡仔啊——”权竟宁不予反驳，安心地把全身靠在温言身上，可知他想这天想了有多久。装一回柔弱，可以换来心上人的一个拥抱，值了。温言单手扶着权竟宁，一手指着起哄的人：“你们等着，我今天不把你们这张嘴扒下来我指导员的位子给你们坐！”

权竟宁休息得差不多了，直起腰来，把温言的手收回来：“别欺负人。”

这下子，周围的口哨声更响了：“哎呀，这个新兵蛋子可不得了啊，第一天来就要泡我们的指导员啊。”

人们调侃加哄笑，笑得不亦乐乎，直到宋谦涵一声令下。

“不想吃饭就去给我再跑十公里！”众人瞬间作鸟兽散。

中午吃完午饭，温言就带他们去熟悉环境：“这是政教大楼，俗称蒸饺，那边是宿舍，你们的住处已经安排好了，男的跟男兵一个房间，女的跟我一个房间。”然后她带他们去看器材，“这些都是出去救援时需要用到的器材，最重要的是消防车，可以供水，除了水车以外，常见的还有包括泡沫车、泵车、云梯车……这些是破拆工具，过几天会给你们一一讲解。”

突然，有个小护士举手发问：“指导员，我们只是普通的百姓，就算掌握了这些，我们遇到火灾时也没用啊。”

有的人附和：“对啊，以前最多教一下我们怎样逃生，现在说这些根本不实用。”

随同而来的明馨儿解释说：“技多不压身，多学几招，兴许以后还能救命呢。”

温言接着道：“首先大家要明确一点，消防不仅是消防员的事，也是每个人的使命。现在提倡全民消防，防火救火是大家的责任，这不仅关系到你们的自身安全，也可以在危难时刻保护你们身边的。，我们的目标是，把火灾遇难人数降到最低，这就需要每个人的配合和支持。所以，我们不仅要在消的方面下功夫，如今就是在你们身上，在防的方面做工作。”

在温言的这番话之后，人们质疑的声音越来越小。

宋谦涵和温言秉持着循序渐进的原则，没有进行填鸭式教育，而是让他们做到真正理解并运用那些知识和工具。他们统共只有两个星期的时间，所以本就不以数量为准，而是以质量为准。

晚上，权竟宁把东西都收拾好后，就去楼下找温言。女生宿舍就在男生宿舍的楼下。

他在读书时期没有尝过谈恋爱的滋味，如今在队里，竟然第一次有了初恋的感觉，那种紧张而不是笃定，酸中带甜，甜里又含酸的滋味让他觉得新鲜又兴奋。

他去到楼下，却被明馨儿告知温言不在房里：“我是明馨儿，你还记得我吗？”

权竟宁在脑海里搜寻了一番，觉得自己是见过这个人的，可是他好像不知道她的名字：“请问你是……”

被男神忽略，馨儿胸口一闷，差点想吐血：“不需要了，你只当我是个可怜的过路人吧。”她抹了抹根本不存在的眼泪，指指外面，“温言在楼下学习室，一下楼梯右转第三间就是。”

“谢谢。”

权竟宁匆匆而去。

温言正在学习室埋头苦背，眼前突然来了个黑影，她以为是队里的兵恶作剧，正打算把人一巴掌拂开，却在看到权竟宁的脸时停下，手心堪堪停在男人的脸庞两厘米处。

“你怎么来了？”

权竟宁在看到女孩澄亮的双眼以及那俏丽的梨窝时，心头竟然无比舒畅，他本以为她再也不会对他露出这种情态。

“我来看看指导员有什么需要我帮忙的。”

温言把手上的书本盖上：“没有。”

“宋队！”权竟宁冷不丁喊了一声，温言慌忙扭头去看，结果连个鬼影都没有。

权竟宁成功地把书拿到手上，冷笑一声：“看来你还挺怕宋谦涵。”他心里突然很不是滋味。

“你敢耍我？”温言简直又气又笑。

“不这样我怎么知道你在看什么？”权竟宁把书翻了几页，“你在准备考试？”

温言无力地点头：“八百年没背过书了，我现在的头都快炸了。”

“你想升级？”

“当然，人往高处走，水往低处流，这很正常。”

才不是，她宁愿做一条咸鱼。

温言把下巴搁在双手上，趴在桌子前：“我才没有那么大的理想，是我妈开的条件，她说只有我升到领导层，她才不会逼我转业。但其实我只想做一个能救火的普通消防兵。我始终认为我的使命是救火，让我光坐在指挥室里指手画脚做无用功，我会受不了的。”

“其实救火也不一定只有亲身上阵这个途径。一个军队，不仅有兵，还有用兵的人。如果将领精于用兵，就能将士兵的潜力最大化地开发出来，达到事半功倍的效果。指挥官就像手术台上的主刀，他们把控全局，如何下刀、什么时间下就像你们如何进火场、什么时候进，反之亦然。他们把时间和空间都把握在一个最好的限度内，不仅可以减少自身的损耗，还能取得最好的成效。”

这样一番话简直不像是一个医生说出来的，温言惊讶于他的眼界之广以及看问题的深度。她眨眨眼：“你怎么比我这个消防兵还懂这些？”

权竟宁把书盖好：“我自认为我学习不错。”

“岂止不错，你可是天才。”

“过奖。”

温言露出森森的白牙：“你可真不谦虚。”

“跟你学的。”

“……”

“万事万物都是相互联系的，我只是把自己在工作过程中的感悟告诉你而已。”然后，他话锋一转，“其实背书想要背好，最重要的是理解，而框架结构是理解的前提，我可以帮你把框架搭好，这样你背起来就会容易很多。”

这个确实很吸引人，温言思来想去，却还是摇头：“不需要了，我可以自己搞定。”

“为什么不让我帮你？”

温言拿起书准备离开：“我不想欠人人情。”

权竟宁在她身后一笑：“你是不想欠人人情，还是只是不想欠我人情？”

他始终没有听到她的回答，却在不久之后得到明馨儿带来的浴盐。

她模仿温言使唤她时的神情：“让他拿去泡脚，明天下不来床可别怪老子！”

顿时，周围的哄笑声又起了。

“哎哟，怎么会下不来床呢？”

“没想到指导员这么霸！气！侧！漏！”

熄灯之后，权竟宁自然遭到了同寝室队员的“审问”。

“权医生，你跟我们家指导员什么关系呢？”

权竟宁答道：“朋友。”

“我看朋友可没有你们那么暧昧哟。”

“看，你这就暴露自己的无知了吧。这叫友达以上，恋人未满。”

“权医生，我们可是跟指导员同生共死四五年了，她喜欢什么讨厌什么，我们可是了如指掌，你要不要贿赂一下我们什么的？”

权竟宁只是笑：“她这个人很别扭，要是知道我从你们这里套信息，她不会放过我的。”

“放心，我们口风很密的。”

队员们也只是随口说说，并没有想要最终的答案，后来又有人提到一个关键性问题：“不过我就奇怪了，我们指导员到底有什么值得人家喜欢的？说实话，我跟她相处了五年，压根没发现。当然，我说除了脸以外，毕竟指导员也就只有那张脸像个女人了。”

“你还是不是男人？指导员的美岂是我等凡夫俗子能轻易发现的？”

“只能说，情人眼里出眼屎啊不，西施了。”

林深在另一个寝室却是安安静静的，但怎么都睡不着，他听见那女消防在门口跟权竟宁说的话，蓦然想起某个人只会耍耍嘴皮子，却没点实际行动，心里就来气，气得胸闷睡不着。所以第二天权竟宁就看到他脸上大大的黑眼圈，虽然被眼镜遮了一大半，但丝毫没有阻碍它们的“宏伟壮阔”。

权竟宁很不厚道地笑了一天。

经过昨天的一万米长跑，第二天医生队们都过得异常痛苦，坐坐不下，蹲蹲不下，下楼梯和上厕所痛苦程度不亚于凌迟，两条腿处于半残疾状态。

这种情况，第三天、第四天才慢慢好转。

到了第五天，宋谦涵让他们开始负重跑，然后是学习水枪的使用。

众人集中在训练场上，地上摆着好几捆水带，就像蜷缩起来的蟒蛇一般。

宋谦涵先口头说明具体步骤：“把防火栓门打开，这就不用我啰唆了吧，取出水带、水枪，将水带一头与消防栓连接，将连接扣准确插入滑槽，并按顺时针方向拧紧，另一边把水枪头按同样的方法拧紧。连接完，找个人握住水枪枪头，另一个打开消火栓阀门至最大，对准火源根部喷射进行灭火，直到将火完全扑灭。你们平时接触到的都是室内的水枪，一个人是完全可以抓稳的。但是消防队的水枪后坐力非常大，等下出水的时候记得扎实马步，明白了吗？”

实操要两个人组队，宋谦涵随机组队，走到权竟宁和林深面前，指了指：“你们两个一队。”

一边的沈烨幸灾乐祸，捂着嘴笑，乐得不行。

温言：“你笑什么？”

“这两个人可是火星撞地球，要想让他们俩合作，除非明天太阳从西边升起。”

不出沈烨所料，这两个人别说合作，就连正眼都没有给过对方。

权竟宁让林深去铺水带，林深拒绝：“权医生厉害，您先请？”

“您先请。”权竟宁面无表情。

“您先请。”

宋谦涵从队伍的一端走到另一端，再走回来，这两人还是停留在“您先请”的阶段。

“再请就两个都给我滚！”

沈烨给宋谦涵竖起大拇指：“还是我表哥厉害。”

“不过他竟敢吼你的男人，你就不生气？”

“生气？在这里，宋队就是天，就是地，谁会不要命地对他生气？”沈烨看到对方阴沉的笑脸，打了个寒战。

“我怎么觉着你的话那么假呢？”

有一句话，温言不好意思说出来。

宋谦涵是中队的天、中队的地，但她向来擅长怼天怼地。

最后那两人还是磕磕绊绊地完成了任务，结果不出所料，是全部小组的最低分。这对于两个天才来说，简直是天大的侮辱。

温言没有在现场看完，而是去了厨房，侯爷给人们张罗完早餐，又忙着张罗午餐，她主动上前去帮忙。

“你不去训练来这里捣什么乱？”

温言看着侯爷几乎是一夜之间花白的头发，心里酸酸的：“那边有队长看着呢。”

食物顺利出锅，温言闻着喷香的饭菜，一双杏眼闪着绿光：“我看队长这几天挺辛苦的，要不我给他加点菜吧。”

“也好，新兵不好训啊，我看他这几天精神都不怎么好。”

温言撒胡椒的手顿了顿，她突然觉得自己的行为有些不厚道。他好像帮了自己不少忙啊，而且练新兵都是他在练，明明都是她自己惹回来的事情，买单的却好像全是他。

然后，午饭刚开始没多久，靖安中队的队员们就看到自己敬爱的队长毫无仪态地往外冲，简直是拿出了救火的速度，冲向水龙头，对着自己的嘴巴不停地冲水。

而他们的指导员，优哉游哉地站在门口，叼着牙签，冷冷看着。

敢动我的人，怎么也得给你点颜色瞧瞧。

所以说，宁得罪小人，勿得罪女人啊。

权竟宁看到不对劲，心想可能是温言闯的祸，想要上去帮忙，却被沈烨按住：“看不出吗，她在帮你报仇呢。”

权竟宁猛地转眼看向门口的温言，心里比无奈更多的是喜悦和温暖。

她的心里总是想着他的。

就在宋谦涵“灭火”完毕，想要回来跟温言算账时，警铃响起。

不得不说，这警铃很有灵气，总是在关键时刻响起，让他们避免更大的冲突，从而维护他们的玻璃战友情。

宋谦涵的头发都在滴水，他咬着牙对温言说：“回来再和你算账！”然后他看了一眼权竟宁，跟他说，“你也过来，带上药箱。”

温言上去拉住宋谦涵的手：“队长，今天我值班。”也就是说，这次出警由她带队。

报警人是目击者，她看见有人挂在广告牌上，一动不动的，不知道是不是出了意外，于是打电话给消防局求助。

被困人员是售楼部的员工，他在张贴广告外墙时发生意外，被挂在旁边的广告牌上。那广告牌在七八层楼高，那人似乎已经不省人事，不论他们在下面用大喇叭怎么喊，他都没有反应。

这让众人十分担忧。

温言指挥人在他下方铺垫巨大的气垫，让叮当猫控制云梯车，贺总上去救人，等人下来，权竟宁随时准备治人。

此时权竟宁却走上前：“我可以跟他一起上去，查看那人的情况。”

温言想了想，点头同意。

权竟宁跟随贺总上了云梯车。

控制云梯车的方向是个技术活儿，经过几番调整，贺总总算是碰到了那人的手："再近点，近点！好！"

人们听到了贺总在对讲机里的话："被困人员已经昏迷，权医生正在查看原因。"

"先把人带下来。"

"权医生说是因为低血糖，现在要给他注射葡萄糖。"

原来只是因为低血糖。

温言沉沉的心总算放松下来。

贺总正打算把人搬到云梯车上，中途却出现了意外。

那人的身体比想象中要沉，贺总一时被沙子蒙了眼睛，手一滑，那人的身体便如断线的秤砣，直线下落。

"啊——"众人都屏住呼吸，闭上眼睛，不忍见到残忍的一幕。

温言、贺总、权竟宁的脸惨白一片，如同时钟的钟摆停摆，他们的心脏仿佛停止了跳动。但眼前的一幕在他们眼前急速上演。

"砰"的一声，人终于落地，与此同时，那人睁开眼睛，头顶是黑沉沉的天，身下是软绵绵的气垫。

他还活着。

钟摆恢复摆动。

那人对着众人千恩万谢，又是磕头又是鞠躬，都被权竟宁阻止了。

一番心惊胆战后，温言心里又气又庆幸，终于禁不住好奇问道："这个天气，你挂上面是打算挂腊肉啊？"

众人暗笑，心道：他们家指导员骂人可真是不留情面，而且从头到尾不带一个脏字，这才是技术高超。

那人挠着脑袋："哦是这样的，我早上没吃早餐，脑袋晕头转向的，然后又被沙子糊了眼睛，就晕倒了。"

听到这个解释，众人脸上清一色的是破涕为笑表情包。

温言发现权竟宁自从出车回来之后就闷闷不乐，她怕刚才的事情又会在他心里留上一道伤疤，作为中队的指导员，关心队员的心理健康是她的职责，于是决定下午带他出去散散心。

A大图书馆被评为这个季度消防工作的标兵单位，队里派了温言过去为他们颁奖，温言趁机就把权竟宁带走了。

“这是……”权竟宁看着眼前的电动自行车，第一次不知道该如何组织语言。

温言忙着拔充电线，戴头盔：“我问过猴子了，他说叮当猫把车开走了，我们没有车，只能出动这一台了。”说着，她把头盔递给权竟宁，“载上你，去到A大应该没问题！”权竟宁把头盔戴好，默默把遮光玻璃拉下，挡住了他帅气的脸庞。

就这样，温言坐在前头，姿势懒散地握着车把，加速再加速，而权竟宁高大的身子则窝在车后座上，长腿无处摆放。

女孩狂放的声音飘散在风中，落入他的耳中：“我告诉你，这可是我们的镇队之宝，平时没事我们都不会拿来开的。”

权竟宁心道：那是因为太破了。

“你们队还有其他镇队之宝吗？”

“有啊，”温言转头看他，“还有一个，那就是我！”

权竟宁：“……”

他们行驶在平坦的大路上，各种汽车庞大的身躯不停地与他们擦肩而过，相比较于自己身下的车，权竟宁总有一种自己随时会被掀翻的错觉。

一路风驰电掣，两人总算安然无恙地到达A大图书馆，温言的短发被冷风吹得又冷又硬，发梢通通往后飞去。权竟宁看她越弄越乱，终于忍不住亲自上手：“怎么说都要上颁奖台吧，这样的发型也不怕被人笑？”

温言捏了捏耳边的碎发，然后捏自己的耳垂：“好了没？”

权竟宁揉了揉她的发顶，装作不经意地擦过她的耳垂，笑笑：“好了。”

“你在图书馆等我，我好了就给你发信息。”

“好。”

A大的图书馆是一座很有气势的古楼，靛蓝色的屋顶，白色的墙身，一股优雅的韵味弥散而出，楼层高大巍峨，占地广阔，藏书丰富，不仅是A大学子，就连本地市民，都纷纷来这里借书学习。

光是门前的阶梯，就几近有两层楼高。果真是书山有路勤为径，学海无涯腿作舟。温言自得其乐地想。

权竟宁到了专门收藏医学文献的第十层，拿了一本厚如字典的书，就坐在那里看得津津有味。

那个颁奖典礼只进行了一个小时，温言回来的时候按权竟宁给她发的短信找到了十楼。她循着书柜，一排排看过去，却通过书柜的间隙，看到一个熟悉的身影。

“紫迷？”她走到那人身后，拍了拍她的肩膀。

那名叫紫迷的女孩闻声，转过轮椅，看到她，当即绽开了笑容：“温言。”

方紫迷是她的小学同学，小学还没毕业时，因为一场意外而截瘫。两人曾经是无话不谈的好朋友，但因为那场意外，温言对紫迷始终心中有愧，面对她总感觉抬不起头，又因为身体问题，紫迷休学了两年，等她复学时，温言已经小学毕业了。

两人经常联系，生活里却是很少见到。

“我在这里当图书管理员啊，就是这两个星期的事，没来得及通知你。”方紫迷笑道。

“你……父母同意了？”

“我毕业之后就待在家里，可把我闷坏了，刚好打听到这里招人，我就来试了试，结果就通过了。”

女孩见到温言，明显很兴奋，继续道：“虽然有很多事情我不能做，可我能做到的，还是有很多的啊。你看，”温言看到她怀里的一箱书籍，“我连小推车都省了。”

温言心里有点闷堵，但还是很配合地笑了。

“而且，我还做了个决定。”方紫迷的眼睛亮亮的。

“什么决定？”

“我决定考这里的研究生，其实我的工作还是挺空闲的，多余的时间可以用来看书，听起来有没有很励志？”

“那你想考什么专业呢？”

为了不打扰到别人，两人挪到了角落，声音也尽量放低，可从这里看出去，还是能看到很多埋头苦读的学生。

方紫迷侧头望了望对面，那里坐着一名男人，戴着无框眼镜，五官清秀，气质文雅，女孩的脸红了红：“我想考德语专业。”

温言托着下巴，想了想，道：“德语会不会太偏了？”

温言知道她本科读的是外语，可法语到德语还是有点距离的吧。

“我觉得只要掌握了学习语言的方法，还是值得一试的。”

既然她想考，那温言只能无条件支持。可温言还是担心她的身体，A 大在这方面不知道有没有限制。温言想着，回去要好好问一下权竟宁。

温言找过去的时候，权竟宁静静地坐着，翻着手上的文献，旁边是巨大的落地窗，窗外是一片湖泊，广阔渺远，水光淼淼，连投射在他身上的阳光都泛着涟漪。

他今天穿的是军装，高大帅气得让人不敢直视。

温言蹑手蹑脚地走过去，坐到他对面，撑着腮帮看他。

她不敢打扰他，有些问题憋在心里，直到回去的时候才问出口：“你们学校的德语系怎么样？研究生考试难不难？教授们人怎么样？会不会有外校歧视？”

权竟宁定住脚步：“你要考研究生？”

温言摆摆手：“当然不是我，我帮一个朋友问的。”

权竟宁双手插在裤兜里，直立着，视线停留在左侧的高楼：“外语学院，我不是很了解。”

一个潜心医学的男人，问了也是白问。温言泄气。

“百闻不如一见，与其问我一个门外汉，不如直接去体验一番。”权竟宁牵上她的手。

“去哪里？”温言问道。

“带你去旁听。”权竟宁嘴角一勾。

“喂，我可是指导员，要注意仪态……”

A 大作为中国高校的翘楚，校园确实很大，几乎每个学院都有自己的教学楼。绕了将近十分钟，两人才终于找到传说中的外语学院。

两人到的时候，恰好碰上一节德语课，可容纳上百人的教室，前面几乎坐满了人，只余最后两排座位，空空如也。

温言想到自己在军校的时候永远坐最后一排，就是为了可以上课睡觉，便于逃课，以及逃过老师的提问。

两人就近在门边的空位上坐下。

温言认出，台上讲课的老师正是自己方才在图书馆见过的文雅男人。

两人的视力都是极好的，隔着十几米，也能看到板书，只见黑板上写满了外文字母，密密麻麻一片，每个字母都能看懂，可硬是看不出是上面写的什么单词。

男人的发音很平和、淡然，就像在念王维的一首诗。

“你们学校的老师都好强……”权竟宁，还有这个。不像他们军校的教官，都是五大三粗的大叔，一开口，整栋楼都要震三震，问题答不上来就是做俯卧撑。

要是她知道来A大有这么好的福利，当年她就算拼了老命也要考上这里。

权竟宁看了看她，笑着不说话。

这时，男老师喊了一名同学起来回答问题，听到答案后，他让同学坐下，然后看了看他们这边。

温言的身子立时僵了，抓着权竟宁的手，准备他叫他们回答问题，就拉着他跑。

“后面两位同学，坐那么靠后，听得到我说话吗？”男讲师将声音提了提，嗓音还是温润醇厚的。

“那不是医学院的权竟宁吗，怎么跑到这儿来了？他怎么穿了军装？好帅呀！”

“A 大两大男神，同台 PK 啊。”

温言听到他们的话，心里骄傲地想，那男人长得是不错，但跟权竟宁比还是差远了。

“他旁边的女的是谁啊？”

“我听说他最近在谈恋爱，不会就是她吧……”

“我还以为是传言，这样看来估计是真的了。”

权竟宁看她的脸埋得越来越低，快要贴到桌上了，于是站起来，只是扫了一眼，那些学生就自动噤声了，然后他说：“抱歉年老师，我们是来旁听的。如果你介意，我们可以立刻离开。”

年老师自然不介意，因为在座的有一半人是来旁听的，他又赶得了多少？而且，从学生们的窃窃私语里，他也知道对方是本校的老师，不会不给同事一个面子。

“当然不介意，不过下次可以靠前坐点，这样听得比较清楚。”年子勋从头到尾都微笑着，说完又继续讲课。

温言当场松了一口气。

权竟宁坐下，开始笑她："有这么紧张？"

温言猛地点头，正如白天不懂夜的黑，学霸不懂学渣的痛。

下课之后，权竟宁也不管周围有多少学生留着，径直走上讲台，说明此次来意。

年子勋叠了叠手上的教材，笑道："相信权老师也明白，研究生考试是选拔性的考试，我们是选拔有能力的学生，能力到了那里，自然会通过，反之则会被淘汰。所以，这不存在难不难的问题，只存在个人的能力问题。至于外校歧视这个问题，我的答案还是和上一个问题一样，我们只看能力。"

年子勋看了看权竟宁身侧的温言："是这位小姐想考研究生？"

温言摇头，为什么每个人都以为是她考……

"是我一个朋友，她腿脚有点不灵便，不知道这会不会影响她的报名？"

年子勋道："只要学生生活能自理，学校没有理由阻止。而且在我个人看来，做学术的，身体上的残疾反而会是一种动力。就像梵高、贝多芬，不是吗？"

听到他这样说，温言的心总算是落下了。

"那年老师的脾气看上去真好，这样我也放心一点。"回去的时候，温言不禁叹道。

"我很好奇，你说的朋友究竟是谁？"

温言静默了下道："是我的小学同学，刚才在图书馆见到的。"说完之后，她就再没有说话。

最近天气潮湿，雨一场接着一场下，气温也是乍暖还寒。

傍晚时分，方紫迷从图书馆内出来，看到了门外站着的年子勋。男人生得高大，体形却偏瘦，只穿了一件短袖，手上拿着几本厚厚的书。

她想要上前，把手中的伞拿给他，这本就是把备用的伞。可就在她摸上操纵杆时，一个撑着伞的女生走到他身边。两人共撑一把伞，笑着离去。

方紫迷紧紧握着手上的伞，自嘲一笑。这么优秀的男人，身边又怎么可能没有女人呢？就算没有女人，她也不可能站到他身边，毕竟她连跟他并肩而行都没办法。

温言最近通过权竟宁，向年子勋讨了不少资料，反正两人是同事，这样绝好的机会，不用白不用。

权竟宁一开始自然老大不愿意，两人不过是名义上的同事，而实际上关系远得不是一星半点。温言突然打电话过来，害他半夜查通讯录，也是查了半天。

但好在，人家还是帮忙了。

到周六的时候，温言特地跑到学校，将资料拿给方紫迷。图书馆内不方便说话，两人就约到了外面的小公园。

“我问过外语学院的老师，他给我推荐了这些书，除了德语书还有英语，考研究生不都要考英语吗，然后他就顺便给我推荐了一些学英语的书。”温言坐在长椅上，怀里抱着一摞书，“你看看合不合适。我跟他说过你的情况……他说这些适合初学者用，如果想要强化阶段的，还可以找他。”

方紫迷只是扫了封面一眼，突然觉得十分讽刺，道：“我不考了？”

温言的笑容僵在了脸上：“怎么又……不考了。”

“我考不上的，而且，考上了又如何，我这个样子，又怎么拼得过健全的学生？”

话音刚落，方紫迷就要转向，温言急急抓上她的椅背：“我问过学院的老师，他说没关系，只要你有能力就行了。”

方紫迷冷笑一声：“人家说说你也信……”微风吹过，书的封面被掀开，方紫迷回头看了一眼，突然脸色大变。

温言觉得今天的紫迷有点奇怪，就像竖起了所有刺的刺猬，每说一句话，都扎得她的心生疼生疼。

恍惚间，一阵大力袭来，手上的书被全部掀翻在地：“你找的年子勋？你为什么要去找他？”方紫迷怒吼。

温言低头，看了看自己的手，还有地上的书，有本书被翻开，扉页里贴着一张黄色便条，一行字的下面署名“年子勋”。

她不知道方紫迷为什么生气，试图解释：“他是学院的老师，我有个朋友恰好认识他……”

“所以你是来炫耀你有一个了不起的朋友？”方紫迷打断她道。

“不是……我……”温言拼命摇头，她根本就没那个意思，也不知道她的话怎么会被歪曲成那个意思。

“紫迷，你冷静点，到底发生什么事了？”

方紫迷回过神来，猛地转头看她：“所以，你跟他说了我的事情，他知道我是个残疾？”

温言愣住了，摇头也不是，点头也不是，只红着眼看着她。

方紫迷继续说：“谁让你多管闲事了？我要考就考，不考就不考，谁让你去问他了？你少在我这里寻找优越感了，如果我当年没有受伤，你在我面前就什么都不是！”

一句话，温言瞬间脸色煞白。

她在心里苦笑，优越感？她哪来的优越感，从头到尾就只有负罪感。她多想当年受伤的是她，这样就不用像现在这样，被压得喘不过气。

她活着的每一天、每一分、每一秒，都好像是跟别人借来的一样，她过的早已不是自己的人生，是她偷来的、抢来的。

风卷起地上堆起的落叶，烟青色的天际落下一片水雾，又下雨了。

方紫迷转动操纵杆离开，来到图书馆的阶梯前，一种无力感油然而生，终于放声哭了出来。

温言担心下雨她会淋湿，于是稍微收拾了下心情后，就跟在她身后，看到她突然大哭起来，连忙上前，可又不知道该怎么安慰，只是默默地站在她身后，把军装外套脱下来替她挡雨。

方紫迷做了二十年的大小姐，还从没如此丢人现眼过，看她一动不动地杵在那里，心里觉得既好笑，又心酸。

“你还站在这里做什么？走啊，我不想看到你啊！”

温言抹了一把脸上的雨水：“你先进去吧……”

两人就在雨里，一个站着，一个骂着，直到方紫迷的搭档下来找她，将两人骂了一通后，方紫迷才被她推了进去。

可到最后，方紫迷再没有转头看温言一眼。

雨势有变大的趋势，图书馆的位置比较偏僻，温言没有等电瓶车，冒雨走在路上，怀里还紧紧抱着拿来的书，书页锋利的边缘硌得她手臂生疼。

后来雨势有点大了，周围又没有可以避雨的地方，她只好躲到了树下。

雨水都积在树叶上，落下来就是重重一滴，滴在头顶上，很冰很凉。

手机响了，温言拿出来看，是权竟宁。

她突然觉得眼睛又酸又痛，连忙重重眨了眨眼，才按了接听键。

“你在哪里？”一接通，那边的人就问。

“我在……家里。”温言睁眼说瞎话。

电话那头的权竟宁皱着眉头，看了看手机：“你那边怎么那么吵？”

“我在阳台上……”

话音未落，路边经过一辆汽车，“哗”的一声，溅起一米多高的水，全落到她身上，她只得闭着眼睛和嘴巴，硬生生受了。

“你在外面。”对方不是疑问句，而是陈述句，“不要让我问第二遍。”男人的声音已带了些怒气，她以为他听不出她声音都哑了吗？

“我真的在家里……”她还想狡辩，耳边就传来“嘟嘟嘟”的声音，他把电话挂了。

完了。

温言脑海里只浮现这两个字。

诚然权竟宁平时对她都是温和有礼的，除了个别时候逗逗她，两人相处起来，用相敬如宾来形容也不为过。

权竟宁从来都是喜怒不形于色的人，给学生训话的时候，也可以面无表情，她实在想象不了他对自己生气是什么样子。

不过还好，总算没有被他看到自己这么狼狈的模样。

可是，她算错了。她把自己想得太坚强，也把自己在他心里的位置看得太微小。

前后不到五分钟的时间，他将车停在了她身边。

温言就站在原地，定定看着那如玉一般的男人。他穿着军装，手持黑伞，单手关上车门，径直向她走来。

但他的脸色很不好看才是真的，以至于在他走近的时候，她下意识地往后退了一步。

男人的脸倏地黑了。

权竟宁伸手在她眼底抹了一把：“热的。”

什么热的？温言疑惑。后来她才醒悟过来，他当时话里的意思是，雨是凉的，而泪是热的。

“你怎么知道我在这里？”

“猜的，我想去你家找你……谁知道，你躲在这里哭。”

一股暖流流经心尖，温言的泪再次跌落，她扁扁嘴，像个被欺负的孩子向大人控诉："我的书都被淋湿了……"

闻言，权竟宁愣在原地良久，随后叹了一口气。他还以为她遇到了什么天大的事，谁知道只是因为书被淋湿。

权竟宁把温言带回中队，但由于他是私自离开中队，被宋谦涵罚了五千米负重跑，然后再加一个"吉祥三宝"。

"吉祥三宝"就是五百个俯卧撑，五百个仰卧起坐，再加五百个青蛙跳。

外面下着淅淅沥沥的小雨，温言站在操场旁边的小屋屋檐下，想起方才男人手心的温度，温暖得快要让她的心燃烧起来。

她不顾宋谦涵的警告，奋不顾身地冲进雨里，要把男人拉走。

可权竟宁不肯轻易放弃："你回去！我还有三千米了。"

"你是因为我才出去的，大不了有事一起扛！"

权竟宁用指腹帮她抹了一把眼下，雨和泪已经混杂在一起，可他总是能轻易分清哪些是雨，哪些是她的泪。

温言握住他的手，不由分说地要把他拉回去。

"我这辈子最怕两件事，第一欠人情，第二欠债。如果你不想我们后半辈子老死不相往来，你就尽管继续！"

男人沉吟半晌，雨水顺着他完美的轮廓往下淌："我跟你走。"

两人并肩站在刚才小房子的屋檐下，温言去找了块毛巾给他。

"权竟宁，其实我们是一样的人。"温言看着屋外的雨幕，"我跟你讲一下我跟我小学同学的事吧。"

权竟宁擦脸的动作慢了下来。

她和方紫迷从小就是好朋友，温言小时候是小霸王，她不怎么喜欢跟女生玩，方紫迷性子活泼，是她唯一的同性朋友。有一次她们因为小事吵了一架，那次还是温言先低的头，她在周末过来找方紫迷，两人中午决定出去买零食。方紫迷家境殷实，小区楼下就有很多饭店，她的父母都经常不在家，只有保姆照顾她，那天她们没有告诉保姆，偷偷就溜了出去，结果就遇上了火灾。也是那一次，她在方紫迷眼前暴露了自己力气大的事实。

像往常一样，两人乘坐电梯下楼，可没下几层楼，电梯的灯光就开始频频闪动。"哐当"一声，电梯猛地停下，头顶灯光熄灭，狭小的空间里顿时一片黑暗。

这还不是最可怕的，最让人感到绝望的是，有黑烟透过电梯门缝钻进来，不多时，电梯里已被浓烟所充斥。

方紫迷紧紧抓住她的胳膊，不停地哭喊，她可以感受到对方传递过来的恐惧。当时她们不过是十岁的小孩。

温言再也想不了那么多，扒着电梯门，不费吹灰之力就把门掰开，然后纵身一跃，扒住上面的地面，爬了上去。

她把手递给方紫迷，可是方紫迷迟迟没有把手伸过来，而是惊恐万状地看着她，哭着喊着："你是怪物，怪物……"

她们错失了最好的时机，下一秒，电梯灯爆裂，火花四溅，她最终松开了托住电梯的手。

那次事故，方紫迷全身多处骨折，头部受重创，医生都说她活过来就是个奇迹。

后来，她被诊断为下半身瘫痪，医生说，她有可能再也站不起来。

在那之后，温言就下定决心要成为一名消防员。

"你曾经跟我说过你援非的故事，我也跟你说一个我的故事，现在我们扯平。"温言背过身去，双手搭在身后的铁栏杆上，"不过我说我们一样，但还是有不同的。我害怕过去，但我还是选择了成为一名消防员。而你，放弃了继续当一名外科医生。"

权竟宁自嘲一笑。

"你这个人就是太重情义，也把自己看得太无敌。你以为你是蜘蛛侠还是超人啊？像我，我自以为自己也挺厉害的，可是面对子弹，我也不敢上去帮别人挡。"

"是不是沈烨跟你说了什么？"

"别想套我的话，我可不会上当。不过我实话告诉你吧，你就应该学学我们的贺总，那天要是真出了事情，他万死难辞其咎，可是现在什么事都没有，他就当什么事都没发生，照样该吃吃该喝喝。而且你以为我们救援的时候真的能百分百把人全救出来吗？"温言摇头，"并不是，有些人压根不可能被救出来，而有些人救出来没多久还是会死。这样的事情，我们遇过无数次，可是我们有全体辞职，再也不当消防员吗？其实人的心怎么能放那么多东西呢？有时候，你真的要学会放下。

"我挺喜欢某部电影里的一句话，他说：'在黑暗和浓烟之中，你看到的任何东西都是不真实的，只有前进才能获得希望。不只在火场，在现实中也是。当你深陷其中，只有向前，如果回头，必然被浓烟吞噬，永远与光绝缘。’”

温言的那番话，在权竟宁的脑海里不停盘旋。

“当你深陷其中，只有向前，如果回头，必然被浓烟吞噬，永远与光绝缘。”

他仰头望着雾蒙蒙的天际，表情从迷茫到清晰，然后低头笑了。

第十八章 解铃（下）

那天之后，温言连续好几次见到权竟宁都是在学习室内，而且白薇薇也来找过他好几次，好像每次都带着一堆资料。她觉得奇怪，训练快要结束了，有什么事情不能等到回去再做？

有一次她好不容易拦住白薇薇，想要从她嘴里套点信息。

白薇薇先是支支吾吾，后来在她的威逼利诱下，总算是把事情全都说了出来。

“其实权老师虽然封刀了，但他一直没有放弃自己的专业，他跟国外和国内的老师一直在研究神经修复的课题。”

“神经修复？”

“这么说吧，神经是大脑向身体各个部分传递信息的中介，如果神经损坏了，大脑无法控制身体的某个部位，那人就残疾了。就像下身瘫痪，指的就是控制下半身的神经断了。但科学家发现，神经是可以修复的，权老师他们的团队就是研究怎么样能把这个过程加快，甚至人工制造出新的神经。”

“他们研究多久了？”

“一年了。最近权老师遇到瓶颈，导致项目停了一个月呢，这几天他好像突破了，进度不但没有落下，还加快了呢。”

与此同时，沈烨找到温言，把心理医生的建议告诉了温言。

温言先把自己发现的事情告诉沈烨：“我发现，其实权竟宁并不是对医学或是自己完全失去信心，他只是害怕站上手术台。”

“你说得没错，童沛是在他的手术刀下去世的……”

沈烨还想继续说下去，却发现温言惊恐地盯着她，她连忙解释：“我不是那个意思，据范娜莎所说，当时是权竟宁想给童沛取子弹，可杀人不过一眨眼的事，童沛挨了几颗子弹就死了，他救不了童沛，兴许就是那个场景给了他冲击，才让他每次上手术台都想起那场景，就成了心魔。”

“那心理医生怎么说？”

“心理医生说，人脑会有选择性删除的功能，人会下意识地选择忘记悲伤的事情，权竟宁却恰恰是个反例，他会不停地回忆童沛死去的那一幕，而且还会自己加工，把自己想象成害死童沛的罪魁祸首。他说，最可怕的是，权竟宁可能把救童沛的手术刀，加工成了捅死童沛的手术刀。”

温言习惯性地把手指放在嘴里咬，咬到出血竟然一点痛楚都没有感觉到。沈烨见状，连忙掰开她的手：“这是手，不是木头！”

温言做了几个深呼吸，扶着额头：“你继续说。”

“当然，这只是猜测，医生说，最好就是让权竟宁亲自去跟他见一面，可是我们也知道，这不可能。要是他愿意去看，就不会拖到现在了。”

温言有些急躁了：“所以？”

“他建议，或许我们可以……”

这几天，中队里安静得有点异常。

权竟宁在这里待了差不多一个月，慢慢地也总结出了规律。

消防战士们的生活其实很单调，平时不是训练就是学习，偶尔的娱乐就是踢足球和打篮球。往常有空的时候，他们总是几个人组队，在操场上尽情地踢球，偶尔也会下个赌注，比如，输了的人就去做饭、洗厕所、洗消防车等。

但是这几日，他偶尔经过操场，再也没有看见那样的情景。

这天他在学习室里埋头看实验资料，他现在在队里，没办法出去亲自做实验，所以只能让学生做实验，把资料交给他看。

手边的咖啡已经喝完，送咖啡来的是一个面生的小战士，他好奇地问了一句是不是温言给他送来的，那小战士直言不讳：“对啊，不然我们哪里用得到这些啊，还是她前几天让人特地出去买的呢。”

他笑，其实他也不怎么喜欢喝咖啡，晚上睡眠质量一直不怎么好，习惯了熬夜，第二天也不会困。不过今天的这一杯，他总觉得特别香浓。

权竟宁出去的时候已经接近傍晚，可是还没有到晚饭时候，傍晚的天昏沉沉的，连带着视线都好像变模糊了，看东西似乎不怎么清晰。

他捏了捏鼻梁，再看过去，温言好像盘坐在消防车旁边的地上。

她手上拿着一个打火机，四四方方的一块，铁灰色的主体，磨砂质感，上面刻着一道纹路，似乎是祥云纹，又似乎是火纹，金色的盖子，在温言的指尖下，一开一合，每一下都发出“噌”的声音，很清晰。

“你又不抽烟，怎么会随身带打火机？”

温言：“谁说不抽烟就不能带打火机了？”

他又端详了下那小东西，温言白皙的手背跟它相得益彰，显出一种朦胧又高贵的美感：“嗯，这个倒是值得收藏。”

温言伸出一根手指，左右摆了摆：“这个关键时刻还能救命。”

权竟宁像是来了兴致：“怎么救？放火？”

“有人做过统计，火灾中被浓烟熏死呛死的人是烧死者的四到五倍，浓烟是火灾中的最大杀手，可是它也能自救。古时候有烽火台，燃烟报信，到了今天同样可以。”温言从口袋里拿出一张锡纸，“如果有一天，你被困在深山老林里，你可以试着把周围能点着的东西都点着，然后人们就会注意到你啦。”说着，她拨开打火机，第一下没点着，又试第二下，“这东西挺有个性的，连续点三次才能着你信不信？”

“你可以试试。”

“看着了，一、二、三……”

到第三下的时候，“噌”的一声，火果然着了。

权竟宁觉得自己眼前更模糊了。

火烧着了锡纸，青烟袅袅，沿着直线上升。

他又捏了捏鼻梁。

“要是累了，你就先去睡一觉吧，我留些饭菜给你。”

“好。”

权竟宁脑袋昏沉，一回到宿舍就倒头睡着了。

他醒来时，窗外的天已经亮起，他竟然睡到了第二天？

可是周围的环境让他倒抽了一口冷气。

他身处一间小平房里，四周是花白的墙，头顶是雨水长期渗透后，黑色、青色混合在一起的斑驳天花板，窗棂是天蓝色的，周围是一个一个黑色人种病人，他们或头破血流，包了好几圈白纱布；或身怀六甲，怀里还有一个嗷嗷待哺的小孩。他看到有个男病人腿部伤口已经发炎流脓……

这一切，仿佛是当年情景的再次上演！

还是他本来就是处在那个时空，后来发生的事情不过是他自己的臆想，或是梦境？

庄周梦蝶，哪个才是现实，哪个才是梦境？

那男病人呻吟一声，让他回过神来，医生的本能促使他立刻去帮男病人处理伤口。

帮他包扎完后，那人对权竟宁说了句什么，他说的是非洲部落的语言，权竟宁没有听懂，不过应该是谢谢之类的话。

之后，他收治了一个被流弹所伤的女病人。

流弹在她的肚皮上划了一道伤痕，因为没有得到及时救治，这道痕迹越来越深，越来越宽，到最后，虽然不再流血，但肉眼可见里面粉色的肉，仍然触目惊心。而且，因为伤口感染，感染面积已经扩大到其他器官，被权竟宁诊治为：药石无灵。

医疗队所在的小镇交通不便，平时的药物也是飞机空运到首都，然后派直升机送过来的。而这直升机，一个星期只有一次，那天刚好会有直升机过来。

如果能把人送到条件好一点的医院，或许还有万分之一的可能。

可是没有机会。

这天的直升机取消了。

他看着那名女孩在自己眼前死去。

他没有想到，这个女孩竟是武装头目的女儿，而那名头目就混在女孩所谓的“亲属”里。

武装分子被当地政府围剿，受伤了也不敢找医生，或者说，找不到医生医治，所以才迫不得已去了他们的医疗队。

看见自己的女儿死了，头目非常生气。

头目的左边脸颊有一道凹陷的伤疤，据说那是被子弹所伤留下的疤痕。子弹穿过他的脸颊，他却没有因此而死，被医生救回来后，那道疤痕就留在了他的脸上。

后来他大肆宣扬，说自己被子弹爆头都死不掉，是有天神庇佑，而他是神派来拯救受苦受难的民众的。有很多民众相信了他的说辞，他的势力因此而发展壮大。

此时，他用英文指着权竟宁破口大骂，人们才发现原来他是装作不懂英语。因为当地居民教育程度低下，很少有人懂英语，所以到当地支援的医疗组织往往很难找到翻译。

权竟宁他们也找了个当地的翻译，他的诊断结果，翻译曾一字不落地译给了头目听。

头目之所以掩盖自己会说英语的事实，是因为怕别人识破自己的身份。

他们虽然被围剿，但武器还在，就藏在他们的身上以及包袱里。

人们一见有武器，都迫不及待地往外跑，小小的平房里顿时变得更乱了。

惊恐、害怕、担心，像潮水般向人们涌来。

医护人员的劝说众人也全然不听，只顾着逃命。

可是他们越逃，头目就越愤怒，他身上带着自制的弹药，他把弹药往人群中扔去"轰"地一声，人群被炸得四下飞散。那东西的威力不及炸弹，但炸开的瞬间带起周围的杂物，那些才是真正让人们丢掉性命的东西。

"你在做什么？"权竟宁用英文愤怒地问。

"你把我女儿治死了！"

"我们已经尽力了，她感染太久，根本没有办法医治！"

"我不相信！"说着，他指着不远处的童沛的背影，把剩下的弹药全都扔了过去。

童沛瞬间趴下，权竟宁跑过去，死死捂住他血肉模糊的伤口。

头目似乎感觉到痛快了，走过去同他说："要不我们来玩个游戏？"

权竟宁厉声吼道："get out！滚！"他青筋暴起，整张脸都因愤怒而变得通红，眼眶里的眼泪在积聚。

"童沛你撑住，撑住，我会救你的……"他不停地念叨，然后转过头去向其他医护人员喊，"手术包，手术包——"

童沛的伤在背部，或许已经伤及肺部，呼吸变得难以为继，却还是断断续续地同权竟宁说："竟宁，别……白费力气了，我是……活不下去了，你听我说，拜托你……照顾好我妻子和女儿，替我同她们说句对不起，我……"他吐出一大口血。

权竟宁也顾不得脏污，直接用手去承接那鲜血。

血是热的，他的呼吸也还是热的。

“你别动，别说话——”接过手术包，权竟宁准备当场给他取弹药的碎片。

头目却不耐烦了，继续用蹩脚的英文说：“你没听见我说话嘛，我说我们来玩个游戏！”

“滚！”

“好，”头目点点头，手腕一抬，刀子射到了童沛的脚上。

权竟宁整个大脑都是空白的，他想杀了头目，真的，他第一次起了杀人的念头。

可是他不能，他把手术刀放下：“说，你要什么？”

看到权竟宁终于听他说话了，头目抹了一把胡子：“你是医生，那我们来玩个医生的游戏。现在开始，你给他取碎片，我隔五分钟给他补一刀，如果你在五分钟内完成手术，那就没事；但是如果你在五分钟内不能完成，那下一刀则是四分钟后，然后是三分钟，如此类推。”

“你是个疯子吗？”

头目再次扬起手中的刀，指着奄奄一息的童沛。他的刀可以说是精准无比，如果权竟宁不答应，那下一刀很可能是射向童沛的头。

权竟宁突然觉得脑袋剧痛无比，像是要裂开一样。混乱的记忆铺天盖地地袭来，他眼前似乎看到了另一个自己，他看到那个“权竟宁”立刻投降，举起双手：“fine。”然后“权竟宁”输了，输得一塌糊涂。

哪怕他的手再快，也没办法在五分钟内取出所有弹药碎片然后缝合。

“你输了。”说着，头目把最后的弹药扔了出去。头目就是不让权竟宁死，他的快乐是让权竟宁看着自己的好友一个个死去！

因为他。

维和部队到来时，童沛已经死去多时，“权竟宁”跪在童沛的尸身前，双眼无神。

他的耳边还回响着头目几近癫狂的吼叫：“你就和我一起下地狱吧！”

是的，头目会下地狱。

而他，则将在内疚痛苦的地狱里自我折磨，永不超生！

权竟宁捂着头，将自己蜷缩成一团，突然爆发出一声吼叫。随着那一声吼叫，他猛地转身，抓住头目的手，将刀抵住自己的胸口：“你杀啊，有种你就把我杀了！”

头目：“你别以为我不敢……”头目把手移开，然后猛地往前刺去，“噌”的一声，权竟宁已经将对方的刀抢了过来，然后对着他的胸膛一顿猛地刺去。

滚烫的血溅到他的脸上、身上，他好像浑然不觉，从胸膛里爆发出一声极其凄厉的吼叫。

不知道过了多久，头目已经倒地不起。

白大褂上全是鲜红的血液，有头目的，也有童沛的。

他看着自己身上，还有手上的鲜血，眼睛赤红，而后看着他们一点点变黑。他恍惚记得童沛葬礼上的黑蝴蝶，如今，他亲眼看着它在自己手上展翅飞走。权竟宁最后似乎已经精疲力竭，双膝跪地之后，彻底晕了过去。

权竟宁再次醒过来时，窗外又是一片昏暗，宿舍里静悄悄的，只有门口的一盏小灯亮着，暖暖的黄色灯光，很温馨。

他的眼里仿佛蒙着一层大雾，感官却比任何时候都要清晰。

“我当时的脑海里只有一道声音在喊，杀了他。”他平静地叙说着，“只要杀了他，就不会有那么多人牺牲，童沛就不会死……这回，我应该做对了吧？”说着，他终于转过头去看向身边的温言。

温言抓住他的手，帮他擦掉额上的汗，点头：“你做得很好。”

“你们是怎么想到把我催眠的？”

覃大师曾跟她说，权竟宁心中有一团雾，让他找不到出口，他需要一个引路人，只要把那团迷雾破开，自然就会拨云见日。

而她，就是他的引路人。

那心理医生也说，他太沉溺于过去，现在需要做的便是帮他找到一个宣泄的出口。于是心理医生提议让昨日重现，让他可以再选择一次，或许能排解他心中的遗憾。

而只有她才能让他完全放下心里的防备，成功将他催眠，让他在梦境中完成愿望。

这其中的曲折，温言没有跟他细说，只简略做了下解释：“只有催眠才能让你认清过去，弥补遗憾。你一直以为童沛是你害的，可其实不然，童沛的死只是意外，那时候头目已经完全失去理智，哪怕你做了其他决定，他也会胡乱杀人。而当时的你，是决计不可能下杀手的，因为你是医生。”

“可是我刚才还是下手了。”

“那也是他活该。”温言咬牙切齿地说，“这种人就应该天诛地灭，下阿鼻地狱，永不超生！你杀了他绝对会大快人心。来，我教你怎么对付这种人。”

她凑近他的脸，说：“你是医生啊，当然知道射哪里是不会死人的，你就只往那儿射，让他痛，可是又死不了，生不如死比死折磨人多了。让他以为自己快死了，你就顺手救活他，然后把他丢到监狱里老死。这么想是不是舒服多了？”

“就像我以前说过的，我们从一开始的责任就是注定的，你是医生，天职是救人，那么你就只负责救人，别的后果就不是你该关心的了。你要相信，一切结果都是最好的安排。”

权竟宁笑着点头。

“刚才是你将我催眠的？”

温言点头：“那个心理医生你没见过，肯定会起防备心的，所以就只能我去学了。”催眠不是一朝一夕能学会的，她在那么短的时间内逼自己学会，可想而知她下了多少功夫。

“你倒是知道我不会对你设防，所以那杯咖啡里面也加了东西？”

“心理医生说那个可以扰乱人的思维，让你暂时没办法思考，而且不会对你的身体有任何伤害。”

温言认真且严肃地回答权竟宁的问题，意识到自己正被他目不转睛地盯着，温言又怎么会看不出权竟宁眼里炙热的情感，然后她竟然也觉得有些不自在了。

“我……”她还没找好借口回去，半躺在床上的男人已经开口：“你可以抱我一下吗？”

她也不知道自己脑子里怎么想的，只觉得他现在虚弱无比，正需要人安慰，于是她点了点头。

男人清新的气息瞬间将她包围，他的胸膛很温暖，像冬天的火炉，让人忍不住想再靠近一点。

“谢谢你为我做了那么多。”

她眨了眨眼：“也没有很多，沈烨也出了很多力。她也很关心你。”

他稍稍离开她的身子，深如潭水的双眸锁在她脸上：“你放心，我不会再沉溺于过去，我会重新执刀，成为最出色的神经外科医生。”为了你。

“好，我相信你。”

然后，男人吻了上来。

温言的大脑还有点蒙。

不是说好了抱吗，怎么抱着抱着就变成吻了呢？

一个月的培训结束，松谭的医生和护士们回去的时候，都发现自己身体变得比以前健康多了，男人的肌肉变结实了，女人的皮肤则变得更加光滑健康了。

回去之后，相比于埋怨，他们更多的是怀念。

权竟宁第一时间去了童沛的墓地前，童沛喜欢吃菠萝油，他就每次来都给他带菠萝油，这次也是。

他伫立在墓碑前，望着碑上年轻的男人照片，说：“兄弟，保重。”他把童沛压在心底三年，如今他决定把心让出来，因为他找到了更重要、更值得他放在心上的人。

童霖接到权竟宁的电话，也在这天过来了。

过去的一个月，她没有见过他一次面，因为她每次去，总会被那个叫作温言的女消防员拦住。

他瘦了，也黑了，但是眼里的沉重和阴郁都没有了，取而代之的是宁静和坚定。

“我会继续代替童沛照顾你和你的家人，但只限于情义上的照顾，其他的，我给不了。”

说完，男人越过她离开，却被她拦住：“你什么意思？你有脸在我哥的坟前再说一遍！”

权竟宁看着她：“我欠童沛的义，但我不欠你爱情。我不爱你，我很清楚，你也很清楚，何必自欺欺人？”

童霖想去摸脖子上的项链，仿佛抓住一根救命稻草。

权竟宁只是冷冷看着，最后还是甩开了她的手，走下山去。

一步一步，坚定而果敢。

而在同一天，温言从沈烨手上得到了三样东西。

第一份是一本相册，上面全是沈烨一个月期间拍的有价值的照片，她把它们全洗了出来，还过了塑，一张一张放在相册里。里面最多的是权竟宁和温言相处时候的情景，有他们去骑电动车的、躺在草地上聊天的、晾衣服甩温言一脸水的……权竟宁对着她时，脸上的表情几乎全都是微笑，或无奈的笑，或宠溺的笑，或骄傲的笑……

第二份是权竟宁的笔记，他把她要背的书全都列出框架，每一条都写出思路、重点，条理清晰，大大减少了背诵的难度。她要背的书不少，所以他应该是全都看了不止一遍。

第三份是权竟宁写的研究报告，上面的数据资料她全都看不懂，唯一看懂了最后几个字："第一阶段研究成功。"

沈烨说："他不好意思直接跟你说，所以就拜托我来转告，他做那么多，其实就想表达一个意思：'你能不能再给他一次机会？"

温言没有当场回答。

她已失去了当时的孤勇，以前她固执地往前走，结果摔得遍体鳞伤。

伤过一次，才更加害怕被伤害。虽然说她在短时间内不想再思考儿女情长的事情了，可是被一个男人这样对待，说不感动是假的。

每每想起他那天的吻，她都还是觉得心动不已。但她不敢再轻易往前，那种陡然踩空的惊颤和失落她还记忆犹新。

可还没等她思考清楚，现实就又打了她一个措手不及。

很快就是劳动节，临近夏天，天气逐渐升温，是山火爆发的高峰期，消防支队下达命令让全体战斗人员二十四小时备战。

消防中队一如既往地进行操练。

然而有队员发现，他们也并不是没有人关注的。沈烨是新闻记者的同时，自己还经营了一个微博账号。自从医院和消防中队达成合作，她来这里跟踪报道开始，她就每天把队里发生的趣闻趣事记录在微博上，让人们从中见到了跟平时不一样的消防中队，反响非常好。于是她决定继续跟踪几天。

"你们看那是什么？"一名队员指着天空问，一脸兴奋。

众人抬头看去："一坨很像大便的云？"

"胡说，明明是一棵圣诞树。"

"是冰激凌才对！"

温言放下手中的器材，也抬头望去："是航拍吧。"

一言惊醒梦中人，果然，众人定睛看去，半空中竟然出现了一台小型直升机，在众人头顶盘旋，发出“呜呜呜”的响声。

一早看清的一部分队员头顶无数黑线。

只是，这里为什么会有人航拍呢？

“会不会是星探啊？”一名队员扔下自己的器材，去整理自己的发型。

“少臭美了你，就算是星探找的也不会是你。”明馨儿忍不住吐槽。

“你们很闲吗？”这时候，宋谦涵回来了，抬头看了看，二话不说拿起手边的水枪开喷，目标直指空中的小型直升机。

“哇，队长你要干吗——”众人顿时避得远远的。

宋谦涵仍旧盯着那小东西，头也不回地道：“那么大一只苍蝇，你们看不见吗？”

众人：“……”

而那“苍蝇”毫无准备，被水流一下击中，落到地上，彻底报废。

镜头对面的沈烨看到突然变暗的画面，低咒了一声。她从操场外看过来，刚好看见宋谦涵往这边看来，两人隔空对望，空气中响起火花迸裂的声音，其中伴随着沈烨磨牙的声音。

“你知道无人机要多少钱吗？毁坏他人财物，赔钱！”

“这里是消防队，未经允许带拍摄工具进来偷拍，我也可以说你窃取国家秘密。”

沈烨：“你……”

雨天过去，阳光开始变得炙热，众人在烈日下进行单人钩挂梯训练，站成一排，依次拿着挂梯爬上高架。快结束的时候，宋谦涵让众人休息十分钟，然后进行负重训练。此时，沈烨却道：“不是还有人没上吗？”她嘴里说的是“有人”，眼睛锁着的分明是宋谦涵。

众队员面面相觑，挂满热汗的脸上顿时有冷汗落下。

没上的人不就只剩队长了？

“宋队长，队员们都等着你呢。”沈烨一边调整镜头，一边道。

宋谦涵这人，很少能将别人的话听进耳朵里，就连父母的话有时候也是左耳朵进右耳朵出，但领导的话就不同了。军令如山，听从领导的命令是军人的第一要义。

此时，他又想到领导的嘱咐，拿了挂梯就上。他的速度极快，动作干脆利落，沈烨在下面“咔嚓咔嚓”拍了几张，人就已经爬到顶上去了。

"队长好棒！"众人欢呼。

沈烨撇撇嘴，懊恼竟然没能抓到他的痛脚。

接下来则是负重爬楼训练，这个项目可以说是温言的拿手好戏，速度快，负重多，"噔噔噔"一口气可以爬到十楼，气都不带喘的。

沈烨想跟在众人身后采风，可爬到四楼就觉得累得不行，蹲在楼梯口旁边大喘气。这时候，宋谦涵背着一个假人上来，讥讽地瞥了她一眼，将她狠狠甩在身后。

沈烨开始感到后悔，只半天的时间，她已经觉得筋疲力尽，也不知道自己当时哪根神经错乱，竟然跟宋谦涵较真。

下午午休结束，众人到训练场集中，不约而同地听到大门口传来吵闹声。宋谦涵过去看了一眼，回来就对温言说："有人找你，最好将人带到里面来再谈。"男人脸色凝重，说着拍了拍她的肩膀。

温言有些茫然，不知道是谁会在这个时候来找她，想着想着，便已经走到了大门口。

门边停着一辆锃亮的跑车，那个牌子她听明馨儿说起过，似乎叫阿斯顿马丁。保安室旁边站着一男一女，是对夫妇，看着她的脸色十分不悦，她认得是紫迷的父母。

"叔叔、阿姨。"想起来，她也好久没这样叫过他们了，刚开口时声音都有点涩。

方母扭着有些发福的身子，走到她面前："你终于舍得出来了？"

"是紫迷有什么事吗？"

"呸呸呸，真是狗嘴里吐不出象牙，我女儿好得很。"

保安大爷看到她，也抹了一把冷汗："温言你终于出来了，这两人，我都说了不能随便进去……"他看了看温言的眼色，后识趣地道，"你好好跟人家说说哈。"

温言给他递了个感谢的眼色，然后看着两人道："叔叔阿姨，外面热，要不还是进来坐着谈吧。"

方母抬手："不用了，我就要在这里说。"

"好。"温言悉听尊便。

"我问你，你是不是去找过紫迷，你跟她说了什么？她从大前天回来就闷闷不乐的，我去图书馆问过了，他们说有个女人去找过她，还让她在外面淋雨。”方母抓上她的手腕，女人的指甲涂着鲜红指甲油，十分锐利，“我们家是不是前世欠了你什么，这辈子要让你这样糟蹋？”

“她没事吧？”温言不知道说什么，想到的只有方紫迷出事了，不然这两人是无论如何都不会来见自己的。

方母依旧答非所问：“温言我跟你说，这世上有很多事都是注定的，富贵贫穷、善恶美丑，那都是命，你不能因为自己没有就心理不平衡，让人变得跟你一样才觉得是公平。”

“我从来没有这样想过……”只要手掌一翻，她就能挣脱对方的钳制，可是她迟迟没有这样做。

方父一直站在旁边，没有出声，此时开口劝道：“她也只是个孩子，你别这样说，而且这大庭广众的，吵起来被人笑话。”

方母甩掉方父的手，声音变得更高更尖锐了：“你说她是个孩子？我看她是扮猪吃老虎。”女人冷笑一声，“从小学起就开始缠着我们家紫迷，明明成绩不怎么样，后来变好了还不是我们紫迷帮她，要不是我们紫迷，你以为她现在会成什么样子？不过现在看来，也不怎么样。女人当消防员，也不怕笑掉别人的大牙。大庭广众怎么了，我就是要让所有人都知道，这个女人心机有多重，害得别人的女儿残疾还不算，她还想弄死我女儿……”

说着，方母想要冲到马路上，被温言和方父拦着，方母越想越气不过，反手给了温言一巴掌。

“哎你怎么打人啦——”保安大爷在保安室里时刻关注着这里的情况，见状立刻冲了出来。

“啪”的一声，温言整个人都蒙了，耳膜似乎要碎裂，眼前景象都变得模糊不清。可她只是抿着嘴唇，一声不吭。

突然间，身后警铃大作，不到五十秒，鲜红的警车驶出门口，在三人身边停住，按了下喇叭，方母被喇叭声吓到，跳到了三米外，骂道“神经病！”

车上有队员伸出头来：“指导员还不快点上车！”

温言才缓过神来，将两人甩在身后，跃上了车。

“你没事吧？”明馨儿问道，周围的队员们也都关切地看着她。

温言摇摇头，笑道：“没事。”温言再没有看车窗外骂骂咧咧的方母，快速换上了防火服。

失火的是住宅小区，现场火势很大，烟雾都是直着往上飘，也没有刺鼻的味道弥散，因此众人没有戴防毒面具。

众人等待上级部门分配任务的时候，第一次爆炸发生，可以推测是瓦斯爆炸，之后收到任务分配，众人一起往火场跑去，经楼梯上楼，到达自己所负责的楼层。

温言和其他两名队员被分到一个楼层，三人一边用水枪灭火，一边搜救被困人员。

又一扇门被温言踹开，透过周围蔓延的火势和浓烟，众人看到一人被围困在火中："先生你别着急，我们现在就过去救你！"一名队员开口，先安抚对方的情绪。

水枪到处，火势尽数被灭，就在三人打算过去将人救走时，他们同时看到，男人的怀中抱着一名男孩，而男人的手里还拿着一把匕首，架在男孩的脖颈上："你们别过来，别过来……"男人用匕首指着三人。

三人相互对视了数秒，其中一名队员举着双手喊道："我们不动，你别激动，先放下小孩子，跟我们出去……"

"你们别过来，我让你们别过来啊！"男人不为所动，依旧拿着匕首乱挥，情绪陡然激动起来。

温言眯眼环视周围，发现那人的左边有一排机油桶，刚才三人光顾着灭火，竟然没有注意到，这时候，刚才熄灭的火再次燃起，快速地侵袭机油桶的周围。

温言对其他两人道："你们先稳住他，我从后面突破。"

说着她趁男人不注意时，绕到了他身后的小房间，因那人背后紧紧靠着墙壁，她除了凿穿墙壁之外，别无他法。

于是，她随手拿了个硬物就往墙上砸，砸出了个大洞，从洞里可以看到那男人的背后。温言穿过洞口，一把抓住他的右手，然后左手再次对着洞口砸去，墙壁坍塌，温言从身后将男人制住，男孩终于得脱救，哭着往其他两名队员跑去。

而此时，这里的情况引起了宋谦涵的注意，他在别的楼层搜查完毕后过来察看，一进门就看到温言和男人缠斗在一起，两人身边的机油桶已经被火势彻底包围。

宋谦涵快速将两名队员连同那名男孩拉过来："你们先走！"

两人将男孩紧紧抱着离开："队长你和指导员一定要小心！"

宋谦涵顾不得回答，转身就加入了两人的混战，那男人身上有刀，是温言忌惮他的攻击的最大原因。

她想自己果然还是怕死的，要不然怎么会两次都遇到拿刀的歹徒，两次都不敢正面攻击呢？

宋谦涵将温言拉过来，歹徒的刀在他身上划了一道口子。

“你没事吧？”

宋谦涵看到她为自己担心，按着良心摇了摇头：“没事儿。”

“放烟花了，放烟花了……”两人说话的当口，那人已经手舞足蹈地跑到了另一个房间，这时候，机油桶慢慢被火舌侵蚀，火势瞬间增大。

“先离开这里。”

“那人还没救出来！”

“我们现在过去，死路一条！”

像是应景似的，对面的墙彻底坍塌，那个房间里毫无声息。

“那个人活不下来的。”

“你没去看怎么知道？”

“难道为了一个人，要让两个人去送死吗？”

“我只知道，我说过，不会再让任何一个人在我面前死去！”

现在她的脑海里全是当年的景象，大火、电梯、无助的少女……然后是几个月前的大爆炸，吴俊林在最后一刻还在对着自己笑……

她不能再让人牺牲，不会再让人在她眼前死去，不会让吴大妈失望！

熊熊火光中，女孩眼神涣散，宋谦涵看看她好像魔怔了似的，眉头紧拧。

“你清醒点，我不会让我的同伴在我面前送死！”

“现在我们多吵一秒钟，里面的人的生机就少一分，要走你走，别挡老子的路！”

宋谦涵知道自己劝服不了她，也打不赢她，只得认命似的道：“你就站在这儿，通知人架云梯车。”

“你想干吗？你一个人去？”

“快叫人来，那么多废话！”话音未落，他便越过机油桶向那个房间跑去。同时，机油桶逐一在他身后炸开。温言被冲击波打到墙上，再次看过去，那人已经消失在重重火光后。

她对着对讲机那边的人叫了增援：“五楼南面窗户需要云梯车，请尽快到位！”

那边云梯车缓缓升到五楼，浓烟不停地从窗户冒出，外面的人看不到里面，里面的人也看不到外面。

然后她对着那边一遍遍地喊：“宋谦涵！宋谦涵！”

没有人回应。

一分钟过去、两分钟过去，，她想象中的那人的身影仍然没有出现。

对讲机里的支队长已经在催了：“温言，你还在等什么？”

“支队长，队长还没出来！”

那边沉默了：“你先出来，那孩子心里有数的。”

“不行！”

“你连支队长的命令都不听了吗？我再说一遍，给我出来！”

就在所有人都绝望之时，温言依然等在原地，氧气瓶已经响起警告音，一波又一波的爆炸袭来，她躲了又躲，可还是等在原地。她不会过去，她相信他，也不会成为他的负累。

眼前的一切仿佛都成了慢镜头，她看着黑色的身影从火光中冲出，背上是被淋湿的被子包裹着的伤者。

他跑到她面前，言简意赅地吼了一声：“走！”

两人把伤者送到窗户外，和升降台配合，总算将他送到了台上。

但两人还没松一口气，身后就又响起他的吼声：“趴下！”

温言顺着声音看过去，只听到耳边一声轰鸣，她只看到宋谦涵宽阔的胸膛，将她紧紧包裹在里面。

爆炸的瞬间，宋谦涵的脑海里浮现出自己跟温言父母见面的情景。

他在两位家长面前，信誓旦旦地保证说：“请两位放心，只要有我在，我不会让温言在火场里受到一点伤害。”

“她以前的老队长也曾说过类似的话，可是又有谁能真正将她护到最后呢？”

“我会让她成为自己最坚硬的铠甲，哪怕没有人在她身边，也没有什么能伤到她！”

这段对话，只有他和她的父母知道。

她永远也不会知道。

也好。

沈烨一直待在火场外，这时候的她，时刻担心着火场里的温言，压根没有心情拍照采访。

她想起和宋谦涵第一次见面的那天，想到自己多少次能在火场外若无其事地拍照，是因为里面没有自己的亲人朋友，直到如今，自己的朋友在里面，她才真正体会到那种煎熬着急的心情。

身边一些没进过火场的新兵不停地安慰她，看样子，他们也很想进去一试身手，无奈自己经验不够。

当她看到宋谦涵抱着温言出来的时候，心里是感激又后怕的。

她跟着温言上了救护车，冷静下来的时候才想到，如果说爆炸的时候，宋谦涵将温言护在了怀里，温言被震晕了，那么真正承受那强大冲击波的他，又会是什么样的情况？

“火势扑灭，清点人数！”

“一、二、三……十九……缺一名！”

“收队！”

救护车门即将关上之时，沈烨看到宋谦涵喊完收队，便倒在了队员身上。

两年没做手术，权竟宁也知道自己手艺生疏了，所以没有贸然为哪个病人主刀，只是偶尔作为陆尹或科里前辈的助手练习，试图找回手感。

倒是陆尹，知道他是真心想回来，不知道多激动、多兴奋。连续一个星期拉着他做手术，最后累到要请假休息。

权老爷子似乎也没想到自己还能看到他重上手术台，在他回去做第一台手术的那天，竟然亲自来监督，临走前点点头，什么都没说，但眼里写满了欣慰。

权竟宁看着自己爷爷离去的背影，突然发现他的腰背似乎佝偻了许多。

手术不忙的空闲，他依然会去急诊室帮忙，有时还会跟着出车。

因此他跟温言得以在各种意外现场见面。

可是两人说的话统共加起来不超过十句。

这天，权竟宁看着手上的病历，说：“这个病人我可以主刀。”

一句话把身边的医生护士吓得不轻，尤其是陆尹，他正在签字的笔都直线飞了出去。

权竟宁则没有理会他们的惊讶，径自去做手术准备了。

神经外科在国内起步晚，也因为大脑构造的复杂和神奇、地位的重要，使得神经外科大夫这个职业显得尤其神秘。

权竟宁出身医学世家，因其出色的外科天赋，在年少时已经声名远扬，尤其是到了真正的外科手术台上，他的果断、冷静、精准的态度和技术更是让许多医学前辈折服不已，甚至有人暗地里给他起了个外号，叫做“神外台柱”。

但是三年前他自非洲回来之后，就再没人见他进过手术室。

虽没有官方宣布，但“权医生封刀”已经成了松谭医院里公开的秘密。

人们疑惑、惋惜、同情一个外科天才从此沦为一个普通得不能再普通的医生，但他们也逐渐习惯，不再在手术室里徒劳寻找那个高大的身影。到如今，新人们提起外科也不会第一时间想到他。

可就在这时，那个男人悄然回归。

权竟宁站在手术台的最前方，环视一周，耳边是熟悉的仪器运作声音，昭示着脉动的生命，病人上方的电子显微镜、小桌上的各种手术工具，无不在提醒着他：他回来了。

当初失去的，他都要在这里找回来，迷茫的、自我厌恶的，通通留在黄沙大漠，记忆深处。

周围也有不少年长的护士，就连麻醉医生和一助都是曾和他合作过的伙伴，看到这一幕，都忍不住感慨万千。

曾经，“权竟宁”三个字，代表了松谭神外的辉煌。

在他的手术台上，他决绝不允许有一丝一毫的失误，从医十几年，他也真正做到了手术的零失误。对于他为什么会封刀，外面众说纷纭，可那些在这一刻都不重要了。权竟宁，始终是属于这里的。

他们也知道在这之前，他从来没有放弃过神外，也没有放弃过外科。在大多数人以为他碌碌无为，转而平庸的时候，只有很少人知道，他一直坚持练习手术技巧，晚上对着猪肉练，白天抽时间去解剖室对着标本练。

伽马刀以及其他的显微镜手术器械，他全都操作熟练，一样都没有落下。所以才能在重新执刀之后，这么短时间内再次担任主刀的位置。

人生有起有落，过去三年，他跌到谷底，三年后，他凭借自己的努力和信念回到原点。未来也一定会走得更高，更远。

“权医生，欢迎回来。”

权竟宁目光闪烁，他竭力抑制内心的激动和感慨，可终究还是敌不过回忆和胸中久违的热情，眸子变得通红。

良久，稳定了情绪，男人点头，熟练地伸出右手：“刀。”

睽违三年，权竟宁的第一次手术总算在五个小时后顺利完成。

手术完成后，权竟宁在手术室门口耐心地回答家属的询问。

陆尹把这一幕看在了眼里。曾几何时，权竟宁也是一个狂妄骄傲的人，可是现在，他愿意放低姿态，耐着性子同家属沟通，而不是一股脑地把一串医学名词说给对方听，也不管对方能不能听懂。

这是一个改变，也绝对是一个好的开始。陆尹想。

可是做完手术不到十分钟，他还没有细细品味手术成功的成就感，就被告知，温言入院了。

温言不过是被浓烟呛到了，此时她正在病房里跟人吵得热火朝天，而对方正是几个小时前帮她挡下爆炸冲击波的宋谦涵同志。

“我告诉你，要是再有下次，你未经我同意就帮我挡刀、挡爆炸，我们就绝交！”

宋谦涵对着她勾勾手，温言虎着脸凑过去，被他一把勾住脖子：“来，扶哥去上个厕所。”

“你只是上身废了，又不是下身废了！”

“老子是你的救命恩人！”

温言脸上不屑，“嘁”了一声，却还是伸手把他扶了起来：“您老人家一下哥，一下老子的，身份可真复杂。”

权竟宁赶过来时，看到两人勾肩搭背的一幕，心一下就凉了。

这或许就是上天对他的惩罚吧，对他没有珍惜眼前人的惩罚。

抠在门框上的手因为太过用力而失去血色，他缓缓转身，屏蔽耳边两人絮絮叨叨的话语，然后离开。

他一路走回温言的病房，虽然温言说自己没事，可医生说还是需要观察两天。

“请问这是温言的病房吗？”方紫迷走到他面前问道。

权竟宁点头，“是，你是……”

"我叫方紫迷，是她的朋友，她没事吧？"方紫迷伸长脖颈看了看房内，可见心焦神色。

"她没什么大碍，只是吸了一些浓烟。"沈烨告诉他的时候，他已经把该了解到的情况都了解了。

方紫迷松了一口气，犹豫要不要进去看温言。她是听说自己的父母去消防中队找温言，怕她父母会对温言做什么不好的事，于是也跟去了，可到达的时候才得知温言去了火场，然后兜兜转转听说温言受了伤，她一时担心，于是过来探望。

可是万一自己的父母真的对她做了什么，自己身份尴尬，而且自己前几天也对她说了那么难听的话，这样进去，也不知道该如何面对。

方紫迷迟疑的时候，沈烨此时过来，将她从头到脚打量了几遍，然后得出了个结论："你就是方紫迷？"

方紫迷抬头，茫然道："是的。"

沈烨得到肯定，于是对权竟宁道："今天来闹事的夫妇就是她的父母，那女人还打了温言一巴掌。"

沈烨对方紫迷侧目而视，显然很不待见。下午的时候，她可是把事情全经过都看到了，没有过去帮温言声援，是因为那坑爹的宋谦涵说最好让温言自己解决，免得伤温言的自尊，不然她早就上去给那老女人两个耳刮子了。

闻言，权竟宁周身的气场瞬间冷了下来，忍了忍才让自己保持了良好的风度和礼仪："方小姐，希望你可以就你父母的行为，给我们一个合理的解释。"

"我……"方紫迷想说话，却被突然而来的呼喊打断，"紫迷你怎么来这里了？快跟我们回去！"方母赶着过来，推开她身后的人，就要推着她的轮椅离开。

方紫迷连忙制住自己的轮椅："妈，你们怎么也来了？"

方母放手，整了整自己的包，冷笑道："我来看她死了没有啊。"

闻言，权竟宁的眼神顿时变得犀利冷冽，沈烨也感受到了他周身凛然的气息。

"方太太，这里是医院，请你说话慎重。"权竟宁道。

方紫迷拉了拉自己母亲的衣角："妈，你在说什么？你们先回去吧……"

方母甩开方紫迷的手，站到权竟宁面前，恰似一座又矮又壮的小山丘，身量不高，气势倒是不小：“我想说就说，你管得着吗？还有，你算哪根葱，竟敢在这里大言不惭！”

权竟宁没有答话，连半个眼神都没有给她，沈烨在一旁却沉不住气了，撸起袖子就要往前冲，却被权竟宁一把拉住。

“你这个老巫婆，打了温言还不够，还来这里咒她死？”

“妈，你还打了温言？”方母看沈烨的架势，往后退了两步：“打了就打了，我打她还算轻的。”

“你怎么能这样？你有什么资格打人？”方紫迷喊道。

方母闻言，愣了愣，眼眶红了一圈，反问她道：“你说我有什么资格打她？那她呢，害你的时候想过我这个母亲吗？”

“她没有害我，事情都过去那么久了，就让它过去吧，你每天咒每天骂有意义吗？”

“方小姐，方便告诉我你和温言过去到底发生了什么吗？”这时，权竟宁收起了身上冷冽的气息，上前问道。

方紫迷侧首看他，这一看，陡生一种似曾相识之感，却不知道这种熟悉感从何而来：“你是温言的亲人？”

“我是温言的朋友。”权竟宁淡淡地道。

虽然权竟宁从一开始就对自己态度不好，但方母也看得出来这是个很优秀的男人，听到温言竟然能认识这么一个朋友，看样子还对那姓温的有意思。方母再次怒火中烧，代替方紫迷说了：“我说你，真是倒了八辈子大霉，竟然找到这么一个蛇蝎心肠的女人。我劝你还是趁早把她甩了，不然自己是怎么死的都不知道……”

沈烨打断她道：“老妖婆，有什么你就赶快说，在这里酸来酸去的，我听着恶心。”

周围已经聚集了不少人，有患者，也有年轻的护士，护士长见状，也过来赶人。

温言在宋谦涵的房间里听到吵闹声，到走廊一看，就看到门外一群人站在那里，正中间的是权竟宁、沈烨还有方家父母，透过人群她还看到了方紫迷，沈烨像头被惹毛了的小狼狗。

在她望过去的同时，方母也看到了她。方母扒开人群将她使劲扯了过去：

“好了当事人也来了，我就来告诉你们当年究竟发生了什么。”

方母盯着温言，耸肩道：“待会儿我要是说错了，你完全可以否认。”

温言根本不敢看身边的权竟宁一眼，只低着头，拳头握得死紧。

“当年别的我都不说，那时候你是不是在我们家？”

温言点头。

“我们家发生火灾，你是不是让紫迷跟你一起坐电梯下楼？”

温言点头。

“电梯发生故障，你是不是打开了电梯门，自己走了，把紫迷一个人留在电梯里？”

温言又点头。

“后来电梯坠落，紫迷重伤瘫痪，你敢说不是你的错？”

温言摇头。

众人哗然：“那真是有点狠心啊。”

沈烨不敢相信，低声问她：“温言，这些都是真的吗？”

温言苦笑：“对，她说的都是真的。”

“那你一定有什么苦衷的对吧？”沈烨几近哀求地问。

“没有什么苦衷。”

她不进行任何辩解，也没有资格辩解，错了就是错了，让她怎么补偿都心甘情愿。

“当年我们紫迷成绩优秀，长得又好看，她不过是个不知打哪儿来的乡下妹，却妄想和我家紫迷交朋友。全校师生都知道，她那时和一些小混混走在一起，还打架斗殴，要不是紫迷不肯将她说出来，她早就被开除了。谁知这人却恩将仇报。”

听到这里，权竟宁像想起来什么似的，看向方紫迷，方紫迷的脸色瞬间变得苍白。

“方小姐，当年真的是她和社会不良青年交往吗？”

方紫迷咬着下唇，欲言又止：“我……”

“权医生，你别问了。问什么都不能改变我的错误，我犯的错，我会自己赎罪。”温言说着，弯下双膝，却在着地的一瞬间，被权竟宁挟住腋下，抬了起来，他咬牙道：“你要做什么？”

温言没有看他：“你放手。”

权竟宁没有听她的，反而更加用力："你可以推开我，我知道如果你想的话，我根本对你没办法。"

听到他的话，温言根本没法下手，过了半秒，才咬了咬牙，将他的手卸了下来，扑通一下跪到了三人面前。

"温言你快起来——"方紫迷哀求道，方母只居高临下地冷冷看着。

"紫迷，当年的事，我知道我说一千遍、一万遍对不起都没用，我也不奢求让你们原谅我，可我真的不知道该怎么弥补，干脆你们告诉我我该怎么做吧，你们让我做什么我都做。"

"权竟宁——"

温言闻声转头看去，却看到权竟宁也在自己旁边跪了下来："你……"

古话说，男儿膝下有黄金，只跪天跪地跪父母，她何德何能，让他为了自己给不相干的人下跪？

权竟宁知道她想说什么，打断她道："你知道什么叫喜欢吗？那就是你整个人，不管对的错的，我都担着。"说完，男人将她的手握在掌心中。

这一刻，温言没有感到迷茫，也没有害怕，只觉得有他在，再大的事都不过如此。

她低头，没有再抗拒。

"方小姐、方先生、方太太，你们可以宣判了。"

方母正打算上前好好跟这两个人将所有账算清楚，以前一直被紫迷拦着，如今定要连本带息地追回来。

"够了。"方紫迷抬头，"当年如果要追究是谁的错，其实我又何尝没有错？"

"你能有什么错，你是受害者……"

"妈，你先听我说完。"方紫迷看着权竟宁道，"这位医生，你先让温言起来吧。"

"她现在不会听我的，你就这样说吧。"权竟宁自嘲地笑道。

接下来，方紫迷跟大家讲述了当时火灾的情况。

此时，她的脑海里才开始浮现她一直忽略的记忆：

火光漫天，浓烟滚滚，温言的手就在眼前，只要她一伸手就能触碰到。

可是她没有，她满心恐慌，不知道眼前的人到底是什么怪物。她亲眼看着对方徒手把紧闭的电梯门打开，前后不用三秒钟，然后迅速爬上两米高的地面——电梯刚好停在比正常地面低两三米的地方。

“你是什么人？你是怪物，怪物！”

她拼命地摇头，耳边充斥着温言歇斯底里的怒吼：“快点把手给我，你想死吗？”

她可以看见温言的额上冒出大滴大滴的汗珠，在温言身后，是已经被火舌舔舐殆尽的住户门口，火舌还在拼命地往上蹿。

比起靠近温言，她发现自己更加害怕死在火海里，于是她犹豫了一会儿，终于伸出手来，可就是那一秒钟的犹豫，“噼里啪啦”的火花向温言袭去。

最后的一瞬间，她只来得及看到温言躲闪火花后，看着她坠落的惊恐眼神。

温言是真的想救她的……

她说的同温言所说的如出一辙。

“所以，我们坐电梯的时候根本不知道楼下发生火灾，不是她不想救我，是我自己失去了理智，错失了自救的最好时机。”方紫迷又去看温言，“而且我说谎了，不是温言跟小混混交往，而是那些小混混想追我，将我堵到了死胡同里，温言是来帮我的。她的成绩没有你们想的那么不堪，她的数学成绩一直是我们班的前三。对不起温言，我为了自己的形象，不惜诋毁朋友，让朋友为自己背黑锅，一背就这么多年，我就是这么一个自私的人，你会怪我吗？”

当时自己的回答是什么，温言已经不记得了。

等到人群散去，她混乱的脑子才彻底清醒过来。“其实，我应该从来没有怪过她。”直到病房里只有温言和权竟宁两个人，温言对权竟宁说，“其实我错了，如果我一开始跟她坦白自己力气大的事实，她当时就不会对我抗拒成那样，造成现在这样无法挽回的后果。”

“你当时为什么不敢跟她坦白？”

“因为我怕她会害怕，知道自己的朋友是个力大无穷的怪物，你难道不会觉得害怕？现在你也知道了，你会不会也……”

权竟宁没等她说完，打断她道：“我一早就知道了，从我见到你的第一天，甚至……”更久之前。

男人眼神灼热，温言又想起刚才他陪自己下跪的一幕，心中的震惊到现在都还没完全消散，脸庞发热，她忙用大笑来掩饰自己：“哈哈哈，承蒙不弃，出院了请你喝酒！”

权竟宁知道她还是不敢接受自己，便没有继续逼她，只顺着她给的台阶下，“好。”

“这次是我冲动了，我只是一味想到去救那个疯男人，却让自己的兄弟去搏命。或许这也是我的一个心魔。”温言看着权竟宁道。

可权竟宁明显不想在两人独处的时候谈及宋谦涵，他含混地安慰了她几句，然后给她说了下那疯男人的情况：“你很担心宋队？”

温言梗着脖子点点头：“算是吧。”

权竟宁差点气得七窍生烟，心上像有一盆酸水在沸腾，可是自己造的孽，他能怪谁？

“那个男人伤得很重，现在在 ICU，不知道能不能撑过去。”虽然很不厚道，但他此刻只想到用别人的事来转移她对宋谦涵的注意力。

“那个人是个绑匪，我救他是职责所在，他差点让一个八岁小孩为他陪葬，这就是个人类渣滓！”

“嗯。”他不厚道地笑了。

第二天，权竟宁在医院走廊上遇到方紫迷，今天她一个人来的。

他看到她的同时，方紫迷也抬头看到了他，对着他笑道：“权医生，有空吗，我想和你说两句话。”

权竟宁没有拒绝。

两人就坐在一楼大厅，大厅里人来人往，可没多少人驻足留意两人。

“我总算想起来，我们在哪里见过了。”方紫迷侧头看他，笑着，“大哥哥，是你吗？”

权竟宁嘴角上扬，也在微笑：“是我。”

“当年我和温言才十岁，到如今已经差不多十五年了，我们变化很大，你倒是没什么变化。”方紫迷追忆道，“那时我们被小混混围堵，温言是过来帮了我，但她一个女孩空有一身力气，却不敢对那些流氓下手，救我们的其实是你，不过最后还是温言将你送到了医院。”

权竟宁只是听着，却没有回话，眼睛看着不远处，像是也在回忆。

“不过我们第二天去医院找你，你已经出院了，之后就再没见过，也没能正式向你道谢。”方紫迷转过身子，看着他，郑重弯腰道，“谢谢你，权医生。”

权竟宁虚扶了她一把，“举手之劳而已。当年我其实没住院，当天晚上就去了美国，那是既定的日程。”

“其实当时没找到你，最失望的还是温言。”方紫迷抿着唇笑道，“所以你是回来找温言的吗？”

权竟宁沉吟了半晌，苦笑道：“是也不是，现在已经没什么意义。”

“她不记得你了？”

权竟宁点头：“她有印象，但确实是忘记了。”

方紫迷叹了一口气，“权医生，我会永远祝福你们的，到时候结婚记得给我寄请帖。”

方紫迷绽开温暖灿烂的笑容，在这人满为患、愁云惨淡的医院里显得格外珍贵。

“谢你吉言。”权竟宁也笑道。

“那我还是先去看一下温言吧。”说完，方紫迷就要推动操纵杆离去，却再次被权竟宁叫住：“你的下肢如今情况怎么样？”

说到这个，方紫迷还是忍不住有些失落：“这些年我一直在坚持做复建，但效果依旧不理想，我也在考虑，是不是已经到放弃的时候了。”

权竟宁道：“我在美国的老师一直在做神经治疗方面的研究，如果你不介意，我可以给你做个详细的检查，将你的情况告诉他，咨询一下他的意见，或许还有希望。”

“真的？”闻言，方紫迷的眼睛亮了起来。权竟宁点头，用眼神给她鼓励，道：“再微乎其微的机会，总得要试试才知道。”

权竟宁是个行动派，那天说完，第二天就给紫迷安排了一系列检查，将检查结果和具体情况发过去后，他才松了一口气。

这件事，他并没有瞒着温言，温言自从知道这件事后，每天例行一问，想起就问，有时候还恨不得一分钟问他两遍。权竟宁觉得这样挺好，起码他还有话题找她聊。

在巨大的冲击力下，宋谦涵伤得颇重，呼吸道被严重灼伤，背部也有外伤，住半个月医院是不可避免的。

但好在，未危及生命。

宋谦涵是个特别实在的人，躺在医院里光是吃喝拉撒就能将他逼疯。更别说温言也在医院，队里的小崽子们没人管，他就更加躺不住了，恨不得立刻就回去，躺也得到自己宿舍的床上躺着，才觉得踏实。

但其他人就不这么想了。宋母向来心疼自己儿子，她尊重他的工作职责，但她就是看不惯他那么拼命，每次上火场都在用命搏，一年到头没几天能好好休息。

这下好了，重伤住院，他总算能好好休息，也让她尽一下做母亲的责任了，她喜滋滋地想道。

但是呢，虽然她恨不得也住进来，但在儿子的姻缘面前，母爱还是得让一让地。

“你不用每天过来，而且你带这么多东西过来，我也吃不完。”宋谦涵只穿了件宽松的病号服，胸部以下裹着厚厚的绷带，从衣领处露出来不少，正坐在病床上，无奈地看着自己的母亲。

宋母正给他削苹果，闻言不认同地道：“哪里吃不完，你看，我昨天带了那么多过来，今天就都没了。”

宋谦涵恨恨地看向自己对面的人，沈烨正一边喝果汁，一边玩手机，进入了忘我状态。

东西多半是这臭丫头吃光的。

“你到底什么时候走，你就不用去上班？”宋谦涵不耐地问道。

沈烨的视线并没有从手机屏幕上移开：“消防中队长为救队员，身负重伤，我现在正在对此进行跟踪采访，我跟你们领导说过了，他让你积极配合。”说完，沈烨才望向他嫣然一笑。

“哎哟，那就拜托你了小烨。”宋母笑道。

沈烨摆摆手，一副舍我其谁的架势：“阿姨您这是哪里话，表哥的报道我自然竭力而为。”

宋谦涵送了她一个大大的白眼。

“不不不，谦涵这几天也多得你照顾，不然我又得看顾家里，又得来这里，怎么忙得过来。”

“妈，你哪只眼睛看到她照顾我？”

“你就别说话了，”说着，宋母给他喂了一口柑橘，“来，多吃水果补充维生素。小烨也多吃点。”然后她将整盘水果拿到了沈烨跟前，沈烨也不扭捏，大大方方地接过了。

只留宋谦涵在一旁无语。

宋母要走的时候，沈烨主动要求送她出院，但回来的时候，多年的职业敏感告诉她，有人在着她。

沈烨的心“扑通”直跳，但她没有转头，没有去找寻人群中的那双眼，那或许是一双，也或许是不止一双。

她仍保持着来时的表情，不时低头看一下手机，或者在人多的地方停留，但那双眼睛如影随形，她始终没能摆脱。

回到住院部的走廊，周围开始变得冷清，她听不见自己的脚步声，却能听到身后人皮鞋踏在地毯上的低沉响声，如鬼魅一般。

心里的恐惧陡然生出，仿佛回到那看不见阳光的囚笼，黑暗、死寂、恐惧迅速将她包围，侵入她的四肢百骸，让她喘不上气。

沈烨的脚步越来越快，越来越快，最后她开始小跑起来，哪怕被路过的护士低斥，她也没有停下。

电梯就在眼前，只要进了电梯，就安全了，她这样想着，跑得更快了。

她按了上行按钮，进去，迅速按了十五楼，透过电梯门的缝隙，看到有人快速上前，按下电梯按钮。

她惊恐地看着那人，手下无论怎么按关门键都无济于事，只能眼睁睁看着电梯门再次慢慢打开……

电梯里，沈烨被林深狠狠抵在墙上，两人的脸无比靠近，他俯身，她仰头，几乎是最好的接吻角度。

“备胎游戏是时候结束了。”男人咬牙道。他每天看见她在另一个男人的房里转悠，看着他们嬉笑怒骂，他都不知道自己是怎么撑到现在的。

“谁是备胎？林医生你吗？”

“难不成你真的喜欢上他了？”

“谁说不是呢？”沈烨漫不经心地说，“就允许你离开三年杳无音信，不允许我喜欢上别人？而且人家身世、职业、样貌，哪一样比你差了？”

“你……”

沈烨突然变得十分严肃地看着他道：“不是谁都会站在原地等你的，至少我不会！”然后，她拂开林深，自己走出电梯，林深没有看到她一出门就露出的胜利微笑。

既然权竟宁都能从童沛的事情中走出来，那么他奶奶的事情就一定能。

她虽然还是站在权竟宁这一边，但三年的分离实在太过漫长，思念就快要击垮她，要不是那天车祸她听到他的声音，估计她就要撑不下去了。

现在她确定，他心里是有她的。

她就是在演戏，逼他吃醋，逼他低头，她绝对不会再放手。

现在看来，她胜利在望。

一个月后，温言和权竟宁到机场给方紫迷送机。

机场里的人来往匆匆，窗外的天澄碧如洗。一架巨大的飞机从窗外划过，引擎声的巨响在大厅里良久回荡。

在这里，有久别重逢，也有分道扬镳。

和方紫迷一起去的自然还有她的父母，看见两人，方母再没有骂骂咧咧，反而有些不知所措，只是不停地跟权竟宁道谢。权竟宁压根没理会她，看着温言跟方紫迷道别。

温言从拿来的袋子里拿出来一本书，方紫迷见了，摇头苦笑道："温言，当时我说的不全是气话，我是真不想学德语了，你拿回去吧。"

温言仍是将书放到她的腿上，道："这不是当时我向年老师借的书，是年老师主动送给你的。"

"什么？"

方紫迷有些不敢相信自己的耳朵，迟疑地打开书本封面，扉页上贴着一张黄色便利贴，上面写着："平日有看到你在看基础德语，个人觉得这本比较适合初学者。加油！"下面署名年子勋。

"他怎么会……"

"那天我到图书馆帮你拿落下的东西，你的搭档就把这书给了我，说是年老师特地拿给你的，但当时你已经辞职了。"温言解释道。

"谢谢。"方紫迷笑道，双手把书捧在胸前，视若珍宝。

那一刻，不只温言，在场的人都读懂了一个女孩对一个男人的眷恋，这样的眷恋里带着崇拜，还有不舍。

但崇拜始终与卑微相伴相生，因为你永远将对方摆在比自己高的地方仰望，把自己看低，低到尘埃里。

临走之时，温言附在她耳边耳语："如果想人家了，就看看第134页。

我偷偷在权竟宁的通讯录里找的。”温言说完就直起腰，脸上都是明媚的笑意。

方紫迷重重点头，也看着她笑了，然后被方父推进安检口。

温言站在原地向她挥手，直到看不到三人的身影，才回头。权竟宁站在她身后，双手插兜，看着她的眼里带笑，仿佛有光。

她小跑过去：“你这样怎么行，人家跟你道谢，你好歹回一句啊。”

“帮他们找医生是我能做到的最大让步，但不代表我可以原谅。”他停了下来，看着她道，“我没那么好脾气。”

温言被他严肃的样子吓到了，张了张嘴，良久没说出一句话。

对啊，他不过是看上去温润清冷而已，谁规定了他就不能有自己的小情绪呢？

事实上，这人发起脾气来，吓人得很。不是有个说法吗，权医生发脾气，连老院长都得退避三舍。

而且，他很大程度上是为了自己而不待见方家父母，而她又有什么理由劝阻呢？

第十九章 并肩

两人回到中队已经是晚上七点，夏天天气闷热，中午下过一场暴雨，泥土和尘埃的气息浮在空气中，却让人有一种沉淀安定之感。

权竟宁将车子停在中队门口，温言推门下车，权竟宁望了大门一眼，犹豫着。

最后他还是下车，绕过车头迈着步子走到温言跟前，将她拉到哨兵看不见的地方，抱在怀里，发出一声满足的慨叹。

灼热的气息打在温言耳边，温言轻轻挣扎着。

“别动，让我抱抱你。”他轻轻地搂住温言扭动的头，良久，在她耳郭亲了一口，声音低沉柔和，“我会等你。”

说完，他便松手回车里，启动车子，转弯开走。

温言呆呆地看着他，双手还悬在半空，她好像可以听出他语气里的失落。

她捂着自己的胸口搓了搓，心在怦怦跳动，似乎在昭示着自己对这男人的心疼。

回到宿舍，她想要换衣服，在这之前她习惯把口袋都掏干净。

然后她摸到了一条冰冰凉凉的东西，拿出来一看，是一条光滑锃亮的吊坠，形状是一头小鹿，小头小身子小尾巴，甚是可爱。

她的第一反应就是——喜欢。

可反应过来又疑惑，她口袋里怎么会有这个东西？

那会儿，她的大脑里只想到推理电影里的情节，这不会是个监听器，或者针孔摄像机之类的吧？

想到这儿，她急忙拿起手机给权竟宁发短信：“权竟宁，我在口袋里发现个监听器，又或者是针孔摄像机？”

在路上的权竟宁不经意间看到这条短信，“扑哧”一声笑出声来，将车停到路边，靠在椅背上一顿猛笑，笑声从胸膛里传出，低低沉沉的。

笑了个尽兴之后，他才给她回短信：“我猜那个监听器……针孔摄像头是小鹿形状的。”

那头的温言瞪大双眼：“神了，你怎么知道？”

“因为是我放的。”

“你啥时候放的？”

“你猜？”

“不猜，我只关心它是什么材料，别告诉我是铁的，我立刻扔掉。”

“是金的，铂金。补送的情人节礼物。”

这个礼物，温言受之有愧，而且，她是真的不想再跟权竟宁有什么瓜葛。

“多少钱，我还给你。”

可是她又真的喜欢。

看到这句话，权竟宁的心有点凉。

每次伤他，她都能伤到点子上。

“温言。”

屏幕上只出现两个字，温言却读出了他的无奈和心酸，就像得不到糖果的小孩。

“你不说，我就把它卖了把钱还给你。”

“你喜欢吧，不过最好先等等，这阵子金价下跌，怕你吃亏。”

两人的对话停留在这一句上，温言在屏幕上写了又删，删了又写，最后还是没有给他回复。

她突然想起那天，她和小言还有权竟宁一起去商场，他中途离开，难道他是去买这个了？

温言将吊坠握在手心里，苦笑一声，突然有点心酸。

要是那天他把东西给她，她怎么可能不喜欢？

可是错过就是错过，再也回不去那天了。

权竟宁回到家，赵婶正在看黄金档的电视剧，这是她忙碌一整天后，唯一的消遣。

他常常劝她要多出去走走，出去跳个广场舞也好，她总说自己腰骨不好，怕扭到。

后来他也就不再劝了，反正按照她一整天都闲不下来的干劲，也不怕她运动量不够。

见到他回来，赵婶就连忙放下瓜子：“我厨房里热了汤，我端给你。”

权竟宁把装衣服的袋子放沙发上：“好，谢谢赵婶。”下午送完方紫迷之后，他拉着温言出去逛了逛，谁知中途遇上大雨，两人浑身都湿透了，只能到商场随便买了些衣服换。

趁他喝鸡汤，赵婶看到袋子里的似乎是衣服，再看他身上，分明不是早上出去穿的那套，就问：“衣服脏了？”

权竟宁喝完汤，点头。

赵婶将碗接过，笑着问：“好不容易放假，你和温小姐出去玩了？”

权竟宁又点头，赵婶一看，联系这衣服，顿时笑得见牙不见眼。

这小年轻干柴烈火的，她哪能看不出来。

“找个日子让温小姐过来，我给她熬些汤补补身子。”

“好。”

得到肯定的回答，赵婶转身走开，高兴得就要蹦着走了。

老天开眼，权家终于要开枝散叶啦！

权竟宁又把刚才温言的短信看了几遍，而后低垂着头，右手紧握着手机，顶在额头上，仿佛要用尽全身的力气。

手骤然松开，手机磕在茶几上，发出清脆的响声，掩盖了男人微弱的叹气声。

第二天，温言继续自己的背书生涯，虽然权竟宁帮她列了框架，可她还是得踏踏实实地每一条去背。宋谦涵看到她痛苦的样子，总是不忘幸灾乐祸地嘲笑一番。

温言被他嘲着嘲着也免疫了，甚至还主动问他：“有什么办法不用背书，却可以升职？”

宋谦涵倒真的很认真地思考过才回答她：“其实最快的升职方法是立功，最好是去抢险救灾。”

“还是算了吧。”灾难的代价太大了，她宁愿升不了职，也不希望发生灾难。

可是有时候，天灾人祸，不是你说不要就可以不发生的。

一个星期后，A城隔壁的B市发生特大矿难，中队的众人一有时间就守在电视机前关注矿难的情况。

这次事故发生地点是B市荣源镇6号井底车场，那里是矿井的指挥中枢，又是全矿井的咽喉，爆炸的瞬间，火焰和毒气顺着风流，飞速冲向各个巷道和工作面。正在井下作业的工人、干部顷刻间遭遇灭顶之灾。

大巷顶板冒落，支架倒塌，多处起火，浓烟滚滚，井口房屋以及附属建筑物一眨眼间全部被摧垮，井架上高高矗立的打钟房顷刻起火。

4号井井架被摧垮了，地面矿车倒在一边，井口几乎成了一片废墟。

6号井口也喷出浓烟，巨大的风力把打钟工和跟车工摔成重伤，井口房子倒了，地面配电所也由于掉闸而停止运行，井上井下电源全部中断，电话交换指示灯闪了一下后便全部熄灭。

6号井旁准备乘罐笼的工人大部分被震伤，距离15号井翻笼2000米的所有设备、棚架都被掀翻和摧垮，大巷变电站、图表室等地无不充满着呛人的烟雾。

当时正值井下交叉作业时间，交班的职工未上井，接班的职工已下去，两个班的干部工人全部被困在井下。

这十几个工人的性命揪着全国人民的心。

“或许，你立功的时候到了。”宋谦涵这样对温言说。

果然，第二天，靖安中队就收到派遣通知，成立临时救援小组赶往B市。宋谦涵和温言都在名单里，靖安中队暂时交由支队长直接管理。

而另一边，松潭医院也成立医疗小组，权竟宁听说温言要去的时候已经第一时间报了名，林深听说沈烨要去的时候，也报了名。临走前，老院长对他们说：“去吧，国家和人民需要你们。”

在消防中队和医院，一辆红色消防车和白色救护专车同时向B市进发。

这几天天气炎热，有好几天都是高温预警天气，路边的小狗耷拉着脑袋，舌头伸得长长的，一副垂头丧气的样子。

“看样子是要下雨了。”车里有人说。

“还是下暴雨。”

A城和B市离得很近，开车不到两个小时就已经到达事故发生地点。

当地的救援队伍已经在搜寻被困人员，宋谦涵小队很快加入搜寻工作中。而权竟宁则先赶往了接收伤者的医院。

救助紧急，就连医院也仿佛成了流水线生产的车间。权竟宁利用他诊断快狠准的优势，几乎称霸了 CT 室，拿着片子看一眼：“蛛网膜下腔出血，去手术室！”另一张，“没大碍，转普通病房……”

在 CT 室里驻扎的医生们有点难以置信，拉着权竟宁：“不是，这位医生，你就这样儿戏？看几眼就能看出病灶了？”

权竟宁抬眼，把目光从他拉着自己的手上移到对方的脸上，“不然呢？”他没有同对方解释太多，而是径直回到急诊室，接过活动病床，推往手术室。

林深正在诊治另一个病人，余光看到权竟宁的背影，心道：在这家伙的专业里，还没有人能成功质疑过他。

就这样轮轴转过了两天，被送来的人越来越少，受的伤越来越重，有一些几乎来不及诊治就已经断气。所以他们决定把阵地改到矿难现场。

温言他们也觉得搜寻越来越难以为继，加上这几天一直有雨，稍有不慎就容易塌方。

温言感觉身心疲惫，可看见权竟宁来的瞬间，她又仿佛回到了在 A 城楼房坍塌的那一晚——他穿着雪白的白大褂，在光下，在雨中，一步一步向她走来，脚步坚定而沉稳。

她顿时又充满了干劲。

而此刻的权竟宁，透过橙色制服的人群，看着女孩布满尘土的脸庞，只有一双眼睛黑白分明，想的是：她平安无事，真好。

“哎，下面有声音，把探测仪拿过来！”突然有人大喊。

顿时一堆人冲到矿井口，可是他们肯定不能一起进去，只能在外面等待结果。

结果是令人欣喜的。

“现在这里有个宽三十厘米的洞，挖是不可能的，会塌方，我们需要用深井救援把人拉出来。”温言很快举手，“这里应该没有人比我更适合了吧？”

温言的存在，让他们看到了曙光。

尽管有人还是不相信，过了那么多天却仍然有人不停地追问：“你真的是消防员？可你是个女生啊，你真的会深井救援？”

温言无语，虽然她倒吊时间不长，但她好歹也是能吊个十几分钟的好吧。

当地指导员不放心，决定帮她量一下肩宽。

他让温言把衣服尽量脱剩一件，温言也没有拒绝，利索地把衬衫都脱了，只剩下最里面的一件打底衫。尽管这样，她的腰还是挺得笔直。

温言的身材好，权竟宁是知道的。

此时，看着她玲珑的身体，还有众人躲闪的眼光，他心里真不是滋味。

“我来。”男人的口气很生硬，像是在跟谁闹脾气。

众人莫名其妙，可是还没等他们反应过来是怎么回事，手上的软尺已经被那男医生夺走。他们面面相觑，看看温言，又看看权竟宁，不多时，才终于恍然大悟。

“抬手。”因为等下她会把手举着进入井中，所以此时要测的是她两肋间的最大宽度。

温言照做，权竟宁却一下子不知道怎么下手了。

两人面对面，温言坚挺的上身因为她的动作而更加明显。

权竟宁咽了口口水，温言轻笑一声：“权医生，大家都在等你呢。”

权竟宁果断绕到她身后。

得出的结果是，温言勉强可以。

也就是说，她可能会被刮伤、卡住，或是其他，但温言坚持，这也是他们唯一的办法。

所以说，工作真的代表着一种使命。

如果温言只是一个普通市民，他们不可能会让她冒着生命危险来做这些，但她是个消防员，哪怕不在岗上，她也有责任和义务为其他人排忧解难。

她下去了，留给他一个自信的笑容。

权竟宁的心吊到了嗓子眼。

那个黑咕隆咚的井口，把人吸进去了，不会吐出来了。

她，怕黑。

权竟宁的眸倏地一闪，嘴唇翕动，他像是意识到了什么可怕的东西。

几乎是立刻，权竟宁向指导员借了对讲机，对讲机连着温言的耳机。

机器发出“嗞嗞”的电流声，他喊：“温言。”

温言正在黑暗中摸索，洞里的能见度很低，微弱的手电作用几乎为零，这就让耳机里的男人的声音尤其明显：“权医生？怎么了？”

“等我回去，我们去看电影吧。”

他没有理会周围人好奇的目光，自顾自地继续说道：“你想看什么就看什么。”

他妥协了，她想做什么就做什么，不想接受他也罢，只想撩他也罢，他都受着。

只要她平安。

温言手下还在不停摸索，摸到一片淤泥，不是干燥的泥土，而是被水完全浸湿的软泥，而且越往下，水分含量越大，她突然有一个不好的预感。

万一地下水位升高，被困的人不是被压死困死，而是会被淹死！

她竭力压制住自己内心的恐惧，继续让上面的人放绳，若无其事地道：“那我要看喜剧，无脑小白的。”

“好。”

“我还要吃很多冰激凌、薯片、可乐，你不能拦着我。”

“好。”

此时，外面的雨势渐大，地下水位上涨，周围泥土变得松软，随时会塌陷。

宋谦涵抓住绳子：“不行，不能再继续了，快点把人拉上来！”

旁边的人被他这么一吼，差点手抖把绳子全放了。

宋谦涵更加生气，把人推到旁边，自己去拉，权竟宁也连忙上手。

可是他们已经来不及了，泥土“砰”的一声全都盖在那个小小的洞上。人们为了躲避，散到各处去，只有权竟宁守着那个洞，要不是有人拉了他一下，他已经被硕大的泥块砸到掩埋了。

他很快从眼前的剧变中反应过来，吼道：“救人啊！”

他不停地用手挖土，另一只手则握着对讲机喊：“温言，我是权竟宁，听不听得到我说话，听到就应一声！”

良久都没有声音。

另一边的人试图顺着绳子把人拉上来，可是毫无用处。

权竟宁跪在地上，徒手机械地不停去挖土。

他为什么要克服心结，想要重新成为一名真正的外科医生？不过是不想让她失望。

如果他成功了，身边却没有她，那他取得再好的成绩又有什么用？

曾经他以为那个武装头目是他最恐惧的人，可是现在他发现，他最恐惧的是失去温言这个人。

“温言，回答我——”

两边同时发力，挖泥土减轻洞口的压力，绳子渐渐有了松动，人们开始一起往外拉。

众人看见了一双脚，士气大涨，然后一鼓作气，温言的整个身子总算回到地面上。

在她被拉上来的那一瞬间，众人都惊呆了。

她的手竟然和被困人员的手用绳子捆在了一起！因此，她就算昏迷了也不至于将人留在矿井里，他们在拉她上来的同时把人给救上来。

在那么紧急的情况下，他们几个男的都不能肯定地说自己有这样的智慧和沉着。

可是这个女孩做到了！

这下没有人不承认，她是个勇敢、优秀的消防员。

权竟宁也不顾温言满身脏污，满脸污泥，清理干净她的口鼻，就嘴对嘴开始做人工呼吸。

宋谦涵连同周围的人都屏住了呼吸，一心希望这个勇敢的小姑娘能够平安无事。

几声咳嗽之后，温言总算恢复了意识。她睁开眼，看到面前男人的脸，倏地坐起来，爬到刚才那个矿工身边，确定了对方还有气息，拍了拍他的肩膀，道：“兄弟，大难不死必有后福，没事儿的啊。”

在泥土砸下来的那一瞬，她恰好把氧气罩给了受困矿工，拼着最后一口气把他绑在了自己手上。

这人是她用命换回来的，要是他没能活下来，她就算是去鬼门关也要把他拉回来！

那人躺在地上，艰难地抬手，双手合十，做了个感谢的动作。

温言没心没肺地摆摆手：“没事儿。”然后让人把他抬出去。

旁边的权竟宁嘴唇一直紧抿着，确定她一切正常后，才像是脱力似的一屁股坐在泥泞的地上，本就脏污的白大褂这下全浸透在泥土里。

“没事儿就好，没事儿就好。”众人看见温言没心没肺的模样，也不好意思摆出伤春悲秋的样子，松了口气，笑着附和。

只有权竟宁和宋谦涵的脸黑得像刚从矿井里面出来的。

来不及为战友的死里逃生庆贺过多，众人重新投入到救援中。

剩下的几个矿工在这天被全数救了出来，他们被困矿下五天，奇迹生还，再次创造了生命的奇迹。

然而有几个受了重伤，要立刻进行手术。

破天荒地，权竟宁和林深在同一手术室里相遇。

这家医院手术室满了，只好把两台手术并在同一个手术室里，其中一个病人只需要做接骨手术，由林深负责；另外一个病人既需要接骨，又需要开颅，由权竟宁先负责开颅手术，完成后，林深再过来把接骨手术完成。

两人隔得挺远，却一点也不影响两人拌嘴。

林深道："听说你回手术台了，我还以为你这辈子就只能成为传说了。"

在讽刺对方的能力上，权竟宁也不遑多让："听说你在吃宋谦涵的醋？"

林深深吸一口气，手中的刀仍然很稳，但刀刃上的寒光照到男人的脸上，让他周身增添了几分寒意："她跟那个中队长是什么关系？"

他没有否认，反而想套权竟宁的话。权竟宁在心里狠狠嘲笑了他一番。

权竟宁揭开伤患的头盖骨，脸色平常得像在盛饭，口气凉凉地道："哦，宋谦涵是沈烨的表哥。"

果然，他就知道她只是在演戏。

还没等他松完一口气，权竟宁又补充道："没有血缘关系的那种。"

林深一口气没上来："什么意思？"

"宋谦涵的母亲是沈烨的姨母，但沈烨现在的母亲是她的继母。"

林深觉得自己再问下去，迟早被气死，于是选择不再说话。

权竟宁却不打算放过他："说起来，这几年沈烨也相过不少的亲，医生也有好几个，都是沈伯母让我介绍的……"

林深："……"

旁边的医生护士们也都很无奈，不是说A市松谭医院的权医生是个冰山男吗，怎么一看到林医生就成了个话痨？

两个小时后，脑部手术成功。

林深在帮第二个病人在大腿上开刀时，突然发现伤口里有一处奇怪的肿胀物。

"这是什么？"

权竟宁在病人头上坐着缝合，速度奇快，稍稍看了眼：“你别乱按，万一是炸弹怎么办？”

后来经宋谦涵证实，那确实是炸弹。

宋谦涵猜测，这应该是一个没爆炸的雷管，导火线和TNT管头都在里头，这是一个完整、未爆炸的雷管！

“麻烦你先把自己的乌鸦嘴缝上。”听到结果后，林深对权竟宁说。

有小护士问：“两位医生，那我们现在怎么办？”

林深说：“护士都出去，其他医生想走也随时可以离开。”

“林医生权医生……”护士们面面相觑。

半分钟后，有人默默地走向手术门，也有人依旧坚守岗位。

权竟宁的缝合手术也很快完成，照理说他也应该出去，然而他默默代替了护士的位置，给林深递止血钳和纱布。

雷管变形之后，装药密度发生变化，不稳定性增加，稍有不慎就会被引爆，专家经研究，不碰触雷管敏感部位，降低雷管爆炸可能性。由专业医生穿防爆衣，去除静电，做好防护准备，进入手术室，将老汉体内的雷管取出。

现在手术已经开始，想要临时换人也不现实，所以林深自告奋勇：“我有取子弹的经验，我可以来。”

林深对权竟宁说：“你走，剩下的我来。”

“托你的福，在非洲那年我也取过不少子弹。”

“我无亲无故，你还有。”

人的软肋，莫过于最天然的亲情。

权竟宁敞着腿坐在休息室的长椅上：“本来是有的，不是被你弄得快没了吗？”

所以，我还你。林深心想。

他就赌这一次，如果他死了，就当一命还一命；如果他还活着，他就再给自己一个机会，和沈烨重新开始。

权竟宁问：“万一雷管爆炸，你和他都活不了，那你留在这里又有什么意义？”

“就当我图一个英雄的虚名。”

“你的命是用我奶奶的命换来的，你说不要就不要？”

“我会辞职，跟医学会说明真相。”

“怎么突然又想通了？”

“当年是我不对。”

当年那起事故起初是医疗事故，后来却因为他的要强和骄傲，不仅让副院长为他背了锅，还丢掉了性命。

那人本该是冲着他来的。

他当年好不容易才从医学院熬出头，为了那一天，他付出了太多，医生这个称呼，不只是他自己的，还是他的家人的，是他们一家人的荣耀。他害怕因为那件事，自己就陷入万劫不复的境地。

那次事故理应是医院对外负责，但医院负责了，总要让人负最后的责任。

他当时想，副院长年纪大了，在手术台上也做不了几年了，可他还有很长的路要走，他不能就这样离开。

所以他自私地接受了副院长的好意，让她为自己承担那次事故责任。

副院长之后便辞了职。

可他万万没有想到，事情会演变成那样。

那个病人因为手部神经损伤，生活不便，脾气变得偏激，不止一次来医院闹过。

最后，他喝醉酒来医院，不知怎么的找到副院长的办公室，那天副院长过来收拾最后的物品，刚好被他碰上，就那样死在了她刀下。

每天午夜梦回，林深不止一次梦见那天的场景，副院长倒在血泊中，苍老却仍然优雅的脸颊贴着满是血的瓷砖。

医院的瓷砖很白，毫无生气，预示着一条鲜活生命的逝去，点映着一个个血红的脚印，残忍而惊心。

他在美国其实一直都用原来的手机，沈烨发给他的短信他全都看了，她说她喜欢上别人，他就一天都静不下心来做事情，后来院长到了美国，他厚着脸皮趁机跟院长提了回国的事。

院长骂了他一通，可是最后还是同意了。

事情已经过去那么久，他们再揪着不放，他的老伴也不会回来。

再者，林深是她的徒弟，她当年就是为了他的前途着想，后来变得那么无可挽回，也是意外。林深也没有辜负她的期望，在美国那么些年，他成了闻名的骨科专家。

她看见了，也会欣慰的。

最后，经过医院领导和各个专家的会诊，由于该位置不是权竟宁的专业所在，他们决定还是由林深负责。

权竟宁出了手术室，那时温言早已经在手术室放置完静电和防爆装置，在手术室门口等着他。

温言陪着他退到医院附近的一间小诊所安静等候，医院里的其他病患也陆陆续续被安排到安全的地方，只是医院里刚刚才接收了不少病人，这个工程颇为浩大。

在狭小的小诊所里，两人并排坐着，看着窗外烟青色的天。

等待其实是在期待和拒绝中挣扎，未知所以恐惧。

看见这样无措的权竟宁，温言心里有一个角落渐渐变得柔软，像春天冰雪融化，化成一片深潭。

这样的柔软促使她伸出手，义无反顾地握住了他的手。

男人的手很凉。

她刚碰到的时候想缩回，却已经被他拽得紧紧的，像是人在深海，抓到一块浮木，放不开，除非死。

“就一会儿。”他的口吻近似恳请。

温言没有再放开，权竟宁叹了一口气。

权竟宁在想：他跟林深的纠葛本不应牵扯到沈烨，事情过去那么些年了，他也看开了不少，只是他觉得自己不能轻易原谅林深，否则就是对祖母的不孝。可是扪心自问，他对林深的恨，早已不如当初那么深、那么重了吧。

他也是了解沈烨的，她看起来吊儿郎当，大大咧咧，骨子里却是个重情重义的人，在情与义之间，她毫不犹豫地选择了站在他这边，于是才有了跟林深的分离。

他对她也有不少愧疚，他也试过劝她，让她遵循自己的心意，她却说：“我的心意就是不能轻易地原谅他，他一天不回来认错，我们就永远都不可能复合。”

可她终归是放不下的。

他想，自己是不是真的要学会放下了？

否则，不仅自己不痛快，身边的人也跟着挣扎痛苦。

宋谦涵在不远处见到两人的背影，出了门，再也没有进来。

手术室里，林深小心翼翼地把那雷管从病人的伤口处取出，放到托盘里，消防员立刻来人把雷管拿走处理掉。

最危险的物品终于解决，手术室里的所有人如获新生。

剩下的只需把伤口缝合完毕，手术即告成功。

林深从手术室里出来，一眼就看见沈烨从不远处跑来，他脱手套的动作顿了一下，眼神瞟来瞟去，难得地不知道该往哪里看，脚步却下意识地停在原地。后来他回想自己当时这反应的缘由，分明是期待她过来的意思。

沈烨走到眼前，没有他想象中的安慰，而是一顿嘲讽。“哟，拯救世界的大英雄出来了？”

林深听见她的第一个字就想转身离开，却被她一把揪住领子拉回来：“干吗，你不是很擅长做逃兵吗，这次怎么装上英雄了？”

林深掰开她的手，她的力气一直很小，只是他每次都会都被她的倔强打败。

“放开。”

“该逃的时候不逃，你以为做一次好人就能抹杀你的罪过吗，我告诉你不会！你欠权竟宁的、欠我的，你永远都还不完！”

“对！我就是个浑蛋，可你不也上赶着贴过来，你知道这叫什么吗？这就叫贱——”

话音未落，脸颊传来火辣辣的疼痛。男人的脸别向一边，下一秒，他就被人推到墙边，嘴唇被人狠狠封住。

以前两人相恋时，她就喜欢边吻他边摘下他的眼镜。到了今天，她这个习惯还没有改。

他很没出息地发现自己的心跳因为她的动作而加快。

两人从最开始的较劲到后来都认真起来。

直到旁边有人咳了几嗓子。

宋谦涵像是看破了两人，敢情一个把他当假想情敌，一个是让他被误会成情敌。他看着沈烨，用极其欠揍的口吻道：“表妹，上次你让我去你的公寓，我发现你的卧室有几个消防隐患，待会儿如果有时间，表哥给你说说。”

对沈烨想杀人的眼神、林深颤抖的眼神，他像是没看见，继续说：“像我妈说的，表哥照顾表妹天经地义。”

林深果然走了，看那个背影像是想杀人。

宋谦涵心道：老子不好过，谁也别想好过。

最后他冷笑一声，也扬长而去，只剩沈烨在原地抓狂。

第二十章 结怨

几人有惊无险地回到A城。

回到A城，最后一个季度的消防检查便开始了。

这天，温言去检查一间小公司的消防器材，公司是新开的，办公室里除了几张办公桌、几台电脑，干净整洁得让人怀疑这是不是一家空壳公司。

楼道没有堵塞，哪里都畅通无阻，他们却发现消防器材里，有百分之五十是不及格的。

她当即开了罚单，并勒令其关门整改。

负责人是一个看上去挺年轻的男人，大背头，油光水滑，身材过于干瘦，导致穿着昂贵的西装也丝毫不显气质，真正的穿起龙袍也不像太子，眼底两个大大的黑眼圈，让人尤其印象深刻。

“同志，我们这刚开的新公司，没有什么经验才买到了假货，您就通融通融，我们一定改！”

温言把手里的红包放到他身边的小秘书手上，道：“那正好，我们最近也一直在查生产销售假冒消防器材的厂家，你给我们提供个线索，我们会向12315消费者权益保护协会给你讨回公道的。”

那负责人当即没有了话说：“这……其实我觉得他们给我们的联系方式是假的，我们也不一定能联系到他们。”

“那真是可惜，那丁先生你们就当花钱买个教训吧。”

丁先生的脸一阵白一阵青，脸色难看极了。他不顾周围人的眼光，把温言拉到一旁，压低声音道：“同志，通融一下，条件什么的都好说。”

温言垂眼，看见对方搓手指的手势，心里冷笑一声，不说话。

丁浩坤好话歹话都说尽了，还是头一回见到这么油盐不进的人。

终于，他的笑脸再也装不下去了，一双吊梢眼眯起，他极其刻薄地说道：“婊子还想立牌坊，能坐到这个职位，领导的床可爬了不少吧……”

在不远处的队友不知道两人说了什么，只听见他们家指导员拳头握得“咯咯”响，于是连忙上前把她拖住。

“指导员，千万别冲动，您想想您的升级试，想想我们，我们可不想这么快又要换指导员啊。”

温言握紧的拳头这才松了。

咬牙切齿地对丁浩坤说：“你的嘴这么臭，我建议你用硫酸来漱漱口。”

要是换作以前，丁浩坤说完这句话的下一秒，就得被揍得满地找牙。

所以他该感谢自己的公司开得晚，没有在几个月前遇上她。

“收队！”

这个周末，权竟宁和温言兑现之前的约定，去看电影。

买票的时候温言碰巧又遇见了丁浩坤。

暑期档最后几天，电影院里人头攒动，权竟宁让温言在无人的角落里等他，自己去买票，而温言正是在这时被丁浩坤看见的。

掺杂着百分之九十九的故意和算计，丁浩坤狠狠撞上了温言的肩膀。

“哟，这不是温同志吗？周末不用值班，也来看电影了？怕不是又勾引了哪个领导过来吧？”

他身边的女伴还想顺着他的话，打个招呼，听到他的最后一句话，顿时不敢噤声。

温言面无表情，往墙边让了一步：“不会吠的狗就不是好狗了，吠得越大声的狗就越是称职。”

“你……”

丁浩坤被气得头顶冒烟，一时找不到话来回骂，等他想起来的时候，权竟宁已经买好票回到温言身边。

“不知道这位是哪个领导呢？”

权竟宁一个字没有多说，拉着温言的手迈步离开人群。

周围有很多人，丁浩坤也没有太放肆，手插在裤袋里，像只企鹅那样摇摇摆摆地离开。

不巧的是，丁浩坤和他女伴进来，坐在了两人的右后方。

他自顾自地跟温言打招呼：“温同志这么巧，又见到你了。”

权竟宁脸上没有表情，用左手拂开他搭在温言肩上的手。丁浩坤显然不在乎，靠在自己的椅背上，正打算跷二郎腿。

“他……”

温言打断权竟宁的话：“没事儿，不过是乱吠的狗罢了。”而后她皱眉看向丁浩坤，眼神写着“你敢再动手试试”。

丁浩坤不经意一看，竟看呆了，抬起的左腿定在半空中。

温言的样貌长得好，五官标致，虽不是惊天动地，但让人很舒服，带着点仙气。

她不化妆，脸蛋白皙，秀眉淡淡，双眼澄澈，蹙眉的时候带着点孩子气。

丁浩坤纵横花丛近十年，早不是什么样的美女都能挑起他的瘾了，可今天确实被她狠狠地撩了一下。

灯光熄灭，电影即将开场。

暑期档的电影，大多是爱情片，他们看的这一部是爱情喜剧。

如今的片子很会抖幽默，让观众笑够了，再来个一百八十度转弯，使劲煽情，让你哭死。

电影的前半部分很幽默，现场的气氛非常和谐，温言笑得直不起腰，权竟宁比较高冷，但也被逗笑了不少次。

权竟宁看她看得入迷，中途自己去上了趟洗手间。

电影进入下半部分，丁浩坤就觉得肩上冰冰凉凉的，又甜又腻的液体钻入他的衣领。

丁浩坤大骂了一声，猛地站起来，后方的人拿着可乐杯的手一松，剩下的半杯可乐全倒在他身上了：“哦，手滑。”

这下，温言的注意力总算被吸引过来。

黑暗中，可乐杯子从丁浩坤身上滑落。

周围都很黑暗，只有微小的尘埃在放映机的光线中飞舞，权竟宁站在丁浩坤的后排，微弱的光照亮了男人的半边脸。他的脸冰冷如霜，却在看见她的一瞬间给了她一个温暖的笑容。温言觉得自己好像读懂了那笑里的话：别怕，万事有我。

她跟丁浩坤的话，他全都听见了。

一个女生在全是男人的消防中队打拼搏命，在同龄女孩子都忙着谈恋爱、买化妆品，打扮撒娇的时候，她坚守自己的岗位，用青春和热血来换取人民的安全和幸福，这样的女孩，他怎么可能允许有人用那么龌龊污秽的猜测来玷污？

他也明白，误会和不理解是避免不了的，但他不会让她一个人面对，至少在她被误会的时候，他能给她依靠、拥抱和安慰。

他要让她知道，哪怕全世界都误会她，不谅解她，他也是最相信她的那个人。

也许她忘了，但他永远都记得她说的那一句："反正我相信你啊。"

他也一样。不管丁浩坤的破口大骂，权竟宁和温言旁若无人地离开了电影院。没有抱歉，没有解释，这个男人就是想给他在乎的人出气。她的手被握在男人的手心里，很温暖。

两天过去，有两名警察到中队找温言，说是有人声称她跟两天前的一桩恶性伤人案件有关，希望她配合调查。

那人叫——丁浩坤。之前她可以说不认识，但在那天之后，她想不记得都不行了。

丁浩坤随后也来了，扶着腰跟着两位警察进入会客室。

他们三人列坐一侧，与温言相对。

丁浩坤点燃一根烟，烟雾四散。

中队里的禁烟工作做得十分全面，温言随手拿起桌上的禁烟小牌子，"啪"的一下，放在他跟前，眼里的警告很明显。

丁浩坤"嘶"了一声，心里骂了声，不得已把烟给按熄了。

"这位小同志，请问两天前的下午六点零五分，你在哪里？"警察同志问道。

温言看了看墙上的钟，回忆道："那会儿我和朋友在百货公司吃完饭，准备回来。"

"有人能证明吗？"

温言点头，很坦然："我朋友能证明，你去查那里的监控也能看到。"

"请问你的朋友是？"

"权竟宁，松潭医院的医生。"

这时，丁浩坤拍拍桌子：“你逗谁呢，吃完饭你分明还去了洗手间！”

温言像是刚想起来，“哦”了一声：“没错，走之前我确实去了趟洗手间。”

“那在洗手间周围，你有没有见到什么可疑的人？”

温言摇头：“没有。”

丁浩坤：“警察同志，你们不用问了，就是她，就是她把我踢成现在这样，我要告她！”

“丁先生，请你冷静一下，现在没有任何证据证明温同志就是踢你的那个人。”

丁浩坤不相信：“监控呢，那么大个百货公司连个监控也没有？”

“有是有，但那个角落的监控偏偏在那天坏了。”

丁浩坤愤怒地望着温言，隔空指着她的鼻尖：“肯定是她搞的鬼！”

警察们很无奈，抱歉地看着温言。

温言双手交握，放在桌上，以非常冷静的姿态应对。“这位先生，你说我把你踢了，你当时是看到了我的样子，还是洗手间里找到了我的指纹？”

丁浩坤被噎，这两样他当然都没有，既没有见到她的脸，也没有采到她的指纹，不过他向来擅长把没有说成有，有说成没有。

“我看见你的脸了！”

“那我当时是用左脚踢的，还是右脚？”

“左……右脚！”

“你确定？”

“那就是左脚。”

温言看了一眼警察同志，重新看回他，握拳敲敲桌面：“你这样的说辞，连你自己都说服不了吧。当我们警察同志吃素的啊！”

温言一副受不了他的表情：“你再说说，我是怎么殴打你的？”“殴打”两个字，她咬得特别重。

丁浩坤不情不愿地把当时的情景复述了一遍，他说自己被踢到了垃圾桶里，然后又被泼了脏水。温言憋着笑评价道：“这人跟你有深仇大恨啊？”

“那不就是你啊？”

温言一脸无辜，摊手：“可是我为什么要打你？”

她接着问：“你知道我是谁吗？我姓甚名谁，家住哪儿，家里一共几口人，结婚已否？”

丁浩坤一下子被问蒙了，本来准备好的说辞全都抛诸脑后。

温言早知道是这样的答案：“我叫温言，靖安中队指导员，我管的就是思想政治，我怎么可能知法犯法呢，警察同志你们说是吧？”

他这下算是想起来了，“你那天到我公司检查，威胁我如果我不给你红包，你就要给我罚款。后来在电影院，你的人还泼了我一身饮料，你敢说没有发生过这样的事？”

确实，权竟宁那事是真发生了的，但起因在她，她绝不会让任何人抓住他的把柄。

“没有。”温言斩钉截铁地道，“到现在为止，你根本没能拿出有用的人证、物证，丁先生我可好心提醒你一句，诬告可是刑事罪名。”

丁浩坤恼羞成怒，“噌”的一下站起来，脸部有点狰狞：“我管你温七温八，你知道我岳父是谁吗？”

温言冷笑：“我还是第一次见有人把岳父拿出来撑腰的，您入赘的吧？”

这句话把丁浩坤惹得不行，他向来最恨人拿他入赘这件事来说。

他就要爬过桌子去，被两位警察阻止：“丁先生你冷静点！”

一番对质下来，丁浩坤没讨着半点好，最后被警察同志架走。

温言也累得够呛，这完全就是在斗智斗勇，稍微分一下心就是万劫不复。

她长长地吁了口气，一出门，看见宋谦涵站在外面，脸上阴晴不定。

一进来，他就开骂：“真是长本事了，竟然敢请假出去斗殴？”

刚才面对丁浩坤，她还能做到波澜不惊，可是在宋谦涵面前，她顿时就有点㞞。

“不是斗殴……反正我没挑事。”而且是她单方面压倒性胜利。

“你少给我贫嘴。”宋谦涵掐腰，对着她的头顶歇斯底里道，“我要的是解释！”

“可能是我检查的时候没收他的红包，他在报复我吧。”男人沉吟半晌，等温言走后，拨通了一个电话：“最近警察那边收到一个案子，你帮我盯着点……对，有情况及时通知我……”

丁浩坤出门时，明馨儿恰好拐进门来，两人一打照面，皆愣了半会儿。

“你怎么会来这儿？”

“怎么是你？”

明馨儿以为自己这一辈子都不会再遇到这人，没想到冤家路窄，他竟然找到自己的地盘上来了。

都说初恋是最难忘的，要么是恨得牙痒痒，老死不相往来，要么是旧情难忘。

而明馨儿对于丁浩坤这个初恋，平时绝对不会想起，但想起来就是一把辛酸泪。

她恨过，也曾想努力忘记，但在重新见到这个人的这一刻，她只想问他一句：你过得好不好？

想她纵横情场近十年，却还是不免烂俗地输在了初恋上。

男人和女人的思维是很不同的，女人偏于感性，容易被情感左右，而男人则大多偏于理性，情感在他们的生活中并不是唯一，反而可以作为达到目的的垫脚石。

丁浩坤在知道明馨儿是温言的队友时，一个复仇计划便形成了。

在那天之后，路淮就发现明馨儿有点奇怪，情绪一天天的很不稳定，时而温驯得像猫，时而暴躁得像母老虎。

而且最近，他发现明馨儿有时会表现得很累，他以为是队里工作太忙，可他很快就发现不是。

她身上偶尔会出现细微的伤口和瘀青，他看出那不是意外造成的，只能是因为被打。

这就让他留了个心眼。

他这天去找了温言，告诉她："你最近有没有发现明馨儿有点怪怪的？"

温言回过神来："没有啊。"

男同胞始终不如女同胞细心，路淮住院那段时间，即便队里还有他的家里都有可以照顾路淮的人，可宋谦涵还是让明馨儿隔段时间就去看看他。

两人经常斗嘴，可明馨儿确实把人照顾得很好。

这一来二去的，路淮便对明馨儿改了观。

"你稍微多看着明馨儿一点，她最近挺不对劲的，我怕她出事。"

温言笑，"你怎么关心起她来了，你们俩不是一直互相看不惯吗？"

"毕竟是战友，互相关心下怎么了？"

"行啊，你自己去问。"

自从听了路淮那天的提醒，温言开始对明馨儿留意起来。

但她并没有发现什么不妥的地方，除了明馨儿整天喊腰疼，以及一有时间就发短信。

明馨儿撩汉技术高超，没事儿就谈个男朋友解闷，谈恋爱发短信多正常，温言也没有多想。

在别人没有正式宣布之前，她也不会八卦别人的隐私。

这天晚上，温言都睡了，明馨儿还没回来。

直到凌晨，模模糊糊间，她听到有脚步声。

她没有开灯，温言睁开眼，眼前的黑影动作缓慢，中途似乎碰到了哪里，动作一滞，“嘶”了一声。

“怎么了？”温言坐起问道，然后下床去开灯。

明馨儿见到她，放在腰间的手迅速放下，衣摆落下。

“腰还疼呢？我看看……”说着温言就要去撩她的衣摆。

明馨儿躲过，温言眼尖，一眼就看到她下巴上的瘀青：“你的脸怎么了？你几岁了，还学人打架！”

“胡说什么，走路不小心撞的。”

“最好是。”

温言去拿药给她涂，涂完脸后，问道：“腰要不要？”

明馨儿拒绝：“不用不用。”

温言边拧盖子，边翻白眼：“又不是没看过，害羞个屁啊。”

明馨儿把衣服弄好，又凑过来：“要我说，上次队长那药酒是真好用，下次你管他借来用用呗。”

温言想起上次被宋谦涵的药酒支配的恐惧，立刻就尿了：“要借你自己借。”

“我跟队长哪比得上你跟他啊？”

温言不说话，洗手回来躺下睡觉。

不一会儿，磨牙声起。

明馨儿：“……”真是没心没肺得可以。

日子还像平时那样过，可到了第三天下午，明馨儿请假出去了。

当时已是晚上九点，夜幕已经降临，约会也不是时候，开房正好。

鉴于上次她负伤回来，温言难免想到不正经的事情上去，这俩人怕不是玩那个吧？

可这几天，明馨儿的情绪都不算好，别人谈恋爱都是甜甜蜜蜜的，她却好像越谈越暴躁，而且都不怎么理她。

综上所述，温言有感明馨儿的男友不是个好人，不管怎样，去看一眼也好安心。

于是，她请假出门，在明馨儿之后上了出租车。

出租车始终跟着前面那辆车，走走停停，来到市中心的一家酒店，明馨儿在这里下了车。

完了完了，大白菜真的要被猪拱了。

温言靠在椅背上这样想着，既为明馨儿感到高兴，又感到一阵惋惜。

人家小情侣打打闹闹正常，哪里轮得到她听风就是雨的，不是有个词叫相爱相杀嘛，她这个单身狗还是回去洗洗睡吧。

她正打算让司机师傅掉头，却看到前方来了一辆跑车，车身红色，骚包得不得了，跃马标志在灯光的照射下熠熠生辉。

车上下来一个人，看背影，她还觉得熟悉。

侧脸一出来，她立即呆愣在了原地。

丁浩坤？

这俩人什么时候勾搭上的？

那就说明，他们是之前就认识的。

不过他们到底什么关系？

她不可能短时间内想通这几个问题，让司机立刻追上他们。

可人家是名牌跑车，“轰”的一下就跑得老远，司机师傅表示追得很辛苦。

最后他们貌似进入了郊外的一栋楼房，温言让司机停在那栋楼的斜对面。

温言环顾周围，这里虽然是郊区，但似乎并不偏僻，周边还有便利店、面包店，路灯照明很充足。

但她有直觉，这里并不像表面那么风平浪静。

总之，她的警惕性和谨慎小心都被唤醒了。

她问司机附近有没有买衣服的店，她如今还穿着军装，穿着这身衣服走出去，估计还没打听到什么，就先被人毙掉了。

司机说他也是第一次来这里，不太清楚。

温言就让他把自己载到没有灯光的角落，让他开车去买，自己给他报酬。

司机答应了，临走前还好心提醒：“小姑娘，这黑灯瞎火的，你自己小心点，我很快就回啊。”

温言咧嘴一笑：“好嘞。”

司机走后，温言一直注意着周围的动静。

秋冬之交，天气乍暖还寒，到了晚上，更是寒风凛冽，她站在路边被冻得直哆嗦。

不远处，陆续开始有车爬坡上来，转个小弯，进了那栋楼。

半小时过去，司机终于回来，给她带回一件外套和裤子。

她脱下军装，套上普通外套，在军裤外面直接套上了宽大的牛仔裤。

“真好看。”司机赞道。

温言汗，这不就是东北二人转里的红绿棉袄吗？再扎两个小麻花辫儿就更像了。

“师傅您品位真独特！”

最后，她让司机把她换下的衣服带回队里：“要是有人问你，你说不知道就行了。”

看着车子消失在灯光的长河中，温言跑到那扇大门前。

没有人过来时，闸门是紧紧关着的。

她左看右看，都找不到开关，托着下巴沉思，想着要不要动用武力解决。

她大大咧咧地站在门前，殊不知这一幕都落在了监控屏幕前的人眼中。

“这哪来的村姑啊？”

“别说，这村姑还有几分姿色。”

第三人倒是警惕起来：“这女的面生，去看看。”

深思熟虑之后，温言还是放弃上一个想法，往外走了几步，仰望楼上的窗户，都是关着的，只有五楼开着一扇。

她正想跑远一点助跑，突然一盏大灯射过来。

她抬手挡住。

“哎哟，我的姑奶奶，你怎么来这里了？”她听见一道熟悉的声音，睁开眼，便看到沈烨脱了墨镜，正惊恐地望着她。

“沈烨？”

“嘘，先上车。”

她连忙跳上副驾驶位，这时才发现，对方开的竟然也是法拉利。

车子开到门前，闸门自动升起，她终于窥到了楼层内部。

这里面就是一个破旧的停车场，地上绿色的漆已经掉得差不多，显得特别斑驳，楼顶的各种管道表面锈迹斑斑，藏污纳垢。

“这是哪里？”下车前，温言问道，察觉到周围的气氛不对劲，有意压低了声音。

这权竟宁的小女孩胆儿可真大，龙潭虎穴的，什么都不知道还敢往里闯。

“等一下你只管跟着我，别说话，记住了，不然我们都会很麻烦。”

不一会儿就有几个穿西装的男人过来，其中一人看到温言，脸色很不好，沈烨连忙解释：“我老家的小姐妹儿，带来见识见识。”

“是，沈姐。”黑衣人点头。

然后，他们从停车场里的一扇小门进入，通过安检，还得没收电子产品。

下了两层楼梯，安全门打开，里面就是另一个世界。

这个空间很大，有两三百平方米，头顶三盏大灯照着，中间一张红色地毯，四周围着绳子。

场下周围排满椅子，坐着一两百人，有男有女，穿着都很正式，像是来参加宴会。

他们都很兴奋地看着场中间，这让温言想到一个词——嗜血。

而她也在同一时间知道了，这是——地下搏斗场。

这个认知让她全身的血液都往头上冲，她不知道明馨儿是作为观众还是选手，如果是观众，她最多说明馨儿一句堕落，如果是选手，她……她不知道。

她们找到一个空位置坐下，沈烨今夜的装扮很御姐，及肩长发烫卷，一边撩起，露出秀气白皙的耳垂，可以看到细条状的耳环，及膝大衣配阔腿裤，走路都带风，脚上是一对平底凉鞋。

后来温言评价她当时的衣着：其他都好，凉鞋是败笔。

她的解释是这样的：要是有个风吹草动的，跑得快啊，当然是保住小命要紧。而且人家是来看打架的，又不是来看我。

“现在你可算猜到这里是什么地方了吧？”

温言握紧拳头，心情十分沉重。

“待会儿，你只管看比赛，别的都不要问，只听我说就好。要是有人问你是谁，你就说是沈姐介绍的。要是有个风吹草动，你可千万记得带上我。”

说完，沈烨重新坐直身子，过了会儿又道："听说今晚是冠军争夺赛，两个都是一直赢着上来的，赔率一赔三和一赔五呢。"

时间接近十一点，空着的座位也渐渐坐满人。

温言的心越来越不安，她听到身后的人都在讨论今晚的赛事。

有女人问："女人打架有什么好看的，不就是满足你们这些臭男人的变态欲望吗？"

男人则毫不避讳地回答："那你可就肤浅了，女人，特别是颜值高身段好的女人打架，那绝对是视觉盛宴。那些老板找的都是练家子，招式一板一眼的，不像男人那边，只会往死里打，没点艺术追求。"

搏斗场没有规则，上去了便只有两个结果——被对方打残，把对方打残，不到一方倒地，另一方绝对不会停下拳头。

临近开场，两盏大灯熄灭，只留休息室走廊的一盏灯。

就像看国际比赛似的，双方选手穿着背心短裤，从休息室出来。

灯光照到两人身上，场上涌起一阵欢呼。

温言从座位上站起，任沈烨怎么拽都拽不下来。

明馨儿挺直腰板，脸上没有任何表情，更多的是疲惫，皮肤在灯光下泛着蜜色。

另一个选手却浑身苍白，寸头，脸上毫无血色，表情冷峻，像"白无常"。

如温言所料，这一切果然与丁浩坤有关。

因为她看到丁浩坤就跟在明馨儿身边，给她递水按摩，她都坦然接受。

沈烨见压不住了，真怕她会冲动，然后做出什么事来，于是先发制人，将人拉去了厕所。

温言怒视着她："你别拦我，我要去把她打醒！"说着就要出去。

沈烨小跑到她跟前，展开手臂截住她的去路，"早知道你是来坏事的，我打死也不带你进来。"

"你不帮，我照样能进来。"

"温战士，我知道你神通广大，但这里的都不是寻常人，得罪了他们，我们真会没命出去的，您就看在我曾经帮过你的分上，保住我一条小命吧。"说着，她搓了搓手，"拜托拜托。"

温言皱着眉头："你到底为什么要来这里？"

“我？”沈烨眨眨眼，“我是记者啊，揭露社会的各种黑暗面就是我的责任跟义务。”

“所以你为了完成你的责任跟义务，就得先让无辜之人陷入黑暗吗？”温言淡淡地反问，“不然你哪来东西可报道，对吗？”

沈烨眼睛一红，瓮声道：“才不是……”

“那就不要阻止我。”

“可你知道这里的规矩吗？”沈烨在她转身的瞬间叫住她。

见她停下来，沈烨继续道：“决定上场了的选手不到分出胜负是不允许下台的，否则只有一个下场，你想让她被断臂吗？还是你觉得自己可以带她走？不可能的。能开这个搏斗场的人就不是好人，别说你们走不出这里，就算出去了，黑道、白道都有他的人，他随便一个电话，你们就完了。”

她走到温言眼前：“她是你的战友，她的水平你应该很清楚，她这么多场都打赢了，这一场说不定也能撑过去呢？”

“可她是军人，我不允许她侮辱自己的身份！”

“那你去吧，”沈烨无力地道，“大不了我们一起死。爸爸妈妈，女儿不孝，让你们白发人送黑发人……”

温言心里烦闷，抓了一把头发，最后妥协道：“我不去，但是待会儿一有不对劲，你得帮我。”

“好嘞！”沈烨立马擦掉眼泪，喜笑颜开，蹦蹦跳跳地走去开门。

门一开，她就撞到了一堵墙。

沈烨抬头看去，对方戴着墨镜，表情凶神恶煞，几乎是贴着沈烨，一步一步挪进来。

他先是看着温言的脚，而后看着她的眼，说：“你，是军人。”

温言脚上的是黑色军靴，官方指定产品。

然后他低头看着沈烨的眼，说：“你，是记者。”

沈烨哈哈干笑：“谁说不是呢，你们有明文规定说不许记者和军人来看比赛吗？呵呵呵……”

“可以——那麻烦你们到西天去看吧！”话音未落，他黝黑的手掌向沈烨的脖子袭去。

“那得你先去开路！”伴随着一句狠话，温言的右脚狠狠踢向对方的手腕。

只见对方手臂往后抡了半圈，还未等他回过神来，温言倾身向前，揪住他的衣领往洗手间里一甩，转身对沈烨说："关门，放狗！"

"是！"沈烨依言关门上锁。

壮汉摔到墙上，头晕眼花的，甩甩头再次向温言攻去。

在搏斗方面，温言跟宋谦涵学了不少，如今不仅仅有蛮力，招式和力道都掌握得非常到位。

光招式，她就已把对方打得找不着北，最后稍稍用一下力，对方就得跪地求饶。

最后一脚落在对方的肩膀上，听到"咔嚓"骨头移位的声音，温言更使劲往下一压。

沈烨在身后鼓掌："漂亮！"

壮汉还有点男人气概，被打得鼻青脸肿的，也不吭声求饶。

温言转头，对沈烨说："把他绑了。"

她的脚一松开，对方就滑落到地上，生无可恋的样子。

沈烨兴冲冲地跑上前来："敢欺负你沈姐姐，小样儿！"不过她很快发现自己没有绳子，"没有绳子怎么绑？"

"那就用裤腰带！"温言瞄了一眼壮汉，又说，"不用了。"

她让壮汉自己走到隔间里："把衣服脱了丢出来，要是让我发现有一件剩下的……"尾音拖得很长很长，意思不言而喻。

壮汉三下五除二，将衣服全脱掉，一件件扔出来。

沈烨数了数，直到够数，就对温言点了点头。

然后两人将洗手间门从外面堵了，回到比赛场上。

比赛已经进行有一会儿了，场上气氛热烈，却让温言觉得极度反感。

因为那些人喊的都是："打死她打死她……"

而不是正常比赛里喊的"加油"。

温言觉得眼眶发热，拢上双手，打算给明馨儿喊一声加油，却被沈烨堵上："别让她分心。"

她又把手放下，心里恶狠狠地骂道：这群衣冠禽兽！

她对着对面的丁浩坤仰仰下巴："那丁浩坤究竟是谁？"

"他啊，是A城地产大鳄的女婿，风流成性，吃喝嫖赌，看着吊儿郎当，谁知道他心里在打什么鬼主意。最近还说自己开了家公司，大概是玩儿票性质的，我猜还是亏钱的多。”

一开始是“白无常”占上风，她出招又狠又快，明馨儿好几次都接不住，被打得很惨，不一会儿，脸上、肩上已经布满了瘀青。

“白无常”真正开打之后，表情一点不像在场下时那样淡漠。

她的双眼血红，像是要随时喷火，眼神又狠又辣。

她的脸会不自觉地抽搐，鼻翼、嘴角抽搐得最为明显。

打得狠时，她整个脸都皱成一团，却还是毫无血色，仿佛整个脸都失去了血液供应，看上去狰狞恐怖。

显然，她很了解人体的弱点，知道哪些部位脆弱，所以她就只对着那些部位击打。

眼睛、太阳穴、后脑勺、后腰，这些部位轻易就能要了对方的命。

明馨儿也知道，所以她拼命躲闪，如今处于被动状态，难免有点吃力。

场下的温言看得心惊胆战，恨不得上去一脚踢飞那“白无常”。

明馨儿是现役消防兵，平时的训练让她练就了一身好体力，虽然比不上温言，但比平常人还是高出不少。

到了比赛中后期，她的优势便开始显现。

“白无常”的攻势开始变得力不从心，明馨儿趁机反攻，“白无常”便只能以手护头，被抵在绳子前。

现场喊得最大声的莫过于丁浩坤，他还没有发现温言的存在，眼里只有明馨儿，站在场边跑来跑去。

“白无常”的老板则坐在另一边，手边摆着一壶茶，嘴上叼着一根雪茄。

随着一声高呼，明馨儿将“白无常”打倒在地。

温言紧张地握紧双手，差点就要跳起来。

正常来说，比赛进行到这里，基本可以结束，胜利的人是明馨儿无疑。

但人生每天都有意外，这一天，它选上了明馨儿。

地下搏斗场比赛，唯一的规则就是没有规则。

“白无常”倒下了，并不说明她就不能站起来。

她不仅站起来了，更迅速使出一个扫堂腿，背对着她的明馨儿往后仰倒，她再屈起膝盖，正中对方后腰。

在场的所有人似乎都能听到骨头碎裂的声音。

明馨儿从空中落下，重重地摔在地上。

“馨儿——”温言跑到场上，跪在她旁边，哆嗦着手。

她不敢去抱明馨儿，怕她一抱就碎了。

“你……我……”明馨儿的气息微弱。

“温言！”丁浩坤认出她来，“你怎么进来的？”

温言狠狠地盯着他，这时，休息室里有人跑出来，几个黑色西装的男人向她冲来：“她是来砸场子的，把她抓住！”

“你们敢？”温言扫视全场，落下一句狠话。

沈烨在旁边急得团团转，突然灵光一闪，走到安全门边把火灾报警器砸了个稀碎。

尖锐的警铃声响起，本来还在看好戏的人们惊恐地往外跑去。

现场一时混乱无比，温言让沈烨喊救护车，自己跃到场子外面，一个对抗十几个西装男人。

她似乎想要把“白无常”加诸给明馨儿的痛苦都发泄在对方身上，用的都是狠劲儿，几乎一招搞定一个，不一会儿，身后倒下一大片。

最后，她看着“白无常”，对方的脸还是白得那么碍眼。

“不来几招吗？”温言一步一步向她走去，“不是很厉害吗，不是很会耍阴招吗？来啊——”

“白无常”也知道自己不是她的对手，警惕地看着温言，缓缓后退：“在这里你跟我谈公平，未免太可笑。”

温言笑得不羁，“我不谈公平，我们就正式来一场。”

“我打不过你。”

温言冷笑，“不是说不讲公平吗，哪怕是我把你打死了，你也得给我受着！”说着，她就要快步上前将其制住。

“温言……”

闻言，温言的动作瞬间一滞，她又快步走回去，蹲下身。

“浩坤呢……”

“他跑了，老早跑了，只有你犯贱还念着他！”

头顶上的大灯依然亮着，一下子人去楼空，丁浩坤也已趁温言不注意，偷偷溜走了。

地上的人还在呻吟，搏斗场老板见状，腿都吓软了，哆嗦着指挥人把他们抬走。

这下，场内就真的只剩下她们三个了。

救护车在二十分钟内赶到，让沈烨没想到的是，派来的医生是林深。

林深沉着地指挥救护人员将明馨儿搬到车内，温言随同，沈烨自己开车，整个过程，沈烨都是沉默应对。

明馨儿被直接送到手术室："伤者脊椎受创严重，要做手术，需要签手术同意书，你们通知病人家属了吗？"

温言摇头："她没有家人，我是她的指导员，我能签吗？"

林深沉默一会儿："勉强可以。"

温言签完字，沈烨挂了电话走过来，说："我已经联系好市里最好的骨科和神经专家，林医生您可以回去洗洗睡了。"

林深："沈烨你……"

温言无奈地心道：这两人又怎么了？

明馨儿直到第二天早上才醒来，温言守了她一个晚上，听到动静也立刻从沙发上跳起。

医生过来检查完毕，温言坐到床边，表情淡淡的。

良久，她终于开口："你的解释需要多长时间，我就给你多长时间。"

明馨儿的脊椎加了钢板固定，此时侧躺着，敛眉垂眼，像是在思考如何叙述。

"温言，我问你，要是权医生背叛过你，可他后来遇到解决不了的困难，你会帮他吗？"

温言不假思索地道："会。"她只是觉得权竟宁不会背叛她。

明馨儿扯扯嘴角："那你应该就能理解我的做法了。"

"我不能理解你去打搏斗的做法，还有，你跟丁浩坤是什么关系？"

"你认识他？"

"这个不重要，你只要说你的就好。"

"他是我的初恋。"

温言诧异地看着她，明馨儿似是猜到她想说什么，抢在她前面说："我们高中谈过恋爱，我当时就一个小太妹，他就一个小流氓，因为长得还不错，后来勾搭上一个富家女，然后就把我甩了。读完高中之后，我就没再读书，后来去当了兵，进了消防队。还想着已经老死不相往来，可前几个月我又遇上他了，没想到他真跟那富家女结了婚，只不过婚姻已经是名存实亡，两个人早就是各玩各的。”

“再怎么样，他也是个有妇之夫吧？”温言质问她。

“可我能怎么办？这么多年我还是忘不了他啊！”明馨儿的眼泪汹涌而出，她狠狠抹了一把眼泪。

温言扯了张纸巾扔给她：“愚蠢！”

明馨儿又笑又哭：“换了你不也一样！”恋爱中的女人智商还能高到哪里去？

温言抱着双臂，靠在椅背上：“那跟你去打架有啥关系？”

“他需要钱。”

温言恨恨地骂了一句脏话，他还是男人吗，连禽兽都不如，为了钱竟然让女人去打搏斗。

丁浩坤在岳父的公司担任职位，平时懒懒散散，工作完成得差强人意，但终归没有犯过大错。他岳父不喜欢他，都是睁一只眼闭一只眼。

他犯的最大的错就是嗜赌，经常在赌场赌通宵。

最后一晚，他输了足足五千万元。

他根本没法还，想着开公司，可新公司都还没开张就因为消防问题被勒令停业，于是他便铤而走险，去亏空公款。

为了填补这个漏洞，他又去借高利贷。

那就是个吃人的黑洞，还不到一个月，他就已经被高昂的利息压得喘不过气来。

但即便是那样，他还是改不掉嗜赌的习惯，他会去地下搏斗场看比赛下注，押对了能赢一点。

他抱着破罐子破摔的心态，想着五千万跟五千五百万对他来说都一样，反正都还不上，于是他赌得更凶了。

后来他看到有人因为赌比赛赚了个盆满钵满，就开始蠢蠢欲动。

主要是那里有位黄老板，出手大方，要是赢了他手下的选手，一局能赢好几百万。

就是在这样的情况下，他重遇了明馨儿。

他没想到她当了兵，现在还在做消防员，而且好巧不巧还是温言的队友。他恨死了温言，没能整死她，他便转而去搞她的队友。恰好那段时间搏斗场流行打女子赛，他就计上心头，撒泼耍赖让对方跟自己复合，又过了一段时间，他就用苦肉计，让她心甘情愿地帮自己下场打比赛。

好歹是当兵的，她的搏斗技术很不错，最初的几场比赛，她都完胜对手，给他赚了不少，但要填贷款，还远远不够。

她一层层打上去，越后边的对手则越难对付，她开始有点力不从心。

原本打完这最后一场，他的债就差不多还完了，可没想到她竟然输了，他还得倒贴黄老板几百万。

“其实我后来已经知道他是为了什么而接近我，可我就是那么犯贱，克制不住自己……”

听完明馨儿说的，温言久久没有说话。

最后，帮她盖好被子：“我给你请了个护工，我先回队里，有空再来看你。”她担心两个人前后请假，惹人怀疑。

明馨儿回她一个笑容，那笑怎么看怎么苦涩。

温言捏了捏她的手：“行了，也别跟天塌下来似的。我力气大，天塌下来不还有我顶着呢嘛。”

明馨儿点点头，声音沙哑哽咽：“嗯，你走吧。”

温言前脚刚踏出门槛，明馨儿便在床上泣不成声。

温言站在门边，胸口有口气上不来，拳头握得死紧，骨头“咯咯”作响。

温言请的护工是个三十岁左右的女人，做事耐心细致，但毕竟是女人，力气小，搬动一个大活人对她来说有点吃力。

温言在的时候，她根本不用担心，可大部分时间，温言都是不在的，这可让她发了愁。可很快，这事就解决了。

因为每当这时，医院里的两大帅哥医生都会来抢着帮自己。

只是这两人的关系似乎不太好，为一件小事都能吵半天。

“我说一二三，就一起使力。”

“是一二三之后，再使力，还是一二三，三的同时一起使力？”

“一二三，三的同时开始发力。”

“感觉只有我发力，你今早没吃饭？”

“我这位置不好发力。”

“想偷懒就直说。”

“随你怎么说……”

旁边的沈烨看不下去了："权竟宁，你有完没完，一天到晚挑他的刺，这是骨科，你来凑什么热闹？"

权竟宁双手放到衣兜里，淡淡地望向她："这里是医院，你来凑什么热闹？"

沈烨："……"

明馨儿躺在可移动病床上，望着那三人，感觉气氛有些诡异，一时不敢吱声。

还是温言的到来打破了这个僵局。

温言站在门口，迟疑地问："你们……怎么都在这里？"

林深这才想起来，自己是来带病人去照片子的，于是道："我带她去照 CT，先走了。"

温言疑惑地看向权竟宁，没有开口问他，转而走到明馨儿的床边，对林深说："我也去。"

"我也去！"沈烨争着举手，然后屁颠屁颠地跟在后面。

权竟宁更不用说，径直跟在温言身边，低声道："我陪你。"

温言："医院是你家开的，你去哪里不可以？"

一行人浩浩荡荡向 CT 室出发，这画面有点壮观，也有点诡异。

床上的明馨儿接受着路人的目光洗礼，终于有点崩溃：各位俊男美女，求你们饶了我这等凡夫俗子吧！

当初是路淮提醒温言去留意明馨儿的，事情发生后，温言自然不会选择瞒着他。

知道事情真相之后，路淮很平静，温言却感觉到他情绪的波动，那是在他身上从来没有过的。

当天，他就去找了明馨儿。

据明馨儿所说，路淮臭骂了她一通，至于如何"臭骂"，只有这两个当事人知道。

骂完之后，路淮还是会来看她，两个人也不说话，就静静地待着。

明馨儿一开始还会刺他几句，他都绝对不会回嘴，后来她觉得没意思，也就没再管他。

他不说话，可总会默默地帮她做事情。

给她削苹果，递遥控，事情虽小，但他总能做得一丝不苟。

有时候护工不在，他还给她递坐便器，眼都不眨一下。

有好几次她午睡，做噩梦惊醒，都会看到他坐在床边，她装作没事人一样，他也看向窗外，末了会给她递水："喝口水吧。"

她偶尔会偷偷看他几眼，他长着张娃娃脸，侧脸尤其显小，就像高中里高一高二的小学弟，怯弱胆小，单纯没心眼。

可能是因为这样，她总爱欺负他，喜欢看他怯怯地看她的那样子，特有成就感。

"喂。"她总爱"喂喂喂"地叫他，就是不喜欢喊他的名字。

路淮望向她。

"你还想在这里坐多久？"从早上到下午，他都坐多少个小时了？

"我……"

路淮就是路淮，骂她的时候确实硬气了一回，到最后还是得恢复本性。

"你走吧，陈姐很快就回来了。"

路淮垂眼，浓密的睫毛盖住黯淡的双眸，"嗯"了一声，低着头默默离开。

人走后，明馨儿忍不住骂出声："让你走还真的走啊，真是有够笨的。"

温言拜托沈烨帮她留意丁浩坤的消息，可是找到人之后，要怎么处置，她却毫无头绪。

这些天她都在想一件事，那就是：要怎么样做才能既不犯法，又能将丁浩坤整死。

显然，这是个矛盾的命题。

可能怎样呢？

人们每天都得靠矛盾活下去，至少还有个念想。

沈烨这几天都在往医院跑，频率高得都快让温言以为丁浩坤就在医院里。

两人在医院碰面，温言："你最近跑医院也跑得忒勤了。"

沈烨："呃……"

温言："丁浩坤查得怎么样了？"

沈烨："额呵……"

温言："……"就知道不该指望这小女孩。

但其实她不知道的是，沈烨比她还大一岁。

温言正要往明馨儿的病房去，却看到路淮跌跌撞撞、一脸焦急地往这边赶来。

温言截住他：“你要去哪儿？”

路淮喘着气：“明馨儿……她不见了。”

“什么？”

据路淮所说，陈护工一早上起来就没看到明馨儿。

照理说，她平时睡眠很浅，明馨儿有个什么动静她都能第一时间发现，昨晚却像撞邪似的，睡得死沉死沉，到早上起来还是晕晕乎乎的，然后就发现明馨儿不知去向了。

明馨儿腰骨受伤，连坐起来都困难，根本不可能自己走出房门，所以大家猜测，那只有一个可能——被绑架。

陈姐在医院找了两圈，正急得团团转，温言没时间安慰她，只拍着她的肩，问道：“你仔细想想，昨晚有没有发生什么异常？”

陈姐一开始说没有，想了想后，不确定地说：“昨天林医生不在，来了个新医生，我看他很面生，就问了他几句，他说自己是实习生。”

温言急问：“他做了什么？”

陈姐回忆道：“他给馨儿打了点滴。不过他打的方法不一样，看着不是很熟练，而且他是拿针筒往吊瓶里打药。”

温言基本确定那是谁了。

沈烨拿丁浩坤的照片给陈姐确认：“你看看，照片上的人是不是他？”

陈姐看了好几眼：“眼睛有点像，不过他当时戴着口罩，我没看清他的五官。”

“不用看了，肯定是他。”丁浩坤！

“你要去哪儿？”沈烨拉着温言。

“去找他索命！”

“你知道他在哪儿吗？你不会打算一个人去吧，不要啊，权竟宁会打死我的……”

温言瞪着她：“不许告诉他。”

上次丁浩坤来找她麻烦，她也始终没有告诉他哪怕一个字。

沈烨委屈地反问：“为什么——”

“总之不许说！”

此时，路淮道：“他绑明馨儿去，肯定会有想要的东西，他肯定会打电话过来，我们先等。”

沈烨点头附和："嗯嗯嗯，你先别冲动。他无非想要钱，到时候给他就是了。"

话是这样听了，温言还是忐忑不安，尤其是意识到明馨儿的伤，她做完手术没多久，不能轻易移动，丁浩坤这人下手没轻没重，搞不好会加重她的伤。

等待的时间痛苦而煎熬，两个小时后，明馨儿放在床头的手机响起。

温言迅速上前接起，是微信视频邀请。

丁浩坤的脸在屏幕上出现，身后是房屋的楼顶。

很明显，他身在高楼顶端。

温言按下接听，丁浩坤的声音随之响起："人呢？"

温言不想在视频中露面，按了同意之后便把手机放在床上，丁浩坤看不见人，在视频里摇头晃脑。

"馨儿呢？"

丁浩坤依然嬉皮笑脸的："你出来，出来让小爷我看看，我就让你见。"

温言咬着牙，没好气地拿起手机："说——"

"哎哟，这就对了嘛，毕竟小爷我还是很吃你的颜的，我的美女小战士。"

温言转脸一个白眼："你到底想要什么，要多少你开口。"

"谈钱多伤感情，你不想见见你的战友吗？"说着，他把镜头对准明馨儿的脸，然后走到远处，把镜头架好，又跑回原地。

视频里的明馨儿被绑在椅子上，身后是天台栏杆。

温言就要把手机捏碎："你要是敢动她一根汗毛，我就弄死你，不弄死你不就不姓温！"

旁边的路淮也着急："你不要伤害她！"

丁浩坤搂着馨儿的肩膀，就像情人间的依偎"放心，我怎么会伤害她呢，她可是我的初恋情人啊。"

一通废话之后，他才开始入正题"上次那黄老板你也见过吧，人特有钱，特大方，他对你很感兴趣，想你跟他的人切磋切磋，这不就找上我了嘛。"

"要是我就是不打呢？"

"小爷我知道你不会轻易答应，没办法只好请我的初恋情人来做客……不过，我还真是多亏你啊，要不是你死了也要给我罚单，我们俩又怎么会重逢，我就更不可能缠上她了，所以，这一切都是你——温言造成的！”

“你就不是个男人！”

沈烨和路淮在一旁给她打眼色，脸上都是担忧的表情。

沈烨在她对面，无声恳求：我们还是报警吧。

温言想也没想就反对，摇了摇头。

丁浩坤误以为她拒绝，一手掐上明馨儿的后颈，迫使她抬起头来看镜头：“不行？你们消防员不是很擅长救人吗，我看看这次你们能不能救她……”

话音未落，他把明馨儿整个人扯向栏杆外面，明馨儿惊呼出声。

沈烨也吓得捂住嘴，大声惊叫。

“我答应，你把她放开！”温言的心被吊到半空，太阳穴突突跳动。

温言的话很好地安抚到丁浩坤，他把两条腿腾空的椅子重新摆回地上：“这就对了，待会儿我把时间和地址发给你，不见不散哦。”

他说完，正要上前关屏幕，身后一直没有说话的明馨儿突然开口：“行了没啊，冷死了……”语气似娇嗔，似撒娇。

在场三人皆心里一寒。

直到手机屏幕黑下来，温言的肩才脱力似的垮下来。

“她……是什么意思？”沈烨眼睛红红的。

路淮反驳道：“她不会的！”不会什么，他没有明说，但在场的人都能想到。

很快，手机就进来一条微信，时间是今晚十一点，地点是个陌生地方。

温言不答，反问道：“沈烨，那黄老板是什么来头？”一个丁浩坤就算了，她现在真怕还会惹上更难缠的人。

“他是宏光集团的大股东之一，还是很多大大小小集团的股东，身家百亿，平时不管事，也不爱在媒体上露面，是个很神秘的人。要不是去搏斗场，估计都很难见到他的真面目。”

看样子，这个黄老板不是个简单的角色。

所以这场比赛，她到底要赢还是输？

这一切不还是得随丁浩坤的心？

她想重新打电话回去问丁浩坤，可怎么打也没人接听。

房里的空气凝重，三人各怀心事。

温言想要出去走走，沈烨和路淮也不熟悉，很快就各自散开。

只要遇到事情，温言总是第一个想到权竟宁，尽管她自己都没有意识到这一点。

她走到神经外科，站在权竟宁的值班室门边，里面围着一群人，正在看权竟宁和陆尹两人斗嘴。

这两个人似乎有斗不完的嘴，要是明馨儿在……

她连忙止住自己的想法。

片刻后，她再次透过玻璃窗，望着里面的权竟宁。

陆尹讲得眉飞色舞："把三个动脉瘤夹并排夹，我还可以两个分别对着夹在动脉瘤两边，还可以把两个夹子的距离缩小，这样我就能得到三种夹法……"

"做手术时间紧迫，你就花时间在这种所谓的'艺术'上？你征得病人的同意了？你的一千个小时有一半花在这上面了吧。"

"你懂什么，这叫寓工作于乐！"

"成语学得不错。"

"我什么时候让你评价我的语言水平了！"

"这里任何一个人都有资格评价你的语言水平。"权竟宁到饮水机旁打水，"做手术还是讲究实用性比较好。"

温言走到医院外，想坐一会儿就走，没想到权竟宁居然跟了出来。

"是护士跟我说你来过。"他解释道。

温言试图狡辩："那是恰巧经过。"

权竟宁"嗯"了一声，不揭穿她。

刚才那护士的原话是那样的："有个女生到值班室，在那里站了挺久的，眼睛就盯着里面，望穿秋水似的，我见过她，应该是找权医生你的吧。"

权竟宁叹了一声："说句不好听的，好像只有你来探病，我才能见上你一面。"

温言点头，"希望这次过后，我再也不用来了。"

温言最后看他一眼，然后转过身，向前迈开坚定的步伐，再也没有回头。

所以她没看见，男人伫立在原地，站了很久很久。

晚上，温言单枪匹马赴战。

今天这个场子比上次的还大，里面坐满了人，观众事先知道选手的信息，纷纷到门边的小桌上下注。

温言看了眼，大多是押她的对手的。

让她感到惊讶的是，丁浩坤竟然也敢来现场，她走过去将他揪离地面，准备狠狠打他一顿，逼他说出明馨儿的位置。

“你把我打死了，你就永远不可能知道她在哪里。”他附在温言耳边道，她啊，被我藏在了一个很隐蔽的地方，要是没人去找她，不出三天，她必死无疑。”最后四个字，他一字一顿地说的。

温言松开他的衣领，把他推得一个踉跄。

她深呼吸了几口气，冷漠地问道：“这场比赛，到底想我赢还是输？”

“自然是赢了，黄老板出手大方，一个人，两百万。”丁浩坤伸出两根手指，眼里闪着贪婪的光。

听他的话，她要对付的不止一个人。

场中间是一个用钢丝网围起来的台子，温言踏上去的瞬间，场上观众立马热血沸腾。

“咔嗒”一声，门锁在身后落下。

如今的她便像困兽，只有把眼前的十个人打倒，才有机会出去。

她面前的十个人，不全是肌肉壮硕的大汉，有上次的“白无常”、穿武术衣服的中年男人、穿黑色背心的青年男人……

各色各样，不得不说，这黄老板是真有心，就连她妈给她找相亲对象也没有这么全。

他们看着她，就像在看猎物。

温言脱下外套，里面只穿着一件宽松的T恤，下身是运动长裤：“你们是一起上还是一个一个来？”

“白无常”是知道她的实力的，所以并没有出声，站在最侧面的肌肉男则像是听到了个天大的笑话，哈哈大笑起来。

笑完后，他走出队列：“我先来！”

肌肉男穿着紧身衣，那肌肉看着鼓鼓囊囊的，让温言想到了牛蛙这种生物。

黄老板自从看到温言后，就去到处物色力气大的人，最后找上了肌肉男，可他们却不知，肌肉男空有一身力气，动作却很迟缓，况且他的力气在温言面前简直微不足道。

温言站在他身前，看着他出拳，迅速握住他的手腕，往下一扭。

肌肉男的脸开始扭曲，温言好心提醒道："要不想死，你们还来得及退出。"

其他的九人面面相觑，他们现在是进退两难。上去，前面的女孩实力深不可测，要是打输了，不死也一身残；下去，黄老板绝对不会放过他们，要么断手断脚，要么一辈子不得安生。

他们其中不乏从小练武之人，在全国比赛上得过冠军，更有退役军人，都是一时为生活所困，受到金钱诱惑，才进了这个圈子。

"都说了打完最后一场就不打了……"

"当时听说打赢了每人两百万的时候你可不是这样说的。"

"现在说这些有什么用，倒不如一起上，我就不信赢不了她。"

那边的肌肉男已经疼得倒在地上，温言转眼，瞳孔收缩，其余九人正一起向她攻过来，来势汹汹。

场内就这样掀起了一场大混战。

温言以一敌九，腹背受敌，不免有点吃力。

那个穿练功服的男人，招式很灵活，以柔克刚，好几次都能化解温言的攻势。

"白无常"招招狠辣，温言也不客气，只要抓住机会，她就把对方踢得远远的。

她本意并不想伤害这些人，把他们弄开，无非不想让他们伤得更重。

可显然，他们没体会到她的良苦用心，一个个都把她当仇人打。

"噢——"突然间，场内观众齐齐惊呼。

温言转脸，其中一人的拳头堪堪擦过她的脸颊，凌冽的攻势带起她的发丝，拳套上有什么东西闪闪发亮。

她眯眼才看了个清楚，那是玻璃碴。

打这种搏斗赛不用讲究任何规矩，除了不许带武器，所以很多时候，选手会钻各种空子，在身上所有能用到的部位上下功夫。

在拳套外面涂上一层胶水，再撒满玻璃碴，一个秘制拳套便由此诞生。

在她躲闪的瞬间，背后的青年一脚踢上她的背部，钻心的痛苦由脊柱席卷而上。

温言扶着钢丝网喘气，余光扫向剩余的几人。

我去，差点毁容。

第二十一章 携手

场外的黄老板依然悠然自得地抽着烟，喝着茶，墨镜下的眼睛眯着。

站在他旁边的小弟默默抹了一把汗，心道：这才真的是人为财死，鸟为食亡啊。

他看着老板没吩咐，就跟旁边的人打声招呼，说去上厕所，其实是去通风报信。

他去了将近十分钟才回来，旁边的人笑他："怎么去这么久？"

"这不是上年纪了嘛。"他嬉笑着，右手按上衣兜里的手机，这样的动作能让他安心。

大哥，你可快来吧，那小妹儿看样子要撑不下去了……

十分钟后，场上就只剩温言和另外两人在胶着，温言受了伤，但体力还在，另外两个则是又受伤，又体力不支。

温言忍着背上的痛："我劝你们还是放弃吧，为了那么点钱，连命都赔上了，值得吗？"

被逼到这个地步，另外两人也豁出去了，两人对视一眼，其中一人快速出手，白色的粉末从他手里撒出。

温言猝不及防被撒了一脸，闭上眼睛，就是这一瞬间，口鼻被另一人捂住，刺鼻的味道直入鼻腔。

她心道不妙，屏住呼吸，但还是吸入了少许。

脑袋立刻变得晕沉沉的，她拼尽力气将身后的人拂开，步伐凌乱地退到了场边。

那人抹了一把嘴角的血，骂了一句脏话："没想到这娘们儿还真有点本事，不过很带劲儿！”

温言怒吼：“放你娘的狗屁——”

“打他啊，你给老子站起来，喂——”丁浩坤的声音在耳边聒噪得很，她真想翻出去，一巴掌拍死他，可是她现在浑身没劲，眼前更是一片模糊。

那些堕落的男男女女似乎都在问：“她要死了吗？”

难道她今天真要交待在这儿了？

难道她混到最后，连个英雄烈士的称号都没有？那她也忒失败了吧！

就这十个人你也打不过，你可真给我长脸。

她似乎还能想到宋谦涵贬低她的样子，她以前觉得丢脸，现在却只想笑。

脑海中还浮现出另外一个人的影子，最后那一眼，他站在樱花树下，花瓣落在他的肩头，他说：“我下班去找你。”

权竟宁，要是我能活着走出去，我一定……让你哭着求我回到你身边。

想到这儿，温言笑了。

汗湿的头发结成一缕缕贴在她的鬓角上，看上去落魄至极，她却笑得开怀，那双澄澈动人的眼睛红得吓人，却盛满笑意。

观众不明所以，只见她突然冲出，一个后旋踢，将其中一人撂倒在地，又迅速转过身来，借钢丝网一跃而起，使出一招夺命剪刀脚，那人挣扎了几下便晕倒过去。

现场响起雷鸣般的掌声。

温言才没时间管他们，站起来不到两秒，又蹲下来，把头埋在膝盖里，喃喃道：“累死了……”

意识消失的最后一秒，她恍惚听到丁浩坤一直在喊“两千万”“两千万”，然后是警笛声。

都说警察永远活在电影最后五秒，此话诚不我欺也……

温言在医院醒来，浑身酸痛，就像被人打了一顿，可明明是她把人打了一顿。

一醒来她就看到宋谦涵坐在床边，眼神幽幽地看她。

“队长……”她往床上缩了缩。

宋谦涵冷笑：“温言，你可真给我长脸。”他忽然站起来，椅子腿往后滑拉，发出尖锐的声响。

他掐着腰，“一个人单挑十个，不错，还挑赢了。”

“那是。”这是事实，温言很坦然地承认。

“你还说——”宋谦涵一脚踢向椅子，将它踢开了几米远，“要不是警察及时赶到，你死在那儿都没人知道！”

“不过，队长你是怎么知道的？”

宋谦涵深呼吸，暗示自己要冷静：“你还记得上次在周榆那儿见到的小混混吧？”看她点头，他继续道，“他去投靠了那黄老板，趁别人不注意，偷偷找我通风报信了。”

温言恍然大悟：“原来如此，那我真得要谢谢他。”

她突然想起一件最重要的事：“队长，馨儿她……找到没？”

宋谦涵摇头，没有说话。

虽然已经发散人手去找了，但除了几个监控画面，其余一点线索都没有，根本是大海捞针。

“丁浩坤呢，去问他啊！”

“让他跑了。”

“跑了？”温言不相信，“怎么可能让他跑了？”

宋谦涵把椅子钩过来，重新坐下，似是不想再提这件事：“你是最后跟他接触的人，现在只能在你身上找线索，你有没有什么发现？”

上次丁浩坤只跟她视频过一次，那个视频……温言努力回忆视频里的画面：那很明显是在天台，周围是房屋楼顶，他们身后的栏杆长着青苔，但已经变干，成了黑色的。不远处有一个广告牌，由于是白天，看不清写了什么字……但那个画面似曾相识，仿佛在哪里见过。

可她在脑海中遍寻不获。

宋谦涵安慰她：“先别想了，睡一觉。”

“我现在怎么可能睡得着。”

“睡不着也得给我睡！”宋谦涵把被子盖到她的头顶。

他离开后，温言才发现这不是松潭，是军区总医院。那就代表，权竟宁可能还是不知道她的事。

她转念又想，不知道也好。

晚饭时，她问宋谦涵：“为什么送我来军总？”

宋谦涵不看她：“事发地点离这儿近，就送这儿来了，哪有为什么？”

“哦。”温言不再多问。

后来，他去外头接了个电话，回来就跟她说：“找到了。”

明馨儿找到了，在一栋烂尾楼里。

后来宋谦涵干脆也将明馨儿送到军总，两个女孩又可以躺在同一间房里。

晚上房里没有开灯，眼前是一片黑暗，只有窗外的星光明明灭灭。

温言的声音响起：“视频的最后一句话，你什么意思啊？”

明馨儿默了很久才回答：“我就没有见过比你还笨的人！”

“有话好好说，做什么骂人啊？”

“你就没想过我是串通丁浩坤来骗你的吗？”

“你凭什么？凭他是你的初恋？”温言“嘁”了一声，“得了吧。”

明馨儿笑笑，不再说话。

战友之间，有些话根本不用明说，彼此都明白得很。

这次事情，后果颇为严重，温言吃了个处分，上头念在她是因顾念战友被强迫，而且认错态度良好，姑且给了她一个警告，罚了一个星期禁闭，让她面壁思过。

但明馨儿不同，她是明知故犯，最后记大过处理，同时停职半年。

她对于这两项处分，都表示没有异议。

“罚就罚了，大不了休息半年，半年以后老娘还是一条好汉！”明馨儿举着双手，“在这里躺个一两个月，半年很快就过去了，不过就是可惜了，权医生、陆医生、林医生都不在这儿。”

温言补充道：“路淮也不在。”

明馨儿睨她一眼：“好端端的提他干吗？”

“我那天还听见路淮给你求情，还说要转院到这儿，结果被队长骂得狗血淋头。”

明馨儿没有接话，温言撇撇嘴，刀子在橙子四方各划一刀，剥出整个橙子肉，一瓣一瓣掰着吃：“我回去就得被关禁闭了，想想都闷得慌。”

“让权医生进去陪你啊。”

这下轮到温言不接话了，把橙子都吃完，伸了个懒腰：“腰疼。”

“你悠着点，小心以后不能人道。”

“这词儿是形容男人的吧？”

明馨儿老神在在地道：“腰这东西，男人女人同样重要。”

“那应该是你比较需要担心吧。”

“……”

温言去洗手前，回头看了几眼放在床头柜上的手机，那人不会真的不知道吧，就算不知道，他就不会主动想起她吗？

那她要不要给他打个电话提醒下呢？

这样想着，她茫然地拿过手机，拨通了电话，耳边刚响起铃声，她却飞快地挂掉了。

那边权竟宁睡完一觉醒来，就看到手机上有一个未接来电，看到上面熟悉的名字，他笑了。

虽然她什么都不告诉他，虽然她口口声声让他放弃，但她心里还是有自己的。

这个认知让他心里掀起一阵狂喜。

现在，他迫不及待地想要见她。

权竟宁下床，拔掉手背上的针头。路过的护士见状，连忙过来制止：“权医生，您还不能出院！”

权竟宁笑道：“我出去一会儿，很快回来。”

小护士被他的笑容迷得晕晕的，呆呆地点头答应。

他身上绑着厚厚的绷带，衬衫是没法穿了，他从行李底部翻出一件白色T恤，样式很宽松，也不透，只是穿的时候有些费劲，好不容易套在身上，背上都出汗了。

他又对着镜子，把头上的纱布撕下来，用头发把伤口盖住，再戴上一顶鸭舌帽，心想对方应该看不出来。

准备工作完成之后，他打了辆计程车，直奔军区总医院。

在医院见到权竟宁时，温言有点诧异，却觉得这很正常，也就没多怀疑对方。

只是他今天的穿着让她有点惊艳。

平时他就是个衬衫狂魔，到哪里都是衬衫西裤，冬天就往外面套件大衣，很有种君子如玉的感觉。

今天他却穿着T恤、运动裤、夹克衫、鸭舌帽，说他是个二十岁出头的大学生应该没人不相信。

他还没走到她跟前就开始咳嗽，温言皱着眉：“外面几摄氏度啊，你穿这么凉爽？”

“外面有阳光，挺暖和的。”他咳嗽完之后，笑道。

温言迟疑地问：“你怎么知道我在这儿？”

“你觉得呢？”权竟宁很快反问，“我不得不说，你瞒得真好，要不是我看沈烨有古怪，我还真想不到你这么胆大。”

温言转脸面向窗外：“这是我自己的事儿。”

“只要你跟我说，我就会帮你。”

“你帮不了我。”

“恐怕不是吧。”权竟宁苦笑一声，“温言，你到底明不明白，当自己爱的人身陷险境，你却无能为力是什么感觉？”

温言猛地抬头看他，牙齿咬着下唇，没有说出一个字来。

他说，爱的人……

是指她吗？

温言久久没有回答，而权竟宁也在这句话后，再也没有开口。

临走前，他只道：“好好照顾自己，不管怎样，我只希望你能平平安安的。”

温言站在原地，看着他的背影，喉咙像被火烧着似的，鼻头酸酸的。她只得拼命睁大眼睛，才能不让眼眶里的泪掉下来，可他的背影越来越模糊。

她想再看一眼，把他的身影牢牢地印在脑海中，可当她抹掉眼泪，眼睛一眨，人却没了。

可能爱就需要一鼓作气吧。

明明最艰难的时刻想着的都是那人，可当他再次站在自己面前，她还是没有勇气上前拥抱。

望着他离去的那一刻，她心里是从未有过的怅然若失，好像失去了一件极其珍贵的东西。

那天过后，权竟宁没有再找她。

她想，或许他们就这样断了。

如今丁浩坤在逃，以防他回来对明馨儿不利，她提议警方派人保护，警方欣然答应。

出院之后，她回到队里，回去第一天开始被关禁闭，足足关了一个星期。

出来那天，她都有一种改过自新，再世为人的错觉。

这不是她自己想的，是来迎接她出狱，啊不是，出禁闭的队友对她说的。

“指导员，恭喜恭喜，为了庆贺你出来，侯爷在食堂给你做了猪脚面。”

温言无言：“我这又不是出狱，吃什么猪脚面？”

“哎，都一样，去去晦气，让那些阴人再也近不了你的身。”

“这阵子，有人找我吗？”温言问这个的时候，心虚得很。

“有的，”队友回忆着，“是个女的。”

温言有点失望。

“她说今天还会来。”

温言也不在意，去食堂吃猪脚面，吃完刚从里面出来，队友就说童霖在会客室等她。

乍听见这个名字，温言挑了一下眉。

跟着她的都是新来不久的兵，特别听话。她问其中一个：“有牙签吗？”

小兵想起来自己身上没有，立即飞身回到饭堂去拿。

他给她拿了一包，她从中挑了一根最光滑的，叼在嘴边，然后挺起胸膛出发。

小兵们看着她的背影，头上一溜的黑人问号，他们悄声问来报告的哨兵，“来找指导员的那人很凶猛么？”

哨兵疯狂摇头：“是一个很……很……那个的美女。”

众人齐齐问：“哪个啊？”

哨兵也找不出形容词：“就是很那个，反正很美。”

众人：“……”

有人提议：“敢跟我们指导员叫板的肯定不是好人，这年头阴人那么多，刚走一个，又来一个，兄弟们，我们得去帮指导员镇镇场子。”

众人呼应，于是一行人向会客室出发。

他们走到会客室门口，像叠罗汉一般，脑袋在门框边串成一串。

童霖和温言正在桌边对峙着。

众人一下就想到八个字：情敌相见，分外眼红。

两个女人，有两种不一样的美。

童霖双手扣着，放在桌上，温言则是嘴上叼着牙签，双手插在口袋里，还跷着个二郎腿，椅子后腿都快被她摇断。

童霖道：“这次是权老爷子让我来跟你谈的。”

温言冷笑一声：“这次连权老爷子都出动了，你以为现在还是封建家长制啊，男男女女都得听一群老头子说话不成？”

童霖冷着脸：“老爷子是长辈，请你放尊重点！”

温言把椅子放下，拿下牙签：“他在我跟前我自然会尊重，而不是对着狐假虎威的人谈尊重。再说了，就算我这样做了，到时候你在他跟前怎么说，不还是取决你的心意。吃力又不讨好，我吃饱了撑着？”

“你就只会在我面前逞凶斗狠，耍嘴皮子，你根本就没有真正在乎过权竟宁。”

“我在乎不在乎，你说了算呢？”

童霖冷哼：“在乎？那你知道权竟宁现在在哪儿、在做什么吗？”

温言被噎。

童霖追问：“那他受伤了，你又知道？将近两个星期，我还从没在医院见过你，如果这就是你说的在乎，那我无话可说。”

“他……怎么受的伤？”

如预料一般，童霖没有回答她。

“你口口声声说权竟宁是你的，那你又可曾为他付出过什么？他为你要转去急救科，为此跟他爷爷大吵一架，为你受伤，他出车祸的时候你在哪里？这么多天，你不闻不问，最后还得从我这个所谓的外人口中知道信息。你现在想想，你还有资格说爱他吗？”

手上的牙签掉落在桌面上，温言心里暗暗苦笑，她确实好像没资格了。

“趁早放手吧，你不在乎，会有人替你在乎。”这是童霖的最后一句话。

说完，她迈着优雅的步伐走出会客室，哪怕一个眼神，都没有给门外的众人。

“指导员……输了？”

众人迟疑着点头，动作谜之同步。

他们看着温言，她驼着背，一动不动。

温言告诉自己：自己不是早就决定放手了吗，为什么还要告诉她这些，这个白痴童霖。

凡是女人听到这些，都不会轻易放手的好吗？

温言望着躺在手心里的牙签，掌心收拢的瞬间，她做了个决定。

她掏出手机，拨通权竟宁的电话。

电话很久才接通，对面的男人声音带着疲倦，温言霎时有点心疼。

“权竟宁，接下来我问你的话，一秒钟之内回答我。”

“怎么了？”

“你先说答不答应。”

“嗯。”

温言深吸一口气：“你现在在哪里？”

权竟宁很快回答：“医院。”

“在做什么？”

“换药。”只不过，他是被换药的那个。

“你受伤了。”这句话，温言用的是肯定句。

见他久久没有回应，温言有点焦躁，握着牙签在桌面上乱画：“权竟宁，要是你敢骗我，我们就完了。”

她似乎听到他叹了口气，他说：“随便吧。”然后就挂了电话。

温言看着逐渐暗下的屏幕，一脸难以置信，气得一拳打在桌上，可她忘了自己手上还有牙签，木屑顿时嵌入她的掌心皮肤，疼得她龇牙咧嘴。

但此时最让她心疼的，是不知道他伤得怎么样，他受伤了也不跟她说，是不是就代表，他真的放弃了……

那天他来找自己，她以为他好着呢，可其实他刚出车祸。

她没有去挑手心的刺，因为心疼远远大于手疼。

她刺他、伤他、推开他，到最后，这些疼似乎都落在了她身上。

现在想想，当时的自己可真矫情。

温言在会客室坐了很久，最后她似乎想通了一些事情，临走前，抹了一把脸，笑了笑。

人生苦短，怎么都得享乐为先……

她把他藏在心里，以为不去想、不去念就会慢慢忘记，她以为这是自己对他最好、对两人最好的方式。

但她才发现，她从来没有站在他的角度去想过。

在所有人都放弃的情况下，他救了她的父亲；他为了自己去得罪丁浩坤，只为了帮她出气；他为了她出车祸，如今重伤在院……

他是真的喜欢自己的，不是感激，不是愧疚，也不是同情，只是纯粹的喜欢。

而这，不就是她一直以来想要的结果吗？

那她为什么还要退缩？

她本来想直接去找权竟宁，但警铃总是在不适当的时间响起，她得马上出警。

报警的是一个七旬老人，他说自己的爱狗被困在雨棚上，下不来了。

那块地区属于城中村，居民经常违规搭建筑，而且屡教不改。

抬眼望上去，一大片都是色彩缤纷的雨棚，不太美观，但关键时刻还是能救狗一命。

那小狗也不知从哪个缝里钻了出去，幸好还有雨棚接着，否则就得落到地上去了。

七八层高的楼，就算是弹跳力极好的猫，落下来不死也残。

队员们爬上去时，那小狗正扒拉着雨棚，身子哆嗦着，喉咙里发出哼哼唧唧的声音。

落到队员怀里之后，它又是舔又是嗅的，待人亲热得不得了。

而且它也不怕生人，见到其他队员同样热情，躲在温言怀里，极其兴奋地舔她的脸，老人说，这是它喜欢某个人的表现。

有队员笑说："这就是条小色狗。"

"可不是嘛，见到温言姐都不愿走了。"

众人笑着附和。

温言心不在焉地逗弄小狗，苦恼着哄权竟宁的方法。

说真的，她真没有哄过哪个男人，在她看来，男人生气那都是小气，不值得哄。

可是这个不行。

这个都是她自己作的，人家生气很正常。

这可愁煞了她。

"权医生，药换好了，你休息一下，待会儿还要吊水。"小护士红着脸收拾药品，权竟宁把病号服套好，道了声谢谢，眼神重新专注于床头柜上的手机上。

直到小护士出门，他都没有再看对方一眼。

小护士有点失望，瞄了眼手机，撇撇嘴，有什么好看的。

权竟宁也不知道自己在等什么，可等到铃声真正响起时，他心里的喜悦告诉了他答案。

“权竞宁，你下来。”对面的人一开口，就是命令。

当了指导员果然不一样。

“你在哪里？”

“我在楼下，里面的人不让我进去。”

“你来做什么？”男人的声音清清冷冷的。

该死的，他真的不理她了。

他只有对自己不在意的人，才会用这样的语气说话。

“我来哄你啊。”

默了许久，权竟宁道：“你回去吧。”

温言可没那么容易放弃：“你下不下来？我数到三，要是你不下来，我就从这面墙爬上去！”

权竟宁连忙往窗外一看，温言就站在楼下的草坪上，手上拿着一个小包，仰头看他，脸上被阳光晒出了个红印子。

“随便你。”他本来就是试探她的决心，谁知她听到这句话，真的立刻把手机挂掉，将小包斜挎在肩上，往后退了几步，助跑着就要爬上第一个窗台。

他连忙往下喊：“温言！”

温言仿佛听不见他说话，继续爬，“噌噌噌”就爬到了二层。

而他身在七层。

“你立刻给我下去，”权竟宁咬牙，“我现在下来。”

闻言，她咧嘴一笑，露出一口小白牙，“噌噌噌”又爬了下去。

权竟宁见她稳稳落到地上，才松了口气，捞了件外套便往外跑去。

撞见正要进来的小护士，小护士连忙问：“权医生你要去哪儿？”

“……”她没有听见任何回答。

权竟宁下到草坪，远远就看见温言坐在长椅上，有一搭没一搭地跟膝盖上的小狗说话。

也不知道她是从哪里弄来的狗，身上干瘦干瘦的，毛色也很暗淡，枯黄色，还有点掉毛，丑兮兮的。

也怪不得医院不让她进去。

“我来了，你要说什么？”他走到她跟前，停下。

温言的视线从下往上，从他穿着居家拖鞋的脚移到他的脸上，发现他瘦了很多，宽大的病号服穿到他身上，被风吹得鼓鼓的。

不过他跟病号服还是那么不搭。

“把外套穿上啊。”她指着他手上的衣服。

“不用，你说完我就走。”

温言也不怵他，抬起下巴跟他对视，她突然懊悔，自己应该把牙签带上的，那才叫气势。

“我怕我说了，你就不肯走了。”

春天到了，天气开始升温，可春风吹过来，还是有点凉意。

温言这才发现，他的嘴唇和那天一样，都是白的，当时她怎么就一点也没发现呢？

温言见他一动不动，干脆把自己的外套脱下套在他身上，还不忘提醒：“天气凉，别感冒了。”

权竟宁垂眼看她，看她像个小媳妇似的唠唠叨叨。

小黄狗在两人的脚边转悠，不时咬他的裤腿。

末了温言将他按在长椅上，自己也坐下，小黄狗去扒她的膝盖，她也不去理会。

“什么时候出的车祸？”

“两个星期前。”

“是那天吗？”

权竟宁“嗯”了一声。

“怎么出的车祸？”

童霖说，他是为了追赶丁浩坤的车，被丁浩坤逼得掉下山崖。

至于他为什么会去追丁浩坤，答案不言而喻。

权竟宁的眉间堆起皱褶，他看着她，像是不耐烦：“你到底想知道什么？”

温言扯扯嘴皮子：“就关心下你嘛，我们是朋友啊。”

权竟宁气不打一处来，剧烈咳嗽了两声，一时哭笑不得，“你哪里是来哄我，分明是想来气死我。”

“谁说我不哄你了，你看，”温言抱起小黄狗，抓起它的右爪左右摇摆，模仿粗犷的嗓音，“兄弟，是男人，当然是选择原谅她啦。”

权竟宁失笑，浑厚的笑声从胸腔里发出。

“你这样就是原谅我了，对不对？”温言眨着眼睛。

权竟宁还没笑完，摇摇头：“你从哪里拐来的小狗？”

“今天出警，我们队里救下来的，我看它这么可爱，就借过来了。这毛茸茸的东西谁不喜欢，我觉得你看到它，心情肯定会变好。”

权竟宁止住笑意：“我不明白，你犯了什么错，我为什么要原谅你？”

温言低下头，小黄似乎也感受到他的沮丧，耷拉着耳朵。

“那天，我不应该说那些话，我也不应该漠视你的心意。”

权竟宁按捺住内心的激动：“那你以后会怎么做？”

温言望进他的眼里，无比认真地道：“权竟宁，要是我说，我们可以试试，你会答应吗？”

权竟宁抿唇：“你是觉得我是为了帮你而受伤，你想以身相许来报恩？”

温言连忙摆摆手：“当然不是，你想得也太多了。要是这样，消防队一年要救多少人，难不成要所有人都以身相许啊。”

权竟宁挑眉：“谅你也不敢。”

温言觑他：“所以……”

权竟宁站起来，居高临下地望着她：“我需要时间思考，你也是，难保你哪天又以这样那样的借口推开我，我岂不是又要伤心一回？”

温言咬牙，也腾地站起来：“难道你推开我的次数还少吗？”她掰掰手指，“算起来，你有两次，我才一次，我怎么还得再推开你一次，这才算公平。”

权竟宁心里焦急，表面上却不显露：“你大可以试试。”

温言被狠狠一噎，捞起长椅上的包，冷笑：“很好，谈判结束，谢谢你的答案。”

在来之前，她无数次暗示自己，要冷静，要镇定，要沉得住气，要勇于面对挫折，可面对他的拒绝，她发现自己脸皮其实很薄。

她小心翼翼地坦白自己的心意，就像一个青春期的女生，那么害怕遭到拒绝。

不得不说，他挫伤了她的自尊心、自信心，让她发现自己此行的可笑。

在同一个地方，栽一次还不够，还要再栽一次吗？她反问自己。

她知道自己只是暂时退缩，等到时间过去，失败的耻辱淡忘，她还会继续尝试，哪怕还要翻跟斗。

所以这次，就让她做个缩头乌龟，等回去重振旗鼓，她再来挑战。

在这之前，最好不要再让她看见那个大猪头！

在她转身的瞬间，男人抓住她的手腕，发出一声隐忍的呻吟。

他一屁股坐在长椅上，连带着她也不得不坐下："你怎么了？"

权竟宁不说话，脸上皱成一团，表情似痛苦难忍。

温言凑在他面前，权竟宁见状，一把将她拉到自己怀里，把脸埋在她的颈窝里，露出得逞的笑容："好疼……"

温言则是全副精神都放在他的伤上："伤口疼了？我去叫医生。"

权竟宁一手制住她，不让她动："别动。你把我气得伤口疼，你要负责。"

温言再不晓得他在装蒜，就是她脑子有问题了："负责你个大头鬼。"

"你只说，让我们试试，又没有给任何保证，让我怎么相信你？"权竟宁话锋一转。

"那……那你说要怎么保证？"

权竟宁将她推离，把脸颊凑上去："怎么都得盖个章。"

不要脸，温言在心里笑骂，可心里的甜蜜满得快要溢出来。

"好啊，那你先闭眼。"

权竟宁依言照做，脸上很快就传来一点湿润的感觉，凉凉的。

他一睁眼，温言正抱着小黄，在他面前大笑。

这人……真是不乖。

温言的大笑很快被制止，因为她的嘴唇被人封住了。

权竟宁狠狠地碾压她的双唇，深入进去，扫荡了一圈之后，很快就退了出来。

"盖章完毕。"

他帮她擦掉嘴角的水光，看她还傻看着他，道："你现在后悔也迟了。"

"权竟宁，"她喊他，眼睛里透着一股认真劲，"你得对我好，不许再推开我，这手你要是再放开，我就真的不会再要你了。"

权竟宁紧紧地握住她伸过来的手，像是要把她揉成骨血，融进自己的身体里："嗯。"

没有甜言蜜语，没有山盟海誓，这一声答应，是他对她最重的承诺。

情爱这种东西，对于权竟宁来说，永远不是必要的。后来他才发现，那是他还未遇到心里想要的那个人。

一旦遇上，便像磁铁的南极找到北极，无比嵌合，心里满足，再也不想分开。

短暂的相见，时间总是过得很快，温言还得归队，还要把小黄还回去。

“我先走了，明天再来看你。”温言把小黄放回包里，依依不舍地看着他。

以前不在一起的时候，也没有这么大感受，现在两人真正在一块儿了，却恨不得时刻黏在一起。

权竟宁把她的外套还给她，给她穿上，拉链拉到下巴：“好好吃饭，好好穿衣服，好好睡觉，不要感冒，知道吗？我不是内科医生，不擅长治感冒。”

“我还以为你全能呢。”

“术业有专攻，全能等于全都不能。”

温言捏他的耳垂：“那你也要乖乖的，有什么事立刻给我打电话，不许瞒着我！”

权竟宁笑着点头，在她眉间亲了一口。

两人又腻歪了一会儿，最后不得不说再见。

但他们都知道，这下子，是真的要在一块儿了。

晚上，温言兴奋得睡不着，打电话给明馨儿把今天的事情说给她听，两人一直说到护士来提醒。

按照约定的那样，第二天温言还是去看权竟宁。

这一次，她亲眼看见了权竟宁的所有伤口，包括背上的、头上的、腰上的，全都缝了线，护士给他消毒换药，用时都得三十分钟。

“你那天怎么会来？”

“你以为自己瞒得很好？”权竟宁看她内疚的样子，一时不忍，“别多想，我去追丁浩坤也不全是为了你。”

“那你还能为谁？”

“我扯不过你。”最后他自嘲一笑。

当时他跟宋谦涵兵分两路，他去追丁浩坤，宋谦涵则去救温言。

丁浩坤像发了疯一般去撞他的车，他想躲，但山路路滑险峻，他的车没有掉下悬崖已是万幸，最后被勾在斜坡上，等警察来到，他已经陷入昏迷。

后来他得知，那天丁浩坤连人带车掉到江里，车是捞上来了，但至今还未找到尸首。

温言也不问他以前是怎么回事，但还是把车祸的罪魁祸首安在自己头上，心里愧疚着，却不在面上表现。

这段日子，父亲、闺密、男朋友，接连住院，温言早已练就照顾病人的功夫。

可权竟宁一点不像重病病人，他能走能跑，甚至还能指导过来查房的实习生。

她也真不知道能帮什么忙。

她这样跟权竟宁说，权竟宁则是笑笑："有个忙，只能你来帮我。"

温言跃跃欲试："什么？"

"帮我洗澡。"

一来就这么刺激，真的好吗？

"你开玩笑的吧，要洗澡你不会自己洗哦？"温言又是抓耳又是挠腮的。

权竟宁挨在她的肩头磨她："我已经很久没好好冲过澡了，你看我这满身的伤。"

温言想起他的伤口，真是当得上遍体鳞伤这四个字了。

"你又不是没看过，连护士都能碰我，你就不嫉妒？"

权竟宁磨了她很久，在她耳边吹气，温言才勉为其难，答应帮他擦身子。

温言扳直他的身子："你给我坐好。"

她把暖气温度调高几度，等温度升得差不多，就去拿盆接水，水温是刚刚好的，毛巾湿了水不会太烫，也不会很快就凉。

"把衣服脱了。"温言努力做到面无表情。

权竟宁的左边肩膀动作困难，不得不依靠温言的帮忙。她屏住呼吸，小心翼翼的，生怕把他弄疼。

待衣服脱下来，两个人都已是满头大汗。

温言看了几眼他的上身，发现其实能擦的面积很小，大部分被纱布缠着。

从前胸到后背，她擦得一丝不苟，擦完最后的位置，忍不住在他完好的右肩上印上一吻，然后从后背环抱着他。

男人挺直的腰背顿时僵住："擦完了？"

"嗯。"温言的声音闷闷的。

"那……要不顺便擦下下身？"

温言轻咬住他的脖颈："想得美。"

权竟宁"嘶"了一声，沉沉地笑开。

第二十二章 眷恋

待在病房里没事做，温言会把漫画书带去，给权竟宁读，大部分时间是温言自娱自乐，权竟宁看着她乐。

她会坐在床边椅子上，权竟宁则是半躺在床上。

坐着坐着，两人就腻歪在一起，权竟宁将她抱上床，让她坐在自己身前，下巴搁在她的肩膀上，两人同盖一张毛毯。

“我跟你说，这可是珍藏版，我当年找了好久。”温言感慨，“一晃眼，这么多年过去了，我老了……”她把尾音拖得长长的。

权竟宁忍俊不禁，越过她的手臂去翻看那漫画书。

那封面已然褪色，很多书页都起了边，显然是翻过多遍的。

他没有接触过漫画，但也能理解她对自己的爱好的执着。

他捏着她的脸颊，触感光滑软腻：“我永远比你老四岁，这样想会不会好过一点？”

温言平时有坚持运动的习惯，不仅身材比寻常女孩要好，气色也是永远光彩红润，时刻勃发着生机，宛若夏天的太阳，热烈而温暖。

温言也不纠结这个问题，转而问他：“权医生，你的生日在哪天？”

权竟宁答：“12 月 22 日，大概在每年的冬至。”

“跟你的气质真配。”温言给出评价，然后指着自己的鼻子，“我是 6 月 22 日，是夏至。”

权竟宁有点惊喜：“你的生日跟你也很配。”怪不得她这么开朗，原来一切都是有原因的。

两人又从生日谈到生日礼物上，还没有得出结论，护士姑娘就敲门进来，说：“权医生，要吊水了。”说着，冷冷的眼神射向温言。

温言连滚带爬地从床上起来，护士见她越过权竟宁的大腿，一时心焦，喊了声小心。

房间内却同时响起两声小心，另一声是权竟宁喊的，他看温言匆匆忙忙地下地，也不顾自己的伤口被压到，伸手去扶住她。

“你急什么？”男人语气不悦，怪她做事冒失。

温言没有回答他，挣开他的手，摸了摸耳垂。

权竟宁这就知道，她是害羞了。

虽然两人已经确定了关系，但始终没有对外公开，一是因为这是他们俩的事，不必大肆公开，二是因为他们经常待在病房里，很少出去，也甚少在外人面前表现得很亲密，主要是因为温言放不开。

没人的时候，她可以撒泼打滚，跟他亲亲热热，但一到人们面前，她就受不住了。

但其实他也不喜欢在外人面前表现得亲密，只是一碰到她，自制力就有点溃决的危险。

自从上一次妥协，帮他擦过一次身子之后，她每次过来，他都磨她好一会儿。温言一开始还有点羞涩，到后来已经免疫了。

也是，她好几天过来一趟，他又不能自己擦，只能让她来，要是连她都拒绝，那他得多可怜？

最近她到医院来的次数呈直线上升，比他们值班的还勤，跟他们院草权医生的关系昭然若揭。

她们虽然知道温言是做消防，但一直不知道她在一线，只以为她是做后勤或文职。

一开始还有很多小护士不甘心、不服气，可日子久了，她们也都死心了，人家郎才女貌，一个医生，一个消防，都是救死扶伤的职业，哪里不相配了。

温言走到转角，白薇薇忽然就从一旁跳出来，大喊：“师母！”

温言被她吓得心脏都要跳出来：“你下次出场能不能不要这么‘美特斯邦威’啊？”

“对不起，我太激动了，吓到您了吧。”

白薇薇伸手就要往她胸口按，温言两根手指拈住，扔开：“哎哎哎，干什么呢。”

白薇薇搓搓手:“我不是想帮您定定惊嘛。”说着，她将温言拉到座椅上，又自告奋勇地给她买饮料。

“师母，您又来看权老师啊？”

“废话。”温言睨她一眼，这些天被她师母师母地叫，都听习惯了，她也懒得纠正她。

“呃……”白薇薇偷瞄一眼权竟宁病房的方向，烦躁地搓头皮，找不到话题啊……

“你让我来到底想说什么？”

“就是……”她的眼神飘到右上方，温言也顺着她的视线望去，那边的墙壁白得很，连个蜘蛛网都没有。

“那天权老师送进来的时候，可吓人了！”白薇薇的音量陡然加大，温言又被吓了一跳，不过最让她心寒的是她话里的内容。

“那天他怎么了，你说说。”

据白薇薇所说，权竟宁被送进医院来时，浑身是血，皮肤却白得吓人，那是因为失血过多。当时要不是及时送来医院，及时输血，他可能就救不回来了。

白薇薇继续说：“那天连老院长都出动了，好几个科一起会诊，上手术台的都是专家中的专家，我还没见过谁做手术，能有这么大阵仗呢。”

温言轻推她的头：“那是你的老师，再大阵仗都值得。”因为他是她的权竟宁。

只有经历过生死，人们才明白，曾经站在眼前的人是多么珍贵。

差一点，他就成了回忆，幸好……温言庆幸地想。

人生这么短、这么苦，要是连自己想吃的都吃不到、想爱的人都爱不着，那还有什么趣味?

只有痛痛快快地爱过，才不悔走人生这一趟吧，哪怕会跌倒、会痛。

她再也不想放开可以幸福的机会，她想要牵着他的手，一起走下去，终点最好是一辈子的尽头。

“不过啊，很可惜权老师的头没有受伤，微创手术都不用做，”白薇薇叹息，“害我都没法看到权老师的脑构造。”

温言被她的脑回路所震惊，骂道：“你以为他爱因斯坦呢，还脑构造！”

“不是啊，您想权老师被称作天才，难道您就不想知道天才的脑构造是什么样的吗？”

“爱因斯坦的大脑被解剖，到现在也没得到答案，就算被你看了，你现在能研究出什么来，还有，我可不敢被拿来跟爱因斯坦比较。”两人同时回头，只见权竟宁正往这边走来，走到温言跟前，拉起她的手。

“你是来看我的，还是来听八卦的？”权竟宁无奈地问道。

温言想想：“这两样，并不矛盾。”

“走吧。”温言被权竟宁拉着回房间，却恰好碰上从房里出来的权老爷子，童霖跟在他身后，看到两人相牵的手，又飞给她几个眼刀子。

权老爷子则没说话，只摇摇头，负手走出门。

白薇薇早已溜之大吉。

温言恍然大悟，待那两人走远，她才道：“怪不得白薇薇要拉着我说这说那，原来是有人在。”

权竟宁连忙给自己辩解：“是她自己跟着老爷子过来的。”

“那她现在有靠山，铁定更威风了。”

权竟宁将她圈在窗前：“是啊，那你怕不怕？”

温言不屑地哼了一声：“怕？我怕她有牙咬我吗？”

末了她挑起他的下巴，发现自己特别喜欢这个动作，笃定地道：“你是我的，谁也抢不走。”

权竟宁点头：“嗯，我是你的。”

温言摸摸他的头，笑：“我发现童医生智商有点着急，她过来跟我说你有多惨，让我放手，结果反而把你往我这边推了一把，现在她肯定后悔莫及。”

“所以你还是因为可怜我，才来找我？”

温言白他一眼：“还说你是天才呢，结果你跟童霖差不多。”

权竟宁“嗯”了一声，尾音上扬，口气很不悦，也有点玩味。

“她说的话也就起个推波助澜的作用，要是本来就无波无澜，她推又有什么用？”

温言说得很含蓄，权竟宁一开始还听不明白，领悟过来后，别过脸笑得开怀。

把她的话翻译过来就是：我本就对你图谋不轨，是童霖的话让我下定决心跟你在一起。

重点是：她对他有情，而不是勉强，不是可怜，更不是同情。

“跟你说那么久，我都快忘了。”温言拍开他的手，蹲到茶几前。

“我给你熬的山药排骨汤，以形补形。”

温言给他打开盖子，一股清润的香味扑鼻而来，一点也不油腻：“你可能得喝快点，我要回去了。”

“今天这么早？”权竟宁坐在沙发上，将她按到自己腿上。

“天气不好，我得早点回去。”

“那你自己小心点，最近你别过来了，我很快就能出院。”权竟宁先给她舀了一勺，递到她嘴边，温言张开嘴，喝了一口，“你自己喝，我刚才喝过了，里面就山药、胡萝卜。”

“我不喜欢吃胡萝卜，你帮我解决。”说着，他又给她舀了些肉和山药，把她的嘴巴塞得满满的。

里面的配料都被熬得又烂又软，轻轻一抿，很快就化在嘴里。

“对了，我听说丁浩坤的岳父的集团最近股价跌得很厉害，这算不算报应啊。”

“这件事对他们的影响只是一时的，撼动不了一个企业的根基。”权竟宁冷静理性地分析。

温言有点失望。

权竟宁却乐此不疲地自己喝一口汤，就给她喂一口菜，自己又喝一口，然后又给她喂一口，两人配合完美，很快就把汤解决了。

“饱了吗？”他问，喝了口清水。

温言摸了摸略鼓起来的肚子，点点头，然后就看到权竟宁的脸在自己眼前放大，直到唇舌相抵。

他的唇带着清水的清冽，她的却还带着浓郁的排骨香味，她觉得有些难为情，于是推了推他，可他丝毫没有在意，反而吻得更加深入。

两人亲热了半天，温言看了看时间，差不多该回去了。

秋冬天气，天干物燥，是火灾的高发期。

“这种天气最讨厌了，这几天火灾每天都有好几起。”

“你们要出警？”

温言摇头：“我们火警的时候通常是做支援，特勤那边才真的忙。”

权竟宁抿着唇，没有说话，其实他想说，可不知如何开口，也知道自己不该干涉她。

“那当作补偿，你给我擦身子。”

“你说反了吧。”

权竟宁挑眉：“你的意思是，要我给你擦？”

温言去捏他的脸：“臭流氓！”

然后两人又开始愉快的擦身子日常。

出院的那天，温言特地跟宋谦涵借了辆车，到医院接权竟宁。

权竟宁一出门，就只看到一辆路虎，路虎的底盘都很高，这一辆则尤其高。

副驾驶窗户徐徐落下，他看到戴着墨镜的温言，她抬起下巴：“帅哥，约吗？”

权竟宁无奈地笑，走过去坐上副驾驶，第一时间把她的墨镜取下：“很拉风？”

温言扁嘴：“你都不配合。”

“那你教我，我应该说什么？”

“你应该说，女的不行，男的才行。”说完，温言已自己笑倒在座位上。

“你是有多恶趣味？”权竟宁扶额。

温言恢复正经：“都是明馨儿的错。”

权竟宁看看车上的配置：“这车不错，哪里来的？”

“我问队长借的，我认识的人里面，就他的车最拉风，开来接你才有面子嘛。”

权竟宁的笑容转淡，她有时候很聪明，有时候又很迟钝，不过在别人面前，他还是宁愿她迟钝一点。

她的队长，他接触得不多，但他是个男人，更容易看清男人的想法。在有限的几次接触中，他感觉到。宋谦涵对温言绝不是没有男女之情的，宋谦涵藏得很深，但一到温言面前，便立刻显露无遗，明眼人都能看出他对温言的不同。

如今也可能只有这个傻丫头看不清了。

温言看他半晌不说话，问道：“怎么了？”

权竟宁回过神来：“没有，要是你喜欢这种，下次我可以换个一样的。”

温言觉得这男人，就喜欢在车上面纠结，他们不知道其实车也是讲究气质的，比如宋谦涵就适合粗犷、拉风的，比如路虎、吉普、越野之类的，要是你让他去开个小绵羊，那画面就很搞笑。

而权竟宁，则适合温和、家用型的，就比如奥迪、奔驰，要是让他开个林肯加长版，铁定分分钟出戏。

“你喜欢啊，反正车是你的。”温言耸耸肩，“我们现在回家？”

“不回。”权竟宁转头看她，温言觉得他像在怄气的小孩子，“去A大。”

“去A大做什么……”虽然满肚子疑惑，温言还是驱车向A大驶去。

时隔大半年，温言再次回到A大，既不是作为教官，也不是作为学生，纯粹是作为一个路人。

她没有名校情结，平时没事的时候，绝对不会踏进学校半步，更不会有那个觉悟，进来观光一下，瞻仰一下，祭奠自己没能考上名校的青春。

这一次来，自然是因为权竟宁，反正她有两天假期，也就随他了。

路上，她问权竟宁要去做什么，他说：“听一个讲座。”

她问：“谁的？”

“我的学生。”权竟宁抿唇笑笑。

温言捕捉到他的微表情，心道还挺傲娇，她又问男的女的。

“男的。”他的语气里带着无奈。

“你上次说的那个什么I……T什么的，我都没弄懂，去了还不是给人笑话，而且，我去了能有什么好处啊？”温言往左打方向盘，动作利落漂亮。

住院期间，她给他念漫画书，他也不甘落后，给她念医学论文，还是用英文念。

权竟宁的口音偏英音，发音中规中矩，念书时，他会特地压低嗓音，使得他的声音比平时多了几分温柔。尤其是他念到带“r”的音时，舌头转得干净利落，好听到爆。

每当这时，温言都会侧躺着，枕着手臂看他。

没有刻意的抑扬顿挫，没有特地的煽情渲染，只是平平静静地念着，那是她听过的最好听的“睡前故事”。

那个“I……T”就是当时她好不容易记下来的两个字母。

“不用你做什么，只要你乖乖待在我身边就好。”权竟宁又想了想，补充道，“结束后，我带你去吃好吃的。”

温言的手指在方向盘上欢快地舞动：“那还差不多。”

两人去到会场，门口有人在排着队。

权竟宁牵着她的手，静静地排在队伍中，来参加讲座的，都是些高知识分子，自动自觉地排着队，一点也没有推搡，整个过程非常秩序井然。

轮到他们的时候，门口的工作人员做了个很尊敬的手势，请他进去。

温言看到别人似乎都需要出示证件，好奇地问：“怎么他们要看证件，你却不用啊？”

男人淡淡地丢给她两个字：“刷脸。”

这果然还是个看脸的社会，温言无语问苍天。

工作人员见到他来，就上前问询：“权老师，这位是……”话是对着他说的，眼睛却在温言身上。

废话，手都牵上了，还用问吗？温言腹诽道。

权竟宁沉思半晌，后道：“这是家属。”

于是，温言就在众人的注目礼下，进了会场。

这个讲座，与其说是讲座，还不如说是一个宴会，会场里除了一个正中央的舞台，台下摆满了可以容纳十数人的大圆桌，桌上还有鲜花、糖果、饮料，他们就坐的那桌还有名片卡。

温言不禁想到，只是他的学生，排场就这么大，要是他本人开讲座，那得是什么派头啊？

心里骄傲的同时，温言又感到一阵汗颜。

骄傲的是，他那么优秀，汗颜的是，她对不起他，让他找了个医学白痴。

尤其是他跟周围的人笑谈时，可以很轻易地说出一堆专业名词，有些则是她上辈子都没听过的，就更别提他能说一口流利的英文了。

她突然觉得，他其实离自己很远。

这种念头只是一瞬间，她不会让负面的想法停留在自己脑中太久。

最后，温言无聊地盯着桌上的糖果发呆，看着光滑的糖纸反射出七彩的光，然后联想到某些物理现象。

她又试着盯着他摆在桌上的手，他说话的时候，习惯用食指敲着桌面，她就数着他一共敲了多少下，一下、两下、三下……

权竟宁看上去是在专心地跟人家聊天，余光里却无时无刻不在关注着身侧的她，看到她定在那里一动不动，就知道她肯定是无聊坏了。

等同事离开，他环视一周，将桌上的姓名卡带上，拉着她离开了那一桌，寻到一处靠角落的座位坐下来。

还有很多人想过来跟他攀谈，其中一大半的人对温言有着莫大的兴趣。

可看到他们匆匆往角落去，他们都很知情知趣地没有再去打扰。

“这里这么靠边，待会儿怎么听得清楚？”温言拉长脖子，望了望身后的台子。

“反正你也听不懂。”权竟宁给她倒了杯橙汁。

温言听出他话里满满的鄙视，可是又不能反驳，接过他递来的果汁：“但你可以给我解释啊，勤能补拙是良训。”

权竟宁还想开口，却被一个声音截住了。

“唉，累死老子了，都说读研就是为了给导师做苦力，真是前辈诚不欺我也——”

“我这身膘，是多看一眼是一眼啰……”

张超正半葛优瘫地瘫坐在座位上，骤然看到对面的权竟宁，脸都吓绿了，像屁股装了弹簧似的，立马弹起鞠躬：“权老师好！师母好！”

这一声师母，让整个场子都抖了抖，半个场子的人都看向这边。温言虎躯一震，干笑着点头。

“张超。”权竟宁幽幽看向他，张超立马应声，不敢有半秒迟疑，“是！”

“你师母她不怎么听得懂医学讲座，待会儿你就坐在旁边，负责给她讲懂了，结束后我会抽查。”说完，男人剥开一颗糖，递给温言，气定神闲的样子，就像他手上拿着的不是果糖，而是上古名琴，抑或是他方才作就的一幅山水画。

温言：“……”她有种躺着也中枪的感觉。

张超：“……”

整场讲座下来，张超都在她旁边叨叨叨，温言本来只想走个过场，但也是可怜他，只好聚精会神地从头听到尾，有些地方听不懂的，甚至还拿起笔记本来，做起笔记。

而对于张超，这种痛苦无疑是加倍的。

发表讲座的主角是他的师兄，他怎么可能不提前熟读前辈的论文。

但事实是，能得奖的论文，岂是他们能轻易读懂的，他作为松潭医学院公认的高才生，也不过是看懂了四分之三。

所以在给温言解释的时候，他有四分之三是自己的理解，剩下的四分之一时间，要么就是在瞎掰，要么就是两人大眼瞪小眼。

权竟宁看到她笔记本上的涂鸦，不禁莞尔，这姑娘，真是……认真得有点可爱。

在张超快要绝望的时候，台上终于结束了讲解，转而到了提问环节，他抹了一把汗，靠在椅子上的脊背都是软的。

权竟宁本来只是想给他一个提醒，也不是说他不喜欢学生说他什么，而是张超显然没有理解自己让其帮忙准备这个讲座的目的。

张超是想让他能够通过这次讲座，跟业界的前辈接触学习，这比做一场手术能让人获益良多。

既然张超不领情，他只好用更粗暴的方法来让对方明白了。

但是看温言听得这么辛苦，若他不意思意思提问几句，似乎也对不起她的付出。

于是他拿过她的笔记本，上面尽是龙飞凤舞的大字，权竟宁一时哑然。良久，指着其中一堆曲线问，“这是什么？”

温言不假思索地道：“脑回路啊。”

权竟宁神情痛苦地端详了半天，终于下了个结论：“感觉……你画出了个低能儿。”

温言心道，那不就是俗话说的智力障碍。

她抗议道：“我能画出来已经不容易了，不要对我要求这么高。”

“那你说说，他刚才所说的主要内容是什么？”

温言拿着笔记本翻了半天，却悲催地发现自己还是一点印象都没有：“我……忘了。”

“所以你记笔记是为了……”

“为了让你认清一个事实，那就是我努力听了，可还是听不懂。”

“……”权竟宁彻底被气笑了。

张超在旁边瑟瑟发抖，身子尽量往温言身后躲，减低存在感，心里默念着：“师母威武，师母必胜！”

台上回答完两个专业性问题，接着就有人问到了演说者的私人问题“我们都知道你的老师也是业界内有名的神经外科专家，所以我们都非常羡慕你的机遇和能力，当然，也非常希望能成为你的直系师弟师妹，那么你觉得他带给你的最深远的影响是什么呢？”

提问者说完，并没有坐下来，而是站着，望向了他们这边。

“我一直希望，我能像我的老师一样，成为一名无国界医生。当年他已经可以说是功成名就，但他毅然决然地放弃国内既有的事业，选择奔赴只有黄沙大漠的非洲，去跟埃博拉、艾滋做抗争，那里的艰苦条件是我们无法想象的。他做医生，从来不是为了名，更不是为了利，有的只是胸腔中一股热血，他觉得非洲人民需要他，所以他去了，将热血洒完才回来。所以很多时候，我都会问自己，为什么会选择当医生，或许是当年分数线刚好过线了，不选这个专业似乎有点浪费，或许是觉得白衣天使很帅，但从没想过他们为什么帅，又或许是觉得这个职业体面，说出来有面子……但遇到他之后，我就明白了，当医生最开始要有一颗仁心，一颗想要治病救人的心，无论你身在何处，无论你遇到的是什么人，只要你是医生，救人就是你唯一的使命。”

话音一落，台下响起轰鸣的掌声。温言也被他说得心潮澎湃，跟着鼓掌，权竟宁却久久没有动作，只是看着台上，不知道透过谁在看谁。

两人走到校外的广东菜馆。

温言是想着顺路看看小由，上次的意外之后她还没有来看望过他，跟菜馆老板的接触都是电话联系，至于原因，她压根不想再提。

想到这里，温言挣脱男人的手，面对老板娘时，又换上友善的笑容。

权竟宁不知所以，只无奈地笑。

小由听到两人过来，在楼上喊着要下楼，温言看他圆滚滚的身子，像是要从楼梯上滚下来，当即为他抹了把冷汗。

权竟宁抢在她之前上楼将孩子抱下来。

“权叔叔……”小由抱着权竟宁的脖子，胖乎乎的小手相互扣着，看到温言时，声音变得弱弱的，“温言姐姐……”

看着这一大一小，大的帅气，小的可爱，两个人的头挨在一起，画面有爱又温馨，温言的心霎时软成了一摊水。

她也顾不上生气了，转而去逗小孩：“哎，小四真乖。”

小由觉得这个怪阿姨还是那么笨，都说了多少遍他叫小由了：“我叫小由……”经过半年，小由说话顺溜多了，可还是有点怯怯的。

“你不是四岁了嘛，我不喊你小四，难道喊你小三哪？”

“我五岁了。”

“那我喊你小五好了，小五长大了，可不许再尿床了。”

“我没有尿床……”

温言逗他逗得不亦乐乎，权竟宁看着俩人，心上突然涌起一种久违的幸福感觉。

他一直以为，幸福这两个字已经离他很远了，是她，让他重新拥有幸福的资格。

温言想带小由出去吃东西，老板娘也很乐意：“我在煲凉茶呢，喝了再去吧，不然那些东西吃多会上火。”

温言在北方长大，自然没有喝凉茶的习惯，看向权竟宁。

权竟宁解释道：“老板一家是广东人，习惯隔段时间就喝凉茶，你也喝了再去吧，就当喝中药，也没坏处。”

其实温言一听中药这俩字就头皮发麻，只是想着不能在小朋友面前丢脸，就违心地答应。

不一会儿，三大碗黑漆漆的液体端上来，权竟宁哄小朋友：“我数一二三，看谁喝得快。”

三字话音刚落，小由就捧着自己的碗，埋头喝着。

温言喝了两口就觉得嘴里发苦发酸，想吐，权竟宁见状，越过小由的头顶，悄声对她说：“你再喝两口，剩下的我来。”

温言环顾一周，老板娘忙去了，她顿时觉得忒不好意思：“喝多了会不会不好？”

权竟宁：“不会。”

最后，温言一鼓作气，将其全部喝完。

她抬起头来，正准备打嗝，脑袋猝不及防被扭到侧面，男人在她唇上嘬了一下。

看到她呆愣的表情，权竟宁满意地笑了：“真乖。”

下午还不是小吃街最热闹的时候，但街上还是人潮汹涌。里面大多是不用上课的大学生情侣，一对一对的，都手牵着手，搭着肩。到了冬天，大家都穿得多，远看一团一团的，给这小长街增添了许多温暖气息。

小由个子太矮，以免他被淹没，权竟宁全程将他抱着，温言想抢过来好几次都被他拒绝。

温言气得想掐他："你的肩膀又还没好，逞什么能？"

"我不仅能抱他，我还能抱起你，你信不信？"

温言一字一顿地道："不、信！"可还是没能抢过他。

他们一开始看到的便是炒酸奶。

将酸奶倒到炒冰机表面，用铲子炒了又切，切完又炒，不停地重复，温言和小由却看得津津有味。

师傅问他们想加什么配料，两个人把能加的都说了一遍：草莓、榛子、提子干……

师傅最后将酸奶完全摊平，铲子一铲，薄薄的一层酸奶卷成一卷，然后被整齐地排列到纸杯里。

"好香啊……"小由稚嫩的童音响起。

温言话不多说，先尝了一口，享受地眯起了眼睛。

"好吃吗？"权竟宁微笑着问道。

"好吃，"温言忙不迭点头，又叉起一块，"你也来一口？"

权竟宁摇头，"我不吃甜食。"然后他点点专心吃东西的小由的鼻尖，"吃多了小心牙里长小虫子。"

小由惊恐万分地看着他，温言"扑哧"一笑："傻孩子，他骗你呢！"

看到快要融化的酸奶，她着急地跺脚："你快点，都融了！"

权竟宁这才向着她弯下腰来，嘴角噙笑，温言怕他还像刚才那样，连忙抿着唇。

权竟宁失笑，微微颔首，将那酸奶含在嘴里。

"告诉我，你是不是又想歪了？"

温言装作没听见，埋头狂吃。

又走了几个摊子，他们终于找到了一家可以坐下来吃的烧烤店。

把小由放到地上，权竟宁发出了一声长叹，温言嘴里说他："真是死要面子活受罪，知道累了吧，伤口才拆线多久……"

权竟宁将一颗棒棒糖剥开，塞到她嘴里："没那么严重。"

"你干吗喂我吃棒棒糖，我还得吃烧烤呢！"温言有点跳脚。

这烧烤摊的招牌是烤肥肠，肠子还在烤的时候，温言和小由坐在座位上，听着那“嗞嗞嗞”的声音，早就垂涎欲滴。

一大一小伸长脖子去张望。

权竟宁难以理解为什么她总喜欢吃这种东西，油盐重，加工过程、场地又不卫生。

他想阻止，却又怕扫她的兴，最后他只得问老板：“请问这里可以提供柠檬水吗？”

老板丈二和尚摸不着头脑：“没有的。”

就连温言都没猜到他的意图。

权竟宁早知会这样，干脆给老板两张百元钞票：“可以麻烦你到附近超市买几个柠檬吗，买回来之后切成片，用开水浸泡，这是给你的酬劳。”

老板觉得这人还挺婆妈，但两百块买两个柠檬，他就跑个腿，这单生意稳赚不赔，于是很爽快地答应了。

“你要泡柠檬水做什么？”

“我怕你们吃太多，待会儿消化不良。”

温言无力地趴在桌子上：“就你们医生爱啰唆。”

权竟宁斜睨她一眼：“你忘了上次了？”

温言吐吐舌头，没好意思再说。

老板回来，按照权竟宁的叮嘱泡了柠檬水。

看着两人喝完，权竟宁才允许他们动手解决烧烤。

温言很能吃辣，但在放辣椒酱之前，总是很会照顾权竟宁的心情，问他要不要吃，看他说不要或者吃了一口就不吃之后，才往上面猛倒辣椒酱和胡椒粉。

看她放的量，权竟宁感到一阵头皮发麻。

温言自己吃着，也不忘给小由擦嘴，小孩子的吃相都不怎么好。

突然，权竟宁指着她手上的烤肠，说道：“我要吃这个。”

温言递到他跟前，权竟宁优雅地咧开嘴，咬下一口，温言还以为他像刚才那样，吃完一口就不吃了，又打算加辣椒粉，被权竟宁制住。

她看他，听到他说：“我不吃辣。”

“那你吃其他的就好啦。”

男人挑眉：“我肩膀疼，就想吃你手上的。”

温言心道活该，可也忍着，不再吃辣，自己吃一口，然后递给他吃一口。

小由看到两人来来去去的，扭着手指，腼腆地道："温言姐姐，我也想……你喂我……"

权竟宁将他的小脑袋扭过来："温言姐姐只能喂权叔叔一个人。"

"哦。"小由只好失望地低下头。

临近傍晚，越来越多的人拥进小吃街，三人也吃得差不多了，于是决定返回。

吃饱了的小由趴在温言的肩膀上睡着，把他送回菜馆去时，菜馆正值夜市，老板和老板娘都忙得踢脚。

他们就帮忙将孩子送到三楼，安顿好，下楼时恰好遇到陈平，他似乎正赶着去送外卖。

看到两人，陈平有些惊喜，连忙将电动车放好，去跟他们打招呼："权医生、温小姐。"他手贴着裤侧，样子有些局促。

权竟宁颔首："你去忙吧，我们正好要走。"

"哎。"陈平点头，右手把着不长的头发。

温言看到他的六指，心里还是不怎么舒服，可已经不再怪他，主动问道："陈老太太身体还好吗？"

"挺好，没病没痛，身子骨很硬朗。"陈平没想到她竟然还想着自己老母，心里很激动。

"权医生，政府说补偿金就要下来了，到时候我先把钱还你。"前两个月，郊区的地被政府征收，陈平家也在征收范围内，要是成功，他们能得到挺不错的补偿。

他一直记着要还权竟宁钱。

"不急，你们先找好地方安顿，有结余了再还也不迟。"

"哎好，谢谢权医生，真的谢谢……"陈平想上前握他的手，可又胆怯，最后权竟宁主动上前，轻拍拍他的肩。

陈平受到了极大的震撼，离开之前，还不停地往他们俩的方向看。

回去的路上，温言感慨道："他现在可把你当再生父母了。当医生可真不容易，不仅要管救命，还得把他的后半生都管了。"

权竟宁只道："一个好医生不仅要救命，最重要的是救心。"

温言立马做出崇拜的表情："权医生，我发现自己对你的痴迷又上了一个层次。”

权竟宁清清嗓子，淡淡地道：“专心开车。”嘴角却在疯狂上扬。

在那之后，温言就去了集训。

晚上，温言会跟权竟宁聊电话，通常都在她熄灯之前，权竟宁一般都还在写病历。

她躺在床上跷着二郎腿，他则坐在桌边奋笔疾书。

这天他们谈到情侣约会的问题。

“不知道别的情侣约会都会干什么。”温言这样问道。

“我也不知道。”

“你不是谈过恋爱嘛。”

“你这样问，让我很心虚。”

温言想到一出是一出，忽然想起今天的重要事情，从床上一骨碌坐起来：“权医生，我告诉你哦。”

“嗯。”权竟宁耐心应着。

“今天小言去了我们中队，认了侯爷做干爹，小言的爸爸还说，从此小言就是侯爷的儿子，让小言把他当亲生父亲奉养。听说当时好几个大老爷们儿都感动得哭了。”

权竟宁写字的手停下：“那你呢，你哭了吗？”

温言摇头：“我当然没有。”

“嘴硬。”男人不信。

“我说了没有，我们认识这么久，你见我哭过几次啊？”温言气急反问。

权竟宁竟然开始认真计算：“让我算算，吴教官受伤，第一次，我受伤，第二次，还有后来的三次、四次……”

温言被他的认真劲气得哭笑不得：“你还真数。”

“你看你哭那么多，可惜，你第一次竟然是为别的男人哭。”那天也就是因为她，他才第一次尝试重新执刀。

原来从很早开始，她对他的影响已经那么大。

温言“哼”了一声，故意气他：“也不知道是谁当时把我推得远远的，我当然得为自己谋后路。”

权竟宁叹了口气，“我错了。”沉默一会儿后，他又道，“温言，以后能不能别翻旧账了，你每翻一次，我就后悔一次。”

温言被他说得也有些愧疚，既然两人都在一起了，那以前的事就没什么意义了。

“那……不翻就不翻。”她顿了顿，“好了，你别工作得太晚，早点休息。”

“嗯，你先睡，我听着。”

温言难得有点扭捏：“电话费很贵……”

“没关系，反正是医院的钱。”权竟宁又翻过一页纸，看样子是不会主动挂电话的，“听话。”

温言依言躺下：“我会磨牙……”

权竟宁失笑：“我不嫌弃。”

温言又把手机放到床头，把被子拉到胸前，对着话筒低声道：“晚安。”

权竟宁在对面也道了声晚安，一边听着她的动静，一边工作，直到有磨牙声响起，他又执起话筒，凝神听了半晌才挂掉电话。

为期一周的集训结束，一众队员乘车先回中队，然后该放假的放假，该值班的值班。

温言则是该放假的那个。

“你要去哪儿？”温言正在收拾装备，宋谦涵突然过来问她。

“回家啊。”

“等一下我也要出去，顺道送你。”宋谦涵抿唇。

温言受宠若惊，调笑道：“哟，队长，你今天转性了？”

“要走不走，废话那么多。”

“走走走，顺风车不坐白不坐嘛。”

在车上，温言如期收到权竟宁的短信，她知道他在上班，本来也不打算打扰他，自己先回家，整理好了之后才去医院。

但权竟宁比她想象中还要对她上心，短信几乎是掐着点进来的。

“回家了？”

“在回家的路上”

“怎么不让我去接你？”

“你不是要上班，我完全可以自己回去，而且，今天有顺风车。”

对面的权竟宁拧起眉头：“谁的顺风车？”

“队长啊”

温言跟权竟宁愉快地交流着，偶然抬头，发现这根本不是到自己家的路。

“队长，这不是到我家的路啊。”

宋谦涵淡定地回答：“你以为顺风车这么好搭？先陪我去个地方。”

她就知道，这人没那么好心。

都是她大意，一时忘记上次被他骗着写检讨的教训！

温言暗暗磨牙：“队长，下次你能不能稍微提前说，那万一我有事呢？”

“你能有什么事？”

温言决定闭嘴。

两人最后到达一家咖啡厅。

那是一家很有情调的咖啡厅，播着舒缓的钢琴曲，灯光柔和，人们或低声交谈，或对着自己的笔记本闲闲打字。

温言皱着眉头打量着里面的环境。

临进门前，宋谦涵才问她：“等一下，你能不能……假装一下是我的女朋友？”

温言双眼瞪得大大的，捂着自己的胸口，义正词严地反问：“队长，我可是有男朋友的，你觉得这样真的合适吗？”

“我知道。”宋谦涵垂下眼，“不过事急从权，我一时找不到别人，就只能拜托你了。以后你有什么要求我都答应你。”

“真的？”温言狐疑地看他，脑海里已经在想她能提什么要求。

宋谦涵笑笑：“只要我能做到。”

其实，不过是假装而已，她也没什么损失，相反，她对他还是有点同情的，毕竟她也是过来人。

被父母逼着相亲的感觉真的不好受。

“好了，我懂你的感受。不过我只负责坐在一边，剩下的你自己应付。”

宋谦涵蓦地笑了，温言还是第一次看他笑得这么开怀。

原来颜值高的男人眼里真的有星星啊，尤其是笑起来的时候。

谈好之后，宋谦涵跟温言前后脚进门。

对方一看就知道是个淑女，雪纺连衣裙，及腰长发，而且模样也长得不错，举止有礼，哪怕是看到相亲对象带着女人过来，依然十分淡定。

哪哪儿都挺顺眼的。温言暗暗评价道。

然而宋谦涵不是这样想的。

宋谦涵的眼神在对方身上只停留了一秒，发现自己看她，是怎么看怎么不顺眼。

比如，头发太长，脸型不适合短发，剪短了也不会好看；身高不够，而且太瘦，没有力量感；说话声音像蚊子叫似的，要是真的和这样的人过日子，非得把他逼疯不可；虽然是女孩，可未免也太安静了，一点也不活泼……

其实宋谦涵是想速战速决，但温言就在自己身边，他舍不得。

他知道这是自欺欺人，但他还是想这段时光过得慢些，再慢些。

宋谦涵漫不经心地回答着对方的问题，余光里始终留意着身边的温言。

温言则趁着两人交谈，拿出手机来看，发现权竟宁新发来的一条短信，刚刚自己顾着和宋谦涵说话，还没来得及看。

“我交班了，现在回家。”

温言看看时间，这条短信已经是半个小时前的了，他应该快回到家了吧。

差不多有两个星期没见，其间也没有短信电话什么的，她发现自己想他想得不行，恨不得立马就能回家见到他。

她看了宋谦涵一眼，只见他跟对方相谈甚欢，虽然态度冷冷的，可聊得不是挺好的嘛。

她这样想，于是扯扯宋谦涵的衣角，对对方笑笑，低声对男人道：“我觉得你对她挺满意的啊。”

“你这样觉得？”男人挑眉。

“啊。”温言给出肯定回答，“既然这样，那就没我什么事了吧，我想先走了。”

“等一下。”宋谦涵突然握住她的手腕。

“你干吗？”

她想挣脱，可男人已经把两人紧紧相扣的手放到桌面上，桌子连同上面的杯子调羹，相互碰撞发出“当啷”的声音，有些人好奇地往这边看过来。

相亲女孩诧异地看向宋谦涵，在她提问之前，男人肃然道：“对不起，刚才忘了介绍，这位是我的女朋友，温言。”

在温言把他的手甩开之前，他凑到她耳边，极快地说道：“是你答应要帮我的。”

温言最终妥协。

女孩淡定的表情崩裂："我以为，你们只是同事。"

"那现在你知道了，我们不仅仅是同事。"

女孩突然笑了，像是不相信自己会输给温言，"可是，她只是一个消防员啊？"

宋谦涵语气降到零点："这位小姐怕不是忘了，我也只是个消防员，既然您这么看不起消防员，那一开始又何必委屈自己来赴约？"

女人的脸变得铁青，她当然知道他是消防员，但他又不是普通的消防员，她知道他家的背景，不然也不会陪他在这里耗时间。

良久，女人拿起自己的包，站起来："既然如此，我们也没有什么好说的了，我先走了。"说完，转身离开。

温言看着她离开，很快就挣脱了宋谦涵的手，宋谦涵却一把将她抱住，她下一秒就想把他推开，耳边却传来他恳求的话语："她回头了。就一会儿。"

然而，女人推开门后就昂首离开，哪里有回头的人。

他嫌弃刚才的女人太瘦，可事实上，自己怀里的人也没有胖到哪里去。

他轻轻一环就能抱个满怀，足以勾起他的所有怜惜和心疼。

喜欢和不喜欢，区别一目了然。

他贪婪地吸着她的气息，手里的力度不敢加大，也不舍得轻易放下。

他小心翼翼，如履薄冰，害怕抱得紧了，会惹她嫌恶，可是他总觉得怎么抱都不够，只希望能再抱久一点。

他突然无比后悔，如果他能再早一点，再勇敢一点，现在的他们会不会就不一样了？

如今她终究不属于自己，抓得太紧，只会让她离自己更远。

他终归是要放手的，这个拥抱，就当是他唯一一次放肆，也是最后一次。

宋谦涵按照约定把温言送到家，可是他没想到，权竟宁竟然在楼下等着。

温言像只快乐的小鸟向权竟宁跑过去，只是碍于他在场，才忍住没有对权竟宁做些什么。

权竟宁看到宋谦涵，眼神瞬间就沉了下来，只是面上没有任何表现。

他把温言拉到身后，以宣示主权的姿态说道："这次麻烦宋队长了，我刚才在值班，没能及时去接温言，说起来，是我这个男朋友失职了。"

宋谦涵心酸地扯扯嘴角："没关系，我也只是顺道。没什么事，那我先走了。"

直到宋谦涵的车离开，温言都抱着双臂，直勾勾地盯着权竟宁看。

权竟宁被她看得发怵："怎么还不上楼？"

"权竟宁……你是不是吃醋了？"

权竟宁眉峰一挑："是又怎么样？"

"你吃哪门子醋啊，他是我的队长啊，你又不是第一天认识。"

"就是因为认识……"权竟宁没有把话说完，转身上楼。

"喂你什么意思，说清楚！"温言追上去，抓住他的肩膀，"噌噌噌"地扒到他的背上。

权竟宁连忙双手托住她的大腿，然后淡定地去按电梯，笑容里带着无限的宠溺："你也不怕摔了。"

等到电梯门关上，她在他耳边轻轻地道："我好想你啊。"

权竟宁默了一会儿，才侧过头："温言。"

"嗯？"

"你们有几天假期？"

"四天，怎么了？"

"我们去度假吧。"

"就我们俩？"

权竟宁想了下："可以就我们俩。"

"好啊。"温言爽快地点头，眯着眼睛笑得开怀。

这次度假由松谭医院负责，地点是沿海地区的一个小镇。

一月的天气开始急剧降温，但南方的海边地区是个例外，这里即使时间是冬天，却仍然是夏天的温度，海风带着湿气和暖意，让人感到十分凉爽舒适。

今天注定是出游的好日子，晴空万里，阳光灿烂而不炙热。

酒店只是四星级，没有多豪华的装潢，甚至连大厅也只有一两个前台在做接待工作。

但对于这些每天二十四小时轮轴转，神经时常高度紧绷的医生来说，亲近大自然无疑是放松的好方式。

从这一点来看，这次的度假，医院是用了心的。

酒店大厅站着几十号人，轻易就把空间给挤得满满当当的，前台正在进行身份核对，然后分配房间钥匙。

温言这天穿得十分休闲，T 恤加短裤，一双笔直的腿白皙而纤细。

周围有好些医生护士没见过她，一时忍不住窃窃私语。

还有好几个陌生男人双眼放光，心道哪里来的大美女，皆搓着手跃跃欲试，打算跟美人来一段海滨邂逅。

同样，在场肖想权竟宁的也不少，只是没有男人们表现得那么明显，大多在捂住嘴巴哧哧地笑，时不时往人身上瞄个一两眼。

温言始终悠闲地站在权竟宁身前，一双眼睛滴溜着，打量这次同行的人们：林深、童霖、程宇、神外的护士，这些是她认识的，其他的她没见过，更别谈认识了。

医院说这次度假可以带家属，所以除了她可以作为权竟宁的家属来参加，也有不少人是成双成对的，比如程宇和他夫人。

“温教官，还记得我吗？”程宇上前搭话，笑容灿烂。

他看起来比权竟宁大许多，可好像自己每次见到他，他都十分欢脱，像个老顽童。

温言笑笑：“当然记得，程宇，程医生嘛。”

“对对对，记性真好。”他右手揽着他的太太，介绍道，“我来介绍一下，这位是我的太太，苏聘。这位是权竟宁的女朋友，温言。”

温言和苏聘都温和地笑着，点头算打招呼。

“你好，我经常听程宇说到你，他说你可是竟宁的心头宝哟。”

一上来就这么直白，哪怕是自诩厚脸皮的温言，也禁不住这样的调侃，脸颊“唰”地红了，低着头，愣是不敢往身边的男人身上看。

温言没有回应，苏聘就自个儿在那里说。

程宇和权竟宁交好，两人时不时约着去打球喝酒，胡聊海侃，有时候她也会参与其中，加上程宇的大喇叭，她也就知道了不少关于温言的事。

温言的头越埋越低。

权竟宁失笑半天，无奈地上前将人护在自己怀里。

在她面前，他可以不要脸不要皮，想说什么说什么，可被人当着面调侃，他也有点受不住了。

“师姐，差不多就得了。”

“喂，我可是在帮你。不然指望从你们嘴里听到半句甜言蜜语啊？那可比登天还难。一个个的，都是大直男。”

“谢谢你的好意，不过甜言蜜语就留给我自个儿私下说吧。”

程宇又插话道：“说真的，我这个师弟当年在医学院可是抢手货啊，多少女孩子每天帮他打热水买早餐，可是他全都不为所动，我们差点就以为他要当一辈子的和尚了。”

苏聘夫唱妇随：“就是，这下总算有人把你收了。权院长再也不用担心自己的孙子娶不上媳妇儿了。”说完自己哈哈大笑。

权竟宁扶额：“你们真是越发有默契了。”

程宇苦口婆心地劝道：“以我的经验来看，你最好趁早把自己的黑历史交代了，否则女人以后翻起旧账来可是不会手下留情的。

苏聘阴恻恻地问道：“我怎么觉着你是在说我呢？我什么时候跟你翻过旧账了？”

程宇做投降状：“老婆大人我错了，我哪敢指桑骂槐啊。”

“那你的意思是说，你还跟别的女人谈过？”苏聘就要上前拧程宇的耳朵，两人开始追逐起来。

敌方内讧，权竟宁把温言带离现场。

温言看着两人打打闹闹的，心情轻松多了。

这两人虽然表面在吵架，可从他们的互动来看，这对夫妻很恩爱。

她低头，悄悄对权竟宁说：“这是你师姐啊？”

权竟宁点头：“其实说不上是师姐，我们是同届的，但我比他们小很多。”

温言摇头，啧啧道：“人家可比你活泼多了，不像你，远远都能闻到你生人勿近的气息。”

权竟宁扶着下巴：“我觉得我对你挺热情的。”

“权医生，我想你对‘热情’这两个字，是不是有什么误会？”

权竟宁笑而不语。

他想：别人他管不着，只要她在他面前，他的心就永远硬不起来。

或许，这世上真的存在那么一个人，只有她能让你的心变得柔软。

温言和权竟宁被分在同一个房间，拿到房卡的那一刹那，温言仿佛听到无数心碎的声音。

就在两人准备把行李拿到房间，门外突然闯进来一个女人。

“等一下——”

对方戴着墨镜，拎着小行李箱，大步冲到温言和权竟宁面前。

两人这才看清这人是谁——沈烨。

权竟宁首先发问："你怎么在这？"

沈烨支支吾吾半天："我……我也来旅游啊？"

温言也问道："你一个人？"

沈烨取下墨镜，露出一双大眼睛，点头表示肯定："啊。"

"这也太巧了吧。"温言感到既惊喜，又疑惑。

她还以为这海边小镇名不见经传，难不成这是个低调的旅游胜地？

温言不知道的，权竟宁可清楚得很，看了眼不远处静静站着的林深，心里叹了口气。

沈烨看着林深的背影，也觉得自己有点冲动，不禁有些懊恼。

她听见他们医院组织度假，知道林深也会去，到时候男男女女的，可不正是培养感情的好时机嘛，她怎么可能袖手旁观。

于是一时脑热，她就收拾包袱连夜赶过来了。

可是呢，她风尘仆仆地赶过来，那个男人可曾正眼看她一眼？

上次她示好，被宋谦涵一搅和，搞砸了，后来她再怎么解释，林深就死活不听。

他只问了她一句话："如果你要和我在一起，那权竟宁呢？"

当时她没有回答，因为她也不知道该如何回答。

当年他们会分开，权竟宁奶奶的事情是导火索。她始终不赞同他当时的态度，而他也始终没有解释，在权奶奶的丧礼结束后，他直接去了美国。没有说再见，也没有说分手。

而她等他的解释，等了三年。

或许这就是男人和女人对待感情的不同。

男人把爱情当点缀，女人却把爱情当生命。

或许，他真的是放下了吧，这么多年过去了，也许人家早就忘记过去向前看了，指不定在她不知道的时候，人家就已经谈过女朋友了，有现任也说不定。

而她，不过是个过去式。沈烨自嘲地想。

看见林深跟一个女的说说笑笑，离开大厅，沈烨的情绪更加低落了。

权竟宁跟前台说完话，回过头来跟她说："前台说没有房间了，现在你怎么办？”

沈烨握着拉杆的手紧了紧：“那我还是回去好了。”

权竟宁似乎没想到她就这样放弃了，恨铁不成钢地说了句：“没出息。”

沈烨抬眼看他，眼睛红红的，温言用手肘戳向他的胸膛：“说什么呢？”转而安慰沈烨道：“他今天出门没吃药，呵呵。”

权竟宁摸摸温言的发顶，对沈烨说道：“沈烨，我不怪他了，真的。”

沈烨身子猛地一颤，根本没想到他会突然说出这句话：“你……可是我……”

“想做什么就去做，不用顾忌我。”

沈烨许久才从震惊中回过神来，露出一个大大的笑容，差点就要上前去拥抱权竟宁：“啊！权竟宁——”想了想又不太合适，人家正牌女友在场呢，于是她转而去拥抱温言，“啊！温言，温言——”

整个大厅里回荡着少女几近疯狂的尖叫声。

这个过程里，温言始终一头雾水。

权竟宁也看不过去了，拎着沈烨的衣领把她揪开：“抱够了就自己去找酒店，除非你今晚想睡马路。”

“对哦。”沈烨才想起来，拉着行李箱就往门外走，走到半路，又突然折返。

“权医生，你看在我们多年友谊的分上，能不能……”

沈烨话还未说完，就被权竟宁斩钉截铁地拒绝：“不行！”

“我还没说完……”

“说完了也还是不行，你想都不要想。”她无非想留在这里，要么跟他们同一间房，要么想让他另外找酒店住，她和温言一间房。要是他还猜不到她的意图，那他们这十几年朋友还真是白做了。

沈烨大脑快速运转，现在权竟宁的软肋只有温言，于是她决定从温言身上下手。

她把权竟宁叫到一边，片刻后，温言看到权竟宁把房卡交给了沈烨，然后拉着自己往外走。

这什么情况？

“你们说什么了？”

权竟宁走到路边拦出租车，然后凑到她耳边，低声对她说：“她倒是押对宝了，我只想跟你过二人世界。”

权竟宁几乎是埋在她的颈窝里，温热的气息喷打在她的耳边，温言的脸又红了。

“你想干吗？”

“到了你就知道了。”

温言看着他嘴角的笑意，越发觉得这人动机不纯。

这坑爹的沈烨！

权竟宁自然不会轻易对温言做什么，只是采纳了沈烨的意见，另外找了间民宿，跟温言过上了二人世界。

沈烨订的民宿位于海边的一个小渔村，离酒店所处的镇子中心不远，但几公里的路程，沿路的景色却是天差地别。

如果说镇上还有点现代城镇的气息，那么这儿完全就是原生态的渔村风貌了。

阳光，海滩，碧天澄海，冷暖色调完美配合，热烈而不失平和，灿烂而不失淡泊。

海岸边停靠着几艘渔船，连成一片，海浪此起彼伏，渔船便随波摇晃，那细微的动作，却让人看出海浪的几分温柔与对船只的疼惜。

两人租住的民宿就在海滩旁边，单薄的两层楼房伫立在海风中，带了些渺远之感。

办好入住手续，来到一间大床房，温言迫不及待地换上了自己带过来的人字拖，把自己甩到床上。

“我们就这样脱离大队真的可以吗？”

权竟宁开好空调，到洗手间洗了个手出来：“我们又不是小学生，难不成还怕我们会走丢？”

他坐在床沿，冰凉的手钻进温言的衣领，温言立刻打了个冷战，用警告的语气道：“做什么呢？”

男人若无其事地把手拿出来：“浑身是汗，快去洗澡。”

温言抬手闻了闻自己身上，确实有一股汗味：“那你呢？”

权竟宁起身去拿水壶烧水，路上买的矿泉水都喝完了，民宿不像酒店，并不会提供瓶装水，他只好自食其力。

“你洗完到我。”

温言“哦”了一声，打开自己的行李箱，遮遮掩掩地拿了几件衣服，扭头钻进了洗手间。

权竟宁笑笑，屈腿靠在床头，打开电视看起了新闻。

温言洗完，轮到权竟宁。

她靠着面向大海的窗台，任由咸湿的海风打在自己脸上、发上。

权竟宁出来时，外面已是黄昏的景象。

他站在浴室门口，看到的就是这样一幅画面：女孩慵懒地靠在窗边，柔软的发丝被海风吹得凌乱，她却仿佛完全沉浸在里面，闭着眼睛，表情十分享受，金色的霞光洒了她满身，薄薄的一层，看上去既温暖又温馨。

他随手拿起一条毛巾，走到她身后盖到她头上，还恶作剧似的使劲搓了搓，怀里的女孩哇哇大叫：“权竟宁——”

她好不容易挣脱出来，恶狠狠地瞪着他，他这才放慢手里的动作：“头发都是湿的，还敢吹海风，你还真是肆无忌惮。”

“那你就不能温柔点！”

“那你乖一点。”

第二十三章 羁绊

温言其实很心软，每次只要他一说这个字，她就心软得不行，手脚都不知道该往哪儿放了。

这个男人，总是能抓到她的软肋。

权竟宁单手托住她的大腿，右手护住她的背部，一把将她抱到窗台上。

温言被吓得够呛，连忙抱住他的脖子，“喂喂喂，君子动口不动手，你不会是要把我扔下去吧……”

“胡说什么？”

温言睁开眼，帅气的男人还是在自己面前，她用力捏了下他的后颈肉。

无奈人家肌肉太硬了，一下子还抠不动，她怕把他弄伤了，遂放弃。

“神经病啊，吓死我了。”

权竟宁空出手来，用食指抵在她上午唇上：“嘘。”

温言噤声。

“你看。”

她随着男人的视线望去，只见夕阳西下，金色的沙滩上有一对老人手牵着手在散步，虽然两人皆佝偻着背，但一步一个脚印，走了将近半个沙滩。

此时，她脑海里只浮现出一句诗：“夕阳无限好，只是近黄昏。”

都说最久的长情是陪伴，这不就是每对情人所追求的吗？

温言的眼神逐渐变得柔和，她在心里很是羡慕了一会儿。

良久，温言转过头去看他：“羡慕吗？”

权竟宁毫不掩饰眼里的向往和憧憬：“羡慕。”

温言抬起下巴：“你放心，要是到老的时候我们还在一起，我还能背着你跑呢。”

权竟宁有些呆愣，而后笑笑，点了点头。

现在说什么天长地久还太早，结了婚还有可能离呢，再说了，谁又能保证对方能陪自己到老呢。

永远太远，珍惜现在才是最重要的。

“这几天，你想去玩什么？”

“不是你带我出来的吗，难道你没计划？”

“我也是第一次跟女孩一起度假，没经验。”权竟宁自嘲地笑笑。

温言嫌弃地翻了个白眼：“我说你没诚意才对。”

权竟宁掐住她的下巴，把她的头拧回来：“男人要是太有经验了，就被你们说花花肠子太多，要是没经验，又被你说没诚意，你们这些大女人可真难服侍。”

“哦，你说我大女人？”温言像是听到了什么笑话，“那配你这个大直男岂不是火星撞地球？大直男、大女人，拜拜了您嘞！”温言佯装要下地，被他猛地勒住了腰。

“好了好了，我说错话，我道歉。”

温言冷哼一声，而后“扑哧”一声笑了。

“那我送你一件礼物怎么样？”

温言连连点头：“不错不错，权大医生居然还能想起来给我送礼物，拿出来让本宫……”

话音未落，嘴唇就被人堵了个严实，两人大眼瞪小眼，权竟宁眼底全是得逞后的笑意。

“你这张嘴啊……”亲吻的间隙，男人忍不住叹道，“就只有这时候才会乖一点。”

他的唇从她的嘴角逐渐下移，到达她的脖颈、锁骨，温言忍不住轻轻喘气，攥紧了他的衣襟。

然而，权竟宁却只是在她的锁骨处流连，手指拈起他送给她的小鹿吊坠：“我没给你送过礼物？那这个又是什么？”

“只有这一个你也好意思说？”

“我整个人都给你，就看你敢不敢要了。”

说完，彼此又胶着在一起。

两人纠缠良久，虽然都不想分开，但玩得太过，难免擦枪走火。

于是权竟宁准备鸣金收兵，而且他发现温言明显有些躁动，他从对方的口中退出来，好笑地说："接个吻你也不安分。"

温言委屈了，又挪了挪屁股说："都是你，我站得好好的，非要让我坐上来。这窗台硌死老子了！"

权竟宁失笑着把她抱下来："哪里疼，我揉揉？"

眼看男人的魔掌就要摸上自己的屁股，温言一巴掌把它拍开："耍流氓呢！"

最终，温言抗争未果，还是让对方耍了流氓。

与此同时，楼下传来喧闹的人声。

"竟宁——竟宁——我的小竟宁……"男人粗犷的声音配上亲昵的称呼，温言顿时起了一身鸡皮疙瘩。

这声音，不用猜都知道，是程宇来了。

程宇一步三蹦地跑上楼，两人恰好从房间里出来，他用暧昧的眼神在两人身上打量了下。

权竟宁表情冷漠地问："你来干吗？"这家伙，食宿都给他安排好了，还有脸来打扰自己。

他垂在身侧的手不自觉地搓了搓，少女皮肤的柔腻感仿佛还停留在指尖，让他欲罢不能，要不是这人来打断……

他现在心里憋屈得很，真恨不得给这嬉皮笑脸的人吃一拳头。

"我们在酒店待着也无聊，就来看看你呗。没想到你这里环境这么好，我刚才还看到外面有经营烧烤摊的呢，我们干脆来个海滩 BBQ 怎么样？"

"都有谁来了？"

"都来了。"

权竟宁迟疑了一会儿，转身问温言："你觉得怎么样？"

温言笑着点头："很好啊。"

程宇哈哈大笑："还是弟妹通情达理。"

权竟宁让他先下去准备，然后问温言："你要不要先休息一会儿？"

温言扭转身体，指着自己的大腿控诉。

女孩雪白的肌肤上面赫然几个红手印，看上去十分暧昧。

"你看看你做的好事，这么热的天，弄得我都没法穿短裤！"

权竞宁也红了脸，清了清嗓子："抱歉，我下次尽量注意点。不过我力度都有控制的，应该很快就会消。"

温言扬起拳头："最好是。"

就这样，他们一群人在民宿老板的帮助下，顺利开起了海边 BBQ。

烧烤摊平时大概九点开档，那时人们都从白天忙碌的作业中缓过来，无聊了就来这里喝喝啤酒，侃侃大山，吃两串鱿鱼解馋。

生意不算多火爆，但还过得去。

今天老板一听这群人要包场，立刻两眼放光，把一早备好的食物都从冰箱里搬出来，桌子椅子都整齐地排放在海边，架起几千瓦的大灯。

七八点的海边顿时亮如白昼。

此时刚入夜不久，大海和天幕都是一样的深蓝色，色彩层层叠叠，到了天边则泛着浅浅的红色。

炉火上有鱿鱼、鸡柳、鸡翅膀、香肠、生蚝，个个喷香流油，发出"嗞嗞"的声音。

温言老早就等在火炉前，指着里面的好几种食物，告诉权竞宁："我要这个这个这个。"

"好，今晚就让你放肆一回。"

东西好了之后，温言端到自己的桌上，招呼程宇、苏聘还有沈烨来吃。这边三个女人吃得不亦乐乎，那边两个男人就在喝酒。

他们身后还有几桌，都是权竞宁的同事，他们也有自己的话题，由于他们说话音量过高，就连听力不怎么好的温言都将他们的话听了大半，只是那话题实在不怎么下饭。

其中一人道："老子今天终于不用面对各种各样的'菊花'了。"

"吃饭呢，能别提'菊花'吗？"

"就不让人感慨一下了？现在你嫌弃，以后保不准还得求着我帮你主刀呢，到时候我勉强给你打个九五折。"

"我呸你个乌鸦嘴！"

温言吃着鸡腿的动作渐渐变慢："他们说的菊花不会是……"

耿直的苏聘点头："没错，就是你理解的'菊花'，那人是肛肠科的。"

温言觉得自己胃口都不好了。

不过，以前在医院里看到的医生，都是面无表情、冷冰冰的，总让她以为自己欠了对方五百万。

可是，这接触下来，这群医生私底下还挺逗的。

温言仿佛见到一个个穿白大褂的高岭之花从神坛跌落，其中第一个无疑是她左边的权某某。

刚才的暧昧画面浮上脑海，男人揉捏的动作一点也称不上温柔，不过她竟然也觉得很舒服，这是怎么回事儿？

难道这是他们独特的按摩手法？

温言不禁为自己的联想感到一阵赧然，这还在大庭广众之下呢……

她余光往旁边瞥了瞥，权竟宁洗完澡后也换了衣服，大裤衩配上宽松的T恤，虽然不那么禁欲了，但还是帅气得让人挪不开眼。

她过去用手肘贴了贴他的胳膊："少喝点。"

权竟宁随手拿了片纸巾丢给她，"我知道，擦擦嘴。"

程宇见状，又开始调侃："哟，这还没结婚呢，就开始管老公了？师弟啊，我看你很有妻管严的潜力哦。"

"跟你学的。"权竟宁漫不经心地回嘴，一下子把程宇整得无话可说。

旁边的女孩都在憋着笑，只有苏聘哈哈大笑，毫无形象可言。

在这样欢乐的气氛下，沈烨心情却没有很好，从下午到现在，那个男人都还没有理过她。

她决定主动出击。

林深的性子也属于比较沉静的那种，她跟权竟宁偶尔还能开几句玩笑，林深只会比权竟宁更过之而无不及。

他不想跟你说话的时候，你用铁钳也别想撬开他的嘴。

当初也是她主动追求的他，花的时间和精力可以让她考一次清华北大。

她鼓起勇气，坐到他旁边，他的右边还坐着童霖和其他小护士。

对着她们，他倒是好耐心，别人问一句，他就答一句，简直是知无不言言无不尽。

就连他们热恋时，他也没有这么好耐心过吧。

"你想吃什么，我帮你烧。"

童霖以前见过沈烨，也想起当时她对自己的刁难，现在好不容易抓到机会报仇，于是佯装好奇地问道："这位小姐是我们队里的吗？"

其他小护士面面相觑，确定自己不认识沈烨，都摇了摇头。

沈烨深呼吸一口气，心道：老娘可是他的前女友！而且很快就会变回现任的！

虽然这个过程会很艰辛。

“不好意思，失陪一下。”

沈烨抬头，没想到林深会直接无视她。她下意识地揪住他的衣角：“我有话和你说！”

林深冷冷地看她一眼，眼神像在看一个陌生人，沈烨的心狠狠地被揪了一下。

“这位小姐，请问我认识你吗？”

“我真的有话想和你说。”沈烨也站起来。

然而林深还是没有看她，径直离开。

“林医生真的好不近人情哦。”

“如果他不是不近人情，你以为你还有机会吗？”

“对哦，现在权医生也名草有主了，我也只能把希望寄托在林医生身上了。”

在一边看热闹的小护士忍不住幸灾乐祸。

沈烨垂头丧气地回到温言他们的桌子，眼神像打架打败的小狗，眼角都耷拉下来，看了权竟宁一眼：“我失败了。”

权竟宁没说话，苏聘托着下巴，低声在她耳边问：“权竟宁他那边搞定了，现在又想回头了？”见沈烨点头，苏聘拍拍她的脑袋：“看你那点出息，这世上难道除了他就没别的男人了？”

沈烨扁嘴，一副要哭不哭的样子：“姐……”因为权竟宁，沈烨跟苏聘、程宇的关系也不错，就连林深，也是她通过权竟宁认识的。

“好了好了，我不说你了。”

一边的温言看得一头雾水，难道是沈烨喜欢林医生，然后被拒绝了？而且看着对方还挺嫌弃。

沈烨挺不错啊，她一个女生都喜欢，他凭什么嫌弃啊？

不过她转念一想，估计医生都挺傲娇的，表面装作不喜欢，心里可能稀罕得要命呢。

沈烨帮过她不少，所以她要不要也帮沈烨想想办法？

可是就连她自己，追男人的经验都那么欠缺。

这时候，他们身后的医生们正在为一件病例吵得热火朝天。

最后终于有个小护士站出来："喂喂喂，现在是休息时间，能不能让我们的耳朵放个假，我们可不想再听你们说什么瘘管窦管了 OK ？"

医生们只好讪讪地散开。

许是难得有半夜聚会、沙滩烧烤的机会，越到半夜，人们的情绪就愈加高涨。

有个医生非常不幸地被众人合力扔到了海里。

"扑通"一声，激起一大片水花。

"你们这群兔崽子！有种来跟老子比一下！"在海里，当然是比游泳了。

这群医生平时废寝忘食，不是手术就是门诊，连睡觉时间都不够，哪还能抽出时间来运动，于是一个个顿时没了底气。

能与之一比的，众人也只能想到个权竟宁。

"比就比，你等着，我让权医生过来。"

"嘿，这么没种的我还是头一次见。"

权竟宁本来在一边作壁上观，没想到最后竟然能牵扯到自己身上。他一开始也是连连摆手，可禁不住众人的一再哀求，温言自然也在其中。

他环视一圈，就数她喊得最得劲。

"权医生！权医生！"

"那我就勉为其难试试吧。"话音未落，男人已经把衣摆撩起，结实精瘦的腹肌顿时显现在人们眼前。

温言目不转睛地看着眼前男人的美好身体，直到眼前突来一片黑暗，她才回过神来。

比赛很简单，就比速度。

两人从起点游到终点，谁输了明天请吃饭。

随着一声令下，温言看着权竟宁像鱼一样跃了出去，他用的是自由泳，双手转换划得非常快，由于在海里，温言看不太清楚他的样子，没多久，人已经到达了终点。

结果自然是他赢了。

他从水里出来，水滴在灯光的照射下泛着粼粼的光，又引起众人的一番起哄。

温言此时想的却是：亏了亏了，被人看光了。

她早就知道他有料，可想着反正是男的，看了也没什么，可是现在她只有一个感觉，那就是自己家的大白菜被猪拱了一层皮。

脑海里警铃大作，她连忙上前把T恤盖到他胸前，在小护士身前左挡右挡的：“海水凉，快把衣服穿上。”到最后，连她都觉得自己是此地无银三百两，解释就是掩饰，然后心虚地笑了笑。

权竟宁没猜到她在想什么，擦了擦身上的水便把衣服穿上了。

“太晚了，大家都早点回去休息吧，我把这里的房间都订下了，只是房间不多，可能要让大家挤挤。如果大家懒得回去，可以先在这里睡一晚。”

“太好了，还是权医生想得周到，那我们就打扰了！”

“好啊好啊，这里四舍五入也算是栋海边别墅了。”

那晚过后，温言一直很努力地思考该如何帮助沈烨。

从昨天的情况看来，这两人的关系像是要老死不相往来的样子，她觉得非常棘手。

直到第二天她才发现，男女关系远没有她想的那么简单，有时候看似决绝的感情不一定真的没有可能，而有时候看着美好的也不一定就是真正的幸福。

彼时她正在沈烨的房里休息。

事情是这样的：她和权竟宁一早就出去逛街，这里有条街专门卖各种手工艺品，那些小玩意儿既有创意，又有心思，她看着看着，时间就不知不觉过去了半天。

权竟宁的同事们也各自去找乐子了，只约好了晚上在饭店吃海鲜，他们打听到这里的海鲜很是不错。

恰好他们的酒店就在饭店的旁边，饭桌上他们不停敬酒劝酒，温言也高兴，于是喝了几杯。

酒精很快上头，她晕晕乎乎的，权竟宁就借了沈烨的房卡让她在房间休息，完了他来接她。

她睡得迷迷糊糊的，翻了个身不小心滚地上去了。

就在这时，沈烨回来了。

这还不是让她最震惊的，让她最震惊的是，沈烨还带回了林深！

也不知道这两人没有房卡是怎么进来的，反正这两人此时就站在距离她不远的门边。

“我不认为你会有什么重要的事和我说。”这是林深的声音。

“权竟宁跟我说，他不怪你了，原谅你了。”

房里安静了好一会儿：“哦，所以你就巴巴地赶来找我了？”男人嗤笑一声，“可你是不是忘了，你一直在意的，是我死不认错，死不悔改，怎么我还没认错呢，你就说原谅了？”

“我……林深，我还念着你，我还……”

“我已经不在乎了。”

“林深，你怎么可以这样？”沈烨的笑带了点绝望，“其实我一直怀疑从以前到现在，你到底有没有在乎过我，或者，你到底有没有喜欢过我。你从来不会站在我的立场去考虑，你总以为是我对你苛求太多，总以为我不体谅你，可你呢，你有没有想过，权竟宁是我从小玩到大的好朋友，你这样伤害他……我不敢说我这样做就是对的，但我觉得自己无愧于心。现在我来求你，只是我承认，我屈服于这段感情了，我输给你了。我看这么些年，你过得挺好的。好像只有我一个人过得不好吧。”

林深没有反驳。

“你走吧，我不会再来烦你了。”

听着，温言抱着一床被子窝在床脚边，心里疑惑又不安。

他们刚才好像提到了权竟宁，这两人的事情跟权竟宁有什么关系？

那边传来脚步声，然后是开门声。

温言的整个上半身都抬了起来，只见林深沉默着，沉默着，然后像是做了个重大的决定，临走的时候经过沈烨的身旁。

沈烨扭头不去看他。

最激动人心的时刻到了！

他右手把门关上，左手圈上沈烨的腰，对着她弯腰就是一记深吻。

冲击来得太快了。温言倒吸一口凉气，瞪大了眼睛。

我的个乖乖，这是在演电视剧吧。

这不刚还在吵架，要老死不相往来嘛，怎么就法式湿吻上了？

“你放手……林深……你……”

两人扭打，沈烨挣扎，可林深依然把她抓得死死的。

温言不禁想：所以这种时候，女人要是有力气，哪还轮得到男人作妖啊。

那么她到底要不要出去帮她？

脑海里就像有两个小人在打架。

一个说："人家小情侣打情骂俏，有你这个电灯泡什么事儿？你就别掺和了，乖乖坐着看戏吧。"

另一个小人却说："不对啊，他们还不是情侣吧，林医生这样完全是在耍流氓啊。你是个消防员，有义务保护公民的人身财产安全啊。"

"要是你真的是正义的一方，现在就不会躲在这里偷看别人接吻了。"

"她也是被迫的啦。"

"而且你想想，万一你现在出去了，被别人发现你这么猥琐，你的形象就毁了。"

一番天人交战之后，那边的战火愈演愈烈。

沈烨似乎在男人的蛮横中屈服了。

房间里，一男一女的喘息声越来越重，温言觉得自己的肾上腺素在无上限狂飙。

不行，这样下去她会死的，她要去找权医生！

此时，平时训练的匍匐前行在这里就发挥了很大的作用。

那两人已经纠缠到床上去了，温言心里腹诽沈烨的不坚定，然后掀开被子，匍匐着往门口爬去，心里默念着：再投入些吧，看不见我看不见我……

就在她距离门口只有半米的时候，开门声再次响起。

"你怎么躺到地上去了？"

权竟宁站在门口，拧着眉，看着地上古怪的人。

床上纠缠的身影也在同一时间停下动作。

时空仿佛凝住了。

温言只闻到空气中尴尬的气息。

权竟宁蹲下身去，"还不快起……"他的话没有继续下去，因为他的余光看到了床上的两人。

林深压在沈烨身上，两人都是衣衫半褪，林深首先反应过来，立刻拿枕头把沈烨挡住。

这时候他才发现，这床上没被子。

温言和权竟宁都是下意识地想扭头去看，但都非常默契，动作神同步地把对方的眼睛捂住。

权竟宁几乎能猜到在他不在的这段时间，这房里究竟发生了什么。

他低下头，手脚麻利地抱起自己的女友，迅速消失在房间里，临走前只留下一句：“打扰了。”

尴尬的气氛一直持续到回民宿的出租车上。

两人坐在车子后座上，一左一右，各占一边车窗。

其实司机师傅也很纳闷。

明明出酒店的时候，男人还是抱着女孩的，怎么到了车上，两人就像贴错门神似的？

现在的年轻人，真让他搞不懂。

一直到了房门前，两人还非常没有默契地挤在了门中间。

“蠢死了。”温言吐槽道。

然后两人互相望着，望着望着，又都默契地笑开。

本来她以为经过这次，沈烨和林深的关系能有所缓和，当然，直接说突飞猛进也不为过。

但是，她又猜错了。

还是那句话，她把男女关系看得太简单了。

翌日，她和权竟宁又去玩了一天回来，累得要死，正趴在床上让权竟宁帮她按摩。

权竟宁按完之后就轮到她。

因为按得太舒服了，两人哼哼唧唧，然后又腻歪半天。

此时，温言接到苏聘的电话。

权竟宁一眼就看到来电显示，还调侃道：“这才认识没几天，就已经加微信了。”

“当然，老子的社交能力比你强得多。”温言说完也不管他，自顾自地到阳台上听电话。

权竟宁则先去洗澡。

苏聘说沈烨在酒吧喝酒，她现在有事赶不过去，又实在不放心，就只好麻烦她了。

沈烨很快答应，随手拿了件外套就出了门，在车上还不忘记给权竟宁留条信息。

别看这里的人们是以打渔为业，到了晚上，夜生活也是丰富得很。

温言很快就到了苏聘所说的“红馆”酒吧。

当时还不是夜生活最热闹的时候，酒吧里只有三三两两的人，分散在吧台边和隔间里。

沈烨已经喝得不省人事了，趴在吧台上睡觉。

温言走过去，吧台的小哥主动上前把情况给她说了一遍，大意是沈烨在这里待一整天了，只顾着喝酒，喝醉了就念着一个名字。

失恋了就来喝酒消愁的人，他们见得多了，但还是怕惹事，特地派了个人在这里照看着。

中间她打了个电话，然后温言就来了。

“你是她的朋友吗？”

温言点头。

“那我就把她交给你了，等一下无论发生什么我们小店概不负责啊。”

温言道了声谢，又想了想，还是想给点小费，毕竟人家帮忙照看了一晚上呢。

可是她一掏兜里，没钱。

她去叫沈烨，沈烨被人吵醒，有点恼火地吼了一声走开，还“啪”一下打在她脸上。

温言深呼吸，使劲按住她，按得她哇哇大叫。

敢跟老子比力气。

然后温言顺利地在她包里挖出来一张十元大钞，递给了酒保小哥。

酒保小哥的笑容有些僵硬，但还是接过去，说了声谢谢。

温言看着依然蒙头大睡的沈烨，有些头疼。

反正都睡着了，要不自己干脆把她扛回去？

不行不行，那样太显眼了。

温言很快否定掉这个想法。

然后她灵机一动，把沈烨的手机拿过来，用沈烨的手指指纹解锁。

滑出联系人名单，可她找了半天，也没找到林深的电话号码。

“连别人的电话都没拿到，真失败。”温言喃喃地道。

可是，她发现了一个备注名为“鳄鱼宝宝”的联系人。

她知道有些小女生总喜欢给自己喜欢的人起一些亲密的昵称，可是她不确定这个鳄鱼宝宝是不是林深，毕竟这两者的气质差得可不是一星半点。

她决定打电话给苏聘，女孩之间聊天怎么都会聊到这些吧。

“温言，沈烨怎么样了？”

“她现在醉得死死的，还不愿走。”

“那你能拖走她吗，权竟宁不在啊？”

“没有，我出来的时候他刚好在洗澡。哎，苏聘我问你啊，鳄鱼宝宝是什么典故啊？”

“哦，”苏聘特别冷静地回答，“那是沈烨给林深起的爱称。”

这说起来又是一段心酸的故事。

那时候沈烨对林深一见钟情，苦追了好几年，但人家林深愣是不理她。

后来她知道林深闲暇时喜欢打一款游戏，内容是挖下水道通水让小鳄鱼洗澡，然后她就去玩，没日没夜地通关，一个月就把现有的关全通了。

她去告诉林深，结果只得了他一句冷嘲热讽：“不务正业。”

后来她真的把人追到手了，但他还是没有通完关，那时候她总是嘲笑他，“你看，爱情的力量是如此伟大。”之后她便给他起了这个爱称，可每次她喊这名字的时候，他从未回应过。

“OK，我知道了。”真相大白，她很快挂了电话，转而打给了这个鳄鱼宝宝。

一开始用沈烨的电话打，怎么打都没人听，后来温言想想自己真是笨到家了，那人现在恨不得躲得远远的，又怎么会接沈烨的电话？

于是她用自己的电话打，果然一打就通了。

男人的声音很慵懒，像是刚睡醒。“你好，我是林深。”

“鳄鱼宝宝同志，您的女朋友在酒吧买醉，请您及时过来将人提走，否则我们就要把人扔到垃圾桶里了，而且是无法回收的那边。”

男人的声音毫无感情：“那你扔吧。”然后就挂了电话。

温言看着手机屏幕暗下，恨得牙痒痒，这男人良心是被狗吃了吧。

你最好是真的不在乎，否则以后有你哭的。

她也没辙了，跟着沈烨趴在桌上，百无聊赖地戳她的手：“哎，林深跟权竟宁到底有什么关系？”

一听到林深的名字，沈烨就抬起头来，笑了：“权竟宁……没告诉你啊？”

温言看她醉眼蒙胧的，本不奢求从她嘴里得到什么有用的消息，但没想到她还真有反应，也一下来劲了。

沈烨自己问完，就点点头："也对，那么伤心的事，他怎么……可能跟你主动提起。"

"他们啊，"沈烨连连打嗝，口齿不清地叙述着，"简单来说，就是！林深做手术出事故了，权竟宁的奶奶是他师父，帮他背了锅，结果那病人上门寻仇，把权奶奶杀了……"说完，她又倒下了。

只留温言在一边消化这段可怕的往事。

"小姐你没事吧，小姐？"酒保小哥看到温言脸色苍白，好心地询问。

好半晌，温言才从震惊中缓过来，下意识地抱着自己胳膊，据说今天气温有三十摄氏度，可她竟然觉得有些冷。

今晚，红馆酒吧的酒保小哥觉得自己挺憋屈。

先是有个女孩过来喝闷酒，然后她朋友过来了，他以为是来把人带走的，结果这两人不知道说了什么，新来的那个女孩也喝起酒来。

现在，烂醉的两人齐齐趴在他面前。

他只好打通了另外一个人的电话，让对方来接人。

那人很快就来了，他又打通了一个电话，语气不好地跟对方说了几句话，很快，又有一个男人过来了。

直到那两个男人终于把各自的女人拎了出去，酒保小哥才拿起镜子，摸了摸自己的发际线。

唉，俊男美女间的纠葛就是复杂啊。

温言这次是真的醉厉害了。

权竟宁把她抱到出租车门前，她却死活撑着车门，不肯进去。

虽然作为男人，有些事情他不愿意承认，但论力气，他是无论如何都拼不过她的。

没办法，他只好背着她，徒步走回去。

偏生这人还不安分，在他背上跳上跳下的，双腿不停地前后晃动，敢情是把他的背当蹦床了。

"权医生……权医生！权医生……权医生……"温言不停地喊着他的名字，语气或疑惑，或撒娇，或惊喜。

权竟宁耐心地应着，她喊一句，他就"嗯"一声。

最后她蹦跶得狠了，权竟宁的手抓空，差点把她摔地上。

男人无奈地一巴掌拍在她的大腿上："给我安分点！"然后他把她抱

得更紧了。

“权竟宁？”

“嗯？”

“有流星！”权竟宁顺着她的手看过去，只看到一片漆黑的天幕。

“骗你的啦！”成功骗到对方，温言就开始傻笑，发出“咯咯”的笑声，像极了孩子，男人叹了口气。

温言笑完，又开始天真地发问：“我们为什么不坐车？”

“因为你不肯上车。”

“胡说，我干吗有车不坐，我又不傻！”

权竟宁心想：现在你不傻谁傻。

他顺势试探着问道：“那我们去坐车好不好？”

“不要！”

权竟宁的太阳穴跳了两下，为什么他会有一种“我就知道”的预感呢？

“为什么又不想坐了？”

“因为……因为我想吐！”话音未落，温言就从他的背上挣扎下来，撑在路边栏杆上大吐特吐。

权竟宁连忙过去给她顺背，暗自懊恼自己竟然忘记给她买解酒药。

现在这路附近荒无人烟的，他也不知道哪里有药店。

温言吐完，权竟宁摸了摸兜里，临时出门，也没有想起带纸巾或手帕，他干脆拿袖子给她擦嘴。

温言竟还留有点良知，挡开他的手：“嗯……很脏的。”

“没事，大不了再买一件，”完了他又咬牙补充一句，“你给我买。”

温言的嘴巴被男人的手狠狠蹂躏了一番，疼得她倒抽凉气，权竟宁很快就心软了，又放轻动作。

“吐完了？”临走前，他又确定了一遍。

见她点头，他说：“那我们可以坐车了吗？”他也不是怕累，而是这么长的路，回到旅馆都不知道几点了。

温言依然摇头：“不要。”

权竟宁彻底放弃。

“你很累吗？那我来背你啊……”

就在他准备再次把他背到肩上之时，他没想到温言竟然会先他一步，把他给驮到了肩上！

胸膛下是女孩瘦削的肩膀，她好像玩上瘾了，扛着他一下子跑得老远。

一边跑，她还一边欢呼尖叫，“呜呼——我是不是很厉害——感受到风驰电掣的快感了吗哈哈哈……”

今晚这个时候路过 ×× 路 ×× 段的司机们无一不目睹了一件怪事。

路上突然有一男一女，其中女的把男的扛在肩上，女的瘦瘦小小，又跑又笑，男的则是身高腿长，这情景实在要多诡异有多诡异。

权竟宁大概也很难忘记今晚的经历，他一个七尺男儿，却被一个身高只到他下巴的女孩不费吹灰之力地给扛了起来，这对于任何一个男人来说，都是一个不小的打击。

但尽管一早就知道她异于常人，可像现在这么切身地体会，他还是吃惊不小。

最后他好说歹说，才让几近“疯魔”的温言听进他的话，把他放了下来。

然后他就做了个重大的决定：以后绝不能让她喝一滴酒！

一路折腾，两人回到旅店已经是凌晨。

温言许是累了，终于消停了下来。

权竟宁发现，她喝醉的时候是真黏人，这时，她又固执地抱着他的脖子，双腿环在他的腰间，十分标准的树袋熊姿势。

但这也是一个非常惹火的姿势。

权竟宁低声问她要不要洗澡，她迷迷糊糊地说不要，摇头的动作带动她的身体，男人的脸色倏地变了。

“你身上太脏了，睡着不舒服。”男人仍然低声诱哄，声音更加低沉，带着点嘶哑。

“我好累……”

“那我帮你洗怎么样？”

温言睡眼惺忪地抬起头，两人鼻子对鼻子，呼吸相闻。

权竟宁意外地发现，自己怀里的女孩就算是喝醉酒，满身是汗，大吐特吐过，她身上的味道，他还是讨厌不起来。

他明明是有洁癖的人不是吗？

“我为什么要你帮我洗澡，我可以自己洗。别以为我不知道，你脑子里在想什么……”说完，她又倒在他肩上。

这人醉是醉了，可脑子还该死地清醒。

“权医生，你别怕，我会保护你的……”突然，女孩在梦中喃喃道。

权竟宁听见了，愣怔了一会儿，没想到她连睡着时都在念着他。

男人笑着，亲吻在她的脸颊上，像是在征询她的意见，又像是在自言自语：“你说你对我这么好，今晚又是这么好的机会，我要不要趁机对你做点什么呢？”比如，以身相许什么的。

说完，他沉默片刻，然后抱着人进了浴室。

第二天，温言从梦中醒来。

她一摸身边的位置，那里空空如也，就连温度都是冷的。

她猛地坐起。

虽然才睡到一块儿不到两晚，可是她显然已经习惯了早上一睁眼，那人就在眼前的感觉。

那人总是让她感到惊喜和安心。

她环顾四周，都没有那人的身影。

温言坐在床上咬手指，这人不会把自己扔下了吧？

她连忙去拿手机，结果就看到床头柜上的药瓶和字条。

上面用端正的字体写着：“我去楼下跑两圈，醒了就先吃解酒药，我顺便买早餐回来。”

温言心里的不安烟消云散，随之而来的是满满的甜蜜。

她正打算下床，结果发现自己腰背酸痛，大腿从被子里伸出来，上面都是可疑的红痕。

她连忙跑到浴室镜子前。

眼前的女孩双唇红肿，锁骨上有一道伤口，似乎是被人咬过。

她扒开衣领，胸前有深浅不一的红痕，不仅身上，还有腰腹处、大腿处——都是大掌肆虐过的痕迹。

她就说，昨晚一直有人骚扰她睡觉，原来不是她做梦，而是真的。

可是除了这些，她身上也没有别的不舒服的地方。

可能他还是没有真做？

做就做了，至于把她弄成这样嘛，实在是太过分了！

今天还要跟大家一起坐大巴车回去，这让她怎么出去见人啊！

温言把自己收拾干净，便坐在床上等权竟宁回来。

权竟宁看见她的瞬间，双唇肉眼可察地抿紧：“醒了，吃药没有？”

温言不回答。

权竟宁平时说话也是毫无感情，但至少是温和的，不像现在这般生硬。

这些在温言看来都是心虚的表现。

她在心里重重“哼”了一声。

她也不拐弯抹角，直接指着自己的大腿问：“权竟宁同志，我想问一下，这是什么？”

权竟宁站直身子，语气毫无波澜：“你睡觉不安分，自己弄的压痕。”

温言深吸一口气，手指向上，指着自己的锁骨，又问了同样的问题。

某人仍旧十分淡定地回答：“半夜你突然靠过来，磕到我的牙上了。怎么样，要不要给你上药？”其实他当时控制力度了，只是她突然乱动，不小心把她磕到了。

温言的白眼几乎要翻到天上去，医生说起谎来都这么不要脸吗！

最后，她指着自己的嘴唇，咬牙切齿地道：“那你说说这又是怎么弄的？”

权竟宁望着她的唇，视线大胆而热烈，搞得温言都怕他会突然狂性大发扑上来。

幸好，最后证明是她想多了。

权竟宁诚实地点头：“是我弄的。”

“你竟然……”还敢承认。

“不过是因为你昨晚吐过，我帮你刷了牙，那只是在帮你检查刷得干不干净。”

听到这个转折，温言差点气得吐血。

“权医生，你自己说这些，不会觉得惭愧吗？”

权竟宁摇头，乖巧得像积极认错的小学生：“医生也是人，不是神，面对自己的女友，把持不住也是情有可原。”

温言突然发狠，将他一把推到床上，自己跨坐在他的腰上：“你这个衣冠禽兽，你倒是爽了，你让我怎么出去见人啊！”

权竟宁趁其不备，迅速将她反压在身下，沉吟半会儿，像是在回忆，“确实不错，但当时你说累了，所以只做了一次。”

温言表面是个老司机，但内里还是纯洁得很，听他说得这么直白，一张俏脸红得像火烧似的。

“你……怎么做的？”

权竟宁没有正面回答这个问题，她又一点印象都没有，所以这个问题直到很久之后，都是一个谜。

“你放心，我不会伤到你的。而且，当时你醉得那么厉害，我也不想只有自己记得。”他捏捏她挺翘的鼻子，“谁叫你昨晚那样惹我。”以前两人没有确定关系，他还可以克制，现在还怎么可能？

温言转过头，红着脸不敢说话，再也没有刚才兴师问罪的气势。

因为要赶着去坐车，她也没有带长袖，唯一的一件外套昨晚也弄脏了。

她只好向民宿的老板娘借了条丝巾，把整个头和脖子连着胸前都裹得密密实实，最后还戴了顶棒球帽。

别人看她的眼光就像在看神经病。

但很快，她就发现自己不是一个人在战斗。

“你什么情况？”看到跟自己装束一样的人，温言和沈烨都差点认不出对方。

这个问题一抛出来，两人都心知肚明，遂也没有追问下去。

互相嘲笑了一会儿，温言发现沈烨的笑逐渐带了点苦涩。

这时，林深和其他人从酒店里出来，沈烨拉着温言往旁边让开。

林深则越过两人直接上了大巴。

“你跟林医生……”温言迟疑着问。

不用说，沈烨昨晚肯定是同自己一样的遭遇。

可是他们跟她和权竟宁是不一样的，他们之间的问题远远没有解决。

可是今天这男人又是这副德行，她真是看不懂了。

“我们什么都没有，以后也不会有了。”沈烨的声音低迷。

温言拍拍她的肩膀，无声安慰。

大巴的位置还有剩，温言干脆提议沈烨跟他们一起走，司机也没说什么。

然后温言和沈烨坐一起，沈烨很快就收到来自某人的眼刀子。

程宇和苏聘最后上车，看到两人的扮相，忍不住咋咋呼呼的：“你们俩是玩 cosplay 吗？演的是谁啊，祥林嫂？”

苏聘上来掐了他一把：“车要开了，还不快点找位置坐！一个大男人的，做事磨磨蹭蹭。”

“我不是都在等你嘛……”

两人闹着往后排走去。

两个女孩之间又只剩下沉默。

温言突然发现，自己帮不了沈烨，因为林深曾经是权竟宁苦难的根源，哪怕是现在权竟宁选择原谅，她还是没办法轻易释怀。

而对于权竟宁，她心里有心疼，也有恼怒。

心疼他一个人面对这么多，却连恨的自由都没有；又恼怒他把所有事情憋在心里，什么都不说。

她现在什么都知道了，却连安慰他的借口都不知道怎么找。

直到大巴抵达松谭，权竟宁开车送她回去，温言还在暗自生闷气。

权竟宁察觉到她情绪异样，遂问道：“你怎么了？一路回来也不见你怎么说话。”

温言闷闷地道：“没有……”

权竟宁自然不相信，打算伸手过去摸摸她的脸，“不会是昨晚受凉……”

“小心！”

温言一声疾呼，权竟宁猛地缩回手，回头看到前面有辆灰银色捷克逆行，向着他们直直开过来。

对方的速度很快，现在刹车已然来不及。

权竟宁几乎是下意识地，将方向盘往右打死，车子猛地撞上人行道，穿过低矮的灌木绿化带，最后堪堪停在林立的商铺前。

剧烈的颠簸让两人都有点头昏脑涨的，身体各处好像被撞得散了架，疼痛不已。

权竟宁从混沌中回过神来，转过身去给温言检查：“怎么样？撞到头没有？”

温言扶着自己的额头，呆呆地摇头。

“告诉我你怎么样了，”权竟宁情绪不稳，难得有些恼火，“说话！”

温言第一次看他吼人，而且吼的还是自己，神志终于回笼。

她想起刚才那车撞过来的一瞬间，权竟宁竟然是往右打方向盘！

她看见过不少车祸，车祸后的事故分析会发现，在车祸发生瞬间，大多数人会下意识地保护自己，所以他们通常会往左打方向盘。车子往左转弯，副驾驶便全部暴露在危险之中，因此车祸中坐在副驾驶位置上的人死亡率比司机要高。

“你刚刚为什么会往右躲？”

权竟宁还在捧着她的脑袋查看，并没有想到她会突然问这么一个问题。

“没有为什么，只是习惯……”

怎么可能是习惯！

“跟你父亲一样的习惯吗？”温言冷冷地反问。

她也不知道自己是怎么回事，明知道他父母的车祸是他心里不能碰的伤口，可她却无来由地想起那天。

那天发生的是连环车祸，其中一辆车失控往他父母的车撞去，他父亲躲闪不及，两车相撞，对方车子倾翻，他父亲则当场身亡。

后来他们分析现场情况才发现，他父亲当时竟然是往右侧转弯，这与他们总结的规律相悖，当时他们非常不解。

如今她总算知道了，他父亲或许是想保护副驾驶位的夫人，宁愿牺牲自己。

刚刚那一瞬间，温言不知道权竟宁在想什么，她只觉得恐慌，那是一种灭顶的恐慌，几乎要让她窒息。

也许就差一秒，一毫米，那辆车就会撞上来，所有的冲击都将落到权竟宁身上……

她闭上眼，根本不敢想象。

如果他真的是为她而死，那她该怎么办？

她不要他死，她只想他活得好好的。

权竟宁似乎也理解了她话里的意思，僵硬地笑道：“没有，你想多了。”

一路走来，他的过去慢慢在她眼前展开，她才发现，这个面上风轻云淡的男人，内心其实比谁都要温暖。

他一直在失去，所以只要拥有一点点温暖，他都会紧抓住不放。

他害怕失去，害怕到愿意用自己的命来换。

温言心疼地去抚摸他的脸，他的眼睫毛又密又长，此时微微颤动，眼里湿漉漉的，额角红了一片。

她突然发狠似的亲上他的眼皮，双手紧紧抱着他的头。

完后，她放开他，两手轻轻捏着他的耳朵，强势宣布道：“权医生，由于你劣迹斑斑，我要罚你两个月不许开车！”

权竟宁没想到她转变得这么快，弄得他哭笑不得：“可我要上班。”

“打车，这点钱你不会没有吧。”她伸出两根手指头，“你今年都两回了，我是真心疼你们家的车啊。”

以前他那辆奥迪已经落到山下撞得稀巴烂，后来换了这辆SUV，倒是比以前的结实。

但真若发生什么了，哪怕是擎天柱也不一定能全身而退。

她也实在是怕了。

“你说什么就是什么吧。”最后，男人无奈地答应。

交警很快过来了，沟通过一轮，认定事故责任不在于他们后，交警便放他们走人。

车子经过那样一番折腾，权竟宁也不敢再开，让拖车公司的人过来把车拉到维修厂检查，顺便做个保养。

然后他又带温言到医院做检查。

晚上，温言去明馨儿家探望。

一进门，明馨儿就开始瞎嚷嚷：“哟哟哟，你脖子下的是什么呀，你终于被权医生破了吗？”

温言没好气地把苹果砸到她头上：“你说话小心点，否则我第一个就把你给破了。”

“哎哟，我好怕怕。”明馨儿半躺在沙发上，电视里正播着家庭伦理剧。

“待在家几个月怎么都没把你那张嘴给清清干净？”

明馨儿把她拉到沙发上：“喂，说真的，你现在跟权医生到几垒了？”

“关你屁事！看你整天看这些家庭伦理大悲剧，人都变鸡婆了。”

“胡说！我本来就鸡婆。”

温言被她逗得哭笑不得。

然后她进厨房洗苹果，顺便把这里的门窗都检查了一遍。

明馨儿见她走来走去的，不禁发问：“你找啥？我这里既没有存折又没有金条，你就别忙活了。”

温言抬头，视线扫过窗户上部：“我是在帮你看安全隐患，万一哪天有贼闯进来，你喊破喉咙都没有人来救你。”

明馨儿：“那就要看他偷什么了。劫色可以，劫财闪一边儿去。”

温言继续去检查门锁，转过头来跟她说话：“你的那个护工晚上不在这里住吗？万一你晚上有需要怎么办？”

明馨儿没有家人在身边，后来路淮给她请了一个护工，她一开始不接受，可是又没有办法把人撵走，甚至连路淮过来，她都没有借口不让人进门，毕竟吃人的嘴软拿人的手短，她现在在路淮面前已经毫无自尊可言了。

“尿壶啊，尿壶可是中国历史上最伟大的发明了。而且你没看见我家就这么大，难道我还要把床让一半出来？”

明馨儿租住的房子在老城区，房子破旧不用说，最大的特点就是小。

温言沉吟半会儿，又建议道：“说真的，你要不要搬到我家去，起码我家有我爸妈在，比你在这里方便多了。”

明馨儿终于察觉她不妥：“你到底怎么了？我在这里不一直住得好好的，怎么又提起来让我去你家？”虽然她们关系很铁，但她还是不好去打扰别人的家人，她虽然脸皮厚，但也是有自尊的。

温言泄气：“丁浩坤不是还没抓住吗，可谁知道他会不会卷土重来？”

“你见到他了？”明馨儿激动得想要坐起来，被温言按住。

提起丁浩坤，明馨儿的恨绝不会比温言的少。

“没有，只是，我觉得他总会回来的。”尤其是经历了今天那场惊心动魄的意外之后，她的预感就愈加强烈。

当时情况紧急，她也没有看清楚对面司机的样子，但是他的逆行，绝不会是不小心。

明馨儿想到温言完全是被自己连累的，心里就愧疚得要死。

她一巴掌打在自己脸上，“啪”的一声，温言也吓了一跳：“你干吗？”

“都怪我，念什么旧情，当时见到他就应该剁碎了拿去喂狗！”

温言：“那你现在还想着他吗？”

“我想他干吗啊，我脑子有坑？”

“我看路淮真的不错，你可以考虑考虑。”

“喂喂喂，乱点鸳鸯谱，天诛地灭啊。”她嘴上是这样说，可脸上已经红透了。

“别死不承认了，你敢说你对路淮没感觉？”

明馨儿没有再反驳。

从她受伤到现在，路淮每天默默在她身边照顾，还要忍受她的坏脾气，哪怕是铁石心肠的人都会心软的。

然她还是个傲娇的人："他可从来没说喜欢我，我这样上赶着倒贴，不符合我的风格。"

"你的意思是说，要是他表白了，你就接受？"

"有什么不可以？"

温言突然哈哈大笑，从口袋里掏出手机，对着话筒大声喊道："路淮，听见了吗——你可以上来了！"

那边的明馨儿已经目瞪口呆，好啊，这人竟然合起外人来坑她！

妈呀，那人真的会来吗？

那她刚才说的话他都听到了？

她真恨不得把自己的嘴给撕下来。

可还没等她理顺思路，门铃声就响起了，温言走去开门，门外站着路淮和宋谦涵。

宋谦涵表情淡淡的，路淮胸前捧着一大束花，温言惊奇地问道："你什么时候买的？"

其实这个计划也是她临时起意。

晚上她过来的时候恰好在楼下遇见路淮，他在楼下徘徊不定，不敢进去。经她一问，他才如实交代了自己表白的计划，无奈不知道明馨儿的想法，所以一直非常犹豫。

温言是很乐意当这个媒人的，于是就跟他制订了这个计划：由她去套话，要是明馨儿也有意思，他就立刻上去表白；要是明馨儿对他没有那个意思，那他就继续温水煮青蛙，等到她心动为止。

路淮看了宋谦涵一眼："是谦涵提议的。"

温言举起大拇指："原来队长还挺有情趣的。"

宋谦涵好不容易憋出来一句话："过奖。"

温言把路淮让到明馨儿身前，结果路淮左脚绊右脚，整个人就要向沙发上的明馨儿趴去！

幸好明馨儿反应快，往右一躲，路淮趴到了沙发上："要死啊，有你这么猴急的吗？"

温言和宋谦涵都松了一口气，明馨儿背上的钢板还没拆，要是被路淮这么一压，那后果简直不堪设想。

路淮连忙站起来：“对不起，我太……紧张了。”

路淮清清嗓子，往他们俩的方向使眼色，温言和宋谦涵识趣地先行离开。

温言本不想错过八卦的好机会，可无奈这门的隔音效果实在太好，听觉本就比人差一截的她硬是听不出半点动静，遂放弃。

刚走到楼下，两人的手机就同时响起，他们对视了一眼，一起按了接听键，同时按了免提。

两人兴奋的声音同时传来——

“温言，老娘脱单啦！”

“谦涵，我成功了！”

温言和宋谦涵皆“扑哧”一声笑了。

在温言的提醒下，路淮主动将明馨儿接到了自己家里，明馨儿起初不愿意，最后在温言和路淮的威逼引诱之下终于妥协。

温言相信路淮会把明馨儿照顾得很好，于是也就不那么担心了。

第二天，温言回到队里。

下午四点钟，市中心和平路发生车祸，中队接到通知赶往现场。

车祸不严重，但现场也有车辆发生倾覆。

其中几名队员去检查倾覆车辆的油箱，温言则走到那车前，往里一看。

明馨儿昨日的叮嘱言犹在耳：“我收到消息，大明星裴立最近会到松谭医院拍戏，你要是碰见了帮我要个签名呗。要不让权医生来也行，他们拍医疗剧说不定还要权医生帮忙呢。”

裴立就是明馨儿最近一直在追的家庭伦理剧的男主角。

在明馨儿的形容里，他是那么高大帅气有魅力，可是在温言看来，那不过就是一个普通人，长得还不如她的权医生一半好看。

嗯，明星也是普通人，普通人出车祸很正常。

温言看着在车里倒着的裴立，问道：“先生，你还好吗？”

裴立虽然脑袋受伤了，但精神还不错，还对她笑笑：“还不错。”

温言又问了问他旁边的司机，初步确认两人生命体征正常。

不得不说，这两人非常幸运。

温言和几位队员配合着，把车子反过来，经过一系列破拆，两人成功得救，被救护车送往医院。

为了显示他们中队对每一位公民的关怀，温言按例是要陪着伤患一同去医院，于是她便跟上了车。

她和裴立在同一辆车里。

在这短短的路程里，她发现这个外表光鲜的明星性格不错，让她帮忙给经纪人打电话时也是谦和有礼。

电话里，他指定权医生当主治。

她不知道他话里的权医生指的是不是权竟宁，她认识的医生里只有一个姓权。

而且，权这个姓氏在 A 城还算少见。

等想通这些，温言有一瞬间的恼怒，差点跳起来问他“你凭什么”。

但她很快冷静下来，权医生的医术好，这她是知道的，人家可能就是相信他的医术吧。

等他们去到医院，她发现权竟宁竟等在了急诊室门口，这非常难得。

以前他去急诊室，大多是因为急诊室人手不够，或是接收了重症病人。

能让他等在急诊室的，这裴立还真是头一个。

温言禁不住有点泛酸。

权竟宁看到温言，也有些意外，但很快就投入到接收病人的工作里。

裴立看到权竟宁之后，展开了大大的笑容，笑得像个孩子，甜甜地喊了声：“哥。”

权竟宁的眉从刚才起一直是皱着的：“怎么回事儿？”

“出车祸了。”裴立苍白的嘴唇微不可察地嘟了嘟。

如果温言没看错，刚才裴立那是……撒娇了？！

不不不，肯定是她看错了。

温言深吸一口气，帮忙一起推移动病床。

她紧挨着权竟宁，突然低低地叹了声：“也不知道我有事的时候，权医生会不会也在医院门口等我呢。”

权竟宁闻言，狠狠瞪了她一眼，“胡说什么。”

温言没继续说，只是吐了吐舌头。

他们都没想到，这竟然会一语成谶。

后来，温言在火场，权竟宁在手术台，他们凝视着对方：“我真不想在这里见到你。”

说起来，他们两人的职业都挺不吉利的，一个整天与危险为伍，一个成天与死神擦肩，他们最擅长的正是他们最不想为对方做的。

权竟宁进了急救室，温言等在外面等得无聊。

突然，外面拥进来一堆记者，手上都是长枪短炮。

裴立的经纪人就在温言旁边站着，见状知道自己逃不过，于是连忙迎过去，装作没事人的样子。

记者们被他招呼着往外走。

一个小男孩经过他们身边，拿着玩具专心玩着，没发觉自己已经被一堆大人围上。

眼看着他就要被记者们撞倒，温言动作迅速地过去将孩子抱起。

敢情狗仔看路都习惯了用相机的，没了相机个个都是睁眼瞎。

温言暗地里吐槽了一番，面无表情地走开，把孩子交还给他的父母。

记者们显然没有留意到她，只是一遍遍地确认裴立是否出了车祸，叽叽喳喳的，聒噪得很。

第二十四章 入夜

权竟宁很快出来了，一边脱下白色橡胶手套，一边吩咐护士把裴立转到普通病房，然后带着温言离开。

鉴于是在公众场合，温言习惯性地想去握他的手，却只是比了下，又把手收回来。

权竟宁被她傻气的动作逗笑："怎么了？"

温言摇摇头："那个人伤得严重吗？"

"轻微脑震荡、小腿骨折，要住院观察。"

"他跟你很熟吗？"

权竟宁实诚地摇头，"不熟。"

"那他怎么哥啊哥啊地叫你，还叫得那么亲？"

权竟宁笑笑，"那是他的事，我管不着。"

说着，两人就走到饭堂。

他们一个穿着橙色消防制服，一个穿着白大褂，很容易就吸引了众人的眼光。

温言随便找了个没人的座位，权竟宁直接去打饭。

"我待会儿还要值班，不能陪你出去吃了，今晚饭堂的菜不错，你多吃点。"权竟宁把自己盘里的菜夹到她的餐盘里。

"你那么辛苦，更应该多吃点了。"说着，她又把菜夹回给他。

"温言，"权竟宁无奈地喊她，"别闹。"

温言停了下来，余光看到周围的人全都看着自己，一时觉得有点局促，这可是权竟宁的地盘啊。

自己怎么也不能给他丢脸。

于是她好脾气地笑笑，端庄地吃起饭来。

权竟宁发现温言今天吃饭尤其慢，平时五分钟能吃三碗饭的人，十分钟过去了，她面前的饭还是原封不动。

“你今天胃口不怎么好？”

“没有啊。”

“那你怎么都不吃饭？”

“我在吃啊。”说着，她夹起一颗米，让他看清楚了才送进嘴里。

权竟宁对于自己女朋友跳脱的思维已经习以为常，于是也由她了。

等她终于把面前的饭“数”完，饭堂里已经没剩多少人，权竟宁这才把自己口袋里的东西掏出来。

“把手伸出来。”

温言虽然疑惑，但还是乖乖把手伸过去。

权竟宁给她套上了一个手套，黑色的，五根手指头可以露出来，看上去很利落帅气，而且里面的质地很柔软，戴着十分舒适。

温言做了个握拳的动作，双眼亮晶晶地看着权竟宁：“给我的？”

权竟宁“嗯”了一声，把另一边也套上：“平时搬重物的时候可以戴上，可以减缓手部摩擦。”

工作的缘故，温言的手心长满了茧子，这是他们第一天见面时他就察觉了的事情。

或许从那时开始，他就有这个想法，只是迟迟没有资格实现。

“突然给我送礼物，非奸即盗！”温言阴恻恻地看向他。

权竟宁恨恨地伸过手去捏她的脸颊：“今天是我生日。”

温言这才想起来，她平时都不怎么过生日，所以很容易忘记日子，更何况是别人的生日。

于是她恍然大悟：“不过你生日，怎么是你给我礼物？”

“这个简单，到你生日那天，换你给我礼物，不就扯平了？”

“也行！”温言随后问了个很现实的问题，“这贵吗？”

“我觉得很适合你。”权竟宁回答得非常有技巧。

温言也不过是嘴上欠揍，随便问问，其实心里稀罕得不得了呢，对着双手不停地翻看。

温言对着权竟宁笑得眉眼弯弯：“我很喜欢，谢谢。”

两人又坐了一会儿，权竟宁把温言送到外面坐车，临走前，在她的额头上蜻蜓点水似的亲了亲，听她亲口对自己说生日快乐，才让她上车。

几天过去，温言又有一趟去医院的机会。

这次她终于可以下结论：裴立就是个哥控。

在她和权竟宁短短的相处时间里，他总共出现了三次，不是说伤口疼就是说吊水疑似过敏。那撒娇的功底，连她一个女的都自愧不如。

其间，温言从洗手间回来，刚好听到他问权竟宁：“哥，你真的不打算帮我吗？”

作为一个称职的女朋友，温言立刻就察觉不对劲，抢在权竟宁前头问道：“答应什么？”

裴立看见她，不耐烦三个字写在脸上：“消防小姐姐，你还没走呢，你们消防员都不用救火的吗？”

温言懒得理他，直接问权竟宁他们在说什么。

裴立觉得自己被忽视了，脸色立刻冷凝下来：“你跟我哥有什么关系吗，轮得到你管？”

温言惊讶于此人的迟钝，眼睛转了一圈后，抱上权竟宁的胳膊：“他是我亲哥哥啊，你不觉得我们长得很像？”说着，她看了权竟宁一眼，“对吧，哥哥。”

权竟宁对此不做评论。

他的沉默在裴立看来就是默认，他气得腮帮都鼓了起来，不依不饶地问权竟宁：“哥，拜托了，你只要背对镜头就好，真的不会拍到你的脸的。”

权竟宁给温言解释道：“他让我给他做个背影替身。”

温言斩钉截铁地拒绝：“不行！”

“关你什么事？我问的是权医生。”

“那你问问他，我说的算不算数。”温言搭着权竟宁的肩膀。

裴立看向权竟宁，眼里写满恳求。

果然，权竟宁还是摇头。

但这似乎不能浇灭裴立的决心，后来，剧组的导演又来找他谈，什么投资方的压力、杀青时限的，理由说了一大堆，说得情深意切。

权竟宁还是不为所动。

“权医生，你这么坚决拒绝的理由是什么呢？我保证，我们会给你丰厚的报酬，绝不会让你白干活儿。”

原因其实很简单。

“因为我女朋友不愿意，抱歉。”

权竟宁说完，就头也不回地离开。

导演差点把手机给摔地上：这什么破理由！

A 城某房地产开发工地，下午三点。

一名头戴黄色安全帽的工人站在脚手架上，脚手架高两米多，他脚下的木板边缘翘起。当他往旁边挪动，木板被踩翻。

工人身体失去平衡，从脚手架上摔落。

别的工人听到响声赶过来，看到眼前的景象，皆被吓得腿一软：“救……救命啊，快点打 120！”

十分钟后，靖安中队赶到，救护车也随后赶到。

宋谦涵一众队员在看到现场的惨状时，也不禁倒抽了一口凉气。

工人身上总共被三根钢筋贯穿，那是实心螺纹钢筋，每根直径约为两厘米，其中一根从臀部穿到腹部，另外一根穿过右边大腿，还有一根则直接贯通头部，血淋淋的场面一度十分瘆人。

工人一开始的身体并没有落到地面，而是悬挂在三根钢筋上面。他们想了个办法，让人把他的身体托住，用工地里的气割机把钢筋割断。

可是气割机刚碰上去，那伤者就疼得发抖，尤其是还伤及头部，他们更不敢轻举妄动，只好等待消防员过来。

现在，宋谦涵让队员把那些工人换下来，在场的医生上前检查伤者情况。

“情况不太乐观，”医生对宋谦涵道。

宋谦涵说：“我们等一下会用液压钳把钢筋割断，有什么要注意的吗？”

“动作要尽可能小，避免大幅度的震动，否则，要是伤到大脑动脉，那后果真是不堪设想。”

宋谦涵点头表示知道，让人立刻准备相关破拆工具。

随后，他们用钢筋速断器成功把腿上的钢筋切断，腹部的只是把多余的部分剪断，还剩下很长的一段，为了谨慎起见，他们决定把伤者送到医院再行切割。

工人因为剧烈的疼痛，头上满是汗水，已经接近昏厥。

最后的头部钢筋切割，难度太大，且风险很高，宋谦涵思来想去，还是把这个任务交给了温言。

温言用的是液压剪断器，这些破拆工具本是他们必须擅长的，让他们任何一个队员上去，都能顺利完成。

但如今情况特殊，宋谦涵就是看中温言力气大，手稳，能给伤者带来最少的二次伤害。

“大哥，”温言手上开始操作，却没有忘记跟伤者聊天，分散他的注意力，“大哥您贵姓啊？”

伤者气息奄奄：“免贵姓张。”

“那我叫您张大哥行不，看样子，您有孩子了吧。”

提到孩子，张大哥艰难地笑了笑：“一个……儿子，八岁了，还有个女儿，六岁……”

随着“啪”的一声，头部上方的钢筋被切断，伤者隐忍地呻吟了一声。

“别紧张，只剩一根了。”

温言从脚手架上下来，开始切割下面的部分：“那他们应该挺乖吧。”

“乖……乖得很，他们在……老家，都能照顾爷爷奶奶。”

“没事儿，过年回家又能见到了。”

温言的手是真的稳，单手拿着几公斤重的钳子，一点也没抖。

在场的工人们无一不暗自惊叹。

在她剪最后部分的时候，人们全都屏住了呼吸，直到钢筋一分为二，他们绷紧的神经才终于放松下来。

张明连同身上的三根钢筋被医护人员抬到救护车上，宋谦涵和其他队员也没有立刻离开，而是让消防车开向医院，以防医院有什么需要他们帮忙的。

一到医院，张明立刻被送到手术室，神经外科、骨科两大科室经过会诊，最终决定让神外科室主任和林深主刀，权竟宁担任神外的一助。

手术的顺序是先骨科，后才是神外。

“不行，还是太长了，要再切一部分。”林深说道。

“消防员还在外面，让他们过来。”神外科室主任对一位护士吩咐道，“让他们派一个手稳的。”

权竟宁想了下，告诉那名护士："你看看里面有没有一个叫温言的女消防员，如果她在，最好让她过来。"

"女消防员？让个女人过来能干什么？"科室主任十分不认同。

"主任，你先看看她的能力再拒绝也不迟。"

二十分钟后，手术室的大门打开，温言穿着绿色手术服走进来。

她本来有点局促，但她一眼就认出权竟宁，露出口罩的双眼望着他，里面盛满笑意。

她手上就拿着一把平时用的液压钳，走到手术台前，视线避开了台子上那一堆红色。

不是她害怕，而是哪怕见得多了，每一次见到还是不忍心。

"有什么需要我帮忙的吗？"

林深跟她说了她的任务，就是尽可能地把钢筋剪得最短，剩下的事情就交给他。

林深和温言的配合还算顺利，甚至让在场的医生护士都不敢相信。

这么个小小的女孩，怎么用一把液压钳就把钢筋给剪断了。

在温言身侧看着这一切的权竟宁，欣慰地笑着。

温言完成任务后，打算退出去，却被权竟宁叫住："等下我们这边也可能需要你的帮助，能否在这里稍等一下？"

温言兴奋地点头。

她终于可以看到权竟宁做手术了！

可她未免想得太简单。

她忘记了，权竟宁现在不是主刀的位置，手术的大部分时间是由科室主任来操作，权竟宁只是负责一些止血清创的工作。

但至少他们是站在一起的，为不幸的人挽救哪怕一丝丝的幸运。

张明是不幸的，却又是幸运的。

幸运的是，钢筋没有伤及重要血管，不幸的却是，它紧挨着大脑内的大动脉血管。

所以，把大动脉的硬膜和钢筋剥离开，花了挺长的一段时间。

张明虽然手术成功，但毕竟是伤在脑袋，手术并发症接连而至，好不容易守到他脱离危险。

他们的家属和工地又因为医药费在医院闹了一场。

把这些都处理完，权竟宁难得地有些身心俱疲。

张明醒过来了，但精神始终萎靡不振，目光呆滞，宛如痴儿。

这是神经损伤的缘故。

而且，如今国内没有治疗神经损伤的有效疗法，大多是靠营养药物慢慢养着，时间长，费用贵。

这足以击垮任何一个普通家庭。

包工头虽然已经尽力帮他们向开发商那边求情，但资本无情，他们只肯给十万的赔偿。

张明的妻子和亲友没办法，便掉转矛头指向医院，指责他们手术失误，把本来好好的人给治坏了。

医院暗地里叫苦，念着他们家庭困难，只想息事宁人，便打算给点钱，让这件事早点过去。

权竟宁把事情经过告诉温言，温言当即气得拍桌子："岂有此理，你们冒着生命危险帮他做手术，现在竟然还反咬你们一口，他们的良心是被狗吃了吧！"

权竟宁拍拍她的背，让她冷静："他们不过是走投无路，而且出于人道主义，医院帮他们一把也是应该的。"

"可是你们呢，他们会不会让你们背这个锅？"

"不会。我们的手术经过认定，是没有任何问题的，谁也赖不到我们头上。而且，事关医院的名誉，他们不会吃这个哑巴亏。到时候也会以慈善的名义给他们筹钱。"

"那个房地产叫什么名字，这么没人性，小心被雷劈！"

"全通。丁浩坤岳父的企业。"

很快，医院在网上发起众筹活动，医院内部人员大多捐了，筹到了二十万元。

活动信息经裴立转发，社会上也筹到了一大笔资金，总共有三十万元。

温言心里硌硬，但还是鼓励中队里的兄弟，多多少少给他们筹了两万元。

没办法，当兵的人少，而且穷。

温言把钱送到医院去的那天，张明的亲友们都在现场。

因为医院还决定举行一个小小的捐钱仪式。

张明的妻子从权院长手里接过信封，脸上的表情有愧疚，也有感激。温言在场下默默地看着，突然觉得有点讽刺，又有点同情这个女人。

家里的顶梁柱没了，上有老父老母，下有儿子女儿，这个方法固然卑鄙，却是他们挣破牢笼的唯一办法。

谁又能怪她？

她没有上台，把钱交给权竟宁，让他代为转交，自己去看张明。

张明依然没有起色，但在看见她的时候，眼珠子稍微动了一下。

她一直等到张明的妻子回来。对方眉开眼笑，压根看不出来她的丈夫此时就躺在病床上。

“你还有良心吗？”

张明妻子的脸终于变白：“我……”

“我告诉你，做人不能这样。”温言指着床上的张明，“你丈夫身上的钢筋是我剪的，手术是我的男朋友帮他做的，你想要钱，可以，但你不能用这么卑鄙的方法。”

“我……我能怎么办嘛。”女人哭喊着，“他要是一辈子都醒不过来，我们娘儿仨的日子可怎么过啊？你们就当可怜可怜我们……”

“现在，钱已经在你手上了，你给我马上跟媒体澄清，说清楚你丈夫的后遗症到底是怎么回事儿。”

女人忙不迭地答应：“好好好，我马上去！”

温言没再看那女人，转身出了房门，回去找权竟宁的路上，遇到了裴立。

他自己推着轮椅，向她迎面而来。

“听说这次的筹钱还得多亏你啊，你的那些流量总算做了件好事。”

“反正不是帮你。”裴立傲娇地说，“我平时也做慈善的好吧。”

“行，只要你们明星都献出一点爱，世界将会变成美好的人间嘛。”

后来，媒体确实澄清了事实真相，而张明也在三个月后出院，虽然还是没有彻底清醒过来，但也能完成一些简单的事情。

温言去看了几回，而她也是唯一一个能让张明喊出名字的人。

他喊温言“言言”，似乎把她认成了自己的亲人。

温言每次听见都觉得很欣慰，某人却不乐意了。

“你让他换个名字。”

“为什么？”

“言言这两个字，太亲了，不适合他和你的关系。”

“那叫什么才适合？”

“权太太。”

“……”

天气越来越热，走在路上不撑伞，不到三秒，铁定成人干，可到了下午三四点，突然下起雷阵雨来。

温言到楼下买零食，回到小区楼下已经被淋成落汤鸡。

刚好遇见值班回来的权竟宁，她一时恶作剧心起，把湿淋淋的头往他的怀里拱。

有邻居经过，轻轻咳嗽了几声，温言连忙装模作样地去按电梯。

电梯从一楼上去，权竟宁沉沉的笑声就没断过。

温言打开自己家的大门，权竟宁跟在她身后，滑进了门，转身去把空调温度调高：“你不是说最近长口腔溃疡，怎么又吃这些东西？”

“这叫以毒攻毒。”温言盘腿坐在沙发上，拆开一包薯片。

“我来看看你好得怎么样了。”权竟宁坐到她身边，顺势环住她的腰身。

温言立马捂住嘴：“不要！”

“你怕什么？”

“丑死了。”她才不要在他面前翻嘴唇，想想都觉得节操碎一地。

“我不嫌弃你。”

“走开，我要看电……‘嘶’——”

“咬到了吧？”权竟宁仿佛看穿了一切。

温言顿时有点火大：“不要跟我说话！”

权竟宁拗不过她，正打算用惯常的招数制服她，还没摸到她的衣摆，门铃响了。

温父、温母从门外进来，谈论着今晚的菜：“我刚才尝过了，这辣椒绝对够味，今晚就做个剁椒鱼头怎么样——啊竟宁来了。”

权竟宁连忙从沙发上起来，跟两位打招呼。

温母想让他留下吃饭，遭到温言的拒绝：“千万别，只要他在这儿吃饭，那饭菜就没味道。”

权竟宁幽幽地瞅了她一眼，也觉得有些发愁。

他跟温言的口味可谓天差地别，一个吃不了辣，一个吃不了不辣。不只如此，他们两家人的口味也不一样，所以他也一直在发愁，到正式见家长的那天，他到底要准备些什么菜。

“你这孩子，胡说八道什么！没礼貌！”温母呵斥了温言一句。

温言撇撇嘴，在她妈看来，权竟宁能看上她，那是天上掉下的馅饼被她捡到了。所以，她认为自己就得小心翼翼地对待权竟宁，生怕他跑了去找别人。

可是在她看来，她跟权竟宁是相知所以相爱，他懂她，她也懂他。

他们是完全平等的个体，互相尊重，互相理解，互相包容。

或许，他们能比其他情侣走得更远一点。

那时的温言，仍然乐观。

“阿姨，”权竟宁说，“温言最近上火，还长了口腔溃疡，不能吃辛辣刺激的食物，她自制力差，还请你们看着她点。”

温母忙不迭答应：“哎好的好的——你这孩子，都上火了还想吃辣，真是……”

温言被告状，心里非常不爽，于是使劲瞪着始作俑者，瞪他瞪他……

权竟宁趁着温母去做菜，温父去了房里，问温言明天有没有时间。

温言很爽快地点头：“怎么，想带我去约会？”

“带你去见个朋友。”

“朋友？为什么突然要见你朋友？”

“只是想着应该让你知道，我有个很重要的朋友，他去世了，拜托我照顾他的亲人。说是朋友，其实是我朋友的亲人。”

温言握上他的手：“好。”

第二天，权竟宁带温言去了孙明萱家里，孙明萱就是他的同事童沛的遗孀，他们还有个女儿，叫童童，今年六岁。

虽然没了父亲，但童童性格很好，权竟宁和温言一进门，她就奔到了他怀里，权叔叔权叔叔地叫得可亲热了。

“权叔叔权叔叔，你怎么这么久都不来看我呀，妈妈说我就要上小学一年级了。”

“是嘛，那权叔叔给你买个新书包好不好？”权竟宁抱着孩子，脸上满是温和的笑意，极具男人味的声音在哄孩子的时候显得尤其性感。

“这位是……”孙明萱第一次看见温言，不免有些疑惑。

权竟宁为两人做了介绍，孙明萱有些欣慰，让他们去客厅坐着，给他们倒了饮料。

孙明萱去了厨房，童童趴在权竟宁的膝上，眨巴眨巴着一双大眼睛，直直盯着温言瞧。温言本来就喜欢孩子，看到这么个可爱的小女孩，心里就好像有冰激凌在化开，又软又甜。

一个大女孩，一个小女孩，双双瞪着大眼睛盯着对方瞧。

最后，还是童童忍不住惊叹出声：“姐姐，你好漂亮，比我们班的小公主还要漂亮。”

童言无忌，温言自然没有当真，但还是被孩子的天真逗笑：“你也很漂亮啊。”说着，忍不住轻轻摸了摸孩子的脸颊，孩子的脸太娇嫩了，她都怕自己不小心弄疼对方。

“我……”童童揉着圆圆胖胖的小手指，“我可以亲你一下下吗？”

温言和权竟宁对视一眼，忍不住笑了。

权竟宁故作严肃：“我进来这么久，你都没亲我，怎么，这是嫌弃权叔叔了？”

童童连连摇头：“可是，权叔叔有女朋友了，那我……就只能亲温姐姐了。”

权叔叔、温姐姐。

“看吧，有眼力的人都能看出来你比我老。”温言笑着调侃权竟宁。

权竟宁更加不痛快了，又让童童说了很多好话，才终于让她如愿以偿。

孙明萱出来后，他们让孩子先到房里去玩，他们坐在客厅聊天。

平时权竟宁过来，都是问她最近的生活，以及关心孩子，看她有没有遇到困难，有的话，他就会帮她一把。但孙明萱不是个性格软弱、依赖心强的女人，权竟宁知道很多时候她说过得不错，那也真的只是还过得去，并不能算好。

再者，权竟宁毕竟是异性，不宜来得太过频繁，大多时候，他们都是通过电话沟通。两人在童沛生前也不算熟悉，童沛去世后，他们能说的话也不多。

所以很多时候，权竟宁也感觉有心无力。

这次温言同他一道过来，可能是同性之间比较聊得来，孙明萱对着温言，明显比对着权竟宁说的话要多，气氛还算融洽。

不过，作为医生，权竟宁还是敏锐地感觉到，孙明萱的情绪不太正常。

她在强颜欢笑，而且情绪紧张、压抑。

童沛过世之后，孙明萱有一段时间非常痛苦，但为了童童，她咬着牙总算挺了过来，就连权竟宁也很佩服，他认为她是个很坚强的女人。

但再坚强，也不可能坚不可摧。

或许，他还得找机会和她谈谈。

过来这里的头一天，权竟宁就告诉过温言孙明萱的情况，她是童沛的遗孀，童沛死后，她跟唯一的女儿相依为命。

一个女人，没了丈夫，独自抚养孩子，真的挺不容易的。

今天真正见到，她的话里也没有任何对命运不公的痛恨和自怨自艾，所以温言真的打心眼里佩服她。

聊到一半，有客人来了，孙明萱过去开门。

刚把门打开，温言和权竟宁就听到那人的质问：“你从全通辞职了？”

孙明萱迟疑地点头。

客人进到门来，和温言权竟宁打了个照面——来人竟是童霖。

童沛、童霖，他们不得不承认，这世界真小。

童霖没有在意温言，只是多看了权竟宁几眼，然后继续追问孙明萱辞职的事。

很明显，她回国以后跟孙明萱一直有往来。

“没了工作，你怎么照顾孩子？”

孙明萱说：“我会去找新的。”

权竟宁也忍不住问道：“为什么突然辞职？”

“嗯……我只是想换个环境。”

“你以为做到董事长秘书很容易吗，你知道我花了多大力气才让你进去吗？”

温言在一旁也有点听不下去，童霖从进来开始就不停地质问孙明萱，只关心她丢了一份人人羡慕的工作，却一点也不关心她为什么辞职。

毕竟对于孙明萱来说，有工作才能生存，可是她付出那么大的代价也要辞掉工作，其中肯定有什么不得已的苦衷。

“童医生，你先少安毋躁，我觉得孙小姐肯定有自己的苦衷，她不想说，也不好逼她。而且，工作是她要做，她觉得不合适，别人也没有立场指责，如人饮水冷暖自知罢了，你说对不对？”其实温言还有一句话想说：不过是一家冷血无情、吃人血馒头的公司罢了，有什么好稀罕。

童霖被怼得无话可说，很想羞辱温言一番，这是他们的家事，她一个外人有什么资格在这里指指点点？

不过权竟宁在场，她没有把话说得太绝。只想等他们走后再劝劝孙明萱。

童霖来了，权竟宁和温言的兴致就没了大半，可是人家一来他们就说要走，未免太不给人面子。

当然，童霖在温言这里是没有面子可言的。

她要给，也只给孙明萱。

刚好童童过来邀请温言去欣赏她的画作，温言就干脆把烂摊子留给权竟宁，自己陪童童进房去了。

童童的画里画着三个小人，他们手牵着手，站在玫瑰花盛开的花园里。

童童有的是最亮的大红色，玫瑰花开得很灿烂，也很艳丽。只是那红色太过艳丽，总让人联想到淋漓的鲜血。

“这是爸爸，这是妈妈，这是我，”童童指着画里的小人，一个一个介绍道，“我们一起去公园玩，公园里有很多树木，还有花朵……”

温言耐心地听着，然后指着那“爸爸”的小人问道：“为什么爸爸头上会有个小圈圈？”

“妈妈说，爸爸虽然离开了我们，但是他变成了天使，他会一直在我们的身边。”

温言心疼地抚摸着孩子柔软的发顶。

孩子太懂事了，她也不知道该说什么去安慰童童。

也或许，最难过的时期都过去了，现在的安慰对她们来说已经没意义了。

权竟宁进来时，她们正在给图画本涂颜色。

温言和童童把自己的作品拿到他面前，都一脸傲娇地求表扬。

权竟宁做了简单的点评。

对童童的：“嗯，很好看，比温阿姨的好看多了。”

对温言的：“别以为我看不出来，你这只是涂了个颜色。”让温言画画，还不如让她去练狂草。她为了不在孩子面前丢脸，便只拿了个填涂本，给本来画好的图填上颜色。

温言泄气地翻白眼。

不过温言也发现了填涂本的好处：“权医生你知道吗？听说给这个涂颜色特别能减压，我刚才试了试，还挺有效的。”

“是吗，那都是骗消费者的说辞吧。”

“你不试试怎么知道？”

然后三个人开始在那里埋头涂色，你负责把叶子涂绿，她负责把大象涂灰，我负责把花朵涂红。

“权医生，你好像都没有给我送过花。”涂着涂着，温言突发奇想来了句。

权竟宁“嗯”了一声，头也不抬地说：“既不实用，又不环保，我可不想看到我送你的东西，没几天就被扔到垃圾桶。”

温言吐槽道：“真是一点浪漫细胞都没有。童童说，以前她爸爸就经常给她妈妈送花，而且都是玫瑰花。”玫瑰代表爱情啊。

“嗯。”权竟宁依然无动于衷。

温言不禁有点失落。

其实温言不过是随便说说，她也不喜欢追求不切实际的浪漫，但是总觉得好不容易谈一次恋爱，总要试一试以前没试过的。

但是，面前的人好像不是这样想。

温言不是心里藏事儿的人，这一页很快揭过。

回去的路上，两人坐在出租车后座上。

权竟宁心里在想事情，没有主动搭话。

倒是温言有事情想问他。

“我听沈烨说，林深辞职了？”

“嗯，就前几天的事。”那天地手术之后，他就向老爷子递了辞职信。

老爷子一开始不同意，后来他不知怎的就说服了老爷子，就像他当年不动声色地离开去美国那样，这次他也没有一句交代，便再次销声匿迹，没有人知道他去了哪里。

“为什么这么突然？”

“他的事，我哪里知道得那么清楚？”

权竟宁把话说完之后才发现自己语气不对劲，转过头看温言，她果然也惊讶地看着他。

他舔了舔嘴唇："我是说，林深很少主动跟人提起自己的事情，所以我们也很少知道他的事。"

"哦。"

沈烨不好意思再问权竟宁林深的信息，便在温言这边旁敲侧击，是以温言才有此一问。

温言没有得到答案，反而因为权竟宁突然的情绪变化而有点不安。或许他只是心情不好吧，然后她就没再说话打扰他。

孙明萱从全通辞职之后就一直在找工作，她太需要一份工作了。

这天晚上六七点，正是天色昏暗不明的时候。加上刚下过一场暴雨，地上湿滑，孙明萱跨过坑坑洼洼的路面，经过一条小巷。

小巷里人声罕至，身后的脚步声不加掩饰地传入耳中，她加快了脚步，对方的脚步声也越来越快。

孙明萱吊着的心快要从嗓子眼里跳出来，她满心满脑想着的都是自己女儿。童童今天收到权竟宁的书包，还特地给她打电话说，听女儿的声音，应该非常高兴。

她迫不及待地想回去跟女儿分享那喜悦，她多想抱抱女儿，抱着女儿，她就不会害怕了。

眼看着就要走到巷子尽头了，身后人的脚步也慢了下来，孙明萱稍微松了一口气。

可当她从巷子里出来，一辆通体泛着亮光的黑色宾利正在那里等着她。

孙明萱的脸色"唰"的一下，变得毫无血色。

后车窗缓慢降下，她再次见到那狰狞、令人作呕的嘴脸。

酒店里灯光昏暗，孙明萱浑身无力，咬着牙忍受千万只虫子在自己身上爬走的恶心，无力地淌下眼泪。

天色蒙蒙亮，靖安中队的队员就开始起来早操。

前一秒他们还在讨论一个星期后跟医院的联谊，个顶个地兴奋，就连温言都忍不住为他们开心，联谊就是能认识女孩子啊，把人家追到手，他们就能成家了……

可后一秒，场景急速转换，他们已经站在 A 市最豪华的酒店天台上。

孙明萱穿着单薄的白色衬衫和黑色西装裤，看样子是去工作或面试的打扮，反正绝不会是在天台跳楼的装束。

她背对着他们，坐在天台的围栏上，围栏比地面略高一些，远处是刚升起不久的红日。

她在阳光下微眯着眼，发丝被高处的冷风吹得凌乱不堪。

温言看着她的背影，喉咙一哽，张了张嘴，却不知道说什么。怎么会变成这样呢，前些天不是还好好的？

她打了电话让权竟宁过来。

权竟宁就在早上上班的车流高峰期，踩着120码的车速赶到，随后而来的还有孙明萱的父母。

她的母亲一见到这样的状况，差点当场晕倒，被她父亲扶着才勉强站着。

宋谦涵在楼下，吩咐人铺好了明黄色的气垫，可是这么高的楼房，哪怕是落到气垫中心，也很难全然无恙。

天台上温言和其他队员形成三点的虚弱包围之势。

温言在她身后，负责劝阻，另外的队员在两边，准备随时趁其不备将她强行捞回。

“明萱姐……”

“你不要过来。”孙明萱的话语轻轻的，哪怕是在绝境，她依然温婉柔顺。

就是这么一个温婉坚强的女人，温言实在想不出来到底是什么事情逼得她要寻死。

“有什么事情不能说出来，我们一起解决？”权竟宁站在温言身后，对孙明萱说。就是这么近的距离，温言敏感地察觉到了权竟宁身上压抑暴怒的气息，其中或许还有恐惧。

孙妈妈哭得十分悲苦：“明萱，明萱，你看看你妈妈，你看看我啊，我的女儿……”

可孙明萱依然不为所动。

亲情牌都没办法，温言又有什么把握去劝？

她往前一步，立刻就被权竟宁拉住，她回过头向他笑笑，给他做了个放心的口型。

权竟宁迟疑地放手。

她站定，清了清嗓子：“明萱姐，你转过来，我们面对面谈谈。”

温言也不着急，慢慢踱步到她右边，可离她还是有一段距离。

“温言——”权竟宁着急地喊。

温言没有回应他，直走到天台边缘，稍稍俯身，就能见到近百米下的地面，那里现在挤满了人，小得跟蚂蚁似的，都在看热闹。

“要是你不知道，我就给你算算。官方数据显示，这家酒店楼高将近一百米，齐头给他算一百米好了。人从这里跳下去，落到地面用时你知道多久吗？”温言伸出五根手指，“不到五秒，你三十年的人生，不到五秒就能结束了，想想还是挺爽的。可我用我的人格保证，你绝对会后悔的，不用落到地面，你跳出去的那一瞬间就会后悔！

“我见过很多闹跳楼的人，其实这些人最烦，说要跳可总是不跳，废话，要想跳的话还能等到消防员来嘛。在那里坐大半天，还得我们给他端茶送水，大爷似的，说白了还不是因为孬种。见到这些人，要是楼不高，我就直接把他踹下去了，楼高的话，我通常不怎么管，因为他们不可能会跳。”

“被我踹过的人，完了之后都觉得受益匪浅。你知道为什么吗？因为死过一次的人最怕死。”

孙明萱说：“温言，你不是我，不知道我经历了什么。”

“你不说，我们怎么知道你经历了什么？说出来大家一起解决，有什么事情是解决不了的？”

孙明萱摇头：“解决不了的。”

温言有点抓狂：“好啊，你不怕死，你就是铁了心要跳下去对不对——那你跳啊！我说一二三，你快点跳，我们好早收工。”

“温言，你给我闭嘴！”权竟宁对着温言怒吼，温言还是第一次见到他对自己发火，眼里的怒火似乎要喷出来把她烧着。

温言惊讶过后，又开始难过，却还是坚持着说：“可是麻烦你在此之前想好了，一旦你从这里跳下去，我的队员，他们会不救你吗？他们一旦救你，就得把自己置于危险之中，你死了，他们会内疚一辈子，可是万一他们因为你而牺牲了呢？你凭什么要让他们为你送死？本来他们都好好地在中队训练聊天，他们有很多还没成家，你看看那边的两个，今年才二十岁，你再看看那边两个，儿子、女儿才刚满月，他们现在身上没有任何防护措施，只要你往下跳，他们就会飞扑过来救你。他们知道救到的可能性很小，可他们不救不行，这是我们的职责。”

那些队员听到她的话，都默默低下了头。

“我们不说这个，说别的。我们来说说你女儿童童，她今年六岁，正需要父母陪在身边，只要你从这里跳下去，她下一秒就会变成孤儿，从此孤苦伶仃，被人嘲笑，被人轻视，她的精神能健康到哪里去？然后呢，她会无心向学，长大之后在社会上庸庸碌碌地过完一生，说不定还会走上你的旧路。到时候她对你的思念或许会消磨殆尽，就只剩下被你抛弃的怨恨了吧。别说你的孩子不会那么不坚强，你坚强，最后还不是选择了这条路？”

“我话就说到这里。”温言没有再说，她不相信孙明萱听到这些还能无动于衷。

事实上，孙明萱确实动摇了。

“明萱，当年那么苦都过来了，你怎么就那么想不开啊……”孙爸爸也老泪纵横。

孙明萱终于转过头来看他们：“爸、妈。我……”

温言在不远处静静地看着，权竟宁的双眼直勾勾地望着孙明萱，压根没有往她这边瞧一眼。在孙明萱从围栏上下来时，他还小心翼翼地上前，把她搂在怀里抱下来，生怕会惊吓到她。

温言在心里自嘲，侧头望了眼天台之下，虽然经历得多了，但每次站在这种高度往下看，还是会觉得心惊胆战的。

或许别人忘了，但她从来没忘，在进军校之前，她还是个恐高的人。

权竟宁让孙家父母先带孙明萱离开，温言经过他的身边，他利索地把她拉到另一边，怒气冲冲地看着她。

温言也示意自己的队员先走。

“你刚才为什么要激她，万一她真的跳下去了由谁负责，你吗？”

“现在不是好了，她没跳，我也不用负责。”或许是权竟宁的态度让她感到十分反感，温言耸耸肩，一副漫不经心的样子。

人有时候为什么要装作不在乎，那是为了保存自己在对方面前的自尊。

她这副漫不经心、吊儿郎当的样子把权竟宁的火气全激起来了：“你这是什么意思，你到底把人命当什么了？”

温言苦笑：“这个问题，我有什么好回答的。她现在很脆弱，你还是快点下去看她吧，最好把她送到医院去看看。”

说完，她又拍拍自己的脑袋：“你看我，你哪里需要我提醒。”

“虽然你救了她，可是你的方法恕我不能苟同。”权竟宁火气上头，没有分出神来细想温言的异样，很快就下楼去了。

权竟宁一走，整个偌大的天台就只剩温言一个。

有位队员突然从角落里冒出来，冷不丁和温言撞上：“指导员你怎么哭了？受伤了吗？”

温言猛地转身擦脸，声音闷闷的：“风大吹的。你怎么还没走？”

“哦，我有东西忘拿了。那我们快下去吧。”

“嗯。”

孙明萱放弃自杀，但并不代表问题就解决了。

她父母和权竟宁嘴皮子都快磨破了，她才终于把事情原委说了出来。

她被全通董事长侵犯了，可她不打算起诉，一是为了童童，她不想让人知道童童有个有污点的母亲，二是全通在A市的势力太大，她根本斗不过他们。

一开始她以为自己辞职了就没事，她没想到他竟然会做出这样的事来。

“我觉得这样不对，错的是他，不应该由你来承担恶果。你应该勇敢一点。”权竟宁不赞同地道。

孙妈妈有点担忧：“可是权医生，这毕竟是不光彩的事啊。”

“不光彩的是他，错了就是错了。”是非黑白，都应该诉诸法律，如果连作为受害者的人都不敢站出来指证，到最后受害的将会是每一个人。

权竟宁脑子里突然就响起一个人的声音。

她说，这个世界不是黑就是黑，白就是白，哪怕你心如明镜，却还是阻止不了灰色地带的存在。

可是她就是死心眼，还是固执地选择相信：是非黑白，自有公理。

温言虽然对权竟宁生气，可也不可能真的不管孙明萱。她把沈烨喊去了中队，两人商量对策。

沈烨：“现在的问题是，酒店那边不肯提供监控视频，而且哪怕提供了，也很难确保没有被删减。”

“我们得想个办法，让他们不想提供也得提供。他们现在不就是靠钱多压死人嘛，我们就找一个比他势力更大的、钱更多的人。据说那家酒店据说级别很高，想找那样的人应该不难。”

“可是钱多势力大的人凭什么帮我们啊？”

“倒也是。”温言沉吟半晌，“不管了，先查一遍再说，万一真的找到认识的人呢？”

沈烨想说其实他们家完全可以和全通抗衡，只是他们两家是死对头，她家的人绝对不会去住全通的酒店。

沈烨几乎调动了全部的眼线，竟然真的被她查出里面有认识的人——宋谦涵的父亲，A 城的军区司令。

这个简单，沈烨去拜访了她的舅舅，幸好她的舅舅也给她家面子，很爽快就答应了他们的要求，然后对全通说自己在他们酒店入住期间丢了很重要的东西，要求调取监控视频。

就这样，她们轻易地得到了监控视频，而且是在警察的眼皮子底下，这下关老鬼想要抵赖也没法子了。

自从上次吵架，温言和权竟宁已经有一个多月没有见面。偶尔放假，她却还是会自己做饭，让赵婶把饭菜带给他。看到赵婶拿回来空的饭盒，她就会觉得很满足。

这段时间权竟宁一直为孙明萱的事奔波，孙明萱最后还是决定起诉，为自己讨个公道。

这件事还是温言在新闻里看到的，为此，全通股票跌停板，温言觉得很是痛快。

她现在对全通简直痛恨到了极点，哪天它着火了，她觉得自己都不会进去救。

温言一个月才回来不到两次，以前她回来总会先看看权竟宁在不在对面，可是现在，她回到家门前，就径直走了进去。

那个人不会在的。

他再也不会像以前那样，一听见她开门的声音就出来笑着抱她了。

到晚上，苏聘约她出去喝咖啡，她反正在家待得无聊，就答应了。

两人约在小星星咖啡店碰面，离她家挺近，所以温言也没换衣服，直接大裤衩、人字拖就出了门。

她一进门就看到苏聘坐在小沙发上，旁边竖着个小行李箱。

“你要出远门？”温言坐在她对面。

“是啊，去出差。”苏聘给温言点了杯奶茶，还嘲笑她在咖啡厅喝奶茶。

“带特产带特产！”

“我这次也不知道去多久，你确定等得及？”

“我对于白吃白喝这种事情向来很有耐心。”

苏聘忍不住大笑：“温言，你真是太逗了……”

温言托着腮帮翻白眼，无视对方的嘲笑。

“你要出差，不和老公道别，却来这里和我喝咖啡？说吧，是不是吵架了，其实想回娘家啊？”

说到这个，苏聘有点沉默，温言心道自己不会多嘴猜中了吧？

“跟他日夜相对的，又不是没离开过，真是矫情。”苏聘不想说自己的，就把话头引到温言身上，“说回你吧，最近权竟宁为孙明萱的事儿东奔西走的，冷落你了吧。”

何止冷落，简直是雪藏了。

“他有自己要干的事，我也有，又不是小孩子，不是整天非得黏在一起。”

“你能想通就好。”

“苏聘姐，你也认识她？”

“算是吧，也是听程宇说的，没见过面。”苏聘看了温言一眼，“我听说孙明萱对他很重要，这次要是她出了什么事，估计权竟宁会愧疚一辈子。”

“有多重要？”其实她知道孙明萱是童沛的妻子，权竟宁对她愧疚，可他有没有超越责任之外的感情，她不敢笃定。

苏聘拍了拍自己嘴巴：“你看我这张臭嘴，怎么能在人家女朋友面前说这些话，那当然不够你重要啦。”

温言勉力笑笑，再问，苏聘也不说了。

苏聘离开后，直接去机场。

温言则是一个人慢慢悠悠地往回走。

街上行人来往匆匆，橱窗内的灯光映出来，温馨浪漫，温言停在一家服装店前。

橱窗里的是一对男女假人模特，女模特穿着嫩黄色沙滩长裙，头上梳着鱼骨辫，戴着一顶沙滩帽，男的上身一件蓝色衬衫，里面白色背心打底，下身一条灰色短裤，看上去很清凉。

明明是两个冷冰冰的假人，可它们依偎在一起，温言硬是觉得很温暖。

鬼使神差地，温言走了进去。

其实她是临时起意，进来之后也不知道自己想买什么，导购员在一旁叽叽喳喳地介绍新款，她一个字没听进去。

领带他是不常用的，钱包又太俗了，围巾又不合时节。

最后温言看中了一款衬衫。他这个衬衫狂魔，肯定喜欢。

而且她选了个丁香紫的颜色，这个颜色别的男人穿或许会显得很娘，可她却笃定他不会，反而会显得很贵气。

温言选好了礼物，心情由多云转晴。

不过她又想到，他的生日在 12 月，现在的衣服到那时会不会过时呢？然后她转念又想道：谁说只有在生日才能送礼物呢，就当普通礼物好了。

……

第二天，沈烨有事要找权竟宁，在小区门口遇到了温言，温言穿了军装，正打算回中队。

温言问道："你为什么不给他打电话？"

"他的电话关机了。"

"他最近都很忙。"

"我知道啊，原告证人还是我帮忙找的呢。姓关的那个老浑蛋，都不知道祸害了多少女人，我一口气把她们全请过来了，就是要证明给大家看，他是个老淫虫。"

温言笑笑，可笑过之后又有点心酸，他找沈烨帮忙，也不找她。

"这个时候他大概已经出门了，你去医院找找看吧。"

"我问过了，陆尹说他今天没去上班。"

"哦，这样。那去孙明萱家看看？"

"好主意。一起？"

温言摇摇头："我有事儿，就不去了。"

沈烨扁着嘴，使劲摇她的胳膊求她。

两人站到大马路边，突然有辆灰色面包车停在她们面前，她们还以为是别人要下车，特地往旁边让开。谁知车上下来几个大汉，将她们团团围住。

沈烨被吓坏了，抱着温言不敢动。

"你们是什么人？"

温言临危不乱，可并没有什么用。

她们被挟着掳上了车。

不远处有个小混混看到这一切，当即把烟掐掉离开。

一个小时之后，她们被绑到了一间废旧仓库里。

那些大汉就别想让他们懂得怜香惜玉了，直接把她们扔到地上，沈烨“哎哟”了一声。

然后眼罩也没给她们摘，一帮人把大门锁上就撤了。

仓库里满是废旧的布料，地上淌着水，不远处有水滴落的声音，就连空气都是湿漉漉的。这让她们感到很不舒服。

沈烨吐槽温言：“你不是很能打嘛，怎么还没开打就尿了？”

温言把绳子挣开，这对她来说是小菜一碟。然后她帮沈烨松绑，附在沈烨耳边低声吼：“他们有刀！”

当时她站在沈烨面前，腰上被冷冰冰的刀刃怼着，“我拳头再硬也没有刀硬啊。”

“不得了不得了。”沈烨绝望地摇着头。

“那现在怎么办？”

“你应该要问，那些人到底想干什么。”只是绑两个女人，可感觉他们是有备而来，唯一的可能就是，对方知道她。所以他们的目标是她？

沈烨问道：“你最近得罪了什么人？”

温言坦白地说：“我就没有一天不在得罪人。”

沈烨眯着眼笑：“好巧，我也是，哈哈。”他们做记者的，尤其是她喜欢跑社会版，还喜欢时不时地揭露些社会黑暗，自然有不少人不爽她。

这两个人也算是一对难姐难妹了。

安静下来后，她们就坐在身后的布匹上，思考自己得罪过的人。

“啊！”

温言一下捂住她的嘴，咬着牙道：“拜托，能不能不要一惊一乍的，你是想把那些人都引过来吗？”

沈烨缩了缩头，“我只是想到了一个人。”

“谁？”

“关老鬼啊。他财大势大，弄几个杀手应该挺容易的，而且我得罪的人，最近也只有他了。”

温言也觉得有道理：“很有可能。不过他们只是把我们绑过来，却不做什么，或许只是想吓唬我们？”

“我觉得不只是这样。”沈烨咬了咬下嘴唇，“很有可能还因为他知道了我的身份。”

温言一挑眉：“你什么身份？”

“我老爸也是A城企业的龙头老大好不好，跟全通平起平坐的，说不定还比全通厉害呢。”

温言抱拳：“大小姐，失敬失敬。”

“唉，你就别取笑我了。权竟宁的外公也是我家企业的大股东啊，他外公只有他一个孙子，以后的家产都要传给他的。那你也要发达了。”

温言心道：关我什么事。

而后沈烨做出一副苦恼样：“关老鬼肯定是因为我家在合作案里撤资，现在想报复我爸。”

“你们又为什么撤资？”

“当然是因为他们不厚道啊。第一，你看他们的股票跌成那样了，别人怎么可能还跟他们合作。第二，他现在可是犯罪，德行有亏，我爸最看不上这种人。就算权竟宁不跟他说，他也会撤资的。”

“权竟宁特地去找你爸，让你爸撤资？”温言瞪大了眼。

沈烨“嗯”了一声。

温言很久都没有说话。昨天苏聘说孙明萱于他很重要，她当时不知道有多重要，现在知道了。她不停地告诉自己，他对孙明萱就只是责任，是因为自责，可是听到他竟然为了她做到这份上，她心里还是忍不住酸酸的。

“啊！”

温言又被她吓了一跳。

“又怎么了？”

“我忘记了，今天是案子一审宣判，万一关老鬼用我们来威胁他们撤诉怎么办？”

温言这下也意识到事情的严重性了。

“我们一定要逃出去的。”

温言点头：“我倒是想到了一个办法，不过需要你配合。”

“你说你说。”

温言的计划是这样的：“我猜他们虽然有武器，但肯定不多，这种三流杀手，顶多给他们几把刀就够嘚瑟了。所以等一下我们得引他们过来，你让他们带你出去，我逐个攻破，然后就去找你。”

“不行不行，太危险了。”沈烨眼睛红红的。

“不行也得行，没时间了，这是我们出去的唯一办法！”

沈烨还有些抗拒，也有些害怕，温言只好赶鸭子上架。

她们先把绳子绑回来，虚打了个结，眼罩也戴好。

然后沈烨就开始发挥她的演技，装尿急把人引过来。

他们也算是谨慎的，一来就来了两个，其中一个把沈烨带走，另外一个看着温言，觉得没什么问题，就想关门出去。

温言连忙喊道：“大哥，帮个忙呗。”

“废话少说。”歹徒还是停下动作。

“你们就不能帮我把眼罩摘了？黑乎乎的，什么都看不见，我好害怕。你看我们都被绑得这么紧，又能跑到哪里去呢？”

“反正你们都在这里待着，戴不戴有什么两样？”他知道这俩女孩里面有个特别厉害的，但怎么个厉害法，他也不清楚。而且到底是哪个女孩，他也不晓得。所以他一直在犹豫。但也不知道自己为什么犹豫，明明他是来绑架人的，怜香惜玉是他们干的事儿吗？

“可是……可是人家好害怕。”温言几乎要被自己恶心死了。

“真是麻烦。”那人最终还是过来，帮温言把眼罩摘下。

温言的大眼睛一露出来，里面闪着得逞的光，对方这才反应过来自己上当了：“你……”

“谢谢您嘞，大、哥。”温言手起刀落，一个手刀把对方劈倒。

接着，她在他身上搜刀，没搜到，于是把人拖到另一个角落，然后继续装病，把另一个也引过来。

但这个人就没那么好糊弄了，温言跟他缠斗了几招，被对方得了空大喊，于是，剩下那人也过来了。

温言不知道这人里面到底谁带了刀，可万一都不在这里面，而在沈烨那里呢？

这样想着，温言觉得自己背上都在冒冷汗，于是一时发了狠劲，把第二个直接踹晕了。

第三个没什么用，被温言打了几拳就晕倒了。

她正想一个一个去搜。

“别动！”

身子凝住不动，她缓缓转过去，只见对方举着刀抵在她的脖子上。

那人正是刚才来的第一个。

“大哥，你这是哪里来的啊？”温言还不忘笑着问。

对方并没有回答她，他正要打电话给最后一个人，这时外面传来沈烨的叫声。

“啊走开！”

“沈烨——”温言头皮都快爹开了，什么都没想就冲了出去。

就在她身子移动的那一刹，“砰”的一声，耳边轰鸣声乍起，温言猛地回头，一颗子弹在自己肩膀上擦过。

与此同时，另一颗子弹从对方的左脑穿进，在脑袋右边炸开，然后，那人倒地不起。

异变突起，温言整个身子都僵掉了，嘴巴张了又张，说不出一句话来，只是不停地喘气。

缓了许久，她发现自己浑身脱力，靠在身旁的墙上。

她看着不远处的尸体，心里有庆幸，有恐惧，也有对逝去生命的惋惜。

这是第一个，在她面前因她而死的人。

良久之后，她慢慢踱步到窗边，她的步伐僵硬而缓慢，透过炙热的阳光，她看到不远处的屋顶有亮光在闪。

那是……狙击手？

温言赶到沈烨那边，沈烨已经被警察救下，她身上套了件外套，眼睛鼻头都是红通通的。

一阵后怕袭上温言的心头。

她跑过去将沈烨紧紧抱住，一遍又一遍地说“对不起”。

沈烨也大哭：“我好害怕，那个浑蛋……”

哭了不知道多久，她的声音渐渐转小，然后在温言怀里晕了过去。

温言站在病房门前，看着里面的权竟宁给沈烨做检查。

结束后，他走出来，轻轻关上了门。

“沈烨她，怎么样了？”

权竟宁摇头，把听诊器从颈上取下，团了团，握在手：，“受了点惊吓，还有些轻伤。”

温言松了口气，幸好没造成严重的后果。

权竟宁把听诊器放到旁边的椅子上，双手抹了一把脸：“你当时怎么会让她一个人面对那男人，万一警察没来得及赶到，你要怎么办？”

“我……”她当时真的没想到还会发生这样的事。

想来确实是她疏忽了。

“对不起。”

“温言，不是每个女孩都像你一样强大的。”

这句话，让温言苦笑不已。

她的嘴角微微抽动，然后转过头去没再看他。

去年夏天，他的话言犹在耳，他说“女孩子，还是适合被人捧在手心里。”

她已说不清那是第几次为他动心。

说起来，她为他动心的次数还挺多的：他的模样、他的话语、他的动作，甚至连他的语气都曾让她着迷过。

可是这次，她觉得自己的心被狠狠捏碎了一般。

这人说话怎么那么讨厌呢？

她强大，就要对一切人负责吗？

她强大，就活该自己面对冷冰冰的刀子吗？

她强大，就活该被他这样指责吗？

她究竟做错了什么，她也不知道。

或许在他眼中，现在的自己做什么都是错的。

终于还是，相看两相厌了吗？

她调整好心情，不让自己在他面前示弱：“宣判结果怎么样了？”

权竟宁无力地摇头：“撤诉了。”

温言握紧拳头。

良久，温言小心翼翼地问他：“所以，你终究还是怪我了，对吗？”

沉默在两人之间蔓延，她看见男人的喉结上下动了动，却没有回答她的问题。

打给警察的电话是个匿名电话，温言无从知道是谁救了她们。

可后来听宋谦涵提起，那边一直是黄老板的地头——黄老板就是之前搏斗场的大老板。

温言猜测：黄老板是因为有人在自己的地盘撒野，不痛快了，于是干脆报警，让警察去帮自己教训那帮不识好歹的兔崽子。

可是不管怎么样，如果是真的，温言都十分感激这个黄老板。

至于那帮歹徒，其中一个被当场击毙，另外四个对幕后主使守口如瓶，无论警察怎么盘问，他们都一口咬定是自己五个人合谋，没有幕后主使。

侦查变得难以为继。

听说沈烨出事，林深倒是回来了。

两个人在房里待了一宿，最后决定重新开始。

这可能是这段时间的最好消息了。

不过权竟宁最近仍然忙得焦头烂额。

他不会放过关山，不管是孙明萱的，还是沈烨的，他都要把账给算清楚。

直到程宇来找他，他觉得大脑里的最后一根弦终于要绷断了。

温言也有这样的感觉，她以为自己和权竟宁就这样了，可不过是她以为，原来事情还能变得更糟糕。

时间又过去半个月，中秋刚过不久，权竟宁终于来找温言。

温言虽然还是别扭，可气已经消了大半。

没错，她就是这么没骨气。

他们现在最需要的是坐下来谈谈，她一直在等权竟宁闲下来。

不过这次之后，她告诉自己，不必再等了。

两人坐在车上，权竟宁一上来就质问温言："苏聘临走前是不是来找过你？"

温言不知道他为什么问这个，可还是诚实地回答了："是。"

"她有没有说去哪里？"

"没有，她只说去出差。"

"去多久？"

"她说，归期不定。"

"你当时为什么不告诉我？"

"我要告诉你什么？"

"那你知不知道，苏聘她患过脑癌，她的病随时会复发，她很可能是因为知道自己要复发了，所以一个人离开。"

温言吃惊于他的话，摇头："我什么都不知道。"

“你不知道，不知道为什么不来找我？”程宇现在发了疯地找苏聘，他又要怎么跟程宇交代？

温言翕动嘴唇，发现自己说什么都是白费力气，现在在他心里，她温言就是害苏聘失踪的罪魁祸首。

辩解什么的，这阵子她已经厌烦透顶了。

她静下来，无非想听听他还能怎么说。

温言的脾气有时会很暴躁，但当她真正生气时，却是安静的。

她耍嘴皮子很厉害，但如果她真的想要吵架，却是冷静的。

吵架？在她看来是最无聊的事情。

她总是习惯默默地悲伤，默默地愤怒，默默地自愈。

有时候她不是说不出，而是伤得太深了，不想说。

现在，她对权竟宁就是这么个感觉。

权竟宁问：“为什么不说话？”

温言吸了一口气：“权竟宁，你问我这么多问题，那我反问你一句。”

权竟宁看着她。

“你说的这些，你曾经有告诉过我吗？”

权竟宁没有说话。

温言说得很平静，就像在说一个事不关己的故事：“你什么都不告诉我，出了事就只知道找我麻烦，你觉得对我公平吗？有些话，我不是说不出，而是我不想说，我不想在你面前装出一副‘全世界我最委屈’的模样。可是，你能不能对我别太苛求了？我也是人，不是你的红颜知己，你的嫂子才是，我站在那么高的楼上，我也会害怕；面对杀手，我的手脚也会颤抖；面对死亡，我也怕得要死。可是那么多次，我没有在你嘴里得到过一句安慰。我已经那么尽力去保护你想保护的人了。

“权竟宁，或许你没有发现，自从孙明萱出了事，你整个人都变了，变得神经兮兮，变得偏激，变得不可理喻。我没有问你孙明萱和你到底什么关系，那是因为我相信你，可是现在已经让我不得不怀疑了。我不想变得那样患得患失，因为我的工作不允许，所以，我们……就这样吧。”

权竟宁的喉咙有些哽塞，突然间沙哑得让他有些吃惊：“什么叫……就这样？”

“我们桥归桥，路归路，大路朝天，各走两边，从此互不相干。”

说完这句，温言便推门下了车。

权竟宁伸出去的手就那样悬在半空中，然后蜷缩、握紧。

身后的车轰然离开，温言终于从传达室后往宿舍楼走去。

她不是不想挽留，只是她的自尊不允许。

这段日子，她给自己裹了一个茧，她逃不出去，无法呼吸。

如今，她想挣脱。

温言努力地回归以前的单身日子，一人吃饱，全家不饿，洒脱又帅气。

她把自己伪装起来，装作没事人一样，按时吃饭，按时睡觉，按时早操。

她成功地把自己骗了过去。

“哎，你有没有发现，指导员最近怪怪的？”有队员发现了，在训练的间隙跟其他人讨论。

“没有吧，不都跟以前一样？”

“我听说，上次老杜站哨，看见她从一个男人的车上下来，当场就哭了。”

“你一个大男人，怎么这么八卦？”

对方的脸当即变得黑红黑红的：“我这是关心指导员，关心！”

“邓其！”

“到——”听到温言叫他，邓其立即从队伍中出来。

“到你了。”温言走过来，手上拿着秒表。

他们今天进行负重上楼测试。

宋谦涵在队伍的另一端，明显听到了刚刚队员们的讨论，他没忍住侧过头，帽檐下的眸子盯着温言看。

今天阳光灿烂，她只穿着常服——绿色的迷彩短袖，手臂在阳光的照射下白得发光，头发扎在帽子里，脸颊都被晒红了，正抬着头看楼上。

很明显，她并不专注，视线定在那个点上，心却不在这里。

训练结束，宋谦涵跟她并排同行，在尝试找话题。

“明馨儿过几天好像就回来了吧。”

“你个队长怎么当的，连自己的队员什么时候回来还得跟我确认？”

“你不也是首长吗？”

“是啊，我知道，行了吧。”温言露出白森森的牙齿，说完先行离去。

宋谦涵没有跟上去，他想跟，可又觉得自己不该跟。他恼怒地把帽子脱下，扒了扒头发，往食堂走去。

明馨儿过几天就能回来。

休养了半年多，她的腰伤已经大好，但以前一线的工作她暂时做不了，等回来之后看适应情况，再给她安排去向。

这样，靖安中队可能就只剩下她一个女的了。温言挫败地想。

可是不管怎样，明馨儿能康复已经足够幸运了。

去到饭堂，温言一口气打了三个菜，还有一个汤，糖醋排骨，清蒸鲫鱼，还有一个大鸡腿，都是她平时喜欢吃的。

吃了两口，温言的动作就开始慢下来。

对面的队员抬头看她："指导员，这么快就吃饱了？"

其他队员闻言也往这边瞧，那是因为平时，温言都是跟他们抢饭吃的。

只吃两口？

除非太阳打西边儿出来。

温言扯扯嘴角："确实有点饱。哪，这个我没碰过的，给你。"

小队员莫名其妙地得到了指导员赏的鸡腿一只、清蒸鲫鱼半条。

他在众人羡慕嫉妒恨的目光下，默默把四个菜吃完。

第二十五章 沉夜

下午思想政治课结束，温言无事可干，干脆回到房里搞大扫除。

房间很小，收拾一次用时不到一个小时。

温言把地扫了一次、拖了三次，窗户里里外外擦了两次，然后把明馨儿的被子床单拿出来，放到栏杆上晒太阳。

完了之后，温言环视房间一周，觉得还不够干净，于是又按照刚才的顺序，重新打扫了一遍。

其他男战士的宿舍位于温言房间下层，一整个下午，他们就听着上头“乒铃乓啷”的声音，不知道的还以为是恐怖分子入侵了指导员的宿舍。

晚上十点，温言准时熄灯睡觉。

头顶是黑漆漆的天花板，温言觉得大脑很亢奋，一点都不困。

她试着数绵羊、数水饺、哼歌，全都不管用。

但她并没有轻易放弃，而是换了个姿势继续睡。

确定自己百分百睡不着之后，她坐起来，靠在床头的墙上默默想了想，然后下床打了几套拳。

没想到那年军训都过去一年了，她还记得怎么打。

军体拳……军训……这两个名词又勾起了温言的某些记忆，她连忙打住自己的联想。

打完拳，闹钟显示两点过五分。

温言在黑暗中站定，随后决定下楼跑步。

她像不知道累似的，跑完一圈又一圈，清冷的风吹到脸上，刮过手臂上的鸡皮疙瘩，她忽然发现这也不是一个好办法。

她反倒越跑越清醒。

这天刚好是路淮夜里巡逻，他看到了温言，但并没有上前打扰她，而是去了宋谦涵的房间。

几分钟之后，宋谦涵一边穿着短袖常服，一边从宿舍里出来，其间太过匆忙，还带倒了地上的痰盂，乒乒乓乓的响声在夜里尤其惊心。

消防队里的人警戒心都特别强，这样一番动静，不把他们吵醒才怪。

于是，一群人默契地从床上爬起，躲到阳台的栏杆下看热闹去了。

宋谦涵径直往操场上跑，夜里黑漆漆的，果然就看见一个单薄的人影在跑道上缓缓移动，看样子还跑了挺长时间。

男人身上笼罩了一团冷气。

他冷着脸，走到她身后，小跑了几步把人追上，然后一把抓住她的胳膊把人拽过来："你是疯了不成！"

温言只觉得自己跑得好好的，这人突然来搅局，实在是莫名其妙。

她没打算按捺自己的脾气，以原话奉还："你神经病吧！"

"半夜三更的，有觉不睡在这里跑步，你脑子进水？"

温言半句不让："半夜三更你有觉不睡，管我在这里跑步，你才脑子有病吧？"

越到凌晨，天上的月光愈加皎洁，两人都能看到对方闪着怒火的眼。

两人你盯着我，我瞪着你，温言喘着大粗气，然后极不耐烦地甩开对方的手。

宋谦涵没让，又把人拽回来，直接往宿舍楼的方向带，几乎是咬着后槽牙说道："回去睡觉。"

温言反手把他的手腕捉住，宋谦涵手部一阵刺痛，迫不得已收回了手。温言将人狠狠推开，宋谦涵往后退去，好不容易稳住身形。

今晚的温言实在太不对劲，像一头发怒的小狮子，六亲不认。

温言看着他，说："宋谦涵，你最好别管我，否则我都不知道自己会做出什么来。"

宋谦涵揉了揉手腕，站直身子，掐腰："那如果我就要管呢？"

宋谦涵眼睛一眨不眨地盯着对面的温言，她的眼睛很亮，可不同往常的明亮。

他突然意识到，自己也曾见过类似的眼神。

那是一种处于绝望之中却妄想挣扎的眼神。

意识到这一点，他的心就像被一锤子重重砸了一下，有点心慌，不知所措。

他的头脑是蒙的，心是痛的。

她到底经历了什么？

宋谦涵的全副精神都在温言身上，她身形一动，他几乎在下一秒就有了动作。

他以为温言又要跑，却没想到温言竟然上前揪住了他的衣领。

他浑身的肌肉都绷得像石头一般。

“队长，我们来打一架吧。”温言笑眯眯地看他。

“你就是个小疯子！”

“我保证只用寻常人的力气。”

没有等到宋谦涵点头，温言首先发起了进攻。

两人过了几招手脚功夫，宋谦涵把温言的脚一钩，温言落到他怀里，两人继而滚到草坪上。

远处的众人见状，都发出了“哇”一声惊叹。

温言被宋谦涵压在地上，鼻尖都是男人的气息，她虽然不讨厌，但也说不上习惯。

男人把她抱得紧紧的：“你再不放手，我就要打你了！”

“你可以打死我。只要你回去睡觉。”

温言在他怀里，沉默了很久很久，就连他都以为她睡着了。

“队长，我睡不着……”她的话里带着浓浓的委屈。

他的心又狠狠地抽了一下。

“我真的睡不着……”

“没事的，乖……”宋谦涵抚摸着她的发顶，像哄小孩子一样。

这个字瞬间让温言崩溃，她忍了那么久，终究还是抵不过一个字的安慰。

她在宋谦涵的怀里泣不成声。

情绪得到了宣泄，温言就觉得累了，最后在男人的怀里睡着。

阳台上的队员还没有散去，宋谦涵站在楼下，手里抱着温言，眼梢轻轻一抬，人们顿时作鸟兽散。

在温言的床边，宋谦涵看着女孩的睡颜，忍不住伸手抚摸她的脸颊，在听到她的梦呓后，叹了口气，默默把手收回。

他打开门，月光照到室内，男人颀长的身影一直延伸到她的床前。

他看着那影子微微移动，跟女孩的脸碰了碰，然后离开。

室内归于黑暗。

这一吻，只有影子和他知道。

昨晚折腾得挺狠，但温言还是准时在六点起床。

生物钟真是天底下最公正严明的东西。

她的身体素质是强，但也不是铁打的，尤其是“姨妈”到访的时候。

痛经这个神奇的东西，温言到现在才第一次体会到。

仿佛是有人把肚皮从内部使劲往外拉扯，感觉又疼又胀，伴随着下身冰冷，四肢无力，温言觉得自己要死过去了。

她试着把自己捂到被窝里，辗转反侧。

热，太热了！

可身体里的寒气又四处作乱，简直是冰火两重天。

一个早上快要过去，温言折腾累了，疼痛使得她的意识渐渐远离，五感顿时只剩下听觉，耳边有哨子声响起，轻轻的，尖尖的，很有规律。

一声、两声、三声……

温言从昏睡中醒过来，耳边的声响已经换了种风格，现在是喧闹的，就像“嗡嗡嗡”的蜜蜂在耳边飞过。

她从床上起来，肚子还是很痛，但还可以接受。

她拉开布帘，宋谦涵和一个女医生在说话。

看到她醒过来，宋谦涵立刻过去把她扶着，温言有点不自在:“不用扶。”

“你以为我想扶你，我是怕你摔趴了丢人。”

女医生微笑地看着两人:“这个时候，男朋友还是要多多关心下女孩的;女孩也是，不要不好意思，男朋友疼自己，别人羡慕都来不及呢。”

看样子，女医生误会得还挺深，温言连忙解释：“我们……”

宋谦涵抢在她面前说：“医生有话告诉你，我不太懂，你自己听着。”

“哦。”温言挠挠头。

女医生说：“这位小姐就是压力太大了，又太劳累，内分泌有点失调，多休息，喝点滋阴补血的汤水补补就好。”

“好的谢谢医生。”温言脸颊红红的，没敢看旁边的宋谦涵。

两人听完医嘱从诊室出来，路过急诊大厅，看见权竟宁和童霖从办公室里出来。

那时宋谦涵还扶着温言的手，两人就停在了原地。

温言静静地看着男人的背影。

童霖突然停下，在他眉间点了点，抬头对着他笑。

宋谦涵问她：“不上去吗？”

怀里的人摇头：“已经不关我的事了。”

他的手紧了紧，带她离开了医院。

那个曾经向他宣誓所有权的男人，你已经没有机会了。

他在心里这样对自己说。

温言回到中队，发现明馨儿竟然已经回来了。

看见她回来，明馨儿从椅子上站起，正想向她扑过去，被温言喊住。

“你悠着点，别过来了，我现在没力气扶你。”

“呸，我还用得着你扶。”明馨儿摊着双手转了一圈，“老娘已经好了。”

“恭喜恭喜。”众人配合着鼓掌。

“指导员你可算回来了，你没事吧？”有队员上前来关心她。

温言摇摇头：“好多了。”

“是啊是啊，要不是馨儿姐回来，发现你躺在床上一动不动的，我们都不知道你有事儿呢！”

“最紧张的莫过于队长了吧，你不知道，他当时抱着你就往军医室跑，可是今天军医又没过来，他又赶紧背着你往医院跑，速度快得呀，‘嗖’的一下就过去了。”

温言对着宋谦涵抱拳：“多谢队长救命之恩。”

宋谦涵斜着睨她一眼：“别有下次就行。”

他再也不想经历一次那样的惊慌了。

当时看见她脸色苍白、满头大汗地躺在床上，他慌得连手脚都是抖的。

都是见过各种场面的人了，他竟然还会慌得连连问明馨儿怎么办。

现在，只求明馨儿把事情都忘掉。

实在太丢人了。

为了庆祝明馨儿的归来，队员们也特地准备了节目。

晚饭过后，他们就把音响搬到了草坪上。

消防队员们的娱乐比较枯燥，平时得空的时候不是唱歌就是看电影。不过也幸亏他们在这过程里练到了好嗓子，唱红歌、唱流行歌曲什么的，都不会让人觉得是煎熬。

这天他们特地选了一首比较经典的歌曲——《浪花一朵朵》。

十多个男队员并肩站到人群的前排，他们勾着肩，搭着背，嘴角是藏不住的笑意。

其中两个男生，都是新兵，估计是被老兵推上来的，分别饰演男女主角，上演了一出矮穷矬猛追白富美，最后还追上的狗血大剧。

“我要你陪着我，看着那海龟水中游。

慢慢地趴在沙滩上，数着浪花一朵朵。

日子一天一天过，我们会慢慢长大。

我不管你懂不懂我在想什么，

我知道有一天，你一定会爱上我。

因为我觉得我真的很不错哦。”

轻松温馨的歌词配上队员们搞怪的表演，底下的人们都禁不住哈哈大笑。

明馨儿和温言并排坐在草坪上的人群里，她也知道温言最近经历了什么。

大概是歌曲触动了两人心底的感情，明馨儿轻轻碰了碰温言的肩膀，温言转头看过来，咧嘴笑了笑。

只是那笑在明馨儿看来苦涩到不行。

歌词重复又重复。

“你不要害怕，你不要寂寞，

我会一直陪在你的左右，让你乐悠悠……”

到这时温言也感觉到了，这个演唱会也并不全是为明馨儿准备的。

队员们也察觉到了温言最近的异常，他们想借用歌曲来表达对她的关心和支持。

温言由衷地笑了，只是笑着笑着，眼泪又从眼眶里淌下。

明馨儿帮她抹掉眼泪，搂着她的肩膀，随着音乐节奏摇摆。

“时光匆匆匆匆流走，也也也不回头，

美女变成老太婆，

哎呦那那那个时候，

我我我我也也已经是个糟老头。

啦……啦……我们一起手牵手，

啦……啦……数着浪花一朵朵……”

一个星期之后，温言终于迎来了她准备已久的升级试，先是笔试。从考室里出来，温言觉得自己的腿都是软的，感觉不太好，但她觉得自己活过来了，再也不是那个为了爱情而患得患失的女孩。

就这样吧，温言想，把权竟宁这个人从她的生命里抹去。

这一刻，她怎么也不会想到。

他们的重逢，是在火场。

权竟宁再一次从噩梦中醒来。

梦里，他陷入黄沙中，流沙拽着他的身体，不停地往下陷，温言却站在一旁默默地看着。

她的眼里满是失望，然后是漠然，最后她转身离开。

到这里，他猛地从床上坐起。

眼睛很久才适应眼前的黑暗，他揉了揉太阳穴，无力地靠在床头。

白天被宋谦涵打的伤口还隐隐作痛。

对方打的脸颊，他不仅脸颊肿了，连带嘴角也破了皮。

他想，有些事情，要彻底解决了。

第二天，权竟宁戴着口罩来到全通。

今天是周末，公司里几乎没什么人，至少在董事长办公室，他只看到一个关山。

关山将他“请”进了办公室，给他沏茶，还给他递来雪茄。

他一一拒绝。

“这些，恐怕过几天你就无福消受了。”权竟宁双唇微掀，语气里似乎夹杂着冰碴子。

关山把雪茄收起来，自己点了一根，踱步到落地窗前。

这个办公室极其奢华，宽阔敞亮，家俬用的是上好的金丝楠木，细细去闻，或许还能闻到幽幽的香味。

“你这阵子咬我那么紧，无非为了几个女人，要做大事的人，女人又算得了什么？”

要是温言在场，听到这人的话，估计早就气得把鞋底拍到他脸上了。

“今天你让我来，不就是因为你撑不下去了吗，你觉得自己还有资格和我谈论男人跟女人的问题？”

关山吸了口雪茄：“税务、检察、沈氏，还有你外公，你这是要把我往死里逼啊。”

“要不是你无视法律，坏事做尽，我也不会找到方法逼你上绝路。说到底，这只是因果报应。”

沉吟良久，关山点头：“好，我去认罪，你放过全通。”

“看来全通对你很重要。”毕竟是财富和地位的来源啊，“不过你想得太简单了，我只是尽到了举报的义务，公家要不要查、查到什么程度，这就不是我能左右的了。所以，你自求多福吧。”

“你！”关山颤抖着手指，指着权竟宁。

作为一个上位者，关山早已练就了一身凌厉的气势，但此时站在权竟宁面前，他的气势顿时矮了一大截，仿佛成了一个丑陋龌龊的市井老头。

等他冷静下来，突然露出一个阴冷的笑容：“既然你要赶尽杀绝，那就别怪我心狠手辣了。”

权竟宁下一秒就察觉到不对劲，因为权竟宁看到了关山眼里的倒影——他的身后有人！

他正想转身，脑后突然传来一阵剧痛，让他失去了意识。

关山睥睨着地上趴伏着的权竟宁，脸上的笑意从解气到阴狠，最后萌生了杀意。

“把他解决了。”

可是对方仿佛听不见似的，仍站在原地，他眉头一皱：“还不快去！”

他看着对方，眼神由不耐烦迅速转为惊恐。

惨厉的叫声响起，他也已经趴在了地上，脑后鲜血淋漓。

全通大楼火灾，10 月天气干燥，火势迅速蔓延。

温言他们到达现场，由于火势太大，支队长担任总指挥，温言和其他队员进去搜救。

就在温言准备进去之时，她看到沈烨站在警戒线外围。

沈烨也看见了她，向她挥手："温言，权竟宁也在里面，你快去救他！"

胸腔里蓦地被大石击中，温言倒退一步，宋谦涵及时扶住了她："你可以吗？"

其他人都听见了，一时个个面面相觑。

"还站在这里做什么，各就各位，跑！"支队长拿着喇叭喊道。

温言稳了稳心神，随着大队进入火场。

大楼总共二十层，从十楼烧起，现在已经波及上下数层，而且越到后面，火势越难控制。被困人员估计上百个，主要集中在十二楼以上。

温言一进去，就像疯了一般在寻找权竟宁。

逃生的人们在她身边经过，她的眼睛快速搜寻着。

不是他，不是，不是，不是，都不是……

他来这里做什么？

她在心里不止一次这样问。

有人被困办公室，她一脚就把门踹开，根本没有用到破拆工具，结果发现还是不权竟宁。

里面有两个人受伤了，她二话不说，将两人扛在肩上冲了出去。

救完这一波，他们一层一层上去，已经说不清她一个人扛了多少伤者下来了。

队员们看着她近乎疯狂的行为，可是都没有出声。

宋谦涵压抑的火气也即将到达极点。

终于，在她把一个女孩抱出来时，由于太过着急，没有看清周围环境，在经过一间房间时，门内突然爆炸，温言把女孩护在怀里，用身体帮她挡了强大的冲击波。

"消防员同志！消防员同志！你没事吧？"女孩被她压着，也不敢随便乱动。

周围的高温差点把人给烤熟。

温言从短暂的眩晕中清醒过来，甩了甩头。

"你没事吧？"女孩担心地问。

宋谦涵到来时，恰好看见了这一幕，他小跑过来，蹲在温言面前："怎么回事儿？"

氧气面罩把宋谦涵原本的声音掩盖了，男人的声音瓮瓮的，比平时听着更凶了。

女孩急得直哭：“刚才……刚才爆炸了。”

宋谦涵刚才也听见了，看样子温言估计被炸晕了。

“跟我出去。”他扯着温言的手。

温言纹丝不动：“你把她带出去，我去顶楼。”

“你现在这个样子还能去哪里，你想死不成？”

“他可能就在二十楼，我要去找他。队长求你了。”

她再一次在他面前露出软弱的一面，宋谦涵根本抵挡不了，而且现在也没多少时间让他们挥霍了。

他带着温言和女孩出去，到了中途把女孩换给另外的队员。

他对着耳麦跟支队长要了增援，把剩下的几层楼交给其他队员，他先跟温言从顶楼往下搜索。

火势刚刚蔓延到二十层，浓烟滚滚，董事长办公室大门紧闭，温言将其踹开。

她心心念念的男人果然在里面。

只是他坐在椅子上，被绑着手脚，而且没有意识。

对面的关山也是同样的状况。

她刚才又是火又是水的，身体被火热煎熬，心底却冰凉一片，在这一刻，她的心才慢慢回暖。

“真不想在这里见到你。”她低低地说。

温言走过去，小心翼翼地把权竟宁的绳子解了，嘴巴上塞着的毛巾也取了下来。

轻轻拍着他的脸，“权竟宁，权竟宁？”

“别喊了，直接把人弄出去。”宋谦涵也帮关山松了绑，在一旁提醒道。

权竟宁却在这时醒了，认出温言的声音：“温言？”

温言看到他嘴角的瘀青，指着对面的关山：“是他弄的？”

幸好权竟宁一把拉住她，他把她的手放在胸前，否则她这一拳早就落在关山的脸上了：“不是，是我自己弄的。”

温言这才猛然醒悟，自己跟他已经没关系了。

于是她眼神一冷，抽回了自己的手：“走了。”

权竟宁趁机紧紧抱着温言的腰。

四人走到安全通道，却发现已经被火堵死。他们只好求助指挥官，寻找下一个出口。

“到北面办公室，那里有一面落地窗，砸碎了把人吊上去，”

在火场，爆炸是随时随地会发生的。

温言将权竟宁护在胸前，这才避免权竟宁被爆炸所伤。她突然觉得很无力，此时此刻，她第一次想相信有上帝的存在，可以听到她的祈求，把她最爱的人救出这里。

她脱下氧气瓶，把氧气罩给了权竟宁：“多吸几口。”

然后她去消防栓看有没有面罩，起码能防止他吸入浓烟。

把呼吸辅助器给权竟宁也不现实，因为这副装备很重，虽然权竟宁经过训练，但行动远远不及温言迅速。

“把这个戴上。”

关山在爆炸发生的时候，跟着宋谦涵躲闪，小腿撞到了硬物，此时整个人疼到在地上打滚。

宋谦涵顾不得那么多，无论怎样都得先离开这里再说。

可是关山一动也动不了：“疼……我的腿好像骨折了。”

权竟宁过去帮他查看伤势：“要不先找个安全的地方，我帮他看看？”

宋谦涵：“这里没有安全的地方！”

温言道：“可是他这个样子也走不远，要不我来背他吧！”

权竟宁沉默了：“我可以给他正骨！给我二分钟！”

“你真的行？”

权竟宁看向温言：“你忘了，我说过我的奶奶是可以不开片子也能正骨的骨科大夫。”

宋谦涵和温言没办法，只好点头答应。

他们把人转移到火势稍微没有那么猛烈的地方，权竟宁让温言和宋谦涵按住关山，对关山冷冷地道：“没有麻药，你就自己忍忍吧。”虽然作为医生，这样想不厚道，可他还是觉得有种复仇的快感。

伴随着一声凄厉的喊叫，以及“嘎啦”一声，权竟宁的正骨术已经实施完毕，他把关山的衣服撕成条状，随手拿了两本散落在地的书夹住腿骨，绕了几下固定住。

“就这样吧，如果你还有命出去再找人帮你治。”

关山气息奄奄地靠在墙上，双目无神，宋谦涵凉凉道：“我觉着他现在已经没了半条命。”

四人继续逃命。

终于逃到支队长说的落地窗前，温言用斧头把玻璃打碎，又把边边角角的玻璃都磕掉。

宋谦涵把关山交给权竟宁，自己上去勘察环境，判断可以徒手爬上楼。

宋谦涵上去前，温言低声对他说了句：“队长小心。”

“放心，这种难度的攀岩难不倒我。”说着，宋谦涵一脚踩到拐角墙壁上，然后极力去够楼上的平台，“这身衣服真要命。”主要是装备太重太厚了，很影响他发挥。于是他又下来把防护服和手套脱了，三两下就爬了上去。

他把绳子扔下来，权竟宁把关山推了上去，“让他先上吧。”

温言没有拒绝。

她把绳圈套在关山的大腿和腰部，由宋谦涵在上面徒手将人拉上去。

第一个人成功，到权竟宁了。温言笑笑：“没事儿，我等下就来。”

他点头：“好，我等你。”

有惊无险，四个人皆安全到达。

这里视野开阔，周围几乎没有阻挡，情况比楼下好了不是一星半点，应该是隔火层了。宋谦涵左看右看，观察到这层楼竟然有三条钢索跟另一层楼相连。

他看了看自己的氧气表，只剩五分钟了。楼下的火势很快就会上来，而且烟囱效应很快就会开始，到时候他们不是会被烧死，就是被呛死。

他问温言：“你的氧气还剩多少？”

温言已经将氧气给了权竟宁，权竟宁吸几口又给温言，两人推来推去，谁也不想独活。

“八分钟。”

宋谦涵跟支队长报告：“报告支队长，我在二十一层发现三条钢索，拟定三分钟后通过绳索游到对面大楼。”

支队长似乎在看办法是否可行，三十秒后，支队长说：“可以。我派人到对面接应你们。”

此时，关山却不愿意：“在这里怎么过去啊，这么高，会死人的！”

宋谦涵不管他，已经开始在钢索上结绳：“你不上，就慢慢在这里等死。”

不到二十秒，宋谦涵已经结好一个跟刚才类似的全身式安全带，扯了扯，检查是否足够稳固：“谁先来？”

温言第一个举手：“我先去开路吧。不过我不需要绳索，我可以双手爬过去。”

“这怎么可以？”权竟宁反对。

“怎么不可以？”她又看了看宋谦涵，“你们知道我的实力的。”

时间不多，温言边说就边走向楼层边缘，权竟宁吓得魂都飞走了：“温言！”可是他又有什么办法，只能轻轻地道：“小心点。”

温言把所剩不多的氧气交给他，然后徒手爬上了钢索。

全通大楼又被叫作双子楼，因为它由一高一矮、一大一小两层楼组成，而此时楼下的人们突然看到一道奇特的风景，只见一高一矮两层楼间的钢索上，从浓烟中爬出来一个小黑点，缓慢地向着较矮的楼栋移动着，但是可以推测，其速度肯定不小，而且很稳定。

权竟宁觉得她爬太快了：“温言你……慢点！”

温言顺利爬了过去，破开玻璃，落地！

“可以了，过来吧。”

对讲机里传来女孩的声音，可见温言是安然无恙的，这边的两个人终于松了一口气。

“到你们了。你先来。”宋谦涵指着权竟宁。

其实，他也是有私心的，他得不到她，却还是希望她能够幸福。

“好好对她，否则我不会放过你！”话音未落，权竟宁就被推了出去。

人们在楼下看得心惊胆战。

幸好，温言在对面顺利接住了权竟宁。

然后到关山，关山上去时还是哆哆嗦嗦的，这时候，什么尊老爱幼都被抛在脑后了，宋谦涵很不客气地骂了他几句：“是不是男人，没见过你这么孬的！”

关山只得忍着剧烈的疼痛，穿上了绳子，然后也顺利过去。

只剩宋谦涵了。

钢索说是有三条，其实只有一条，三条钢索从对面大楼伸过来，三合一，固定在了同一颗钉子上。下面的楼层已经撑不了多久了，墙体受热，钢筋膨胀，钉子正在一点一点脱离墙壁。

他把氧气瓶扔下，戴好头盔，义无反顾地爬上了钢索！

果不其然，在他爬到三分之一的时候，钢索的一端崩开，他像钟摆一样，划过一道弧线，重重地砸到对面大楼的玻璃上。

“哗啦”一声，玻璃飞溅，可也减缓了他下落的速度，他在地上滚了好几圈，才终于停下来。

温言他们找到他的时候，宋谦涵躺在地上，无声无息。

温言的声音在发抖：“队长……宋谦涵……”

权竟宁打算上前查看他的伤势，将他的身子掰过来，就看到一双虎目，里面含着浓浓的笑意，权竟宁心底的石头轰然落地，扶着额头笑倒在地上。

“吓得我，还以为要替你收尸呢！”温言发现被骗，恨恨地一脚踹在他的大腿上，脸上却装作不在意。

将权竟宁安全送到外面，温言心里才踏实了。

沈烨随着救护车陪权竟宁去医院，临走前千叮咛万嘱咐让温言小心。权竟宁怎么可能轻易离开去医院，巴不得跟温言再进一次火场。

可是禁不住身体负荷太大，撑不住晕倒了。

温言现在的心情很轻松，她甜甜地笑了笑，“我的大名就叫温小心啊。给我好好看着他！”

身边的队员们都见证过她刚才的疯狂举动，皆瀑布汗。

一边嘲笑着，一边给自己身上泼水降温。

可是很快，他们就再也笑不出来了。

一个小时之后，温言被送到松谭抢救室。

“怎么会这样？”沈烨捂住口鼻，眼泪瞬间喷涌而出。

权竟宁也刚刚从抢救室出来，头上还贴着纱布，脸色不好，看到温言进来的一瞬间，整张脸没了血色，刷白刷白的。

“伤者头部重创，全身多处骨折。”救护车上的医生见权竟宁刚好在这，赶紧说明情况，“权医生，需要送到手术室吗？”

就在刚刚，赵婶说温言有东西给他，她一直忘记了，权竟宁立刻让她带了过来。

是一个小箱子，里面都是他送的东西——手套、小鹿项链，还有一件紫色衬衫。

脑海里并没有关于这件衣服的回忆，他想，或许是她想送给他的礼物。

却没想到他这么浑蛋，她对他失望透顶，所以把衣服给他，向他示威。

看，我已经不在乎你了，她应该是想告诉他这个吧。

双唇好不容易才压制住颤抖，说出来的话却也不难听出哽咽："安排CT，让骨科过来会诊。"

在等结果的同时，权竟宁到了院长办公室。

"爷爷，我要主刀。"

"手术最忌讳是给身边的人主刀，你行吗？"对着在乎的人，更会患得患失，压力太大，再好的技术也无用。

"把她交给谁我都不放心，还不如我自己来。"

院长叹了口气："去吧，让陆尹和林深帮你。有什么事就喊我，我让你的前辈都过来。"

"谢谢爷爷。"

CT 结果很快出来，温言头部多处地方出血。

权竟宁亲自给温言剃了发，温言戴着氧气罩，躺在床上毫无生气。

几个月前，权竟宁怎么都没有想到，自己封刀之后，第一个主刀的病人竟是温言。

"我第一次给病人剃发，剃得不好看，你醒了可不许怪我。"权竟宁低声说着，手上的推发器擦过温言的头皮，柔软的头发轻轻落到地上，在光下泛着暗暗的棕色。

她虽然大大咧咧，但他知道她也是个爱美的女孩。

"你放心，我缝线的技术很好，保证不会给你留疤。"

头皮暴露在光下，权竟宁一眼就看到她的伤口，暗红色的血肉翻开，隐隐露出白色的骨头。

他的手狠狠颤抖了一下。

过去的一小时，她到底遭遇了什么？

"我不会让你有事的，温言。"他吻她的头顶、额头、眼睛，最后是双唇，"等你好了，我们重新开始。"

他从未放弃过她。

手术灯亮起。

权竟宁和林深、陆尹，三人穿着绿色手术服，两手举到胸前走进手术室。

“她的手，能保住吗？”检查结果显示，她的右手粉碎性骨折。

林深语气沉重：“能。”

权竟宁道了声“好”，然后走上手术台。

下刀前，他的刀久久没有划下去，身边的陆尹忍不住提醒他。

他如梦初醒，锋利的刀片在雪白的头皮上划过，鲜红的血从刀口慢慢地渗出。

林深和陆尹看着权竟宁又稳又快的手，顿觉恍如隔世。

“止血钳。”

林深给他递过钳子，两人对视一眼：“她会撑过去的。”

陆尹说：“美女小战士是我见过的最强大的女孩。”

权竟宁眨了眨眼，看了看林深和陆尹，两人眼里都是对他的支持。

他点了点头。

温言觉得自己又看到了权竟宁。

那个白色身影一晃而过，她迅速跟了上去，喊他：“权竟宁，你给我站住，你怎么又回来了，你想死吗——”

他却好像全然没有听见。

透过浓重的烟雾，他从楼梯爬上楼，打开安全门，走了进去。

温言觉得不对劲，继续跟上去。

从楼梯间出来，她看见权竟宁背对着她，站在她身前。

衣服是他的衣服，温言却觉得对方很陌生。

这种陌生让她心悸。

周围是将近扑灭的火，黑漆漆的一片，其中夹杂着灭火器的白色粉末，黑烟在半空中飘荡，她突然看不太真切。

她也有点火大，自己好不容易把他救出来，他这又进来是干什么？

于是她上前去按他的肩膀，想把他扳过来：“我说你没听见我说话……”

她的话被堵在喉咙里。

对方戴着面具。

她没来得及看清，脑袋就被硬物重重砸到。

滚烫的血液沿着脸颊滑下，原来新鲜的血真的是热的。她模糊地想。

在渐渐模糊的视线中，温言看见对方的眼睛，他在笑，可那不是权竟宁的笑。

那人的笑是内敛的、含蓄的，可是很温暖，是她见过的最温暖的笑容。

她可能再也看不到了吧……

在温言的眼睛彻底闭上后，那人将她的制服全都脱下，自己穿上，然后将她拖至楼梯间，他本想带她到更高的楼层，再把她丢下来。

楼梯间突然传来脚步声，他当机立断，狠狠把她推下了楼梯。

看着她沿着楼梯跌跌撞撞地往下滚，他觉得心中一阵痛快。

温言在重症监护室密切观察了一天，确定脱离危险后被送到普通病房。

一个星期过去，她尚未醒来。

又是一天清晨，花店小哥八点钟准时把玫瑰花送到医院——那位高冷医生的手上。

他在他们花店订了一个星期的玫瑰花，要最新鲜、最鲜艳的。

而且他还说了，只要他不喊停，他们就得每天送。

有这么一单大生意，他和他老板自然最高兴。

但小哥总觉得，这男医生越来越憔悴了。

一开始还好，只是脸色白了点，后来，他就发现男医生的胡子越来越多，生生从一个清冷的美男变成个胡子拉碴的大叔，不过还是帅得人神共愤。

老天不公啊。

这样想着，小哥又骑着电动车哼着小曲离去。

但是呢，至少他女朋友好好的，还能每天给他暖被窝。

所以在一定程度上，命运待人还是公平的。

权竟宁把花瓶里的花换下来，插上新鲜的，房间里顿时花香四溢。

然后，他坐下来开始剥橙子。

温言喜欢吃橙子，喜欢把皮一次剥完，然后一瓣一瓣地掰着吃。

他天天给她剥，放到小碗里，每次都没有人吃。

这些天，陆陆续续有人过来探望温言，靖安中队的队员、松谭的医生护士、程宇、陈平，广东菜馆的老板老板娘、小言一家，松谭医学院认识她的学生……

方紫迷甚至也特地从国外回来看她，方紫迷的腿在权竟宁老师的帮助下，渐渐有了知觉，未来还有机会可以重新站起来。这个未来有多远，谁都不知道，但总算有了点希望。每个人过来不是带水果就是带零食，他们都知道温言喜欢吃这些没营养的东西，可总没有人吃，他们却还坚持送，然后越积越多，足足占掉半个房间。

明馨儿每次都会威胁她："喂，大懒虫，你要是再不醒过来，我就要把你的东西全吃了。

"你不是说我每次都跟你抢零食吗，现在这些都是你的了，没人跟你抢了，快点起来吃啊。

"你要再不醒来，我要当着你的面播鬼片啦！"

"温言你这个大浑蛋，我要退伍了，你都不来送我，说好的给我一份大礼呢……"

白薇薇每天没事就会过来，哪怕有事也会偷懒过来看一眼就对了。

她想给她按摩，可见她四肢都打了石膏，她的眼泪就忍不住下来，"师母，你当时肯定很疼……"

"你知道吗，权老师他终于开刀了，只是没想到你竟然是他开刀后，

医治的第一个病人。我们都不知道该高兴好，还是该伤心好。"

"以前我们都想着让权老师给我们亲自指导手术，现在终于实现了。那天我们隔着玻璃窗看着，看到权老师那么无力的背影，我们都快哭了。好吧，我是真的哭了。"

"不过权老师的技术真的很厉害啊，你一定会没事的。加油啊，师母！"

还有沈烨，她来得也相当频繁。一来就是嘲笑她："还说是温小心呢，我看你是温大心才对！"

"你知不知道你男朋友很抢手的，那个童霖成天借着来看你，其实是来挖你墙脚的，你快点醒来把她赶走啊。我只认你一个嫂子的。"

宋谦涵则最惨，每次都被权竟宁堵在门口。

"如果我没记错，你们已经没关系了。"

这句话顿时戳到权竟宁内心最疼的部分，他敛下眉："至少我还是她的主治医师。"

"哦，就只是主治医师，你脸还真大。"

他只好趁权竟宁走开时过来。

"你就让那人在你面前作威作福？好歹起来跟他打一架，怎么，你就只会打我？

“你个小白眼狼。醒过来，我让你随便打行了吧。

“害你的那个人还没抓到，你到底得罪了什么人……明馨儿说可能是丁浩坤，要是你看到他的模样了，就快点起来，亲手抓住他。你看你，现在就只知道躺在这里享受，可真丢我的脸。”

到九点，温爸爸、温妈妈过来了，还有赵婶。

几个老人家看到权竟宁憔悴的模样，可真是心疼至极。

就连温爸爸都忍不住劝道：“你回去休息休息吧，我们俩在这里看着，没事的。”

温妈妈接话道：“就是啊，这才一个星期，你看你都瘦一圈了。”

“叔叔、阿姨我没事的，我在这里也能休息，而且我真的不放心让温言一个人。”

赵婶抬手摸摸他的脸，“好孩子，要是温言看到你为了她这样，她可多心疼啊。那孩子那么疼你，可怎么舍得。”

任他们再三劝说，权竟宁依然不为所动。

他太害怕了。

前几天他只离开了一小会儿，温言就又进了一次抢救室，差点救不过来。

那天，他在监护室睁眼到天亮。

后来，他干脆搬到了温言的病房，在她床边置了一张折叠床，白天时收起来，到晚上他就睡在她旁边。虽然很多时候都睡不着，但只要一抬眼就能看到她，他总能很安心。

当然，他是经过了温家父母同意的。

房里只有他们两个人的时候，他会把一整天的所见所闻都跟她说，但每次都得不到回应。

黑暗的房里，寂静得让人心惊，耳边只有仪器“嘀嘀”的声音，还有氧气湿化瓶“呼噜噜”的声音。

日子一天天过去，他在失望中睡过去，又在希望中醒过来。

早上，他从床上醒来，把折叠床收好，洗漱完毕后，就会帮温言洗脸擦手。

他会仔细地给她翻动身体，帮她按摩，以至于温言睡了那么久，都没有长一颗褥疮。

他也没有请护工，端屎端尿，擦身子，照顾病人的全套护理，他做得无微不至，就连护士长都给他竖大拇指：“权医生，幸好你没有跟我们医院的护工抢饭碗。”

天气逐渐转凉，转眼间，冬天又要到了。

他首先给温言加了床厚被子，她无法动作，于是得给她更勤快地翻身和按摩。

他没有设任何闹钟，半个小时一翻，他的大脑里时刻记着。

他自己也在衣服里面加了件毛衣，他身体素质好，平时在医院，几乎不怎么加衣服。但为了不让自己生病，他选择多穿了一件，也让自己的手保持温暖，不然他怕碰她的时候冷到她。

赵婶会经常煲汤过来，顺便把他的衣服拿回去换洗，洗完后又拿过来。

每当这时，他总是愧疚地跟她说：“谢谢赵婶。”

赵婶每次都只是叹气。

现在温言的状况其实跟植物人没什么两样，权竟宁自己心里很清楚，但他不敢说，也没有人敢说。

万一那孩子醒不过来了怎么办？

她想了想竟宁这阵子的表现，还真是想都不敢想。

温言刚做完手术那会儿，跟张明一样，也有各种并发症发生，那一阵子三天两头地送去抢救室，差点把温家父母吓死。其他亲朋好友也三天两头跑医院，因此急得满嘴泡。

那时，权竟宁全身心地投入到照顾温言的工作里，没有接一台手术。

后来，温言的情况稳定下来，他才开始接一些小手术。

说小手术其实也不小，神经外科的手术做起来怎么也要三个小时出头。

只要一闲下来，他就会给温言念漫画书。

明馨儿把温言的私家珍藏都带过来了。

他便一本一本给她念。

温言的品位也跟别的女孩不一样，她喜欢热血的少年漫画，还喜欢看打架的，每次打架之前还都会放狠话。

托她的福，权竟宁恶补了一节漫画课，以及台词功底课。

可是，他将她的珍藏都念了一遍之后，她还是没有醒。

过几天就是圣诞节了，明馨儿、白薇薇他们召集同伴，一起来装饰温言的病房。

需要插电的他们都没有采用，圣诞树上的装饰也就没有小彩灯，而是各种彩色的小球和糖果。

温言头皮上的伤口也差不多愈合，权竟宁给她拆了纱布，平时会给她戴一顶毛线帽。

为了应景，他们就把毛线帽给换了，换成圣诞风格的小红帽。

温言的脸颊瘦削了很多，身体也迅速消瘦，变得骨瘦如柴。

看到以前灵气满满的女孩变成这样，他们又差点没忍住落泪。

“温言，MarryChristmas！”

以前温言怼人的时候真的是毫不留情，但他们从来没有讨厌过。

现在，他们更恨不得她立刻从床上跳起来，昂起高傲的头颅，对他们说：你们的心意朕收到了，跪安吧。

可她还是没有。

她始终安静地躺在那里，只有她起伏的胸腔告诉他们，她还活着。

12 月 22 日晚，权竟宁把温妈妈带过来的饺子和汤圆都吃光，把自己收拾干净后，早早地上了床。

窗外，圣诞节的气氛越来越浓，从这里望出去，似乎还能望到广场上竖起的巨大蓝色圣诞树——用无数蓝色小灯绕成的，像漫天繁星落到人间。

权竟宁看看外面，然后回过头专心凝望着温言的侧脸。

“温言，”他轻轻地喊，“今天是我的生日。”

没人回应。

他想了想，从被窝里出来，小心翼翼地把自己挪到她的被窝里，她的被窝总是暖乎乎的。

他让温言侧着，将她搂在怀里：“你再不醒过来，又要错过我的生日了。

“你的衣服我收到了，我很喜欢。只是陆尹说有点娘，你应该不是为了整我才买的吧。

“说起来，我们都没有好好过过一个节日，以前不是你忙不过来，就是我顾不上你。以后，我都陪着你好不好？

“从元旦节开始，春节、元宵节、三八妇女节……

“你是不是因为还在生气，所以才假装睡这么久，把我的生日睡过了，就不用送礼物了？

“没关系，你不给我送，我给你送好了。陆尹说，男人不应该跟喜欢的女人计较，我觉得他说得很对。”

权竟宁从床头柜里拿出来一个盒子，丝绒质地，深蓝色的。

他将其打开，里面躺着一枚铂金戒指，上面由钻石点缀，样式简约大方，在月光下闪闪发光。

他把温言的手从被窝里拿出来，把戒指套到她的无名指上，然后温柔的印上一吻。

戒指是按照她之前的尺寸买的，如今她瘦了许多，戒指只是松松地套在指上。

男人的鼻尖摩挲着女孩的鼻子。

她的听力不好，他怕她听不清，于是附到她的耳边，轻轻地吻着：“温言，我爱你。”

仿若呢喃，又宛如梦呓，带着深重绵绵的情谊，又透着哀婉和寂寞。

男人低沉的声音传入温言耳中。

像是给予回应，温言的手指微不可察地有抽动迹象。

第二十六章 破晓

这天，孙明萱过来看望温言，也算是告别。

她和权竞宁坐在温言的病房的沙发上，桌上摆着盛满水的杯子，杯面上白雾袅袅。

“怎么突然决定要走？”权竞宁问。

“温言没出事之前，她来找过我，告诉我这件事不是我的错，要错也是这个世界的错。她说得对，我应该更勇敢地面对生活，甚至就连我决定起诉也是听了她的劝说。”孙明萱看了一眼对面的温言，她睡得很恬静，“可终归人言可畏，我暂时没有办法改变这个世界，就只能选择暂时逃避。我想带着童童到我上大学的地方生活，我熟悉那里，那里也没有人知道我的过去。”还有就是，那里是和童沛初相识的地方。

权竞宁听到她说起温言，喉头又是一哽：“嗯，你万事小心。”

“因果轮回，报应不爽。如今关山有了报应，温言做那么多好事，她一定会没事的。”

提到关山，权竞宁便想起前几天。

那天，关山被人从全通救出，吸入大量浓烟，头部也受了重伤，在做检查的时候发现肝脏有一块阴影，后来证实是恶性肿瘤，晚期。

然后他的身体便呈雪崩之势，一落千丈，没能等到肝源，也没有有效的治疗方法，他如今便只有等死。

权竞宁被他叫过去的那天，他已经只能靠呼吸机维持呼吸，而且说话断断续续，说一句话要歇两分钟。

人之将死，其言也善。

看得出来，他是后悔的，但没人知道他是否真心悔过。

权竟宁没有坚持再起诉，无论是孙明萱还是沈烨的事，不过有些代价还是要付的，全通自此一蹶不振，听说已经有集团在谈收购事宜。

“权医生，我不知道在非洲，你和童沛发生了什么，但是我希望你能勇敢一点，真正地从过去走出来。”

权竟宁猛地抬眼看她。

“我们是能够感觉到的，每次你在看我和童童的时候，眼神里都充满了愧疚。”

“我……”他要说吗，他能说吗？

孙明萱在包里拿出一张纸，那是童童画的画：“这是童童要送给温言的，她说希望温言能快点醒过来。”

画上有两个小人，一个是温言，穿着橙色制服，其实童童没看过温言穿制服时候的样子，那是孙明萱告诉她，然后她自己去看新闻，按照记忆画下来的。另一个则是权竟宁，他穿着白大褂。两人微笑着，手牵着手，站在一片太阳花中。

“当年，童沛是被我间接害死的。”权竟宁握着画纸边缘，终于还是说出了口。

话说出来，他觉得整个人都轻松了。

他仍没有脱离罪孽，但他终于可以坦然面对一切责难。

说到底，都是因为他的怯弱，他和温言才走到今日这个地步。他愧对童沛，愧对他的家人，现在又愧对温言。

权竟宁把当年发生的事全都告诉了孙明萱，其实她有权利知道一切。

听完之后，孙明萱只问了他一个问题：“你当时，尽力了吗？”

权竟宁说：“我尽力了。”

“既然已经尽力了，那为什么到现在还没放开？你们仅仅是医生，不是神，只要是人，就会有身不由己的时候。你们啊，就是被医生这个身份束缚住了。”

孙明萱离开之后，权竟宁坐在那里，久久没有动作，直到杯子里的水彻底凉透。

他走过去，俯下身轻轻将温言搂住：“温言，我这样是被原谅了对吧？”

他埋首在温言的颈窝里摩挲，一滴滚烫的泪落在她的脸颊上。

哭过之后，他又笑了。

将近一米九的男人，此时笑得像个孩子，他恶作剧似的用胡楂去刺她的脸，粗糙的胡茬和温言柔软的脸颊形成鲜明的对比。

在他看不见的时候，床上的人皱了皱眉头。

生活仍在继续。

人们惊讶地发现，最近温言的脸颊变得越来越红润，他们都相信这是她要苏醒的迹象。

但在这之前，有件非常重要的事情需要解决。

临近春节，宋谦涵突然打电话给权竟宁，告诉他："害温言的人抓到了。"

"是谁？"权竟宁立刻丢下手上的事情往外跑。

宋谦涵却卖起了关子："你还是自己亲自过来看吧。"

在路上，权竟宁做了无数的猜测，他想，有可能是丁浩坤。

丁浩坤跳江没死成，于是对他和温言怀恨在心，回来伺机报复。

那么，把自己打晕的人也很可能是他，关山和他也是一伙的。

随后，他又把自己的猜测全部推翻。

如果是丁浩坤，宋谦涵直接告诉他就得了，为什么还要等他过去确认？

在不停的猜测中，权竟宁终于到了公安局。

他万万没想到，对方竟是——裴立！

几个月前，裴立还叫他哥，一转头，裴立竟然狠心地把温言害成那样！

他以为裴立只是小孩子心性，跟温言对着干是因为不成熟，现在看来，裴立的心里简直住了一个恶魔。

"为什么？"

裴立坐在权竟宁对面，手上戴着手铐，穿着黄色马甲，那是犯罪嫌疑人的标志。

他侧头看着窗外，没有说话。

权竟宁一拳打在桌上，青筋暴起，吼道："说话——"

良久，裴立才望着他，眼里是浓烈的憎恨，眸子失了焦距，是灰暗的。

"丁浩坤死了。"他平静地说着，"你、关山，还有那个女消防员，你们都是凶手，我怎么可能让你们好过？"

权竟宁觉得自己明白了，可又觉得不明白。

脑海中像是有一根线，把这些事情都串联起来的线，可是到此时此刻，都还是杂乱无章的。

“你跟丁浩坤是什么关系？”

裴立没有回答，而是自顾自地笑着，“我看着那个女消防员从楼梯上滚下去，轰隆隆，轰隆隆，我心里不知道多痛快！还有你和关山，你们俩不是斗得挺狠嘛，我就让你们死一块儿，可是没想到……我当时就应该从你们那层开始点火……”

权竟宁握紧了拳头，倏地从椅子上站起来，越过桌子一下拎住了他的衣领：“你给我闭嘴！我告诉你，你对温言做的，我会一个不落，十倍百倍地奉还给你！”

裴立仍然笑着，看上去有些癫狂。

很快有警察进来让权竟宁冷静，权竟宁冷静下来之后，觉得在裴立嘴里也不会问出什么，于是决定离去。

丁浩坤跟裴立是什么关系，他已无心关注。

只要把人抓住就好了，事关丁浩坤，那么这一切就都解释清楚了。

可他还是觉得有气无处发。

该死的！

裴立回到羁押室，躺倒在简陋的床上，眼前浮现着十多年前的回忆。

初中那几年，他性格孤僻，没有男生愿意跟他玩，只有丁浩坤，不顾别人的眼光，没事的时候会跟他聊天，凡是出去玩都会捎上他。

渐渐地，他越来越依赖丁浩坤。

甚至有一次，丁浩坤说要出去打架，他也拼死地跟着去。

可他去了，就只有挨打的份，丁浩坤为了护着他，生生被当成了人肉靶子，结果受了很重的伤。

他们打架，受伤了也不敢去医院，就连诊所也不敢贸贸然去，他只得把丁浩坤带到自己家里。反正他家里常年没人。

给丁浩坤处理伤口时，他急得直哭。

丁浩坤只是嘲笑他：“是我受伤又不是你，怎么像个娘们儿似的。”

就是那时，他第一次意识到自己对丁浩坤的真正感情。

丁浩坤也察觉到，但不说，仍然把他带在身边。

后来他要搬家离开，他把丁浩坤约出来，表明了自己的心意。

“我知道。”

他看着丁浩坤。

丁浩坤挠着头笑，那是他见过的最好看的微笑。

一年前，他们重逢，就像久别重逢的兄弟那样，得空了就出来喝酒聊天。

可是有一天，丁浩坤突然打电话让裴立去找他。

丁浩坤窝在一间破旧的村屋里，江水冰冷刺骨，他在水里泡了一天，患了肺炎，高烧不止。

清醒的时候，丁浩坤会跟他说话，于是他知道这都是一个叫权竟宁的医生和温言的消防员害的，[这里说明裴立报仇的原因，在丁浩坤死亡之前裴立还不认识权竟宁，后来也只是为了得到权竟宁和温言的注意，好趁机报仇] 其中还有关山，要不是关山拒绝丁浩坤的求助，丁浩坤也不会得不到救治，只能在这里等死。

丁浩坤没能熬下来。

弥留之际，丁浩坤气息奄奄地跟他说："最看不得你一个人了，但哥我还是得先走一步了。"说完这一句，丁浩坤就走了。

十多年前，他跟丁浩坤表明心意，丁浩坤竟然没有把他当成怪物。

不过是因为，他看不得他一个人。

丁浩坤死后，他就开始着手报复计划。

第一次是车祸，那次裴立不过是想吓吓他们。

火灾才是重头戏。

要不是他出车祸，导演一直坚持让权竟宁出演他的背影替身，他也不知道自己的背影同权竟宁的那么像。

火是他放的，目的是想烧死权竟宁和关山。

他先找到关山，说明自己的来意，让他和自己联手解决权竟宁。

那天，他一直躲在关山的办公室。

得手之后，他就去楼下点火。

游戏太快结束，就不过瘾了。

他从十楼开始点起，火从大楼中间开始烧，然后往两头蔓延，直把全通烧成灰烬。

火光倒映在他眼中，他已不只是疯狂。

他搞定那两人之后便躲到火势不大的地方，伺机把温言引了过去……

权竟宁问他为什么。

哪有那么多为什么？

他不过是想报答那一抹不经意的阳光罢了。

那些害死丁浩坤的人，他一个都不会放过！

后来权竟宁问宋谦涵是怎么查出裴立的，宋谦涵只道：成也萧何败萧何。

原来有个记者经常在裴家立附近蹲点，拍他的私生活。

火灾那天，他就拍到裴立进了全通。

等了好几个小时都没有见到人出来，后来发生火灾，他更是急得不行。但最后见到裴立混在人群中出来，他也没当回事儿。

后来他又蹲了裴立几个月，终于发现裴立的不妥。

裴立那段日子会经常偷偷到医院看温言，所以他一到医院，记者就知道他又要去那个病房。

好巧不巧，裴立被他拍到带刀的照片。这一幕，被过来送饭的陈平看见。

记者本来想要用照片来威胁裴立，陈平立刻去报了警，又把事情告诉了沈烨，警方立刻立案调查。

后来证实裴立就是凶手，记者当时就拍着胸口道："真是知人知面不知心啊。"

陈平讽刺地想：是啊，真不能以貌取人。

有些人外表光鲜靓丽，谁知道他正在背后做什么龌龊事呢？

大年初一，爆竹声中一岁除，春风送暖入屠苏，到处都在放喜庆的歌曲。

就连医院的电视机里都在唱："好运来，祝你好运来……"

或许是这广场舞风格的节奏触动了温言的神经。

于是这天早上，温言醒了。

温言醒来时，病房里只有一名护士。

小护士是权竟宁特地派过来看着温言的，但她没别的事可做，所以就坐在床边，右手戳在桌上打瞌睡。

视线一片模糊，浑身乏力，这是温言醒来的第一感受。

眼前是白茫茫的一片，过了很久，眼前的景象才逐渐清晰。

她眨了眨眼，眼球转动，看见旁边打瞌睡的小护士，点滴里透明澄澈的液体正一点一点地往下滴。

床的对面是一张沙发和茶几，上面摆满了各种果篮和食品。

每一个都用红色包装包着，显得非常喜庆热闹。

窗外，阳光灿烂，照在她苍白的脸上，很快泛起了红润的色泽，暖暖的。

小护士的头猛地往下一点，还打算继续睡，结果看到床上的人正睁着眼睛瞧着自己。

对方的眼睛很大，圆滚滚的，让她瞬间想到了“眼含秋波”这四个字。

等等！

睁着眼？

她以为自己看错，然后努力瞪大眼睛去看。

“天哪！”

她终于确认，权医生的女朋友醒了！

这个认知让她猛地从椅子上跳起来，脚步不稳，往后退了一步，撞倒了身后的椅子，发出“砰”的一声。

仿佛有烟花在她脑中绽放。

她没顾得上温言，而是大叫着往外面跑。

“权医生，权医生，权医生！”

一声比一声大，一声比一声中气十足。

“您女朋友醒啦，醒啦——”

这下子，整个医院的人都知道温言醒过来了。

权竟宁和陆尹正好在科室里讨论，闻言如离弦之箭般冲了出去。

陆尹也愣了愣，然后脚下生风，踏着洞洞鞋出去了。

温言一个人躺在病床上，回想着昏迷之前的事情，顺便感受下身体上的怪异感觉。

可还没等她想出个所以然来，病房里就挤满了人。

穿着白大褂的，护士服的，男的女的，都兴高采烈地挤在她的病床前，像看猴子似的盯着自己瞧。

她穿越了？

还是她变身了？

刚刚那小护士喊权医生，是权竟宁吧，他怎么还不过来。

她快渴死了。

权竟宁没有来。

代替他的是陆尹。

陆尹觍着笑脸凑在她上方："美女小战士，你可算是醒了。"

温言眨眨眼当作回应。

"大家都散了散了吧，你们的心意小战士都收到了。我现在要给她做检查……"

人群中终于有人问道："哎，权医生怎么还不来啊？"

然后就有人惊讶地发现，权竟宁其实就站在门口："哪，权医生不就在这儿嘛——权医生，你还不进去？你不就等这一天嘛。"说着，那人一把把他推了进去。

人群散了。

喧闹停息。

温言看着面前局促的人，都快要不认识他了。

看那满脸的络腮胡子、黑眼圈、凌乱的头发、瘦了不止一圈的脸，这大叔是谁啊？

她还是穿越了吧？

陆尹识相地把权竟宁推到温言的床前："既然来了，那就你自己亲自检查吧，我先走了。"

说着，陆尹向温言抛了个媚眼，就出去了。

房间里顿时就剩下温言和权竟宁，安静得仿佛能听到彼此的心跳声。

温言还连着心电图仪器，心跳快还是慢，一目了然。

权竟宁慢慢走过去："你的心跳有点快。"

温言泄气，别过眼不去看他，可半秒之后，又忍不住转回来，示意他给自己拿水。

权竟宁把吸管插到水杯里，放到她嘴边，看她喝了几口之后，就不让她再喝了。

"就先喝这么多。"

果然收到温言怨念般的眼神。

不过喝完水后，温言觉得舒服多了，刚才口腔里干涩难耐，喉咙更是像要被火烧起来一样，只是刚来的那些人她都不怎么认识，实在不好意思让他们伺候。

她一直在等权竟宁。

“你、你怎么搞成这个样子？”

权竟宁在忙着给她检查，发现一切正常。

看见她望着自己，他这才摸摸自己的脸。

温言的手指微微蜷缩起来。

“你不喜欢？”

温言漫不经心，甚至有点嫌弃地道：“关我什么事。”

权竟宁笑了笑：“我等下就去把胡子剃了。”说着，他帮她盖好被子，“能醒过来就好了，其他都可以通过复健恢复，我等一下让林深过来看你。”

“等一下！”她想伸手去拉他，结果发现手臂无力。

她非常不习惯这种感觉，简直可以称得上是讨厌。

“怎么？”

温言嗫嗫嚅嚅地道：“那个……你胡子先别剃，行吗？”万一他要问为什么，她能怎么说，总不能说自己想玩他的胡子，因为看起来毛茸茸的很可爱？

幸好，他根本没有纠结这个问题。

至于他到底是为什么这么憔悴，她能问吗？还是别问了吧。

尽管她心中已经隐隐有了答案，可她暂时不想承认。

权竟宁没想到她会说这个，爽快地点头：“好。”

众人听到温言醒来的消息，都陆陆续续过来看望。

温妈妈最是激动：“你这孩了，吓死我了……”

长这么大，温言都没有见过父母那么悲伤的样子，她也一时慌了神，好在明馨儿和白薇薇口才了得，两人一起，才把她劝好了。

从他们的口中，她知道自己总共睡了三个月。

这三个月里，权竟宁从冰山美男成了胡须大叔，明馨儿退役了，宋谦涵也准备调到特勤中队当队长，林深回到松谭继续当医生，苏聘回来了，她的病根本就没有复发，是她去检查的医院出错，她过于紧张，也没有到别的地方确诊就离家出走了。

还有就是，她知道了害她的人是裴立，他是为了给丁浩坤报仇，这是她想破头都不会想到的结果。

可终究，丁浩坤死了，裴立也被抓了——不知道要被判多久。

说是睡了三个月，她却是丝毫没有感觉的，只是觉得睡了一个酣畅淋漓的觉，醒来之后，物是人非。

林深告诉她，她的四肢都曾骨折过，尤其是右手，粉碎性骨折，而且伤到了神经，恐怕无法恢复到以前的灵活状态。

也就是说，她已经没法当消防员了。

一开始当消防员，是因为服从调配，后来，她发现在中队里，她找到了自己存在的价值。

每次出警回来，天色蒙蒙亮，消防车开过冷清的大街，别人都在小摊档前吃着热乎的早餐，再看自己，烟尘脏污满身。

那时她会觉得挺没意思。

可是在凌晨深夜，把车祸司机从车里救出来，那人双手合十向他们表达感激，她又觉得，自己是被需要的。

不久前，她曾因为权竞宁动过转业甚至退役的念头。

她想，两个人要想在一起，肯定要有一个人牺牲多一点。

她不愿意他牺牲，那么便由她来。

可是后来发生大爆炸，吴俊林和海飞走了。

她再次意识到自己的使命，她不仅要守护A城，还有她的兄弟以及靖安中队。

再有，她的工作很危险，她也不愿意权竞宁守着有今天没明天的自己。如果真的以身殉国了，她什么都没法留给他。

她不能这么自私。

那时候，她已经离不开消防了。

也或许，其中还有方紫迷的因素在。

因为她觉得，是自己把方紫迷害成瘫痪的。

那一场火，是她心中永远抹不掉的阴影。

成为消防员，是她生命中的不可预料，离开消防，同样也是。

她妈妈再也不用苦口婆心地逼她转业了。

可是离开消防后，她要做什么？

她陷入了迷茫。

明馨儿坐在折叠床上，她最近开了个淘宝店，每天不用出操，还很懂得心疼自己，给自己买护肤品保养，所以她的皮肤白了很多，脸蛋红润有光泽，笑起来更是红光满面。

“你是算准了日子醒的吧，红包收了不少哦。”

温言醒来这几天，很多亲戚朋友都来了，她确实收了不少红包。

第一封是温妈妈的，她把红包放到她手里：“大难不死必有后福，健健康康的啊。”

“温言我跟你说哦，平时权医生就是睡在这张床上，每天盼星星盼月亮地盼着你醒来，而且亲自照顾，无微不至，一点也不假手于人，简直是废寝忘食啊。”

“哟，你都可以出口成章啦。”温言挖苦她。

沈烨顺着她的话说：“不是啊温言，你看他那样子就知道明馨儿说的是真的还是假的了，我跟他认识够久了吧，我还没见过他为了谁憔悴成那个样子。”

白薇薇不住点头：“你看权老师亲自为你主刀就知道了。”

温爸爸也说：“我看那孩子对你可够用心的了，温言，做人可不能忘恩负义啊。”

温言不厚道地想：那天还是我把他救出来的呢。

现在，谁也不欠谁。

“那我出钱请他吃饭行了吧。”

大家异口同声地道：“不行——”

沈烨：“起码得以身相许啊。”

白薇薇：“师母你也太无情了。”

明馨儿：“你以为他稀罕你那顿饭？”

温妈妈：“人家是稀罕你这个人啊。”

温言做出一副为难的表情：“可是我们已经分手了啊。”

“什么——”除了明馨儿之外，其他人都震惊当场。

温妈妈最是紧张：“你这孩子。”她习惯性地想打下去，却被温爸爸及时拦住。

她现在可不能随便打，打了可是会出问题的。

温妈妈讪讪地把手收回：“什么时候的事儿？”

温言老实交代：“去年十月。”

竟然这么久了，可她一句话都没说。

温母只觉得偏头痛都快被她激出来了，扶着额头。

“你们不是一直好好的吗，怎么突然……”沈烨问道，“反正我觉得，绝对不会是权竟宁提的分手。”

温言点头：“你猜对了，是我提的。你们知道得那么清楚做什么，这是我和他的事，而且已经过去了，你们再纠结也没有用。”

沈烨一下站起来：“权竟宁当时肯定是有苦衷的，我去问他！”

“哎哟，可真是作孽哦……”

本来一室的喜悦顿时成了一片愁云惨淡，温言心里挺愧疚的。

权竟宁救她、照顾她，也不一定是爱她啊，可能就是因为想报答她的救命之恩，又或是对旧情人的愧疚罢了。

反正，她现在怎么都不相信权竟宁的感情。

他休想再骗她！

深夜，医院的康复大楼比普通住院部更加安静，走廊里几乎没有人走动。

这里的装潢偏檀色，就连走廊里的扶手都是木质结构，灯光呈暖黄色，是以这里比住院部却又多了点人气，没有冷清得令人发寒。

权竟宁拖着满身疲惫走在走廊上，地上铺着灰色地毯，脚步走上去不发任何声响。

他打开温言的房门，里面漆黑一片。

他本想着晚点回来，等温言熟睡，然后继续在她房间里过夜。

为此，他强忍着回来看她的心，硬是做了一台五个小时的手术。

温言的铁石心肠，他是领教过的。

当她明言要分开，就绝不会拖泥带水。

或许现在在她心里，自己连陌生人都不如了。

他现在是身心疲惫，没敢去床边看她，而是径直走向沙发。

饶是这样，他还是忍不住驻足在她的床尾的不远处，看了她一眼。

胸腔起伏平稳，她应该睡得很好。

他嘴角上扬，刚走到沙发前坐下——他的被铺都在那里，只要躺下就能安睡。

“权医生，你们医生都喜欢在病人房里睡觉的吗？”

冷不丁地，那边的人开口说话。

镇定如权竟宁，都禁不住被她吓出一身冷汗。

黑暗中的男人紧抿着唇，是他理亏，此时说不出任何话来反驳。

他全身绷得死紧，仿佛只要下一刻，他大脑里的弦就会绷断。

房间里，窗帘拉得很密，没能透进来一丝光，也没有风，室内寂静得像个异世空间。

良久，男人低下头，认输一般喊道："温言。"

两个字，透着深深的无奈和哀求。

他从沙发边向她走来，坐到她床边的椅子上。

温言只看得见他黑暗中的轮廓，过了很久，才慢慢看清他的眸子。

他正凝神望着自己，像头认错的小狗，水汪汪的眼睛看得人心肝都在疼。

温言觉得自己是真的心软，仿佛自己费尽力气筑起的铜墙铁壁，在看见他的眼神的瞬间骤然垮塌。

可是心软的后果是什么，她早已经历过。

她可不能再那么傻了。

"晚上没有人照顾你，我不放心。"权竟宁的声音低低的。

"我已经让我爸妈请护工了，人明天就能过来。如果今晚有什么事我会按铃的。"

"你连手都抬不起来，怎么按铃？"

温言没有反驳，她现在确实做不来这样的事。

"你回去吧，你在这里，我睡不着。"

权竟宁想去牵她的手，听到这句话后，手就顿在了半空中。

然后，他终究还是收拾东西离开了。

几天之后，温言要拆右手的支架，做一次小手术，仍然是林深主刀。

手术准备前，权竟宁在手术室里如入无人之境，堂而皇之地就走到温言面前。

温言还有点愣，就听见他说："你把衣服脱了给我。"

"为什么要脱衣服？"

"做手术要全裸。"

上次她进来是第一次，还是处于昏迷状态，自然不知道还有这个规矩。

顿时她就蒙了。

"那我自己脱就好了，你进来做什么？"

"有些护士做事马虎，到时候你哪里遮不住我可不负责。"

温言总觉得他的笑里带着点幸灾乐祸。

可是马上，她又想到话来堵他了：“那权医生岂不是阅尽春色？”他们做医生的，可不是见过不少裸体嘛。

权竟宁说“你还不动手，林深就要来了。你想两个男人看着你脱衣服？”

温言咬牙：“我知道了。”

权竟宁清了清嗓子，周围的护士都识相地背过身去。

温言的手没力气，单手脱衣服甚是艰难。权竟宁上去帮她：“你放心，我也是有职业素养的。”然后目不斜视地帮她解扣子。

“你的职业素养还包括给女病人脱衣服？”

此话一出，手术室里咳嗽声此起彼伏。

温言才意识到周围还有其他人，于是脸蛋立刻烫了起来。

权竟宁也在闷闷地笑。

尴尬的几分钟过后，温言像只待宰的小猪，光秃秃地躺在手术台上，权竟宁把该连的仪器都给她连上，目的就是绝不让别人看她的身子。

甚至连麻醉，也是在他的监视下打的，打的是全麻。

是以温言没能听到权竟宁和林深的对话。

林深：“我做手术，你在这里做什么？”

权竟宁：“你有前科，我怎么可能放心。”

林深气得差点吐血。

手术后几天，温言就开始做手部复健，一开始都是一些抓握的小动作，后来才开始锻炼手臂动作。

把手部的功能锻炼上来后，她就继续腿部的锻炼。

由于权竟宁平时给她按摩得勤，所以她的肌肉萎缩不是太严重。

加上她自己的天赋异禀，复健很快就有了效果。

如果说有哪一点让她最不满意，那就是权竟宁。

他好像很闲，每天来她这里查房无数次，只要她在复健，周围一定能找到他的身影。

虽然她很快有好转，但复健毕竟是很艰难的过程。

起初效果很显著，可越到中期，效果越来越慢，温言本来信心满满，而且有些急切，面对这样的困局，她的心情也难以避免地开始焦躁。

加上权竟宁开始在她身边转啊转的，她潜意识里不希望对方看到自己像个小孩子似的蹒跚学步的样子。

于是这天，她积累的情绪终于爆发。

她试着在双杠间走了几步，发现自己压根走不快，一走快了，脚踝处就传来细细密密的痛。

她恼怒地喊了声："去你的，老子不练了。"

新请的护工觉得不好，四处张望着找护士，但还是顺从地把轮椅推到她身边。

"温小姐，这样不太好吧，护士姑娘说你每天至少要锻炼两个小时。"

温言没有说话，气呼呼地坐在轮椅上。

还没离开复健室，旁边就有个人蹿出来，直接把她从椅子上抱起。她现在瘦得厉害，哪怕是这些天汤汤水水、补品不断，她还是没能胖起来。

他的手臂虚虚一环，就能把她整个人圈在怀里。

温言看到权竟宁面无表情的脸，心头的火烧得更旺了，冷冷地道："放我下来。"

"不要任性。"

"难道我还没有自己选择的自由了？而且权医生，你又不是我的谁，你有什么资格管我？"从她嘴里说的话，就像刀子般，分毫不差地落到他的心里。

温言正在气头上，知道自己说的话伤人，可她已经不想管了。

"你不想当消防员了？"

温言的脸更冷了："我已经当不了了，你不是最清楚吗？"

"不，只要你恢复得好……"

"你根本说不出违心的话，还是别勉强了吧。"

"哪怕是做不来消防员，可你还是得生活，你不锻炼，腿就永远好不了，你想要你的父母照顾你一辈子吗？"

"我……"她终于无话反驳。

权竟宁把她放到双杠前："继续。"

温言走了两步，就已经满头大汗。

她突然停下，垂眼，随后转过身看着权竟宁："权医生，要不我们做个约定吧。"

权竟宁看着她，没说话，眉间拧得紧紧的，有种不好的预感漫上心头。

“我保证一个月内把腿练好，如果我做到了，你就再也不出现在我眼前好不好？”

温言脸上笑着，眼里却是冷的。

权竟宁突然觉得这世界简直不可理喻，为什么大家都要跟他约定，而且还是对他毫无好处的约定？

凭什么就要他答应！

可他还是点了头：“好。”

在这之后，权竟宁就更有理由来监督她锻炼了。

一发现她有懈怠的可能，他就用话激她：“不是不想看见我吗，那就快点好起来啊。”

那天温言回去之后，也挺后悔自己怎么就说了那样的话。可话已出口，覆水难收，她又不能把话收回来。

可是现在看来，这人恨不得早点摆脱自己呢。

沈烨跟她说过，孙明萱已经走了，可谁知道她会不会回来呢？

而且看眼前这人，恐怕心早就不在这里了。

想到这些，温言再次动力十足。

别人这么着急，她也不好一直挡着人家的路不是？

可日子一天天过去，温言发现自己练得越起劲，那个男人的脸色就变得越难看。

得，我不练不行，练了你还不高兴。

这人怎么这么难伺候？

有一天，权竟宁在忙，难得没有来看她，于是她就趁机多练了一个小时。

权竟宁回来后一问，当即把她抱起来，冷着脸直接把她抱回病房。

他的冷脸学足了她的精髓。

而且她发现，这男人越来越不可理喻，也越来越不忌讳，常常是大庭广众之下，说抱就抱，一点也不给她留面子。

弄得她每天都要给病友们解释一遍：“不是，不是我男朋友。”

“每天两个小时，你以为多了就好吗，要不要我在你身上装个秒表？”

“不用，我记着了。”

那天，权竟宁又沉默着离去。

像这样的情景，这一个月里出现了无数次。

而他愈加沉默，脸色越来越冷，再到后来，两人见面，已经无话可说，连激都不想激了，没意思。

春节过后，三月天，杨柳抽芽，樱花含苞。

春雨一场接一场地下，难得有一天好天气，温言让温妈妈推自己出去晒太阳。

她在医院里闷了几个月，都快发霉了。

可外面气温还是很低，温妈妈给她过了里三层，外三层，才放心地让她出来。

她专挑有阳光的地方坐，女孩的脸蛋在阳光下被晒得通红，还能依稀看到她毛茸茸的小绒毛。

权竟宁看着她享受的笑容，心上那股绵绵密密的疼痛又来了。

温言不知道身后换了人。

全通那次爆炸后，她的听力又下降了。

她突然想起什么，把右手伸出来，翻过来覆过去地看。

她的手是麻的，现在恐怕连用筷子都难。

她叹了一口气。

权竟宁突然蹲在她眼前，将她的手握在手里："手怎么了？"

温言把手抽出："没事。"

她抬眼，看着眼前的男人。

照理说，她醒过来了，他应该好过 点才对，至少不会再为她而愧疚得形容憔悴。

可是都一个月了，这人的脸怎么还是那样？

虽然她觉得他这样也挺帅的，但她还是更喜欢以前的他，外表清冷，实则内心火热，偶尔有点小痞气、小脾气。

而不是他现在这样，没有生气，像一根快要干枯的木头。

到底是哪里出了错呢？

"权医生，我走两步给你看看好不好？"说着，温言把他推开，把腿上的薄被放在轮椅上，自己站了起来。

先是左、右、左，然后是左、右、左，她的速度渐渐加快，虽然步子有点奇怪，但她确实已经能走了。

最后那几步她走得有点急，不小心绊到右脚，跌到了男人怀里。

她笑："权医生，我好了。"

权竟宁低低地"嗯"了一声。

那天之后，温言再也没有在医院见过他。

宋谦涵要调到特勤中队当中队长，而路淮也有望升做指导员，靖安中队有好几个队员体能测试成绩优秀，被宋谦涵推荐到了特勤中队。

林深真正回到松谭，继续用他的医术为人们服务，沈烨继续做着她的社会版记者，每天奔波在城市各个角落，揭露社会的黑暗面。两人的感情也逐渐升温，看样子很快就要修成正果。

当然，修成正果的自然还有路淮和明馨儿这一对，两人虽然时常吵吵闹闹，但都一直在很认真地经营这段感情。

似乎每个人都有了最好的结局。

温言打从心底里替他们高兴。

尤其是宋谦涵。

从他来的那天她就猜到，靖安中队只是他的一个跳板，他会到更高的地方去。

为此，靖安中队的队员们特地给他准备了一场欢送会。

温言也穿了军装，拄着拐杖到场。

她已经出院了，现在在家里休养。

他们在学习室里准备了各种食物、饮料，还在最前面贴了个双喜，弄得像个婚礼宴会。

宋谦涵穿着一身笔挺的军装，被众人起哄上了台。

他们一定要他说些什么。

身后是大红的背景，配上军绿色的军装，温言是怎么看怎么滑稽。

宋谦涵的发言一如他平时的风格，简洁明了，毫不拖泥带水："我觉得有一句词挺适合我现在的状态，'三十功名尘与土，八千里路云和月。'下一句是送给你们的，'莫等闲、白了少年头，空悲切！'我在特勤中队等你们，谢谢。"说完，他行了个标准的军礼。

台下响起热烈的掌声，有几个小新兵是宋谦涵的铁粉，已经忍不住"呜呜"地哭了起来。

然后他们就开始玩闹，一群大男生很容易玩开，到最后他们已经忘记这原本是个欢送会了。

温言的眼睛也有点湿润，看到宋谦涵过来，她硬是忍住了。

他扶着她走了出去。

他们走在平时训练的草坪上，早晨的草坪绿油油、湿漉漉的。

“那帮小子玩起来没个轻重，看新来的队长怎么对付他们。”

“你一开始不也没怎么管他们吗？还不是被你惯的。”

说起这个温言可真是怨念深重。当时他对自己要求严格，可是对别的男队员不管不问。

“队长你说吧，你当时是不是看不起我是个女的？”

宋谦涵沉默良久，终于还是点了点头：“我承认，当初看见你是女的我就觉得不靠谱。你说怎么可能有女的能当一线消防员呢？可是后来，我发现你还是有两下子的。”再到后来，他就发现自己对她有如此多的关注，其实还不就是因为心动？

“哼，你可算是承认了。说实话，我一开始也对你挺不爽。后来发现，你是个挺不错的领导，能力也挺不错的。所以现在你能够到特勤中队，我觉得很欣慰。”温言用左手拍拍他的肩膀，“好好干，别给咱靖安中队丢脸。”

“你……”宋谦涵有点犹豫地问出了口，“你还会回来吗？”

温言摇摇头，把右手伸到他面前，她的右手裹着一个蓝色护腕：“我以前也特希望能到特勤中队，现在你去了也算是替我完成了梦想。放心啦，我不觉得遗憾哦。”

虽然宋谦涵也想到有这个可能，但是听她这样毫无芥蒂地说出来，心里还是有点难受。

“那你以后想做什么？”

“现在不知道，我从军校毕业就当消防员。现在突然要离开了，还真找不到去处。不过呢，消防也不只有一线的啊，说不定我还能去当个后勤什么的。”

“以你的能力，算是浪费了。”

“这没有浪不浪费的，三百六十行，行行出状元嘛。况且我现在的能力起码去了大半啦。嗯再说吧，船到桥头自然直嘛。”

经过这些日子的缓冲，温言也有一点想开了。本来也不能一辈子当消防，现在也不过是早点离开。而且她也不希望用自己的负能量去影响宋谦涵。

她希望他放心地离开靖安中队。

说来也是讽刺。他们两个从一开始就针锋相对，到了两个人都要离开的时候，却又能平心静气地站在一起说话。

临走之前，宋谦涵挡在她面前：“给前首长一个拥抱吧。”

“你是不是又忘了，我也是首长啊，要我提醒多少次你才记得？”虽然温言还不忘记怼他，可还是大方地给了他一个熊抱。

宋谦涵也不奢望别的，哪怕是一个兄弟间的拥抱，他也觉得很温暖，足够他铭记一生了。

他用力地把温言抱在怀里。不知道过了多久，他松开手臂。

“再见，温言。”他依然选择把自己的感情埋藏在心底里，因为他知道她心里有一个人，是别人无法替代的存在。他不想为难她。

况且，他知道答案的。

所以，这份喜欢，只留给他一个人就够了。

再过一些日子，A 城又到了黄沙漫天的季节，温言一整天窝在家里，不是吃就是睡，倒是把以前的身材养回来了。

而且她发现，最近老爸老妈喜欢把外卖带到家里。

有好几次她反问他们：“你们不是最讨厌我买外卖吗？”

他们回答说：“这家店不一样，绝对干净卫生有营养。有的给你吃就不错了，难道还指望我们下班回来给你做饭吗？”

说起这个，温言愧疚地垂头，没有再反驳。

她觉得这家外卖也确实不错，除了清淡了点，她吃着吃着，突然觉得这个味道有点熟悉，可硬是想不起来在哪里吃过。

她觉得自己越来越喜欢吃这家外卖，可是心里的异样感觉也日益增大。

直到有一天，她打开家门，刚好看见自己的爸妈走进了对面的家门。

她恍然大悟。

过了一会儿，他们依然拿着饭盒走进屋里，温言也坐在沙发上，脸色不悦，看着桌上的外卖盒说：“外面沙尘滚滚的，这饭盒可真是干净啊。”

温家二老面面相觑。

饭桌上，温言没有再碰那些饭菜。

到后来，他们也不再拿饭盒回家了。

那天晚上，温言把权竟宁约了出来，外面天气不好，他们也没有走远，只到了平时绝不会有人经过的楼梯口。

又将近一个月没见，权竟宁看上去似乎更累了，一脸倦态。

温言开门见山：“权医生，或许是我表达得不够清楚，你有点误会了。”

他明亮的眼睛仿佛失去了光亮，迷茫地看着她：“你想说什么？”

“我想说，我说过的不想你再出现在我的面前，是指彻底消失，消失你懂吗？”

“我们住这么近，你让我怎么消失？”

“只要你想，你总能想到办法的不是吗？像以前那样，当我们还是男女朋友的时候，你不也能销声匿迹一个月吗，现在又有什么难？”

“温言，我们能不能坐下好好谈谈？”

温言想也不想就拒绝：“不想。以前我想和你谈过，不过后来，我放弃了。而且，我们现在已经没什么好谈的了。”

“我当初是有苦衷的……”

“有苦衷你当时为什么不跟我说？说明你根本不在乎我的想法，我的理解在你看来无关紧要。而且，你当时既然答应了分开，就应该预料到会有这么一天。”最后，她说，“感谢你把我救醒，但是，我不会再在原地等你了。”

温言走后，权竟宁一个人坐在楼道处，把脸深深地埋在手上。

难得地有人经过，问他怎么了，他都没有回应。

那人挠着头离开了。

温言的铁石心肠，他是见识过的，可没想到，原来她的心硬起来可以这么伤人。

不过，这一切又能怪谁？

这阵子，温言开始处理转业的事，她因公受伤，支队长也很支持她转业，拟定先把她转到支队去，当个文员，之后再给她找个好一点的职位。

可她现在还没有痊愈，支队长又多给了她一段时间休息。

她想，难得有这么长的假期，不去旅游未免太浪费，于是上网找各种旅游信息。

网页上红红蓝蓝的文字不停掠过，速度却越来越慢，温言的手指停顿，双眼看着屏幕，可不知道在想什么，只是突然觉得心里空了一块。

就像打开一扇门，走进去却发现自己跌进了无底洞，整个身体无所凭借，这种空洞让她恐惧。

她知道，决定放弃一件自己渴望的事物，总归会有一段时间的不习惯。

她等着自己习惯。

手机的绿色指示灯亮了。

温言觉得这个灯很鸡肋，平时不仔细看，根本不会发现它亮着，也就不能在第一时间发现有新信息。

她解开手机屏幕锁，邮箱里显示有新消息，是一个没见过的账号发来的。

正文里没有内容，只有附件。

平时这样的，她大多不去管，可是今天，她觉得有种力量驱使她去下载打开。

“温言，我是权竟宁。”这是录音里的第一句话。

“我知道接下来的这些话，你很可能会认为又是我的狡辩，我也一直犹豫要不要跟你说，最后，我还是没有勇气跟你面对面地说这些，所以，

我选择了用录音的方式。我不奢望它能改变你的想法，我只是想让你知道，你在我心里的位置。其实我们的初次见面还不是五六年前，而是十五年前，当时我看你被小混混欺负，就上去帮忙打跑了他们，可是当时我太弱，虽然赶走了人，自己也被打得一身伤，晕过去了，还是你背着我到医院去的。或许你都不记得了吧，我却在我们第二次见面的时候就认出了你，如果你不相信，可以去问方紫迷。一开始对你的感情，有怜惜，有欣赏，这些都不算是爱，但我发现自己越来越不能离开你，可是我不敢接受你的感情，因为我始终认为自己是个罪人，不配拥有那么纯洁的感情。我喜欢童霖这都不是真的，我很清楚自己对她的只是愧疚，后来你说要放弃，我就慌了，我不想失去你，可是又不敢靠近。但你依然没有放弃我，你帮我解开心结，让我进消防队训练，为了我而学习催眠，让我实现了现实中永远不可能实现的梦。到那时我就真正发现，我权竟宁这辈子，就只喜欢你温言一个了。

“孙明萱对我很重要，可是那种重要不是你想的那种，我对她和童童有道义上的责任，他们的丈夫、父亲因我而死，我有责任照顾他们，可是我忽视了你的感觉。你为了我帮助孙明萱，保全沈烨，我却一而再再而三地误会你。对不起……我只是太害怕自己又会犯以前的错。”

耳机里的权竟宁还在继续：“我曾想过，如果我当时不那么强硬，是

否童沛就不会死。可是世界上是没有如果的。别说当时的我做不到变通，到了现在我还是没学好。四年了，我沉浸在那个回忆里将近四年，我曾经把补偿童沛一家当作我一辈子唯一的使命，直到我遇见你。在你出事之前，我曾天真地以为你是强大、坚不可摧的，没有什么可以打倒你，所以我选择放下你，以全副精力去对付关山，去帮孙明萱和沈烨讨公道。但当你跟我说，你也会害怕，会软弱，我才恍然醒悟过来，我到底对你做了什么。尤其是后来，你毫无生气地躺在手术台上，我当时有多天真，那时就有多后悔。我执着于医学的真，让童沛惨死，后来，我又执着于赎罪，忽略了你。我在黑暗中浑浑噩噩地过了四年，却又差点失去你这一抹难得的阳光。我情不自禁地靠近你，妄想用你的光来温暖我这个黑暗的囚奴。温言，在遇到你之前，赎罪是我唯一的愿望，遇到你之后，你成了我生命中最重要的光。那天，林深在手术室里取雷管，你就陪在我身边，你知道我当时想的是什么吗？珍惜眼前人。但是现在，我要失去你了。

“答应和你分手不是我想要的，当时你和沈烨被绑架，绑架的歹徒手上有枪，我猜是关山做的，而且他已经盯上你了。我不知道他是什么原因，但很大可能是因为我，你待在我身边会很危险，所以我顺水推舟答应了你的提议。离我远一点，或许你就能安全一点。温言，我不是不爱你，我只是……不知道该怎么保护你。你想要分开，我会给你时间，但我不会放弃，我会一直等你……”

耳机里，男人低沉的嗓音已经停下，然后是电流的“嗞嗞”声，而后，归于静寂。

温言不再压抑自己的哭声，趴在桌上，哭得很用力，像是要把对权竟宁的心疼和这阵子的委屈都哭出来。

她有生气，也有心疼。

她以为自己是最委屈的，结果这个男人在这里哭诉“我比你委屈多了”。

活该，谁让他把事情藏得那么深，一句都不让她知道。

可转念她又想，那么痛苦的过去，他该用怎样的心情、怎样的语气去跟谁提起呢？

现在不管怎么样，她总算知道了他的想法：他心里是有她的，这就足够了。其他的，她多让几步又如何。

当务之急，就是去找到这个男人。

温言整理好心情，去洗了把脸，确定看不出哭过的痕迹之后准备出门。

她一边打电话给权竟宁，一边换鞋。

可对方却提示关机。

不应该的，他们医生不是二十四小时开机的吗？

温言觉得不对劲，又打了几回，结果还是一样。

她先到对面敲门，没人开。

温言觉得心慌意乱，这时，突然有个电话打进来。

对方是松谭医院的护士，跟她说，她可能有东西落在病房了。

她都出院那么久了，怎么现在才跟她说有东西落下？她这样想，也这样问她了。

小护士特别肯定地跟她说："那戒指肯定是你的，当时我们还看见你戴在手上呢。"

温言突然失声，良久后才道："什么戒指？"

"权医生送你的戒指啊，求婚戒指吧。"

在温言之后，那病房又住进了几个病人，不过都很快就痊愈出院了。

清洁工搞大扫除时，在柜子底下发现了个闪闪发光的东西，捞出来一看，竟然是戒指。

她知道不是自己的东西不能贪，于是急忙把东西交到了护士站。其中就有一个小护士见过这枚戒指，她很清楚地记得，当时她看见温言戴在手上，松松的，她还担心会不会掉下来，又想到这肯定是权医生送的，搞得她很是羡慕了一些日子。

所以，她肯定不会认错。

温言被这一连串的事情搞得头昏脑涨，她刚好的脑袋已经不够用了。

求婚？

权竟宁跟她求过婚？

他怎么提都没提？

关键是，她还把戒指弄丢了！

"嗯，那就当是我的吧，你能不能先帮我保管一下。或者你直接让权医生来接电话，我有话跟他说。"

"权医生休假了，我听说好像要到英国去哎，你不知道吗？"

晴天霹雳。

“他去英国做什么，去多久？”

“这个我就不知道了。”她还补充了一句，“他好像昨天就走了的。”

把电话挂掉后，温言还好像游魂似的，打了辆出租车去医院把戒指取了回来。

她胖回来不少，戒指套上去总算适合了，应该不会再掉了。

伦敦的雨下得随心所欲，平时不带伞根本出不了多远的门。

这天，权竟宁穿了件薄款风衣，内搭毛衣背心和衬衫，下身是深色长裤，标准的绅士衣着搭配。

他撑着黑伞走在街上，引来不少人的注目。

人们都艳羡且好奇地看着这个英俊的东方男人。

他坐公交车去了机场，沈烨说她今天要来，而且指定要他来接机。

研究还没开始，他还有几天休息的假期，于是便答应了。

今天天气有雨，有不少航班因此延误。

沈烨他们的航班似乎也不例外。

他耐心地坐在椅子上，只是默默地坐着。旁边的人或拿着手机，或拿着书本，像他这样干巴巴地等待的人，很是难得。

上午十一点过十分，权竟宁看了下腕表，下一秒，沈烨携着林深的手从里面出来。

跟在他们身后的，是……温言！

权竟宁挤开人群上前，深黑的眸子只盯着那一个人瞧，仿佛只要一眨眼，对方就会消失不见。

“温言——”

温言听到声音，也看向声音来处。

她停住脚步，身后不停地有人出来。

她不得不往前挪动，直到他跟前。

沈烨拍拍权竟宁的胸口：“哪，我安全把人带到了，这几天的车马费算你的了。”

权竟宁胡乱点头，只看着眼前的女孩。

她今天戴了一顶白底黑点的毛线帽，红色卫衣外套了件风衣。

她的头发还是很短，她经常嫌弃自己的发型丑，所以干脆戴了顶帽子来遮丑。

两个人互相望着，周围的背景仿佛都虚化了，本来是人声鼎沸的机场，在他们这里却突然安静了。

温言突然发狠，先是一拳打在他的胸口上，然后一脚踢在他的小腿上，权竟宁疼得弯腰，一把抓住她的手腕："你的手和腿都不想要了？"

"浑蛋！"温言大吼，引来各方注意，"什么都不肯说，完了又一个人一声不吭地离开，处对象有你这样处的吗？"

"我没有一声不吭，我给你发邮件了，你都听到了吧？"

温言傲娇地扭过头："没有！"

"那就是听了。"权竟宁笑道，"你来找我，说明你已经原谅我了对吧？"

"没有！"

权竟宁却不再多说什么，一把拉住人就往外跑，喊了辆计程车，直接到酒店开了一间房。

研究所为他们提供了一间房子当作住处，他和另外一个男医生一起住，带她回去肯定不方便。于是他干脆带她去酒店。

一进门，权竟宁就迫不及待地吻上温言的唇。

两人从门边纠缠到床上，权竟宁还恶作剧地用胡子去刺温言的脸。

温言从床尾躲到床头："说，我没醒过来的时候，你经常这样刺我吧？"

"可你总是不醒。"权竟宁垂眼。

温言跪坐在床上，轻轻捧起他的脸，用鼻尖去蹭他的鼻尖，然后两人依偎在一起。

"你应该早点把事情都告诉我。"

"嗯，所以我现在都很后悔。"

"我最讨厌别人不相信我，所以当时你这样不分青红皂白地责备我，我都快气疯了。"

"以后我肯定不分青红皂白地相信你。"

"还有，你为什么来这里不告诉我，你是打算放弃我了吗？"温言拧着他的耳朵问。

权竟宁心道：这女人真的是不好伺候，不让他出现在她眼前，等他走了，现在又来秋后算账说为什么要离开她。不过这些他现在是万万不敢说的。

"我的老师最近同这里的研究所合作一个项目，是跟神经修复有关的，这边的条件更好，我答应了他们的邀请。”

“你……是因为我吗？”

权竞宁点头。

“那你们这个研究要搞多久？”

“不确定。短则半年，长则两三年，医学研究一时半刻不能出结果。”

温言的脸一下子垮了，“那你岂不是要在这里待至少半年？”

“一开始我是想着，你思考半年也就够了，不管怎样我都回去找你，没想到倒是你先找来了。你还真让我惊喜。”说着，他低头碰了碰她的鼻尖。

“你对我可真放心，也不怕这半年我跟别人跑了？”

“我对自己的魅力还是挺有信心的。”

温言回了他两个字：“呵呵。”

突然，温言像想起什么，从口袋里掏出戒指来，问权竟宁：“这是什么？”

权竞宁从她手里拿过：“我还以为你丢了。”

“确实是丢了，不过它又自己跑回来了。”

“好，那我先收着，等以后有用再拿出来。”

“哎——”温言想去抢，可心道自己可不能这么不矜持，跨国追男人就算了，难道还要亲自逼他求婚不成？

那也太掉份了。

不行。

坚决不行！

所以，她只能怨念深重地看他把戒指收回自己的口袋。

这几天，权竞宁带着温言到处观光旅游，坐双层巴士把伦敦游了一圈，看了伦敦眼、大本钟，把该玩的都玩了一遍。

可是权竞宁明天就要正式开始做实验，他今晚待在温言的房间里。

窗外，淅淅沥沥的雨还在下，雨滴沿着窗户玻璃往下流，形成千丝万缕的脉络。楼下，红色的公交车站台在雨中显得遗世独立。

权竞宁拥着温言站在窗边：“还想去哪里玩？我暂时没时间，不过你自己可以到处逛逛。”

温言摇摇头：“其实我一直想在国内旅游来着。”

“那你想好去哪里了吗？”他把温言的身子扭过来。

“西藏。”

“为什么？”

“因为那是距离天堂最近的地方。”

“我一定带你去。”

第二天，权竟宁把温言带到自己的老师面前，郑重介绍了自己的女朋友。但其实他的目的是询问温言的手还有没有可能痊愈。

他们研究所的设施很齐全，经过了一系列检查，那位德高望重的教授告诉他们：很难。除非相关的研究出来，并发展成有效的疗法。

不过温言早有心理准备，甚至都已经开始练习用左手抓筷子，所以也没有太失望，反倒安慰起权竟宁。

生死有命富贵在天，看开了，就会觉得这个世上没什么坎儿是过不去的。

于是她便做好了一切最坏的打算，但之后，支队长通知她，说之前她重伤住院，虽然通过了笔试，但错过了面试，考官们和各位领导考虑了她一直以来的表现，以及考试成绩，特许她参加面试补考。

到了夏天，权竟宁终于有了假期，那时候温言已经顺利通过了层层选拔，终于跻身大队领导层，还几次担任火灾的指挥官。

不仅如此，她还尤其注重防火工作，好几次向支队提出建议，把防火责任落实到千家万户、各个单位企业，并且高薪聘请消防工程师，进一步提升救火和防火技术。

而权竟宁在科研方面有卓越的贡献，加上手术技术高超，在上个月职称就从副教授提到了教授。

她向领导调了几天假期，这次他们打算去西藏。

因为两人的身体素质都不错，所以也没有多大的高原反应。

他们住在了纳木错附近的一家小宾馆，这家宾馆除了夏天会开几个月，平时都关门，因为这里的其他季节太冷了。

店主提醒他们，如果想要看日出的话早上六点半就要出门。

于是，权竟宁在早上五点半就把温言从被窝里拉了出来。

他们裹着厚厚的羽绒服，顶着呼呼的冷风，深一脚浅一脚地往后面的小山走去。温言似乎还没睡醒，全程几乎都是权竟宁在推着她前进：“温言醒醒。”

“好困。”

这么冷的风都没能把你吹醒，你是有多困。权竟宁暗暗想道。

小山上挂满了经幡，他们走到山顶上，已经听到有人在大声呼喊。他们找了个相对安静的位置，远处湖面上已经泛起了一层层橙色亮光。

他再次把温言摇醒，温言半眯的眼终于睁开："要开始了？"

"嗯。"他把温言的帽子整理好，把她的手放到自己怀里，"冷吗？"

温言吸了吸鼻子："有点儿。"

"那抱紧点。"两人紧紧相拥。

厚厚的云层铺在天幕上，是深蓝色的，很低很低，仿佛只要抬手就能碰到。透过仅有的几道缝隙，依稀可见斑斓的彩霞。

霞光在不停地扩大，脸上逐渐能感受到阳光照射的温暖。

温言兴奋地看着权竟宁笑。

最后，万丈霞光穿透云层，洒在湖面上，宛如千万条金色鲤鱼在湖面上跳跃，场景十分宏伟壮观，震撼人心。

据说，这里是世界上最接近天堂的地方。

所以，海飞、吴指导员、童沛、权奶奶，还有所有在我生命中走过却无法留下的人，你们看见了吗？

我们来看你们了。

面前的这条路，很长，很难，但我们始终没有放弃。我们会带着你们所有的信念，去爱这个世界，以及这个世界里的每一个人。

因为，这是我们的信仰。

对面学生的叫声一波高过一波，这边却对比鲜明——格外安静。

权竟宁从口袋里拿出戒指："虽然已经求过一次了，但那时你没听见，所以我觉得自己还有必要再求一次。"

温言被这突如其来的架势惊住，她还以为他已经忘记了。

她呆呆地望着他，紧张得说不出话来。

权竟宁自嘲地笑道："其实我真的不太会说情话——温言，未来的日子，你愿意同我一起过吗？不论贫穷富贵、健康疾病，我都会在你身边陪伴你的照顾你、相信你，我再也不会丢下你……"

"你把婚礼誓词都说了，那结婚那天说什么？"温言笑他。

"说……我爱你。"权竟宁说完，自己也笑了，捏了捏眉间，"心之所系，魂之相托。你有你的信仰，而我的唯一信仰便是你。"

温言泪如雨下，良久连连点头：“我当然愿意啊，笨！”

权竟宁把戒指套在她的无名指上，放在自己胸前：“这次不会再丢了。”

“还有这个。”他又掏出一个小布包，层层揭开，露出里面的白玉手镯，“虽然你没有告诉我，但我看过我母亲的日记，在她最后的日子里，是你陪着她，而那时，她心里就已经把你当作她的儿媳妇了。这个手镯，只传给权家的媳妇。”

把玉镯套上女孩的手腕，他把女孩的手放在胸口，“这样，你就真正是我们权家的人了。”

温言抬手，用指腹滑过他的眼底，有点点湿润。

这个男人，是真的爱她爱到骨子里了吧。

“我的荣幸，权先生。”

“你好，权太太。”

远处，云层尽散，曦光化为千万道光柱，穿透云雾，把世界照得一片透亮。

共同走过黎明前的黑暗，如今所有的苦难都孕育成照亮世界的光。

他们都没法预料自己下一秒会遇到怎样的灾难，但至少，如今的他们已经拥有直面灾难的勇气。

近处，情人依偎，不离不散。

往后余生，山河永固，必不相负。

图书在版编目（CIP）数据

橙白蜜事 / 储昭离著 . -- 南京 : 江苏凤凰文艺出版社, 2019.7

ISBN 978-7-5594-3864-5

Ⅰ. ①橙… Ⅱ. ①储… Ⅲ. ①言情小说—中国—当代 Ⅳ. ① I247.5

中国版本图书馆 CIP 数据核字 (2019) 第 139981 号

橙白蜜事

储昭离 著

责任编辑　丁小卉
文字统筹　易小巫　亲亲雕像
封面设计　桃　桃
责任印制　刘　巍
出版发行　江苏凤凰文艺出版社
　　　　　南京市中央路 165 号，邮编：210009
网　　址　http://www.jswenyi.com
印　　刷　长沙鸿发印务实业有限公司
开　　本　880×1230 毫米 1/32
印　　张　18
字　　数　400 千字
版　　次　2019 年 7 月第 1 版 2019 年 7 月第 1 次印刷
书　　号　ISBN 978-7-5594-3864-5
定　　价　56.00 元